Agridulce

Agridulce

COLLEEN MCCULLOUGH

Traducción de Arturo de Eulate

Barcelona • Madrid • Bogotá • Buenos Aires • Caracas • México D.F. • Miami • Montevideo • Santiago de Chile

Título original: *Bittersweet*
Traducción: Arturo de Eulate
1.ª edición: abril 2015
1.ª reimpresión: mayo 2015

© Colleen McCullough 2013
© Ediciones B, S. A., 2015
    Consell de Cent, 425-427 - 08009 Barcelona (España)
    www.edicionesb.com

Printed in Spain
ISBN: 978-84-666-5682-5
DL B 6505-2015

Impreso por LIBERDÚPLEX, S.L.
Ctra. BV 2249, km 7,4
Polígono Torrentfondo
08791 Sant Llorenç d'Hortons

*Para Val y Alex Martinez,
con inmenso cariño y agradecimiento por
toda su amabilidad a lo largo de los años*

Primera parte

CUATRO ENFERMERAS AL NUEVO ESTILO

Edda y Grace, Tufts y Kitty. Dos pares de gemelas, hijas del reverendo Thomas Latimer, rector de la iglesia anglicana de St. Mark en Corunda, condado y ciudad de Nueva Gales del Sur.

Estaban sentadas en cuatro estilizadas sillas delante de las enormes fauces de la chimenea, donde no ardía fuego alguno. El amplio salón estaba lleno de mujeres que parloteaban, invitadas por la esposa del párroco, Maude, a fin de celebrar el acontecimiento para el que faltaba menos de una semana: las cuatro hijas del rector dejaban la rectoría para empezar a prepararse como enfermeras en el Hospital de Corunda Base.

«¡Falta menos de una semana, falta menos de una semana!», se decía Edda una y otra vez mientras soportaba el bochorno de estar a la vista de todo el mundo, paseando la mirada de aquí para allá porque prefería no mirar a su madrastra Maude, que como siempre llevaba las riendas de la charla.

En el entarimado, al lado de la silla de Edda, la última de la fila de cuatro, había un agujero. Un movimiento en su interior llamó la atención de Edda, que se puso rígida, sonriendo para sus adentros. ¡Una rata enorme! ¡Y estaba a punto de colarse en la fiesta de mamá! «Un par de centímetros más —pensó mientras observaba la cabeza de la alimaña—, y lanzaré un sonoro grito y chillaré: "¡Una rata!". ¡Qué divertido!»

Sin embargo, antes de que Edda consiguiera levantar la voz llegó a ver bien la rata y se quedó de piedra. Una cuña negra y lustrosa con una lengua vibrante —y demasiado larga, le pareció—, seguida por un cuerpo, también negro y lustroso, del grosor del brazo de una mujer, y un vientre rojizo. Y aquello se acercaba cada vez más, siete palmos de serpiente negra de vientre rojo, letalmente venenosa. ¿Cómo había llegado hasta allí?

Seguía saliendo aún, lista para escurrirse en una dirección impredecible en cuanto hubiera liberado la cola. Los atizadores estaban al otro lado de la chimenea, y Tufts, Grace y Kitty, que no se habían dado cuenta de nada, se encontraban en su trayectoria; no alcanzaría a coger uno a tiempo.

La silla tenía asiento acolchado pero carecía de brazos, y las frágiles patas se ahusaban para acabar en puntas redondeadas no mayores que una barra de carmín; Edda respiró hondo, se levantó unos centímetros alzando también la silla y colocó la pata delantera izquierda justo encima de la cabeza de la alimaña. A continuación se sentó con todas sus fuerzas, las manos aferradas a los laterales del asiento, decidida a capear el temporal como si fuera el mismísimo Jack Thurlow domando un caballo.

La pata atravesó la cabeza justo entre los ojos, y el resto del cuerpo se encabritó en el aire. Alguien soltó un chillido estridente al que siguieron otros gritos, mientras Edda Latimer permanecía sentada y se afanaba en mantener la pata de la silla incrustada en la cabeza del reptil. El cuerpo restallaba, aporreaba, azotaba todo alrededor, incluso a ella, descargando zurriagazos tan fuertes y brutales como los de un látigo, tan rápidos que la muchacha parecía rodeada de un remolino borroso, una sombra que no dejaba de agitarse.

Las mujeres corrían por todas partes, gritando aún, aterradas ante la imagen de Edda y aquella vieja serpiente macho, incapaces de sobreponerse al pánico para ayudarla.

Salvo Kitty —la hermosa y valiente Kitty—, que brincó por delante de la chimenea blandiendo el tomahawk que se usaba para cortar leños gruesos. Abriéndose paso entre los latigazos que descargaba la serpiente, separó la cabeza del espinazo de dos tajos.

—Ya puedes levantarte, Eds —le dijo Kitty a su hermana al tiempo que dejaba el hacha—. Vaya monstruo. Estarás cubierta de moretones.

—¿Os habéis vuelto locas? —sollozó una conmocionada Grace.

—¡Idiotas! —exclamó Tufts, mirando a ambas hermanas.

El reverendo Thomas Latimer estaba demasiado ocupado con su segunda esposa, paralizada por la histeria, para hacer lo que de verdad deseaba: consolar a sus valientes hijas.

Los gritos y chillidos ya estaban menguando, y el terror había remitido lo suficiente para que las mujeres más intrépidas se arracimaran en torno a la serpiente y comprobaran que estaba muerta. ¡Qué bicho tan enorme! Y pese a que las señoras Enid Treadby y Henrietta Burdum se afanaron en ayudar al rector a tranquilizar a Maude, nadie salvo las cuatro gemelas recordaba ya el objetivo original de la malograda reunión. Lo importante era que esa criatura extraña, Edda Latimer, había matado una vieja serpiente macho venenosa, y era hora de volver a casa a toda prisa, para perpetuar las principales actividades femeninas de Corunda: el Chismorreo y su séquito, formado por el Rumor y la Especulación.

Las cuatro chicas se trasladaron hasta un carrito de servicio, donde se sirvieron té en las delicadas tazas y se abalanzaron sobre los sándwiches de pepino.

13

—¡Qué bobas son las mujeres! —exclamó Tufts, haciendo oscilar la tetera en el aire—. Cualquiera diría que se estaba cayendo el cielo. Pero qué típico de ti, Edda. ¿Qué pensabas hacer si lo de la pata de la silla no surtía efecto?

—En ese caso, Tufts, habría recurrido a ti para que sugirieses algo.

—¡Ja! No hacía falta que recurrieras a mí porque Kitty, a quien se le da igual de bien pensar que intrigar, ha acudido en tu rescate. —Tufts miró en torno—. Caray, todas se van a casa. Venga, chicas, podemos comérnoslo todo.

—Mamá tardará dos días en recuperarse —comentó Grace alegremente, al tiempo que tendía la taza para que le sirvieran más té—. Esto supera el *shock* de perder a las cuatro criadas sin sueldo de la rectoría.

—¡Qué tontería, Grace! —exclamó Kitty—. El *shock* de perder a sus criadas sin sueldo es más importante para ella que la presencia de una serpiente en su casa, por grande o venenosa que fuera.

—Más aún —terció Tufts—, lo primero que hará mamá cuando se haya recuperado será soltarle un sermón a Edda acerca de cómo matar serpientes con decoro y discreción. Vaya jaleo has armado.

—Ay, sí que es verdad —reconoció Edda tranquilamente, al tiempo que untaba un bollo con mermelada de arándanos y nata—. Si no hubiese armado jaleo, ninguna de las cuatro habríamos probado los bollos. Se los habrían zampado esas brujas amigas de mamá. —Se echó a reír—. El lunes que viene, chicas, empezaremos a vivir por nuestra cuenta. Se acabó mamá. Y ya sabéis que no va con segundas para que Tufts y tú os deis por aludidas, Kitty.

—Lo sé muy bien —rezongó Kitty.

No era que Maude Latimer fuera deliberadamente horrible; a su manera de ver, era una santa entre madrastras y madres por igual. Grace y Edda tenían el mismo padre que sus dos hijas, Tufts y Kitty, y no había discriminación alguna ni siquiera en el horizonte más remoto, o eso se apresuraba a aclararle Maude incluso al observador menos interesado en la vida de la rectoría. ¿Cómo podían resultarle fastidiosas unas criaturas tan preciosas a alguien que adoraba ser madre? Claro, en la realidad podría haber funcionado tal como funcionaba en la imaginación de Maude, de no ser por un accidente físico del destino. A saber, que la menor de las gemelas de Maude, Kitty, poseía una belleza superior a la de sus encantadoras hermanas, a quienes hacía sombra del mismo modo que el sol oscurece el resplandor de la luna.

Desde la infancia de Kitty hasta la fiesta de ese mismo día para celebrar que se marchaban de casa, Maude describía la perfección de Kitty ante cualquiera que quisiese oírla. La gente opinaba en privado lo mismo que Maude en público, pero, ay, cómo se hartaba la gente cuando aparecía Maude, con la mano de Kitty firmemente cogida, y las otras tres gemelas un paso por detrás. La opinión de Corunda coincidía en que al final Maude iba a crearle a Kitty tres enemigas implacables en sus hermanas: ¡cómo debían de detestarla Edda, Grace y Tufts! La gente también deducía que Kitty tenía que ser antipática, consentida e insufriblemente engreída.

Sin embargo, no era así, aunque el motivo constituía un misterio para todo el mundo salvo para el rector, que interpretaba el amor que sus hijas se profesaban mutuamente como una prueba sólida y tangible de lo mucho que las amaba Dios. Por supuesto, Maude usurpaba las alabanzas que su marido dirigía al Señor y consideraba que el mérito era suyo y solo suyo.

Las hermanas Latimer compadecían a Maude en la misma medida que les resultaba antipática, y solo la querían de esa manera que une a las mujeres de la misma familia, tanto si hay lazos de sangre como si no. Lo que había unido a las cuatro chicas en su inquebrantable alianza contra Maude no era el sufrimiento de las tres situadas en el perímetro exterior del afecto de esta, sino el de Kitty, en quien se concentraba todo el cariño de Maude.

Kitty tendría que haber sido una niña presuntuosa y exigente; en cambio, era tímida y retraída. Edda y Grace, veinte meses mayores, se dieron cuenta mucho antes que Tufts; sin embargo, en cuanto las tres se hubieron apercibido, empezó a preocuparles mucho el nocivo efecto de su madre en Kitty. El modo en que se fraguó poco a poco la conspiración para proteger a Kitty de Maude se perdió en las nieblas de la infancia, pero con el paso del tiempo la conspiración cobró fuerza.

Siempre era Edda, más dominante, quien aguantaba lo más recio de los conflictos graves, una pauta que se fijó cuando Edda, con doce años, sorprendió a Kitty desfigurándose el rostro con un rallador de queso, y llevó a esta, que tenía diez años, a recurrir a papá, el hombre más dulce y cariñoso del mundo. Él se ocupó de la crisis, abordó el problema del único modo que sabía y convenció a la niña de que al intentar hacerse daño insultaba a Dios, que la había hecho hermosa por alguna misteriosa razón que solo Él conocía y que algún día ella entendería.

Eso contuvo a Kitty hasta el inicio del último año de estudios en el Colegio para Señoritas de Corunda, una institución de la Iglesia anglicana. Posponiendo el comienzo de la educación de sus gemelas mayores y adelantando el de las menores, las cuatro chicas cursaron la educación primaria y la secundaria en la misma clase, e hicieron juntas la reválida. La directora, una arisca escocesa, dio la bienvenida a las once chicas que se quedaron en el centro hasta el último año con un discurso pensado para desalentar sus expectativas ante la vida en lugar de animarlas.

«Vuestro padres os han permitido gozar de los frutos de entre dos y cuatro años adicionales de educación manteniéndoos en el CSC hasta que hagáis los exámenes de reválida —dijo con la entonación propia de alguien educado en Oxford—, cosa que haréis al final de este año de Nuestro Señor de 1924. Para cuando os licenciéis, vuestra educación será exquisita, hasta donde puede serlo la educación para mujeres, claro. Tendréis conocimientos básicos de lengua, matemáticas, historia antigua y moderna, geografía, ciencias, latín y griego como para acceder a la universidad. —Hizo una pausa elocuente y llegó luego a su conclusión—: Sea como sea, la carrera que más os conviene es un matrimonio como es debido. Si optáis por seguir solteras y tenéis que manteneros, podéis escoger entre dos carreras: maestras en centros de primaria y algunos de secundaria, o secretarias.»

Maude Latimer hizo una apostilla a ese discurso durante la comida en la rectoría el domingo siguiente.

«¡Qué tontería! —dijo, y soltó un bufido—. Ah, no, no me refiero a lo del matrimonio como es debido. Eso lo conseguiréis todas, naturalmente. Pero ninguna hija del rector de la iglesia de St. Mark tiene por qué ensuciarse las manos trabajando para ganarse la vida. Viviréis en esta casa y me ayudaréis a llevarla hasta que os caséis.»

En septiembre de 1925, cuando Edda y Grace tenían diecinueve años y Tufts y Kitty dieciocho, Kitty fue a los establos de la rectoría y cogió una cuerda. Después de hacerle un nudo corredizo en un extremo y lanzarla por encima de una viga, metió la cabeza por el lazo y se subió a un bidón de combustible vacío. Cuando Edda la encontró, ya había volcado el bidón y colgaba, patéticamente inmóvil, con la intención de

17

acabar con su vida. Incapaz de entender luego cómo había encontrado fuerzas, Edda consiguió liberar a Kitty de la cuerda que la ahorcaba antes de que sufriera lesiones irreparables.

Esta vez no llevó de inmediato a Kitty a presencia del rector.

—Ay, queridísima hermanita, no puedes hacer esto, no puedes —dijo entre sollozos, con la mejilla contra el sedoso cabello de su hermana—. ¡No hay nada tan malo!

Sin embargo, cuando Kitty fue capaz de carraspear una respuesta, Edda se dio cuenta de que era incluso peor.

—Detesto ser guapa, Edda, lo odio. Si por lo menos mamá se callara y me dejara en paz... Pero es incapaz. Para cualquiera que la escuche, soy Helena de Troya. Y no me deja que vaya vestida como quiera o que no me maquille. Edda, si por ella fuese, te juro que me casaría con el mismísimo príncipe de Gales.

Edda procuró mostrarse desenfadada.

—Incluso mamá ha de saber que no eres del tipo de su alteza real, Kits. A ese le gustan casadas, y mucho mayores que tú.

El comentario provocó una risita llorosa, pero Edda tuvo que hablar bastante más y utilizar toda su persuasión antes de que Kitty consintiera en acudir a su padre con sus problemas.

—Kitty, no estás sola —arguyó Edda—. Fíjate en mí. Vendería mi alma al diablo, y lo digo en serio, por la oportunidad de ser médica. Es lo que siempre he querido, una licenciatura en Medicina. Pero no puedo aspirar a eso. Por una parte, no hay dinero y nunca lo habrá. Por otra, papá no lo aprueba en lo más hondo de su corazón; no porque esté en contra de que las mujeres desempeñen esas profesiones, sino por lo mal que se lo hace pasar todo el mundo a las mujeres que se dedican a la medicina. Cree que no me haría feliz. Sé que se equivoca, pero no acaba de estar convencido. —Tomó el brazo de Kitty y lo apretó entre sus dedos fuertes y esbeltos—. ¿Qué te hace pensar que eres tú la única desdichada, eh, dime? ¿Crees que yo no me he planteado también ahorcarme? ¡Bueno, pues sí! No una vez, sino muchas.

Así pues, para cuando Edda le contó a Thomas Latimer que su hermana había decidido colgarse, Kitty era arcilla maleable.

—¡Ay, querida, querida mía! —susurró mientras le resbalaban lágrimas por su cara alargada y bien parecida—. A quienes cometen el pecado de acabar con su propia vida, Dios les reserva un infierno especial, sin pozo de fuego ni compañía alguna en su sufrimiento. Quienes se quitan la vida vagan por la inmensa eternidad siempre solos. Nunca vuelven a ver otra cara, a oír otra voz, a degustar la agonía ni el éxtasis. ¡Júrame, Katherine, que no volverás a intentar hacerte daño de ninguna manera!

Lo había jurado, y mantuvo su palabra, aunque sus tres hermanas siempre tenían un ojo puesto en Kitty.

Y resultó que el intento de suicidio aconteció justo en el momento adecuado, gracias a que el rector de la iglesia de St. Mark era miembro de la junta directiva del Hospital de Corunda Base. Una semana después de la crisis de Kitty, se reunió la junta directiva del hospital, y uno de los asuntos que trataron fue el de que en 1926 el Ministerio de Sanidad de Nueva Gales del Sur iba a contar con una nueva clase de enfermera: una enfermera preparada, educada y titulada. El rector vio de inmediato que era una carrera adecuada para una chica criada como una dama. Lo que más entusiasmó al rector fue que las nuevas enfermeras debidamente preparadas tendrían que vivir en las inmediaciones del hospital para poder acudir de inmediato en caso necesario. El sueldo, tras descontar alojamiento y comida, uniformes y libros, era una miseria, pero sus hijas contaban con una modesta dote de quinientas libras, y esa miseria suponía que no tendrían que recurrir a ella; Maude ya estaba quejándose de que cuatro bocas de más en la rectoría daban demasiado trabajo. Así pues, se dijo el rector mientras volvía a casa en su Ford T, ¿por qué no ofrecerles a las chicas una carrera de enfermería? Adecuada para una dama, con alojamiento en el hospital, un sueldo de miseria y (aunque era demasiado leal para planteárselo así) libertad respecto de Maude *la Destructora*.

Había abordado primero a Edda, que se mostró loca, ferozmente entusiasta; con lo que incluso resultó más fácil convencer a Grace, la más reacia. ¿Importaba acaso que estar fuera del alcance de Maude fuera mayor aliciente para Grace y Kitty que la perspectiva del trabajo en sí?

Mucho más ardua para el rector fue la batalla que hubo de librar él solo en la junta directiva para convencer a sus doce miembros de que Corunda Base debía estar entre los hospitales pioneros con nuevas enfermeras. En alguna parte del cuerpo de Thomas Latimer, elegantemente desgarbado como una gacela, tan olvidado que sin duda estaba apolillado, acechaba un león. Y por primera vez hasta donde se remontaba la memoria de Corunda, el león rugió. Con los dientes al descubierto y las garras desenvainadas, el león era una manifestación del reverendo Latimer con la que no sabía cómo vérselas alguien como Frank Campbell, director del Hospital de Corunda Base. De modo que, encantado con lo que podía lograr mediante su agresión leonina, el reverendo Latimer se alzó con la victoria.

Las cuatro gemelas Latimer, saciadas sin llegar al hartazgo, cruzaron discretas miradas de triunfo. El salón se había quedado vacío y el té restante en las teteras estaba demasiado macerado, pero en el joven pecho de cada una latía un corazón feliz.

—A partir del lunes ya no tendremos que aguantar a Maude —suspiró Kitty.

—¡Kitty! No puedes hablar así, es tu madre —repuso Grace, escandalizada.

—Claro que puedo si me da la gana.

—Cállate, Grace, lo único que hace es celebrar su emancipación —terció Edda, con una amplia sonrisa.

Tufts, la más práctica, miró el cadáver de la serpiente.

—La fiesta ha terminado —sentenció, al tiempo que se ponía en pie—. Es hora de limpiar, chicas.

Al posar la mirada en la serpiente encharcada en sangre, Grace se estremeció.

—No me importa sacar las hojas de té de las teteras, pero no pienso limpiar eso.

—Puesto que lo único que has hecho al aparecer la serpiente ha sido chillar y lloriquear, sí que vas a limpiarlo —contestó Edda.

Tufts dejó escapar una risita.

—¿Te parece asqueroso, Grace? Pues espera a que estemos en las salas del hospital.

Con su generosa boca curvada en una mueca de disgusto, Grace se cruzó de brazos y fulminó con la mirada a sus hermanas.

—Empezaré cuando tenga que hacerlo, ni un minuto antes —dijo—. Kitty, toda esa sangre la has provocado tú al cortarle la cabeza. —De súbito le cambió el talante y se echó a reír—. Ay, chicas, ¿os lo imagináis? Nuestra época como criadas sin sueldo se ha acabado. ¡Allá vamos, Hospital de Corunda Base!

—Con tareas asquerosas y todo —añadió Edda.

El reverendo Thomas Latimer, que tenía algo de sangre Treadby aunque no era oriundo de Corunda, había sido nombrado rector de la iglesia anglicana de St. Mark en Corunda hacía veintidós años. Era esa pincelada Treadby la que lo hacía aceptable a los ojos de la población mayormente anglicana pese a su juventud y su relativa falta de experiencia; ninguna de estas cualidades se consideraba un grave hándicap, pues Corunda se preciaba en moldear a su propia imagen el barro virgen. Su esposa Adelaide provenía de buena familia y era muy apreciada, que era más de lo que se podía decir del ama de llaves de la rectoría, Maude Treadby Scobie, una viuda sin hijos con la sangre adecuada y una idea insufrible de su propia importancia.

Thomas y Adelaide echaron raíces y se ganaron el cariño de sus vecinos, pues el rector, sumamente apuesto a su manera erudita, era un alma amable y digna de confianza, y Adelaide lo era más aún. Se quedó embarazada tras un intervalo adecuado, y el 13 de noviembre de 1905 dio a luz dos gemelas, Edda y Grace. A continuación, una horrible hemorragia la consumió y Adelaide murió.

Puesto que Maude Scobie, tan eficiente, ya estaba bien versada en todos los asuntos de la rectoría, los miembros del consejo de la iglesia de St. Mark pensaron que Thomas Latimer, que tenía el corazón destrozado, debía seguir contando con los servicios de la señora Scobie, sobre todo porque tenía a su cargo a dos recién nacidas. Maude tenía seis años más que el rector y ya había dejado atrás la treintena. Empalagosamente refinada y de una gran belleza, aceptó encantada continuar como ama de llaves. El empleo no era una bicoca pero sí un puesto cómodo; los miembros del consejo no tenían inconveniente en financiar a amas de cría y fregonas.

Toda la congregación lo entendió cuando, un año después de la muerte de su primera esposa, el rector se casó de nuevo, esta vez con Maude Scobie, que quedó embarazada de inmediato y dio a luz dos gemelas ligeramente prematuras el 1 de agosto de 1907. Las bautizaron como Heather y Katherine, aunque luego pasaron a ser conocidas como Tufts y Kitty.

Maude no tenía intención de morir; su intención era sobrevivir al rector, y, de ser posible, incluso a sus propias hijas. Como mujer del rector, pasó a ser mucho más conocida entre los miembros de la comunidad, que —salvo excepciones— la detestaban y la tenían por prepotente, superficial y arribista. Corunda decidió que Thomas Latimer había caído en el engaño de casarse con una arpía intrigante. El veredicto debería haber abrumado a Maude, pero ni siquiera hizo mella en su vanidad, pues era una persona con una imagen de sí misma tan idealizada y arraigada que no concebía que nadie la detestase. El sarcasmo y la ironía le resbalaban como el agua sobre las plumas, y era ella quien hacía desaires a otros. Todo ello venía acompañado de una suerte incomparable: aunque pronto desilusionado de su nueva esposa, su marido consideraba el matrimonio un contrato sagrado y de por vida que no se debía quebrantar ni mancillar. Por muy poco idónea que fuera una mujer como Maude, Thomas Latimer estaba inextricablemente unido a ella. De modo que se las veía con su esposa armándose de paciencia, le seguía la corriente en algunas cosas y maniobraba para disuadirla de otras, soportaba sus rabietas y caprichos, y nunca llegó a plantearse, ni siquiera de pensamiento, romper los votos matrimoniales. Y si a veces le venía a la cabeza una vaga idea de que sería maravilloso que Maude se enamorase de otro, la ahuyentaba antes de que cobrara forma, horrorizado.

Ni unas gemelas ni las otras eran del todo idénticas, lo que daba pie a encendidas discusiones acerca de qué se consideraba exactamente «idénticas» en cuestión de gemelas. Edda y Grace tenían la estatura y delgadez de su madre, así como la capacidad de moverse con elegancia de su padre. Las dos eran hermosas a la vista y poseían rasgos faciales, manos y pies idénticos; ambas tenían pelo negro, cejas arqueadas, pestañas largas y gruesas y ojos gris pálido. Aun así, había diferencias. Mientras que los ojos de Grace siempre estaban abiertos de par en par y albergaban una tristeza natural a la que sacaba partido, los de Edda estaban más hundidos, a cobijo de unos párpados soñolientos, y contenían un poso de extrañeza. El tiempo demostró que Edda era muy inteligente, voluntariosa y un tanto inflexible, mientras que Grace no tenía querencia a la lectura ni a la búsqueda del conocimiento, e irritaba a todos con su tendencia a quejarse y, peor aún, a lamentarse. De resultas de ello, cuando empezaron a prepararse para ser enfermeras, la mayoría de la gente no veía lo parecidas que eran; sus respectivos caracteres habían grabado en sus semblantes expresiones muy distintas, y fijaban la mirada en cosas diferentes.

Maude nunca les había tenido mucho aprecio, pero disimulaba su antipatía con un ingenio sutil. De cara a la galería, las cuatro chicas iban limpias y arregladas por igual, se las vestía con un gasto similar y se las educaba con ecuanimidad. Si de algún modo los colores que escogía para sus gemelas eran más favorecedores que los que hacía llevar a las de Adelaide, bueno... Aquello no podía durar —y no duró— más allá de los quince años, cuando las chicas apelaron a papá para que les dejase escoger sus propios estilos y colores. Fue por tanto una suerte para Edda y Grace que, una vez concluida su revolución adolescente por el asunto de la moda, la sordera selectiva de Maude le permitiera hacer caso omiso de la opinión general de que Edda y Grace tenían mejor gusto para vestir que Maude.

Tufts y Kitty (Tufts nació en primer lugar) eran tan idénticas como la pareja mayor. Habían salido a su madre, una mujer que era una Venus en miniatura: baja, con pechos orondos y firmes, cintura diminuta, anchas caderas y piernas excelentes. Poseedoras de esa clase de belleza perfecta para las niñas pequeñas, eran arrebatadoras casi desde el momento en que nacieron, y a la gente le emocionaba comprobar que, en el caso de Tufts y Kitty Latimer, Dios había utilizado el molde dos veces. Los hoyuelos, los rizos, las sonrisas encantadoras y los ojos redondos y enormes les otorgaban el atractivo tierno y cautivador de un minino, rematado por la frente despejada, la barbilla puntiaguda y la curva de los labios que recordaba vagamente a la sonrisa de la Gioconda. Poseían la misma nariz fina, corta y recta, la misma boca de labios carnosos, los mismos pómulos marcados y cejas delicadamente arqueadas.

Lo que Tufts y Kitty no compartían eran las tonalidades de su aspecto, y ahí estribaba la diferencia entre el sol de Kitty y la tenue luna de Tufts. Esta tenía una coloración melosa desde el dorado ambarino del cabello hasta el tono amelocotonado de la piel, y poseía unos ojos amarillentos, tranquilos y desapasionados; sus matices solo abarcaban una serie del mismo color básico, como un artista con una paleta severamente limitada. Pero, ¡ay, Kitty! Allí donde Tufts armonizaba, ella ofrecía contrastes. Lo más llamativo era la piel, de un intenso castaño pálido que algunos tildaban de *café au lait* y otros, con inclinaciones menos compasivas, susurraban que era prueba de que en la familia de Maude había una pincelada de sangre aborigen en alguna parte. Tenía el pelo, las cejas y las pestañas de un tono cristalino, un rubio platino sin la menor calidez, que en contraste con la piel oscura resultaba espectacular; solo el tiempo sofocó los rumores de que Maude le teñía el pelo con agua oxigenada. Para rematar la singularidad de Kitty, sus ojos eran de un azul intenso surcado de vetas lavanda que iban y venían según su estado de ánimo. Cuando creía que nadie la miraba, Kitty contemplaba el mundo sin rastro de la tranquilidad de su gemela; la luz de sus ojos reflejaba perplejidad, incluso algo de miedo, y cuando las cosas escapaban a su capacidad de razonar o controlar, apagaba la luz y se retiraba a un mundo del que no hablaba con nadie y de cuya existencia solo sus tres hermanas estaban al tanto.

La gente literalmente se detenía y miraba con descaro a Kitty en cuanto aparecía. Como si eso no fuera ya bastante malo, su madre hablaba sin cesar de su belleza a todo el que se encontraba, incluidos aquellos a quienes veía a diario: una avalancha estridente y afectada de exclamaciones sin tener en cuenta que aquella a quien hacían referencia, Kitty, solía estar lo bastante cerca para oírla, igual que las otras tres chicas.

«¿Ha visto qué niña tan preciosa?»

«¡Cuando sea mayor se casará con alguien muy rico!»

Fueron ese tipo de comentarios los que habían desembocado en un rallador de queso, una soga y la decisión que tomó Edda de que las cuatro se matricularían en el nuevo programa de enfermería en el Hospital de Corunda Base a principios de abril de 1926, pues —sus hermanas eran del mismo parecer— si no conseguían alejar a Kitty de la influencia de Maude, llegaría el día que tal vez Edda no estuviera cerca para desbaratar un intento de suicidio.

Puesto que el único mundo que conocen los niños es aquel en que han nacido, a ninguna de las cuatro hermanas Latimer se les ocurrió poner en tela de juicio el comportamiento de Maude, o pararse a pensar si todas las madres eran así; simplemente dieron por sentado que cualquiera que fuese tan deslumbrante (era la palabra que utilizaba Maude) como Kitty habría estado sometida al mismo torrente inexorable de atención. En su situación, las Latimer entendieron que la tarea principal de las tres era proteger a la cuarta, más vulnerable, de lo que Edda llamaba «idioteces de los padres». Y a medida que crecían y maduraban, el instinto y el impulso de proteger a Kitty nunca desaparecieron, nunca disminuyeron y nunca perdieron urgencia.

Las cuatro chicas eran inteligentes, aunque Edda siempre se llevaba los laureles académicos ya que asimilaba las matemáticas con la misma facilidad que los acontecimientos históricos o la redacción en inglés. La mentalidad de Tufts era muy similar, aunque carecía del feroz fuego de Edda. Tufts tenía una vena práctica y realista que, curiosamente, ensombrecía su atractivo; durante la adolescencia, había demostrado escaso interés en los chicos, a quienes consideraba estúpidos y zafios. Fuera cual fuese la esencia que desprendían los chicos ante las chicas a fin de atraerlas, a Tufts le resultaba indiferente por completo.

Había un equivalente del Colegio para Señoritas de Corunda: el Instituto de Segunda Enseñanza de Corunda, y las cuatro hermanas Latimer se relacionaban con los chicos en cuestiones de juegos de pelota, fiestas, deportes y demás actos. Eran admiradas, incluso deseadas al modo en que desean los chicos a esas edades, y besadas tanto o tan poco como cada cual quería, pero el pillaje de pechos y muslos estaba prohibido.

Esas normas no eran difíciles de acatar para Tufts, Kitty y Edda, pero a Grace, más atrevida y menos estudiosa, le resultaban fastidiosas. Siempre inmersa en chismorreos y revistas femeninas sobre estrellas de cine, actores de teatro, moda y el mundo de la realeza representado por la familia Windsor que regía el Imperio británico, Grace tampoco estaba por encima de los cotilleos locales. De carácter egocéntrico pero perspicaz, y experta en eludir problemas o deberes que le desagradaban, Grace tenía una pasión inapropiada: le encantaban las locomotoras de vapor. Si desaparecía, todos en la rectoría sabían dónde encontrarla: en los apartaderos, viendo las locomotoras. No obstante sus muchos rasgos poco deseables, era de naturaleza amable, sumamente cariñosa y se desvivía por sus hermanas, que encajaban su tendencia a lamentarse como algo propio de su carácter.

Kitty era la que tenía imaginación romántica, pero si no poseía una belleza espiritual a la altura de la física era por culpa de una lengua que podía ser cáustica o mordaz, o ambas cosas. Era su defensa frente a todas esas rapsodias elogiosas, porque dejaba a la gente desconcertada y les hacía pensar que en ella había algo más que una cara bonita. Los accesos depresivos (conocidos como «los bajones de Kitty») que la aquejaban cada vez que Maude conseguía rebasar sus defensas eran un calvario que solo aliviaban sus hermanas, quienes estaban al tanto de los motivos y aunaban fuerzas para levantarle el ánimo hasta que remitía la crisis. En los exámenes le iba bien hasta que las matemáticas levantaban sus feas cabezas de hidra; era ella quien se llevaba los premios en los trabajos de clase y se expresaba muy bien por escrito.

Maude detestaba a Edda, que siempre era la líder de la oposición a los planes para sus hijas, en especial para Kitty. Aunque a Edda eso la traía sin cuidado. Ya cuando tenía diez años era más alta que su madrastra, y, una vez adulta, descollaba sobre Maude de una manera que a esta, tan pagada de sí misma, le resultaba incómoda y amenazadora. Sus ojos pálidos miraban fijamente como los de un lobo blanco, y en las raras ocasiones en que Maude sufría una pesadilla, quien la atormentaba en sueños era siempre Edda. A Maude le había complacido mucho disuadir al rector de hacer los sacrificios económicos que hubieran permitido a Edda estudiar Medicina, y lo consideraba su triunfo más gratificante; cada vez que pensaba en negar a Edda la ambición de su vida, notaba una especie de ronroneo interior. Si Edda hubiera estado al tanto de quién había emitido el voto decisivo en el debate de sus padres acerca de su carrera médica, la situación habría sido más peliaguda para Maude, pero Edda no lo sabía. Atrapado entre las presiones irresistiblemente férreas de una esposa y su propia convicción de que, al negar sus deseos a Edda, le estaba ahorrando toda una vida de dolor, Thomas Latimer no dijo ni una sola palabra a nadie. Por lo que sabía Edda, sencillamente no disponían de dinero.

Edda y Grace, Tufts y Kitty, las cuatro hicieron la única maleta que se le permitía llevar a cada una al hospital, y el 1 de abril de 1926 se presentaron para el servicio en el Hospital de Corunda Base.

«Cómo no —comentó Grace en tono lúgubre—. El día de los Santos Inocentes.»

Corunda, condado y ciudad, comprendía una zona rural más acogedora y pujante que la mayor parte de Australia, ubicada como estaba en las mesetas del sur a tres horas de Sídney en tren expreso. Producía ovejas orondas, patatas, cerezas y rubíes de sangre de pichón, aunque los rubíes de Treadby, que se encontraban en los suelos de las cuevas y sitios así, se habían agotado, dejando los yacimientos de Burdum sin ningún rival en el mundo.

A esa altitud el verano arramblaba con su botín y partía rumbo a otros climas a finales de marzo; abril señalaba el comienzo de un otoño con cierto sabor inglés, aderezado con árboles y arbustos de hoja caduca importados así como una pasión por la jardinería en todas sus modalidades, desde la de Anne Hathaway hasta la del paisajista británico conocido como Capability Brown. De modo que el día de los Santos Inocentes coincidió con el primer ápice de frescura en el aire, y las hojas de las plantas nativas de hoja perenne tenían ese aspecto polvoriento y hastiado como de estar suplicando que lloviera. El rector acompañó a sus hijas hasta la entrada principal del Hospital de Corunda Base y dejó que llevaran las maletas sin ayuda, con los ojos grises arrasados en lágrimas. Qué vacía iba a estar la rectoría.

Aunque las hermanas Latimer no estaban al tanto, la enfermera jefe Gertrude Newdigate solo llevaba en su puesto una semana cuando llegaron, y no le hizo ninguna gracia. En el momento de aceptar la plaza en Corunda no le mencionaron que habría enfermeras al nuevo estilo en prácticas, una razón de peso que la había hecho decantarse por Corunda. Y ahora... Sídney era un dislate por causa del cambio radical en la enfermería, y la enfermera jefe Newdigate no quería ni oír hablar del asunto. ¡Y ahora...!

Una figura glacial vestida enteramente de blanco estaba sentada tras la mesa de su despacho mirando a las cuatro jóvenes en pie delante de ella. Ataviadas con ropa cara y a la moda, todas con pintalabios Clara Bow, maquillaje y rímel, el pelo corto a lo *garçon*, medias de seda, bolsos, guantes y zapatos de cabritilla y un deje inglés en sus voces que remitía a un colegio privado...

—No dispongo de alojamientos adecuados para vosotras —dijo la enfermera jefe con frialdad, el almidón de su uniforme tan denso que crujía cuando respiraba hondo—, así que tendréis que ir a la casita de campo en desuso de las hermanas que el director, el doctor Campbell, se ha visto obligado a restaurar a un coste considerable. Vuestra acompañante será la hermana Marjorie Bainbridge, que vivirá con vosotras, aunque con cierto grado de intimidad.

La enfermera jefe movió la cabeza, enmarcada por una cofia de organdí blanco almidonado que más parecía un tocado egipcio, justo lo suficiente para que reluciera el distintivo de plata y esmalte que llevaba en el cuello del uniforme: la insignia que indicaba que la señorita Gertrude Newdigate era enfermera titulada en el estado de Nueva Gales del Sur. Si las chicas hubieran sido capaces de identificar tales insignias, habrían reparado en que era comadrona titulada, enfermera infantil titulada y licenciada por la Escuela de Enfermería del segundo hospital más antiguo del mundo, el St. Bartholomew de Londres. Corunda Base se había hecho con los servicios de una enfermera sumamente prestigiosa.

—A las enfermeras con titulación oficial —añadió— se les llama «hermanas». Ese título no tiene nada que ver con las religiosas, aunque proviene de hace siglos, cuando eran monjas quienes hacían las veces de enfermeras. Sea como fuere, con la disolución de las órdenes monásticas y conventuales bajo el reinado de Enrique VIII, el cuidado de los enfermos fue relegado a una clase de mujer muy distinta: la prostituta. La señorita Florence Nightingale y sus compañeras tuvieron que superar obstáculos increíbles para devolver nuestra moderna profesión al lugar que le corresponde, y nunca debemos olvidar que somos herederas suyas. Durante más de tres siglos la enfermería estuvo desprestigiada, era terreno de criminales y prostitutas, y sigue habiendo hombres en puestos de autoridad que consideran así a las enfermeras. Sale mucho más barato contratar a una prostituta que a una dama. —Los ojos azul pálido lanzaron gélidos rayos—. Como enfermera jefe de este hospital, os advierto que no toleraré mal comportamiento de ninguna clase. ¿Queda entendido?

—Sí, enfermera jefe —respondieron a coro en susurros atemorizados, incluso Edda.

—Relación de parentesco y nombres —continuó la voz, cada vez más tajante—. He decidido que mantendréis en privado vuestro parentesco. Las compañeras de profesión en este hospital no poseen vuestro dinero, privilegios ni educación. Una de las cosas que más detesto a título personal es vuestro aspecto y acento de clase alta. Vuestro... esto... vuestro aire de superioridad. Os sugiero que lo moderéis. Como en un hospital no se puede tolerar confusión alguna, desempeñaréis vuestro trabajo de enfermeras bajo apellidos distintos. Señorita Edda Latimer, usted será la enfermera Latimer. Señorita Grace Latimer, usted será la enfermera Faulding, el apellido de soltera de su madre. Señorita Heather Latimer, usted será la enfermera Scobie, primer apellido de casada de su madre. Señorita Katherine Latimer, usted será la enfermera Treadby, el apellido de soltera de su madre. —El almidón crujió al respirar hondo la enfermera jefe—. Las clases de ciencias y teoría de la enfermería no comenzarán hasta julio, lo que significa que tenéis tres meses para acostumbraros a los deberes y rutinas del trabajo antes de abrir un libro de texto. La hermana Bainbridge es vuestra superiora inmediata, responsable de vuestra instrucción día a día.

Sonó un leve golpe en la puerta y entró con paso enérgico una mujer de aspecto alegre de cerca de cuarenta años, no iba empolvada ni con los labios pintados.

—Ah, qué oportuna —dijo la enfermera jefe—. Hermana Bainbridge, le presento a las enfermeras a su cargo: la enfermera Latimer, la enfermera Faulding, la enfermera Scobie y la enfermera Treadby. Haced el favor de acompañar a la hermana, chicas.

Sin ocasión de recobrar el aliento, las cuatro jóvenes salieron detrás de la hermana Bainbridge.

La hermana Marjorie Bainbridge lucía el mismo tocado egipcio almidonado de organdí blanco que la enfermera jefe, pero por lo demás no se parecía en nada a ella. Su uniforme era un vestido de manga larga abrochado hasta la garganta con cuello y puños de celuloide desechables; sobre sus amplias caderas llevaba un cinturón verde oscuro del que salían trozos de cinta blanca que iban a parar al interior de sus bolsillos; según averiguarían más adelante, de esas cintas iban sujetas las tijeras para vendajes, una mordaza para ataques de epilepsia y un minúsculo juego de herramientas en un monedero. El uniforme almidonado era a finas rayas verdes y blancas, las medias beige de grueso hilo de Escocia y los zapatos negros, con cordones y sólidos tacones. Un atuendo que no añadía el menor encanto a su figura cuadrada, ni hacía parecer más pequeño el inmenso trasero que movía como un soldado desfilando, izquierda-derecha, izquierda-derecha, sin el menor indicio de feminidad. Con el tiempo las chicas se acostumbrarían a tal punto al aspecto disciplinado de un trasero de enfermera que ellas mismas lo adoptarían, pero esa fresca mañana de abril lo vieron como una novedad.

Un paseo de quinientos metros las llevó hasta una casa de madera triste y medio derruida con una galería frontal. La expresión «casita de campo» que había usado la enfermera jefe les había llevado a esperar algo pequeño y refinado, pero aquello parecía más bien un granero reducido a una sola planta a golpes de martillo. Y si el director Campbell había incurrido en «un coste considerable» para restaurarla, ni siquiera Edda, con su vista de águila, atinaba a ver dónde. Por si el edificio no era bastante inadecuado, había sido dividido en secciones que daban al interior el aspecto de un bloque de pisos, de modo que las cuatro enfermeras en prácticas no iban a andar sobradas de espacio ni comodidad.

—Latimer y Faulding, compartirán esta habitación. Scobie y Treadby, compartirán esa. Tienen acceso a este cuarto de baño y esa cocina. Mi alojamiento está detrás de esa puerta cerrada con llave que separa el resto del pasillo. Una vez la cruce, no quiero que me molesten. Ahora pueden deshacer el equipaje.

Y traspuso la puerta del pasillo cerrada con llave.

—Caray —comentó Kitty, desanimada.

—Qué austeridad —suspiró Tufts. Estaban en la cocina, una estancia pequeña provista de fogón de gas pero sin ningún otro aparato que ahorrase trabajo.

Grace se disponía ya a abandonarse a las lágrimas, mirando con los ojos húmedos la mesita de madera con cuatro sillas de dura madera.

—Es increíble —gimoteó—. No hay nada parecido a un salón aparte de cuatro sillas incómodas en una cocina.

—Como llores, Grace, pienso echarte a los perros yo misma —le advirtió Tufts, a la vez que pasaba un dedo enguantado por el margen superior del fogón. Hizo una mueca de asco—. Que no hayan dado una nueva mano de pintura, pase, pero es que no han limpiado nuestros alojamientos como es debido.

—Entonces, eso es lo primero que debemos hacer —señaló Edda en tono extrañamente feliz—. Pensadlo bien, chicas. No quieren que estemos aquí.

Tres pares de ojos se posaron raudos sobre Kitty, la más frágil: ¿cómo se tomaría esa mala noticia?

—¡Pues que les den a todos! —respondió Kitty con voz firme—. No pienso permitir que una Latimer sea derrotada por una panda de perras engreídas.

—Querrás decir zorras —matizó Edda.

Kitty dejó escapar una risita.

—Lo que no saben es que están en la liga de aficionadas cuando se trata de zorras. Hemos soportado toda nuestra vida a mamá, que podría enseñar a la enfermera jefe a comportarse como una bruja.

Con las lágrimas ya secas, Grace se quedó mirando asombrada a Kitty.

—¿No estás desolada? —preguntó.

—De momento, no —respondió Kitty, sonriente—. Estoy tremendamente ilusionada de estar llevando por fin una vida propia.

—¿Qué opinión te merece la enfermera jefe, Edda? —preguntó Tufts.

Grace contestó:

—Un buque de guerra a todo trapo, así que está acostumbrada a disparar salvas contra embarcaciones lejanas que ni siquiera alcanza a ver en el horizonte.

—Yo diría más bien que para ella no somos sino un engorro adicional —señaló Tufts—. Según la señora Enid Treadby, la enfermera aceptó este puesto para rematar su carrera en un lugar donde pudiera jubilarse.

—¿Por qué te has guardado hasta ahora semejante noticia? —se interesó Edda—. Es información vital, Tufts.

—Nunca se me ocurre repetir chismorreos. No puedo evitarlo, Eds, de verdad. Ya lo sabes.

—Sí, lo sé, y lamento haber arremetido contra ti. Venga, Grace, deja de berrear como una ternera huérfana.

—La enfermera jefe es una mujer detestable, igual que la hermana Bainbridge —dijo Grace entre sollozos, las lágrimas resbalándole por las mejillas—. Ay, ¿por qué no nos envió papá a estudiar a un hospital de Sídney?

—Porque papá es una persona importante en Corunda, así que puede tenernos vigiladas —repuso Tufts—. Traseros doloridos por culpa de las sillas duras, chicas, y sin salón. Me pregunto si hay un calentador de agua escondido en algún sitio. Después de todo, esto es parte de un hospital.

—No hay agua caliente en esta cocina —señaló Edda, torciendo el gesto.

Kitty salió del dormitorio que iba a compartir con Tufts llevando algo a rayas verdes y blancas, tan almidonado que parecía una lámina de cartón. Con el puño derecho empezó a golpearlo para ablandarlo. Se le escapó la risa.

—Esto es como despellejar un cordero sacrificado. —Dejó el vestido y retiró una lámina blanca de cartón—. Creo que cuando haya acabado de aporrear esto, será un delantal. —Le asestó un buen puñetazo—. Ay, mirad. Debe de ponerse encima del uniforme: solo se verán las mangas. Pero ya veo por qué las medias son de esas tan feas de lana negra.

Mientras se retocaba el pintalabios y los polvos, Grace levantó la mirada.

—¿A qué te refieres? —preguntó.

—¡Ay, Grace, no seas tan boba! ¿Por qué crees que la enfermera jefe nos ha soltado ese sermón sobre las monjas, la castidad y las prostitutas? Lo que quería decir en realidad es que durante los tres próximos años, aunque estadísticamente seamos mujeres, no vamos a pertenecer a ningún sexo. Hagas lo que hagas, Grace, que no se te ocurra flirtear con los médicos. Newdigate te perdonaría mucho antes matar a un paciente que comportarte como una puta. Por eso vamos a llevar uniformes tan feos y medias negras de lana. Apuesto a que no nos permitirán ponernos pintalabios ni empolvarnos.

—Como vuelvas a llorar, Grace, te mato —le espetó Edda.

—¡Quiero volver a casa!

—¡Qué va!

—Detesto limpiar porquerías. —De pronto, Grace se animó—. Aun así, para cuando cumpla los veintiuno estaré titulada y podré hacer un montón de cosas sin permiso de nadie. Como casarme con quien quiera y votar en las elecciones.

—Me temo que lo más difícil será aprender a llevarnos bien con las demás enfermeras —comentó Edda con aire pensativo—. Bueno, ¿quiénes son? Ninguna de nosotras ha estado nunca en un hospital y nuestros padres no alternan con gente de este ambiente. Las instrucciones de la enfermera jefe de que moderemos el tono me han parecido siniestras. He entendido que se refería a que, desde el punto de vista social y educativo, estamos claramente por encima de las demás enfermeras. Si algo no hemos sido nunca es unas esnobs: papá se horrorizaría, sobre todo con mamá como ejemplo. —Lanzó un suspiro—. Pero por desgracia la gente tiende a juzgar un libro por la cubierta.

Tufts volvió a airear sus conocimientos sobre asuntos locales.

—Las enfermeras son todas del West End, y sumamente zafias —dijo.

—Bueno, podemos empezar por prescindir de expresiones como «sumamente zafias» —comentó Edda. ¡Ay, qué pesada podía llegar a ponerse Tufts! El problema estribaba en que no era nada locuaz, con lo que ninguna de las demás sospechaba que su silencio ocultara información.

—Siempre he creído que utilizar servilleta era un engorro para hacer luego la colada —dijo Kitty en tono despreocupado—. Siempre puedes limpiarte la boca con la mano, claro, y si te moquea la nariz, ya tienes la manga.

—Es verdad —convino Edda, más seria—. Más vale que nos vayamos acostumbrando a limpiarnos boca y nariz, y también a limpiar heridas, porque dudo que haya servilletas. Pañuelos de caballero tampoco, chicas. Ni rastro de encaje. —Dejó escapar un bufido—. De todos modos, los pañuelitos de mujer son fruslerías.

Kitty carraspeó.

—Ya sé que a veces me hundo en la miseria, chicas, pero no

soy cobarde. Por muy antipáticas que sean las del West End, no podrán conmigo. Ser enfermera no me atrae tanto como a ti, Edda, porque para ti es lo más parecido a la carrera de Medicina a tu alcance. Pero creo que puede llegar a gustarme.

—¡Bien dicho, Kitty! —saltó Edda, aplaudiendo su discursito. Delante de sus ojos Kitty se desprendía del lastre de su infancia. «Va a mejorar como es debido —pensó—, lo sé en lo más profundo. Se muestra tan sincera con respecto a Maude, tan consciente de los peligros que acechan allí donde ella estuviera... Después de Maude, las chicas del West End no son nada.»

»Hace tiempo que superé la decepción de no poder estudiar Medicina —continuó Edda, preocupada de que Kitty estuviese haciéndose una idea exagerada de la misma—. Enfermería es una opción más sensata, y nuestra preparación como enfermeras al nuevo estilo supone que no seremos ignorantes que saben vender pero no saben por qué. Imagíname como un viejo caballo de batalla: con solo oler a éter me pongo a relinchar y piafar. ¡En un hospital me siento viva!

—Hablando de relinchar y piafar, ¿sabe Jack Thurlow que vas a ser enfermera? —indagó Tufts con picardía.

El flechazo salió desviado: Edda sonrió.

—Claro que lo sabe. Y no tiene el corazón partido, como tampoco lo tengo yo. Lo más difícil será mantener en forma a *Fatima* de acuerdo con las expectativas de Jack. Me atrevería a decir que en el futuro saldré a cabalgar más a menudo por mi cuenta.

—Si todavía tuvieras a *Thumbelina*, sería más sencillo —dijo Grace—. Papá no tendría ninguna obligación hacia Jack Thurlow, que ni siquiera va a misa.

Kitty se adelantó a las nubes de tormenta que asomaban en el semblante de Edda.

—¡Calla, Grace, eso no se discute siquiera! Lo que yo llevo preguntándome desde siempre es por qué te gusta cabalgar.

—Cuando voy a lomos de un caballo, estoy como mínimo cinco palmos por encima del suelo —dijo Edda muy en serio—. Para mí ahí reside la emoción de montar: en ser más alta que un hombre.

—Ojalá fuera yo alta —dijo Kitty, y suspiró.

La puerta del pasillo vibró y se abrió de golpe. La hermana Bainbridge apareció en el umbral y fulminó con la mirada a las enfermeras en prácticas a su cargo.

—¿Qué ocurre aquí, enfermeras? Ni siquiera han empezado a deshacer el equipaje.

El Hospital de Corunda Base era el mayor hospital rural de Nueva Gales del Sur, con ciento sesenta camas en la sección general, ochenta camas en el psiquiátrico y treinta en un asilo para convalecientes y ancianos por la parte de Doobar, donde el aire y la elevación se consideraban más beneficiosos. A diferencia de la magnificencia arenisca de otros hospitales, su aspecto no resultaba nada atractivo, pues parecía un cuartel del ejército. Hecho de madera sobre cimientos y pilares de piedra caliza, estaba constituido por una serie de largas estructuras rectangulares que se salvaban de la denominación de cobertizos por la presencia de una amplia galería cubierta en ambos laterales. Los pabellones Uno y Dos para hombres eran de longitud doble, igual que los pabellones Uno y Dos para mujeres; Pediatría, Consultas Externas, Rayos X y Patología, el Quirófano, las cocinas y los almacenes eran de tamaño normal, mientras que Administración, que daba a Victoria Street, contaba con un edificio de ladrillos de piedra caliza. Los terrenos ocupaban hectáreas y estaban sembrados de edificios externos, desde la casita como de cuento de hadas de la enfermera jefe hasta construcciones levantadas durante la Gran Guerra, cuando también había sido hospital militar. Había una característica general que hacía de aquel un lugar práctico: hasta el último metro cuadrado de la última hectárea era llana. Y eso a su vez había dado pie a los puntales y ramales que unían los edificios entre sí como el puente de Brooklyn o una telaraña: pasajes cubiertos que todo el mundo llamaba «rampas». La mayoría de las rampas tenían cierta protección de los elementos más allá del techado gracias a unos laterales de un metro veinte de alto, aunque los últimos doscientos metros hasta la casa de las Latimer solo constaban de suelo y techo. Allí donde los pabellones para hombres se encaramaban a las rampas por ambos laterales, se habían cubierto por completo a guisa de sala de espera; lo mismo se había hecho con los de mujeres. Quienes esperaban para que visitaran a sus niños tenían que hacerlo en los pabellones de mujeres u hombres. El pabellón de partos tenía suerte; estaba dentro del edificio de Administración, igual que Urgencias y un pequeño quirófano.

Las hermanas Latimer recibían andanadas de impresiones, aunque si la interpretación de su carácter por parte de la enfermera jefe hubiera sido acertada, ni una sola de ellas habría durado más de un día en Corunda Base. Habían sido educadas como damas y nunca habían padecido necesidades materiales, pero la juventud de Gertrude Newdigate quedaba tan lejana que ya no alcanzaba a recordarla, y había olvidado tener en cuenta la fortaleza de resolución y carácter.

El primer golpe y el más fuerte no fue personal; fue caer en la cuenta de que un hospital era un lugar al que a uno, un paciente, se le ingresaba para morir. Una tercera parte de los pacientes abandonaban el hospital por el depósito de cadáveres, y otro tercio regresaba a casa a morir. La estadística se la facilitó un triste conserje llamado Harry, que se convirtió así en una autoridad docente ante las cuatro nuevas enfermeras semanas antes de que conocieran a su profesor, el doctor Liam Finucan.

—Se ve en los ojos de los pacientes —se lamentó Tufts, horrorizada—. Tengo la impresión de estar al servicio de la muerte en vez de ayudar a que recuperen la salud. ¿Cómo pueden estar tan contentas las demás enfermeras?

—Están acostumbradas y resignadas —dijo Grace, restañando las lágrimas.

—Tonterías —saltó Kitty—. Tienen experiencia, saben que la mejor manera de lidiar con la muerte es convencer a los pacientes de que no van a morir. Las observo, me trae sin cuidado lo desagradables que sean conmigo. Cómo nos traten es lo de menos. ¡Hay que fijarse en ellas!

—Kitty tiene razón —reconoció Edda, que guardaba la indignación para cosas como los periódicos recortados a modo de papel higiénico y las toallas tan raídas que no secaban la piel húmeda. ¿Acaso no contaban los hospitales con una financiación adecuada?—. Grace, ya has agotado el cupo diario de lágrimas. No se te ocurra llorar.

—¡Esa enfermera Wilson me ha salpicado con una palangana de vómito!

—Te has ganado lo del vómito porque la enfermera Wilson ha visto cuánto te asqueaba. Controla ese asco y no volverá a ocurrir.

—¡Pues yo quiero volver a casa!

—Eso es imposible, so burra —dijo Edda, disimulando su compasión—. Ahora ve a cambiarte el delantal antes de que el vómito te manche el vestido. ¡Puaj! ¡Apestas!

Aun así, la primera semana pasó de algún modo; al final de la misma ya eran capaces de vestirse de manera impecable con sus prendas como de cartón almidonado, incluso de doblar esas partes tan absurdamente complicadas de las cofias que más parecían un par de alas. Las demás enfermeras llevaban uniformes y delantales más prácticos, incluidas mangas cortas, mientras que las Latimer, en tanto que enfermeras al nuevo estilo en prácticas, lucían más envoltorios que un regalo.

La comida, según descubrieron, era espantosa tanto para los pacientes como para el personal, pero como trabajaban mucho se lo comían todo, desde el repollo aguado hasta la salsa de carne grumosa y grasienta; la hermana Bainbridge les dejó bien claro que la cocina de sus alojamientos era para preparar tazas de té, café o chocolate.

—Y nada más, ni siquiera tostadas —remachó amenazante.

El rector había protegido a sus hijas de los aspectos más sórdidos y terribles de su vocación religiosa, y excluido las palabras incesto, sífilis y perversión de su vocabulario. Debido al clima y la ausencia de refrigeración, los muertos se enterraban en un ataúd cerrado en un plazo de veinticuatro horas, así que cuando, la segunda mañana que llevaban allí, la hermana Bainbridge les enseñó a amortajar un cadáver, era la primera vez que veían o tocaban un muerto.

—Un sifilítico que violó a su hermana —bromeó Bainbridge.

La respuesta de las chicas a semejante comentario fue una mirada de perplejidad.

—¡Hay que conservar el orgullo! —susurró furiosa Edda en cuanto Bainbridge se alejó, mofándose de su ignorancia—. Tened presente que somos Latimer. Lo que hoy nos disgusta mañana no tendrá la menor importancia. ¡No dejéis que nos venzan! Nada de lágrimas ni de desánimo.

Estaban siempre cansadas de una manera nueva y muy difícil de sobrellevar; les dolían los pies, les dolía la espalda, les dolían las articulaciones. Tuvieron que olvidarse de todo lo que les había enseñado Maude, tan refinada; no había lugar para el refinamiento en Corunda Base, cuyo director era un avaro consumado capaz de negar las necesidades más básicas a cualquiera con tal de ahorrar dinero, al que estaba pegado como una sanguijuela a un pedazo de carne sanguinolenta.

Abril, mayo y junio se desvanecieron en una bruma de agotamiento que en realidad favoreció al hospital. Ni siquiera Grace tenía fuerzas para pensar en dejarlo; la mera noción de montar semejante alboroto se le antojaba tan lejana como el Everest, inalcanzable. Se limitaron a sobrellevarlo.

Edda las mantuvo unidas, convencida de que las cosas tenían que cambiar, como solía ocurrir con todo por pura familiaridad. Tal vez lo único que las mantenía discretamente resignadas era aquello que perderían si regresaban a la rectoría: las habitaciones con calefacción. Con el invierno encima, era una maravilla vivir en un lugar cálido, por grandes que fueran las humillaciones y penurias de su vida como enfermeras. Y Edda creía que una vez demostraran su valía a las crueles mujeres ante quienes debían responder, obtendrían recompensas, como sillas con asiento blando, la oportunidad de prepararse sándwiches tostados y un poco de amabilidad. Porque, al final de los primeros tres meses, empezarían a recibir clases y les exigirían hacer algo con el cerebro además de con las manos y la voz. Durante abril, mayo y junio no habían sido distintas de las chicas del West End.

Su tutor era el doctor Liam Finucan, el patólogo del hospital (y también juez de instrucción del condado y la ciudad de Corunda). Había accedido a encargarse de las labores de docencia por dos razones; la primera, que consideraba que el intelecto de las enfermeras se desperdiciaba; y la segunda,

43

que había reparado en el potencial de las cuatro enfermeras en prácticas cuando las llevaban por el hospital en una especie de programa de orientación acelerado.

Liam Finucan, protestante del Ulster, había obtenido su licenciatura en el St. Bartholomew de Londres cuando estaba en ese centro la enfermera jefe Gertrude Newdigate, de modo que eran viejos conocidos; su pasión por la patología lo había llevado hasta el magnífico sir Bernard Spilsbury, y tenía tales calificaciones que podría haber accedido al departamento de Patología de cualquier hospital de Sídney o Melbourne. El que hubiera escogido un puesto más modesto en Corunda Base se debía a su esposa Eris, una chica de Corunda que había conocido en Londres. En 1926, cuando las hermanas Latimer empezaron como enfermeras, llevaba en Corunda quince años.

Como muchos patólogos, era reservado y tímido, no sabía tratar con tacto a los enfermos y encontraba más interesantes a los muertos que a los vivos. Sea como fuere, para mediados de julio, tras dos semanas de instruir a las enfermeras en prácticas, Liam Finucan desarrolló una faceta de su personalidad desconocida incluso para él mismo. De sus establos mentales salió un caballo de batalla, y en un armario cubierto de telarañas apareció una armadura; a lomos de uno y pertrechado con la otra, Liam blandió la lanza y se fue a la guerra. Su enemigo no era ese miserable tacaño del doctor Frank Campbell, sino la enfermera jefe Newdigate.

—No has ofrecido a estas cuatro chicas la menor ayuda ni el menor apoyo, Gertie, y eso tiene que acabarse —dijo Liam, su voz, ligeramente cantarina, ahora acerada, extraña—. ¡Deberías estar avergonzada! Cuando empieza a trabajar aquí una enfermera a la antigua usanza, la acogen en el redil del West End y la abruman con consejos y amabilidad. En cambio, estas cuatro jóvenes no tienen a quién recurrir. Me da igual que fueras nueva en tu puesto cuando empezaron, tenías un deber con ellas y lo ignoraste descaradamente porque su presencia incomodaba a la mayoría del West End. ¿Crees que he olvidado cuánto me diste la lata durante tu primera semana ante la perspectiva de que iban a endilgarte a cuatro enfermeras en prácticas? Pues aquí estamos, a mediados de julio, y te has comportado como si no existieran. Las has metido apretujadas en una casa medio desmoronada, has asignado su supervisión a esa gorda perezosa de Marje Bainbridge y encima la has recompensado con la mitad de esa misma casa. —Los ojos se le habían puesto del gris oscuro de un mar tormentoso y la miraban con desprecio—. Tus enfermeras al nuevo estilo en prácticas están más cansadas incluso de lo que deberían —continuó—. Sus alojamientos son del más puro estilo Frank Campbell: sillas duras y camas de tres palmos de ancho, y una cocina que no pueden usar siquiera. Por pura casualidad pasan por la casa los conductos de calefacción, así que al menos no se han congelado, pero tienen que cortar leña y echarla al fogón para calentar agua, y eso es inadmisible. ¿Me oyes? ¡Es criminal! A pesar de sus privilegios las han educado para que se comporten con humildad, aunque es una suerte para ti que su madre sea una zorra egoísta. —Se inclinó para apoyar las manos en la mesa inmaculada y fulminarla con la mirada—. Ahora voy a ver a Frank Campbell, pero te lo advierto, Gertie: espero que me apoyes incondicionalmente en esto. Puesto que las chicas tienen que vivir aquí, cada cual tendrá un cuarto. Habilitarás una sala con sillones, además de mesas y estanterías para que estudien. La cocina estará a su disposición para preparar comidas ligeras así como bebidas, y ocúpate de que dispongan de una nevera antes de la primavera. ¡Mueve ese trasero consentido y encárgate de su bienestar! Puedes servirte de Marje Bainbridge como acompañante de las chicas, claro está, pero no hay necesidad de que nade en la abundancia. Tengo entendido que habrá fondos para construir una nueva residencia para enfermeras, pero hasta que esté terminada, quiero que mis enfermeras en prácticas tengan unos alojamientos como es debido.

Gertrude Newdigate había prestado oídos, pero no estaba dispuesta a asumir la carga que suponía la frugalidad excesiva de Frank Campbell.

—¡Libra tú tu propia batalla con ese hombre tan horrendo! —repuso con frialdad—. Yo tengo las manos atadas.

—Qué tontería. Te conozco desde hace veinte años y no te tengo ningún miedo. Ni a Frank tampoco. Piénsalo, Gertie. Esas cuatro jóvenes son muy buenas, ahí está la auténtica tragedia. ¿Por qué demonios te arriesgas a perder cuatro enfermeras jefe en potencia solo para complacer a una pandilla de enfermeras mezquinas del West End que no distinguen el sodio del potasio y no reconocerían una raíz médica griega o latina aunque les mordiera el trasero? Convence a las del West End de que en el futuro la medicina requerirá enfermeras cultas, así que ya pueden ir pensando en sus hijas. ¡No hace falta que estés en sintonía con el pasado a tal punto!

Gertrude Newdigate estaba recuperando su indiferencia natural; veía a qué se refería Liam, pero no había tenido intención de que ocurriera así. El problema era que estaba en Corunda Base desde hacía muy poco, y no se había dado cuenta del nivel tan pésimo que tenían las chicas del West End cuando se trataba de ciencia y teoría. Aun así, aún le quedaba un puyazo que lanzar.

—¿Qué tal está tu esposa? —preguntó con dulzura.

Él no mordió el anzuelo, sino que desdeñó el cebo.

—Flirteando por ahí, como siempre. Hay cosas que no cambian nunca.

—Deberías divorciarte.

—¿Por qué? No tengo intención de casarme con otra.

A las Latimer les encantaba el doctor Liam Finucan, único rayo de luz en un túnel de densa negrura. Tras descubrir lo brillantes que eran y lo bien preparadas que estaban, se afanó con energía y entusiasmo en la tarea de instruirlas, emocionado al descubrir que sus conocimientos sobre matemáticas y fenómenos físicos ya les permitían entender cosas como las leyes de los gases y la electricidad. Eran tan competentes como los hombres en los primeros años de la carrera de Medicina. Cuando se trataba de materias nuevas y extrañas, aprovechaban los conocimientos con entusiasmo. Incluso Grace, según iba averiguando, tenía sesera más que suficiente para asimilar la teoría; lo que la retrasaba era la falta de auténtico interés. A la enfermera jefe le había dicho que conseguiría formar «cuatro enfermeras jefe», pero tres habría sido más correcto. Lo que ansiaba Grace, fuera lo que fuese, no era llegar a ser enfermera titulada.

Su favorita era Tufts, a la que siempre llamaba Heather. Edda era la que tenía más talento e inteligencia, pero el patólogo que llevaba Liam dentro admiraba el orden, el método y la lógica, y en esas áreas Tufts se llevaba la palma. Edda era la cirujana ostentosa, Tufts la patóloga más aplicada que brillante, de eso no cabía duda. El aprecio que le tenía era recíproco; ni el atractivo realzado por un monóculo del cirujano Max Herzen ni el encanto chispeante del jefe de obstetricia Ned Mason atraían tanto a Tufts como el doctor Finucan, con su cabello oscuro de sienes blancas, la cara alargada de rasgos delicados, los ojos del azul grisáceo de un navío. No es que Tufts, muy poco romántica, mirase amorosamente a Finucan ni soñara con él; sencillamente le caía muy bien como persona y le encantaba estar con él. Sus hermanas, que entendían su naturaleza, nunca cometían el error de tomarle el pelo en cuestiones de hombres, sobre todo con Liam Finucan. Aunque no tenía nada de monja, Tufts sí guardaba cierto parecido con un monje.

El fuego que había encendido Liam bajo la enfermera jefe funcionó como una antorcha, pues la enfermera jefe prendió otro fuego bajo la hermana Bainbridge, que prendió otro bajo la cabecilla de las enfermeras del West End, Lena Corrigan, y esta notó las llamas lo suficiente para que ardiera toda la camarilla del West End. Las quemaduras siguieron notándose durante semanas.

De pronto la casa de las enfermeras cambió: se limpió a fondo; cada una de las cuatro chicas tenía un cuarto; aparecieron cuatro sillones y otras tantas mesas con sillas en una sala, que incluso tenía radio; la cocina se podía utilizar para comidas ligeras; había dos cuartos de baño y también agua caliente conectada a toda prisa. Harry el portero recogía sus uniformes todos los días para lavarlos, y en la despensa había galletas, tarros de mermelada, frascos de salsa, té en abundancia, café y achicoria, cacao en polvo, agua de Seltz para bebidas frías y licor de grosellas. Todo lo cual palidecía ante la nueva nevera, lo bastante grande para contener un bloque de hielo y mantener los huevos, el beicon, la mantequilla y las salchichas frescos.

—¿He muerto y estoy en el cielo? —suspiró Grace.

De repente, sin que nadie lo esperase, la hermana Bainbridge se mudó a una casita cercana en la misma rampa. Pero antes de irse explicó a las chicas los efectos mágicos de las sales Epsom, que disueltas en agua caliente en una bañera o una palangana, curaban cuerpos doloridos y pies doloridos. ¿Cómo habían podido sobrevivir sin la bendición de las sales Epsom?

—Ahora me toca a mí morir e ir al cielo —dijo Edda—. Vuelvo a tener los pies de un ser humano.

Y aunque a las del West End les llevó meses reconocer que a las enfermeras en prácticas al nuevo estilo se les daba tan bien como a ellas cuidar a la antigua usanza de los enfermos, el rencor fue desapareciendo de la persecución a que las sometían. ¿De qué servía el rencor, cuando aquellas a quienes iba dirigido siempre se las arreglaban para sobrellevarlo?

—Esto se remonta a mediados de julio —dijo Edda, al terminar septiembre en medio de un mar amarillo de narcisos mecidos por el viento—. Alguien tuvo la amabilidad de tomar cartas en el asunto, pero ¿quién?

Hicieron muchas conjeturas, que iban de la enfermera jefe adjunta Anne Harding a la menos ofensiva de las chicas del West End, Nancy Wilson; pero ninguna, ni siquiera Tufts, sospechó de la intervención del doctor Finucan, que se retiró satisfecho a un segundo plano y vio cómo sus protegidas prosperaban en esa atmósfera alegre y gratificante.

—La Gran Guerra trajo muchos avances en cirugía —explicó con voz suave a su clase de cuatro alumnas—, pero no tantos en lo que respecta a la medicina normal. Los grandes asesinos siguen matando a mansalva: neumonía, enfermedades cardíacas y vasculares. Ustedes las jóvenes representan el mayor progreso en el tratamiento de la neumonía en la historia hasta la fecha. —Arqueó las cejas y le bailaron los ojos—. ¿Cómo? ¿No lo ven? Pues resulta, señoritas, que las autoridades ahora entienden que una enfermera bien preparada y educada aborda el cuidado de un paciente de neumonía con inteligencia. Con conocimientos de anatomía y fisiología, no limita la atención a vaciar el recipiente de los esputos, la bacinilla y la botella de la orina, y a hacerle la cama. No, le insta a hacer ejercicio constantemente, incluso aunque no se pueda levantar de la cama, le hace creer que puede mejorar, le explica en lenguaje sencillo lo que no le dicen nunca los médicos, la naturaleza de su enfermedad, y no le deja nunca solo para que languidezca como un maniquí olvidado, por muy ocupada que esté. Solo hay una cosa que salva al paciente de neumonía: una atención incesante y con conocimiento de causa por parte de las enfermeras.

Escucharon con avidez y asimilaron lo que Finucan no estaba autorizado a decir: que solo el conocimiento de la ciencia que había detrás de su oficio podía empujar a una enfermera a realizar el trabajo adicional que requería la clase de atención a la que aspiraba el propio Finucan.

—Ahí es donde fallan las del West End —comentó Edda a sus hermanas mientras comían unos bocadillos de salchichas en la cocina caldeada—. Viven en casa, cargan con todos esos problemas y preocupaciones además de los que tienen aquí, apenas saben leer y escribir más allá de las nociones básicas y solo saben de medicina lo que han ido aprendiendo en los pabellones sobre la marcha. Algunas son buenas enfermeras, pero para la mayoría no es más que un empleo. Si un caso de neumonía requiere estar encima, mover al paciente, obligarle a toser y cambiarle la cama, depende de lo ocupadas que estén las enfermeras, de cómo sea la hermana a cargo ese día y qué chicas del West End estén de turno. No poseen unos conocimientos básicos en los que apoyarse.

Grace lanzó un bufido.

—Seguro que eso no nos pasa a nosotras —dijo, en tono lúgubre—. Me duele la cabeza con tantos términos y enfermedades.

—Venga, Grace, te duele la cabeza porque ahora tienes algo más que hacer que desmayarte viendo a Rodolfo Valentino.

—Me encantan las clases —dijo Tufts, enfrascada en la *Anatomía de Gray*.

—Como dejes grasa de salchicha en esa página, Tufty, te vas a meter en un lío —le advirtió Edda.

—¿Cuándo se me ha caído una sola gota de grasa?

Su instrucción siguió adelante; el doctor Finucan no flaqueaba nunca.

—No hay medicamentos ni técnicas farmacéuticas que valgan un pimiento —dijo— para las enfermedades que más vidas se cobran. Sabemos lo que son los gérmenes y podemos destruirlos en nuestro entorno, pero no una vez han accedido al interior de nuestro cuerpo. Un bacilo que infecta un tejido, como la neumonía los pulmones, es intratable. Lo vemos por el microscopio, pero nada de lo que administremos por vía oral, cutánea o hipodérmica puede matarlo.

Por alguna razón desvió la mirada hacia Tufts, a la que imaginaba como una enfermera jefe perfecta.

—Puesto que soy el forense de Corunda, llevo a cabo autopsias, que son disecciones quirúrgicas de los cadáveres. Otro nombre que se da a la autopsia es examen post mórtem. Ustedes aprenderán anatomía y fisiología delante de la mesa del depósito de cadáveres. Si el muerto es un vagabundo sin familia ni amigos, diseccionaré el cadáver minuciosamente para dejar al descubierto el sistema linfático, el vascular o el digestivo. Ojalá me lleguen bastantes indigentes, aunque por lo general no escasean. —Las miró con seriedad—. Ténganlo siempre presente, enfermeras. Nuestro sujeto bajo el escalpelo es una criatura de Dios, por muy humilde que sea. Lo que ven, lo que oyen, lo que tocan y manejan es, o era, un ser humano y formaba parte del designio divino, sea cual sea. Todo el mundo es digno de respeto, incluso después de muerto. Enfermera Latimer, debe tener presente que los deseos del paciente son tan importantes como los suyos propios. Enfermera Treadby, que no todos los niños tienen el carácter o la inclinación de los ángeles. Enfermera Scobie, que hay ocasiones en que sus sistemas más preciados no funcionarán. Y enfermera Faulding, que incluso el peor desastre que pueda causar un paciente forma parte del plan de Dios. —Sonrió—.

51

No, no soy un hombre religioso como su padre, señoritas: el Dios del que hablo es la suma total de todo lo que hubo, hay o habrá.

Un hombre cabal, fue el veredicto de Edda, del que Tufts se hizo eco; según Kitty, era un poco aguafiestas, pero a ojos de Grace era la Voz de la Catástrofe repitiendo el estribillo de su vida como enfermeras: porquerías, desastres y más desastres.

De algo sí que se alegraban: aunque la enfermera jefe, el doctor Campbell y el doctor Finucan sabían que eran hermanas gemelas, nadie más estaba al tanto. Todo un mundo separaba la rectoría de St. Mark del Hospital de Corunda Base.

En opinión de Edda, nadie llegaba ni a la suela de los zapatos de Jack Thurlow, a quien había conocido en el camino de herradura que bordeaba el río Corunda cuando tenía diecisiete años. Tanto entonces como ahora, montaba un imponente purasangre gris moteado con las crines y la cola negruzcas, la clase de caballo que Edda, a horcajadas sobre la vieja y gorda *Thumbelina*, le hubiera encantado poseer y sabía que nunca tendría.

Aún recordaba aquel día: se acercaba el invierno, y las ramas largas y elegantes de los sauces llorones rociaban hojas amarillas como si de una llovizna se tratara. El agua del río corría clara como el cristal, después de atravesar la cresta de la Gran Cordillera Divisoria cuyas antiquísimas montañas redondeadas se agazapaban contra el extremo este de Corunda. Un mundo mágico de vientos fuertes y punzantes, con el aliento lejano de la nieve, la tierra de olor acre, el cielo aborregado discurriendo por encima de su cabeza...

Él iba a medio galope por el camino de herradura, así que la primera vez que lo vio fue bajo la lluvia de lágrimas de sauce. Montaba a la perfección, con los brazos bronceados y fibrosos relajados sobre el cuello de la montura, sin sujetar apenas las riendas. Caballo y jinete eran viejos amigos, pensó, al tiempo que apartaba a *Thumbelina* del camino para que él pasara como un trueno sin reparar en su presencia ni detenerse a saludar.

No obstante, aunque hacía un día nublado y no llevaba sombrero, aminoró el paso y se llevó la mano a la frente como tocándose un ala inexistente. No era ninguna estrella de cine, pero para Edda era mejor que cualquiera de esos caballeros artificiales, con maquillaje de torta de harina, pestañas con rímel y bocas pintadas. Un auténtico hombre de las tierras de Corunda, y hermoso a los ojos adolescentes de Edda. Haciendo gala de buenos modales, se detuvo, desmontó y ayudó a Edda a bajarse del caballo, pese a que no necesitaba ninguna ayuda.

—Esta vieja dama tendría que dedicarse a pastar —dijo tras presentarse, acariciándole el morro a *Thumbelina*.

—Sí, pero ahora que papá tiene automóvil, es el último caballo que queda en los establos de la rectoría.

—Le propongo un cambio.

Ella dilató los ojos.

—¿Un cambio?

—El potrero de mi casa es muy pequeño para un buen caballo joven, pero sería perfecto para su vieja dama. Se la cambiaré por una yegua de cuatro años llamada *Fatima*, a condición de que la mantenga en forma —dijo Jack, a la vez que liaba un cigarrillo.

—Si papá acepta, ¡encantada! —exclamó Edda con la sensación de estar soñando. Un caballo que mereciera la pena montar y un buen potrero a la medida de *Thumbelina*. ¡Ay, por favor, ojalá aceptara papá!

A la sazón, Jack Thurlow tenía treinta años recién cumplidos, y era alto y fornido sin parecer torpe ni pesado; tenía un pelo tupido y ondulado con mechas entre doradas y rubias, la cara de un atractivo moldeado masculino y ojos de un azul severo. «Un Burdum hasta la médula —pensó Edda—, desde el pelo hasta los ojos.»

—Soy el heredero del viejo Tom Burdum —confirmó él en tono lúgubre.

Edda se quedó sin aliento y se echó a reír.

—¿Se queja?

—¡Pues sí, maldita sea! ¿Para qué quiero yo tanto dinero y poder? —repuso, como si el dinero y el poder fueran repugnantes—. He administrado Corundoobar en nombre del viejo Tom desde los dieciocho años, y Corundoobar es lo único que quiero. Las ovejas gordas me dan una buena renta, y los caballos árabes que crío como monturas de alquiler para señoras empiezan a ganar premios en certámenes importantes por todo el país. Cualquier otra cosa acabaría por empantanarme.

«Un hombre con ambiciones moderadas —pensó ella—, que en estos momentos tiene el corazón partido porque ha averiguado que no podrá cursar estudios de Medicina. Si el viejo Tom Burdum me diera cinco mil libras para estudiar Medicina, no notaría ni un pellizco en su fortuna, mientras que su heredero está decidido a renunciar a todo salvo un pellizco. Corundoobar son diez mil hectáreas de tierra espléndida, pero ni siquiera es la mayor propiedad de cuantas tiene Tom. Hay que ver qué paradojas se dan.»

Aquello fue el comienzo de una curiosa amistad limitada a paseos a caballo por las orillas del río Corunda, una amistad a la que, para sorpresa de Edda, su padre no se opuso en modo alguno, ni a la regalada *Fatima* ni a que su hija mantuviera contacto con Jack sin contar con la presencia de ninguna carabina.

De lo que cabía culpar a Maude. La tabla de equivalencias que tenía en la cabeza empezó a emitir zumbidos y chasquidos cuando el rector, indignado, la informó de la desvergüenza de Jack Thurlow al entablar amistad con su hija virgen, y de que no habría ningún intercambio de caballos, y desde luego, Edda no volvería a cabalgar por el camino de herradura...

—¡Menudas paparruchas dices! —saltó Maude, pasmada de la estupidez del rector—. Esta misma tarde me llevarás a Corundoobar, Thomas, y agradecerás a Jack Thurlow con todo tu encanto la amabilidad que ha tenido al ofrecer a Edda una montura decente. Ay, qué bobos podéis llegar a ser los hombres. Ese está muy bien acomodado, es de sangre Burdum, y ahora mismo es el único heredero de Tom Burdum. Deberías arrodillarte ante el altar y dar gracias a Dios de que Edda se haya cruzado con Jack Thurlow. Con un poco de suerte y una supervisión adecuada, será su esposa de aquí a tres años.

Una diatriba que las cuatro chicas alcanzaron a oír y sobre la que hablaron en muchas ocasiones a lo largo de esos tres años. El objeto de la misma, Edda, se la tomó mejor que sus hermanas, puesto que su éxito conllevaba tener a *Fatima* y un nuevo amigo. La que se encogió de miedo ante una determinación tan cruda fue la pobre Kitty; si Maude podía comportarse con tal descaro respecto a Edda, ¿cómo se conduciría cuando le llegara el turno a Kitty?

No podía ser sino amistad, claro. La virginidad era sumamente preciada, y las hijas del rector habían sido educadas en la creencia de que un hombre decente esperaba que su esposa llegara virgen a la noche de bodas; el embarazo fuera del matrimonio era el peor pecado imaginable.

Había motivos para ello, naturalmente, y el rector, a cargo de la educación religiosa de sus hijas, se cercioró de que entendieran que no se trataba de un capricho, sino de una ley lógica.

—Un hombre tiene una única prueba para saber que es el padre de los hijos de su mujer —dijo el reverendo Latimer, con su voz más seria, a sus hijas de quince años—: la virginidad de su esposa el día de su boda, además de su fidelidad durante el matrimonio. ¿Por qué tendría que alimentar y cobijar a hijos que no son suyos? Tanto el Antiguo Testamento como el Nuevo condenan la falta de castidad y la infidelidad.

De vez en cuando, Thomas Latimer repetía el sermón, aunque sin entender que su mejor baza a la hora de garantizar la inocencia de sus hijas era que ninguna, ni siquiera Edda, sentía la tentación de comportarse como una chica ligera de cascos.

Pese a todos sus atractivos, Jack Thurlow no le había robado el corazón a Edda. Tampoco se lo había robado ningún otro, si a eso vamos. Consciente de su capacidad para fascinar a los hombres, Edda esperaba esa punzada en el corazón que no llegaba. Puesto que es propio de la naturaleza humana culparse uno mismo, acabó por decidir que carecía de emociones profundas. «Soy una persona fría —se decía—; no puedo sentir lo mismo que otros. Ninguno de los chicos y hombres que me han besado desde el baile del colegio en 1921 ha provocado una respuesta profunda. Un poco de magreo en un rincón oscuro y, como siempre, acabé apartando a manotazos de mis pechos las sudorosas manos del hombre. ¿Qué demonios los excita tanto?»

A pesar de esa clase de idea, seguía encontrándose con Jack Thurlow en el camino de sirga, y la alegraba que nunca intentara abrazarla o besarla. Había una atracción física entre ellos, desde luego, pero saltaba a la vista que a él le desagradaba tanto que se adueñara de su voluntad como a ella que se adueñara de la suya.

En enero de 1926, ella por fin le besó.

Apenas divisarla, él espoleó el caballo gris para reunirse con ella. Se apeó de un brinco y la bajó de lomos de *Fatima* con manos trémulas.

Temblaba como un junco y sollozaba sin disimulo, lo que no le impidió cogerla en volandas y hacerla girar en una suerte de alocado baile, como un chiflado haciendo cabriolas.

—¡Ha aparecido de la nada un nuevo heredero Burdum! —le dijo, posándola en el suelo—. Edda, soy libre de las cadenas del viejo Tom. A las diez de esta mañana me he convertido en propietario legal de Corundoobar sin restricción alguna, y he firmado un documento renunciando a todo el resto de la fortuna del viejo Tom. ¡Libre, Edda! ¡Soy libre!

No pudo evitarlo y lo besó en los labios, un gesto de enhorabuena cálido y cariñoso que se prolongó lo bastante para acercarse peligrosamente al punto de convertirse en algo más serio, más intenso. Luego él se apartó, el rostro húmedo de lágrimas, y tomó sus manos.

—Cuánto me alegro por ti —dijo ella en tono ronco, sonriendo.

—Edda, es mi sueño. —Sacó el pañuelo para enjugarse los ojos—. Corundoobar es una propiedad de primera y de la extensión adecuada, y no hay ni un solo rubí en las inmediaciones, así que el dinero y el poder pasarán de largo. —Por fin sonriente, le revolvió el pelo corto, cosa que ella detestaba—. No sabía qué iba a hacer ahora que te vas a trabajar de enfermera dentro de tres meses y nuestros paseos se acabarán. Incluso estaba pensando en irme al oeste, a la región de ganado merino. ¡Y ahora esto!

—Aún podemos seguir cabalgando cuando tenga fiesta —dijo ella, con seriedad.

—Lo sé, y es un factor a tener en cuenta.

Por lo visto, el viejo Tom Burdum había encontrado un heredero adecuado. El distrito entero esperaba expectante que llegara en el tren de Sídney o Melbourne. Pero no llegaba, y el viejo Tom se negaba a explicar por qué.

Cuando se recibían noticias del heredero, eran retazos sin pruebas fehacientes, y no lograban saciar a las cotillas más golosas de Corunda.

La más emprendedora era Maude, que, al dar fruto un manzano a principios de temporada, tuvo la consideración de llevar una cesta de manzanas al viejo Tom y la vieja Hannah Burdum. Allí utilizó los instrumentos de tortura del cotilleo con pericia inigualable, aunque sin apenas resultados. Sea como fuere, averiguó lo suficiente para despertar el ansia de más información.

Maude sonsacó al viejo Tom y la vieja Hannah que el nuevo heredero se llamaba Charles Henry Burdum, de treinta y dos años, nacido y criado en Inglaterra, donde seguía viviendo. Era tan rico por derecho propio que incluso el inmenso patrimonio de Tom era una minucia para él; según dijo Tom, con tono de respeto y temor, jugaba a la bolsa en el mercado de la City de Londres, la capital financiera del mundo.

Pertrechada con esos datos y pese al aguanieve, Maude fue a la estación a las tres de la madrugada para tomar el expreso nocturno de Melbourne a Sídney, donde llegó a las seis. Desayunó en el restaurante de Central Railway y estaba delante de las puertas de la biblioteca pública cuando se abrieron. Allí, en la sala de lectura, se informó a fondo sobre Charles Henry Burdum. Maude Latimer era una mujer de recursos.

Tal vez fuera un hombre adinerado, pero Charles Burdum también tenía una vena altruista: era doctor en Medicina, licenciado por el Hospital de Guy, y trabajaba como subdirector de la Real Enfermería de Manchester, un centro muy prestigioso. Seguro que el dinero no suponía ninguna traba para su carrera médica, ¿verdad? Maude consultó diccionarios biográficos (instituciones de renombre como Eton, Balliol, Guy), gruesos periódicos de gran formato, tabloides de la prensa amarilla, revistas de sociedad, revistas menos selectivas, así como las célebres y más bien rastreras publicaciones que rozaban el peligroso terreno de la difamación. De todo eso sacó provecho: el doctor Charles Burdum daba que hablar.

En 1925 se comprometió con la hija única de un duque. El asunto, tan sensacional como escandaloso, había ocupado los titulares de la prensa amarilla a ambos lados del Atlántico, pues al parecer el doctor Burdum, pese a su riqueza y a ser propietario de varios miles de hectáreas en Lancashire, no era lo bastante bueno a los ojos del duque. Cuando su hija, Sybil, apareció en la primera plana del *News of the World* bailando un descocado charlestón con Charles en una fiesta de dudosa nota, el duque tomó medidas y alejó a Sybil de la vida de Charles Burdum. Entusiasmada, Maude descubrió que Sybil tenía solo diecisiete años y por tanto estaba bajo la autoridad de su padre. Fue a todas luces un romance apasionado; la pareja huyó, fueron detenidos y Sybil desapareció de la faz de la Tierra. Un fotógrafo francés al acecho tomó una instantánea de la chica sentada con aire afligido en la galería exterior de una villa en la Riviera; en la siguiente fotografía, iba vestida de novia y se desposaba con el marido que el duque había elegido para ella: un individuo cuyo linaje se remontaba a Guillermo el Conquistador por parte de madre, medía casi uno noventa, poseía la mayor parte de Northumberland y Cumberland y estaba emparentado con la antigua Casa de Hanover por parte de padre.

Lo que no obtuvo fue una fotografía como es debido de aquel hombre tan extraordinario, mitad dinero, mitad carrera médica. Las fotografías en blanco y negro no respondían a la controvertida pregunta de si era guapo o feo: una boca, una nariz, dos ojos y una mata de lo que parecía cabello rubio. En cualquier caso, las instantáneas suyas entre un grupo de hombres indicaban que no era demasiado alto... «Eso está bien —pensó Maude—; un hombre muy alto no sería del gusto de Kitty.»

Aunque difundió los chismorreos alegremente, Maude no comentó con nadie los planes que tenía para Kitty. Tarde o temprano, Charles Burdum visitaría su herencia colonial, y la intensidad de su tentativa truncada de casarse con la hija de un duque era prueba de que la herida que había sufrido su orgullo no cicatrizaría pronto. Vendría siendo aún soltero. Y entretanto Kitty estaría plenamente ocupada en su educación como enfermera, apartada en una estantería, sin despertar todavía. Qué bien iba todo. Edda se casaría con Jack Thurlow, Grace se casaría con algún holgazán desgraciado que se ganara la vida trabajando con las manos y Tufts se convertiría en esa necesidad vital, la tía soltera, pasando de una hermana a otra a medida que fueran necesitándola los hijos de estas.

Todo saldría tal como lo tenía planeado, Maude no lo dudaba; incluso Dios conspiraba en sus proyectos, por una sencilla razón: era un ser sensato, o de otro modo no habría creado a alguien como Maude.

Los primeros seis meses de cualquier cosa nueva y extraña son siempre los más difíciles de sobrellevar. Esa máxima rigió la vida de las hermanas Latimer hasta el final mismo de 1926, cuando, para su sorpresa, descubrieron que habían sobrevivido, incluida Grace, la más reacia.

«La pena —pensó Tufts—, es que en realidad no hemos expandido nuestros horizontes como personas. Desde el comedor hasta los alojamientos para enfermeras, todo está estratificado; no se nos permite alternar con médicos ni otros empleados, y las hermanas se aseguran de que las chicas del

West End sepan que estamos a un nivel superior, como heraldos de un nuevo orden de enfermeras. No puedo trabar amistad con Harry o Ernie, los celadores, no puedo sentarme con las chicas del West End en el comedor, y si aparece un médico en el pabellón, me envían de inmediato a separar la ropa sucia o a lavar bacinillas en el fregadero. Estoy a un nivel por encima o por debajo del cual no me atrevo a salir. ¿Cómo puede haber camaradería entre las diversas clases de gente que hay en un hospital si no está permitido que se comuniquen como amigos? Nuestras rivales más encarnizadas, cuando no abiertamente nuestras enemigas, son aquellas que más se podrían beneficiar. Me encantaría enseñar a Lena Corrigan, Nancy Wilson y Maureen O'Brien nociones básicas de química y física, hacerles ver que el agua se da en tres estados y que el yodo es un elemento. Pero no quieren saberlo porque consideran que confesar su ignorancia sería una derrota en esta absurda guerra que libran. ¿Cómo puedo meterles en la cabeza que el conocimiento es el único camino que permite dejar atrás la penuria y la sumisión?»

—Las del West End están convencidas de que si no tenemos más compañía que la nuestra, acabaremos por derrumbarnos —comentó Edda—. ¿Cuándo creéis que se desengañarán?

Navidad no quedaba muy lejos y se estaban vistiendo para ir a misa; era el primer domingo que las cuatro tenían el día libre a la vez. Después de misa irían a la rectoría, donde comerían para celebrar que Tufts y Kitty habían cumplido los diecinueve en agosto, y Edda y Grace los veintiuno en noviembre. Este era un día muy señalado.

Después de comprobar que llevaba rectas las costuras de las medias de seda, Grace levantó la vista.

—Las del West End no saben que somos hermanas —dijo— y cavilan sobre lo graves que son las rencillas y broncas que tenemos.

«¡Qué preciosidad! —pensó al mirar a Edda—, ¿por qué no puedo tener yo ese aspecto? Es su manera de moverse, sinuosa y ondulante, el modo en que levanta la cabeza, esa sonrisa minúscula, enigmática.» El rojo era sin duda su color, sea cual fuere su tono exacto; ese domingo llevaba un vestido rojo chino de grueso crespón con amplia caída que, sin embargo, sugería lo soberbio que era su cuerpo. Lucía un sombrerito de crepé rojo fruncido con la parte superior, plana como una torta, ladeada sobre el ojo izquierdo, así como bolso, guantes y zapatos de cabritilla negros.

—Estás preciosa, Grace —dijo Edda inesperadamente, ¿o acaso leen el pensamiento las gemelas?—. Ojalá tuviera yo paciencia para hacer bordados así. Transforman el crespón crema en un ala de mariposa con esqueleto negro. Un diseño de Aubrey Beardsley hasta el último detalle.

Mientras se ponía los guantes negros de cabritilla, Grace se mostró radiante.

—¿Y el sombrero? ¿Está bien, Eds?

—Perfecto. Como unas alas plegadas con el reborde negro.

Unas enfermeras del West End vieron a las cuatro chicas bajar por la rampa hacia Victoria Street; Lena Corrigan frunció el ceño. Era incomprensible que después de ocho meses de aislamiento inflexible por parte de todos aquellos que podían haberles brindado su amistad en el hospital, las cuatro mujeres siguieran dirigiéndose la palabra siquiera. Con un aspecto maravilloso, pasaron por la rampa riendo y bromeando, evidente e inexplicablemente felices.

—¿Pueden hacer eso los acentos pijos y la educación? —preguntó Lena.

—¿Hacer qué?

—No sé, Nance, pero esas tienen algo. —Lena suspiró—. El problema es que cuanto más las conozco, mejor me caen. Sobre todo Latimer. Parece una reina, pero no es nada presumida.

—No, ninguna es presumida —coincidió Maureen—. Incluso Treadby, la rubia de bote, es simpática.

La enfermera Corrigan se volvió.

—¿Sabéis qué, chicas? Estoy harta de esta guerra. Apenas han cumplido veinte años, pero ya veréis cómo obtendrán titulación estatal en un periquete. Creo que es hora de que pensemos en azuzar al viejo para que nos dé algo del dinero que se gasta en cerveza y puedan matricularse nuestras hijas. Y sí, tenéis razón, no es idea mía. Fue Scobie quien lo dijo.

La vida en los pabellones era un reto para Edda, Tufts y Kitty, pero para Grace era todo un calvario. Todas y cada una de las hermanas de Corunda eran miembros importantes del personal y funcionarias públicas oficiales. Las enfermeras del West End tenían libertad para casarse porque se las clasificaba como «empleadas ocasionales» sin beneficios, como los celadores, las limpiadoras, el personal de cocina, las mecanógrafas y demás. Las funcionarias oficiales no podían casarse, por lo que no había hermanas enfermeras casadas. Las viudas podían aspirar a trabajar allí; también, técnicamente, las divorciadas, solo que con un divorcio a rastras no llegarían siquiera a una entrevista personal. Las divorciadas que había fingían ser viudas y se cuidaban mucho de no dejarse ver en compañía de hombres. Muchas hermanas «vivían fuera» en alojamientos de alquiler, por lo general compartidos con otra hermana, pero el Hospital de Corunda Base, como algunos otros, ofrecía alojamientos a un número determinado de hermanas. Frank Campbell prefería obtener una pequeña renta de las viviendas de la Gran Guerra antes que tenerlas vacías, y las hermanas, en tanto que solteras, eran inquilinas ideales: sin hijos ni maridos amorrados a la botella de cerveza.

Lo que nadie, salvo las propias hermanas, tenía en cuenta era el precio intangible que pagaban por hacer carrera profesional: los hijos que no tenían, el otro lado de la cama vacío, la ausencia de estímulos en la eterna compañía de mujeres, el temor de quedar en la indigencia al llegar a la vejez. Así que se sumían en su trabajo, procuraban encontrar compañeras de piso con quienes se llevaran bien, tenían aventuras ocasionales con hombres o se las apañaban unas con otras. Y nada de eso las convertía en jefas llevaderas. No obstante, era una situación rígidamente justa; si hubiera habido una jueza, ella también habría sido soltera para recibir un sueldo del gobierno.

La jornada se dividía en tres turnos: de las seis de la mañana a las dos de la tarde, de las dos a las diez de la noche y de las diez a las seis de la mañana. En cada pabellón tenía que haber una enfermera de guardia como mínimo en todo momento; los pabellones dobles, el de hombres y el de mujeres, requerían dos, igual que el de niños. De resultas de ello, había cincuenta hermanas enfermeras, incluidas las del psiquiátrico y el asilo de convalecientes y ancianos.

Mientras que algunas, como Una Robertson de Hombres y Meg Moulton de Niños, eran conocidas en todo el hospital cuando llevaban solo un día trabajando, otras, como la enfermera jefe adjunta Anne Harding, seguían siendo anónimas durante meses. Era una cuestión de personalidad. La hermana Moulton era todo un encanto, mientras la hermana Robertson era un auténtico dragón. Las dos eran mujeres de mediana edad que empezaban a tener pelos en la barbilla, barriga incipiente y piel correosa, pero las similitudes no pasaban de ahí. La hermana Robertson ofrecía todo su amor a los pacientes masculinos, que la temían tanto como los médicos. Para Grace, el mismísimo diablo habría sido un adversario más asequible.

—Faulding, está corriendo —reprendió con un gruñido la hermana Robertson a Grace, que estaba frenética—. ¡Deje de hacerlo en este preciso instante! Solo hay dos motivos para que una enfermera corra: un incendio o una hemorragia.

«Pero ¿cómo voy a hacer todo el trabajo que tengo —preguntó Grace para su coleto—, si no se me permite correr? ¿Y cómo es que hay que afeitar a todos los hombres un día sí y otro también?» ¡Cincuenta afeitados al día, incluso los agonizantes! Una opinión que muchos hombres compartían con Grace.

—A usted sí que no le vendría mal afeitarse, hermana —refunfuñó un hombre, lo bastante cerca para que alcanzara a oírlo Grace—. Deme su cofia y ocupe mi lugar bajo la puñetera navaja. ¡Es usted peor que el mismísimo káiser!

—Pobrecillo —le comentó luego Grace a Kitty, enjugándose las lágrimas—. No habían pasado ni cinco minutos y la hermana en persona le metió un supositorio por el ano con toda su rabia; ha pasado una mañana terrible en el retrete. Suerte tuvo de poder andar.

Había momentos divertidos, pero también tan desgarradoramente tristes que a las Latimer les llevó todo 1926 aprender a sobrellevar la pena. Descubrieron que había pacientes muy valientes. Otros se estremecían y se ponían a chillar antes de que los tocaran siquiera. Nadie permanecía en el hospital más tiempo del necesario, y no solo porque tal fuera la política del hospital. La célebre tacañería del director, Frank Campbell, afectaba tanto a los pacientes como al personal. Colchones viejos y llenos de bultos, sábanas tan desgastadas que había que zurcirlas, toallas raídas, jabón casero y horrorosamente cáustico, periódicos recortados para limpiar traseros y la peor comida que eran capaces de preparar unos cocineros dignos de un rancho de esquiladores.

Lo que desconcertaba a las Latimer era cómo su padre podía ser miembro del consejo del hospital y pasearse por los pabellones sin darse cuenta de lo que había hecho y seguía haciendo Frank Campbell. No, papá seguía su camino de santidad, sonreía, consolaba espiritualmente a los pacientes haciendo caso omiso de su miseria física como si no existiera. Porque el hospital no salía gratis. Hasta el paciente más pobre recibía una factura, lo que hacía del trabajo de la oficial de asistencia social el más arduo de toda Corunda Base; tenía que buscar un motivo para no cobrar ciertos servicios, y a menudo resultaba imposible. Los especialistas que pasaban consulta allí eran buena gente, pero Frank Campbell se cobraba hasta el último trozo de papel de periódico.

Kitty floreció, sobre todo después de que la enviaran al pabellón de niños, donde muchos pequeños pacientes tenían problemas óseos: extremidades rotas por lo general, algún que otro desplazamiento de cadera congénito, fracturas infectadas, problemas de densidad ósea y mucho raquitismo entre los pobres. Al margen del problema que tuvieran, tendían a ser niños alegres acostumbrados al dolor y a guardar cama, o se convertían en un peligroso fastidio una vez les permitían levantarse. A Kitty le daba igual; adoraba a todos los niños y los obstáculos no la arredraban.

Niños y niñas eran atendidos juntos hasta los seis años, después de lo cual el pabellón se dividía en las secciones de Niños y Niñas. A los catorce se les admitía en los pabellones de adultos. En invierno se veían más huesos rotos, en verano más dolencias entéricas o gástricas, pero las cincuenta camas estaban ocupadas todo el año, pues los pacientes infantiles solían requerir un período de hospitalización más prolongado. Solo allí el reverendo Thomas Latimer había procurado aliviar el sufrimiento: había juguetes y libros en abundancia, y los radiadores de vapor estaban en funcionamiento, lo que no siempre ocurría en otras dependencias. El presupuesto de Frank Campbell solo daba para un fontanero, cuyo sueño perpetuamente insatisfecho era tener un compañero de oficio.

Kitty estaba tan absorta en las exigencias de su trabajo que no hubiera sabido señalar el momento concreto en que se dio cuenta de que su depresión había remitido por completo. Tal vez había ocurrido de manera discreta, muy poco a poco, pero desde que fue trasladada al pabellón infantil no volvió a dar señales de vida. Cuidar de los niños le producía una reconfortante sensación de bienestar que la nutría, la tranquilizaba y satisfacía todos sus deseos. El mundo, ahora lo entendía, estaba lleno de gente cuyas necesidades y agravios hacían que los suyos parecieran risibles, ridículos. Tras diecinueve años de ser el centro del mundo, Kitty se veía relegada a los márgenes más lejanos, a ser una persona más. Y le gustó tanto que se olvidó de que era guapa, incluso omitió a Maude y la vida en la rectoría. Ni siquiera el niño más travieso o desagradable era capaz de hacer mella en su nuevo aplomo, la sosegada paz hallada en su interior. Por fin, Kitty volaba libre.

Lo que no entendía era que ese despertar no había hecho más que acentuar su belleza. Deseosa de apartarla de la mirada de tantos hombres, la enfermera jefe la había enviado al pabellón infantil como último recurso.

—El problema es que Treadby es tan buena enfermera que no puedo permitirme perderla —le comentó la enfermera jefe a Liam Finucan—, y no puedo decir que sea engreída o consciente de su aspecto, porque no lo es. Pero vuelve lelos a los hombres, y las pacientes la detestan tanto por la dulzura de su carácter como por su agraciado rostro.

—Por suerte —respondió Liam con una sonrisa—, en Corunda Base no hay un Paris que tiente a nuestra Helena de Troya.

—¿Cómo es que usted es inmune a sus encantos, Liam?

Se apartó el flequillo, que tenía tendencia a caerle sobre la frente y cegarlo un poco.

—Pues no lo sé. Igual es que no me gustan las rubias de bote.

—No es rubia teñida. Ojalá lo fuera: igual las raíces negras desilusionarían a más de un médico residente.

—Treadby tiene suficiente con los niños —dijo él en tono tranquilizador.

—Sí, pero no puede quedarse en el pabellón infantil eternamente.

—Es verdad. De momento reduzca al mínimo sus servicios en los pabellones de adultos.

—Meg Moulton adora a esa chica. Qué alivio. Tengo entendido que Treadby es la enfermera de pediatría perfecta. Hay más alegría en el pabellón cuando ella está de guardia, y trabaja a destajo.

—Nadie es perfecto, Gertie.

Paseándose por el pabellón entre sonrisas, contoneos y saltitos que hacían reír a los niños, Kitty continuó con su viaje de descubrimiento, maravillándose de lo ciega que había estado. Hasta que empezó a trabajar de enfermera, pero sobre todo hasta que empezó a cuidar de niños, todo el mundo salvo sus hermanas y su padre la habían descartado como miembro productivo de la sociedad. Ahora tenía un objetivo.

No obstante, el pabellón infantil no le dejaba mucho tiempo para reflexiones. Si Jimmy Collins no se había arrancado la parte superior de una postilla aún sin cicatrizar o Ginny Giacometti no se había caído de la cama intentando gastar una broma, entonces Alf Smither se había comido un paquete de ceras de colores porque las comidas nunca le llenaban su estómago sin fondo.

—El efecto de la sonrisa multicolor podría haber sido simpático —le dijo Kitty a la hermana Moulton—, pero se ha comido las ceras negras al final. ¡Qué asco!

Barry Simpson lanzó un aullido que les hizo darse la vuelta.

—¡Enfermera, enfermera! ¡Me he hecho caca en la cama!

—Pues ya puede despedirse Frank Campbell de otra sábana bajera —se lamentó Kitty—. Las cacas de Barry son peor que el óxido.

Pero incluso en el pabellón infantil había hombres que molestaban a Kitty. El más fastidioso era el médico residente, Neil Cranshaw, que se valía de su autoridad para no cejar en su persecución. Kitty lo detestaba, pero él insistía erre que erre.

—¿Cena en el Partenón? —propuso, supervisando a la enfermera Treadby, que se ocupaba de la postilla de Jimmy.

—Lo siento, señor, estoy ocupada.

—Es imposible que esté ocupada todas las noches, enfermera.

—Lo estoy hasta junio de 1929.

—Y, entonces, ¿qué? —replicó él, preguntándose qué expresión de su repertorio daría mejor resultado con ella. ¡Qué preciosidad era! Adoptó un semblante de admiración que quedó deslucido por la lujuria que borboteaba en su cerebro.

—Obtendré el título oficial de enfermera —contestó, con timidez coqueta— y podré aceptar invitaciones a cenar. Hasta entonces, tengo que dedicar todo el tiempo libre a los estudios.

Habría discutido con ella, pero la hermana Moulton se acercó con sus trabucos amartillados. El doctor Cranshaw se esfumó.

—Gracias, hermana —dijo Kitty.

Y luego comentó a las otras tres:

—Los médicos solteros son un incordio.

—Cuéntame algo que no haya averiguado por mi cuenta —dijo Edda.

—¿Te está molestando Neil Cranshaw? —preguntó Tufts, conteniendo la risa—. El otro día me invitó a cenar en el Partenón cuando me sorprendió en las rampas llevándole un mensaje a la hermana Smith. Así que me quedé plantada mirándolo fijamente, me chupé los labios lentamente para poner boca de pez y me puse bizca. Se largó presuroso.

—Hay que tener en cuenta —dijo Edda— que a Corunda Base no viene a parar lo más granado de la Facultad de Medicina de Sídney. Esos van a Vinnie, al RPA y a North Shore. Aquí no nos tocan los peores, pero sí los bastante horribles.

—¿Dónde si no se consideraría el mejor partido del hospital a alguien como Cranshaw, que se parece a Stan Laurel?

—Pues sí que tiene ese aire desconsolado de Stan Laurel —coincidió Kitty.

—Siempre apesta a puro barato —dijo Grace—, y no soporto su pelo rojo. La verdad, chicas, es que aquí no hay un solo médico que me guste. Están convencidos de que cagan flores.

El doctor Neil Cranshaw, por suerte para él, no estaba al tanto de esos comentarios, ni era consciente de que la enfermera Treadby, que tenía el aspecto de un ángel de Botticelli, poseía una personalidad mordaz. Así que siguió dando la lata en el pabellón infantil, libre para asediar a Kitty porque estaba de rotación en el puesto del doctor Dennis Faraday, que era el especialista en pediatría de Corunda, un profesional querido y respetado.

El pabellón acababa de superar una feroz batalla contra una epidemia de difteria que había sido especialmente peligrosa porque no había existencias suficientes de los tubos de goma especiales que se utilizaban para ayudar a respirar a los niños. Típico del tacaño ahorro de Frank Campbell; la enfermera jefe adjunta tuvo que tomar el expreso matinal a Sídney, pagar un precio excesivo por el material a un proveedor médico y volver en el tren nocturno para encontrarse con que Liam Finucan había apañado material de sustitución con tubos normales que funcionaron lo bastante bien para evitar lo que habrían sido dos muertes por negligencia. Como ocurría con todas las enfermedades infecciosas infantiles, solo ingresaban en el hospital los casos más graves, más de un centenar de pacientes de entre dos y doce años con difteria laríngea: una membrana maligna en la garganta inflamada se expandía bloqueando la vía respiratoria, que ese tubo de goma especial mantenía abierta. Fue una epidemia grave, de resultas de la cual murieron diecisiete niños y cuatro tuvieron que permanecer hospitalizados varios meses debido a complicaciones cardíacas.

Siempre había dos salas vacías pero listas al final de una rampa que hacían las veces de área de aislamiento en caso de epidemia, pero la última vez que las habían utilizado de manera tan intensiva había sido en los tres años posteriores a la Gran Guerra, cuando la gripe acabó con más personas de las que había matado la propia guerra. Daba la impresión de que las epidemias más letales siempre se cebaban con los niños o los jóvenes; tal vez, pensaba Edda, si un cuerpo había sobrevivido a todo y alcanzado una edad avanzada, era más duro de roer, más difícil de matar.

Kitty no había trabajado en las salas destinadas a los enfermos de difteria adultos. La hermana Meg Moulton había preferido mantenerla en el pabellón infantil, aunque Grace, Edda y Tufts sí atendieron casos de difteria. Kitty se vio haciendo turnos dobles y quedándose sin días libres, pero había una gran escasez de enfermeras disponibles. Si Corunda Base sobrevivió, fue solo gracias a unas cuantas voluntarias, mujeres del West End ya jubiladas.

La epidemia de difteria supuso una victoria para Kitty, un triunfo íntimo que solo compartió con sus hermanas.

—¿Cena en el Partenón la noche que más le apetezca? —volvió a las andadas el doctor Neil Cranshaw mientras Kitty hacía las camas.

Y de pronto la situación la superó. Si no hubiera habido una epidemia de difteria, si el hospital hubiera tenido sábanas como era debido, si Cranshaw no hubiera sido tan baboso...

—¡Ay, por el amor de Dios, métase su invitación por donde le quepa, pedazo de imbécil! ¡Lárguese y déjeme en paz!

No se habría sorprendido tanto si una mariposa lo hubiera atacado salvajemente mientras paseaba por el jardín; desde luego, ni se le pasó por la cabeza responder. Un destello violeta en aquellos ojos por lo general azules le hizo escabullirse del pabellón como un ratón que intentara eludir una escoba de paja.

Para cuando llegó junio de 1927, las hermanas Latimer llevaban catorce meses trabajando como enfermeras, encaraban su segundo invierno bajo la dirección de Frank Campbell y se habían impuesto a todos sus enemigos y pesadillas. Las otras tres no sabían cómo había resistido Grace, más allá de que su vena ingeniosa le había sido muy útil, y sus dotes para la enfermería, ahora que estaba más o menos acostumbrada a limpiar porquería, eran aceptables; había sido una sorpresa agradable comprobar que no había desastres a diario. Había rotado una vez por todos los pabellones.

Kitty estaba de nuevo en el pabellón infantil, junto con Tufts. Edda había temido que alguien repararía en el parecido entre las gemelas, pero ni siquiera lo hizo la hermana Meg Moulton; los uniformes disimulaban sus cuerpos y los ojos de distinto color era lo que predominaba en sus rostros. También contribuyó que a Kitty le gustaba cuidar niños, mientras que Tufts prefería las niñas, así que por lo general veían a cada una individualmente.

—Preséntense en mi despacho, enfermeras, en cuanto vuelvan de comer —ordenó la hermana Moulton con una brusquedad poco habitual.

—¿Qué demonios ocurre? —le preguntó Tufts a Kitty mientras comían unos sándwiches de jamón en su casa—. Sea lo que sea, yo tengo la conciencia tranquila.

—Eso lo has dicho con una sonrisita de satisfacción, enfermera Mojigata. Puesto que conozco a Moulton mucho mejor que tú, imagino que está a punto de encargarnos un cometido especial.

Estaba en lo cierto, según averiguaron media hora después en el despacho de Moulton. También estaba presente el doctor Dennis Faraday, los dos con aire serio.

—Puesto que el caso del que van a ocuparse será breve, la enfermera jefe ha sugerido que les sea encargado a las cuatro enfermeras en prácticas —dijo Faraday con su voz grave y agradable. Aquel hombretón tan grande, que había sido un famoso jugador de rugby en su juventud, recordaba a un oso pardo benigno y afable de piel bronceada, pelo castaño y ojos marrones, que poseía una magia imposible de definir a la hora de ocuparse de niños—. En circunstancias normales —continuó— los niños agonizantes permanecen en el pabellón tanto tiempo como es posible. El pequeño del que cuidarán, sin embargo, no puede estar sujeto a miradas indiscretas. Corunda es un semillero de cotilleos, y los pacientes infantiles tienen muchas visitas. Su paciente será atendido en régimen de aislamiento, donde no puedan acceder desconocidos. Se llama Michael Vesper, pero responde al nombre de Mikey. Padece sarcoma con metástasis y sufre horriblemente, pero una minúscula dosis de opiáceos deja en libertad al chiquillo más maravilloso que quepa imaginar. Es alegre y agradecido... Sabe que se está muriendo, y lo afronta como un héroe.

Le brillaron los ojos por efecto de las lágrimas; la hermana Moulton fulminó con la mirada a Kitty y Tufts para advertirles que no mencionaran a nadie las emociones del médico.

—Cuando pueda, enfermeras, les daré los informes oficiales, las notas de la oficial de asistencia social, todo lo que haya sobre Mikey. —Faraday parpadeó y tomó aliento—. Mikey tiene dos años, pero aparenta uno. Hasta hoy, no había sido diagnosticado ni recibido tratamiento. De no ser por la curiosidad de nuestra enfermera de distrito, no habría sido hallado o rescatado. Le doy dos o tres semanas de vida, pero quiero que esos miserables días sean los más felices y cómodos de la existencia de Mikey. —Se dirigió hacia la puerta—. Hermana, las demás explicaciones quedan a su cargo. —Y con una sonrisa, desapareció.

El silencio que se instauró a continuación pareció prolongarse durante horas. Grace y Edda solo tardaron unos minutos en llegar y averiguar lo que iba a ocurrir. En catorce meses no habían trabajado las cuatro en equipo, ni lo harían como enfermeras de Mikey Vesper, aunque era su único paciente. Kitty y Tufts eligieron hacerlo juntas de las seis de la mañana a las diez de la noche, Grace se encargaba del turno de noche y Edda iba cambiando de horario.

—La enfermera jefe las ha escogido —dijo la hermana Moulton— sobre todo porque no cotillearán con nadie. No tengo idea de por qué alberga tanta confianza en ustedes, pero acepto su criterio. Lo que quiero decirles es que deben mantenerse distanciadas en cierta medida. Mikey Vesper es un caso desgarrador, pero si dejan que les rompa el corazón, no llegarán a titularse.

—Sobreviviremos, hermana —aseguró Edda.

Pero Moulton no había terminado.

—No sabemos qué parte de la desnutrición de Mikey se debe a la metástasis del cáncer y qué parte a la mera negligencia, pero sí que ambos factores han contribuido. Lo peor es que Mikey no le ha importado lo suficiente a nadie como para desarrollar una identidad. No es más que un fastidio que se arrastra por ahí. Su madre está obligada a trabajar más duro que muchos esclavos, ofreciendo sus servicios como lavandera. La enfermera de distrito no sabe si es débil mental o víctima de la barrera del idioma; la familia es alemana y solo lleva año y medio en Corunda. Los niños no son más que cosas que la pobre mujer gesta, pare y amamanta hasta que son lo bastante mayores para comer y beber. Tiene tres chicos de entre trece y dieciséis años, luego un paréntesis seguido por tres chicas de entre seis y nueve. Y Mikey, de dos.

—¿Y esos paréntesis, hermana? —preguntó Tufts—. ¿Estaba la mujer cumpliendo condena?

Los ojos azules de Meg Moulton se tornaron más redondeados.

—Buena deducción, Scobie. El sargento Cameron podría hacer indagaciones.

—¿Van los chicos al colegio? —preguntó Kitty.

—No, desde luego que no. —La hermana suspiró—. Bueno, tienen que saberlo, y ya hace el tiempo suficiente que son enfermeras como para no escandalizarse. El director de la escuela de Corbi ha formulado una queja al sargento Cameron. Las tres niñas Vesper han sufrido abusos por parte de su padre y sus hermanos.

—La más pequeña tiene solo seis años —dijo Edda, con la boca seca— y ninguna ha llegado a la pubertad.

—Pues ese Vesper debe de estar al tanto de que van a llegarle problemas de todas partes —vaticinó Grace, que había madurado lo suficiente para no llorar—. ¡Habría que colgarlo!

—No harán tal cosa —dijo Tufts—, pero volverá a la cárcel para mucho tiempo.

La hermana auxiliar asomó la cabeza por la puerta.

—Michael Vesper está aquí.

La habitación era muy pequeña para una cama de tamaño normal, pero Mikey Vesper estaba en una cuna en la que tenía espacio de sobra. Kitty sabía su edad y, en efecto, no aparentaba ni la mitad. La distensión abdominal que acompañaba a la desnutrición producía una falsa impresión de sustancia. Tenía una bonita piel blanca y el pelo castaño rizado; unos ojos grandes y oscuros en una cara curiosamente envejecida contaban su historia, pues eran severos, inteligentes, serenos. No era un niño hermoso, salvo por los ojos. Meg Moulton, una enfermera con mucha experiencia, sabía que Mikey era un niño de esos que dejan huella.

Tal vez Mikey hubiera sido un fastidio que se arrastraba por el suelo en su propia casa, pero la sarcomatosis se le había extendido al cerebro, como no tardaron en descubrir Tufts y Kitty, que compartían un largo turno doble. Las dos sabían que se le suministrarían opiáceos en la cantidad necesaria para atajar el dolor intratable; la adicción no era un factor a tener en cuenta con un paciente a punto de morir. Y cuánto agradecía una diminuta gota de opiata. ¿Cómo habría sido su agonía, un mes tras otro a medida que el cáncer se extendía, sin nadie que intentara aliviar su tormento? La morfina lo hacía sonreír de placer. Gracias a Dios, no le provocaba náuseas.

Y no suplicaba para que le dieran más opiata; solo pedía cuando le hacía falta de veras. Una noche en que no conseguía conciliar el sueño le explicó a Grace que si estuviera sedado todo el rato no conocería a todas sus preciosas enfermeras como las conocía. Kitty bailaba el charlestón para él y el niño reía y batía palmas, Tufts bailaba la danza de los siete velos con las sábanas remendadas de Frank Campbell, y Edda interpretaba melodías con palanganas y cuencos de metal, entonando canciones divertidas. A Mikey le encantaba lo que hacían por él las enfermeras, fuera lo que fuese.

La única que iba a verlo era Maria, la mediana de las hermanas Vesper, que aparecía de la nada como un fantasma, se quedaba a los pies de la cuna de Mikey y escuchaba mientras él le relataba sin aliento todas las atenciones que le profesaban las enfermeras, desde los pinchazos que le aliviaban el dolor hasta las canciones y los bailes alocados de Kitty. No es que Maria fuera a verlo todos los días; iba una vez por semana, pero ya había advertido la devoción que su hermano sentía por Kitty. Aunque adoraba a las cuatro, Kitty ocupaba el lugar de honor en su corazón. La relación que mantenían los hermanos Vesper quedaba en privado; la enfermera de turno era casi siempre Kitty, que respetaba los lazos familiares dejándolos a solas durante quince minutos si Mikey se encontraba bien; las visitas de Maria siempre hacían mejorar su estado.

Los Vesper habían despertado el interés del sargento Jim Cameron de la Policía de Nueva Gales del Sur, entre la desatención de Mikey, las quejas de la maestra de que Bill Vesper y sus hijos abusaban sexualmente de las chicas y el convencimiento de que Vesper se dedicaba al robo de ovejas. Cameron, al mando de la comisaría de Corunda, debería haber solicitado la ayuda de expertos de Sídney, pero su vena de terquedad escocesa le llevaba a rechazar la ayuda de cualquier forastero. Los Vesper eran problema suyo, y podría resolverlo.

Pauline Duncan, la enfermera de distrito, había sido una suerte de catalizador para Cameron, que la conocía bien. El día que Mikey ingresó en el hospital, habían requerido a la hermana Duncan antes de amanecer para que echara una mano con los heridos de una reyerta en el campamento de gitanos bajo el puente del ferrocarril del río West Corunda. Después de ocuparse de magulladuras y de dar puntos de sutura a un par de navajazos, se montó en su Modelo T y volvió camino de la ciudad. La vieja casa en que vivían los Vesper le venía de camino, y la desconfianza persistente que le provocaba Bill Vesper le hizo aflojar la marcha y luego detenerse. «¿Por qué no? —se preguntó—. Ya que estoy aquí, ¿por qué no echar un vistazo? Seguro que el padre y los hijos no están a estas horas, igual puedo charlar un poco con esa pobre mujer...»

La señora Vesper estaba hirviendo sábanas en una caldera de lavar en la parte de atrás, y las tres hijas, que habían vuelto de la escuela con los ojos amoratados, la ayudaban. Entre sus piernas había un niño diminuto que sollozaba en silencio y al que de vez en cuando una de las mujeres apartaba. Le bastó con echarle un vistazo. Pauline Duncan recogió al pequeño y se lo llevó corriendo al coche. Con el niño en el asiento del acompañante, fue directa a la consulta del doctor Faraday. Una hora después, Mikey Vesper estaba en Corunda Base y el sargento Cameron prestaba oídos a las quejas que estaba formulándole Faraday.

Por lo que respecta a las enfermeras de Mikey, que habían sido advertidas de que no se dejaran confundir, ya era muy tarde.

—¿Cómo puede alguien tratar a un niño pequeño con tanta crueldad? —preguntó Kitty.

—Un hombre como Bill Vesper ni siquiera sabe lo que significa ser cruel —respondió Grace, enjugándose los ojos—. Si alguien no quiere hijos, no debería tenerlos.

—¡Ja! —se mofó Edda—. No hay modo de evitar tenerlos.

—Entonces tendré buen cuidado de casarme con un hombre que pueda mantenerlos —dijo Kitty con la barbilla en alto.

—No tientes a la suerte, Kits —advirtió Edda—. Si fuéramos capaces de ver el futuro, los adivinos no ganarían tanto dinero. Fíjate en las estrellas de cine que tanto fascinan a Grace. Consultan a videntes. Sin embargo, bien mirado, ¿qué puede preocupar a una estrella de cine?

Tufts esbozó una sonrisa burlona.

—¿Un niño no deseado?

Bajo el influjo de tanto amor y tantos cuidados, el fatal desenlace de Mikey se fue postergando. Pasaba los días sin dolor gracias a que el doctor Faraday mantenía su sufrimiento a niveles soportables sin inducir el coma. La diversión preferida de Mikey era que lo pasearan de aquí para allá por una rampa fuera de servicio en un carrito de madera pintado de amarillo chillón, con la enfermera haciendo las veces de poni que relinchaba y correteaba. Grace era la única que no tenía la alegría de ser el poni de Mikey, pero ella sabía que el niño pasaba noches muy malas, y que era entonces cuando le daba por hablar.

El dolor y la privación habían hecho que su mente alcanzara una madurez precoz, pero cualquiera que esperara oír de sus labios palabras de sabiduría habría escuchado en vano. Sus pensamientos, aunque un poco adelantados a su edad, seguían siendo los de un niño pequeño. Lo que le hacía ganarse el cariño de todos era la dulzura de su carácter, y lo que le granjeaba admiración era su valentía.

—O quizá —le dijo Grace a Edda en el cambio de turno— lo que hace de Mikey un niño tan encantador y memorable es que evita quejarse. Y lo digo con conocimiento de causa. —Hizo un mohín—. Qué horror, que te dé semejante lección un niño de dos años.

Edda tuvo el buen juicio de no contestar.

Cuando el hito de un mes ya estaba cercano para Mikey, sus dolores de pronto se agravaron, lo que supuso aumentar las inyecciones de opiata. Ya no era capaz de comer y subsistía a base de batidos de leche con sabor a chocolate, azúcar cande y caramelos de dulce de leche.

—Cansado, Kitty —dijo el niño, nada más cumplir su primer mes como paciente—, muy cansado.

—Entonces duerme, cariño.

—No quiero dormir. Pronto no despertaré.

—Ay, no digas bobadas, Mikey. Siempre se acaba por despertar.

—Yo no. Estoy demasiado cansado.

Cuando vino Maria de visita, la hermana Moulton le dijo que comunicara a sus padres que Mikey no duraría ni veinticuatro horas más; la niña asintió y se fue. Esa tarde se presentó en el hospital Bill Vesper, borracho y acompañado de sus tres hijos, también borrachos, con intenciones de llevarse a casa a Mikey. La respuesta de Frank Campbell fue llamar a la policía, que, a las órdenes del sargento Cameron, metió a los cuatro Vesper en los calabozos para que durmieran la mona. A la mañana siguiente, con resaca pero en pleno uso de sus facultades, los Vesper no hicieron mención de Mikey ni de sacarlo del hospital; se montaron en su destartalada camioneta y se marcharon.

Al amanecer de ese mismo día, Mikey sufrió un agravamiento repentino y se puso a gritar. Kitty, abrumada, llamó a Meg Moulton, quien llamó al doctor Faraday, que estaba durmiendo en su casa.

Al final cesaron los gritos; Kitty tenía a Mikey en brazos mientras Faraday preparaba la inyección. El niño abrió los ojos y sonrió a Kitty; dejó escapar el aliento como si fuera a decir algo. La muchacha, devolviéndole la sonrisa, aguardó a oír lo que decía, pero no llegó sonido alguno.

—Ya puede guardar la jeringuilla —le dijo al doctor—. Mikey se nos ha ido.

—Ya sabe lo que tiene que hacer, enfermera —respondió Faraday, y salió del pabellón.

Amortajó a Mikey, consciente hasta el desgarro de lo rápido que se enfriaba el diminuto cuerpo. Para cuando acabó de prepararlo para su reposo eterno, Mikey ya estaba frío, muy frío...

Nadie vio salir a Kitty rampa abajo hacia su refugio privado, donde había tomado la costumbre de retirarse desde la llegada de Mikey. Aún no estaba lloviendo, pero el cielo invernal descendía cargado de densas nubes grises, soplaba un viento cortante y las rampas estaban desiertas. Su lugar era un viejo tocón de árbol bajo un tramo de rampa convertido en puente sobre un arroyuelo. Buscando a tientas el tocón, Kitty se sentó encima con las manos entrelazadas y las lágrimas le resbalaron calientes por la cara. «¡Mikey, Mikey! ¿A qué venía traerte al mundo si tu único propósito era sufrir dos años un dolor que no habías hecho nada para merecer? ¡Ojalá hubiera un cielo lleno de carritos amarillos y batidos de chocolate!»

La convulsión de la pena no duró mucho. Una vez concluida, Kitty volvió al pabellón infantil para informar a la hermana Moulton de que Michael Vesper había fallecido sin sufrir. Faraday no lo había hecho.

El condado de Corunda costeó el funeral, al que no asistió ningún miembro de la familia Vesper; habían oído a Bill Vesper declarar en el pub que si el gobierno tenía autoridad para secuestrar la propia sangre de un hombre, entonces el gobierno también podía pagar su entierro. El reverendo Latimer ofició una sencilla ceremonia ante la tumba, a la que asistieron varios miembros del hospital. Se donó el dinero suficiente para que cuando la tierra que cubría al niño se hubiera asentado, se levantara encima un monumento de granito gris grabado con letras doradas. De algún modo, era importante que Mikey Vesper descansara en una tumba decorosa.

La dolorosa historia de Mikey se propagó por Corunda y contribuyó al odio generalizado contra Bill Vesper y sus muchachos. Puesto que el sargento Cameron no logró que ninguna de las chicas presentara cargos por abuso sexual contra su padre y sus hermanos, la situación siguió enconándose, aunque fue pasando a segundo plano en los intereses de Corunda.

La feroz tormenta invernal que llevaba tres semanas amenazando con estallar sobre Corunda finalmente se decidió a desencadenar toda su furia a finales de junio.

Tufts era la única de las cuatro hermanas que estaba de turno, trabajando en el pabellón de hombres, el más desatendido de todos.

Incluso la enfermera jefe se había visto implicada en el conflicto entre el doctor Campbell y los miembros del personal que tenían algo que ver con el pabellón de hombres Uno; el Dos, más pequeño, sufría menos en verano que el Uno. Preocupada ante la posibilidad de que la conducción de vapor perdiera presión y no llegara a calentar el pabellón Uno, la enfermera jefe había instalado dos estufas de coque en el amplio pabellón, solo para descubrir que Campbell, al que habían convencido de adquirir las estufas porque el coque era muy barato, se negaba a comprar el carbón suficiente. Y las noches de temporal como esa, había que combinar las dos estufas de coque con el vapor, cosa factible si se cerraban todos los radiadores del lado izquierdo y se dirigía la presión hacia el derecho.

La enfermera jefe llegó a la sala a las nueve y se encontró con que no había coque en los grandes cubos ni fuego en las estufas.

—Scobie —le dijo a Tufts, con el uniforme crujiente de almidón—, vaya a casa del doctor Campbell, sáquelo de la cama y tráigalo a mi presencia. No se quede ahí con la boca abierta, ¡múevase y hágalo!

Eso hizo Tufts. «Es asombroso —pensó mientras metía prisa al doctor rampa adelante—, hasta dónde es capaz de llegar una enfermera con recursos cuando se le ordena que haga algo.»

—¿Dice que la enfermera jefe ha perdido el juicio? —preguntó el director.

—Está hecha una furia, señor. Haga el favor de darse prisa.

En efecto, cuando Tufts y el director llegaron al pabellón Uno, la enfermera jefe parecía estar hecha un basilisco. Su almidonado uniforme se había arrugado, había arrojado la cofia al suelo y los dedos de ambas manos se le crispaban como garras. «¡Avaro! ¡Tacaño! ¡Déspota!», bramó, al tiempo que cogía a Frank Campbell por el cuello de la bata y lo zarandeaba. Campbell, un hombrecillo delgado que llevaba veinte años comportándose como un déspota, se quedó colgando de los puños de la enfermera jefe como una res en la carnicería, paralizado de miedo. ¡Esa espantajo de pelo desgreñado era una loca!

—Ya le advertí antes, doctor Campbell, que no pienso ver cómo mueren hombres de neumonía porque usted se niega a calentar las salas como es debido. Si no se trae coque y se mantiene la presión de los radiadores a un nivel adecuado, pienso acudir al ministro de Sanidad en Sídney y ponerle al tanto de lo que ocurre aquí. Me ha costado casi año y medio concertar una cita, pero por fin lo he conseguido, y cuando vea al honorable caballero, le mostraré archivos enteros de los pecados contra la humanidad que ha cometido usted, ¡contra hombres, mujeres y niños enfermos!

Siguió adelante. Todos los hombres y las enfermeras del pabellón olvidaron por qué estaban allí, los pacientes incorporados en la cama con los ojos brillantes y el corazón, cuando no el cuerpo, caldeado por la diatriba de la enfermera jefe.

—¡Ha sido maravilloso! —exclamó Tufts, después de despertar a sus hermanas para contarles la gloriosa noticia—. La enfermera jefe ha zarandeado a Frank como un terrier a una rata. Incluso llegó a tener los pies en el aire, el pobre diablo.

—La enfermera jefe ha ganado la batalla del pabellón Uno —reflexionó Edda—, pero la gran pregunta es: ¿ha ganado la guerra?

Tal vez no, pero hubo una clara mejora en la calefacción de los pabellones, y el fontanero por fin consiguió que le asignaran un ayudante. La enfermera jefe, lo bastante avispada para saber que los hombres la apoyarían, canceló su entrevista con el ministro de Sanidad. De momento había logrado que los pacientes no pasaran frío. Y también hizo otra cosa, pensando que en el peor de los casos no cambiaría nada pero en el mejor quizá cambiara todo: la siguiente vez que los gitanos acamparon bajo el puente del ferrocarril, pagó a una vieja gitana por un conjuro. No se trataba de un conjuro mortal, nada de eso. Solo tenía como fin que Frank Campbell recogiera los bártulos y se largara a otra parte. Que se fuera al infierno sería maravilloso pero innecesario; con que llegara a Darwin o Bullamakanka sería suficiente.

Ese invierno fue el último que se vio a los Vesper por allí. Cuando la enfermera de distrito Pauline Duncan fue por el camino de Corbi en octubre de 1927, encontró la casa medio en ruinas vacía. Bill Vesper y su familia se habían ido; nadie sabía adónde. Lo único que quedaba era el monumento funerario de granito gris en el cementerio de St. Mark, con las letras doradas que lo identificaban como la última morada de Michael Vesper, de dos años de edad. Nadie sabía la fecha de su nacimiento; ninguno de los hijos de Vesper figuraba en el registro civil.

Segunda parte

UNA EN EL BOTE Y QUEDAN TRES

Grace siempre andaba metida en líos. Cuanto más se prolongaba su carrera como enfermera, más cosas irritantes había que recordar, hasta que, al cabo, se vio incapaz de acordarse siquiera de los preceptos básicos.

—Explíqueme la gráfica de equilibrio de fluidos, enfermera Faulding —la conminó la enfermera jefe, a quien habían llamado como último recurso.

—Sirve para asegurarse de que la ingestión de fluidos sea suficiente para equilibrar la pérdida —dijo Grace, repitiéndolo de corrido en ese tono que indica a cualquier profesor que el alumno es un papagayo.

—¿Con qué guarda relación el equilibrio de fluidos?

Grace la miró sin entender.

—Con el equilibrio de fluidos, enfermera jefe.

—Eso lo puede ver hasta un ciego, Faulding. Lo que quiero decir es a quién pertenece la gráfica de equilibrio de fluidos.

Grace se mostró más confusa aún.

—¿Al hospital, enfermera jefe?

—¿De quién es una propiedad?

—¿Del hospital? —insistió Grace, no muy convencida.

La boca se convirtió en un tajo sin labios.

—Teniendo en cuenta el nivel de sus tres hermanas, Faulding, me cuesta creer que sea usted más bruta que un arado, pero desde luego pone a prueba mi fe. La gráfica de equilibrio de fluidos es una gráfica propiedad de algo que se denomina «paciente», y constituye un registro de cuánto líquido bebe el paciente a quien pertenece, así como cuánto fluido pierde, sobre todo, a través de la orina, pero también puede incluir...

—Esto... ¿las heces? —aventuró Grace, esperanzada.

—Si están bien formadas, no, Faulding. Los fluidos son líquidos, ¿no? La gráfica también tiene que incluir cálculos de vómitos, sangre, esputos y saliva, si se dan en cantidades mensurables —explicó la enfermera jefe, disgustada. Lo que necesitaba Corunda Base era una hermana tutora, y con urgencia—. ¿Por qué es necesario llevar una gráfica de equilibrio de fluidos?

—Ah, eso es fácil —dijo Grace, con ingenuidad—. Por la hidropesía.

El uniforme almidonado de la enfermera jefe crujió peligrosamente.

—La hidropesía forma parte de los síntomas relacionados con la insuficiencia renal incipiente, Faulding, pero no es más que uno de sus aspectos. No me ha dicho por qué es necesario llevar una gráfica de equilibrio de fluidos, solo que puede ser un indicio de enfermedad renal. ¿Y qué me dice de la enfermedad hepática? ¿Úlceras? ¿Qué se hace cuando una gráfica de equilibrio de fluidos indica que el paciente vomita más de lo que orina? Vuelva a la biblioteca y lea, luego redacte un trabajo de cinco páginas sobre la gráfica de equilibrio de fluidos.

La consternación se adueñó de Grace, que tragó saliva.

—Sí, enfermera jefe. Lo siento.

—Puede ahorrarse la disculpa, no tiene ningún sentido por lo que respecta a esta conversación. —Las uñas de la enfermera jefe, cortas pero bien cuidadas, coronaban sus dedos ahusados cual campanarios—. No me ha pasado inadvertido que realiza usted la mayoría de sus deberes rutinarios con dejadez. ¿Dónde tiene la cabeza, enfermera Faulding? No puedo tolerar las distracciones, y su mente anda siempre de aquí para allá como la cola de una vaca espantando moscas: aquí, allá, por todas partes. Eso no puede ser, ¿me oye? Por ejemplo, ¿le gusta trabajar de enfermera? ¿O soporta la enfermería para poder seguir estando con sus hermanas?

Y allí estaba la pregunta que había esperado, segura de que cuando se la formularan le saldrían dudas y preguntas. Pero era la enfermera jefe quien preguntaba, y ¿cómo podía un humilde gusano dar con las palabras adecuadas para expresar ante un personaje tan eminente sus insignificantes desgracias? Grace tragó saliva con gesto convulso, se cogió las manos y se las miró con fijeza.

—Claro que me gusta la enfermería —mintió—. Como dice usted, lo que me falta es la capacidad para dominar la mente. Se me va el santo al cielo.

—Pues busque esa capacidad, enfermera. Ya se puede retirar.

«Podría haber sido peor», pensó Grace, apresurándose rampa abajo hacia su casa. Ese día comenzaban tres jornadas de fiesta. ¡Qué maravilla! Le vino a la cabeza como una amenaza el trabajo que le había impuesto la enfermera jefe y resopló. No, no iba a dedicar un tiempo de ocio tan preciado a redactar un trabajo de castigo. Eso ya lo haría cuando volviera al hospital; después de todo, no le habían fijado una fecha de entrega.

Con el primer año a sus espaldas, ahora su casa sí que tenía cierto aspecto de casita de campo, porque las cuatro chicas, cada cual a su estilo, poseían habilidades hogareñas. Así pues, pintaron paredes, colgaron cuadros, «le dieron un buen repaso al exterior», como dijo Kitty, y plantaron un jardín. Desde luego la hermana Marjorie Bainbridge, que vivía en la casa de al lado, no podía quejarse de que desatendieran su vivienda. Llevaban una vida feliz.

Pero Grace no pensaba quedarse en casa esa tarde. Tarareando entre dientes, sacó las desaliñadas prendas de color rojo óxido que se ponía para disfrutar de su pasatiempo preferido, contemplar locomotoras de vapor. Los apartaderos estaban muy sucios para llevar prendas buenas y, además, no quería llamar la atención; quería pasar tan inadvertida como le fuera posible a una mujer en circunstancias tan extrañas. Desde que descubriera los trenes de vapor a los diez años, la tenían hechizada; tanto que ni siquiera la había desanimado que sus hermanas le tomaran el pelo al respecto.

Vestida, con sombrero y guantes, Grace salió al parque por la puerta lateral y fue en dirección oeste por Victoria Street. Mientras caminaba iba pensando en su otra obsesión, el ocultismo, que tan de moda estaba y tan atractivo resultaba en las revistas, cuyos famosos videntes predecían desastres que se hacían realidad y, como de pasada, dejaban caer insinuaciones acerca de la vida íntima de las estrellas de cine. No lo veía todo de color de rosa; Grace sospechaba que la adulación y la fama, al tocarle en suerte a gente joven y hermosa, habían empujado a algunos a excesos hedonistas que a sus clubes de fans no les hacían ninguna gracia.

Justo después de dejar atrás la última hilera de edificios públicos de Corunda en Victoria Street había una verja con puntas de hierro que daba paso a la estación de maniobras. Retorciendo el cuerpo delgado para sortear el torniquete provisional, Grace accedió apresuradamente a los apartaderos.

Nadie la vio. Las vías quedaban ocultas tras las hileras de vagones de mercancías: vagones que traían carbón para la fábrica de Wollongong que abastecía la central eléctrica, vago-

92

nes cubiertos y con los laterales de tablas que albergaban varios pisos de ovejas cebadas camino de los mataderos de Sídney o Melbourne, vagones plataforma para maquinaria, vagonetas mineras, toda suerte de material rodante. A Grace le encantaban los olores: óxido, aceite, humo, excrementos de oveja secos, la arpillera de los sacos, metales, eucalipto, hierba agostada.

Alcanzó a ver los hangares donde estaban las locomotoras. Aflojó el paso, buscando la mejor perspectiva que le ofrecía la disposición de los vagones de mercancías y dio con un sitio ideal en una repisa elevada en la trasera de un vagón de ganado. No le resultó difícil auparse hasta allí; cómodamente instalada, se dispuso a contemplar la vista.

Había ido a ver las locomotoras, las grandes máquinas de vapor que transportaban mercancías y pasajeros por toda la red ferroviaria de Nueva Gales del Sur. Hoy había cinco locomotoras, lo normal; Corunda era el punto más elevado de la línea sur, así que aquí se enganchaba una locomotora adicional al tren de cara al largo trayecto ascendente, o se desenganchaba una vez terminado ese tramo. El otro punto elevado, que era la otra estación terminal, estaba ochenta kilómetros más cerca de Sídney, pero en Corunda se encontraban los talleres y los hangares permanentes, una industria floreciente.

Grace no tenía muy claro por qué ver una locomotora de vapor C-36 o C-38 la conmovía a tal punto. Solo sabía que desde el día de su décimo cumpleaños, cuando estuvo por primera vez delante de una, la visión de esas inmensas mulas de hierro envueltas en humo y vapor la entusiasmaba. Permanecía horas sentada mirándolas, se regodeaba en la potencia que impulsaba las barras de tracción que hacían girar las ruedas: ruedas más altas que ella, capaces de reducirla a picadillo. Los bramidos, los traqueteos, los silbidos y las ráfagas de vapor le provocaban un inmenso regocijo, y cuando veía venir una por la vía desprendiendo sus chorros sincopados de humo negro, ardía en deseos de fundirse con ella, de sentir su inmenso empuje interno.

Aquel día, como no tardó en entender, iba a obsequiarla con algo especial. Corunda tenía una plataforma giratoria, una inmensa rueda de hierro con un diámetro más largo incluso que una locomotora C-38 con su ténder, cuyos raíles se comunicaban con vías a ambos lados del círculo. Puesto que discurría sobre raíles fijos, una locomotora tenía poca capacidad para girar; una suave curva que se prolongara kilómetros podía hacerla cambiar de sentido, pero la única manera de que cambiase sin hacer un largo recorrido era la plataforma giratoria. En ese momento situaron la locomotora con el ténder sobre la plataforma, que llevó a cabo la rotación.

Alguien se encaramó a su lado; Grace se volvió un poco para ver a un hombre con terno, y luego, tras suponer que estaba allí por la misma razón que ella, lo olvidó por completo, entusiasmada viendo cómo un maquinista experimentado hacía encajar a la perfección una enorme locomotora en los raíles de la plataforma.

—Cuando no era más que un crío quería ser ese —dijo el hombre a su lado.

—Entonces, ¿por qué no lo es? —preguntó ella cuando la plataforma empezó a girar.

—No tenía contactos en el sindicato del ferrocarril.

—Ah.

La conversación se extinguió; estaban absortos en las máquinas y sus giros sobre la plataforma. Pero al cabo, las maniobras tocaron a su fin. Grace bajó de la repisa de un salto antes de que el hombre tuviera ocasión de ayudarla.

—Vaya espectáculo —comentó él, manteniéndose en equilibrio sobre una vía mientras se pasaba el ala del sombrero entre los dedos—. Le agradezco la compañía.

—Lo mismo digo. Es más emocionante cuando se comparte.

—Es raro que una joven disfrute de algo así.

—Lo sé. Mis hermanas no cesan de tomarme el pelo.

Él se echó a reír.

—¿Puedo pedirle un favor, señorita?

—Me lo puede pedir —contestó ella.

Fuera quien fuese, aquel hombre no había recibido una educación adecuada.

—¿Puedo verle la cara?

Ahora fue ella quien rio.

—Puede —dijo, poniéndose frente a él.

—No; sin ese sombrero absurdo, quiero decir.

Sorprendida, se quitó el sombrero cloché, observando a su vez el semblante del joven: era bastante presentable y muy rubio, como si lo hubieran sumergido en un cubo de escarcha, aunque tenía la piel más bronceada que rosada, y sembrada de pecas. Como si su sol norteño brillara en cielos despejados y exigiera a sus antepasados tener una epidermis más pigmentada, pensó Grace, tan fantasiosa. «¡He aprendido algo! —se regocijó interiormente—. Después de todo, he pillado algo de las clases de enfermería.»

—Qué bonita es usted —dijo él—. ¿Adónde va? ¿Puedo acompañarla? En los apartaderos acechan maleantes.

Nadie le había dicho nunca que fuera bonita, solo que era «mona» o un «bombón». Tal vez no fuera muy educado, pero sus sentimientos eran nobles. «De hecho —pensó Grace, pagada de sí misma—, dudo que llamen bonita a Kitty o Edda.» Al no ver peligro alguno en él, Grace sonrió y asintió.

—Gracias, señor...

—Björn Olsen. Pero puede llamarme Oso. Así me llama todo el mundo. Björn significa «oso» en sueco. ¿Cómo se llama usted?

—Grace Latimer. Soy enfermera en el hospital, donde me llaman Faulding para evitar confusiones. El caso es que somos cuatro con el apellido Latimer.

Notaba los pies ligeros, como si el suelo que pisaba fuera de nubes algodonosas. Encantada al reparar en que era bastante más alto del metro sesenta y ocho que medía ella, Grace se olvidó de la realidad. Solo era consciente de estar caminando con Oso Olsen, de querer saberlo todo acerca de él. Y el corazón le iba al compás de los pies, solo que de una manera distinta, cálido y resplandeciente. ¿Qué edad tenía? ¿A qué se dedicaba? Él pensaba que era bonita, y sus ojos de un azul intenso la acariciaban con la mirada.

Accedieron por el torniquete a los márgenes del parque y encontraron un banco en un rincón apartado. No había nadie por allí en martes y era como si les perteneciera el mundo entero, como si fueran las únicas personas sobre la faz de la Tierra.

—¿Le importa si nos sentamos aquí? —dijo ella con cierta ansiedad.

—Preferiría llevarla a algún sitio donde pueda invitarla a un té y un bollo —repuso él, que sonrió con los dientes blancos dejando a la vista un incisivo mellado. Qué encanto—. ¿No hay cafetería en el hospital?

Grace lo miró con súbito horror.

—¡No! ¡Ay, no! No puede entrar en las instalaciones del hospital conmigo, va contra las normas. Me vería en un terrible aprieto, y por lo visto siempre ando metida en líos. Soy de las nuevas enfermeras en prácticas y las reglas son férreas. ¡Férreas!

Él se quedó mirándola fijamente. Pobrecilla.

—Más parece una cárcel que un empleo —comentó.

—Es complicado —reconoció ella con desaliento.

—¿Se verá en un aprieto si vamos al Partenón o al Olimpo? —preguntó.

—Ah, no, qué va —dijo, aliviada—. Mientras no sea nada ilegal, a la enfermera jefe le trae sin cuidado lo que hagamos cuando no llevamos uniforme ni estamos en el hospital.

—Es un convento, no una cárcel.

Ella dejó escapar una risita.

—Hasta cierto punto, pero no rezamos.

—¿Es católica?

—No, mi padre es el rector de la iglesia anglicana de St. Mark: firmemente protestante, pero tirando más a la iglesia alta que a la baja.

La miró sin entender.

—¿De veras? —preguntó.

Solo las sombras cada vez más alargadas trajeron a Grace de regreso al mundo; tras acceder a comer con Oso al día siguiente en el entorno seguro del café Partenón se marchó corriendo, con el sombrero aún en una mano enguantada y el corazón henchido.

¡Oso Olsen! Muy por debajo de ella socialmente, de eso no cabía duda, pero le traía sin cuidado. Oso le había dicho que formaba parte de esa clase de hombres conocidos por tener múltiples novias e incluso, en los peores casos, por ser bígamos. Sí, Oso era uno de esos desvergonzados, ¡un viajante! Era fácil ser infiel cuando el trabajo implicaba ir de sitio en sitio por un amplio circuito que se repetía, aunque no demasiado a menudo. Los viajantes tenían labia, siempre resultaban atractivos a las mujeres y, por lo que se decía, eran capaces de vender llamas en el infierno. Papá se subiría por las paredes si se enteraba, pero Grace no tenía intención de contárselo, y mucho menos a su madrastra. Sí podía confiar en sus hermanas: no dirían una sola palabra, al margen de lo que pensaran. Pero nada de eso tenía importancia: Grace sabía cuál era su destino. En una sola tarde se había enamorado de Oso Olsen, y se casaría con él. No de inmediato, claro, y no sin oposición por parte de sus padres. Pero se casaría con él, desde luego.

Era un Hombre de Perkins, lo que debía de tener su importancia. Oso Olsen no era uno de esos a los que les gustaba frecuentar locales de postín, con el pelo engominado y bigotillo fino, dispuesto a vender una docena de medias de seda a la mujer de un granjero en el quinto pinto. Perkins fabricaba y vendía bálsamos, tónicos, linimentos, pomadas, emolientes, laxantes, antisépticos, elixires, eméticos, pastillitas azules para el hígado y pastillitas malva para el riñón, jabones y una bebida salina efervescente que, o bien te hacía echarlo todo, o lo asentaba definitivamente. Todo el mundo compraba a los Hombres de Perkins. Los productos Perkins no se vendían en establecimientos, sino puerta a puerta, así que tanto en la ciudad como en el campo se conocía a los Hombres de Perkins. El linimento para caballos Perkins y el ungüento Perkins estaban de moda, y en todas las casas había un frasco de bicarbonato Perkins. A los niños les gustaba el licor laxante Perkins; puesto que la alternativa era el aceite de ricino, resultaba muy popular. Las abuelitas creían ciegamente en las pastillitas malva, los papás en las pastillitas azules, y todo el mundo tenía plena confianza en el tónico, cargado de alcohol y creosota. Después de tanto tiempo como enfermera, incluso Grace era consciente de la trascendencia que tenía llamar al médico. Cuando la gente se sentía mal, se medicaban, por lo general con algo que llevara la etiqueta de Perkins. Era más barato que el médico, y casi siempre igual de eficaz.

Oso le había dicho que procedía de los suburbios al oeste de Sídney, de un lugar llamado Clyde, donde estaban las cocheras del ferrocarril; había pasado la infancia escuchando los resuellos, pitidos y aullidos de las locomotoras de vapor, pero su padre, un borracho empedernido, no había congeniado con los sindicatos de trabajadores del ferrocarril, así que su tribu de hijos acabaron como empleados no cualificados lejos de los trenes. Oso, el menor, estaba decidido a marcharse de Sídney y respondió a una oferta de trabajo en la prensa como viajante de Productos Perkins.

El subdirector que lo entrevistó era tan astuto como experimentado; lo que vio, según fue adivinando Grace conforme Oso desgranaba su historia, le interesó pese a sus limitaciones educativas, porque la cara de Oso era honrada por naturaleza, no poseía ni rastro del tipo mediterráneo atezado que pudiera asustar a una mujer sola en casa, tenía cierta confianza en sí mismo y una vena de generosidad que podía llevarle a ofrecerse a cortar un poco de leña a la señora para la cocina. Lo más alentador para ese subdirector había sido la pericia de Oso con los coches, unida a su habilidad para arreglarlos. ¿El resultado? Oso consiguió el puesto.

Y no volvió la vista atrás. Para empezar, descubrió que le encantaba el acto de vender. Además, no se complicaba la vida gastando más de lo que podía. Poco a poco fue subiendo de categoría, le dieron el primer coche nuevo de una remesa, incrementaron su cuenta de gastos de representación y le aumentaron el sueldo. Tras cinco años era el mejor Hombre de Perkins en Nueva Gales del Sur, y en los cuatro años transcurridos desde entonces había seguido llevando la delantera a los demás Hombres de Perkins en Australia y Nueva Zelanda. Con treinta años, le contó a Grace en tono jubiloso, estaba asentado: tenía una carrera segura y dinero en el banco.

Saltaba a la vista que se sentía muy atraído por ella, máxime teniendo en cuenta que compartían esa extraña obsesión por las máquinas de vapor. Él también había pescado un poco en el río de la vida de Grace, y le había encantado averiguar que estaba muy por encima de él socialmente, lo que suponía que sería una esposa ideal, sus hijos serían educados en casa para que se convirtieran en damas y caballeros, y las aspiraciones de Grace para la educación de estos serían ambiciosas. El problema era cómo convencer a la familia de Grace de que era el único marido adecuado para ella.

No perdió el tiempo discutiéndolo todo con ella. Se sentaron en un reservado del fondo en el Partenón; ella pidió sándwiches de huevo al curry y él un filete con patatas fritas, tomates y champiñones. Qué maravilla. Nadie se fijaba en ellos. Decopoulos, el propietario, servía el almuerzo en persona, y no había ninguna camarera que pudiera fisgar.

—Ya sé que no estoy a tu altura, Grace —dijo él con toda sinceridad a los postres, mientras daban cuenta de una tetera y una copa de helado—, pero voy a casarme contigo. Para mí no hay otra mujer, lo supe cuando lanzaste ese grito al ver el diseño aerodinámico de la C-38 que arrastra el *Spirit of Progress*. Entonces vi tu rostro y pensé: ¡qué bonita! Tenemos que casarnos, y no aceptaré un no por respuesta. —Le tomó la mano—. Cuanto antes mejor, querida. Te quiero.

Grace, con los ojos ensombrecidos por emociones que le resultaban nuevas y extrañas, miró fijamente el rostro de Oso, pálido como la escarcha, apenas capaz de creer lo que decía. ¿Matrimonio?

Pero no había terminado: mientras hablaba, iba acariciándole con el pulgar el dorso de la mano.

—Soy capaz de vender cualquier cosa, cariño. Nunca me faltará trabajo. Me encanta vender productos Perkins porque son muy buenos y puedo ser sincero. Vender honradamente es tan importante para mí como la vida misma. Tengo dos mil libras en el banco, y con eso hay más que de sobra para comprar una casa como es debido en Corunda. Bueno, nada tan lujoso como la casa a la que estás acostumbrada, y no podríamos permitirnos más que una fregona, pero llegaré más alto,

Grace, no te quepa duda. Algún día nadaremos en la abundancia.

Ella le apretó la mano con dedos temblorosos.

—Ay, Oso, como si pudiera decir que no. Además, desde que te conocí ayer, no puedo pensar en otra cosa que no seas tú.

La cara de Oso, decidió ahora, ahogándose en el ardor que destellaba en sus ojos, era de un atractivo rotundo. «Ayer me resultó un poco chocante que sea tan rubio —pensó—, me pareció raro, pero hoy lo llevo dentro, forma parte de mí para siempre. Sus cejas parecen heladas y las pestañas le relucen como si fueran de cristal: ¿de dónde sale la piel bronceada? Y nunca había visto unos ojos tan azules, tan cautivadores... La nariz es como la de Edda y la mía; tendremos hijos de rasgos finos, y serán altos. Ay, por favor, que no sean gemelos. Solo la parejita, un niño y luego una niña...»

—¿Quieres casarte conmigo? —insistió Oso.

—Sí, queridísimo Oso, claro que sí.

Con la cara iluminada, él se hinchó visiblemente de orgullo.

—Vamos otra vez al banco del parque, mujer. Quiero besarte.

La instó a apresurarse, pero Grace apenas se dio cuenta, porque la cabeza le daba vueltas y tenía el corazón jubiloso. Por primera vez en su vida era idílicamente feliz, y le daba miedo que aquello terminase. Oso la amaba, Oso quería casarse con ella. La dicha era tan grande que resultaba casi dolorosa, y el futuro se le presentaba como un inmenso amanecer rosa demasiado glorioso para asimilarlo. «Nunca volveré a estar sola: soy amada y amo. ¿Qué más se puede pedir a la vida?»

No había nadie a la vista. Se sentaron en el banco vueltos el uno hacia el otro; Oso le tomó la cabeza con dedos trémulos y la miró fijamente con ojos risueños y vacilantes.

Grace cerró los ojos y esperó el tacto de sus labios: frescos, melosos, ligeros como una pluma. Tras la primera impresión empezó a mover ella los labios también, saboreando las increíbles sensaciones cuando se recibe un beso de alguien que ama y es amado, pues era tan distinto, recíproco a tal punto que tuvo la misma sensación que si nunca antes la hubieran besado. No la obligó a abrir la boca antes de que estuviera lista, ni recurrió a ninguna de las técnicas que al parecer otros jóvenes creían que encantaban a las chicas. Cuando el beso se tornó más profundo y apasionado, fue con la participación y la entrega de Grace, y cuando sus manos le tocaron los pechos por encima de la ropa, ella se sintió electrificada.

—No vamos a pasar de aquí hasta que te haya puesto el anillo de boda en el dedo —dijo él, a la vez que la apartaba, unos minutos después—. No hay nada demasiado bueno para ti, Grace, y no pienso deshonrarte.

Por una curiosa casualidad sus tres hermanas estaban en la sala cuando entró Grace; ninguna tenía el turno de tarde en esos momentos. Edda levantó la mirada y enarcó las cejas.

—Traes el viento de cola, Grace —dijo.

Era una expresión que habían tomado de una niñera mucho tiempo atrás; hasta donde eran capaces de traducirla, significaba encontrarse en un estado de confusión absoluta, como se quedan los animales cuando el viento sopla el rastro de todos sus enemigos hacia ellos.

Grace se lo contó de buenas a primeras.

—¡Me voy a casar!

Hasta Tufts levantó la cabeza de los libros; Edda y Kitty, pasmadas, se quedaron boquiabiertas.

—¡Qué tontería! —bufó Tufts.

—¡No, no; es verdad!

—¿Quién es el afortunado? —preguntó Edda, medio en broma.

102

—Se llama Oso Olsen y lo conocí ayer mientras contemplaba las maniobras de la plataforma giratoria del ferrocarril —explicó Grace, cuyo entusiasmo empezaba a menguar, aunque no sabía muy bien por qué.

—¿Ayer? —preguntó Kitty, con un énfasis tremendo.

—¡Sí, ayer! Fue amor a primera vista —insistió Grace.

Las otras tres dejaron escapar gruñidos.

—¡Grace, Grace, esas cosas no ocurren así! —dijo Edda.

—Cuando es el hombre indicado, sí —mantuvo Grace—. Es el indicado, Edda, y voy a casarme con él tan pronto como pueda.

—¿Por qué no acabas enfermería primero? —preguntó Tufts—. Así tendrías algo a lo que recurrir en tiempos de necesidad.

—Detesto ser enfermera. Solo quiero casarme con Oso.

—Mamá no te dejará casarte con nadie a quien no dé su aprobación —dijo Kitty—, y tu comportamiento dice a gritos que ese tipo no te conviene nada.

—Tengo veintiún años —repuso Grace, desafiante—, así que nadie puede impedir que me case con quien quiera, ¿no?

—No tienes agallas para hacer algo así —dijo Edda, que tenía ojo clínico.

—¡Pues esta vez sí! He encontrado a mi media naranja, Edda. Tenemos los mismos entusiasmos e ideales, he izado mis colores en el mástil del barco de su destino. ¡Os lo digo con toda claridad: pienso casarme con Oso Olsen, le pese a quien le pese!

—¿Cómo se llama?

—Björn Olsen. Es de familia sueca. Björn significa «oso», así que todo el mundo le llama Oso. Es un Hombre de Perkins, el mejor vendedor de toda la empresa, y aunque es posible que no esté a mi altura socialmente, tiene un gran futuro. —Grace alzó la barbilla y adoptó un aire de inflexible tozudez, impropio de ella—. ¡Me casaré con él!

—No antes de dar a tus hermanas la oportunidad de echarle un buen vistazo —dijo Kitty, en tono afectuoso—. Venga, Grace, danos una oportunidad, por favor, y dásela a ese tal Oso Olsen. Entiendo por qué crees que mamá no dará su aprobación, aunque quizá juzgas a nuestro padre con excesiva dureza. No es un esnob, Grace, y si tu hombre le cae en gracia, será un valioso aliado. Pero tienes que traer a Oso a tomar el té mañana por la tarde, ahora que ninguna de las cuatro trabajamos en el turno de tarde.

—¡No podemos invitarlo aquí! —dijo Tufts, pasmada.

—¿Ah, no? —replicó Edda, al tiempo que se ponía en pie—. Voy a ver a la enfermera jefe.

—¡Edda, no! —aulló Grace.

Demasiado tarde: Edda ya se había ido, y tuvo la buena fortuna de encontrarse con que la enfermera jefe disponía de tiempo para verla.

—¿Sí, Latimer?

—Quiero pedirle permiso para invitar a un joven a tomar el té en la sala de nuestra casa mañana por la tarde, señora. Estaremos presentes las cuatro para recibirlo.

Su petición no fue recibida con una explosión de ira: en cambio, la enfermera jefe indicó con gesto inexpresivo a la joven la silla delante de la mesa.

—Creo que más vale que se siente, Latimer, y me explique esta solicitud tan extraordinaria.

—Se trata de mi hermana Faulding, señora.

—¿Está al tanto de que ser enfermera no la hace feliz?

Edda suspiró y encorvó los hombros.

—Sí, lo estoy.

—¿Se ha metido en algún otro lío?

—Aún no, pero si no tratamos el asunto debidamente, podría meterse en uno muy grave. Con tratar el asunto debidamente me refiero a que sus hermanas tienen que estar a su lado en el presente dilema —explicó Edda, haciendo un esfuerzo por dejar buena parte en el tintero, como debía ser—. Nuestra madrastra tiene ideas muy rígidas, lo que es laudable, naturalmente, pero la actual circunstancia requiere que las hermanas estemos mejor informadas antes de que nuestra madre tome conocimiento de la misma. —Tendió las manos en un gesto de apelación—. El caso es que Grace ha conocido a un joven con el que se quiere casar, pero por desgracia no es de Corunda; de hecho, es viajante. Es un Hombre de Perkins, un trabajo respetable, pero tenemos que conocerlo y averiguar algo más sobre él. Que venga a tomar el té a nuestra casa sería ideal.

—Permiso concedido —dijo la enfermera jefe—. Pondré al tanto a la hermana Bainbridge.

Después, mientras cenaban en su casa, la enfermera jefe comentó a la hermana Bainbridge:

—Qué joven tan sensata es Latimer. Ha acudido a mí, que es exactamente lo que debía hacer. Es importante que las enfermeras nos teman, pero también da gusto que algunas sean capaces de vernos bajo el barniz de ogro. Además es una chica inteligente. Latimer no criticó en absoluto a Maude Latimer, pero me permitió hacerme una idea clara de la situación. Salta a la vista que el joven no es del agrado de Maude desde el punto de vista social. Debemos hacer lo que podamos para ayudar, Marjorie, incluido acudir al rector, si fuera necesario. ¿Puede preparar nuestro cocinero bollos, mermelada y nata?

Dos horas con Oso Olsen reconciliaron a las hermanas de Grace con aquel cambio tan pasmosamente súbito en la vida de Grace. Saltaba a la vista que la quería e, igual de importante, no se trataba de uno de esos viajantes holgazanes que no daban palo al agua. Era un auténtico Hombre de Perkins, el mejor, con una carrera prometedora, dos mil libras en el banco y amigos en altos puestos directivos. No era bebedor y sería un buen marido para Grace; sus tres hermanas salieron del encuentro plenamente convencidas de ello.

—Seguiré en este circuito al menos cinco años más —explicó, tras haber hecho justicia a los bollos con mermelada y nata del cocinero de las enfermeras, un gesto de la generosidad y la aprobación de la enfermera jefe que asombró a las hermanas. Quizá debajo del iceberg había un ser humano. Una idea espantosa que les resultaba ajena por completo—. Por esa razón —dijo Oso— no querría separar a Grace de Corunda y su familia todavía. He encontrado una casa adecuada en Trelawney Way, lo que significa que tiene acceso al agua y el alcantarillado de la ciudad. Puedo comprarla por mil cien libras, al contado.

—Es un buen precio, con acceso al agua y el alcantarillado de la ciudad —reconoció Edda.

—Está bien construida, Edda, de veras. El tejado está debidamente aislado con alquitrán, las paredes interiores están enlucidas y el retrete está en una habitación separada del cuarto de baño. Los suelos son de madera de eucalipto y todas las ventanas tienen marcos como es debido y pueden equiparse con mallas para que no entren moscas ni mosquitos.

—Todo eso está muy bien —reconoció Edda—. ¿Y qué hay del mobiliario? ¿Cuántas habitaciones tiene?

—Tres, y me quedará lo suficiente después de pagar la casa para que Grace pueda escoger los muebles que quiera —respondió Oso, sabiendo que tenía que salir victorioso de la entrevista si quería casarse con su querida Grace. Ella escuchaba con ansiedad, pero sin decir palabra, debido al miedo, sospechaba él. Había observado que las hermanas de Grace tenían tendencia a intimidarla—. Trelawney Way está en la ruta del repartidor de hielo, esa es otra ventaja: Grace puede tener hasta nevera. Eso es muy importante para los niños.

¿Niños? Se clavaron en él tres pares de ojos.

—Espero que no tengáis intención de tener más hijos de los que podáis permitiros educar —dijo Tufts con un gruñido.

—Mis hijos recibirán una buena educación, no te quepa duda —prometió Oso.

Grace lo acompañó fuera y dejó que las otras tres se ocuparan de la realidad.

—Mamá no dará su bendición a esta unión —dijo Kitty, desolada.

—¡Tonterías! —repuso Edda—. Sencillamente tenemos que manejar con tacto a Maude, lo que significa que debemos acudir a papá. Es la humillación social lo que sacará de quicio a Maude, así que tenemos que defender con uñas y dientes que un Hombre de Perkins de primera es muy distinto de esos turbios proveedores de remedios de medicuchos y ropa interior femenina. En otras palabras, tenemos que reclutar a papá para que nos ayude a librar a Oso del sambenito del viajante. Al menos su aspecto y su apellido no tienen nada que ver con esos mediterráneos siniestros. Su apariencia y su comportamiento son muy respetables, conduce un Modelo T nuevo y el director de nuestro banco no lo mirará por encima del hombro. A título personal, creo que Grace ha logrado un muy buen partido.

—Estoy de acuerdo —dijo Kitty—, y pienso hacérselo ver a mamá.

—Yo también —convino Tufts—. Oso es perfectamente adecuado para Grace. Bueno, se conocieron en la estación de maniobras, babeando con las máquinas de vapor. No podría ser más raro. —Dejó escapar una risita—. Sus bebés mamarán carbón en vez de leche, y lanzarán pitidos en vez de lloros.

—¿Y qué tiene eso de malo? —preguntó Grace, entrando en la sala.

—Nada, querida, nada —contestó Kitty—. ¿Cómo vamos a convencer a mamá de que autorice la boda?

—No quiero una boda —dijo Grace, sin tapujos—. Bueno, claro que llevaré vestido blanco y un ramillete de flores, solo que no quiero saber nada de desayunos y discursos. Oso no tiene familia ni amigos íntimos para llenar un lateral de la iglesia, y no quiero ponerlo en un brete. Así que prefiero que papá nos case con discreción, y acompañaré a Oso en su circuito en vez de ir formalmente de luna de miel.

Tenía la copa llena a rebosar; ni siquiera la perspectiva de que Maude Latimer fuera a ofenderse conseguía hacer sombra a la felicidad de Grace.

Las cuatro acordaron que sería Edda quien pondría al tanto del asunto al reverendo Thomas Latimer y su esposa, y que lo haría al inicio de los próximos días libres que tuviera.

Si Maude y el rector se sorprendieron al ver a su hija mayor, pusieron buena cara y la invitaron a comer.

—No entiendo qué tiene de fascinante ser enfermera —dijo Maude, cuyo sentido de autoconservación le permitía darse cuenta de que ahora Edda era inmune a los desplantes y comentarios sarcásticos de otros tiempos. Era una joven con una certeza inquebrantable de su propia dignidad; Maude se sintió un tanto arrugada al caer en la cuenta de que sus hijas, al dedicarse a la enfermería, la habían aventajado en cuestión de carácter, resolución y dignidad, sensaciones que a Maude no le resultaban gratas.

—El trabajo de enfermera dota a quienes disfrutan con él de un auténtico objetivo en la vida —dijo Edda, encantada con la comida de la rectoría en comparación con el comedor de las enfermeras—. ¿Cómo se las arregla la cocinera para que el pastel de carne con patatas esté tan rico, mamá? Los cocineros del hospital lo preparan fatal.

—No tengo la menor idea —dijo Maude, con aire altivo—. Lo único que me toca es disponer el menú todas las semanas.

—Eso hace también la hermana que se encarga de la intendencia, pero los resultados son muy distintos. —Edda buscó con sus ojos extraños los de su padre y le sostuvo la mirada—. Grace, sin embargo, no le ha cogido el tranquillo a la enfermería.

Maude lanzó un bufido.

—Vaya. No me sorprende. Tu hermana gemela, Edda, es un auténtico caso perdido.

Edda rio.

—Ese dardo ha salido muy desviado si la diana era yo. Pero indica que no pondrás reparo si Grace deja la enfermería para casarse con otro caso perdido.

Maude se quedó de piedra.

—¿Cómo dices?

—Ya me has oído, mamá. Grace tiene intención de casarse con un Hombre de Perkins, un joven muy simpático que está enamoradísimo de ella. Forman una pareja ideal, papá.

—¡Grace no hará nada semejante! —Maude se volvió hacia el rector, que hasta el momento no había hecho comentario alguno sobre la conducta de Grace, ni había dejado siquiera que su semblante revelase qué pensaba—. Tom, no puedes quedarte ahí sin decir palabra. ¡Grace no va a casarse con un caso perdido!

—Esa es la idea que me he hecho a partir de lo que nos ha contado Edda —dijo el rector plácidamente, a la vez que se limpiaba los labios con la servilleta—. Eres demasiado dura con la gente, sobre todo con aquellos más próximos y queridos, Maude, y confieso que me inquieta. Estoy seguro de que ese Hombre de Perkins no es un caso perdido: tú tienes la despensa llena de productos Perkins, incluida esa nueva crema facial que tanto te entusiasma. —Miró a Edda y sonrió—. Tú, naturalmente, eres la avanzadilla, ¿no es así, Edda?

—Sí, papá. El prometido de Grace se llama Björn Olsen, pero le llamamos Oso. Tiene dinero en el banco, es el mejor vendedor de Perkins y está loco por Grace. Quiere conoceros lo antes posible porque no tienen intención de prolongar más de la cuenta el noviazgo.

—¡Está embarazada! —gritó Maude, rechinando los dientes.

—¡Nada de eso! Qué mente tan retorcida tienes, mamá.

El rector dejó el cuchillo y el tenedor en el plato con estrépito; los ojos gris templado destellaron.

—Ya está bien, Maude. Si no puedes decir nada agradable, entonces cállate. ¿Por qué tienes que ser tan poco caritativa?

Fascinada, Edda columpió la mirada entre su padre y su madrastra. La aspereza de su padre le resultaba nueva por completo. ¿Tan difícil le resultaba vivir a solas con Maude?

—Me reuniré con el joven que aspira a ser mi yerno mañana a mediodía —le dijo el rector a Edda—. Grace puede venir a la rectoría a las doce y media. Maude, quiero que se sirva una comida especial.

—No está embarazada, papá, pero creo que no tardarán mucho en llegar nietos —dijo Edda, con los ojos en danza—. Me alegro por ella porque Oso no la dejará nunca en la estacada y la cuidará siempre.

Incapaz de dar crédito al desaire del rector —¡y encima delante de Edda!—, Maude permaneció el resto de la comida en silencio, con una idea bien clara: Grace lo pagaría. De hecho, todos lo pagarían.

La hermana Grace Faulding-Latimer había aguantado quince meses como enfermera al nuevo estilo en prácticas, y lo había dejado para casarse.

Fue una boda modesta y muy acogedora, pues el contingente por parte del novio, todos ellos Hombres de Perkins, se reducía a tres personas, y la novia solo invitó a la familia y unos pocos amigos. Casados a comienzos de julio de 1927, en pleno invierno, la feliz pareja disfrutó de una luna de miel extraña pero educativa; Grace acompañó a Oso en su travesía por el circuito Perkins a través del sudoeste de Nueva Gales del Sur. Al final de la misma, no envidiaba a Oso su trabajo. Entusiasmada de tener un hogar propio, se mudó a la casa que había comprado Oso en la zona de Trelawney. Aunque solo lo sabía Oso, estaba embarazada.

Puesto que no se había separado de Grace en sus veintidós años de vida, Edda ignoraba cuánto iba a dolerle estar lejos de su hermana. Dejando al margen sus similitudes físicas, no eran temperamental ni espiritualmente parecidas, ni en ninguno de los demás aspectos que suele atribuirse a las gemelas idénticas. Cuántas veces, reflexionaba ahora Edda, había maldecido a Grace por pegarse a ella, por no ser, a los ojos de una niña tan activa y avasalladora como Edda, más divertida, más alegre, mejor compañera de juegos. No, era siempre Edda la que se veía obligada a dirigir, Grace la que tenía que seguir. Y ahora que Grace no estaba, Edda había caído presa de una desolación que iba más allá de lo razonable.

—Espero no haber pensado nunca en Grace como si de un tumor inoperable se tratara —le dijo a Tufts, con quien tenía más confianza que con Kitty—, pero no niego que muchas veces ser la gemela de Grace me hacía sentir como si tuviera un tumor. Ahora Hera, la diosa del matrimonio, me ha separado de mi tumor como una cirujana sin piedad.

—Bueno, querida, has quedado a la deriva —dijo Tufts con ternura—. Te llevará mucho tiempo acostumbrarte a estar sin Grace.

—No lo entiendes —exclamó Edda—. Siempre había pensado que perder de vista a Grace me haría inmensamente feliz.

—Sí, seguro que así me sentiré cuando me deshaga de Kitty, solo que el sentido común dice que lamentaré terriblemente su marcha. Al igual que yo, Edda, tienes sentido común. ¿Cómo no iba a suponer un desgarro colosal perder una mitad de ti?

Edda suspiró.

—Cómo no, desde luego.

—Al menos Kitty y yo lo entendemos, tenlo presente.

Edda procuró hacerlo, pero ser testigo de ello día tras día solo servía para hacer hincapié en su propia pérdida. Aunque no carecía de compensaciones. La más importante para Edda era el repentino estallido de independencia de su padre respecto de Maude, tan evidente que todo el mundo estaba un tanto sorprendido. No es que tratara a su segunda esposa con menos respeto, solo que la dominación que ejercía su mujer se había esfumado. Demasiado superficial para analizar su propia conducta, Maude achacó la nueva actitud del rector a su atractivo femenino cada vez más mermado y se apresuró a pasar tres meses en un sanatorio en las Blue Mountains, a fin de seguir una dieta, hacer ejercicio y abrir su corazón a personas conocidas como «alienistas». No podría haber tomado una decisión peor, porque de esa manera se apartó de la vida del rector justo cuando el matrimonio de su primera hija podría haberle recordado que él también estaba envejeciendo. La vida sin Maude, descubrió, era muy agradable: podía desayunar lo que le viniera en gana, escoger los himnos que quisiera para el coro, escribir sus propios sermones y visitar a los parroquianos pobres y nada relevantes tan a menudo como le apeteciese, costumbres a las que, cuando Maude regresó de su tratamiento de salud, se negó a renunciar; por lo visto había desarrollado una grave sordera.

—Mi madrastra se lo tiene bien merecido —le dijo Edda con júbilo a Jack Thurlow cuando se encontraron en el camino de herradura y desmontaron para «charlar como es debido», según dijo Jack.

No se encontraban muy a menudo; el trabajo de enfermera se había llevado una buena porción de la libertad que antes tenía para el ocio, cuando las cuatro chicas hacían poco más que los trabajos domésticos que les imponía Maude, un asunto más flexible. Ser enfermeras conllevaba un agotamiento físico que convertía algo como ir al cine o, en el caso de Edda, cabalgar, en un esfuerzo excesivo.

Divertida por el descubrimiento, Edda averiguó que Jack Thurlow no estaba muy contento al verse relegado a, como él mismo dijo:

—Una comodidad que metes en el armario y sacas cuando te viene en gana. No sé por qué te complazco.

La alegría interior se convirtió en risa; Edda soltó una carcajada.

—Ay, Jack, madura un poco. Tienes once años más que yo, pero te comportas como un niño al que su hermana mayor le ha quitado su juguete preferido. Ahora trabajo para ganarme la vida, y la palabra clave es «trabajo». Nada me gusta tanto como cabalgar contigo, pero a menudo no tengo tiempo ni energía, ¿queda claro?

—Cuando empezaste como enfermera estabas convencida de que salir a montar con regularidad te ayudaría a sobrellevarlo, pero llevas una eternidad trabajando y cada vez sales menos a cabalgar. Tu padre engancha a *Fatima* a un coche

113

para Maude, solo a fin de que el pobre animal haga algo de ejercicio.

Se le demudó el gesto, pero asintió.

—Papá tiene razón, pero ya sé que no te parece bien que enganchen un arnés a un caballo como ese, y lo siento. —Su rostro adoptó su aire más seductor—. Lo malo es que me encanta montarla cuando tengo ocasión, y si vuelve a tus manos, perderé cualquier oportunidad de hacerlo. ¿Tanto perjudica a *Fatima* pasear a Maude por ahí en un coche ligero? Ya sé por qué me diste a *Fatima*: es un caballo muy estúpido pero al mismo tiempo tranquilo. Maude le ha enseñado incluso a llevar la hierba segada hasta el montón de desechos para hacer fertilizante.

Él le ofreció una sonrisa, primero a regañadientes, pero luego cada vez más amplia.

—Es una pena que seas mujer, Edda. Llevas dentro un político de primer orden.

—Entonces me casaré con un político de primer orden.

—Vamos cabalgando a mi casa a tomar un té y un bollo —intentó engatusarla—. Se está más cómodo que a la orilla del río.

Ella se puso en pie.

—Y es menos público —dijo, al tiempo que se subía a lomos de *Fatima*, que era uno de esos caballos que hacen un poco de todo pero no sobresalen en nada y, sin embargo, se las arreglaba para cumplir su cometido, con ayuda de su estupidez.

»¿Hay alguna noticia del heredero Burdum? —preguntó mientras comían los bollos con queso y mantequilla aún calientes: a Jack se le daba de maravilla hornear bollos.

—¿El sajón? El viejo Tom no dice gran cosa, pero no creo que el nuevo heredero tenga planeado venir a Australia en el futuro inmediato. Tiene demasiados asuntos sajones entre manos, sobre todo en Londres.

—¿Por qué llamamos sajones a los ingleses?

—Nunca he conocido a nadie que lo sepa —dijo Jack, y se encogió de hombros—. El nuevo heredero ni siquiera sabrá que lo es hasta que llegue aquí. El viejo Tom dice que es médico.

—Eso comentó Maude, pero confieso que no le hicimos mucho caso. —Edda hizo una mueca burlona—. Según ella, también es un magnate.

—Imposible. Son cosas opuestas: altruista y explotador. Sería como ser santo y demonio al mismo tiempo.

—Ah, yo conozco a muchísima gente así. —Sonrió satisfecha—. Fíjate en los que tienen las rodillas brillantes de tanto rezar: vaya bribones están hechos.

—Por eso me gustas. Ves lo que no es evidente.

—Mi profesión me ayuda. De las ovejas no se aprende gran cosa sobre la naturaleza humana, Jack, pero sí de los enfermos.

—Igual por eso se hizo médico el heredero Burdum. El dinero tampoco enseña qué es aquello que mueve a los seres humanos. —Jack le cogió la taza y el platillo—. Venga, te llevo de regreso al hospital.

Con el corazón henchido como no lo había notado desde que se fuera Grace, Edda volvió al hospital en la vieja y destartalada furgoneta de Jack. «¿Por qué me ha conmocionado así darme cuenta de que Jack Thurlow es el hombre indicado para mí? —reflexionó—. Siempre me he sentido atraída por él, y lo íntimo de nuestra amistad deja bien a las claras lo que siento. Sin embargo, ha sido tras dos horas de conversación distendida en su cocina, tomando té y comiendo bollos, cuando lo he visto con claridad: ¡una parte de mí lo quiere! ¿Cómo ha ocurrido algo así? ¿Y por qué? No quiero casarme con él, y espero que él no se quiera casar conmigo, pero el vínculo existe, y es fuerte, muy fuerte.»

«Quiero viajar, quiero dejar atrás Corunda cuando termine los estudios de enfermería, pero Jack me hace ver lo maravilloso que sería viajar en compañía de alguien querido, dispuesto a cubrir las debilidades del otro, pero con libertad suficiente para sentirse sin ataduras. Yo albergo el amor adecuado por Jack, pero ¿alberga él el amor adecuado por mí? No lo sé. Aún no me ha dado las señales convenientes. Así que sigo conteniéndome y él sigue conteniéndose. ¿Confianza? ¡Ay, la confianza! No existe.»

Kitty reparó en su alegría en cuanto entró.

—Vaya, por fin estás superando lo de Grace, Edda.

—Sí, así es —reconoció, y empezó a quitarse las botas y los pantalones de montar. Tenía a Jack en la punta de la lengua, pero no mencionó su nombre: más valía dejarlo por el momento—. ¿Oíste lo que decía Maude acerca del heredero Burdum? —preguntó.

—Solo que es médico. Me pregunto dónde tendrá la consulta.

—No tengo ni idea —contestó Edda—. Solo sé que es un heredero de Burdum que está por delante de Jack Thurlow.

Tufts irrumpió en la sala.

—Edda, ha cambiado la lista de turnos. Vas a tener unos días libres, pero luego irás al quirófano. —Se le torció el precioso gesto—. Qué suerte tienes. Esperaba ser yo la primera.

—El doctor Finucan no te dejará marchar hasta no haber acabado lo que estás haciendo por él —repuso Kitty, que no se mostró muy comprensiva—. No puedes ser siempre la más afortunada, Tufts.

—Lo sé. Y sé asimismo que también me llegará a mí la ocasión.

«Pero ¿por qué no les he dicho nada acerca de Jack? —se

116

preguntó Edda camino del cuarto de baño, adonde iba para desprenderse del olor a caballo—. ¡Son mis hermanas! Pero no me ha hecho ninguna propuesta más allá de la amistad, y ¿qué ocurriría si se enamorase de Kitty? No, no dejaré que ocurra tal cosa. Por mucho cariño que le tenga a Kitty, no me quedaré cruzada de brazos viendo cómo me fastidia la vida.»

Un día después, Edda no entendía cómo había pensado algo así; por pura casualidad Jack y ella se habían topado con Kitty por el camino de sirga. Él se comportó como era debido, igual que Kitty, pero los caballos tenían ganas de galopar, y a Kitty, que iba a pie, no le apetecía estar cerca de animales tan grandes.

—Una chica guapa —dijo Jack, una vez se hubieron sentado en su tronco.

—La más guapa del mundo —convino Edda con sinceridad.

Jack sonrió.

—Si te gustan así, puede ser. Pero los arbustos de azaleas regordetas no me entusiasman. Prefiero los álamos, más sofisticados.

Ahora fue ella quien rio.

—¿Sabes lo que significa sofisticado?

—Hay muchas cosas de mí que ignoras —respondió él, enigmático.

Las Urgencias del Hospital de Corunda Base contaban con un pequeño quirófano adecuado para detener una hemorragia o inmovilizar huesos rotos hasta que se pudiera trasladar al paciente para ser sometido a procedimientos más complicados en el quirófano de gran tamaño y bien equipado del hospital, al final de la rampa que descendía desde la confluencia de los pabellones de hombres y mujeres. Atendían en el hospital dos cirujanos, que también tenían consultas privadas en dependencias cercanas: el doctor Ian Gordon estaba a cargo de cirugía general y abdominal y el doctor Erich Herzen se ocupaba de ortopedia; ambos estaban considerados buenos cirujanos. El anestesista era Tony Watson, especializado en la administración de cloroformo, éter, óxido nitroso y anestesias locales; también tenía buen instinto para saber cuándo era necesario darle al paciente un poco de oxígeno para aliviar el coma inducido por la anestesia.

Cuando Edda traspuso la puerta de doble hoja se encontró al comienzo de una serie de estancias, de las que solo una era el quirófano propiamente dicho: había un lavadero, una sala de anestesia, una sala de esterilización donde se guardaba el instrumental además de esterilizarse, un vestuario para hombres y otro para mujeres, un cuarto para dejar objetos de gran tamaño que pudieran resultar necesarios y seis habitaciones individuales donde se dejaba a los pacientes en vías de recuperación hasta que los cirujanos considerasen que podían volver a sus pabellones. Los alumbramientos, según había descubierto hacía mucho tiempo, se llevaban a cabo en otras dependencias, a menos que la madre necesitara que le practicaran una cesárea, operación que se llevaba a cabo en esa misma sala. El tocólogo, el doctor Ned Mason, era una institución en Corunda; cualquier menor de cuarenta años nacido en Corunda había venido al mundo gracias a Ned Mason, que no tenía intención de jubilarse.

La hermana de Quirófano, Dorothy Marshall, no se desviaba ni un ápice de las ordenanzas; tenía a su cargo a diez enfermeras y dos hermanas de menor rango. Todas las enfermeras eran chicas del West End destinadas permanentemente al quirófano, pero la llegada de Edda anunció un cambio que iría cobrando importancia con el paso de los años. Como consecuencia, a Dorothy no le hizo ninguna gracia verla. Sea como fuere, entendió que su capacidad para transmitir sus conocimientos a todo un rosario de enfermeras en prácticas redundaría positivamente en su futuro bienestar. Por tanto, estaba decidida a hacer de Latimer una buena enfermera de cirugía.

Edda empezaría, según averiguó, en el quirófano mismo, trabajando de «enfermera de limpieza», una ayudante lavada pero sin esterilizar al servicio de aquellos que debían permanecer esterilizados. Su presencia se requería para retirar el instrumental utilizado, lavarlo a fin de eliminar las partículas de tejido y sangre y luego ponerlo a hervir en el esterilizador durante veinte minutos antes de retirarlo con tenazas esterilizadas y depositarlo en bandejas cubiertas con paños esterilizados que se dejaban en una autoclave a vapor. Era un trabajo peligroso e incómodo, entre las quemaduras, las escaldaduras y el calor que acechaban en todas las fases de la asepsia. Debido a sus peligros, la tarea de la enfermera de limpieza se ajustaba a un horario estrictamente limitado. Antes de que la fatiga resultara excesiva, era relevada y se le encargaban tareas sedentarias durante el resto de su turno.

La hermana de Quirófano hacía las veces de ayudante quirúrgico y acostumbraba a suturar la incisión; si el procedimiento era demasiado difícil, se sumaba al cirujano otro médico cualificado, que solía rezongar porque la hermana sabía más y operaba mejor. Por desgracia, no tenía titulación médica, así que los ricos, que conocían sus derechos y podían presentar una demanda, salían peor parados que los pobres, que contaban con la hermana en todos los casos. Edda tuvo ocasión de reírse más de una vez a medida que se daba cuenta de que el rango y la riqueza no siempre garantizaban la mejor atención médica. Tampoco salía a cuenta ser un paciente aborrecible; una enfermera a la que un paciente hacía sufrir sin otro motivo que la pura malicia podía vengarse de diferentes maneras, desde los temibles laxantes hasta los sarpullidos que picaban con saña. Las enfermeras también son seres humanos.

Según averiguó Edda, la enfermera de instrumental pasaba los instrumentos o bien al cirujano o bien a la hermana de Quirófano, y dejaba los utilizados en una bandeja para que la enfermera de limpieza los recogiera y limpiara. Una de las que había alrededor de la mesa de operaciones, de la plantilla de la hermana Marshall, tenía la responsabilidad de contar el número de paños introducidos en una incisión. Si se trataba de una operación abdominal, los paños podían ser del tamaño de pañuelos de mujer, y se metían en la cavidad aparentemente por docenas. Sin embargo, había que recuperar hasta el último paño antes de cerrar la incisión. Si alguno se quedaba dentro, el paciente podía morir.

Una enfermera permanecía junto al anestesista para ayudarle, y no tenía otro deber que cumplir sus órdenes. De hecho, cada una de las personas con gorro y mascarilla en torno a la mesa de operaciones tenía deberes específicos y no podía descuidarse ni un instante. Componían el equipo la hermana de Quirófano, una hermana auxiliar y cinco enfermeras, con un segundo equipo listo para ocupar sus puestos si la hermana de Quirófano lo ordenaba. Eso ocurría por lo general al final de la operación, pero si el procedimiento resultaba muy largo y difícil, el equipo podía cambiar a mitad de camino. En todo caso, el segundo equipo no permanecía ocioso: había convalecientes de los que ocuparse y muchas cosas que hacer.

Para su alivio, Edda comprobó que presenciar una operación no le provocaba náuseas ni repugnancia; era simplemente demasiado interesante. Las manos enguantadas que enjugaban perlas de sangre, introducían un tubo para absorber una hemorragia intensa, el diestro chasquido al cerrarse unas tenazas sobre una arteria sangrante, la pulcritud con que un grupo de hemostáticos, como se los denominaba, se agrupaba y anudaba para que no molestase al cirujano... ¡todo era fascinante! Es cierto que el crujir de la cizalla al cortar huesos gruesos le supuso una sacudida al dar al traste con el tópico de que los cirujanos tienen manos muy delicadas. Los cirujanos necesitaban tener manos de mecánico.

Por lo visto, el doctor Gordon se alegró de tener nuevo público, pues no paró de hablar animadamente durante toda una apendicectomía, solo para instruirla a ella y fastidiar a la hermana auxiliar.

—Como verá, enfermera, no nos sumergimos sin más en medio del contenido abdominal: sería demasiado peligroso. Pero puede ver el colon con claridad, encima de las entrañas más delgadas, ¿verdad? ¿Sí? Bien. Fíjese en que el interior de la cavidad abdominal es de un rosa intenso, primer indicio de que hay peligro de sepsis, pero hemos llegado a tiempo: no sufrirá una peritonitis. La operación es bastante sencilla porque el intestino ciego queda cerca de la superficie ventral, y el apéndice vermiforme sobresale. Son incordios que siempre están infectándose. Quedan atrapadas en su interior cosas que no tienen adonde ir, como bolitas fecales endurecidas.

¿Debía hacer ella preguntas?

—¿Estreñimiento, señor?

El médico soltó una carcajada.

—Es el extremo equivocado del colon para eso, enfermera.

—¿Se abre el intestino en sí, señor?

—Ojalá. No, los intestinos contienen materia fecal rebosante de gérmenes. Si se abre el intestino y se deja caer materia fecal en el abdomen, se provoca una peritonitis, una sepsis, la muerte. El caso es que no disponemos de medicamentos que maten los gérmenes. Así que si llevo a cabo una operación Billroth I o Billroth II a fin de extraer parte del estómago o el píloro por causa de úlceras o de cáncer, es crucial afianzar los extremos del tejido restante para que no escape ni un ápice de su contenido antes de volver a unirlas por medio de una anastomosis. Se puede seguir el mismo procedimiento si debido a un cáncer se extrae parte del intestino para llevar a cabo una anastomosis entre los extremos, pero es muy arriesgado. Las vesículas biliares son más sencillas. Lo que tenemos que hacer es encontrar la manera de matar los gérmenes por vía oral o intravenosa. Venga, enfermera, pregunte.

Pero Edda no se atrevía a plantear la pregunta que ardía en deseos de hacer: ¿por qué había tantos cirujanos de ascendencia escocesa? Si no eran cirujanos, por lo visto eran ingenieros, y había relación entre lo uno y lo otro.

El doctor Herzen había nacido y se había educado en Alemania, y Corunda se consideraba muy afortunada de contar con un especialista en huesos tan distinguido; venían pacientes desde Sídney para que los atendiera él. Durante la Gran Guerra, el doctor Herzen había sido objeto de una gran humillación cuando, pese a las quejas de Corunda, el gobierno federal, sumamente patriotero, lo encarceló como extranjero enemigo y no le dejó ejercer la medicina. Puesto que poseía titulación médica por la Universidad de Sídney, no tenía sentido, como tampoco lo tuvieron los dos años que pasó encarcelado. Su devoción por Corunda era comprensible, teniendo en cuenta cómo había luchado la ciudad por conseguir que lo pusieran en libertad, pero Corunda sabía lo que se hacía. Aunque era vecino de Macquarie Street, en Sídney, prefirió seguir ejerciendo en Corunda, que también le permitió obtener el pasaporte británico.

Mientras que la jornada de Herzen en el quirófano era inevitablemente ajetreada, la actividad del doctor Gordon fluctuaba. Ambos cirujanos trabajaban a destajo en Urgencias, y llegado el caso podían suplirse mutuamente.

Edda tuvo una experiencia extraordinaria después de ser ascendida a enfermera de instrumental. La hermana de Quirófano había decidido tenerle aprecio, lo que suponía que le encargaría todos los cometidos en el quirófano aparte del que desempeñaba la propia hermana, e incluso ese llegaría a compartirlo.

Gordon y Herzen operaban juntos, con Herzen al mando, y sin anestesia.

—El paciente está comatoso y ha estado sufriendo ataques —le explicó la hermana Marshall mientras lo limpiaban—. El doctor Herzen va a intentar eliminar un hematoma subdural: un coágulo de sangre que se ha formado en la superficie exterior del cerebro y lo está oprimiendo. Esos coágulos absorben fluidos y se hinchan. Puesto que el cráneo es una cavidad formada por huesos, una inflamación no tiene espacio para expandirse. Así pues, aunque el cerebro en sí no está afectado por el coágulo externo, acaba perjudicado por la presión. A menos que se alivie, el cerebro seguirá siendo aplastado hasta que el paciente fallezca. Y los cirujanos van a intentar que no ocurra eliminando el coágulo.

—¿Cómo se sabe que el paciente tiene un hematoma subdural? —indagó Edda—. No hay ninguna prueba que lo demuestre, ¿verdad?

—El coma, los ataques epilépticos solo en un lado del cuerpo y una pupila más dilatada que la otra: esto último es el síntoma más típico de hematoma subdural —dijo la hermana—. En las radiografías no se aprecia el coágulo, pero el doctor Herzen está convencido de que encontrará un coágulo enorme encima del córtex frontotemporal. El paciente ha desarrollado una pérdida del habla indicativa de esa zona, y el doctor Gordon está de acuerdo.

—¿No preferiría que se encargara del instrumental la enfermera Trimble?

—Lo cierto es que no. Hemos tenido que traer de Sídney parte del instrumental y Trimble no lo conoce, mientras que usted ha asistido a clases sobre instrumentos poco comunes, aunque solo los haya visto en libros. Con un poco de suerte, no será necesario ninguno, pero...

La Diosa había hablado. Edda se encaramó a su taburete al lado de la hermana de Quirófano, un puesto justificado por su preparación.

Tras hacer una pequeña incisión en el cuero cabelludo y dejar el hueso al descubierto, Herzen cogió lo que parecía un berbiquí común y corriente. La broca era circular, hueca y dentada, con una punta en el centro; era más o menos del tamaño de una moneda de medio penique. Cuando el cirujano hizo girar el manubrio, la broca se abrió paso a través del hueso; Gordon se ocupó de limpiar los gránulos húmedos de polvillo de hueso a medida que la broca iba hundiéndose en el cráneo.

—He llegado a la superficie, cuidado —advirtió Herzen. Un instante después, retiró la broca con un trozo de hueso en forma de moneda. Los cirujanos hicieron un corrillo para mirar; Edda no alcanzó a verlo.

—Está negro de sangre bajo la duramadre, Erich. ¡Has dado en el clavo! —anunció Gordon.

—¿Está listo el succionador?

—Sí.

—Voy a abrir la duramadre. Hermana, ¿están las enfermeras listas para ocuparse si el paciente vuelve en sí y le entra pánico?

—Sí, doctor.

Herzen hizo un par de cortecitos en cruz con unas pequeñas tijeras curvadas y puntiagudas; de inmediato asomó una gelatina negruzca y Gordon puso manos a la obra con el tubo de succión.

Aún comatoso, el paciente no despertó mientras eliminaban la presión que sufría el cerebro. Los dos cirujanos aguardaron a ver si seguía sangrando o se había formado otro coágulo debajo del que era maligno. Finalmente, Herzen dejó escapar un suspiro.

—Creo que ya podemos cerrarlo, Ian.

Volvieron a colocar suavemente en su lugar el trozo circular de hueso e introdujeron en torno las virutas óseas; llevaron a cabo cuatro suturas en el cuero cabelludo y la craneotomía terminó. El paciente empezó a moverse.

—¿Por qué no has utilizado un trépano, Erich? —preguntó Gordon.

—No me gustan. Es muy fácil pasarse de la raya una vez se alcanza la superficie. Está bien para los muchachos de Sídney que practican esta clase de operación continuamente, pero ¿con qué frecuencia tengo yo ocasión de abrir orificios en un cráneo? Más vale prevenir que lamentar. Me resulta más sencillo controlar un berbiquí.

—Entendido, y archivado como referencia para el futuro.

Cuando el paciente regresó a casa una semana después, ya en vías de recuperación, Edda lo consideró un pequeño milagro; algún día, se juró, vería operar a los auténticos neurocirujanos en Queen's Square, en Londres. Quizá para entonces el espectro de Victor Horsley ya no se pasearía en bicicleta por Bloomsbury, pero había otros genios, y en esa zona de Londres abundaban los hospitales famosos.

Tras dos años como enfermeras, las tres hermanas Latimer restantes estaban bien asentadas; sus caras bajo las absurdas cofias aladas resultaban bien conocidas a todos, desde la enfermera jefe Newdigate y el director Campbell a las chicas del West End y los celadores, y cada una había descubierto que tenía preferencia por una faceta distinta de la enfermería, aunque a ninguna le gustaba trabajar en el psiquiátrico.

Edda prefería el quirófano y la sala de urgencias. Los motivos eran evidentes: el dramatismo y el ambiente de emergencia y peligro que acompañaba a todo paciente, más allá de los heridos leves que llegaban por su propio pie. ¿Iría todo como era debido o intervendría algún factor inesperado que transformaría la cirugía en una carrera por salvar una vida? Era imposible saberlo. Desde los horrores de la Gran Guerra, la cirugía había progresado rápidamente, pero aún había muchos problemas que de momento no podían abordarse. Una vez terminara su preparación y fuera una enfermera titulada, Edda tenía decidido que lo que más le convenía era la vida de una hermana de Quirófano.

Su figura alta y esbelta llamaba la atención de los hombres de un modo que no cabía malinterpretar, porque los atraía. No obstante, Latimer no era una devoradora de hombres, no parecía apercibirse de las miradas, se desentendía de los comentarios encogiéndose de hombros y rehusaba con amabilidad las invitaciones de quienes se atrevían a hacérselas. Salvo las de Jack Thurlow, claro, con quien tenía una amistad genuina. Pues aunque lo amaba, no tenía intención de poner las exigencias que él hacía sobre sus emociones por delante de su trabajo como enfermera. No, Jack Thurlow tendría que esperar un poco antes de que ella hiciera movimiento alguno en su dirección. E incluso así, una parte de ella no tenía claro lo del matrimonio. Suponía que una vida entera con Maude había agriado su idea del lazo matrimonial, o quizás habría sido más veraz decir que algo en ella simplemente se rebelaba contra adoptar el papel subordinado en la vida que el matrimonio exigía de la mujer.

—Es lógico —comentó a Tufts y Kitty una noche después de que todas hubieran acabado su turno— que las mujeres tengan que estar subordinadas en un matrimonio, supongo.

Gestan y crían a los hijos, que crecen mejor al cuidado de sus madres que de niñeras o amas de cría. Pero aun así, no me parece justo.

—Pues no te cases —sonrió Tufts—. Yo no pienso hacerlo.

—Anda ya, que os zurzan a las dos —espetó Kitty—. Tener una carrera está muy bien, pero ¿qué pasa con el amor y el compañerismo?

—¿Qué tiene que ver el amor con el compañerismo? —preguntó Edda.

—Todo. Ay, me estáis haciendo morder el cebo deliberadamente. ¿Es que no veis que el amor sin el aprecio está destinado al fracaso? Deben existir tanto el amor como el aprecio.

—Los hombres que me han inspirado lo uno desde luego no me han inspirado lo otro —respondió Edda, con ojos relucientes.

—Sí, claro, y lo dices por tu amplia experiencia, ¿no? Eres una farsante, Edda Latimer —dijo Kitty, asqueada.

Edda estaba a punto de mencionar a Jack Thurlow, pero no lo hizo. De alguna manera, Jack era su secreto, suyo y solo suyo. Sobre todo ahora que se veían con regularidad. Únicamente como amigos, claro, buenos amigos de esa manera un tanto distante que habían adoptado como su estilo. Porque Edda poseía un gran orgullo; no tenía intención de mostrar a ningún hombre, ni siquiera a Jack Thurlow, sus vulnerabilidades. Él debía creer que a ella le importaba poco el amor y menos aún los devaneos; que, para ella, su sexo masculino no era más que un simple accidente del destino, sin la menor importancia en su relación. Sus ojos no lanzarían miradas insinuantes ni invitaciones fogosas.

—Estás decidida a viajar una vez tengas la titulación —le dijo Kitty a Edda, en tono de acusación.

—Sí, naturalmente. Anda, venga, Kitty, no me digas que vas a soportar tres años así solo para tener un puesto en Corunda Base como hermana auxiliar —repuso Edda, asombrada.

—¡Corunda me encanta! ¿Por qué viajar para ver más sufrimiento humano del que tenemos aquí?

—No hables así, Kitty —la amonestó Tufts.

—No, no, no lo digo en plan desesperado, Tufty, de verdad. Pero es que me encanta Corunda, y quiero casarme con un hombre a quien ame y que además me guste, a ser posible aquí en Corunda.

—Qué ingenua —bufó Edda, a la vez que servía el té.

—Lo entiendo —respondió Tufts, más amable, y sonrió a su gemela—. Sin embargo, tengo intención de viajar y probar distintas facetas de la profesión de enfermera, igual que Edda.

—Nunca nos hemos separado —dijo Kitty con un leve puchero.

—Edda y Grace tampoco se habían separado, pero al alcanzar la mayoría de edad estamos destinadas a separarnos. Edda es enfermera, pero Grace prefiere ser esposa. Tú y yo somos iguales. Yo soy la enfermera y tú la esposa —señaló Tufts.

—¡Ya está bien! —gritó Edda, y descargó un golpe sobre la mesa.

La siguiente vez que Edda se encontró con Jack en el camino de herradura, hizo algo que no alcanzaría a entender, ni siquiera años después, cuando el tiempo y la distancia le permitieran tomar perspectiva: le preguntó si le gustaría conocer a su hermana gemela, Grace.

Estaban amigablemente sentados en su tronco y él liaba un cigarrillo. Edda observaba hechizada cómo los huesos de sus manos recias y bronceadas se movían bajo la piel suave; no eran las manos de un trabajador manual, pese a que aseguraba trabajar la tierra. Las suyas eran manos de capataz, ni agrietadas ni ásperas.

Los dedos dejaron de moverse; la contempló con aquella mirada intensa y escrutadora que a veces le lanzaba cuando ella lo sorprendía.

—¿Conocer a tu hermana Grace?

—Sí, pero solo si te apetece —se apresuró a aclarar ella—. De vez en cuando caigo en la cuenta de que nunca te hago ninguna de esas propuestas que se esperan desde el punto de vista social. —Le restó importancia, encogiéndose de hombros—. Puedes rehusar con toda tranquilidad, Jack, y lo digo en serio. —Puso cara de aburrimiento—. No sería muy emocionante. Grace espera una criatura de aquí a tres meses, y está que no cabe en sí... —Soltó una risita tonta—. ¡Vaya doble sentido! Está que no cabe en sí de gozo por hacer algo tan asombroso y singular.

La risa de él fue cordial pero irónica.

—Pobre Edda. Me lo pides porque quieres compañía. Seguro que ya tenías que haber ido a verla.

—Qué bien me conoces. ¿Vendrás? Puedes decir que no.

—Me gustaría conocer a tu gemela, pero la cabeza me da vueltas al pensar en dos Eddas. ¿Sois idénticas?

—Lo éramos al nacer, pero la vida hace que disminuya el parecido. Mi gemela se parece a mí, pero es una persona muy distinta, menos abrumadora. ¡No es otra Edda!

—Me quitas un peso de encima.

—Qué tontería. ¿Cuándo te he abrumado yo?

—Nunca, lo reconozco. Aunque a veces me gustaría que lo hicieras.

—Grace vive en Trelawney Way —dijo Edda, cambiando de tema—. En el número diez. ¿Cuándo quieres que quedemos allí?

Él prendió el pitillo.

—¿Cuándo vuelves a tener libre una tarde?

—El martes.

—Te recogeré delante del hospital a las tres.

—No, mejor recógeme en el ayuntamiento.

Y ahí quedó la cosa. En vez de acompañarla, Jack volvió a montar, ladeó el ala del sombrero en dirección a ella y se fue a medio trote.

Edda, consternada, lo siguió con la vista. Qué boba. Alterar cualquier cosa en una relación era peligroso, y aun así, había tenido que hacerlo. ¿Por qué? «Por la misma razón —pensó mientras cabalgaba de regreso a los establos de la rectoría—, que una vez me llevó a clavar la pata de la silla en la cabeza de una serpiente. Para ver si podía hacerlo. ¿Qué me ocurre, que soy incapaz de desentenderme de las cosas? ¿Está viva o muerta? Todas las demás huyen, pero Edda se queda a investigar, a experimentar.»

Jack Thurlow se alejó preguntándose por qué había accedido a conocer a Grace Olsen, de soltera Latimer, aunque notaba la incómoda sensación de que era porque Edda Latimer lo fascinaba. En caso contrario, no se molestaría con esas galopadas que no le hacían ninguna falta, pues pasaba el día en la silla de montar y se moría de ganas de bajarse. Albergaba un inmenso deseo físico por ella, pero era un hombre que sabía controlar sus pasiones y no tenía intención de sucumbir ante Edda. Elegante, sofisticada y consciente del sexo, emanaba de ella una intensa carnalidad, cosa que, según le indicaba su experiencia, era poco común en alguien educada con tanto esmero. Era una auténtica virgen, pero por voluntad propia; no había conocido a nadie lo bastante bueno todavía, qué esnob. Jack sabía que también se sentía atraída por él, pero lo había creído un síntoma del aburrimiento de Edda. Era una joven que aspiraba a una vida más grande y desenfrenada de la que ofrecía Corunda.

De momento el matrimonio no estaba en los planes de Edda, y tampoco en los de él; razón de más para no empezar nada, porque esa clase de «nada» podía acabar en un embarazo. Así que quizá, pensó con júbilo mientras se desviaba del sendero de sirga en dirección a su casa, haber aceptado la invitación de Edda era el mejor modo de hacer que quedase como una chica corriente: una hermana no embarazada con una hermana que sí lo estaba, y que además formaba parte de la Corunda que más detestaba él.

Cuando el viejo Tom Burdum le había cedido por acta notarial Corundoobar, el mundo de Jack Thurlow había quedado completo, y era feliz. Como hijo de la hija del viejo Tom, había sufrido una infancia plagada de altibajos financieros y sociales, tan numerosos y diferentes que aún lo desconcertaban. El principal resultado, al menos en la mente de Jack, era el terror que seguía teniendo a los Gemelos Malignos: el Dinero y el Poder, un horror que le había llevado a renunciar a ser el principal heredero del viejo Tom, y había empujado al anciano a buscar un nuevo heredero, el médico sajón. Bueno, pues mucha suerte, viejo Tom.

Con diez mil hectáreas, Corundoobar no era la propiedad más grande de Burdum; en un país rico como este, un hombre no necesitaba muchos miles de hectáreas para que le fuera bien como ganadero o granjero. La tierra era profunda y fértil, las precipitaciones más abundantes y fiables que en otros lugares de Australia, y el que el distrito estuviera en una meseta le daba un clima más moderado, al menos durante los seis meses de verano.

Jack había trabajado en Corundoobar desde que volviera del internado en Sídney a los dieciocho años; su educación había sido excelente, pero prefería no alardear de ello, optando por la imagen del ganadero poco locuaz enfrascado en la cría de ovejas y, más recientemente, también de purasangres árabes. Estos animales eran muy pequeños para que los montaran hombres, pero perfectos para mujeres, y todo el mundo sabía que las mujeres se pirraban por los caballos. El viejo Tom se había reído de su proyecto empresarial, pero tuvo que tragarse sus mofas cuando los caballos árabes de Jack fueron extraordinariamente bien desde el comienzo. Ahora Jack presentaba sus caballos en las grandes ferias rurales que se celebraban por todo el estado; tenía la ambición de exhibirlos en la Feria Real de Pascua en Sídney, el punto de reunión más grande e importante de Australia en asuntos de ganado.

La casa de Corundoobar estaba encaramada en una colina de forma cónica cuyas laderas descendían hacia un envidiable tramo del río Corunda que nunca se secaba; el viento facilitaba desviar el agua hasta los abrevaderos del potrero, y los jardines de la casa estaban tan cerca del cauce que para regarlos bastaba con un depósito de agua elevado. Respecto al agua potable, había depósitos subterráneos donde se almacenaba el agua de lluvia que caía de los aleros.

La casa, que era la morada original de los Burdum, estaba hecha de bloques de piedra caliza formando una planta cuadrada con un tejado de hierro ondulado a cuatro aguas y una amplia galería circundante. Los jardines eran lozanos y verdes, y constituían un mosaico de flores de septiembre a abril; ahora mismo, en plena primavera, todo lo que florecía estaba en pleno apogeo. Cada vez que Jack rodeaba la colina de la carretera de Doobar y veía aparecer la granja sentía que se quedaba sin aliento y el corazón le brincaba como nunca le había ocurrido con una mujer. Era el lugar más hermoso del mundo, y era legal e irrevocablemente suyo.

Aunque le faltaba un toque femenino, su residencia estaba ordenada y limpia. Al igual que muchos hombres, Jack

Thurlow sabía cocinar, coser botones y dobladillos, zurcir calcetines, fregar el suelo y conseguir que la colada saliera más blanca que la nieve; de niño, a menudo no había nadie que pudiera ocuparse de esos quehaceres, así que le habían tocado a él, y se enorgullecía de su pericia doméstica. Al igual que la educación, formaba parte de su secreto: era un hombre para quien el deber tenía más importancia que cualquier otro sentimiento, pues había hecho lo que hizo por sentido del deber, no por amor, y tenía claro que el deber era una amante cruel. Para Jack Thurlow no había nada peor que ser explotado por obligación, y no recibir ni unas migajas de amor a cambio. Así que escondía sus secretos, y esperaba poder seguir viviendo así el resto de su vida, sin rendir cuentas a nadie, sin tener ninguna obligación hacia nadie. Eso era lo que le atraía de Edda Latimer; ella nunca supondría una obligación. Su gemela, sin embargo, sospechaba él perspicazmente, suponía una obligación para todos los que la conocían. Se echó a reír. «Una obligación para Edda, nunca para mí», dijo.

Cuando Jack se detuvo delante del ayuntamiento de Corunda al volante de un Daimler, Edda parpadeó asombrada.

—Qué coche más bonito —dijo mientras él le abría la portezuela.

—Tom me lo deja cuando lo necesito.

—Podríamos haber ido andando, no está lejos.

Jack torció el gesto.

—Qué poco caballeroso, Edda. ¿Por qué no querías que fuera a recogerte al hospital?

—¿Y provocar habladurías? No, gracias.

Ella se dio cuenta de que iba vestido con el obligatorio terno y tenía un aspecto curiosamente inaccesible. Como es natural, venía lamentando su invitación desde que se la había hecho; ahora verlo trajeado la descolocó, por lo que no dijo nada hasta que enfilaron Trelawney Way, que se prolongaba colina arriba desde George Street en una zona de la ciudad bastante buena. El West End quedaba a tres kilómetros de allí.

—Es esa casita de crema y verde de ahí —señaló ella.

Volvió a hacerse el silencio; le permitió ayudarla a apearse del coche, terriblemente consciente de que estaban retirando las cortinas en las ventanas de todas las casas del vecindario. ¡Ay, los vecinos! Luego Jack abrió la cancela de la cerca y la acompañó por el sendero hasta la puerta principal, enmarcada por una galería. Se fijó en que alguien había estado trabajando en el jardín, que no estaba a la altura del estándar de Corunda; las rosas no florecían bien y tenían arañuelas rojas además de manchas negras. Pero a Grace nunca se le había dado bien la jardinería. «Qué egoísta soy —pensó Edda—, debería dedicar algún día libre de vez en cuando a ayudarla. Oso tampoco es buen jardinero, ni siquiera cuando está en casa. ¿Dónde están las azaleas y los rododendros? ¿Los pensamientos y las lobelias?»

Apareció Grace en el umbral y les hizo pasar con sorpresa evidente en el rostro.

—Edda me comentó que venía acompañada, pero reconozco que no esperaba verlo a usted, querido señor Thurlow —saludó Grace, zalamera, como si imitase a Maude—. Por favor, tome asiento.

«Pobrecilla —pensó Jack mientras se sentaba con ademán incómodo en una silla poco adecuada—. Cuánto se parece a Edda, y al mismo tiempo, qué distinta es. Muy atractiva, sobre todo con el rubor propio del embarazo que ilumina su piel; sin embargo, no tiene vitalidad, ni gusto por la vida.»

—Tutéame —dijo sonriente.

Se había roto el hielo; poco después Grace y Jack estaban riendo, los grandes ojos grises brillantes mientras él la hacía,

134

sentirse cómoda, disimulando con cautela la lástima que sentía por ella, sin duda una mujer sola, allí metida el día entero, ahora encantada de que le prestaran atención, aunque fuese de una manera tan común.

Mientras ellos dos hablaban, Edda tuvo oportunidad de echar un buen vistazo a la casa como no lo había hecho hasta el momento, siempre demasiado ocupada con Grace para curiosear. Cómo había cambiado la casa. ¿Cuánto tiempo había transcurrido desde su última visita? ¿Un mes? «No, Edda, por lo menos tres meses. Siempre la invito a comer en el Partenón para sacarla de esta cárcel doméstica, detesto venir a Trelawney. ¡Fíjate! Ay, Dios, ¿cómo no he prestado más atención a Grace y su casa?»

Estaba amueblada como la mansión de un rico. Esa inmensa alfombra persa en el suelo de la sala de estar. Ese precioso biombo de Coromandel. Auténticos asientos de tapicería en las sillas del comedor. «Grace, Grace, ¿qué has hecho?»

—Jack, vas a tener que contentarte con tu propia compañía —dijo en cuanto le pareció oportuno— mientras Grace y yo vamos a preparar el té.

Una vez cerrada la puerta de la cocina, Edda agarró a su gemela por el hombro y la zarandeó con cierta crueldad.

—Grace, ¿cuándo has comprado todos estos muebles?

Su hermana se mostró radiante.

—¿Verdad que son preciosos, Eds? Me encontré con Maude y la señora Enid Treadby hará unos cuatro meses y me llevaron a una tienda maravillosa en la carretera de Melbourne. ¡Tenían objetos y adornos asombrosos! Viene gente desde Canberra a comprar allí.

La ira se esfumó; Edda miró a su hermana con desesperación.

—Ay, Grace, eres... ¡eres idiota! Bueno, no hay otra solución, tienes que devolverlo todo. No puedes vivir sin algo de dinero en el banco, y has gastado más de las quinientas libras que tenías, ¿verdad? No me digas que Oso te ha dejado gastar también todo su dinero.

—Claro que me ha dejado, soy su esposa —dijo Grace, en tono herido—. Son muebles de verdad, se revalorizan con el tiempo.

—Mira, gemela, según el viejo dicho, hay que adaptarse a las circunstancias conforme van llegando —dijo Edda con aire cansado—. Estás imitando a la señora Enid Treadby, que es lo bastante rica para comprar mobiliario con vistas a su revalorización. ¡Ay, qué boba! Nuestra madrastra te convenció, sé que lo hizo, esa zorra. No fue la señora Treadby, fue Maude.

A esas alturas, Grace estaba llorando.

—No puedo devolverlo, Edda, ¡lo compré! —se lamentó—. Me encanta, y a Oso también. Dice que tengo el mejor gusto del mundo.

—Pon el hervidor en tu elegante cocina nueva, Grace, o va a parecer que dejamos de lado a nuestro invitado —la instó Edda con un suspiro—. De ahora en adelante, Grace, consúltame antes de gastar un solo penique en nada que no vaya a la despensa o la nevera, ¿me oyes?

De algún modo la visita tocó a su fin; Edda ocupó el asiento del acompañante del Daimler y no dijo una palabra.

—Pasa algo —señaló Jack.

—Desde luego que pasa.

—Se me da bien escuchar.

—Lo sé, pero es un problema de familia, Jack. Digamos que había olvidado hasta qué punto puede ser estúpida Grace, ¿de acuerdo?

—Ah, pobrecilla Grace. Desde luego que es estúpida. Lo es por naturaleza, ¿no crees? El problema de ser tan lista, espabilada y eficiente es que hay muchos que no lo son, ni siquiera una de las tres cosas. Pero es una chica encantadora

136

igualmente. Apuesto a que le da a su marido muchos quebraderos de cabeza, pero probablemente él está convencido de que el amor que le profesa hace que merezca la pena. Ese es el problema que siempre tienen las mujeres como tú, Edda. Por cada pizca de inteligencia que hay en tu cerebro, has tenido que renunciar al menos a otra pizca de amor.

¡Qué dolor! La atravesó como un aguijonazo de fuego helado, pero Edda Latimer hubiera muerto antes que dejarle ver a ese Señor de la Creación que sus palabras la habían afectado.

—Vaya tontería —dijo sin piedad—. Hablas como esas revistas para mujeres.

—Yo lo veo más bien como un ejercicio de contabilidad. El debe tiene que ser equiparable al haber, es una de las leyes de la naturaleza. El haber de Grace se mide en amor, mientras que el tuyo se mide en intelecto. Bueno, no del todo —añadió, sus ojos chispeantes al ver la ira que ardía en los de ella—, pero para ti el amor no sería nunca suficiente. Las compensaciones son siempre efímeras, es como ver evaporarse el agua.

—¿Y sería suficiente para ti el amor? —preguntó ella con frialdad.

—No, por desgracia no lo sería. No obstante, hoy he resuelto un enigma que siempre me habían planteado los gemelos.

Por un momento, Edda sopesó no morder el cebo, pero luego hubo de reconocer que si no lo hacía, él no seguiría adelante.

—¿Y cuál era ese enigma tan misterioso?

—¿Por qué existen los gemelos? —dijo—. Ya hay demasiado que meter en una sola persona, pero si se divide entre dos, la mezcla queda diluida y grumosa.

—¿Así que un gemelo es un ser humano inferior?

—Más que inferior, diferente.

—¿Crees que a Grace le correspondió todo el amor y a mí el intelecto?

—No exactamente. Solo que a ella le vendría bien un poco de tu buen juicio y a ti un poco de su compasión.

—No lamento que me tocara el intelecto. Grace lo pasará fatal.

—No si tiene un buen marido.

La cara de tez escarchada de Oso se hizo visible en la mente de Edda, que sonrió y le apretó la mano sobre el volante.

—Entonces le irá bien. Oso Olsen es un hombre muy bueno que siempre cuidará de ella. —Se filtró en su voz un deje de duda—. Si consigue que deje de gastar dinero, claro. Qué raro. No me había dado cuenta de lo manirrota que es hasta ahora, cuando he visto todo ese mobiliario tan caro. No ha dejado ni un penique en el banco.

—Supongo que nunca había tenido libertad para gastar.

—No te falta razón, con nuestra madrastra controlándolo todo. Sin embargo, fue ella quien la animó a comprar los muebles.

Llegaron al ayuntamiento y el coche se detuvo.

—Déjame que te lleve al hospital —le suplicó.

Pero Edda ya se había apeado del coche, y le ofreció una sonrisa radiante.

—No, gracias. Quedaremos para salir a cabalgar, ¿verdad?

La risa de Jack sonó excitante.

—Me parece que no cabalgaremos durante una temporada, Edda. Tú y yo vamos a pasar nuestro tiempo libre en casa de Grace, ayudándola a arreglar el jardín. Grace empieza a estar muy hinchada para cuidarlo, y Oso está de viaje. Es lo menos que podemos hacer. ¿Cuándo libras?

—Mañana —contestó aturdida.

—Entonces, nos vemos aquí a las once de la mañana. Vendría más temprano, pero tendré que conseguir esquejes y plantas de Hannah, Enid o quienquiera que sea para los arriates vacíos. ¿Una casa en Corunda sin rododendros ni azaleas? ¿Uno o dos prunus? ¿Margaritas entre la hierba?

Seguía hablando cuando arrancó, dejando allí plantada a Edda, que lo siguió con la mirada como si fuera un genio a punto de esfumarse.

Al final se dirigió hacia la entrada lateral del hospital con la cabeza hecha un lío. Repasando lo ocurrido, no tenía la menor idea de qué había esperado que pasara, más allá de una merienda cordial con su gemela, sobre la que Jack sin duda se había preguntado de vez en cuando. Si a Edda le había preocupado la presentación, era porque temía que Jack pudiera enamorarse de su hermana, más delicada. En cambio, parecía compadecer a Grace. ¿Por qué le resultaba eso más molesto?

Entonces Edda tomó con firmeza las riendas de sus emociones, las controló y evocó una imagen de Grace tal como la había visto esa tarde. Luminosamente bonita, como solían lucir las embarazadas, con un vientre de siete meses pero no demasiado torpe aún, sus ojazos grises rebosantes de amor por... bueno, por todo el mundo. Qué extraordinario que un hombre tan poco educado como Jack Thurlow también se hubiera apercibido del ansia de amor de Grace. No había intentado cautivarlo, pero él constituía una prueba del encanto que ejercía Grace, de ese aire desvalido que la hacía atractiva. Puesto que Edda era muy competente, aborrecía la incompetencia, y había supuesto que Jack también. Ver que no era así le había supuesto una decepción.

Tufts estaba en la sala rodeada de libros, pero no había ni rastro de Kitty: claro, de turno en el pabellón infantil, como siempre. Qué extraño. Kitty siempre quería trabajar en Niños, y la enfermera jefe, por lo visto, estaba dispuesta a complacerla.

—¡Tufts! —dijo Edda en tono de acusación, a la vez que encendía el fuego bajo el hervidor—. ¿No te cansas nunca de ser la gemela capaz e inteligente?

—¿Un té? Ay, sí, por favor. —Tufts levantó la mirada con viveza—. Creo que quieres decir la gemela fuerte —matizó.

—¿Ah, sí? —Edda miró a su hermanastra con el ceño fruncido. Tufts también era muy guapa, si no estaba a su lado Kitty para hacerle sombra. La misma dulce cara, la nariz recta, los ojos enormes, la amplia frente curvada. Su tez y su cabello eran más uniformes, menos impactantes que los de Kitty, y rara vez asomaban sus hoyuelos, pero en ausencia de su gemela era una chica deslumbrante. ¿Cómo es que el mundo no alcanzaba a verlo?

—Bueno, no puedes referirte a que Grace y Kitty son estúpidas e incapaces —replicó Tufts, perpleja—, porque desde luego no lo son. Simplemente ansían otras cosas que tú y yo.

—Cosas como el amor —dijo Edda, dando a «amor» una inflexión desagradable—. ¡Amor! Eso no es más que someterse a un hombre.

—No entiendo que lo veas así, Eds, pero si algo has aprendido siendo enfermera, es que las mujeres y los hombres son distintos tanto mental como físicamente. Estoy más que harta de generalizaciones igualitarias: no todos los hombres son iguales, ni todas las mujeres. Habría que tener en mayor estima el individualismo.

—¡Bravo, Tufts! —la jaleó Edda, entre risas—. Pero volviendo al amor, preferiría morir a verme esclavizada.

—Haz el favor de hacer caso de las experiencias que has tenido como enfermera. Es la costumbre lo que esclaviza, Edda, y eso puede incluir el amor cuando se convierte en costumbre. —Tufts llenó la tetera de agua hirviendo—. Hay costumbres a las que resulta casi imposible renunciar.

—Ay, Tufts, eres mucho más lista que yo. El doctor Finucan habla de hormonas. Igual tú y yo tenemos una concentración hormonal diferente a la de Grace y Kitty. O nuestro cerebro se desarrolló de distinta manera. ¿Y qué es una costumbre, en el cerebro?

Edda echó leche y Tufts removió la tetera para que macerara más rápido la infusión. Luego, con las tazas llenas a rebosar de té humeante, se sentaron a disfrutar de esa panacea para todos los males.

—¿A qué ha venido todo esto? —preguntó Tufts, tomando unos sorbos.

—Hoy he llevado a Jack Thurlow a conocer a Grace. Qué locura de idea. Disfrazó sus ganas de conocerla de mera curiosidad, así que pensé que una vez la conociera, se olvidaría de ella. —Edda dejó escapar una risotada irónica—. Me equivocaba. Ahora, en vez de quedar con Jack para cabalgar tranquilamente los días libres, tendré que acompañarlo a casa de Grace y hacer las veces de jardinera y esclava del hogar sin cobrar.

—No es por eso que estás tan furiosa, Edda.

—¿Has visto la casa de Grace?

—Sí. Es de muy buen gusto. Me sorprendió.

—¿No se te ocurrió que debe de haber gastado hasta el último penique que tenía Oso en el banco además de sus quinientas libras? Maude la lio para que amueblara la casa de acuerdo con un estilo claramente fuera de su alcance.

—No se me pasó por la cabeza... Qué mujer tan horrenda es mi madre —dijo Tufts con voz queda—. Eso ya lo sabemos las dos. ¿Cuál era su intención?

—Supongo que sembrar cizaña entre Grace y Oso. Cada vez que ella derrocha dinero en algún mueble para la rectoría, nuestro amable padre se vuelve un poco menos amable, y a ella le resulta imposible conservar el objeto: se ve obligada a devolverlo. Seguro que dio por sentado que Oso, de más baja extracción social que nuestro padre, le cantaría las cuarenta a Grace si gastaba más de la cuenta. —Edda se encogió de hombros—. Bueno, Maude se equivocó. Oso le perdonaría a Grace cualquier cosa.

—Gracias a Dios que es así —dijo Tufts—. Su influencia sobre Kitty se ha esfumado, claro, así que quiere vengarse y buscar otras maneras de hacer diabluras. Me da la impresión de que con Grace y Oso solo está practicando. Ten cuidado, Edda, creo que tú eres el principal objetivo de mamá.

—No vas descaminada, querida, solo que yo he eliminado de mi vida cualquier indicio de la autoridad de Maude. ¿Cómo podría perjudicarme, Tufts?

—Una vez Grace le hable de Jack Thurlow, yo diría que a través de él. Intentará arrastrarte por el fango.

Edda se echó a reír.

—Bueno, si se ponen a hablar de Jack y de mí, dejarán de hablar de ti y los médicos.

«Pobre Edda», pensó Tufts mientras bajaba la rampa hacia Patología, uno de los edificios más grandes con aspecto de nave, que también albergaba la biblioteca y las nuevas instalaciones de rayos X, dotadas de un equipamiento tan grande y pesado que hubo de instalarse sobre unos cimientos especialmente resistentes. Mientras la mitad más normal y corriente de la pareja de gemelas, Heather/Tufts, se había librado de muchas cosas que habían atormentado a Kitty, lo mismo podía decirse de Grace en relación con Edda, que era capaz de matar serpientes con la pata de una silla y arrostrar cualquier desafío además de ser glamurosa y atractiva. Sin embargo, quien había encontrado el amor había sido Grace, reflexionaba Tufts: amor del bueno, del que perduraba, del que perdonaba cualquier pecado y no conllevaba condena alguna. Por muchos errores que cometiera la pobre y tonta de Grace, Oso estaría a su lado para solucionarlos. Ahora, por lo visto, cuando Oso no estaba para cumplir, se ofrecían voluntarios otros hombres por las razones más desinteresadas. Tal vez Jack Thurlow hubiera mordido el anzuelo de Edda, pero la prontitud con que había acudido al rescate de Grace indicaba a Tufts su deseo de que Edda lo necesitase, de que Edda estuviera por lo menos un poco indefensa.

Naturalmente, Edda no lo veía; no quería verlo. Edda valoraba mucho su independencia, su capacidad para cuidar de sí misma, lo que no tendría por qué haberla hecho menos digna de ser amada y, sin embargo, era eso lo que ocurría. Ciertas mujeres eran más difíciles de amar. Pobre Edda.

Solo estaban encendidas las luces nocturnas cuando Tufts accedió al largo pasillo interior con puertas que se abrían a derecha e izquierda; lo recorrió hasta el extremo opuesto, donde el pasillo iba a morir en una puerta pintada de rojo que daba a la guarida del doctor Liam Finucan, su despacho. También estaba oscuro; el patólogo ya se había ido a casa, los experimentos eran todos de ella. Bueno, en realidad no eran experimentos... Portacultivos con tejidos, un trozo de tejido mamario recubierto de parafina para su disección, varias tinciones histológicas por preparar. Los procesos rutinarios como los urianálisis los había llevado a cabo el único técnico con que contaba Liam; si se las arreglaba sin otro técnico era gracias a ella, Tufts Scobie, que adoraba la exactitud de esa clase de trabajo y lo hacía mucho mejor que el joven asignado oficialmente a ese fin.

Entró por una puerta lateral del despacho y accedió al laboratorio, donde pulsó unos interruptores e iluminó la sala con un intenso fulgor amarillento. Había un afilador automático de cuchillas de microtomo, muy valioso, y la cuchilla que tenía estaba lista para ser utilizada. Tufts se afanó en fijar el trozo de parafina a la base de microtomo, preparó las tinciones y empezó a cortar, deslizar y disponer las secciones transparentes de lo que una vez fuera el pecho de una mujer, demasiado absorta en el trabajo para oír o ver nada más.

—Gracias por hacerlo, Heather —dijo la voz del doctor Finucan.

Ella se sobresaltó y luego le ofreció una sonrisa radiante.

—Estarán listos a tiempo.

—Apuesto a que es un carcinoma —dijo él.

—Ay, pobre mujer. No puede tener mucho más de treinta años. Sus hijos aún no van al colegio.

Tufts se bajó del taburete y regresó al despacho y esperó a que el patólogo cerrara el laboratorio.

Como sus demás colegas cirujanos, Liam Finucan era una persona muy valiosa para Corunda Base; al igual que ellos, podría haber hecho carrera en Sídney o Melbourne con gran éxito. Sin embargo, su mujer era una chica de Corunda, y el lugar le había encantado a primera vista: ese aire que recordaba a la madre patria, el verde de la hierba, los abundantes arbustos y flores europeos. Nacido y criado en una familia protestante del Ulster, había obtenido en Londres titulaciones en Medicina lo bastante prestigiosas para encontrar un puesto de trabajo allí donde quisiera. Había trabajado con el mismísimo sir Bernard Spilsbury. Para alguien crecido en medio de las guerras de religión del Ulster, Corunda era un paraíso.

Dar a Liam Finucan ese empujón era probablemente el único favor que le había hecho Eris en la vida, pero, por lo que recordaba, la pobre Eris era joven y echaba de menos su hogar. Eris, una chica hermosa, una mujer hermosa, siempre había estado descontenta. La especialización de Liam Finucan no le exigía demasiadas horas de trabajo ni le robaba mucho tiempo personal; en cierto modo, ojalá hubiera sido así, porque de habérselo robado, podría haber seguido ciego a los coqueteos de Eris con otros hombres. Y Corunda entera lo sabía.

Por lo general, había lidiado con el asunto pasando por alto sus deslices y abordándolos únicamente cuando ella decidía que era hora de pedir el divorcio. Si él se negaba no era por motivos religiosos, sino por compasión. Eris podía flirtear con hombres si tal era su naturaleza, pero lo que no estaba en su naturaleza era sufrir una humillación pública, por mucho que suplicara el divorcio. El escándalo la destrozaría. Además, había otra faceta de Eris: el hombre del que estaba furiosamente enamorada este año sería polvo y cenizas el siguiente. Si Liam también la dejaba en la estacada, perecería en un mundo donde no estaba preparada para vivir. De haber tenido hijos, las cosas hubieran sido distintas, pero era estéril; el número de hombres y su ignorancia en asuntos de anticoncepción eran prueba suficiente para un patólogo. Sus flirteos, pensaba Liam, eran en realidad una búsqueda desesperada de un hijo.

Por entonces, la situación estaba peor que nunca. Corunda no era un pozo sin fondo de hombres, y Eris ya había estado con los que le gustaban. Un mes atrás se había ido a Sídney, tan rápido que Liam no había tenido ocasión de seguirla, pero eso le ofrecía motivos indiscutibles para el divorcio. Su detective privado la localizó viviendo con un hombre que tenía una granja de productos lácteos en Liverpool, y Liam se dio finalmente por vencido.

—Hoy he visto a Don Treadby —le dijo a Tufts.

—¿Tomamos un té?

—Lo que es el licor a la mayoría de las casas, lo es el té bien cargado a una casa dedicada al cuidado de enfermos.

—Es la cafeína y todo lo demás que lleva el té, sobre todo tan cargado como lo tomamos. Siéntate, cierra los ojos y cuenta. Volveré antes de que una oveja muerta menee el rabo.

—Qué metáfora tan adecuada para Corunda —comentó él a su espalda.

—Mejor viva que muerta —respondió ella, alejándose.

Regresó enseguida con la bandeja de té.

—¿Qué te ha dicho Don Treadby? —preguntó al tiempo que servía la infusión.

—Que ya va siendo hora de que coja el toro por los cuernos y me divorcie de Eris.

—Bueno, si te decides a iniciar los trámites, será tremendamente complicado. Tú eres la parte perjudicada —dijo Tufts, soplando el té para enfriarlo.

Sus cejas negras, por lo general bastante rectas, se arquearon bruscamente.

—¡Heather! ¿Permitirías que una adúltera solicitase el divorcio?

—Qué tonterías llegáis a decir los hombres. Dices «adúltera» como si el adulterio estuviese a la altura del homicidio, ¡pero solo en el caso de una mujer! Yo lo veo como un indicio de que el cónyuge ha resultado ser una terrible decepción. Si fueras tú el adúltero, en tanto que hombre, el delito sería menor, tendría circunstancias atenuantes. —Se inclinó hacia él, y asomó un brillo pícaro a sus ojos, más dorados bajo la luz tenue—. Bueno, aquí estás, mucho después de la hora de cenar, encerrado a solas en tu despacho con una enfermera de veintiún años. ¿Qué crees que se diría de esto en los mentideros de Corunda?

Él rio, mostrando unos dientes sorprendentemente blancos, pues tenía la piel tirando a oscura.

—No hay que echar perlas al cerdo —dijo.

—¿No eran rubíes?

—Y no hay que vestir a la mona de seda, porque mona se queda.

Rieron, sus mentes en sintonía.

—Tú crees que debería divorciarme de Eris, ¿verdad, Heather?

—Sí, eso creo. Puedes permitirte pasarle una pensión, quizá no tan elevada como le gustaría a ella, pero según la ley no tienes que darle nada, ¿verdad?, puesto que es ella la parte culpable. Este sigue siendo un mundo de hombres.

—Pero tú eres amiga mía, ¿no? —preguntó él, de pronto curioso.

—Claro que sí, bobo. Por eso nos tuteamos, lo que no está bien visto, salvo entre buenos amigos.

En ese momento entró la enfermera jefe a paso firme; ambos volvieron la cabeza para mirarla, como observó la recién llegada de inmediato, con aire de absoluta inocencia.

—¿Trabajando hasta tarde, doctor Finucan?

—Pues lo cierto es que no, enfermera jefe. He venido a trabajar a estas horas, pero me he encontrado con que la enfermera Scobie ya lo había hecho todo.

—Scobie es una enfermera excelente, además de una magnífica técnica de patología, doctor, pero mañana a las seis de la mañana empieza su turno en el pabellón de mujeres. Le sugiero que duerma un poco, enfermera, así que buenas noches.

Tufts se levantó de inmediato.

—Sí, por supuesto. Buenas noches, señor.

Nadie dijo nada más hasta que se hubo marchado Tufts, y entonces habló Liam Finucan:

—Eso ha sido muy poco amable, Gertie.

—A veces hay que ser cruel para obrar bien, como bien sabes, Liam. Don Treadby dice que has ido a verle esta mañana.

—Dios Santo, ¿es que nadie respeta nada?

—¿En Corunda? Claro que no. —Metió la mano en el bolsillo inmaculadamente almidonado y sacó tabaco y mechero, escogió un cigarrillo y lo encendió—. Dada la nueva situación, Liam, no te puedes permitir verte con enfermeras en prácticas en tu despacho a cualquier hora. Si el abogado de

147

Eris llegara a enterarse, te meterías en un buen lío, y la enfermera Scobie también.

—Ya. No lo había pensado.

Ella le dirigió una mirada compasiva.

—Sí, bueno, los hombres tienden a no pensar en ciertas circunstancias. Desde luego yo me niego a permitir que tu ligereza dé al traste con las posibilidades de una enfermera maravillosa de hacer una carrera brillante. De ahora en adelante, Liam, más vale que no te vuelvan a ver a solas con la chica, y que no haga trabajos especiales para ti.

—No lo había pensado —repitió.

—Cuanto menos se diga, antes se arregla, amigo mío. Divórciate de Eris, eso es lo primordial. Deberías haberlo hecho hace años, cuando eras más joven y podrías haber sido un compañero apto para alguien como Heather Scobie-Latimer. Ahora tienes ya cuarenta y tres años y se te empieza a notar la edad. —Apagó la colilla y se puso en pie—. ¿Puedo confiar en tu buen juicio, Liam?

—Claro.

Después de que la enfermera jefe hubiera cerrado la puerta a su espalda, a Liam se le apareció una imagen de Tufts ante los ojos; los cerró al sentir el primer dolor de verdad en años.

—¡Maldita sea, Gertie Newdigate! —masculló—. Has arruinado algo antes de que se me ocurriera soñar con ello siquiera.

Cuarenta y tres años y ya se le empezaba a notar la edad: sin duda no era el amante adecuado para la pequeña y cautivadora Heather Scobie.

Tras varias semanas de trabajo en el jardín de Grace, Edda se había resignado al cambio en su relación con Jack, pero seguía echando en falta los paseos a caballo. En muchos aspectos la jardinería exigía un esfuerzo físico similar al del trabajo de enfermera para relajarse o desconectar; la columna vertebral aguantaba lo más recio, y tanto agacharse agravaba las molestias. Además, como había comprobado al cavar docenas de agujeros para plantar bulbos de narciso, la jardinería no ofrecía los mismos deleites: no había paisaje que emocionara los ojos, ni libertad para el alma. Para más inri, era el jardín de Grace, que ella, tan hinchada que parecía un sapo, presidía como lady Mugre de Villa Cochambre, según pensaba Edda para su coleto.

Jack abordaba su buena obra con energía y entusiasmo, ajeno al parecer a los sentimientos y necesidades de Edda. Bastaron dos visitas para que Grace empezara a esperarlos cada vez que Edda tenía el día libre; y peor aún, Jack dio por sentado que Grace era su única actividad en común. Así que adiós a *Fatima*, a su amistad con Jack, a aquellas maravillosas galopadas y a buena parte de su intimidad. Grace también era una cotilla y a Jack le encantaba oírla. «¡Paz! —gritaba Edda en silencio—. ¡Un poco de paz!»

Las raras ocasiones en que Oso estaba en casa, la atmósfera era desenfadada; Jack y Oso pegaban la hebra en ese mundo masculino que tanto parecía gustar a los hombres: máquinas que no funcionaban, una cosecha que no prosperaba, cómo buscar perros ovejeros como es debido, lo injustos que eran algunos árbitros en las ferias de ganado... temas relacionados con la región de Corunda que Oso, con tantos viajes como hacía, estaba más que capacitado para discutir.

De hecho, Oso estaba tan feliz como un recién casado, y aguardaba el nacimiento de su primer hijo con una mezcla de asombro y temor placentero.

—La verdad es que me da igual que sea niño o niña —dijo a Jack y sus cuñadas mientras comían—. Vamos a tener de los dos. Si prefiero que sea un niño el primero es para que ayude a Grace con las tareas pesadas en casa.

—Primero tienen que crecer un poco —comentó Kitty, que tenía mucho aprecio a Oso.

—Bueno, eso lo hacen de la noche a la mañana. Yo ya cortaba leña para la cocina de mi madre con poco más de un año —respondió Oso jovialmente.

—Sí, pero no someterás a tus hijos a la misma tiranía a que te sometió tu padre —le advirtió Tufts.

—Espero que no. Por eso firmé el Compromiso cuando era joven: el alcohol es un auténtico demonio. Aun así, a los hijos de una familia grande no les perjudica echar una mano con el trabajo. Es mejor que mimarlos demasiado.

—No caerá esa breva, amor mío —dijo Grace, y se puso en pie con ademán torpe—. Soy una pésima ama de casa.

Edda levantó la vista rápidamente, pero Grace se había dado la vuelta, apartando la cara de su mirada penetrante. «Ay, Grace, ¿qué haces ahora?» Se puso en pie y siguió a Grace a la cocina.

—¿Por qué eres una pésima ama de casa, Grace?

—Hay que ver, Edda, es que te fijas en todo —dijo Grace, a la defensiva—. No tiene importancia: es que vi un material precioso para las cortinas de la sala de estar y me pasé un poco del presupuesto que tengo para la casa. Además, Oso es muy generoso.

Edda imitó a Maude Latimer y rechinó los dientes, horrorizada de hacerlo pero incapaz de contenerse.

—Ay, Grace. No puedes hacer algo así. Sobre todo ahora que está a punto de nacer tu hijo, ¿es que no te das cuenta? Tu casa ya está terminada, el interior es más elegante de lo habitual en este barrio, y las cortinas de la sala no tenían nada de malo. Si tus gastos hacen contraer deudas a Oso, tendrá que poner uno de esos detestables anuncios en el *Post*: el señor Björn Olsen ya no se responsabiliza de las deudas de su mujer. Porque si sigues gastando dinero que no tienes, solo le dejarás dos alternativas: desentenderse de tus deudas o declararse en quiebra. Y si Oso se declara en quiebra, hasta el último de tus preciosos muebles será subastado, junto con esta casa. ¿No recuerdas lo que la señora de Geordie Menzies le hizo a Geordie el año pasado?

Las lágrimas resbalaban por la cara de Grace.

—No veo que tenga tanta importancia esta vez —dijo, al tiempo que sacaba el pañuelo para enjugarse los ojos—. ¡Hacían falta cortinas nuevas en la sala de estar!

—Grace, eres tú la que tiene que cambiar —repuso Edda con dureza—. Nada de gastar, y nada de irle a Oso con esta conversación nuestra. Te digo una y otra vez que debes adaptarte a las circunstancias. —Le vino una idea a la cabeza—. ¿Ha venido Maude de visita?

—Alguna vez —reconoció Grace.

—Pues que no venga más. Envíamela a mí, que ya la despacharé yo como se merece.

«Tengo que poner fin a esta relación entre la crédula de mi hermana y nuestra horrible madrastra —pensó Edda cuando se iban en el coche de Jack con Tufts y Kitty—. Está intentando acabar con su matrimonio empujando a Grace a despilfarrar.»

Naturalmente, Jack se había dado cuenta de que algo iba mal; «es curioso que sea él, que no está emparentado con nosotras, el que lo ve con más claridad...». Después de que Kitty y Tufts se bajaran del asiento trasero, Jack no intentó desalojar a Edda del vehículo.

—Id vosotras, chicas —les dijo—, mientras yo llevo a Edda al río para darnos unos achuchones.

—¡Darnos unos achuchones! —refunfuñó ella mientras iban hasta el río y aparcaban—. Pues dio resultado. ¿Cómo sabía yo que todo cambiaría si te presentaba a Grace?

—Ahora no, Edda. Contempla la noche, filistea.

Y él había querido compartirla, que ella la compartiese con él. «Edda, qué boba eres.» El olor y el sonido, además de la visión del verano, la invadieron mientras iba a sentarse con Jack en un tronco para contemplarla. La noche era impresionante, la luz de las estrellas sangraba del cielo en torno a una inmensa luna redonda y plateada que arrojaba un fulgor invisible sobre las colinas onduladas y teñía el mundo de un índigo resplandeciente.

—¿Te sientes mejor ahora que la has visto? —preguntó él, liando un pitillo.

—Sí, y te lo agradezco. Eres un tipo curioso, Jack. Nunca sé qué te motiva. Pero pensé que conocer a Grace precipitaría un cambio, y estaba en lo cierto —dijo ella, mientras se preguntaba por qué había llegado a aburrirla el tabaco—. Grace es una chica muy desvalida, pero hasta que se casó con Oso no me di cuenta de que cuando vivíamos en la rectoría yo la manipulaba como un titiritero. Pero al menos entonces no se metía en líos, no como ahora. Tú también ayudas a que Grace siga encauzada. Antes se pasaba el tiempo libre en los apartaderos del ferrocarril. Conoció allí a Oso y se enamoraron entre el vapor de las locomotoras. Qué tontería, ¿verdad? Sea como sea, Grace tiene que seguir una vía determinada. No puede dar media vuelta sin ayuda. Y por motivos que no alcanzo a imaginar, nuestra madrastra se ha inmiscuido en su vida con efectos desastrosos.

—¿Qué efectos desastrosos? —preguntó, enmarcando la luna en un diáfano aro de humo.

—Ay, deja de hacer eso —le espetó Edda—. Lo último que le hace falta a un mundo perfecto es un aro de humo artificial. ¿Es que no sabes apreciar la belleza?

El aro había sido una insinuación para luego tomarla en sus brazos y besarla a fin de hacerle olvidar su obsesión con Grace, pero su reacción lo dejó de piedra y el deseo menguó. Medusa la Gorgona, así la llamaban, y con toda la razón. Porque Jack sabía que muchos pacientes se enamoraban de Kitty o Tufts, pero nunca de Edda. Nadie cumplía mejor con su trabajo, nadie conseguía que un hombre se sintiera más cómodo y especial, y aun así, era incapaz de inspirar el amor que se da entre hombre y mujer. Lo que sentía por ella era intensamente físico, pero no creía que ella albergase sentimientos femeninos por él. Edda era como una gloriosa estatua sobre un pedestal, y sospechaba que prefería vivir así.

—¿Qué efectos desastrosos? —repitió.

—No sabe manejarse con el dinero, se endeuda.

—Ah, ya veo. ¿Y tu madrastra?

—Alienta esa tendencia. Tengo que ponerle remedio.

Volvieron caminando al coche.

—No me cabe duda de que lo harás, Edda.

Ella guardó silencio hasta que tuvieron a la vista la entrada lateral del hospital, y entonces dijo atropelladamente:

—No te hagas el caballero conmigo, Jack, puedo bajarme yo misma. ¿Vas a volver a casa de Grace mañana?

—Eso tenía previsto, ya que Oso sigue en la ciudad. Vamos a ocuparnos de ese árbol.

Ella se apeó del coche.

—Buena suerte. Yo no iré, ya he visto bastante a Grace por el momento, y *Fatima* empieza a estar muy gorda por falta de ejercicio en los establos de papá. Voy a volver a cabalgar: es bueno para mi salud. Buenas noches.

Y se marchó.

Durante cinco largos minutos él esperó junto al bordillo, convencido de que cambiaría de parecer y volvería para decirle que al día siguiente se verían en casa de Grace. Pero fue Liam Finucan quien se acercó al coche.

—¿Puedes llevarme a casa, Jack?

—Sube. Ahora que has pedido el divorcio, ¿qué ocurrirá con la casa? Es demasiado grande, de todos modos.

—Voy a venderla. Hay una casita en los terrenos del hospital que no está nada mal. La alquilaré a largo plazo y la remozaré.

—Parece sensato. Además, ya te conozco —dijo Jack, sonriendo—. Quieres disponer de dinero para pasarle una pensión a Eris.

El rostro alargado adoptó un semblante irónico.

—Ay, pobrecilla. No puede evitar ser como es, Jack, y yo tengo suficiente para cubrir mis necesidades.

—A mí me tiró los tejos una vez, Liam. Le dije que no.

—Tiró los tejos a toda criatura que tuviese pene, Jack.

—Y tú haces bien en librarte de ella.

Quien más sufrió con el divorcio del doctor Finucan fue Tufts, que ignoraba la conversación que habían mantenido la enfermera jefe y Liam después de que la despacharan aquella noche memorable. Cuando, en su siguiente período en el laboratorio de patología, se presentó dispuesta a aprender una nueva técnica analítica que él había prometido enseñarle, lo encontró sentado a su mesa y tuvo que permanecer en pie ante él. ¿Iba a echarle un rapapolvo?

No, no era eso. No tenía buen aspecto, cosa que la preocupó. Llevaba el pelo sin peinar y le caía sobre los ojos, ensombrecidos, y sus mejillas macilentas revelaban que estaba cansado. ¿Qué demonios le ocurría? ¿Dónde estaba el pliegue que siempre asomaba a la comisura derecha de su boca y le daba un aspecto tan jovial? Ese día no había ni rastro de él ni de la habitual tersura en su sonrisa. Ese día no había sonrisa.

—Siéntese, enfermera Scobie —dijo con rigidez.

Asombrada, ella tomó asiento, entrelazó las manos sobre el regazo y lo miró.

—Esto es muy incómodo —continuó él tras una pausa—, y probablemente la enfermera jefe no querría que lo hiciese, pero no veo cómo puedo interrumpir la instrucción privada de una enfermera tan brillante y entusiasta como usted sin una explicación adecuada. Créame si le digo que la enfermera jefe quiere lo mejor para usted. —La voz grave con acento del Ulster se agotó, pero no apartó la mirada de ella; tragó saliva, se repuso y siguió adelante—. Ya le dije que voy a pedir el divorcio por los continuos adulterios de mi mujer. Eso significa que soy la parte perjudicada y recibiré un trato favorable ante los tribunales. Sea como sea, los abogados de mi esposa intentarán rebajarme a su nivel. Si pueden demostrar que yo he cometido adulterio, tendrá las mismas opciones que yo ante los tribunales. Puesto que nunca lo he cometido, me interesa... bueno, no meterme en líos. ¿Me explico?

Miró a Tufts con gesto apenado.

«Como no le eche una mano —pensó Tufts—, se va a desmayar.»

—¿Se refiere, doctor Finucan, a que usted y yo no debemos estar a solas en circunstancias que podrían dar lugar a que la señora Finucan alegue conducta dudosa por su parte? —repuso Tufts, con voz firme y neutra.

—Eso opina la enfermera jefe.

—Estoy de acuerdo con ella. —Tufts hizo ademán de levantarse de la silla—. De ahora en adelante, no debemos estar juntos a solas, ni tutearnos. —Adoptó un gesto severo—. A partir de ahora, le sugiero que participe en sus clases el joven Bill. Usted se había opuesto porque no aprende tan rápido como yo, pero igual es una actitud excesivamente cruel hacia Bill, teniendo en cuenta el puesto que ocupa. Lo que me enseñe a mí también debe enseñárselo a otros en la misma sesión.

Sus ojos se iluminaron, súbitamente feroces.

—Lo siento, querida, lo siento mucho.

—¡Bah, tonterías! —replicó ella con despreocupación—. ¿Cuánto tiempo será?

—Dos años, por lo visto. Los tribunales de divorcio tienen un enorme exceso de demandas, tengo que esperar mi turno.

—Vaya, qué pena. Esperaba que pudiéramos volver a la normalidad antes de que me titule, pero no será así —señaló Tufts con tristeza.

—Me temo que no.

—¿Puedo irme ya, señor?

—Sí, claro. Prepararé una nueva lista de turnos para usted y Bill, y otra para las enfermeras.

«¡Qué mujer tan horrible! —pensó Tufts, bajando la rampa con gesto inaccesible—. Primero se la juega a un hombre tan decente y luego acaba con la poca diversión inocente de la que disfruta. Porque disfrutaba con nuestras clases, de eso no me cabe duda.

»Se nos viene encima una eternidad de corrección formal, y me enfurezco con solo pensar en ello. Se acabó tomar té en plena noche, se acabó entendernos con miradas sin necesidad de decir nada. Me envían a un exilio espiritual. Ah, ya sé por qué tomó cartas en el asunto la enfermera jefe, y me alegro de que lo hiciera. En caso contrario, Liam podría acabar en la ruina, yo podría acabar mal y los dos tendríamos que irnos. Liam y yo no hemos hecho daño a nadie, pero ahora nos vemos separados del mismo modo que un carnicero corta un pedazo de carne. Aun así, hay una cosa que pienso seguir haciendo, a la vista de todos en su despacho o su laboratorio: peinar a Liam. Ese cepillo Mason Pearson me costó dinero, y lo compré para evitar que le tape los ojos el flequillo. Logrará evitarlo si se lo peina dos veces al día y sin piedad, bien pegado al cráneo. Tengo que domar esos folículos para que crezcan hacia atrás, no hacia delante. Y con divorcio o sin él, voy a hacerlo.»

Edda no fue a ver a Maude para echarle en cara que alentaba a Grace a gastar un dinero que no tenía; acudió a su padre, una jugada más astuta.

Después de que sus hijas entraran a trabajar como enfermeras, el reverendo Thomas Latimer había ido emancipándose poco a poco. A solas en la rectoría con Maude, después de que su visita a las Blue Mountains empezó a cortar algunos lazos con ella que nunca le habían hecho mucha gracia, desde la manera en que dominaba a sus hijas hasta su elección de salmos y sermones. Y aunque no era rico, había heredado lo suficiente de la señora Treadby, su madre, para vivir desahogadamente. Era por naturaleza muy buen administrador de su dinero; Maude, por ejemplo, solo tenía un acceso limitado al mismo. Aunque quería mucho a su esposa, no era ciego a sus defectos. La intromisión de Maude en los asuntos económicos de Grace, interpretó él con acierto, era una manera enrevesada de obtener lo que quería para sí misma pero carecía de medios para costeárselo. Cada vez que ella iba a casa de Grace, miraba alrededor y se congratulaba de su capacidad para manipular a quienes no apreciaba, incluso para dañarlos gravemente.

Pero cuando el rector, con un enfado que le daba cierto atractivo, se plantó, Maude no tuvo otro remedio que obedecer; en sus tratos con Grace, se le informó con frialdad, haría todo lo posible por disuadirla de gastar dinero. En caso contrario, sufriría las consecuencias en su propia asignación.

Edda tuvo más problemas para convencer a su padre de que no restituyera las 900 libras de Oso y las 500 de Grace.

—No lo hagas, papá, por favor —le rogó—. Oso es demasiado blando con Grace para ocultarle la devolución del dinero, con que, al enterarse de su existencia, ella se lo gastaría de nuevo. Derrochar es propio de la naturaleza de Grace, así que más vale dejar que se ocupe de ello su marido. Si quieres ayudar a la familia Olsen, paga la educación de sus hijos en un buen colegio. Fíjate en el resultado que dio con nosotras.

Y así había quedado zanjado el asunto.

Disgustada en parte por haber dejado que Grace arruinase su relación con Jack Thurlow, a medida que se acercaba al momento de salir de cuentas Edda iba cada vez menos a visitarla. Sin embargo, a decir verdad, la culpa era de Jack, no de Grace. Al sucumbir a las artimañas de Grace, Jack estaba descubriendo una personalidad secreta que a Edda le parecía blanda y débil; no era en absoluto la clase de hombre que Edda había creído siempre. ¡Qué rabia!

Cuando Grace se puso de parto a principios de abril de 1928, estaba inmensa y, según los cálculos de obstetricia, iba con retraso. Procurando sincronizar su llegada con la del niño, Oso ya estaba en Corunda; era el bebé el que hacía caso omiso de calendarios humanos.

Puesto que el pabellón de maternidad no estaba concurrido, ni se esperaba que lo estuviese, el doctor Ned Mason había ingresado a Grace antes de que empezara a tener contracciones. Su ingreso surtió el mismo efecto que un aguijón para el ganado: en cuanto Grace deshizo la maletita que llevaba y probó a sentarse en el borde de la cama para ver si era cómoda, rompió aguas. La hermana de Maternidad, al tanto de quién era y al tanto también de que sus hermanas estaban de turno en otra parte, calmó los sentimientos heridos de Grace con tanta ternura como competencia. Se limpió el agua, se buscó un camisón bonito y se le asignó la compañía de una dulce enfermera del West End para que la ayudara a caminar.

—Pero yo no quiero caminar, quiero acostarme —se quejó a Edda cuando apareció con las prendas del quirófano y dos mascarillas colgadas del cuello—. ¿Por qué no me dejan ir a la cama?

—El doctor Mason cree que el parto será largo, Grace, lo que supone estar en la cama horas y horas. Ahora, camina mientras puedas.

Llegaron Kitty y Tufts para abrazarla, besarla y explicarle otra vez lo de caminar, porque Grace se estaba mostrando recalcitrante y se negaba a creer que le vendría bien. Edda sofocó un suspiro.

—Grace, tú fuiste enfermera —señaló Kitty.

—Sí, pero nunca estuve en Maternidad. ¡Ay, ay, cómo duele!

—Claro que duele —dijo Tufts, que empujaba a Grace delante de sí—. Estudiaste algo de anatomía y fisiología, Grace, así que debes recordar cómo el doctor Finucan explicó que para dejar salir algo tan enorme como un bebé tiene que ensancharse toda la pelvis: es asombroso cuánto te dilatas, de modo que sí, duele mucho. Tienes por delante toda una jornada de trabajo, querida, en circunstancias espantosas, antes de expulsar la criatura. Pero recuerda que es el esfuerzo más importante que harás, porque el resultado final es maravilloso: un bebé sano y con el embarazo cumplido.

—¡Tiene que ser niño! —le dijo Grace a Kitty entre jadeos horas después.

—Tonterías —respondió Kitty con voz queda, enjugándole la cara—. ¿Qué tiene de especial que sea niño?

—Todos los hombres quieren un hijo. Las chicas suponen una decepción.

—¿Y los deseos de la mujer no cuentan? Después de todo, ellas corren con la parte más dura.

Grace lanzó un bufido.

—¿Quién en su sano juicio querría una niña? Reprimida, recluida, silenciada. Si Edda hubiera sido un chico, papá se hubiera arruinado para mandarlo a la universidad a estudiar Medicina. Pero Edda fue chica, así que...

—Sí, bueno, por desgracia no tenemos elección en el asunto del sexo, querida. Sea lo que sea, niño o niña, es tuyo. Toma, bebe un poco de agua. Tienes que hidratarte.

Oso había llevado a Grace en coche al hospital y le permitieron ver brevemente a su mujer, llorosa y atormentada, después de que se acomodara en la habitación. Luego se vio exiliado a la sala de espera de padres, donde el padre en ciernes caminaba de aquí para allá, encendía un pitillo con la colilla del anterior y procuraba pensar en algo que no fuera la suerte de su mujer y su hijo. Si hubiera tenido compañía le habría resultado más llevadero, pero la criatura de Grace llegaba mucho antes del torrente de bebés de septiembre, concebidos en torno a Nochevieja, cuando se bebía mucho alcohol y se tomaban muy pocas precauciones. Oso tuvo que esperar solo salvo por las visitas fugaces del padre y las hermanas de Grace.

Veintisiete horas después de ponerse de parto Grace, Oso averiguó que era el orgulloso padre de un niño de cuatro kilos con una tez rosada que era la viva imagen de la salud.

Grace estaba agotada, pero sus esfuerzos no habían tenido peores consecuencias que unos puntos de sutura en el perineo desgarrado. Un niño. Un niño con el pelo, las cejas y las pestañas blancos como la nieve, y un cuerpo largo y fuerte.

—Bueno, Grace, seguro que nunca pasarás por una jornada tan dura —dijo tía Tufts, cogiendo a la criatura en brazos con ademán experto—. Y es un niño de lo más mono. ¿Qué nombre vais a ponerle, Oso?

—Brian —contestó él, con tanta rapidez que la opinión de Grace quedó relegada.

—¿Brian? Me gusta, pero no lo habías mencionado.

—Era mi hermano preferido. Murió en una pelea en un pub.

Si a tía Tufts, la única pariente en la habitación, le pareció macabro ponerle a un niño el nombre de una persona fallecida en una trifulca en un pub, no dio el menor indicio de ello. Sonriente, le pasó el hatillo a Oso.

—Es un nombre bonito, viril, y no le dará problemas en el patio de recreo.

—Exacto —convino el padre primerizo, mirando a su descendiente con asombro y humildad—. Los nombres de Grace eran todos muy fantasiosos, pero no pienso dejar que mi hijo cargue con un nombre de mariquita. Brian Olsen suena bien.

—Ay, Oso —le reprochó Grace—. Yo quería un nombre que sonara bien con un título de caballero. Sir Maximilian Olsen.

—Maximilian es de mariquita —convino Edda, que entraba en ese momento—. ¿Brian? Es ideal. Gracias a Dios que hay un miembro de la familia Olsen con dos dedos de frente.

Ser abuelo de un niño le supuso una gran alegría al rector, que había pensado cómo ayudar a Grace sin meterle dinero en el bolso. Pagaba a una fregona para que limpiase la casa de Trelawney Way una vez a la semana y fuese tres veces a la semana a hacer el peor trabajo: lavar las docenas y docenas de «empapadores» de felpa, como se llamaba a los pañales para bebés. Lo único que hacía Grace era quitar bajo el grifo las heces de los pañales sucios y echarlos luego en la caldera de lavar. La fregona los hervía, los aclaraba y tendía a secar en los tendederos que se entrecruzaban en el patio trasero y lo convertían en una jungla aleteante. Ahora el lavadero era un cobertizo cerca de la puerta de atrás; lo que había sido el lavadero se había convertido en un área para poner en remojo los pañales.

Edda se fijó en que Oso no tenía tantas ganas como antes de salir a la carretera. En parte se debía a que estaba encantado con su hijo, pero sobre todo a que lo preocupaba Grace, quien, pese a que disponía de ayuda con la casa y la colada, no parecía capaz de afrontar la llegada del pequeño. Tenía tanta leche que le rezumaba, y en cuestión de una semana del nacimiento de Brian, estaba tan asqueada que empezó a darle el biberón, soportando el síndrome de abstinencia de la leche materna como un mal menor. El doctor Manson manifestó su indignación, igual que la enfermera de distrito, pero Grace hizo oídos sordos. Cambiarle los pañales también le daba asco, así que lo hacía con menor frecuencia de la debida; de resultas de ello, los pañales provocaron a Brian un sarpullido tan intenso que las tres hermanas de Grace tuvieron que intimidarla y acosarla para que se ocupara mejor de él. Y al final, Grace consiguió lo que quería del rector: una niñera que la ayudase a jornada completa.

—De algún modo nuestra astuta hermana se las ha apañado para librarse de todos los quehaceres que no le gustan —comentó Edda, furiosa, cuando Brian tenía tres meses—. Pero esta es la gota que colma el vaso. Es un atraco a plena luz del día. Una niñera a jornada completa solo para que cuide de que Brian esté lo bastante limpio y seco para que no le salgan sarpullidos ni llagas. ¡Grrr, me subo por las paredes!

—Eso demuestra hasta qué punto debía de detestar Grace cuidar de los enfermos —dijo Kitty, con los ojos húmedos—. A Maude le encanta vivir en una casa elegante, y eso nos lo transmitió a nosotras. No es una persona agradable, pero lo cierto es que no trató a ninguna como si fuera Cenicienta. Las torturas de Grace eran todas psicológicas. Y con Grace dieron resultado.

—Lo que la conducta maternal de Grace demuestra —repuso Tufts— es que detesta limpiar desastres, y eso también se apreciaba en su trabajo como enfermera. Si no desatendía a los pacientes como desatiende a Brian era por miedo a las enfermeras del pabellón: ellas le daban más miedo que limpiar la porquería. Ahora tiene un bebé que no produce más que porquería, y no hay nadie que la intimide lo suficiente para que la limpie.

—No te olvides de la confusión —señaló Kitty—. Siempre hemos sabido que Grace sería incapaz de organizar una juerga en una cervecería, pero con mamá y nosotras tres por hermanas, nunca se veía obligada a organizar nada. Ahora tiene la responsabilidad de llevar una casa y cuidar de un bebé, y está tan confusa que no sabe cómo abordarlo. Nuestro padre ha tomado cartas en el asunto, que es lo peor que podría haber hecho: ¿qué ocurrirá más adelante, cuando no tenga un padre ni hermanas que la ayuden?

—Será un desastre —reconoció Edda, con voz cavernosa.

—No seas tan pesimista —dijo Tufts—. Siempre habrá alguien que salga en defensa de Grace.

—¿Por qué? —preguntó Edda, incapaz de verlo.

—Es la mujer con la que todo hombre sueña: incapaz de existir sin un hombre en el que apoyarse. —Tufts soltó un bufido—. Venga, Edda, ya sabes a lo que me refiero. Grace se transforma en una propiedad que debe ser controlada por un ser superior: un hombre. Todo lo que hace da a entender a los hombres que es incapaz de cuidar de sí misma. Y a ellos les encanta. O al menos a cierta clase de hombres, a los Osos de este mundo.

—Bueno, prefiero que lo haga Oso a tener que hacerlo yo —comentó Edda, implacable—. ¿Por qué no entiende lo cómoda que sería su vida si se organizase un poco mejor? A nadie le gusta limpiar la mierda de los pañales, pero hay que hacerlo, ¡pues que lo haga, maldita sea! Tantos muebles caros y su casa huele como una cloaca.

—¿Por qué te pones tan agresiva, Edda? —preguntó Kitty.

—Grace vuelve a estar embarazada. Cuando nazca el siguiente, solo se llevarán catorce meses.

163

Los ojos azul lavanda toparon con los de color ámbar dorado: Kitty y Tufts cruzaron una mirada de conmiseración. ¡Claro que Edda estaba más afectada! Era la gemela de Grace. Y, para más inri, era tan contenida como Grace desorganizada. A Edda le costaba mucho compadecerse de los defectos de Grace.

Si Kitty y Tufts hubieran sabido lo importante que era un tal Jack Thurlow, el sufrimiento de Edda habría tenido aún más sentido.

Tercera parte

EL NUEVO DIRECTOR

En abril de 1929 tocaron a su fin los tres años de preparación como enfermeras. Edda Latimer, Heather Scobie-Latimer y Katherine Treadby-Latimer pasaron a ser hermanas auxiliares tituladas. Edda había obtenido varios galardones, y las tres se licenciaron con honores.

A esas alturas no había nada del Hospital de Corunda Base que no conocieran, ninguna dependencia en la que no hubieran trabajado. El psiquiátrico era una pesadilla que más valía olvidar, sobre todo porque no se podía hacer nada por las pobres criaturas más allá de encerrarlas en habitaciones acolchonadas o en un dormitorio: el manicomio era un lugar lleno de gritos, desvaríos, fantasmas errantes y maníacos asesinos.

No habían llegado nuevas enfermeras en prácticas en 1927 ni 1928, pero ese año, 1929, vendrían ocho, todas matriculadas y todas del West End. Con Edda llevando la voz cantante, las tres habían hablado, discutido, instado y hecho campaña a fin de convencer a las mujeres del West End de que debían aprovechar el nuevo sistema, y que el antiguo estaba obsoleto. El futuro de la enfermería pasaba por la preparación y la licenciatura; quienes trabajaran sin titulación acabarían viéndose reducidas a esclavas domésticas privadas de cualquier clase de tarea interesante cuyos únicos deberes serían limpiar porquería, levantar y dar media vuelta a los pacientes y servir las comidas, todo bajo la supervisión de una auxiliar gruñona. Lena Corrigan, que siempre había sido líder de las del West End y en un primer momento también una enemiga implacable, fue la primera en dar el brazo a torcer y sumar su voz a las de las tres hermanas. El resultado fueron las ocho enfermeras en prácticas que llegaron en 1929, además de una ayuda del Ministerio de Sanidad para construir una residencia de enfermeras como era debido con apartamentos para las hermanas. Esa era la batalla que más ansiaban ganar Edda, Tufts y Kitty, pues ofrecía a chicas de familias poco privilegiadas la oportunidad de hacer una carrera adecuada sin las complicaciones masculinas que conllevaba la docencia o el servilismo del secretariado. Las enfermeras tenían cierto poder; todo aquel que hubiera estado en las fauces de un hospital cara a cara con la muerte salía con un profundo respeto por ellas, tanto si bramaban cual dragones como si flotaban cual exquisitos ángeles sobre la cama del paciente. Reales o imaginarias, las enfermeras dejaban huella.

Tres hermanas nuevas también suponían dificultades, claro. ¿Cómo iba a dar trabajo a las tres un hospital de distrito? Si era más sencillo que en 1926 se debía solo al mero desgaste: siete de las enfermeras del West End con más experiencia del antiguo sistema se habían jubilado. Por desgracia, su sueldo no era el mismo que el de las enfermeras licenciadas. Además, el hospital se vio sumido en el caos a principios de junio: un cataclismo inesperado y totalmente impredecible.

El director general, el doctor Francis Campbell, llevaba veinte años como director y estaba plenamente convencido de que seguiría otra década en su puesto. Entonces, justo cuando las tres hermanas auxiliares recibían sus titulaciones por correo, Frank Campbell murió de un ataque al corazón mientras estaba sentado a su escritorio, un mueble al que el personal del hospital creía que estaba soldado, ya que nunca se le veía en ningún otro lugar del centro. Para Frank Campbell, el Hospital de Corunda Base era su escritorio. Los horrores que provocaba su gestión acontecían en alguna otra parte, así que no los veía. Nadie supo si había notado que le sobrevenía el ataque, y no había ningún sistema de comunicación interna al que pudiera haber recurrido para pedir ayuda. Se había negado a instalarlo porque era demasiado caro. A él desde luego le salió muy caro.

Los hospitales estaban bajo la protección del Ministerio de Sanidad de cada estado en particular, pero en realidad funcionaban por su cuenta y riesgo, sobre todo los centros rurales donde no se impartían clases. La junta directiva del hospital tenía la potestad de tomar decisiones, incluida la de asignar los puestos vacantes, del más modesto al más alto, establecer sus políticas y administrar sus fondos. El Hospital de Corunda Base contaba con considerables recursos económicos, guardados en lugar seguro bajo el control de su junta directiva: era dinero de un legado que se remontaba tres cuartos de siglo, sumado a unos ahorros asombrosos.

La decisión de qué hacer con tres hermanas auxiliares se pospuso hasta después del nombramiento de un nuevo director, lo que dejó a las Latimer en un compás de espera temporal: estaban autorizadas a lucir la cofia de organdí almidonado, pero aún no se les permitía prescindir del delantal de enfermera. Edda permanecía tan cerca como era posible de Quirófano, trabajando en Urgencias o en Hombres; Kitty seguía en Niños; y Tufts oscilaba entre Maternidad y el puesto de hermana de noche, que debía deambular por las rampas y los pabellones pertrechada con una lámpara a prueba de viento. Frank Campbell era tan tacaño que no compraba pilas.

Entonces, cuando nadie lo esperaba, la enfermera jefe envió a buscar a Tufts, que se personó vestida con la cofia de hermana y el delantal de enfermera.

—Creo que ya se puede quitar el delantal, hermana Scobie.

—Todavía no, señora. Puede resultar útil. No ocupamos un puesto lo bastante definido para estar seguras de que no tendremos que limpiar porquería.

—Como quiera. —La cara tersa y más bien sosa mostraba su aire habitual de interés carente de emoción—. Aunque aún es pronto para decidir las carreras que seguirán en el futuro, hermana Scobie, tengo confianza suficiente en la dirección que debería tomar usted para abordarla incluso en un momento tan preocupante como este.

—Sí, enfermera jefe.

—Puesto que dentro de unas diez semanas contaremos con ocho enfermeras en prácticas como mínimo, me corresponde como jefa del personal de enfermería tomar medidas referentes a su instrucción. Creo que los planes que hizo el doctor Campbell están equivocados de cabo a rabo, y no tengo empacho en decirle, hermana, que al fallecer él los he descartado para empezar de cero. Después de tres años en este centro, creo que no hace falta que le cuente todas mis razones para desechar esos planes, ¿verdad?

—No, no hace falta. Lo entiendo, y estoy encantada.

—Me alegro. —La enfermera jefe se acomodó un poco en su silla—. ¿Estaría interesada en ocupar el puesto de hermana tutora?

Tufts tragó saliva.

—Eso depende, señora.

—¿De qué? —La pregunta sonó gélida.

—Del nivel de autoridad que implique la posición. Si puedo establecer un sistema de formación que satisfaga a la junta de enfermería y al mismo tiempo incorpore aspectos diversos derivados de mis propias deducciones, sí estoy interesada. También me gustaría esbozar un programa académico nuevo que vaya más allá de las ideas de la junta de enfermería acerca de lo que una enfermera debe saber. Como es natural, le presentaría mi trabajo a usted y al nuevo director antes de enviarlo a Sídney, pero a lo que no puedo acceder es a ser una autómata que obedezca unos programas ajenos. —Los ojos grandes y dorados mostraron su obstinación—. El caso, señora, es que tengo mis propios planes.

La enfermera jefe Newdigate guardó silencio un momento; el almidón de su uniforme crujió un poquito más de lo habitual, indicio de que le estaba costando respirar. Al final, pronunció las palabras que buscaba, comedidas y distantes:

—Me parece, hermana Scobie, que si no tuviera usted ideas propias, no le ofrecería este puesto. Es un puesto de responsabilidad que corresponde al rango de una enfermera jefe adjunta, lo que me permitiría justificar que viniera una hermana tutora de Sídney o Melbourne. No obstante, es preferible que sea una persona de Corunda, si la hay, y estoy convencida de que usted es la persona adecuada para el puesto. Accedo a sus condiciones.

—Entonces, acepto el puesto. —Tufts se puso en pie con gesto tranquilo—. Gracias, enfermera jefe. Esto... hay otro detalle.

—Dígame, hermana.

—Tendré que consultar en privado al doctor Finucan a menudo. A menos, claro está, que tenga usted pensado recurrir a otro médico para dar clases y cumplir con las tareas de docencia.

—Se ocupará el doctor Finucan, y no tengo el menor inconveniente en que se reúna a solas con él. Ahora es un hombre soltero perfectamente respetable, y además es su colega —respondió la mujer, que en secreto estaba encantada con esa joven que poseía astucia y tenía un punto peligroso.

—Bien —dijo Tufts, y se marchó.

Encontró a las otras dos hermanas auxiliares en su casita, tomando el té con Lena Corrigan. Aunque la hermana Marjorie Bainbridge había recibido el título de hermana doméstica y se había trasladado a un piso en la residencia para enfermeras recién construida, nadie —ni la enfermera jefe ni alguien de menor rango— se había molestado en trasladar a las Latimer a otros alojamientos. Ahora tenían plena posesión de la casita que ocupaban desde el principio, y disfrutaban de una comodidad a la que nunca accederían las ocupantes de la nueva residencia de enfermeras. Era la recompensa de la que gozaban las pioneras.

—Tengo un nuevo puesto —anunció Tufts, y aceptó una taza.

Todas se mostraron interesadas, pero Kitty fue la primera en hablar:

—¿Qué puesto?

—Hermana tutora, con rango de enfermera jefe adjunta.

—¡Caramba! —dijo Lena con un gritito ahogado—. Eso es el no va más, Tufts. ¡Qué maravilla!

Entre abrazos y coros de felicitación, Tufts les relató la entrevista. Edda, sonriente, era la más callada, pero no por ira o decepción, eso lo sabían todas, sino por la alegría que la embargaba. Edda apreciaba mucho el rango y la importancia de las mujeres.

—Lena, ya sé que las galletas Anzac de la rectoría son más ricas que las galletitas de arrurruz, pero no has venido a tomar el té con nosotras solo para comer nuestras galletas o ver de qué color lleva los labios hoy Edda. Tú también tienes novedades —dijo Tufts, que iba ya por la segunda taza de té y la tercera galleta.

—Tiene usted razón como siempre, señorita Myrna Loy. Por cierto, es la estrella de cine a la que los del pabellón de hombres han decidido que te pareces, Edda. Kitty es siempre Marion Davies, pero tú te contoneas un poquito...

—Venga, a ver esas novedades, Lena —la instó Tufts con un gruñido.

Lena levantó las manos en un gesto de claudicación.

—De acuerdo, de acuerdo. Yo también estuve con la enfermera jefe, y me han ascendido. Después de muchos años clasificada como ayudante de enfermería...

—¡Ojalá Frank Campbell esté ardiendo en el infierno! —se mofó Kitty.

—... la enfermera jefe se las ha arreglado para «acogerme», según dijo, como enfermera licenciada. Soy la hermana Corrigan, y voy a ir adonde me lleva la vocación: el psiquiátrico, como enfermera jefe adjunta al mando.

Sus palabras provocaron otro arrebato de alegría triunfal; otra victoria para las mujeres, y además muy merecida. Esta vez, no obstante, su descenso de las alturas quedó atemperado por la consternación, aunque todas las Latimer sabían que su preocupación sobraba.

—Lena, después de estos tres años ya sé lo mucho que te gusta trabajar como enfermera en el psiquiátrico, pero ahora eres una enfermera con titulación oficial y, con tus conocimientos, puedes elegir a la clase de pacientes que quieres atender —dijo Edda, con los ojos de un gris oscuro por efecto de la ansiedad—. ¿Seguro que estar allí todas las horas de la jornada no acabará por hacerte perder el juicio también? No se puede hacer gran cosa por los enfermos mentales, y los psiquiatras no sirven de nada. Lo único que hacen es observar y catalogar las formas que adopta la demencia. Ser enfermera en el psiquiátrico conlleva peligro físico, pero sobre todo espiritual. Piensa en la frustración que causa.

Lena Corrigan, una mujer fibrosa de unos treinta y tantos años, tenía una abundante mata de pelo rizado rojo oscuro y los ojos más o menos del mismo tono; era la viuda de un hombre al que empinar el codo le gustaba más que su mujer, y no tenía hijos. Las Latimer no la conocían más allá de ese somero perfil; Lena Corrigan se mostraba orgullosa y amargada.

—Dios te bendiga, Edda, ya estoy al tanto de los inconvenientes —dijo Lena, con la paciencia intacta porque sabía que Edda había protestado de corazón—. Los chiflados me fascinan, supongo que ese es el quid de la cuestión, y ahora que Frank Campbell ya no está, cabe la posibilidad de que el psiquiátrico pase a contar con un buen psiquiatra y se trate como es debido a los enfermos. Ser enfermera de pacientes mentales no será siempre una causa perdida. Sé que ejerce atracción para personas que están más piradas que los propios pacientes, pero eso no es una ley irrefutable. Aunque no pueda hacer nada más, llevaré notas detalladas de todos y cada uno de los casos: algún día esa clase de observaciones se considerarán importantes. —Sus ojos lanzaron un destello rojizo—. Tengo los pies en el suelo, tal como siempre los he tenido; no en vano soy una enfermera que ha tenido que apañárselas para formarse. Y os agradezco la ayuda, sobre todo la de Edda y Tufts. Desde luego se os da bien la enseñanza.

—Enfermera jefe adjunta —dijo Kitty—. Enhorabuena, Lena, y al menos te pagarán bien por fin. —De pronto dio un brinco—. Ay, chicas, prestad atención. Ayer mamá me contó un rumor.

—¿Sobre qué? —preguntó Edda.

—Nuestro nuevo director.

—¡Claro! Papá forma parte de la junta directiva —exclamó Tufts.

—¿Quién? ¿Qué? ¿Dónde? ¿Cuándo? ¿Por qué? ¿Y cómo? —disparó Lena.

—Ya sabía yo que aguzaríais el oído —dijo Kitty, y dejó escapar una risita—. No, no es Jack Thurlow, Edda.

—Vete a paseo, Kits. ¿Quién es?

—Maude dice que tiene un apellido famoso de Corunda, y no es Treadby. Es el doctor Charles Henry Burdum, de treinta y tres años, y hasta que se le ofreció este puesto era director de un amplio sector de la Real Enfermería de Manchester —informó Kitty.

—¡Virgen santísima! —exclamó Edda con un grito ahogado, y frunció el ceño—. Qué tontería, Kitty. «Director de un amplio sector», y un cuerno. Seguro que formaba parte de la media docena de directores adjuntos que se pavoneaban por uno de los hospitales más prestigiosos de Europa. —Lanzó un gorjeo desde el fondo la garganta—. ¡Director de bacinillas y cuñas para orinar!

—Mamá aseguró que tenía «un alto cargo», aunque a saber qué quería decir.

Lena agitó las manos.

—Ay, Edda, calla. Lo que quiero saber es de qué familia Burdum es. ¿De los Burdum de Corunda o algún advenedizo de la madre patria que se apellida igual? Hasta donde sé, el viejo Tom Burdum no tiene herederos salvo por el buen samaritano de Grace, el que sale a cabalgar con ella, Jack Thurlow. —Hizo hincapié en «cabalgar».

Kitty sintió un delicioso estremecimiento de ilusión y se dispuso a relatar el resto de la historia, convencida de que había atrapado a su público.

—Es hijo del viejo Tom, ¿no es increíble? Bueno, toda Corunda sabe que Tom y su hijo Henry tuvieron una pelea de órdago hace sesenta años y que Henry se fue no solo de Corunda sino de lo que entonces era Nueva Gales del Sur: hace sesenta años no existía la Mancomunidad de Australia. Henry se marchó a Inglaterra y no volvió a ponerse en contacto con el viejo Tom. Hace unos veinte años Tom recibió la notificación de que Henry había muerto en un choque de trenes en Escocia: murieron docenas de personas, por lo visto. La carta que recibió el viejo Tom decía que Henry estaba soltero y no dejaba descendencia.

—Sí, y toda Corunda sabe que fue eso lo que amargó al viejo Tom y lo enemistó con el mundo entero, sobre todo después de que Jack Thurlow lo dejase en la estacada —señaló Lena.

—Bueno —dijo Kitty en tono triunfal—, la carta de Escocia andaba errada. Poco después de llegar a Inglaterra, Henry se casó con una viuda acaudalada y el dinero del viejo Tom dejó de hacerle falta. Fundó una compañía de seguros que tuvo éxito mientras la familia de su esposa ganaba dinero a espuertas con negocios textiles. Hace treinta y tres años nació un hijo, Charles. La esposa murió al darle a luz, y Henry perdió el juicio, aunque de una manera inofensiva. Fue la familia de la madre quien quedó a cargo del cuidado del chico, Charles.

—Pero Tom no podía estar equivocado acerca de la muerte de Henry, ¿verdad? Eso es ridículo —dijo Edda.

—Creo que el accidente de tren fue un desbarajuste, y aunque las autoridades identificaron el cadáver de Henry, no encontraron indicios de que tuviera mujer ni hijos. Después de fallecer la esposa y perder su familia el contacto con Henry, nadie sospechó que fuera en aquel tren. El apellido Burdum no salió a relucir mientras el niño fue menor de edad, al menos de un modo significativo. Simplemente, después de un período de espera estipulado, las autoridades dieron por sentado que el viejo Tom de Corunda era su pariente más cercano, y le avisaron. Mientras tanto, el hijo de Henry, Charles, vivió e hizo carrera en Lancashire. Asistió a Eton y Balliol College en Oxford y luego se licenció en Medicina en Guy. —Kitty adoptó una expresión traviesa—. Resulta que mamá ya estaba al tanto de buena parte del asunto: lo descubrió después de indagar sobre el doctor Charles Burdum cuando ese nombre llegó a sus oídos hace un par de años.

—Bobadas —replicó Tufts—. Maude se habría ido de la lengua.

—No; prefirió guardárselo. ¿Sabéis por qué?

—Es muy sencillo —dijo Edda con un gesto de desdén—. Maude decidió que el médico rico sería tu futuro marido, Kits.

—Si dieran un premio al instinto, Edda, te lo llevarías tú —suspiró Kitty—. Estás en lo cierto, sin duda. —Se le iluminó el rostro—. Sea como sea, tenemos tiempo de sobra. Igual los telegramas surcan el éter en cuestión de una hora, pero aún se tarda seis semanas en navegar desde Southampton hasta la costa este de Australia, y antes la junta directiva tiene que ofrecerle el puesto a un sajón, lo que aquí no sentaría nada bien si no llevara el apellido Burdum.

La reacción de Grace fue similar cuando Edda la llamó al día siguiente; por el momento, estaba de turno en el quirófano, que no estaba muy ajetreado, y Grace estaba a un toque de teléfono en la línea compartida con Trelawney, así que podía recibir visitas. Como madre reciente, Grace ansiaba tener compañía: ¿por qué le había tocado en suerte concebir en cuanto Oso se bajaba los pantalones?

La parte de Edda que adoraba a su gemela estaba muy feliz de que el impulsivo matrimonio de Grace hubiera funcionado tan bien; eran la pareja mejor avenida que cabía imaginar, estaban entregados el uno al otro, sufrían cuando estaban separados y se desvivían por sus dos hijos, Brian y John. Brian había nacido el 2 de abril de 1928, y John casi catorce meses después, el 31 de mayo de 1929. Aunque Grace no se las había arreglado para tener gemelos, había tenido los dos hijos en tan poco tiempo que sin duda disfrutarían de un vínculo afectivo especialmente estrecho a medida que fueran creciendo. Desde luego Brian, una criatura de pelo rizado que empezó a caminar y hablar muy pronto, sentía pasión por su hermano pequeño, ahora de dos meses, igual de rubio y atrevido que él. Naturalmente, había quienes vaticinaban que semejante cercanía desembocaría con el tiempo en un odio fraterno de por vida, pero así es la gente.

Corunda había sustituido a la enfermera de distrito Pauline Duncan por un temible dragón, la hermana Monica Herd, que compaginaba las visitas a los inválidos recluidos en la casa del distrito con las visitas a las madres recientes. La hermana Herd, que era nativa de Sídney y disfrutaba conduciendo kilómetros y kilómetros para ver a los enfermos, era justo la persona que le convenía a Grace, tal como lo habían sido las hermanas del pabellón en sus tiempos de enfermera. En otras palabras, la hermana Herd metía el miedo en el cuerpo a Grace, que limpiaba la porquería de los bebés de inmediato y no dejaba que la situación con los pañales se deteriorase, tal como había ocurrido cuando los llevaba Brian. El aliciente que le ofreció la hermana Herd era que su hijo fuera capaz de hacer sus necesidades como era debido a los nueve meses: Grace se empeñó con entusiasmo febril en lograr esa libertad, aterrada de las visitas de la hermana Herd. ¡Ay, qué lengua tenía! Era como un látigo mojado en ácido.

—A Oso le van a subir el sueldo de nuevo —dijo Grace mientras tomaban té y bollos con mermelada y nata—. Qué suerte tengo, de veras. Mis hijos van adelantados a los de cualquiera a esa misma edad, vivo en una casa preciosa y tengo un buen marido que ni prueba el alcohol. Hay que ver cómo beben la mayoría de los maridos... El dinero para la casa se va en orina rebosante de cerveza.

Edda asentía distraída, acostumbrada a su parloteo. Pero nunca adoptaba una actitud insensible con sus sobrinos: ojalá al menos uno de los dos tuviera algo de Edda que fortaleciera tanta dulzura y tanta luz. Oso y Grace estaban bien siempre y cuando las cosas fueran bien, pero ¿cómo se las arreglarían si sobreviniera el desastre? Entonces se estremeció y reconoció que la otra parte de su amor por Grace se alegraba ante la perspectiva de que sufrieran algún revés leve y transitorio. Esa era la parte de Edda que no amaba a su hermana incondicionalmente; la quería, sí, pero con reservas que aumentaban cada vez que volvía a constatar lo incompetente y estúpida que era Grace. Y de lo débil que se mostraba el bobo de Oso con ella.

Incluso en lo tocante a tener hijos, por el amor de Dios. Oso le había dicho, de hombre a hombre («por cierto, ¿qué dice eso de ti, Edda?»), que temía que Grace y él eran de los que hacían un bebé cada vez que... bueno, cada vez que lo hacían.

—Así que no pienso hacerlo hasta que nos podamos permitir otro, y sobre todo hasta que Grace haya descansado como es debido. Eso significa —añadió Oso con absoluta seriedad— abstenerse mientras el pequeño John crezca un poco. Cuando tenga dos años, volveremos al asunto.

—¿Lo has hablado con Grace? —indagó Edda, que se había quedado patidifusa.

—Seguro que la alegrará. Bueno, me quiere y le encanta hacerlo. Pero unos minutos de placer pueden venir seguidos de dos años de limpiar porquería y sufrir quebraderos de cabeza, y, bueno, a Grace no le gusta el caos.

—Buena parte del caos —dijo Edda con aspereza— lo causa ella misma. Pero haz lo que consideres más adecuado, Oso.

Luego había zanjado el asunto sin miramientos, pero aunque Oso y Grace de verdad estuvieran prescindiendo de hacerlo, el caos seguía siendo el mismo. Grace simplemente era incapaz de organizarse.

—¿Qué vas a ser de mayor, Brian? —preguntó Edda al niño, que estaba en sus rodillas.

—Maquinista —respondió con solemnidad, al tiempo que se comía un bollo tostado con mermelada y nata—. Pero de locomotoras grandes.

Ella se echó a reír.

—No sé por qué, pero no me extraña.

—Oso y yo los llevamos a la estación de maniobras cuando está en casa —dijo Grace. Desvió hacia un lado la mirada, gris y astuta—. ¿Y qué hay de Jack y tú? —preguntó.

—¿Qué pasa con nosotros? —respondió Edda, poniéndoselo difícil.

—Bueno, sois pareja, lleváis años siéndolo. Pero por lo visto la relación no avanza. ¿Por qué?

—Yo no quiero que avance, como dices. No quiero tener marido ni hijos.

—¡Vaya, pues deberías! —repuso Grace, contrariada—. ¿No te das cuenta de la situación tan delicada en que me dejas?

Edda siempre tenía una mirada un tanto extraña, pero a veces se tornaba peligrosa y resultaba incómoda, como ocurrió ahora, mientras observaba a su gemela.

—¿Por qué te dejo en una situación delicada, querida? —preguntó en tono meloso.

Grace se estremeció, pero llevaba toda la vida con Edda y eso le permitió mantener el tipo para lanzar la andanada que tenía prevista desde un principio:

—La gente murmura acerca de Jack Thurlow y yo, y eso no me gusta. No ocurre nada entre nosotros porque es amigo tuyo, no mío. Ahora la gente rumorea que me inventé el romance entre tú y Jack para disimular que estoy yo con él. Que tú y Jack sois una mentira mía.

Tras besar la mejilla a Brian, Edda dejó al niño y se puso en pie.

—¡Pues te aguantas! —le espetó—. Si has pensado que voy a casarme con Jack para hacerte la vida más llevadera, te has equivocado de medio a medio. Prueba a cuidar de ti misma, entonces no necesitarás a Jack.

En la confluencia de Trelawney Way y Wallace Street, Edda, furiosa, cruzó la calzada sin mirar, y entonces resonó un frenazo.

—¡Dios santo, Edda, casi te atropello! —exclamó Jack, pálido—. Sube, mujer.

—¿Vas a ver a Grace? —preguntó Edda, impertérrita.

—Sí, pero prefiero verte a ti. ¿Estás ocupada?

—Tengo que estar cerca de un teléfono, así que vamos a mi casa en el hospital. —Rompió a reír—. Cuando me acuerdo de cómo la enfermera jefe nos advirtió que tuviéramos cuidado en nuestra relación con los hombres en el hospital cuando empezamos a prepararnos hace tres años... Ahora que somos hermanas, no puede decir nada.

Llevaban un año siendo amantes, y había sido una buena época para Edda, que había investigado copiosamente antes de enfilar el camino de rosas hacia el pecado. A partir de fuentes polinesias, indias, chinas y demás, había deducido cuál era su período más «seguro» para mantener relaciones sexuales y se había ceñido al mismo de manera inflexible. Por fortuna, su ciclo menstrual funcionaba como un reloj, así que el segmento «seguro» era de verdad seguro. De momento había funcionado, lo que había reafirmado la fe que tenía en su sistema, pero se había jurado que por muy intenso que fuera el deseo físico, nada la llevaría a saltarse el calendario. También se había provisto de una dosis de tartrato de ergotamina a fin de desalojar un feto recién concebido en caso necesario, y eso era todo lo que podía hacer.

—Estoy muy contenta —dijo, a la vez que ponía el hervidor en el fuego.

Él le ofreció una sonrisa radiante.

—¿Por qué, exactamente?

—¿Por qué crees tú que tomamos tanto té cargado?

—Por costumbre. Es una droga permitida por la ley.

—Cuánta razón tienes.

—¿Cómo es que estás tan contenta, Edda?

—Nos las hemos arreglado para que la ciudad entera esté convencida de que te acuestas con Grace.

—¡Joder! —Se irguió en la silla, con gesto de pronto furioso—. Tendría que haberlo supuesto. ¿Grace? Grace es un deber, no un placer.

Después de preparar el té, Edda tomó asiento.

—Lo que nunca he llegado a entender —dijo mientras lo servía— es por qué Grace pasó a ser un deber tuyo. No estás emparentado con ella.

—Es imposible explicárselo a alguien tan eficiente y bien organizado como tú, Edda —respondió él, sin saber cómo expresarlo mejor—. Grace es una de esas personas que no se las apañan...

—Vaya, a quién se lo dices —lo interrumpió Edda en tono amargo—. Sin embargo, antes de empezar a prepararse como enfermera, cuando vivíamos en la rectoría, Grace era una chica organizada. Siempre sabía lo que quería y cómo conseguirlo: hasta nuestro padre se daba cuenta, y desbarató los planes de Maude en más de una ocasión. Bajo toda esa confusa irreflexión hay una Grace capaz de organización y método. Lo que ocurre es que consigue lo que quiere siendo irreflexiva, así que la antigua eficiencia que mostraba en la rectoría ha quedado enterrada. ¿A qué profundidad? Eso no lo sé. Pero sí sé que está ahí, Jack. Créeme, sigue ahí. —Se encogió de hombros—. Grace te ha engatusado para que creas que estás en deuda con ella, pero lo cierto es que no le debes nada. Trabajas para ella y nunca te paga. En otras palabras, le haces caridad. En cuyo caso, más te vale poner manos a la obra, amigo mío.

—Sí, es un deber de caridad —dijo, asintiendo—. Eso encaja. Pero no puedo permitir que la ciudad piense así de ella.

—Tengo una respuesta parcial.

—No serías Edda si no la tuvieras. A ver, dime.

—Tenemos que ser menos furtivos en lo que respecta a nuestra relación, eso es lo principal. Si se sabe que te acuestas conmigo, la ciudad tendrá que replantearse sus teorías acerca de Grace y tú. Sí, ya sé que es escandaloso que durmamos juntos, pero por ningún otro motivo que el acto en sí. Los dos estamos solteros y somos libres de amar.

—Es lo que yo llamo un «escándalo sin tacha»: con virtud más que suficiente en sí mismo —dijo Jack con mirada risueña—, pero fácilmente contaminado si se expone al ardor de la atención humana.

—A veces sospecho que obtuviste muy buenas calificaciones en el colegio, Jack. Voy a tener que dejar tu nombre y tu número en la centralita del hospital.

Jack no pudo contener la risa.

—¡Eso sí que daría que hablar!

Jack sería un amante ideal, se había dicho Edda a los diecisiete años, aunque fue hacia finales de 1928 cuando averiguó lo que aquello suponía en realidad, y entonces solo contaba con sus propios gustos como baremo. Daba igual que no tuviera con quien comparar: Jack sabía satisfacerla.

Había ocurrido de súbito, inesperadamente, a la luz resplandeciente del día junto al río: cualquiera que hubiera pasado por allí podría haberlos visto. Pero no había pasado nadie, y eso estableció las pautas de su buena fortuna al florecer su antigua relación hasta alcanzar la perfección.

Sencillamente estaban sentados uno junto al otro en la hierba, con los caballos atados a un árbol, cuando él se inclinó y la besó con una levedad tentativa que ella le devolvió con ardor en cuanto recuperó el aliento. El beso se tornó más intenso; la recorrió un deseo desconocido que la llevó a quitarle la camisa tan aprisa como se despojaba ella de la blusa. Sin protestas ni pretextos, sin fingimientos ni vacilaciones. El roce del cuerpo desnudo de Jack contra su propia piel le pareció a Edda la sensación más gloriosa imaginable, algo inaprensible para el ciego tanteo de un cerebro ignorante. Le recordó a verse azotada por aquella serpiente; era lo bastante educada para saber que la metáfora del hombre/serpiente era muy popular en los círculos psiquiátricos. Pero eso no mermó ni un ápice la colosal sacudida de placer que la invadió, ni la sensación que le provocaron aquellos músculos.

Y la suerte le había sonreído: no se quedó embarazada, porque el acto había acaecido durante el período «seguro». Tras aquellos primeros coitos frenéticos que se habían dado casi sin pausa, Jack se quedó tan agotado que Edda, más estimulada que fatigada, aprovechó para explicarle su sistema anticonceptivo, totalmente desarrollado, aunque no había tenido ocasión de ponerlo en práctica hasta entonces. Su energía y su lógica lo desconcertaron, pero prestó oídos y, puesto que él tampoco quería hijos, accedió sin reparo a ceñir su actividad sexual a los períodos de seguridad. De hecho, le había sorprendido ver que ella fuera virgen; hacía una imitación perfecta de una mujer de mundo con experiencia, y tenía veintitrés años. ¡Qué mentirosilla! Pero al menos se había preparado para ese día, lo que hacía de ella una virgen muy poco común.

Ahora, naturalmente, Jack conocía a Edda lo bastante bien para obedecer órdenes; si Grace era partidaria de que su aventura trascendiese, pues que así fuera. Las peores repercusiones recaerían sobre Edda, que sin duda sabía lo que estaba desencadenando. La reputación de Jack solo se vería reafirmada. Así pues, Jack accedió de buen grado a dejar que Corunda se enterase de a cuál de las Latimer estaba conociendo en el sentido bíblico.

Edda le dio la noticia a Grace en persona en su siguiente visita, y, presa del dolor porque se sentía herida, le habló con una franqueza extrema.

No había estado segura de qué reacción esperaba, aunque suponía que Grace estaría encantada, y que su hermana la quería lo suficiente para alegrarse de que ella también tuviera compañía masculina.

Lo que vio Edda fue cómo Grace se quedaba rígida y asomaba a su carita fruncida una expresión de furia candente. ¿A qué venía ese gesto? ¿Acaso había encogido la persona que llevaba dentro? ¿Y por qué le relucían los ojos?

—¡Eres... eres una serpiente al acecho entre la hierba!

Edda, confusa, se echó atrás.

—¿Cómo dices?

—¡Zorra! ¡Traidora! ¡Bruja egoísta! —gritó Grace, fuera de sí—. ¿Por qué tenías que robarme a Jack, habiendo tantos hombres? ¿Es qué no tienes suficientes para elegir en Corunda?

Edda procuró contener el genio.

—La última vez que te vi, te quejaste de que la ciudad creía que Jack era tu amante, y me pediste que intentara ponerle solución. He accedido a tu petición. Ahora Corunda sabe con qué mujer está liado Jack Thurlow en realidad, y no eres tú.

—¡Zorra! ¡Me lo has arrebatado!

—¡Y un cuerno, so boba! —replicó Edda, que empezaba a perder los nervios—. Jack me pertenecía a mí desde siempre, no a ti. Te lo presenté yo, ¿recuerdas? ¿Cómo iba a arrebatarte lo que nunca fue tuyo? Tú tienes un marido, y además un marido muy bueno, ¿para qué iba a hacerte falta compartir también a mi amante?

—¡Zorra! ¡Ladrona! ¡Jack es mi amigo! ¡Mi amigo! Mi marido lo aprueba, y si lo aprueba él, ¿qué le importa a nadie más? Deja a Jack en paz. Eres una... ¡una víbora!

El pequeño Brian estaba allí mismo, rodeando con los brazos a su hermanito, y columpiaba la mirada entre su madre y su querida tía, desconcertado, con los ojos azul claro arrasados en lágrimas que no acababan de caer. Ni Grace ni Edda repararon en él.

—Ya veo —dijo Edda, poniéndose un par de guantes rojos de cabritilla. Estaba especialmente atractiva con uno de sus modelos más nuevos, con el talle marcado y más largo, del mismo rojo. No lucía sombrero, sino que había optado por exhibir su cabello moreno, inmaculadamente ondulado a la nueva moda, con las puntas rizadas. El atuendo le había sentado a Grace como un mazazo, la había hecho sentir trasnochada, provinciana, un ama de casa madre de dos hijos y atrapada en la monotonía.

Edda llevaba un bolso de mano de cuero negro con un gran lazo rojo de cabritilla en la parte anterior; se lo metió bajo el brazo y giró sobre uno de sus elegantes tacones de cuero negro.

—Es una conversación ridícula, Grace, y voy a ponerle fin ahora mismo. Tu problema, hermana, es que te miman y consienten dos hombres, uno de los cuales no es tuyo por derecho legal. Si no te fueran detrás, estarías mucho mejor.

Grace abrió la boca, rompió a llorar y dejó escapar un aullido; Brian la imitó con un sonido similar. Edda fue hacia la puerta a largas zancadas.

—Otra cosa —dijo al tiempo que la abría—. Escoge a tu público. Con tanta lagrimita lo único que consigues es que me entren ganas de cruzarte la cara.

Salió por la puerta y desapareció.

En la cancela se echó a temblar, pero había tantas cortinas medio descorridas que prefirió no imitar a Grace. Con la barbilla en alto, enfiló la calle como si fuera propiedad suya, y solo entonces cayó en la cuenta de que no le había hablado a Grace del doctor Charles Burdum, quien, según se rumoreaba en Corunda, iba a ocuparse de dirigir el hospital.

Solo Tufts fue capaz de capear esas semanas de confusión e incertidumbre entre la muerte del doctor Campbell y el nombramiento del nuevo director general, pues estaba flotando en una inesperada neblina opalescente de felicidad. En apariencia, su nuevo puesto de hermana tutora no era muy exigente, porque solo tendría ocho enfermeras en prácticas a su cargo, pero también vio que podía preparar debidamente a las chicas del West End que quedaban; seguro que al menos algunas recompensarían su esfuerzo. Era una maravilla que la enfermera jefe le hubiera dado vía libre para poner en práctica sus ideas, pues aún había áreas en las que una hermana tutora podía hacer grandes cambios. Nadie podía trabajar durante tres años en Corunda Base sin darse cuenta de la indiferencia del personal doméstico y culinario hacia los objetivos propios de un hospital. Tufts también quería cambiar eso, hacer entender a las limpiadoras de los pabellones lo que eran los gérmenes y dónde acechaban, lograr que los cocineros y el personal de cocina se enorgullecieran de servir comidas su-

culentas que les granjearan los elogios de quienes las proba-
sen. El personal doméstico y el culinario estaban a cargo de
una enfermera jefe adjunta en edad de jubilarse, Anne Harding, una de esas reliquias de una época pasada que las instituciones suelen albergar en rincones oscuros y polvorientos.
Bueno, tenía que cambiar todo. Se había acabado lo de alimentar a todos por cuatro chavos. Pero ¿cómo se las apañaría
para impulsar la limpieza y la cocina hacia el siglo XX?

Su corazón albergaba una secreta calidez gracias a que
volvía a tener el trato de antaño con Liam Finucan, que había
sobrellevado los dieciséis meses que duraron los trámites de
su divorcio con la mayor discreción posible, y al finalizar el
juicio se había visto legalmente separado de su esposa infiel
y sin obligación alguna de abonarle ninguna pensión. El que
a pesar del dictamen judicial le pasara a Eris una modesta
asignación no era síntoma de debilidad sino de compasión;
no soportaba la idea de que la persona con quien había com-
partido su vida durante quince años dejara atrás la relación
sin otra perspectiva que estar a expensas de sus sucesivos
amantes.

—Me alegra que le des algo —aseguró Tufts mientras
trasteaba en el despacho del patólogo—. Ay, Liam, tienes
todo hecho un desastre. Antes no eras tan desordenado.

—Echaba en falta a mi ayudante jefe, aunque nunca lo fue
oficialmente. Habría estrangulado a Gertie Newdigate —dijo,
mirándola.

Tufts dejó escapar una risita.

—Gertie. Qué poco le va ese nombre.

—Lo sé, pero probablemente la amargó ya desde muy
joven.

—¿Qué tal va el laboratorio?

—Viento en popa. Después de que te fueras puse manos a
la obra y formé a Billy para que se convirtiera en mejor técni-

co de lo que era. Ahora tengo otro ayudante, Allen, que está mejor preparado y cualificado.

—Así que lo único que tengo que hacer yo es ordenar el despacho.

—Sí. —Sus ojos gris oscuro destellaron—. Eso te lo he dejado a ti.

—Qué amable. ¡Bueno, venga, hombre, échale brío! Tienes que ordenar alfabéticamente estos informes y luego revisarlos, decidir si están bien etiquetados y archivarlos.

—Te has vuelto más mandona, Heather.

—Heather no, Tufts. Y como ahora soy una hermana, claro que me he vuelto más mandona. Tú y yo tenemos que establecer programas de formación, pero no podremos hacerlo hasta que el despacho esté ordenado.

Tufts llegó a la conclusión de que Liam no había cambiado en absoluto. El desbarajuste fue dejando paso a una formidable organización nueva, mucho más profunda que las anteriores. Necesaria, ya que los dos podrían localizar sin temor a equivocarse un expediente, un libro o un documento concreto. El carpintero del hospital, que tenía mucho tiempo libre, de pronto se vio más ocupado que en los últimos años; Tufts le encargó que hiciera archivos adecuados para todos los registros que llevaba Liam. Como el trabajo le gustaba y el doctor Finucan le caía bien, el carpintero desplegó las alas de un ebanista de gran talento, y proveyó el despacho de hermosos archivos color caoba pálido.

—Cuando haya terminado con tu despacho, lucirá mejor que el del mismísimo director —dijo Tufts, entusiasmada—. La idea me gusta, así que vas a tener que apoquinar para poner una alfombra persa en el suelo y algún grabado de prestigio en las paredes. Voy a enviar tus libros a un buen encuadernador que los deje bien elegantes con cubiertas de cuero y letras doradas.

A medida que iba emitiendo sus directivas, él asentía en silencio y luego la obedecía; la hermana tutora causaba ese efecto.

El trato que dispensaba a Liam en público tuvo curiosas consecuencias. Pese al hiato de dieciséis meses debido al divorcio que restringió gravemente su relación personal, Liam y Tufts habían sido buenos amigos y colegas durante tanto tiempo que todo el personal de Corunda Base sabía que no había nada turbio entre ellos. «El experimento» era un buen ejemplo. Tufts había encontrado a otros dos miembros del personal a los que el flequillo les caía sobre los ojos y les impedía ver bien, y le había comprado a cada uno un cepillo Mason Pearson. Luego, todas las mañanas, ella tomaba al asalto el mechón rebelde, atacando el cuero cabelludo y los folículos tan despiadadamente que, a medida que los días dieron paso a las semanas y estas a los meses, el pelo empezó a crecerles en la dirección contraria. El mechón de cada uno se medía el primer día del mes con un calibrador y las mediciones se anotaban en un diario, junto con fotografías. Para el invierno de 1929, el experimento había tenido éxito: aquel mechón de pelo ya no cegaba a los hombres. Los otros dos conejillos de Indias recibieron la bendición de la hermana tutora y volvieron a sus ocupaciones, pero no ocurrió lo mismo con Liam. Tufts disfrutaba tanto con el proyecto que reservaba los problemas o las cuestiones más complicadas para el rato en que le cepillaba el pelo. La gente lo veía como parte intrínseca de una amistad muy especial, totalmente platónica.

Curiosamente, el único nombre que no salía a relucir en los cotilleos era el de Tufts Scobie. Teniendo en cuenta que era pasmosamente guapa, su imagen de diosa Diana sorprendía a la gente nada más conocerla, pero con el tiempo se acostumbraban.

El hombre que mejor conocía la naturaleza de Tufts era Liam Finucan, que la amaba con toda su alma, y nunca la veía como Tufts. Quizá fuera haber superado los cuarenta lo que otorgaba a Liam la sabiduría suficiente para no declarar su amor, o quizá tenía que ver únicamente con la sensibilidad del alma; fuera cual fuese la causa, la amaba en ese silencio absoluto que no se traiciona ni siquiera con una mirada de soslayo o un minúsculo gesto delator. Liam y Heather eran amigos íntimos a más no poder.

Los meses de invierno de 1929 el hospital se vio en la situación más apurada que nadie alcanzaba a recordar, pues la junta directiva estaba sumida en una guerra de telegramas con Manchester y el doctor Charles Burdum. Por el momento, no se contemplaba la llegada de un nuevo director.

Las hermanas auxiliares —incluso Tufts, con una oferta de trabajo en firme— estaban en el limbo, expresión utilizada por Edda porque era un lugar bueno y bendito, pero carecía de dios; el director era el dios del hospital.

Planeaba una incertidumbre perpetua sobre su futuro: ¿sería el nuevo director otro Frank, o todo lo contrario? Edda empezó a pensar que acabaría yéndose a algún lugar desconocido, sobre todo después de la desgarradora pelea que había tenido con Grace, que se comportaba como una desconocida a ojos de Edda; de hecho, Grace no quería ni verla. «Ay, qué horror que mi hermana gemela me maldiga y me considere una furcia. ¡Es inadmisible! Se ha convertido en una verdulera que sería capaz de quemarme por bruja.»

El director Campbell había sido un chupatintas conservador cuya única incursión en la preparación de enfermeras, las Latimer, le había sido impuesta; las repercusiones, como que las mujeres del West End empezaran a formarse y titularse al nuevo estilo, le habían supuesto un quebradero de cabeza. Lo que imaginaba era que el presupuesto para el sueldo de las enfermeras aumentaría considerablemente en años venideros. Sí, como enfermeras en prácticas se les pagaba una miseria, pero había que ofrecerles alojamiento, alimentación, enseñanza y supervisión, y cuando por fin se licenciaban salían mucho más caras que las chicas del West End a la antigua usanza. Casi lo último que pensó antes de morir fue que las ocho enfermeras a punto de empezar las prácticas eran todas del West End: ya no contaba con ayuda barata de enfermería. ¿Cómo se atrevían las del West End a hacer algo semejante? No eran más que unas zorras inútiles. Así habría seguido dale que te pego, de no ser porque cayó muerto.

El doctor Campbell llevaba en el puesto de director del hospital desde mucho antes de la Gran Guerra, y muchas técnicas y tratamientos nuevos le habían pasado inadvertidos; no había adoptado ninguna medida salvo por imposición de sus dos cirujanos jefes, tres médicos de mayor antigüedad, su anestesista y el tocólogo Ned Mason, ese perenne fastidio. Era necesario el nombramiento de un radiólogo para dirigir adecuadamente el departamento de rayos X, y de un psiquiatra. Por lo que concernía al doctor Frank Campbell, la principal función del hospital consistía en mantener los costes al mínimo y no incurrir en nuevos gastos en nombre del progreso médico. ¡Bah! Un hospital era un lugar donde se iba a morir. Si no te morías, eras afortunado. El tratamiento no hacía sino demorar la muerte.

Para agravar los temores de las nuevas hermanas auxiliares, la enfermera jefe y sus dos ayudantes pasaron el resto de ese invierno de 1929, hasta septiembre, poniendo en orden informes y argumentos a fin de impresionar al nuevo director; vería que el departamento de enfermería era un grupo de profesionales disciplinadas y capaces de ahorrarle mucho tiempo y esfuerzo en todos los aspectos. El secretario del hospital, Walter Paulet, estaba encerrado de una manera muy similar en su departamento de contabilidad; se rumoreaba que se mesaba el poco pelo que le quedaba porque el papeleo de Frank Campbell era un caos absoluto. De algún modo, cuando se reducían a cifras en negro sobre blanco, las maquinaciones del doctor Campbell para alimentar a todos por cuatro chavos resultaban... bueno, atroces.

Pero, como por fortuna ocurre con la mayoría de las instituciones, el Hospital de Corunda Base seguía funcionando gracias a los médicos, las enfermeras, el personal de limpieza, los cocineros y el personal auxiliar, de modo que los pacientes vivían (o morían) relativamente ajenos al drama que acontecía a nivel ejecutivo. De hecho, raro era el paciente que estaba al tanto de que había ejecutivos en un hospital.

Al recibir la noticia de que disponía de tres días libres, Kitty Latimer hizo el equipaje, se despidió de sus hermanas y partió hacia Sídney. Allí tomó una habitación en el Club Campestre Femenino y se abandonó a un frenesí de ir de compras, ver películas y asistir a todas las obras de teatro y exposiciones que ofrecía la ciudad. El cine sonoro acababa de irrumpir y no estaba segura de que le gustara. Ahora que las bocas pronunciaban palabras en vez de remedar frases dramáticas que tenían eco en elegantes intertítulos, los actores parecían muy teatrales, artificiales, incluso demasiado graciosos, y, además, ¿de verdad era necesario que los hombres lucieran un maquillaje tan femenino? Para que sobreviviera el cine sonoro, pensaba Kitty, tendría que cambiar toda la técnica empleada en hacer las películas.

Sea como fuere, al cabo de los tres días se instaló en un compartimento de primera clase en el tren diurno a Melbourne, pues todos los expresos se detenían en Corunda para desenganchar la segunda locomotora; en un expreso directo el viaje tardaba tres horas que le encantaban, sobre todo porque solía arreglárselas para quedarse con todo un compartimento de seis pasajeros para ella sola.

Pero, por desgracia, ahora no iba a ser así. Tras acomodarse en su asiento de ventanilla y bajar las cortinas del pasillo para dar a entender que el compartimento iba lleno, Kitty se quitó los zapatos rosas de cabritilla, que le estaban haciendo rozadura en los talones, y abrió la novela romántica que estaba leyendo sin concentrarse del todo, dejando así una parte de la mente libre para vagar por reinos más alejados de la conciencia. Lo último que le hacía falta a una enfermera era un libro que abordara realidades sombrías. Kitty, eso sí, aventajaba a la mayoría porque entendía que su autora preferida de novelas románticas, en la vida real, sin duda lo sabía todo acerca de la realidad sombría.

Se entreabrió la puerta corredera del pasillo, asomó una cabeza y luego la puerta se abrió del todo para franquear la entrada a un hombre.

—Ah, qué bien —dijo, y se dirigió al otro asiento de ventanilla.

Kitty levantó la cabeza.

—Este compartimento es para no fumadores —advirtió en tono gélido.

—Sé leer —respondió él, a la vez que señalaba el cartel, y luego se quedó mirándola con actitud abiertamente grosera—. ¡Marion Davies! —exclamó.

—Váyase al cuerno, memo presuntuoso —le espetó Kitty—. Si insiste en entrar, no se atreva a sentarse delante de mí. Siéntese en el lado del pasillo, guárdese sus comentarios y permítame un poco de privacidad. O llamaré al revisor.

Él se encogió de hombros, dejó el maletín en la rejilla superior y se sentó donde le había indicado, pero de cara a ella.

Como no tenía ventanilla, se quedó mirando el antimacasar que protegía los asientos de terciopelo con el anagrama de los Ferrocarriles de Nueva Gales del Sur.

Kitty volvió a centrarse en el libro. Debajo de su gélida compostura, estaba que se subía por las paredes. ¿Cómo se atrevía ese? Un tipo menudo y atildado que no debía de medir más de metro sesenta, con un traje azul marino de raya diplomática con chaleco y todo, y reloj de oro con cadena; un suntuoso anillo de rubí en cabujón adornaba su mano izquierda, llevaba otro rubí en lo que parecía una corbata a la antigua usanza y también lucía un rubí en cada uno de los gemelos. Se fijó con un cosquilleo de malicia en que el hombre calzaba zapatos hechos a medida con alzas: estaba claro que era muy consciente de su pequeña estatura. «Apuesto a que se pavonea como un gallo —pensó, percibiéndolo todo con su visión periférica, aguda a más no poder, un don heredado de sus tres años como enfermera preparada para ver casi detrás de las esquinas—. Tiene complejo de Napoleón, o así lo denominan los alienistas, y anda que no le encanta pavonearse a ese señorito afectado.»

Tenía el pelo tupido, áspero y rizado, de un auténtico dorado mate, también presente en cejas y pestañas. No obstante, Kitty aún no le veía el color de los ojos, más allá de que eran de un tono más bien leonado. Tenía la piel tirando a oscura y bronceada, iba bien afeitado y Kitty no pudo por menos de reconocer que su rostro era sorprendente, aunque no porque la impresionara o atrajese. Sencillamente, ni siquiera el propio rostro parecía saber si era feo o atractivo, y cambiaba ante su mirada. Una de sus facetas tenía los rasgos de una estrella de cine, tan hermoso como los figurantes de algunas películas que eclipsaban al protagonista. De haber sido más alto y haber tenido ese mismo rostro, quizás hubiera sido rey, o presidente o líder de una secta religiosa. Tal como era en realidad, su segunda faceta desmentía que tuviera dotes de sobra para desenvolverse en el mundo. Esa cara era propia de una gárgola o quizá de un sátiro castrado; fea y retorcida, tenía el poder de transformar los rasgos de estrella de cine en un siniestro y agreste mapa.

«Sea quien sea este hombre, me da miedo», pensó Kitty, cuyo libro no podía competir con un personaje de carne y hueso tan próximo. A juzgar por los rubíes, el oro y la ropa a medida, debía de ser rico: se apearía en Corunda, porque esos eran rubíes de sangre de pichón de Corunda, los más codiciados y caros del mundo. Y con ese aire de que lo hubieran sumergido en un crisol de oro, seguro que era de la familia Burdum.

Por fin cayó en la cuenta, y entonces le costó mantener los ojos en el libro y respirar con normalidad. A menos que se equivocara mucho, aquel hombrecillo era el doctor Charles Henry Burdum, director hasta hace poco de la Real Enfermería de Manchester, que iba a Corunda para ocupar su puesto en el hospital. Pero si podía haber ido a los hospitales de Bart, a Middlesex o Guy, ¿qué lo traía a un lugar de poca monta y que encima le era desconocido? «Es sajón, no australiano, y nunca he visto un hombre tan poco apto para la vida en Australia. Todo un gallito...»

Tras la breve conversación inicial, las tres horas transcurrieron sin que cruzaran una sola palabra. Como tenía por costumbre, Sid el revisor apareció cinco minutos antes de llegar a la estación, cogió la maleta de Kitty y la llevó por el pasillo hasta la puerta del vagón, donde aguardó, charlando con la joven, a la que conocía de muchos viajes en tren. El pulcro forastero se vio obligado a llevar su propia maleta y permanecer detrás de ellos mientras las dos grandes locomotoras entraban en la estación bramando estruendosamente. Edda, que había ido a recibirla, estaba hablando con el viejo Tom Burdum.

—¿Dónde te has comprado ese vestido? —le preguntó Edda tras el reencuentro, sin fijarse en aquel hombre mientras Tom Burdum se alejaba de ella cojeando.

—En Mark Foy's. Encontré uno precioso para ti, viborilla. —Kitty la cogió del brazo y echó a andar—. Vuélvete y echa un vistazo al tipo al que esperaba el viejo Tom.

—¡Dios santo! ¡Parece el pequeño lord Fauntleroy!

—No estoy segura, pero apostaría a que es el doctor Charles Burdum, el nuevo director.

—Corunda no ha sido informado de que se haya nombrado uno aún.

—Entonces igual ha venido a inspeccionar el hospital, para así tener ocasión de rehusar. —Kitty dio un saltito—. Hemos venido en el mismo compartimento y le he cantado las cuarenta.

—¡Ay! ¿Se ha metido contigo, Kits?

—No, pero me ha llamado Marion Davies.

—Eso es peor. Seguro que le has soltado una respuesta bien salada, o algo peor.

—Más salada que el mar Muerto. Conservada en salmuera. Le he dicho que se fuera al cuerno. Hemos hecho el resto del trayecto en un silencio gélido.

Edda se había vuelto y miraba con descaro al recién llegado.

—Bueno, es un Burdum, y más engreído que el mismísimo Lucifer. ¡Vaya cara! Parece el dios Jano.

—Sí, pobre hombre.

—¿Lo compadeces? —preguntó Edda con incredulidad.

—Claro. Fíjate en los zapatos hechos a medida, querida. Lleva alzas de cinco centímetros. Tiene un complejo de Napoleón como la copa de un pino. Posee todos los dones, menos la estatura exigible a todo hombre.

—Ya veo a qué te refieres. —Edda se animó—. Aun así, si decide aceptar el puesto, probablemente se acomodará después de que haya pasado lo peor. ¿O sea que no sabe que eres enfermera?

—No tiene la menor idea.

—¡Ya verás qué risa cuando lo averigüe!

Si Charles Burdum causó estupefacción a Kitty, eso no fue nada comparado con el efecto que obró en el viejo Tom Burdum, que llevaba noventa años aguardando la llegada de un heredero fiable. Había ido a la estación esperando encontrarse a alguien semejante a Jack Thurlow; en cambio, se encontró a un enano arrogante con traje de Savile Row y camisa de Turnbull & Asser. ¡Y con una corbata de Balliol, nada menos! Aunque eso solo lo descubrió porque se lo preguntó, esperándose una respuesta en son de broma. Pero no la obtuvo de aquel individuo que rezumaba arrogancia, caminaba como si llevara un atizador metido en el culo (según le dijo Tom a Jack luego) y estaba ofendido porque el revisor del tren no le había llevado el equipaje.

—En Australia los revisores no hacen eso —dijo Tom, sin saber de qué otro modo desilusionarlo—. En Australia no te atiende nadie.

—Pues se ha dado prisa en ayudar a esa señorita —repuso Charles Burdum, con un acento sincopado y no tan sonoro como el viejo esperaba.

—¿Quién, Kitty Latimer? Habría que estar muerto para no querer llevarle el equipaje a Kitty.

—Me ha mandado al cuerno, lo que no es propio de una dama.

—Bah. Seguro que te lo merecías, Charlie.

—No me llame Charlie, me llamo Charles.

—Si te quedas en Corunda, serás Charlie. O Chikker.

—¿Cómo?

—En esta parte del mundo no nos damos aires, nieto. Te lo digo porque alguien tiene que hacerlo, y prefiero ser yo a que lo haga, por ejemplo, tu primo Jack Thurlow. Es mi otro heredero, solo que no quiere cumplir como tal. El título de figura principal de Corunda lo heredarás tú, si te comportas como es debido —dijo el viejo Tom, y le indicó al mozo que cargara las tres maletas en la trasera de su Daimler—. ¿Tienes más equipaje en el furgón? ¿Sí? Entonces dale los comprobantes a Merv y él se encargará de recogerlo y entregártelo.

Aguardó mientras Charles buscaba los recibos del equipaje y se los daba al mozo, junto con un billete de cinco libras que lo dejó encantado.

—¡Bah! —rezongó el viejo—. Eso ha sido una tontería, Charlie. No hay que dar propina a un hombre que cobra un sueldo. Le pago a Merv lo suficiente para que no le hagan falta propinas. Ahora has conseguido que no le satisfaga un sueldo justo, y todo porque allí de donde vienes no tendría un sueldo como es debido y dependería de las propinas para ganarse la vida. Esa es la primera lección.

Se acomodaron en el Daimler Tonneau, que llevaba la capota bajada.

—Como Hannah, mi mujer, también tiene noventa y tantos años, no vas a quedarte en nuestra propiedad, Burdumbo. Te alojarás en el Grand Hotel de Ferguson Street, a tiro de piedra del hospital y también de George Street, que no es mal lugar para ir de compras: hasta hay unos grandes almacenes. Aunque ándate con ojo. Si de veras quieres comer como es debido, ve al Olimpo o al Partenón. Los dueños de ambos son griegos y la comida es excelente: sirven unos filetes soberbios.

El viejo siguió perorando mientras el cochazo, zarandeado por un fuerte viento, cruzaba un paisaje que guardaba parecido con una desaliñada Inglaterra rural: no había pulcros complejos de corrales sino cobertizos destartalados, no había

199

muretes de piedra sino alambradas de feos postes, y las colinas no estaban coronadas por bosquecillos sino por rocas de granito. No era el semidesierto abrasador que había imaginado, pero tampoco era Europa, ni siquiera Grecia o Mallorca.

La gente lo miraba, aunque no con admiración. Unos sonreían con descaro, pero la mayoría se mostraba sencillamente interesada, como si estuvieran en presencia de una cebra o una jirafa. Su aguda inteligencia le indicó que era sobre todo por su manera de vestir. Pocos hombres de allí llevaban traje de tres piezas; los suyos se veían andrajosos y pasados de moda. La mayoría, incluido el viejo Tom, lucía pantalones de piel de topo, camisa y chaqueta de *tweed*, botas de montar de caña elástica y sombrero de fieltro de ala ancha y copa baja. Mientras que muchas mujeres llevaban prendas anticuadas de principios de los años veinte, otras, según comprobó con extrañeza, se paseaban con ropa de montar de hombre, incluidos el sombrero de ala ancha y las botas de caña elástica, ¡y a nadie le parecían peculiares! ¿Dónde estaban las mujeres como la arrebatadora chica del tren y la que estaba esperándola en el andén? Iban ataviadas a la última moda. De momento no había visto ninguna otra mujer como ellas. Bueno, no las había imaginado, existían en alguna parte de esa condenada ciudad.

Le estaban enseñando todo, y ahora llegaron a los edificios públicos de Victoria Street, que corría en paralelo a George Street una manzana más allá. El ayuntamiento, los servicios municipales, el hospital, la iglesia anglicana de St. Mark y la rectoría... ¿Es que no se iba a acabar nunca?

Entonces por fin apareció su hotel, uno de esos horrendos establecimientos Bournemouth o Bognor construidos para la clase media baja que ahorraba todo el año a fin de disfrutar de una semana de vacaciones a orillas del mar. El Grand tenía columnas rojas pintadas por manos más bien inexpertas, un elegante empapelado rojo, suelos de madera que resonaban en techos inmensamente altos, un comedor donde intuyó que todas las sopas sabían a patata y todas las carnes a gallina vieja. ¡Dios bendito! ¡Dieciséis mil kilómetros para eso!

Bueno, él sabía por qué, pero el viejo Tom no, ni lo averiguaría. Naturalmente, no tenía idea de que en Corunda hubiese personas del calibre de Maude, con lo que pensaba que las sonrisas torcidas que le dirigía todo el mundo tenían que ver con sus prendas confeccionadas a mano y el aspecto de dandi que le conferían. De haber sabido que toda Corunda estaba al corriente de la historia de Sybil, la hija del duque, antes de su llegada, habría puesto pies en polvorosa.

Hacia finales de agosto de 1929, cuando finalmente llegó a Corunda, Charles Burdum estaba aún tan afectado que creía que no podía sobrevenirle nada más doloroso. Aunque se mostraba risueño y tenía un aire alegre, no era más que una manera de disimular su alma herida. Sus antiguas ambiciones se habían ido al traste; lo único que había rescatado eran las posesiones materiales.

Su amor por Sybil había sido auténtico, igual que el que sentía ella por él. A ninguno de los dos se le había pasado por la cabeza que el duque pudiera pensar que Charles Burdum no era lo bastante bueno para casarse con su hija, pero cuando Charles pidió su mano en matrimonio, resultó ser así. Sybil tendría un marido con antepasados dignos de un duque cuyo título se remontaba ocho generaciones; el dinero y la inteligencia no eran suficientes, sobre todo en un hombre de estatura tan escasa. Una vez concluido el encuentro con el duque, Charles cobró conciencia de una manera horrenda de que de todos los oprobios que le había causado, el que tenía que ver con su estatura era el que más rabia le daba. Como es natural, conocía la identidad del marido que había recibido la aprobación ducal —que medía más de uno ochenta y cinco—, y culpaba del fracaso a su baja estatura. Con los investigadores genealógicos adecuados, cualquiera podía demostrar que descendía de Guillermo el Conquistador y Haroldo II de Inglaterra.

Con la imagen que tenía de sí mismo destrozada y la autoestima tan vapuleada que era incapaz de soportar todas esas caras que lo miraban con sorna, Charles se refugió en las enfermedades que padecía Manchester. Al no funcionar eso, cogió el toro por los cuernos y dedicó tiempo en la City de Londres gestionando su fortuna, y luego se marchó de Inglaterra. No daba la talla, ¿eh? Bueno, pues había otro lugar donde podía causar sensación; desde luego era un estanque más pequeño, pero él sería una rana más grande, lo que resultaba muy atrayente a un hombre tan pequeño. Primer ministro: eso sí que era un premio al que merecía la pena aspirar, aunque solo fuera un cargo colonial. Canadá no le había atraído; no hablaba ni palabra de francés y allí hacía mucho frío. Sin embargo, en Nueva Gales del Sur tenía tierras, riqueza mineral, familia. ¡Llegaría a primer ministro de Australia en un periquete!

Arriba en su habitación del hotel, una caverna lúgubre en tonos ocres, beige y un horrible amarillo mostaza, se preparó un baño y se puso el albornoz. Como era de esperar, no había servicio de habitaciones, pero le bastó con tener unas palabras con el gerente de turno para que le subieran una cafetera llena de un café execrable y una bandeja de sándwiches de jamón. La comida era sorprendentemente buena; el pan era casero y el jamón jugoso y curado con azúcar. Comió con apetito mientras pensaba y maquinaba, dando vueltas a lo que había observado en Corunda y a los comentarios del viejo Tom.

A partir de ahora, nada de trajes de Savile Row ni accesorios con rubíes; en cambio, llevaría camisas suaves con cuello y puños. Matizaría su acento inglés, cosa fácil para alguien con talento natural para las imitaciones como Charles; buscaría una voz que no chirriara a oídos absurdamente hipersensibles como los de los australianos. Esa misma tarde iría de tiendas y se compraría el atuendo más adecuado, y mañana se pasearía manteniendo el anonimato por la ciudad para investigar. Si quería que sus planes tuvieran éxito, tendría que saber muchas cosas sobre Corunda, su importancia dentro del marco australiano, su trascendencia a sus propios ojos y lo que esperaban sus habitantes de los hombres que los dirigían, tanto pública como políticamente.

Había imaginado que esta inmensa excolonia de Australia no sería muy distinta de Inglaterra; descubrir enormes diferencias le estaba suponiendo una serie de golpes que no tenían visos de ir a menos. Era un lugar muy distinto que había evolucionado por caminos extraños. La gente consideraba que Corunda era «muy inglesa», pero para Charles, tan inglés, era fea, destartalada, ordinaria y vulgar. ¿Cómo iba a sobrevivir aquí si aceptaba el puesto de director?

Para cuando Tom y Hannah lo recogieron para ir a cenar al Partenón —¡un café griego!— ya había tomado unas decisiones preliminares, la primera de las cuales fue no ir de etiqueta. A esas alturas se estaba preguntando si alguna vez se celebraban cenas de etiqueta en Corunda, y empezaba a dudarlo. Sea como fuere, el café griego compensó más que de sobra las limitaciones del menú sirviendo a Tom y su grupo un magnífico vino blanco y un tinto mejor incluso. Eran vinos australianos, pero de calidad internacional.

—Pide filete con patatas, es lo que come todo el mundo —le aconsejó Hannah.

—Me temo que no tengo por costumbre comer filete —respondió Charles, adoptando un tono encantador—. En Inglaterra se considera poco refinado. Sea como sea, abuela, allí donde fueres, haz lo que vieres: procuraré acostumbrarme. Sospecho que en Inglaterra no es muy popular debido a su precio astronómico.

—Entonces pide chuletas de cordero, son de aquí —señaló Tom.

Así que Charles optó por las chuletas, que habrían sido deliciosas de no ser porque estaban demasiado hechas. Se fijó en que los filetes que Tom y Hannah comían con placer también estaban demasiado hechos. «Poco hecho» no figuraba en el menú.

Una carne soberbia hecha hasta la saciedad y patatas fritas como acompañamiento de todo. Nada de salsas que tardaban tres días en prepararse, ni siquiera, hubiera apostado, en los mejores restaurantes de Sídney. Cualquier cosa frita o a la parrilla, pero ni rastro de auténtica *haute cuisine*...

—Hábleme de esa chica tan arrebatadoramente guapa del tren —dijo, tras rehusar el postre, que consistía en una copa de helado o un *banana split*. Comprobó que el café se podía beber si lo pedía al estilo griego, macerado con los granos en un pucherito de cobre. ¿Cómo se podía conseguir café decente? Pero en la cena con los Burdum vio que en Corunda nadie tomaba café; tomaban un té tan fuerte que parecía negro, y por lo visto, en el Partenón lo preparaban tal como le gustaba a la gente de allí. «Ahora estoy atrapado en mitad de un océano de té negro como el carbón, una sustancia que detesto.»

—Kitty Latimer —contestó el viejo Tom con aire pensativo—. Las Latimer son cuatro chicas, hijas de nuestro ministro de la Iglesia anglicana, Tom Latimer. Corunda, curiosamente, está llena de Toms. Allá en Bardoo hay sobre todo Daves, mientras que por la parte de Doobar son Bills. Corbi está llena hasta los topes de Bobs. No me explico por qué.

—¿Kitty? —lo instó Charles, con tacto.

—Ah, sí, Kitty. El rector se casó dos veces. Su primera mujer murió al dar a luz gemelas, Edda y Grace. Era Edda la que salió a recibir a Kitty a la estación: una chica alta y con buena figura. Después se casó con Maude Scobie, que era el ama de llaves de la rectoría. —Se le escapó una risita áspera—. Cuando murió Adelaide, Maude se casó enseguida con Tom Latimer. Luego tuvo otras dos gemelas, Heather y Kitty. Qué curioso, ¿verdad? Solo se lio la manta a la cabeza dos veces, pero tiene cuatro hijas preciosas que no se llevan ni dos años de diferencia.

—¿Es una familia rica?

—Pues no, aunque Kitty tiene más dinero que las otras tres, gracias a las intrigas de Maude con un testamento.

—Parece un tanto injusto —aventuró Charles, en tono despreocupado.

—Desde luego. Maude adora a Kitty, pero no se preocupa por las otras como debería una madre. No soy malicioso. Eso lo sabe todo el mundo desde el West End hasta Catholic Hill.

—Las otras tres deben de detestar a Kitty.

—¡Qué va! —exclamó Hannah, y se echó a reír—. Seguro que nunca has visto a cuatro hermanas que se desvivan tanto unas por otras como las Latimer. No alcanzo a imaginar por qué, pero Kitty parece ser la más querida y protegida. Adoran a Kitty, sin reservas.

Había llegado el momento de congraciarse un poco.

—Abuelo, tenga la seguridad de que no le llegará ninguna factura del Grand, pese a que les dio instrucciones de que le pasen mis gastos. Soy lo bastante rico para costearlos, y ya les he dicho en el Grand que los carguen a mi cuenta. —Hizo una pausa y lanzó al viejo una mirada penetrante con ojos que eran una mezcla turbia de gris, verde y castaño dorado—. Lo que sí podría hacer por mí es recomendarme un banco. Tengo una carta de crédito de mi banco de Londres, pero si llegara a aceptar el puesto de director, tendré que transferir más fondos y establecer una sólida reputación económica aquí. Por cierto, los bancos de este país son lo bastante modernos para transferir fondos por telegrama, incluso sumas muy elevadas, ¿no es así?

—Mañana por la tarde iremos a ver a Less Kimball del Rural Bank —dijo Tom en tono afable—. Más vale que ingreses tus fondos en el Rural: eso hacen todos los Burdum, o al menos lo hacían. Se trata de un establecimiento moderno, el banco del gobierno de Nueva Gales del Sur. ¿Es eso lo que quieres?

—Sí, gracias.

—Tenía la impresión de que mi hijo Henry había seguido siendo un caso perdido tras su marcha de Nueva Gales del Sur —comentó el viejo Tom, a la vez que empezaba su tercera taza de té.

Charles se encogió de hombros.

—Pues por lo visto no, abuelo. Fundó una compañía de seguros, pasó a ser uno de los aseguradores de Lloyd's y accedió por vía matrimonial a la plutocracia de Lancashire. Como hijo único, yo heredé una fortuna cuando murió, pero, como usted probablemente sabe, para entonces se había convertido en lo que los ingleses llaman un excéntrico. Renegó de su riqueza y su familia y prefirió vivir como un vagabundo.

—Y tu madre también falleció, según he deducido.

—Al nacer yo —dijo Charles, en un tono que dio a entender que no quería hablar de ella. Para quitarle hierro, esbozó una sonrisa irresistible y preguntó—: ¿Quién podría ofrecerme referencias fiables del Hospital de Corunda Base? Me refiero a alguien que conozca ese lugar del derecho y el revés, que tenga un alto cargo pero no aspire a ser director y no le dé miedo meterse con los médicos a la hora de dar opiniones.

—Liam Finucan —contestó la vieja Hannah al instante.

Tom asintió.

—Sí, es el más indicado. Es posible que yo esté a punto de cumplir los noventa y seis años y lo de formar parte de la junta directiva del hospital me quede ya muy lejos, pero te aseguro que Liam es el único médico con antigüedad en situación de ayudarte, y lo hará. Forma parte de la plantilla; es un patólogo sin consulta privada. Y además es un protestante del Ulster licenciado en Londres, demasiado bueno para Corunda, que solo cuenta con sus servicios porque se casó con una chica de aquí. Era una pelandusca y ahora están divorciados, pero él es un soltero por naturaleza. Puedo concertarte una cita con él mañana. —Frunció el ceño—. ¿Puedes permitirte tener coche?

—He encargado que me envíen un Packard de Sídney. Debería llegar mañana a primera hora.

—¿Un coche americano en vez de inglés?

—Me he fijado en que su coche es alemán. —Su rostro, una curiosa mezcla de belleza y fealdad, adoptó una mueca pícara—. Lo he comprado por el color: granate, en lugar del inevitable negro.

—Yo pensaba que todos los coches tenían que ser negros —comentó la vieja Hannah, estupefacta.

—La culpa de eso la tiene Henry Ford. —Charles apuró el clarete de Hunter Valley y sofocó un bostezo por cortesía. Era hora de acostarse.

Cuando Charles se reunió con el doctor Finucan la tarde del día siguiente, Kitty lo hubiera tenido difícil para identificarlo como el mismo hombre, de no ser por su estatura. Llevaba pantalones de piel de topo de esos que podían hacer las veces de pantalones de montar, camisa blanca de cuello blando con corbata de Balliol, chaqueta de *tweed*, botas de caña elástica (con alzas en los tacones, qué astuto) y un sombrero de fieltro de ala ancha. No había perdido su tendencia al pavoneo, pero procuraba disimularla; los toscos colonos no se molestaban en ocultar lo ridícula que les parecía cualquier clase de afectación, sobre todo en los hombres, y eran tan rigurosos como despiadados. El concepto de masculinidad, según estaba comprobando, estaba forjado en acero templado.

Al doctor Finucan, que llevaba dieciocho años en Corunda, le pareció que el doctor Charles Burdum parecía un Burdum sin el desgaste provocado por el alambre de púas y el jabón Solvol, un tipo delicado, como solían serlo los ingleses de clase alta. Y llevaba un anillo con un rubí en el índice izquierdo, un gesto de vanidad muy extraño y afeminado en esta parte del mundo. Tenía los ojos del color del uniforme británico durante la Gran Guerra, un caqui cobrizo más herrumbroso que verde, y resultaba tan mal parecido como atractivo. Sea como fuere, a Liam le cayó curiosamente en gracia, y no tenía ningún interés personal en el cargo vacante de director, así que no albergaba prejuicio alguno.

—Para plantearme aceptar el puesto —dijo Charles, en el salón del Grand Hotel, mientras tomaba unas copas con Liam—, necesito que me ofrezca un informe imparcial alguien que esté al tanto de todos los entresijos. Mis abuelos dicen que eres el más indicado, así que aquí estoy. ¿Qué alicientes crees que tiene el trabajo que me ofrecen?

—La ruina en que se ha convertido el hospital —respondió Liam sin vacilar—. Frank Campbell era un escocés avaro que racaneaba y hacía recortes en todos los aspectos. Lo que ha permitido seguir adelante al hospital durante los veinticinco años que fue director es la calidad de la medicina y la enfermería, mantenida pese a todo. El problema estribaba en que la junta directiva estaba encantada con la excesiva frugalidad del viejo Frank. ¡Qué horror! Se alegraban de que alimentase a los pacientes y al personal con un presupuesto mísero y obligara a las enfermeras a zurcir la ropa de cama mientras estaban de guardia. En mi caso, como patólogo, suponía una escasez crónica de reactivos, productos químicos, objetos de cristal, tinturas, equipamientos... vamos, de todo. Me ha sido más sencillo adquirir equipo de mayor calado recurriendo a donantes bien dispuestos a costear un afilador automático de cuchillas para microtomo o un buen microscopio. No, donde más se ha resentido el hospital ha sido en los suministros básicos, desde el papel higiénico hasta las escobillas y las bombillas con potencia suficiente. ¿Sabes que se abriga a los bebés con papel de periódico? ¡El antimonio es tóxico! Y todo para ahorrar ropa de cama, por no hablar de los gastos de lavandería. Y, mientras tanto, los miembros de la junta directiva se dedicaban a jalear a Frank. ¿Sabandijas? ¡Yo diría que son más bien cucarachas!

—¿Están al tanto de los detalles horrendos, o solo de las cifras?

—Solo de las cifras, claro. El reverendo Latimer se espantaría si conociera los detalles. Pero podría haberlos averiguado.

—Si eso supone un esfuerzo adicional, Liam, la gente no se toma la molestia.

—La comida es horrible, asquerosa de veras, y, sin embargo, en Bardoo hay una granja hospital y clínica de reposo que debería producir leche, nata, huevos, carne de cerdo y verduras de temporada. Frank convirtió la clínica de reposo en una pensión, y los alimentos que deberían haber surtido las cocinas del hospital los vendían a comercios y proveedores locales. Qué asco. ¡Qué desvergüenza! —La voz, con un suave acento modificado por la larga estancia en Australia, no se alzó sino que se tornó más acerada—. Te aseguro, Charlie, que ese tipo tendría que arder en un infierno peor que el del mismísimo Lucifer. Se dedicaba a lucrarse con la enfermedad y la muerte.

—¡Por Dios! —exclamó Charles, que no tenía idea de qué expresión utilizaría un australiano—. ¿También hay dinero del gobierno estatal?

—Sí, claro, pero apostaría a que se ahorró más del que se llegó a gastar. Frank era un genio a la hora de manipular la contabilidad, aunque nunca se quedaba nada para él. Docenas de personas han dejado grandes sumas en su testamento al hospital, un centro al que la gente destina su dinero como obra de caridad. Pero no se ha gastado nunca nada a menos que fuera en un artículo específico.

—¡Qué maravilla! —exclamó Charles—. Había imaginado que tendría que vérmelas durante años con la administración pública para obtener fondos con los que hacer de Corunda Base un lugar tan moderno como la Clínica Mayo, pero ahora me dices que hay dinero contante y sonante en el banco, ¿no es así? ¿Cuánto? ¿Seis cifras?

—Siete —respondió Liam con vehemencia—. Hay cuatro millones de libras repartidos entre las sucursales de varios grandes bancos australianos en Corunda. Por eso era tan odiado Frank Campbell: estaba a cargo de una fortuna que se negaba a gastar.

Charles se quedó boquiabierto.

—¿Cuatro millones? ¡Imposible!

—No si lo piensas bien —repuso Liam, rotundo—. Fíjate en el legado de los rubíes Treadby. El yacimiento se agotó en 1923, pero los fondos del legado empezaron a llegar en 1898: todos los años, las primeras cien mil libras se transferían a Corunda Base. Nunca se gastó ni un solo penique, incluido el miserable interés que pagan los bancos. Todo ello de resultas de una sonada trifulca entre Walter Treadby y sus hijos. Walter cambió su testamento y murió dos días después. El efecto de su tendencia a la apoplejía fue que durante veinticinco años los rubíes Treadby le cayeron como llovidos del cielo a Frank Campbell, que no se los merecía. De haber vivido Walter un par de días más, hubiera eliminado esa estipulación del testamento.

La risa se hizo un hueco en su charla; Charles estalló en carcajadas.

—No hay que subestimar la tendencia a la apoplejía, desde luego. Háblame de la junta directiva del hospital.

—La junta directiva es tan mala como lo era Frank. Bueno, son las criaturas de Frank, los escogió a dedo para que obedecieran sus dictados, y eso hacían. Por ejemplo, las enfermeras se reclutaban entre las familias pobres: chicas sin educación ni esperanza de titularse, enfermeras espléndidas a las que no se les pagaba prácticamente nada. Los terrenos no están sujetos a impuestos ni rentas, el suministro eléctrico se negoció a fin de obtenerlo casi gratis y el gas es baratísimo.

—No me extraña que la junta nunca se le opusiera —comentó Charles—. Ese hombre era una especie de genio. —De pronto adoptó una expresión astuta—. No te interesaría el puesto de subdirector, ¿verdad?

—¡No, gracias! Te ayudaré de buena gana en todo cuanto pueda, pero no ambiciono nada que no sea tener el mejor departamento de patología del estado, desde el equipamiento analítico hasta el alcance de sus funciones e instalaciones. También me gustaría contar con un radiólogo en un departamento de radiología independiente, alguien que forme parte de la plantilla, mejor que un facultativo privado. Yo he tenido que hacer las veces de radiólogo pese a que no tenía tiempo ni talento para ello: soy capaz de apreciar un hueso roto, pero no fracturas finas. Me horrorizan. Erich Herzen es mejor, pero tampoco está bien preparado. Nos hace falta un radiólogo capaz de utilizar técnicas más complejas, y necesitamos un técnico de rayos X.

—Creo que los rayos X son un asunto delicado, Liam, pero te doy mi palabra de que, cuando la situación se tranquilice, radiología será un departamento independiente de patología —dijo Charles con una sonrisa—. Tampoco se me escapa que ese hospital cuenta con un patólogo excelente. Ahora cuéntame eso de las enfermeras baratas.

Ese encuentro y otros parecidos permitieron a Charles Burdum hacerse una idea de la situación del Hospital de Corunda Base que la mayoría de los implicados en la selección del nuevo director no esperaba ni sospechaba. Charles se ganó la reputación de ser asombrosamente astuto, y también se ganó el puesto. El día después de que se le informase de manera oficial de su éxito, empezó a trabajar; el nuevo director no estaba dispuesto a perder el tiempo.

Entre su llegada en el expreso diurno de Melbourne y la publicación de la noticia de su nombramiento en el *Corunda Post* habían transcurrido tres semanas. Durante ese tiempo, el viejo Tom Burdum regaló a su nieto la Casa Burdum, la mansión que Henry Burdum, el fundador de la familia, había construido en lo alto de Catholic Hill, el mejor distrito residencial de Corunda. Charles contrató personal doméstico, desde doncellas a jardineros, retiró las fundas que cubrían los muebles y luego aprobó los planos de un jardín de cuatro hectáreas al estilo del arquitecto británico Inigo Jones. El Packard granate había llegado junto con dos utilitarios para utilizar cuando el vehículo grande resultara muy ostentoso; y un transportista de Sídney trajo nada menos que diez baúles enormes llenos a rebosar de pertenencias suyas de Inglaterra, de las que por lo visto Charles no podía prescindir. Según dijo a sus abuelos, sus diez mil libros habían sido empaquetados y guardados en un almacén de Londres, pero no harían las seis semanas de travesía por mar hasta que transformase una de las habitaciones más grandes de la Casa Burdum en una buena biblioteca.

—Reconozco —le dijo el viejo Tom al reverendo Latimer— que mi nieto Charlie es un pez demasiado gordo para hincarle el diente con comodidad. Me he aferrado a la vida hasta esta edad con la esperanza de alcanzar a ver a mi nieto sajón, que no tenía prisa por aparecer. Lo que esperaba era que fuese más adecuado que Jack Thurlow. Bueno, pues lo es, pero ¿tiene que ser también tan sajón?

—Tom, es que es sajón —señaló el rector— y no tiene idea de lo que eso significa. Tienen que llegar aquí para entender su propio carácter sajón. Pero yo no he perdido la esperanza con él. Ese carácter sajón no lo tiene tan alelado como a la mayoría de los sajones. De hecho, creo que cuando se le diga que no trate con superioridad sajona a los colonos, sabrá controlarse.

—Es muy perspicaz por su parte, rector. —El viejo Tom se retrepó en la silla con una taza de té humeante al lado y un pastelillo de crema de los que preparaba Maude en el plato: qué delicia—. Al principio no pensé que me caería bien, pero resultó de trato fácil. Mi nieto Charlie no es ningún gandul. Jack posee el aspecto y el comportamiento adecuados para Corunda, y, sin embargo, ahora empiezo a creer que Charlie podría ser el más indicado a la larga. —El rostro arrugado e increíblemente viejo mostró una amplia sonrisa—. Ese carácter sajón suyo significa que alberga nociones estúpidas que habrá que quitarle a fuerza de collejas, pero no tiene la férrea convicción de que es mejor que los colonos sencillamente por ser sajón. De hecho, sus antecedentes y su educación atestiguan que se comportaría igual con los propios sajones que con nosotros los colonos.

—Se está liando, Tom, pero entiendo a qué se refiere. Eton, Balliol y Guy lo impulsaron a primera línea de la sociedad, incluso de la sociedad sajona. Después de todo, posee dinero suficiente para ser un playboy como el príncipe de Gales: fiestas en Mayfair, carreras de caballos en Ascot, sol en la Costa Azul, esquí en Kitzbühel, etcétera. Aun así, se licenció en Medicina y no ha pasado un día ocioso desde su época de Balliol. Creo que su nieto Charles tiene una vena altruista en su naturaleza. Curiosamente, igual que su otro nieto, Jack, aunque de una manera distinta. —Una feroz mueca ceñuda le nubló el rostro al rector—. Si algo tienen en común es su reticencia a ir a misa.

El viejo Tom se echó a reír a carcajadas.

—Jack es una causa perdida, rector, como bien sabe. Sea como fuere, seguro que cuando pase la novedad de su llegada a Corunda, Charles honrará con su presencia el banco de los Burdum en St. Mark. Si asistiera a misa ahora, provocaría algo parecido a una revuelta: la ciudad entera se muere por verlo de cerca, y ¿qué mejor sitio para acorralar al pobre muchacho que el banco de los Burdum en la iglesia? Pregúnteselo si no a sus cuatro hijas.

A lo que el reverendo Latimer no supo qué responder.

Como es natural, todos y cada uno de los miembros del Hospital de Corunda Base tenían curiosidad por conocer al nuevo director, que no había arrugado siquiera la larga bata blanca almidonada ni calentado el asiento de cuero de su despacho antes de entrar en acción: enfilaba las rampas de aquí para allá, entraba en los pabellones con la mano en alto para indicar que hicieran caso omiso de su presencia, se inmiscuía en las áreas y los privilegios sacrosantos de la enfermera jefe, exigía que el secretario, Walter Paulet, le enseñara los libros de contabilidad, las libretas de depósitos y las carteras de propiedades e incluso llegaba al extremo de probar las repugnantes comidas de los pacientes.

—Ese no pierde el tiempo —comentó Tufts a Kitty y Edda, mientras tomaban unos sándwiches de beicon en su casita.

—Mantiene conversaciones íntimas con tu médico preferido, Liam Finucan —dijo Edda, mientras masticaba con apetito—. Mmm, no hay nada tan rico como unas lonchas de beicon crujiente en pan blanco recién hecho.

—No tengo empacho en reconocer que Liam es mi médico preferido —repuso Tufts—, pero desde que el gallito de Kitty está al mando del gallinero, apenas veo a Liam. Como tú dices, Edda, mantiene conversaciones íntimas constantemente con el nuevo «dire».

—Me pregunto cuándo piensa el maravilloso jefazo nuevo decidir qué hacer con sus cuatro hermanas recién tituladas —dijo Kitty, regodeándose con la distinción que le confería haberle dicho al gran hombre que se fuera al cuerno y la dejara en paz. ¡También le había dicho que era un idiota presuntuoso! Desde que había relatado la historia a varias amigas enfermeras así como a sus hermanas, estaba en boca de todos, aunque hasta el momento Kitty no había tenido oportunidad de encontrarse con él uniformada de enfermera. De hecho, su modo de entrometerse en los asuntos del hospital sin presentarse ni una sola vez a sus subordinados se consideraba poco ortodoxa y grosera, aunque había que tener en cuenta que él era sajón y ellos, meros colonos.

Estaba hablando Tufts; Kitty emergió de los pensamientos en que estaba sumida.

—Supongo que nosotras, las hermanas auxiliares, no estamos muy arriba en su escala de prioridades —dijo Tufts, chupándose los dedos—. Liam dice que es un planificador de primera e intenta dar un carácter nuevo a Corunda Base, razón por la que se le ve hurgando en rincones olvidados. De hecho, según Liam, ese hombre es una fuerza de la naturaleza con una capacidad inusual para el distanciamiento analítico y la construcción lógica.

—Ya sabía yo que un sándwich de beicon te iba a soltar la lengua más que una jeringuilla de suero de la verdad —dijo

Kitty en tono engreído—. ¿Así que el gallito está contando todas y cada una de las plumas del gallinero?

Edda sonrió.

—La enfermera jefe debe de estar furiosa.

—Qué va, conquistó a la enfermera jefe durante su primera charla de cinco minutos —aseguró Tufts, disfrutando de su posición de oráculo más incluso que del almuerzo—. Por lo visto son del mismo parecer en lo que respecta a las enfermeras y su trabajo, y también en asuntos domésticos y culinarios.

—He oído rumores de que en la clínica de reposo están saltando chispas —dijo Kitty.

—Queridas hermanas —replicó Tufts—, están saltando chispas en tantas direcciones que el hospital está que arde. —Reveló por fin la información que se guardaba—: Tenemos que ver al mismísimo doctor Burdum mañana a las ocho de la mañana. Lena también.

—¡Por fin vamos a abandonar el limbo! —exclamó Edda.

—Sí, pero ¿subiremos al cielo o acabaremos en el infierno? —se planteó Kitty, torciendo el gesto—. Burdum me da mala espina.

—Bueno, a ti no va a serte fácil: ¿cómo te vas a reconciliar con él después de haberlo mandado al cuerno?

Asomó a sus ojos un súbito destello.

—Bueno, el miserable gusano se lo buscó. Si vuelve a ofenderme, haré algo peor que mandarlo al cuerno.

Las cuatro nuevas hermanas, con cofia pero también con delantal, se presentaron bien almidonadas en la antesala del despacho de Charles Burdum un minuto antes de las ocho de la mañana siguiente; estaban inquietas, pero no asustadas. Lena Corrigan era la que menos nerviosa estaba, pero nadie la envidiaba. Presentarse como voluntaria, sobre todo siendo enfermera titulada, para cuidar de pacientes mentales era tan extraordinario que no había muchas probabilidades de que un director de hospital con dos dedos de frente rechazase su ofrecimiento. Los tiempos de Frank Campbell habían quedado atrás; el doctor Burdum, incluso llevando tan poco tiempo en su puesto, estaba demostrando ser un jefe sensato y prudente.

Cynthia Norman, que había sido secretaria auxiliar con responsabilidades que no iban mucho más allá de las de una mecanógrafa y ahora era la secretaria escogida personalmente por Burdum, hizo pasar a las cuatro a la vez. El nuevo director no se puso en pie para saludarlas ni las invitó a sentarse; tres se quedaron ante la mesa (a la que, reparó Edda, le habían acortado las patas) y la cuarta le dio la espalda para echar un vistazo a los títulos de sus numerosos tomos de medicina. Si no pareció una insolencia fue debido a que el despacho estaba lleno.

Sentado, parecía bastante alto, cosa habitual entre los hombres pequeños, pues suelen tener el tronco de tamaño normal, a diferencia de las piernas. «Los hombres bajos son desproporcionados —pensó Edda. Y, maliciosa, se alegró de llevar zapatos con tacones de cinco centímetros. Tacones gruesos de zapatos de trabajo más bien toscos, pero aun así tacones—. Ahora bien, ¿por qué me provoca esa actitud? —se preguntó—. No es porque sea sajón, no. Más bien porque muestra esa puñetera seguridad en sí mismo.»

—Gracias por ser tan puntuales, hermanas —dijo desde la silla—, y disculpen que no las invite a sentarse. No van a estar aquí mucho rato. —Una sonrisa encantadora transformó su cara de gárgola en la de una estrella de cine—. Tres de las cuatro enfermeras en prácticas llegaron a titularse, y una enfermera excepcionalmente buena que llevaba años trabajan-

217

do aquí ha accedido a su titulación gracias a su antigüedad, y ya iba siendo hora. —Mostró una sonrisa radiante—. No hace falta que me digan sus nombres. Los leeré de mi lista. ¿Hermana Lena Corrigan?

—Soy yo —dijo Lena—. La antigua.

—Pues parece muy joven para eso. Aquí dice que quiere trabajar en el pabellón psiquiátrico, ¿es así?

—Sí, señor.

—¡Excelente, excelente! —exclamó, como si de veras lo fuese—. Tiene usted veinte años de enfermería a sus espaldas, hermana, un notable bagaje para situarse al frente y poner en orden el departamento en la medida de lo posible, preparándolo para la llegada del nuevo psiquiatra que tengo intención de nombrar. No se puede hacer gran cosa por los epilépticos crónicos, las demencias congénitas y demás, pero creo que en años venideros aprenderemos a tratar adecuadamente trastornos como la manía y la depresión. Usted será la enfermera jefe adjunta de mayor rango, pero su cargo será el de enfermera jefe. Las obras para llevar a cabo los cambios necesarios en el psiquiátrico darán comienzo de inmediato, y el psiquiatra llegará en Año Nuevo. ¿Le parece satisfactorio, enfermera jefe Corrigan?

—Estoy encantada, señor. Gracias, muchas gracias.

—Entonces, la veré esta tarde a las dos para charlar de nuevo.

Lena salió del despacho con el semblante radiante.

—¿Hermana Edda Latimer?

—Sí, señor.

A ella no le ofreció su faceta de estrella de cine. La gárgola continuó mirándola con desdén, mostrándole la lengua bífida.

—Veo que tiene preferencia por el trabajo en el quirófano, pero ya sabe que ahora mismo no hay ninguna vacante —dijo, y pareció lamentarlo.

—Sí, señor.

—No llevo tiempo suficiente para haberme hecho una idea cabal de las virtudes del hospital ni de sus defectos más evidentes, así que no puedo decirle con seguridad si se abrirá otro quirófano, solo que de momento todo parece indicar que con uno hay suficiente. Teniendo en cuenta que Sídney está a solo tres horas de aquí, probablemente pueden llevarse a cabo allí las operaciones más complejas, cuando no se trate de emergencias. —Ella vio cómo sus ojos cambiaban del dorado intenso al caqui mate; la gárgola escondió la lengua y adoptó una mueca irónica—. Puedo ofrecerle trabajo, hermana Latimer, pero no el quirófano. En el turno de seis a dos en el segundo pabellón de hombres hace falta otra hermana, igual que en el mismo turno en Maternidad. ¿Tiene alguna preferencia?

—Gracias, señor, prefiero Hombres Dos —respondió Edda, que dio media vuelta con presteza y se marchó.

—¿Hermana Heather Scobie?

—Sí, señor.

—En esencia —dijo, en tono más bien informal— ya está usted colocada como hermana tutora, y viene haciendo un trabajo estupendo en el departamento culinario y en el doméstico. Lo que tengo planeado es dejar permanentemente el departamento doméstico al cuidado de una enfermera jefe suplente que también se responsabilice de las ayudantes de enfermería y los celadores. Sea como sea, las limpiadoras, los celadores y las auxiliares de enfermería se verán obligados a partir de ahora a asistir a cursillos de higiene y limpieza básica, se les enseñará también cómo hacer su trabajo y una vez al año asistirán a otro curso. La hermana tutora estará a cargo de toda su instrucción.

—Es una idea magnífica —dijo Tufts, radiante.

—El departamento de cocina es harina de otro costal —continuó Burdum—, aunque hay elementos en común.

Ellos también necesitarán hacer cursillos sobre higiene, por ejemplo. Como todo el mundo sabe a estas alturas, alimentar a la gente va a costar algo más de cuatro chavos al día, pero por encima de todo está el problema de cocinar comida decente. La enfermera jefe y yo tenemos intención de que el departamento culinario cuente con una enfermera jefe adjunta que no tenga ninguna otra responsabilidad, pero ¿por dónde debería empezar?

—Debería cortar por lo sano, señor —dijo Tufts—. La enfermera jefe Newdigate es una mujer de ciudad que no reconocería a un cocinero de esquiladores aunque se diera de bruces con él, pero el doctor Campbell siempre contrataba cocineros de esquiladores en Corunda Base. Los esquiladores, señor, hacen jornadas larguísimas de trabajo sumamente duro y son capaces de comerse cualquier cosa. Los enfermos, en cambio, tienen problemas para digerir muchos alimentos. —Se encogió de hombros—. Use la imaginación, señor. Despida a esos cocineros y contrate otros.

—Eso haré, desde luego. Ni que decir tiene, hermana Scobie, que usted es la hermana tutora y está a cargo de toda la docencia en el hospital.

—Gracias, señor —dijo Tufts, que le sonrió y se fue.

Tres en el bote y quedaba una, que seguía examinando sus libros.

—¿Hermana Katherine Treadby?

Se volvió haciendo casi una pirueta, privando al rostro del médico de su capacidad para ser gárgola o estrella de cine; como por efecto de un planchazo, había perdido cualquier expresión que no fuera la de asombro.

—¡Usted! —dijo con tono ahogado.

—Eso depende de quién sea «usted», señor. En cualquier caso, estoy casi segura de que ese «usted» se corresponde con la hermana Katherine Treadby.

220

—Pero usted es Kitty Latimer, la hija del rector.

—Sí, también —repuso ella, disfrutando de lo lindo—. Mi apellido legal es Latimer, pero como las cuatro enfermeras que empezamos las prácticas aquí en abril de 1926 éramos hermanas con el mismo apellido, a tres de nosotras nos pusieron apellidos distintos. Edda mantuvo el de Latimer. Grace, que se fue para casarse, pasó a ser Faulding. Tufts, bueno, quiero decir Heather, adoptó el de Scobie, y yo, la menor por unos minutos, pasé a ser Treadby.

Él se puso en pie y rodeó la mesa, sonriéndole de una manera que la dejó sin aliento, pues la sonrisa le llegó desde sus ojos, de un extraordinario tono caqui herrumbroso que, sospechó Kitty, podría disolverse y cambiar del mismo modo que mudaba el color de piel un camaleón. Él había experimentado una profunda conmoción de resultas del encuentro inesperado con esa mujer que lo había obsesionado, en sueños y despierto, desde que subiera a aquel tren semanas atrás; hasta el último vestigio de sentido común de Charles Burdum quedó eliminado. No fue capaz más que de tender la mano y sonreír como un memo, perdidamente enamorado.

—Entonces, hermana Treadby, si se llama usted así —dijo, y se acercó a ella más de lo apropiado—, solo hay un puesto que pueda ofrecerle: el de esposa mía. Desde que me desairó en el tren, no he pensado en nadie ni en nada más. Bueno, fíjese en nosotros —continuó, moviendo la mano en el aire como si lo esculpiese—. Usted tiene la talla adecuada para mí, divina criatura, y no volveré a hacer mención de Marion Davies, lo juro sobre la tumba de la reina Ginebra. ¡La adoro! ¡Venero la tierra que pisa! ¡Soy su esclavo, su prisionero del amor!

Paralizada, Kitty lo escuchó sin dar crédito hasta que terminó, momento en que él también se quedó aparentemente paralizado, aunque por emociones muy distintas. Ella frunció los labios trémulos; se esforzó por mantener la compostura, pero sin éxito: era la expresión que tenía, que le recordó al actor Francis X. Bushman intentando transmitir una pasión inmarcesible en silencio, a la espera de que apareciera el intertítulo en la pantalla y dijera al público las palabras que el doctor Burdum estaba pronunciando en la realidad.

Estalló en un repique de jocosas carcajadas.

—Venga, hombre, no me tome el pelo. No había oído tantas sandeces en toda mi vida: no me diga que las sajonas se creen esas bobadas. Es tan almibarado que me dan ganas de vomitar.

La mortificación tiñó la cara del doctor de un carmesí tirando a púrpura; durante unos tensos segundos se quedó impotente en el sentido literal, sin saber qué hacer. Hubiera podido citar de carrerilla los nombres de una docena de mujeres que se habían derretido y accedido a sus ruegos al dedicarles palabras semejantes, pues las decía de corazón. Y hasta le había propuesto matrimonio. Pero esta joven se mofaba de él por ser... ¿por ser qué? Era una mujer, y a las mujeres les encantaba que uno fuera pródigo en elogios.

Reculó, pero no de modo inteligente; rebuscó una risa en su interior y la profirió, al tiempo que cogía una silla con aire despreocupado.

—Siéntese, hermana —dijo—. Después de frenarme tan fieramente, es lo menos que puede hacer.

—Bien —accedió ella, y se sentó.

—Así pues, ¿qué le ha parecido objetable de mi declaración? —preguntó, apoyando el trasero en el borde de la mesa, que, como observó ella, ahora era más baja. «Ay, pobrecillo. Me parece que las colonias no te están sentando muy bien.»

—Esta pregunta es un buen ejemplo, tan pulcra y correcta gramaticalmente. Al oído australiano suena afectada, falsa. Como esa declaración de amor tan poética. Me ha parecido desternillante.

—Qué bárbara —masculló.

—Probablemente sea una descripción adecuada. Australia debe de haberle supuesto una sacudida.

—Entonces, ¿cómo se habla de amor en Corunda?

—Es posible que Noé se hubiera puesto en plan lírico en los tiempos del arca, pero en Corunda no se estila desde entonces. Podría probar suerte con una chica de Toorak, el barrio más exclusivo de Melbourne, igual ella muerde su anzuelo romántico, pero pocas mujeres australianas lo harían. Desde luego no de buenas a primeras, caballero. ¿En una entrevista de personal? Eso lo deja a la altura de un auténtico necio. Ninguna mujer sobre la faz de la Tierra ignora que todos los hombres se consideran superiores en todos los sentidos, y así, cuando un hombre le suelta frases empalagosas y almibaradas a una mujer, su sinceridad es circunstancial. Si se le da lo que quiere, vuelve a ser el de antes —dijo Kitty, con frialdad—. Es posible que se salga con la suya a base de claveles y bombones, pero ¿con Tennyson y babosadas? ¡Ni soñarlo! Probablemente un hombre de por aquí me diría que soy una monada de chica y dejaría el resto para... bueno, para circunstancias más acogedoras. A usted, doctor Burdum, no le gusta ser objeto de mofas, así que más le vale dejarse de prosa poética y mandangas. Los planes que tiene para el hospital son estupendos, de modo que hay mucha gente de su parte, pero si empiezan a verlo como a un casanova de tres al cuarto, será su ruina.

La horrenda humillación comenzó a esfumarse. Charles Burdum tenía la suficiente talla espiritual para perdonarle a Kitty semejante bochorno; sin embargo, un rincón de su cerebro estaba colmado de tantos desaires, insultos y agravios, algunos infligidos sin intención, aunque él no los hubiera interpretado así, pues era el desairado, el insultado, el agraviado. Tenía un defecto del que no era consciente: la tendencia a guardar rencores de por vida, en un número que no hacía sino aumentar. Charles Burdum tenía la piel sumamente fina e incluso la herida más pequeña se le enconaba.

En ese momento, cada vez menos mortificado porque sabía que ella no se había reído con malicia, Charles dejó de lado su propia piel lacerada y alcanzó a ver que Kitty no era indiferente a él: que se había protegido de su magnetismo con un escudo de sarcasmo. Y estaba en lo cierto, sin duda. ¿Cómo podía haber dejado que un asunto privado se inmiscuyera en una entrevista profesional? No, no se trataba de un sentimiento únicamente suyo, y lo que tenía que hacer ahora era afanarse en establecer una relación a nivel profesional, sin resonancias íntimas. Tendría que posponer el cortejo. Ella debía tomarle cariño, pero no como al Charlie equivocado: era Charles Burdum, no Charlie Chaplin.

Se sentó a su mesa y la contempló con tanta indiferencia como fue capaz de fingir, teniendo en cuenta que estaba pirado por ella y siempre lo estaría. ¿Sybil? Un chardonnay muy joven. Kitty era champán añejo, sin rival. Incluso con el cabello rubio blanquecino oculto, las cejas y las pestañas rizadas eran pasmosas en contraste con la piel oscura, y en el tren no había podido observar sus ojos lo suficiente para ver que el azul penetrante estaba moteado de lavanda, con una minúscula pincelada de felino oriental. De hecho, el nombre de Kitty, «minina» en inglés, le sentaba de maravilla, entre la frente amplia y los ojos grandes, ese indicio permanente de sonrisa en aquellos labios exquisitos. Nunca había visto a una mujer tan rubia con la piel tan bronceada. Y entonces cayó en la cuenta de que tampoco había visto a nadie con la mirada tan furiosa. ¡Qué ridiculez! Cuánto habría sufrido una mujer tan hermosa para que la enfureciera tanto un elogio. No era la emoción que él esperaba encontrarse, desde luego. En todo caso, había fantaseado con satisfacer lo que sin duda debía de

224

ser una vanidad colosal, dama y señora de todo aquello sobre lo que posaba la mirada. Bueno, poseía sentido del humor, carácter y el aguijón de un escorpión, pero ni un ápice de vanidad. «¿Qué eres, Kitty?»

—¿Tiene preferencia por alguna especialidad de enfermería, hermana?

—Sí, señor. La pediatría.

Burdum dio unos golpecitos en el expediente con el dedo.

—Sí, ya he visto que sus tres años como enfermera en prácticas han estado muy orientados hacia la pediatría. La hermana Moulton habla muy bien de usted.

—Yo puedo hablar muy bien de ella.

—¿Le gustaría seguir atendiendo a niños?

—Sí, señor, me gustaría.

—La enfermera jefe recomienda ponerla a cargo del turno de dos a diez en Niños. ¿Le parece adecuado?

—Sí, señor.

Afloró la sonrisa de estrella de cine; ella no respondió.

—Entonces el puesto es suyo, hermana Treadby.

—Gracias —dijo, y, sin más, se levantó y salió.

Una vez fuera de la antesala donde estaba Cynthia Norman, se apoyó en la pared y encorvó los hombros con una mezcla de alegría y tristeza. Alegría porque le habían dado un puesto de responsabilidad en el pabellón de niños; tristeza porque su relación con el nuevo director había empezado con muy mal pie.

Durante la entrevista lo había observado como un águila, y guardado en un compartimento separado su reacción inicial al ridículo despliegue de su plumaje de pavo real, la tapa firmemente cerrada hasta que dispusiera de tiempo para abrirla y examinar su contenido al margen de otras consideraciones. De algún modo intuía que lo suyo era una mezcla de sinceridad y fingimiento, aunque no sabía en qué proporción.

Era muy atractivo. Y no demasiado bajo para ella; con tacones altos aún le llevaría un par de dedos. Aunque, eso sí, tendrían hijos muy bajitos si se casaban. Prácticamente enanos.

Kitty estaba confusa, y cada palabra que pronunciaba él no hacía sino agravar su estado. ¿Cómo era debajo de tanta verborrea? Inteligente, con mucho mundo, experimentado. Había cobrado conciencia de su furioso enfado a medida que progresaba la breve entrevista: debido a su cara de angustia, él había dado por supuesto que ella era engreída y orgullosa. ¿Cómo se atrevía a tratarla de esa manera? Parecía otro coleccionista de arte ansioso por exponer su belleza como si fuera propiedad suya por vía matrimonial. «¡No, no abras esa caja!»

Pero ¿cómo no abrirla? «Me ha ofrecido todas las tentaciones habituales de la riqueza, el poder, la comodidad de por vida, sin otra fianza fehaciente que mi rostro. ¡Detesto mi cara! No dejaba de enrollarse con eso del amor, pero ¿qué puede saber del amor un hombre que juzga a una mujer solo por su rostro? Eso indica que es superficial, un hombre sereno en lo más íntimo. Sereno, no frío; no es indiferente a los que sufren, solo sereno en tanto que él nunca sufre sin reservas. Un analista desapasionado.»

Kitty apartó los hombros de la pared y comprobó que era capaz de caminar. El contenido de la entrevista de esa mañana pensaba guardárselo. Si Edda y Tufts lo supieran...

Entretanto, Charles Burdum intentaba asimilar el hecho de que Kitty y Heather —Tufts— eran idénticas salvo por el color de la tez y el pelo. Tufts había disimulado su gran parecido físico y facial. La ausencia más evidente era un hoyuelo en la mejilla, pero la coloración era más que una mera diferencia: conllevaba la esencia del alma. Al mirar a Tufts, cualquier persona perspicaz entendía hasta qué punto provocaba atracción una disposición práctica, metódica y dulce. Kitty llevaba dentro un motor que bramaba; Tufts, uno que ronroneaba. Puesto que nunca había tenido relación con gemelas, Charles estaba fascinado. También había otras dos, Edda y Grace, que, según se rumoreaba, eran aún más parecidas que Tufts y Kitty.

¿Cuál era la naturaleza de Kitty? Albergaba misterios, algunos de importancia vital, pero ¿a quién podía acudir él en busca de soluciones?

La imagen de Edda cobró forma en la mente de Charles. Sí, Edda lo sabía todo, era la líder natural del cuarteto, según se decía por ahí. Tenía que acudir a Edda, pero la lección de Kitty no había caído en saco roto. «¿Cómo debo abordar a Medusa? —se preguntaba—. No hay que mirarla a los ojos, o te conviertes en piedra.» Seguro que a Edda tampoco le caería en gracia, aunque eso no era tan importante como lo que decidiese acerca de la importancia que revestía para su hermana pequeña, Kitty. Edda no era egoísta, así que antepondría las necesidades y los deseos de Kitty a los suyos. Sí, tenía que acudir a Edda.

«Soy víctima de mi época y mi nacionalidad —pensó—. Soy un inglés, miembro de pleno derecho de la nación que domina el imperio más grande que ha conocido el mundo. Haz girar el globo terráqueo en cualquier dirección y reluce el rosa rojizo que en el código geográfico indica las posesiones del Imperio británico. Solo en la Antártida se observa la ausencia de áreas rosas; muchas son enormes, y el continente australiano aparece rosa en su totalidad. Pero a los de aquí les ofende el rosa; preferirían el verde de la autonomía absoluta, como Estados Unidos. Tengo que olvidarme de ser inglés, del mismo modo que siendo inglés tiende uno a olvidar Escocia, Gales e Irlanda, que, al menos de manera nominal, forman parte de Gran Bretaña. Salvo que, en secreto, todo el mundo debe admitir que los auténticos dirigentes y propietarios son los ingleses.»

Pulsó el timbre para llamar a su secretaria.

—Señorita Norman, ¿las tres hermanas Latimer viven en los terrenos del hospital?

—Así es, señor.

—¿Cómo puedo ponerme en contacto con una de ellas?

—Por lo general se hace por carta, señor: me la da a mí y yo la dejo en el casillero correspondiente de la sala de enfermeras. Si es urgente, está el teléfono, aunque seguro que la enfermera jefe puede enviar a buscar a quien sea necesario.

—Escribiré una carta. Gracias.

Cogió papel y se lo acercó, con el ceño fruncido. Era material muy delgado del más barato. Había pedido material de escritorio nuevo a W. C. Penfold, en Sídney, pero hasta que llegase no tenía otra cosa que ese... esa especie de papel higiénico. La semana siguiente iba a convocar a la junta del hospital a su primera reunión desde que tomara posesión de su cargo. Vaya circo se iba a montar.

Edda encontró la carta cuando volvió a la casita tras su habitual paseo a caballo con Jack Thurlow, físicamente saciada pero más inquieta de lo que había estado en mucho tiempo. Ah, lo que sentía por Jack aún tenía el poder de mantenerla atada a Corunda, pero era innegable que su estúpida dedicación a Grace y Oso la molestaba, antes incluso de la pelea: era exclusivamente amigo de ella, al margen de lo que Grace alegase aquel día memorable. Edda no había hablado de ello a Tufts y Kitty; daba gracias a su suerte de que los turnos que hacían no le permitían contarles lo que le estaba ocurriendo a Grace en su retiro de Trelawney: ¡a quién se le ocurría imaginar que las demás amas de casa del barrio pensaban que Jack era amante suyo! A Edda le parecía tan absurdo como ridículo. Grace no vivía en un vacío; siempre había ve-

cinas cotillas que iban a verla mientras Jack y Edda trabajaban en el jardín, y nadie podía tener la menor duda de cuál de
las gemelas era la enamorada de Jack, puesto que llegaban y
se iban en el mismo coche y se miraban a los ojos de cierta
manera. Lo que Edda no había empezado a entender era el
efecto que dos criaturas, y un marido ausente en buena medida, habían obrado sobre su hermana, que veía el glamur, la
ropa, el estilo de vida libre y la relajada camaradería de Edda
con los hombres como prueba de que todas esas cualidades
de Edda le habían sido arrebatadas a ella, Grace. Una amarga
envidia la había reconcomido a tal punto que parte de ella
empezó a detestar a aquella Edda despreocupada, alegre, soltera y sin compromiso.

Edda había tomado la fantasía de una aventura entre Jack
y Grace precisamente como tal, como una fantasía, pero descubrir que Grace creía que existía de veras en la imaginación
de los chismosos al principio asombró a Edda, y luego, tras
sopesarlo, un arrebato de lástima irritada la llevó a tomar la
salida más sencilla: proclamar su aventura con Jack a los cuatro vientos. A Jack no le había importado; Grace podría relajarse y su reputación en Trelawney seguiría inmaculada. Eso
creía yo, se planteó Edda cuando tuvo un momento para pensar con detenimiento en Grace.

Nadie con lógica y sentido común podría haber previsto
la pelea en sí. No, se quedaba corta. Nadie con un ápice de
inteligencia, por no hablar de sentido común, podría haber
previsto la pelea. Blandiendo el martillo ferozmente, Grace lo
había descargado sobre la cabeza de Edda con furia ciega y
destructiva; el destello de sus ojos ansiaba matar como lo an-
sía la turba, sin razón. Y tras menguar su propia ira, Edda vio
tan destrozado el concepto que tenía de su hermana que, de
haber tenido algún modo de salirse con la suya, hubiera preferido no verla nunca más. Su reserva de lógica le decía que

fuera lo que fuese lo que le ocurría a Grace, tenía muy poca relación, si es que tenía alguna, con ella como hermana o como mero ser humano siquiera, pero su ira era tan intensa e implacable que no podía olvidar ni perdonar. La injusticia de las acusaciones de Grace corroían y consumían su amor a tal punto que estaba dejando de existir.

Todo ello había hecho de ese invierno, que por fin pasaba, el más difícil de la vida de Edda, incluida la época de los intentos de suicidio de Kitty. Como es natural, Tufts y Kitty intuyeron que había habido una pelea, pero los diversos intentos que hicieron una y otra, así como las dos juntas, ya fuera con Edda o Grace, se dieron de bruces con un inamovible muro de piedra. Ni Edda ni Grace querían hablar de la ruptura, y mucho menos restañarla. Y para Edda, que había sido injustamente acusada y juzgada, la mera magnitud de los insultos de Grace eclipsaba su relación.

Kitty acudió al rector, que abordó a Edda porque la consideraba la gemela con más capacidad de raciocinio, pero no llegó a ninguna parte. Cuando abordó a Grace, su única recompensa fue un arranque histérico de sollozos, lágrimas en abundancia y absoluta ausencia de sensatez. Cuando Maude terció en el asunto a favor de Grace, Edda cortó toda relación con ella y se negó a ir a la rectoría hasta que Maude se ocupara de sus asuntos.

Al cabo, la enfermera jefe Newdigate llenó el vacío con su leal hacha de batalla —a decir de los espías—, bien afilada gracias al dispositivo de Liam Finucan, que hacía lo propio con las cuchillas de microtomo; si se había dejado arrastrar a la refriega era gracias a Tufts, que había visto un tenue rayo de luz al final del túnel entre Edda y Grace.

—Esto requiere una intervención divina —le dijo a Liam—, y, además, por parte de una deidad femenina. Tiene que ser la enfermera jefe.

—Pero Grace dejó de ser enfermera hace años —protestó él.

—Es como si Grace llevara marcado a fuego un dragón en el cerebro —repuso Tufts— y la enfermera jefe es la madre de todos los dragones.

Así pues, citaron a Grace para que viera a la enfermera jefe como si aún fuese una enfermera en prácticas, y en cuanto estuvo sentada, entró Edda.

Ninguna de las dos gemelas sospechaba de la treta; y tampoco ninguna de las dos era lo bastante valiente como para largarse del despacho de la enfermera jefe hecha una furia.

—Siéntese, hermana Latimer —dijo la enfermera jefe, afable— y salude a su hermana gemela.

A Edda se le quitó de los hombros un peso enorme.

—Buenos días, Grace —dijo, y arrancó una sonrisita rígida de sus labios paralizados.

La sonrisa de Grace fue mucho más amplia; sabía quién había tenido la culpa de la pelea, y llevaba tres meses sin dormir bien, intentando dar con la manera de resolver el dilema conservando al menos un poco de orgullo. El problema era que ninguna salida podía preservar su dignidad. ¡Ay, ojalá aquel horrible día Edda no hubiera estado tan elegante, tan... tan pulcra! Pero lo había estado, y las palabras hirientes salieron de sus labios en un torrente mezquino y rencoroso. ¡Cómo las lamentaba! Pero así era el orgullo, insaciable.

En el despacho de la enfermera jefe, mientras que Edda estaba con cofia pero sin delantal, una efigie serena a rayas verdes y blancas, Grace, la mujer casada, lucía sus mejores galas: un favorecedor vestido de crespón rosa tirando a fucsia que le marcaba la cintura, un elegante sombrero de paja a juego y complementos en azul marino.

—Vas *trés chic*, Grace —comentó Edda.

—Pues tú tienes aspecto de hermana. Qué intimidante.

—Bueno, ¿se ha acabado por fin esta ridícula disputa? —preguntó la enfermera jefe, sonriendo.

—Se acabará... si me disculpo —dijo Grace—. Y me disculpo, Edda, con toda sinceridad. Me pasé de la raya.

—Excelente —exclamó la enfermera jefe, con una sonrisa de oreja a oreja—. Esas relaciones suyas de causa y efecto se han quedado tan viejas que les han salido barba. Lo que me recuerda, Faulding, que no llegó a entregarme el trabajo de cinco páginas sobre la gráfica de equilibrio de fluidos.

Se abrió la puerta y entró una auxiliar con el carrito del té.

—Ah, el té. Ya podemos dejarnos de formalidades y tutearnos.

Grace sofocó un grito.

—¡Enfermera jefe, yo sería incapaz!

—Tonterías. De hecho, te necesito, Grace. Con la nueva administración, el hospital necesita una voz en Trelawney, y tengo entendido que la tuya es una voz muy respetada en esa zona.

Grace, halagada, se sonrojó, y le chispearon los ojos.

—Estoy a disposición del hospital, enfermera jefe.

—Gertie —dijo una sonriente Edda—. Se llama Gertie.

Había en su casilla una fina carta dentro de un sobre cerrado que ponía «Hermana Edda Latimer» en tinta negra. Edda supuso que la había enviado el nuevo director. Qué letra tan interesante: enérgica y de trazo amplio. La abrió.

Terminante y directa al grano: una invitación a tomar una copa en el salón del Grand a las seis, después de lo cual, si así lo deseaba ella, podían ir al Partenón a cenar. No era necesario que contestara; si estaba interesada, él estaría en el lugar de la cita esa noche, mañana por la noche y así sucesivamente.

Edda creía que el director no albergaba intereses de carácter romántico; la mirada que habían cruzado esa mañana

232

temprano era de las que se lanzan dos guerreros de tribus rivales. No, iba detrás de Kitty, aquel día en la estación ya se había dado cuenta, y ahora había descubierto que Kitty Latimer era Katherine Treadby, hermana enfermera. Era una complicación, como también que a ella no le hubiera caído en gracia. Se trataba de un forastero invasor, demasiado listo para no darse cuenta de que antes de llegar a ninguna parte con Kitty, tenía que averiguar todo lo posible acerca de ella. Y Edda Latimer era la persona que había elegido para que lo informase.

Tendría que ser esa noche; al día siguiente le tocaba quirófano y estaría de turno siete días antes de tener uno libre. Eso también debía de saberlo él.

Puesto que no tenía más que quinientas libras en el banco, Edda se hacía toda la ropa ella misma y vivía con tanta frugalidad que su armario estaba costeado por sus minúsculos ingresos como enfermera. Había que comprar telas, zapatos, guantes y bolsos; los vestidos y sombreros se los confeccionaba tan bien que en Corunda se daba por sentado que compraba en las mejores tiendas de moda de Sídney. Acababa de coser la última cuenta en un vestido gris púrpura a la moda, con dobladillo por debajo de las rodillas y la cintura insinuada apenas, más interesante aún porque en los rebordes de la cenefa y las mangas llevaba decenas de minúsculas cuentas de vidrio púrpura; bolso y zapatos negros de cabritilla, y una voluta de tul gris oscuro adornada con las mismas cuentas púrpura a guisa de sombrero. Sí, así estaba muy bien. Qué chic.

La estaba esperando sentado a una mesa baja en un rincón recogido del salón del hotel, sin una copa delante, y se puso en pie en cuanto la vio cruzar la estancia.

—¿Un cóctel? —ofreció, al tiempo que la acomodaba en una butaca grande y baja.

—No, gracias. Una cerveza —dijo ella, quitándose los guantes negros de cabritilla un dedo tras otro, una tarea fastidiosa.

—¿Es normal beber cerveza entre las mujeres australianas? —preguntó él, a la vez que se sentaba y llamaba al camarero.

—Pues sí, la verdad es que sí. Se debe al clima. Tomamos cerveza ligera al estilo alemán, aunque con bastante contenido alcohólico, y la bebemos bien fría. Aquí no encontrará espesas cervezas británicas de las que se sirven templadas —remató, acabando de quitarse los guantes—. Por cierto, le aseguro que a Kitty también le gusta la cerveza helada.

—No se le escapa nada —dijo él, que ya había pedido—. ¿No se ha preguntado si tal vez estaba interesado en usted?

—Ni por un instante. Soy demasiado alta.

—*Touché*. Es muy exótica para Corunda, ¿no?

—Alguien tiene que serlo. A medida que vaya familiarizándose con las hermanas Latimer, verá que para ser dos pares de gemelas idénticas, las similitudes de cada par están perfectamente definidas en una de nosotras y, en cambio, alteradas en la otra, como en los salones de espejos de las ferias.

—Cuénteme más.

—Grace y yo, por ejemplo. Mientras que yo soy muy exótica para Corunda, mi hermana es de lo más típica: ama de casa y madre, esforzándose siempre por llegar a fin de mes pero aun así encantada con su papel. En el caso de Kitty y Tufts, Kitty es el colmo de la belleza moderna, desde su boquita de piñón hasta sus ojazos, mientras que Tufts es una solterona hasta la médula, práctica y poco sofisticada como suelen ser las solteronas. —Cogió el vaso alto de cerveza, húmedo por efecto de la condensación, y lo levantó hacia él—. A su salud, Charlie.

—¿Es que todo el mundo tiene que llamarme Charlie?

—Sí, porque Chikker no le sienta bien. Charles es un poco afeminado para un hombre de verdad en este año de Nuestro Señor de 1929, al menos en esta parte del mundo —respondió ella, sin ambages.

—Dios bendito, vaya arpía.

—En Inglaterra lo habría pensado, pero no lo habría dicho.

—¡Es una arpía de pura raza!

—Y me enorgullece.

—Lo cierto es que no necesito que me bajen los humos, Edda, pero igual podría explicarme por qué el carácter inglés resulta tan desagradable a casi todos los australianos, y a qué viene lo de «sajón».

—Nadie sabe con seguridad por qué aquí se llama sajones a los ingleses, sencillamente es así. Pero no se les tiene aprecio porque este continente era una agrupación de colonias británicas hasta hace solo veintiocho años, y a los originarios de aquí se nos despreciaba. De hecho, incluso ahora que hay una Mancomunidad de Australia, muchos australianos creen que el país sigue estando en manos del Banco de Inglaterra y las compañías inglesas. Los buenos puestos van a parar a los sajones, y cuanto más acento británico posee un australiano, más posibilidades tiene de prosperar social y económicamente. Los australianos educados en escuelas públicas se ven castigados por hablar con acento de clase baja. Sí, ustedes trajeron el sistema de clases, que arraigó aquí. Tanto si quiere considerarse representante de una nacionalidad como si quiere que se le tenga en cuenta como individuo, la respuesta sigue siendo que es sajón —explicó Edda, mirándolo de hito en hito con los ojos medio en blanco. Luego, como arrepentida de haberse mostrado tan apasionada, se encogió de hombros—. Si quiere que se le aprecie en Corunda, Charlie, deje de darse esos aires sajones cuanto antes.

—¿Un cigarrillo? —Le ofreció la pitillera.

—No fumo. Lo dejamos las cuatro tras pasar unas semanas en el pabellón de hombres.

—¿Por las enfermedades? —se interesó, sin acabar de entenderla.

Ella torció en una sonrisa amarga la boca, que llevaba pintada muy roja.

—Qué va. Si algo no hace nunca un médico es vaciar y limpiar las tazas de esputos. Si lo hiciera, lo entendería.

Él visualizó una imagen del contenido de una taza de esputos y se apresuró a dejar en la mesa el whisky con soda (sin hielo).

—¿Qué quiere hacer con su vida? —preguntó.

—Viajar. Correr aventuras descabelladas en todas partes menos en la Antártida, ese continente que olvida la mayoría de la gente. Espero ocupar un puesto de responsabilidad como enfermera, y cobrar más dinero. Tengo una renta insignificante: soy pobre de solemnidad.

—Bueno, es posible que sea pobre de solemnidad, pero veré qué se puede hacer acerca del puesto de responsabilidad.

—¿A cambio de facilitarle información sobre Kitty?

—Exacto —confirmó Charles, imperturbable—. Le estaría sumamente agradecido por todo lo que me pueda decir.

La otra mitad de la cerveza de Edda había perdido toda su magia; haciendo caso omiso del vaso, se retrepó en la butaca, cruzó las piernas por las rodillas y fijó su mirada de loba en el nuevo director. Se habían dejado de bromas, y por algún motivo ella parecía haberse replanteado la idea inicial, más bien despectiva, que se había formado de él. Charles escuchó con atención a una narradora soberbia que relataba una historia entrañable, interrumpiéndola únicamente para caminar con ella dos manzanas hasta el café griego para cenar filete.

Así pues, Kitty era una mujer con cicatrices internas, no una belleza engreída dispuesta a colgarse del cinturón unas cuantas cabelleras de hombre. Charles Burdum, que estaba colado por ella, se moría de ganas de conocer a la horrenda madre que al parecer tanto detestaba Edda. Maude Scobie Latimer... Estaba tan embelesada con su arrebatadora hija que no era capaz de ver el efecto que estaba teniendo en Kitty la adulación, y era demasiado superficial para entender que algunas jóvenes hermosas quieren ser apreciadas por algo más perdurable que su cara y su figura. ¡Un rallador de queso, y Kitty solo tenía diez años! Era casi imposible de imaginar. El intento de suicidio del que solo Edda y el rector tenían conocimiento...

«¡Ay, pobrecilla Kitty! Cuánto debe de suponer para ti ser enfermera titulada, y qué poco debió de importarte mi declaración de amor —se dijo—. Es una manifestación de todo aquello de lo que has estado huyendo toda la vida: seguro que te di asco. Sin otro elemento de juicio que tu aspecto físico, declaré mi amor por ti. Ojalá lo hubiera sabido. ¿Cómo podré convencerte de que te amo, después de comenzar así nuestra relación?»

—Si la quiere, tendrá que convencerla de que su belleza es la última de las razones por las que la ama —aconsejó Edda, cuando ambos se despedían—. Eso significa ganarse su confianza muy poco a poco, y no se olvide de Tufts. También tendrá que ganarse a Tufts.

Tufts, sin embargo, ya había sido conquistada por Liam Finucan. El patólogo no tenía más que elogios para el nuevo director, sobre todo cuando hablaba con Tufts.

—Obrará milagros, Heather, y este hospital alcanzará por fin el potencial que tiene —le repetía a menudo.

Así que cuando Kitty acudió a ella en busca de apoyo moral, Tufts no estaba dispuesta a ofrecérselo.

—Si está cortejándote y tú prefieres no dedicarle tus atenciones, Kits, recurre a esa lengua tan descarada que tienes y dile que se vaya al cuerno. A título personal, yo creo que es un hombre bueno.

—Sí, pero a eso voy: no sé lo que siento, ni lo que quiero —respondió Kitty, en tono quejumbroso—. Nunca había conocido a nadie tan odioso y engreído, y, sin embargo, posee una faceta admirable, y creo sinceramente que quiere ofrecer a Corunda Base la oportunidad que no ha tenido nunca. Pero ¿quiero ser su esposa? ¿Convertir sus causas y ambiciones en las mías?

—Ese es un salto deductivo muy grande, Kits, y también es empezar la casa por el tejado. No tienes que enredarte con él para tenerle aprecio y admiración por hacer mejoras en Corunda Base, y por tanto creo que tu manera de hablar da a entender que, en secreto, te gusta un poco el doctor Burdum —razonó Tufts.

—¿Debería hacer lo mismo que Edda y salir con él?

—Sería muy distinto, Kitty. Burdum acudió a Edda para que le contara todo sobre ti. Pregúntaselo. Según dice, no está interesado en ella porque es muy alta.

—Sí, y esa es una de las razones por las que él no me interesa: es muy bajo. Lo único que da más risa a la gente que una esposa bajita con un marido larguirucho es ver a Pulgarcito con su esposa. Resulta ridículo.

—Con semejante orgullo, más dura será la caída —dijo Tufts, y dejó escapar una risita—. Mira, aquí viene Edda. Edda, cuéntale a Kitty tu velada con el «dire».

—Encantada —accedió Edda, y tomó asiento con un suspiro—. Parte de mí desconfía de él: es un timador capaz de vender carbón en las minas de Newcastle, y eso no se puede erradicar porque lo lleva en lo más hondo. Tiene tendencia a dar la nota, a anunciarse a fuertes toques de trompeta, por así decirlo. Al mismo tiempo, me gustaron otros aspectos suyos: sobre todo el afecto y la preocupación que demostró por ti, así como sus ideas acerca del hospital. Si tuviera tanto dinero en el banco como tú, Kitty, lo apostaría a que Charlie Burdum el prodigio sajón será muy beneficioso para Corunda. —Apretó los labios carnosos y frunció el ceño—. Por lo que respecta a si será bueno para ti, querida hermanita, no estoy tan segura. Tiene intenciones nobles, pero cabe la posibilidad de que el amor más perdurable en la vida de Charles Burdum sea siempre Charles Burdum.

—No me ayudas nada, Edda.

—Nadie te puede ayudar, tontainas. ¡Sal con él! Hasta que lo hagas, solo contarás con las opiniones de los demás.

—Tiene razón —convino Tufts—. ¡Sal con él!

Puesto que ya era la comidilla de Corunda que el doctor Burdum había invitado a unas copas y a cenar a Edda, cuando le hizo la misma invitación a Kitty, produjo una especie de sacudida eléctrica en la ciudad. ¿Tenía intención de que las hermanas se lo disputaran en matrimonio o lo movían motivos más viles? «Charles» había pasado a ser una decepción para todos los habitantes del distrito; ahora se le conocía por el nombre ligeramente disipado de «Charlie» y su imagen se había rebajado acordemente.

Kitty, según vio Charles, vestía de un modo diferente a Edda, aunque las dos habían hecho que la gente volviera la cabeza al entrar con él en el salón del Grand. El estilo de Kitty era más «ondulado»: a Kitty no le iban los satenes lustrosos ni las telas rígidas. Su vestido de gasa verde hielo lucía astutos detalles en un tono esmeralda más oscuro que lo hacían resaltar, y los accesorios de cabritilla eran azul marino; no lucía sombrero y los rizos cortos de un rubio brillante formaban un halo en torno a aquella cara cautivadora. Para el final de la velada, Charles llegó a la conclusión de que Kitty era su propia jueza en lo que a moda concernía, y se preguntó de dónde habrían sacado las Latimer su sentido de la elegancia, pues desde luego Corunda carecía de él.

—¿Por qué eres tú la más descarada? —le preguntó mientras tomaban una cerveza.

—La cara —dijo ella sin pensarlo—. Tengo aspecto de no haber roto un plato en mi vida, así que el descaro coge a la gente desprevenida. Eso lo aprendí pronto, y no pienso olvidarlo.

—Espero que no vayas a obligarme a pasar por un largo noviazgo.

—Pues yo espero que no tengas intención de que seamos novios, Charlie.

—¡Claro que la tengo! —La gárgola se transformó en estrella de cine—. Ya te he dicho cómo tiene que acabar esto: serás mi esposa.

—¿Y qué te lleva a pensar eso, exactamente? Y no respondas que el amor, porque esa clase de amor instantáneo no es más que lujuria —repuso Kitty, saboreando la cerveza rubia—. Si utilizo la palabra en su sentido estricto, solo hay cuatro personas en el mundo a las que amo.

—¿Y son...?

—Mis tres hermanas y mi padre.

—¿Y tu madre?

Arrugó la naricilla perfecta.

—Bueno, la quiero, pero no me pondría delante de ella para evitar que la alcanzara una bala.

—¿Y eso por qué, Kitty?

Al abrir más sus grandes ojos, adquirieron un aire de sorpresa y recelo. Luego se echó a reír, profiriendo un campanilleo de alegría tan contagioso que quienes la oyeron a su alrededor sonrieron involuntariamente:

—Qué idiota. Porque ella no haría eso por mí. El sentimiento es mutuo, Charlie.

Él hizo una mueca de dolor.

—¿Tú también tienes que llamarme Charlie?

—Claro. Así pareces un hombre en vez de un mariquita.

Tragó saliva.

—Supongo que un Charles nunca se pondría delante para evitar que te alcanzara una bala, ¿no?

—Estaría muy ocupado buscando cobijo.

—¿Mientras que un Charlie se enfrentaría al pistolero?

—Es posible.

Era hora de cambiar de tema.

—Ojalá hubiera un restaurante decente en esta puñetera ciudad —dijo, y sus ojos adquirieron un tono dorado—. ¿Y por qué es mejor el Partenón que el Olimpo, si los dos son exactamente iguales en todo, desde la comida griega hasta los menús, pasando por la decoración?

—La costumbre. Y no me refiero a la tradición, sino a la clientela. El Olimpo está más cerca de la carretera de Sídney a Melbourne, y sirve a viajeros y turistas. ¿No te has fijado en los turistas de Corunda? Estamos en septiembre, el punto álgido de la floración primaveral. La ciudad es famosa por sus jardines al estilo del Viejo Mundo. La gente viene en tropel a ver las azaleas y los rododendros.

—Pero florecen consecutivamente, no a la vez.

—Aquí, debido a ciertas peculiaridades climáticas y de la tierra, florecen al mismo tiempo y duran el doble. Esta es la semana culmen para la floración sincronizada. Después de todo, el mundo está del revés.

—Me preguntaba por qué está tan lleno el hotel —dijo él, con gesto animado—. Igual puedo convencer al Grand para que instale un restaurante de primera.

—Concéntrate en el hospital —aconsejó ella—. Ya te has

mudado a la Casa Burdum, conque busca un chef que te convenga. Así podrás comer no sé qué escalfado y qué estofado cuando desees.

—Pero no puedo tener invitados sin una anfitriona —dijo, como si no hubiera caído en la cuenta hasta entonces.

—Claro que puedes. Siempre y cuando tengas el servicio necesario, a nadie le parecerá raro. Aquí no está en boga la etiqueta quisquillosa en plan sajón, de modo que las mujeres no tienen que dejar solos a los hombres para que vayan a fumar puros y tomar oporto. Es más habitual que todos los comensales se levanten a la vez, si es que se levantan para ir a otra estancia. Aquí la gente prefiere acabar la velada en torno a la mesa. —Dejó escapar de nuevo su risa contagiosa—. En lugares distintos hay costumbres diferentes.

—Un hombre recibiendo invitados sin anfitriona... —dijo él, en tono pausado.

—Es del todo permisible en Corunda, aunque quizás el gobernador general pondría reparos.

El doctor insistió en acompañarla hasta la puerta de su casa al final de la velada, sin importarle quién los viera pasar por las rampas, pero aunque tomó su mano y la retuvo, no intentó besarla.

—Serás la señora de Charles Burdum antes de que llegue el invierno de 1930 —dijo con voz queda; las sombras ocultaban sus ojos, así que ella no alcanzó a ver qué había en ellos—. Pero por el momento contendré mi ardor, porque veo que no confías en mí. ¡Qué cruz ser sajón! Buenas noches.

Aunque a la junta directiva del hospital no le iba ni remotamente tan bien en manos del doctor Burdum como a las enfermeras o las cuatro nuevas hermanas, cuando convocó a sus miembros la primera semana de septiembre no les cupo

242

duda de que les esperaba una sesión maratoniana y que incluso podía resultar un tanto... bueno, incómoda. Lo que les costó trabajo creer, al menos hasta que hubo tocado a su fin, es que acabaría siendo (al menos metafóricamente) tan sangrienta y agotadora como la carga del ejército australiano en Galípoli durante la Gran Guerra.

—¡Ese hombre nos ha dejado sin un ápice de orgullo, honor, aprobación pública y respeto! —le dijo a su esposa el reverendo Latimer, aún jadeante—. Maude, nos hemos visto ostensible y bochornosamente expuestos ante Corunda entera: ha insistido en que se permitiera acceder a la reunión a quien quisiera, así que han estado presentes todos los especialistas que Frank mantenía al margen de la junta, ¡incluso han estado el viejo Tom Burdum y el mismísimo monseñor O'Flaherty!

Teniendo en cuenta que monseñor O'Flaherty, de la iglesia católica de St. Anthony, siempre llamaba a los miembros de la junta las «doce comadrejas de Frank Campbell», su presencia había sido la peor; tal vez los católicos fueran pobres, pero en Corunda eran mayoría.

La junta había sido moldeada de arriba abajo por Frank Campbell, eso era innegable, pese a que sus estatutos estipulaban que debían ser miembros de la misma el alcalde, el secretario del ayuntamiento y el rector de la iglesia anglicana. Si comenzaron con espíritu reformista mostrándose y manifestándose cual leones, Frank los machacó hasta convertirlos en las comadrejas debidamente intachables que codiciaba. De haber sabido sus hijas lo que ocurría en las reuniones de la junta, habrían visto que su padre se comportaba con la cobardía de una comadreja, igual que todos los demás: nadie se enfrentaba a Frank Campbell.

El único médico que formaba parte del comité era el propio Campbell; luego estaban el alcalde, el secretario del ayuntamiento y el rector tal como estaba estipulado, y después, ocho hombres más, cobardes hasta la médula por naturaleza y condicionamiento. Eran todos propietarios de negocios locales: carnicero, panadero, tendero, pañero, ferretero, herrero/mecánico, comerciante de productos agrícolas y «el huevero», que tenía un corral de gallinas White Orpington y un gallo exhausto. La recompensa para las comadrejas era suministrar en exclusiva a Corunda Base productos de mala calidad a bajo coste, desde las sábanas del pañero a las gallinas más viejas del huevero. Nadie había hecho fortuna proveyendo al hospital, pero todos los vendedores habían recurrido a la mercancía más barata y sabían las cantidades que compraría Frank, hasta la última toalla o el último huevo.

Revisando los libros de cuentas, Charles Burdum se había convencido de que se podía sacar mucho mejor partido de los fondos del hospital que limitarse a dejar que los usara un banco, pero no fue eso lo que le suscitó una intensa ansia de arrebatar el control a la junta. Una vez fallecido el doctor Campbell, habían quedado cuatro millones de libras a merced de un puñado de comadrejas a la deriva. En ese momento aún estaban recuperándose del *shock* que les había supuesto una muerte que se consideraba imposible: ni siquiera Dios querría a Frank Campbell. Pero la conmoción se esfumaría pronto, y las comadrejas más audaces estarían tentadas de meter la mano en los fondos. No era tan difícil.

Por tanto, Charles tenía que arrebatar el dinero a la junta ahora, de inmediato, antes de que las comadrejas empezaran a pensar en reorganizarse y aunar fuerzas. Había que supervisar los fondos debidamente, y eso no era tarea para una junta directiva sino para gestores financieros. Nadie de la antigua junta, ni siquiera Frank Campbell, había sabido qué hacer con los cuatro millones de libras depositados en diversas cajas de ahorros y que generaban tasas de interés patéticas.

Lo que Charles tenía intención de hacer era invertir el dinero en compañías e instituciones de las llamadas «fiables», lo que era una manera de decir que si esas compañías e instituciones se venían abajo, la raza humana sufriría tal varapalo que se vería obligada a reinventar hasta la rueda. El dinero de Corunda Base tenía que estar a salvo y dar réditos.

Su tarea principal era evidente: reconstruir el hospital de arriba abajo y dotarlo del equipamiento más moderno de diagnóstico y mantenimiento, para luego proveerlo de una plantilla compuesta por los mejores profesionales que fuera capaz de contratar. Pese a las largas caminatas que suponía la distribución en pabellones independientes y rampas, también conllevaba la ventaja de no tener escaleras, ascensores o montacargas. Charles había visto suficientes establecimientos sanitarios para haber aprendido la lección: fuera cual fuese la distribución, siempre había que caminar largas distancias.

Con todo eso y mucho más rondándole la cabeza, entabló batalla con la junta directiva, abriendo las puertas de la reunión al público, incluido el *Corunda Post*, una publicación semanal nada despreciable y a los especialistas y cirujanos de la ciudad, por no hablar del doctor Finucan y la enfermera jefe Newdigate. En uno de sus misteriosos desplazamientos a Sídney había invitado a cenar al ministro de Sanidad después de estar hasta bien entrada la tarde en el despacho parlamentario del ministro. Gracias a ello, Charles fue autorizado para destituir a la junta directiva actual y revisar los estatutos del hospital; el ministro se había mostrado muy bien dispuesto en cuanto averiguó la fortuna que poseía Corunda Base, pese a que no podía apropiarse de sus fondos para su propio ministerio, que siempre andaba escaso de dinero. Eso suponía, no obstante, que Corunda Base podía renacer como un hospital modélico cuyo coste para el Estado sería mínimo. Llegaron a un acuerdo.

Hubo otro factor que impulsó a Charles a darse prisa en controlar los fondos, aunque no fue nada concreto, sino la corazonada (compartida por varios colegas de Londres) de que una amenaza económica se avecinaba a nivel mundial. Su naturaleza se le escapaba, pero por alguna parte, entre las enmarañadas junglas de los mercados bursátiles y el enorme exceso de inversores, una bestia sin nombre acechaba a presas anónimas; era una sombra, un espectro, pero Charles tenía la seguridad de que no se trataba de imaginaciones suyas. Estaba allí y era real, decían otros colegas también, lo que suponía que debía tener el dinero de Corunda Base bajo su segura protección.

Era una ofensiva como la de Galípoli en sentido metafórico, y así la encaró; al enfrentarse a unos conocimientos del mundo financiero que ignoraban, y ante el temor de que, llegado el caso, Charles Burdum los llevaría ante los tribunales e incluso ante el Consejo Privado de la Corona, la junta directiva se derrumbó sin orden ni concierto. Once comadrejas se vieron despedidas, y ninguna volvió a ser nombrada, ni siquiera el rector. Curiosamente, sus medidas redundaron en beneficio de los negocios de la ciudad muy por encima de sus expectativas, pues Charles Burdum informó a los vecinos que aceptaría propuestas en todo lo concerniente a los suministros del hospital, y que en el futuro esos suministros serían de buena calidad en vez de desperdicios y bazofia. Se instó a las empresas locales a que se presentaran a concurso.

No habría adscripción religiosa de ninguna clase en la junta directiva, ni prejuicios, y mucho menos discriminación, contra ninguna persona por cuestiones de raza, credo o cualquier otro motivo. De modo que, para sorpresa suya, Bashir Maboud, que tenía un almacén en Trelawney, se encontró con que era el único comerciante al por menor que formaba parte de la junta, y eso que era un libanés católico. Según

Charles, que (con actitud muy poco democrática, igual que Campbell) escogió a los miembros de la junta, Bashir era australiano de nacimiento y se había educado en Australia, y como dueño de un almacén tenía enormes conocimientos sobre la gente normal de Corunda.

Ahora se sumaron a la junta directiva los doctores Erich Herzen, Ian Gordon, Dennis Faraday y Ned Mason, todos médicos de la ciudad, como también Liam Finucan y la enfermera jefe Gertrude Newdigate. El gerente de la sucursal local de los Almacenes Great Western, el presidente de la Sociedad Pastoral de Corunda, el ganadero de más renombre de la región y el director de la Sociedad Histórica de Corunda formaban la minoría ajena a la medicina, de lo que cabía deducir que ninguno de los miembros de la junta daría al presidente de la misma, Charles Burdum, quebraderos de cabeza a la hora de gestionar el dinero del hospital. Con un total de doce miembros, era un consejo absolutamente local que sería revisado de acuerdo con las necesidades que fueran surgiendo, con el visto bueno del presidente.

Las formalidades que dejaron en manos de esta nueva junta directiva los fondos de Corunda Base concluyeron a principios de octubre de 1929. Charles Burdum se repantingó en su sillón y profirió un suspiro de profundo alivio. Ahora los cuatro millones estaban invertidos con astucia, aunque también con suma precaución, por orden del presidente de la junta, que era quien tenía todo el poder económico. No dijo ni palabra de sus razones o sus reservas, ni se plantearon interrogantes sobre su buen juicio. Charles no se mostraba arrogante con las opiniones ajenas; no era su modo de proceder. En cambio, explicaba con detalle todas las decisiones tomadas, y alentaba la discusión saludable, que por lo general no se planteaba. La confianza y la sabiduría eran indicios de que iba por buen camino. Sin cobrar sueldo alguno por su trabajo, la nueva junta directiva recibió sus estatutos a mediados de octubre.

Entonces, Charles organizó una cena para los médicos, la enfermera jefe Newdigate y Bashir Maboud, aunque no se invitó a los cónyuges. Reservó una sala de tamaño considerable en el Grand Hotel, pero encargó la comida a una empresa de Sídney; solo la cuantía de la factura hizo que el Grand transigiera con semejante insulto, aunque el gerente, un hombre pragmático, tuvo que reconocer que sus cocineros no estaban a la altura de aquel menú: caviar de Beluga, sorbete, platija hervida y un filete chateaubriand rosado con la salsa del mismo nombre que se tarda tres días en preparar. Puesto que estaban en plena primavera, tomaron de postre fresas maduradas a la perfección, con nata montada para quien quisiera.

Sacó a colación el asunto mientras tomaban el aperitivo, consciente de que les ocuparía durante todos los platos que se fueran sirviendo sin prisas, incluso hasta las copas y el café de la sobremesa. Gertie Newdigate, como siempre, estaba encantada de ser la única mujer: era muy inteligente para restregar el asunto de su sexo a los hombres, pero aprovechó la oportunidad para pintarse los labios y ponerse un vestido que no crujiera por efecto del almidón. Únicamente Liam estaba al tanto de lo que se cocía. Los demás estaban sentados en cómodas sillas, con la mirada puesta en Charles.

—Vamos a reconstruir el hospital —dijo este—, y con esta cena quiero darles a todos la bienvenida a lo que será una ambiciosa iniciativa propiciada por la junta directiva. Será un proceso gradual que no dará comienzo la semana que viene, tal vez ni siquiera el año próximo. Les pongo al tanto con tanta anticipación porque no busco la noción de un hospital que pueda tener un arquitecto, sino la de un médico. Bashir, usted está aquí porque representa la noción del hospital desde el punto de vista de un paciente. ¿Me siguen todos?

Cruzaron miradas y murmullos de aprobación; todos tenían los ojos chispeantes.

—A simple vista no será muy distinto: largos edificios de una sola planta con galerías a las que se pueda sacar la cama del paciente para que le dé el sol, o tome el aire, o eche un vistazo a los jardines, unidos por rampas que estarán completamente cubiertas. El terreno es llano, y nos ceñiremos a la regla de no poner escaleras ni peldaños. Cuando haya algún desnivel, la rampa tendrá una suave pendiente tan prolongada como sea necesario. Sí, eso conlleva largas caminatas, pero es sano, y contaremos con carritos para quienes necesiten transporte, incluidas las visitas. —Llamó la atención de Liam—. ¿Doctor?

—¿Madera sobre pilares de piedra, Charlie?

—No, ladrillo sobre los cimientos ya existentes: no desperdiciaremos los bloques de piedra caliza. Quiero una construcción de ladrillo con cámara de aire para que sea más fácil calentar las instalaciones en invierno y refrescarlas en verano, así que los tejados serán de tejas de terracota, estarán aislados con papel alquitranado y contarán con áticos bien ventilados. Lamentablemente, la residencia de enfermeras ya está casi terminada, pero al menos Frank Campbell la ubicó en una zona apartada, de modo que ya haremos lo que podamos con ella más adelante. —Vio que el jefe de camareros estaba en el umbral, indicio de que se disponían a servir la cena, y ayudó a la enfermera jefe a levantarse de su asiento—. Podemos seguir en nuestro pequeño comedor —dijo, abriendo camino, con el resto de los comensales detrás.

Largo rato después, mientras tomaban coñac o licores, café o té, continuó:

—Lo más importante es tener claro que a medida que se vayan llevando a cabo las obras, el hospital debe seguir en funcionamiento, lo que significa que se realizarán durante una larga temporada, y eso debería permitirnos mantener nuestro capital. Allí donde sea posible, financiaremos con intereses y no con capital. No debemos olvidar tampoco que, en tanto que hospital público, contamos con fondos del Estado, y veo por los libros de contabilidad que Frank Campbell cobraba sus deudas sin piedad. La oficial de asistencia social tenía que dejarse la piel para conseguir librar a un paciente sin recursos de sus deudas. Eso, sinceramente, es una ignominia. De no ser por los esfuerzos de las iglesias y las organizaciones benéficas de Corunda, se hubiera negado a ciudadanos de aquí lo que considero un derecho básico: la atención médica. Ah, no crean que eso no ocurre en Gran Bretaña. Claro que ocurre.

Liam Finucan lo escuchaba con una sonrisa de oreja a oreja. «Bien hecho, Charlie.» Estaban todos con él, sobre todo Bashir Maboud.

A medianoche, cuando volvía a la casa en los terrenos del hospital que ahora consideraba su hogar, Liam se encontró con Tufts, que lo esperaba deseosa de que le contara lo que había ocurrido y decidida a no dejarle escapar sin la sesión diaria de cepillado de pelo.

—¿Cómo sabías que lo que más le convenía a mi estómago después de semejante comilona era una buena taza de té? —bromeó él, soplando la infusión, que tomaba sin leche ni azúcar, y muy cargada.

—¿Qué menú había?

—Caviar ruso, pescado insípido, un filete de ternera delicioso con salsa de estragón, y fresas.

—Ay, pobrecito. Yo he comido pastel de carne del hospital con berza aguada.

—Venga, Heather, ya sabes que Charlie está haciendo maravillas con este lugar. Fue brillante dar la noticia del nuevo hospital a los médicos de su junta durante una cena que ha debido de costarle una fortuna. Madre mía, cómo han disfrutado. Pensaba que Gertie iba a desmayarse cuando probó la ternera.

—Bravo por Charlie —dijo Tufts, cepillando con fuerza.

Liam le agarró el cepillo.

—Ya basta, Heather, por favor. Debo de tener laceraciones en el cuero cabelludo.

—Bobadas. Tienes el cuero cabelludo perfectamente. ¿Qué ha hecho recobrar el sentido a Gertie?

—Las fresas. Estoy convencido de que daría la vida por Charlie. De hecho, tiene eso que creo que llaman «club de fans».

—Sí, tiene un club de fans. —Tufts suspiró—. Ojalá la boba de mi hermana pasara a formar parte de él incondicionalmente, o lo plantara de una vez. Con tanta vacilación, nos está sacando de quicio.

—Por suerte, es problema tuyo, no mío. —Se pasó los dedos por el pelo—. Ahora que ha dejado de escocerme la piel, debo reconocer que es una maravilla que no me caiga el pelo sobre los ojos.

—Me alegro por ti, pedazo de cabezota del Ulster.

Se abrió la puerta después de un toquecito, y entró el doctor Ned Mason.

—Me ha parecido oler a té. Tufts, encanto, ¿te sobra una taza para un viejo tocólogo empachado y casi aquejado de náuseas?

La taza apareció en la mesa delante de él cuando se sentaba.

—Ya sabía yo que Tufts te estaría preparando una tetera. ¿Por qué siempre la llamas Heather?

Liam se mostró sorprendido.

—¿Así la llamo? Supongo que es el nombre que me viene a la cabeza cuando pienso en ella. Bueno, sí que ha sido una comilona de aúpa.

251

Ned asintió.

—Te ha trastocado la rutina, ¿eh, Liam? Tú y Tufts vais siempre al mismo compás.

—¿A qué has venido, Ned?

—Winnie Joe sufrió un patinazo al romper aguas más o menos cuando estaban sirviendo las fresas, y naturalmente Winnie Bert no se dio cuenta. Pero Winnie Jack sí, y empezó a sentir dolores como si estuviera sufriendo una angina de pecho —explicó Mason.

—¿Por qué todas las mujeres de la familia Johnston se llaman Winnie? —preguntó Liam.

Tufts hizo una mueca.

—Cada vez que nace una niña empieza a girarle en la cabeza la misma rueda al padre; me refiero a Silas Johnston. Esa rueda se llama Winifred. Al casarse cada una de ellas, adoptó el nombre de su marido para distinguirla, porque los nombres de su infancia ya no servían. ¿Has solucionado los problemas de las Winnies, Ned?

—Eso espero, porque no hay comadrona de turno en Maternidad esta noche: ha sufrido una especie de desastre doméstico. He dejado a Winnie Joe en manos de una enfermera en prácticas asustada, he ingresado a Winnie Jack en Urgencias y he enviado a Winnie Bert a buscar a Joe por los pubs.

—Yo soy comadrona, Ned —se ofreció Tufts, a la vez que se ponía en pie—. Esta noche la tenía reservada para la pedicura, pero los pies pueden esperar, los bebés no. Si me necesitas, estoy a tu disposición en cuanto termines el té.

—Dios te bendiga, Tufts, me vienes de maravilla. —Apuró la taza—. Ya me siento mejor. Aparte del bicarbonato Perkins, no hay nada tan bueno para asentar el estómago como una buena taza de té caliente bien cargado. Té negro como el carbón, lo llama Charlie.

Salieron los dos a la noche cálida y dejaron que Liam se ocupara de lavar las tazas y guardar el *kit* de pedicura. Heather estaba en lo cierto; los pies esperaban, los bebés no. ¿Por qué demonios Charles había encargado una cena tan pesada?

Un aspecto de las gestiones financieras de la junta había obligado a Charles a posponer ciertos planes que anhelaba, y era el tiempo que le arrebataban. Hasta que las cosas estuvieron encauzadas, había descuidado escandalosamente a Kitty. Cuando por fin hojeó su agenda, le horrorizó comprobar que no la había visto en dos semanas. Si le había dispensado atenciones había sido de manera apresurada y superficial: una sonrisa de pasada, unas palabras de camino a otra parte.

—Cena conmigo en mi casa, sin nadie más —la invitó.

Le salió sin haberlo pensado, y a ella le pareció una actitud engreída y arrogante.

—Desde luego —accedió, en el umbral de la sala de pediatría con un niño en la cadera izquierda—. ¿Cuándo?

—¿Esta noche?

—Me va bien.

—Entonces pasaré a buscarte por tu casa a las seis.

—Perfecto. —Se dio la vuelta, con una sonrisa dirigida al niño, no a Charlie.

Esta vez lucía un vestido de organdí en varios tonos de rosa, con accesorios también rosas, que a él no le gustó nada.

—Pareces algodón de azúcar como el que venden en las ferias —dijo, con la nariz arrugada.

Ella torció el gesto.

—Acabas de hacerte eco de la opinión de Edda, solo que ella ha sido menos amable. Dice que mi madre me influye demasiado.

—Te vendría bien un poco del estilo de Edda —repuso él, en tono clínico.

—¿Más ceñido? —preguntó ella.

—No; sencillamente más entallado. La baja estatura no se presta a los volantes y la feminidad excesiva.

No era de extrañar que ella no dijera ni palabra cuando enfilaron Catholic Hill. Al final, y pensando quizá que la velada había comenzado con mal pie, él preguntó:

—Si St. Anthony no está en Trelawney, ¿por qué se llama esta zona Catholic Hill?

—Porque nuestros señores coloniales eran tenazmente anticatólicos, y fueron ellos quienes asignaron las primeras concesiones de tierras urbanas o municipales —dijo Kitty, encantada de poder hacer gala de ciertos conocimientos—. A la Iglesia anglicana siempre le correspondían las mejores tierras y a la católica las peores. Pero las ciudades tienden a crecer, así que las concesiones a la Iglesia anglicana se fueron convirtiendo en lugares cada vez más modestos y arrabaleros, mientras que las tierras católicas, por lo general en la cima de las colinas, se revalorizaron. Los señores habían tenido la intención de obligar a los católicos a subir las colinas para acudir a misa, pero lo que olvidaron fue que las colinas suelen ir acompañadas de vistas incomparables. La mejor ilustración del fenómeno —dijo, empezando a entusiasmarse con el tema— está en Sídney. La catedral de St. Andrew, sede de la Iglesia anglicana, está en un terreno del tamaño de un sello de correos literalmente hombro con hombro con el ayuntamiento, mucho más impresionante, así como con los edificios de oficinas y el tráfico, mientras que la catedral católica de St. Mary está en una gloriosa prominencia natural rodeada de parques y jardines, tiene una vista soberbia y un entorno relativamente tranquilo. Cuando se hizo la concesión, esas tierras no eran más que prados con alguna que otra cabaña a las afueras de la ciudad.

—Una historia con moraleja —dijo él, entre risas—. Es interesante ver cómo los prejuicios pueden acabar volviéndose contra el propio intolerante. —Cruzaron las verjas de la Casa Burdum—. Se llama Catholic Hill, pero deduzco que no es propiedad de la Iglesia católica.

—No; aportó los fondos para construir St. Anthony, un edificio espacioso y espléndido, así como las dos escuelas católicas. El viejo Tom Burdum había tomado en arriendo la cima a condición de que si la iglesia la vendía, tendría la primera opción de compra.

—Así que, al final, sabes más sobre mi casa que yo mismo.

En el pórtico, imponente y dórico, Kitty comprobó por primera vez la astucia con que el viejo Tom Burdum había escogido la ubicación de una vivienda que, a la hora de construirla, había querido colmarla con la vida mágica que dan los niños a una casa. Ay, pobre anciano, que no tuvo más que un hijo y una hija, ninguno de los dos un descendiente satisfactorio a sus ojos. La hija, que era una atolondrada, se fugó con un atractivo caradura antes de cumplir los diecinueve años, y se pegó a él cual erizo a la lana. El hijo, unos años mayor que ella, se largó a algún lugar desconocido cuando la niña, la madre de Jack Thurlow, aún gateaba. El chico, Henry, era hijo de la primera esposa de Tom; la niña, Mary, hija de Hannah.

Así pues, la casa, una monstruosidad gótica victoriana con torres redondeadas, ventanas enormes y tejados muy inclinados, no había sido nunca un hogar. Estaba en una finca de veinte hectáreas en la llanura que coronaba la mole de casi doscientos metros de Catholic Hill, y no miraba hacia el distrito de Corunda, donde se abría su amplio y fértil valle fluvial, sino al norte, hacia los imponentes cañones de paredes rojizas y los extensos bosques de la meseta que bordea Sídney. «¡Ah, qué hermosura!», pensó Kitty: enormes distancias recubiertas de una fina bruma azulada, las hojas mecidas por el viento de millones de árboles cuyos inmensos suspiros parecían provenir de una sola garganta, una insinuación de alegría traviesa en arroyos de blancas aguas y el áspero peso carmesí de tanta roca de la que parecía rezumar sangre, todo delineado por la mano de un maestro.

—Ojalá fuera poeta —dijo, asimilando la vista—. Ahora ya sé por qué querías traerme aquí. Hay una luz perfecta para descubrir todo el esplendor de este paisaje.

—Es difícil de superar —dijo él con serena satisfacción—, y eso que he viajado lo mío.

Una vez dentro, las raíces victorianas de la casa eran patentes, lo que no era una perspectiva muy halagüeña para un ama de casa, pensó ella con cierta sorna.

—Hay que rehacer la casa de arriba abajo —comentó Charles, al tiempo que la llevaba a una habitación que había transformado en una suerte de sala, aunque el mobiliario era antiguo e incómodo.

Ella sospechó que el retrete más próximo debía de estar en el patio trasero. A ese respecto, él pudo tranquilizarla.

—No había alcantarillado, así que antes de mudarme hice que instalaran uno de esos nuevos sistemas sépticos, así como buenos aseos y cuartos de baño. Me han enviado por barco desde San Francisco una caldera de petróleo, y otra por si no hay suficiente con una: he observado que, al igual que los británicos, los australianos no usan calefacción central, y por lo poco que he visto, imagino que el invierno en Corunda debe de ser muy frío. —Optando por ubicarse a cierta distancia de ella, para así verla mejor, tomó asiento con su whisky escocés preferido, con un chorro de soda pero sin hielo, y se las arregló para que sus ojos adquirieran el mismo color que el líquido en el vaso—. No voy a darte la lata con mis planes para cuando nos hayamos casado; solo quiero decirte aquí y ahora que confío en que conviertas este sitio en el hogar que la anciana Hannah no consiguió crear. No es mi abuela, ya lo sé, pero si pudieras hablarme un poco de mi familia en Corunda, te lo agradecería.

Los hoyuelos de sus mejillas cobraron vida.

—¡Has eludido el asunto limpiamente y, aun así, lo has dejado caer! —Se acomodó en su sillón—. Aquí hace falta un buen mobiliario. Por lo que respecta al viejo Tom y la vieja Hannah... bueno, se dice que los Burdum no han tenido suerte a la hora de crear un hogar en ninguna parte, pero eso no es más que una leyenda de Corunda, una parte del mito. En realidad se debió a los rubíes. Treadby encontró los primeros, hace unos setenta y cinco años, y creyó que había heredado la tierra. El nombre de la ciudad proviene del corundo, que es el mineral del que salen los rubíes y zafiros. Aquí solo son rubíes, y de los mejores, de color sangre de pichón, algunos en forma de estrella, todos limpios de inclusiones. —Le cambió el gesto—. Pero todo eso ya lo sabes, así que más vale que me calle.

—No, por favor. —Charles volvió a llenarle la copa de jerez—. Me gusta cómo suena tu voz, y eres una rareza, una mujer inteligente. Tenemos toda la velada por delante y seguro que no me tomas por alguien tan insensible como para no darse cuenta de que la situación es un tanto incómoda, ¿verdad?

—Las mujeres son tan inteligentes como los hombres, pero están educadas para pensar que es un defecto, así que lo disimulan. Nuestro padre nunca nos trató así. —Suspiró—. Mamá sí, aunque sin éxito.

—Los rubíes, Kitty —la instó Charles.

—¿Qué? Ah, sí, los rubíes... El error de Treadby fue típico de la ignorancia: pese a haber ganado una fortuna con los rubíes, no la aprovechó para paliar esa ignorancia. Sus rubíes eran los que estaban entre la rocalla arrastrada por el agua desde las graveras donde afloran: en cuevas, lechos de río, grietas. Duraron mucho tiempo. Pero el viejo Tom hizo los deberes y se afanó en buscar yacimientos más grandes. Cuando lo consiguió, se hizo con el título de propiedad de las tierras. Y, con el tiempo, los territorios de Treadby dejaron de rendir y finalmente los rubíes desaparecieron. Los rubíes de Burdum, en cambio, seguían encontrándose en cantidades considerables. Se rumorea que le generaban cien mil libras al año, pero tú debes de saberlo con seguridad.

—¿Quieres saberlo tú con seguridad? —repuso él con una sonrisa.

—No —respondió, sorprendida por la pregunta—. El dinero solo tiene valor por lo que se puede comprar con él. Yo no imagino gastar siquiera la mitad de eso.

Pasaron al comedor, donde rondaba el mayordomo y una camarera que Kitty no conocía se ocupaba de servir. La *quenelle* de langosta fue seguida de un sorbete, y luego de ternera asada. La presencia del servicio cohibió a Kitty, que se entusiasmó con la langosta y luego contempló la ternera con horror.

—Lo siento —dijo, mirando el plato—, no puedo comer eso.

—¿Cómo dices?

—No puedo comerlo. Rezuma sangre.

—Es ternera —dijo él, sin entenderla.

—Está sanguinolenta —insistió ella, y apartó el plato.

—La ternera hay que comerla poco hecha.

—No yo, desde luego. —Le ofreció una sonrisa cautivadora—. Pide que la lleven a la cocina, la echen a la sartén y la frían como es debido; por favor, Charlie. Si no, voy a ponerme a vomitar aquí mismo.

—Pero, querida mía, no puedo hacerlo. El cocinero renunciaría.

—Entonces, ¿puedo comer un sándwich de beicon crujiente?

¡Vaya situación! Atónito, Charles se preguntó cómo podía haber pasado por alto los claros indicios que había tenido desde el momento mismo de su llegada, incluido, ahora que lo pensaba, aquel filete chateaubriand tan vergonzosamente requemado. Aunque se disculpó porque el rosado de la carne era prueba de que estaba más hecha de la cuenta, ahora entendía que sus invitados habían dado por supuesto que se disculpaba porque estaba muy poco hecho. Sabía, de las muchas veces que había comido en Sídney, que allí el asunto de hacer la carne más o menos era más civilizado; pero aquí se trataba de gente de campo, y sabían más de la cuenta acerca de problemas que iban desde los parásitos hepáticos hasta la tenia.

Llamó al mayordomo, a quien había contratado en Sídney.

—Darkes, pida al chef que prepare a la hermana Treadby un plato de huevos con beicon.

—Que las yemas estén duras como piedras —advirtió ella.

—¿Cuál es tu comida o alimento preferido, Kitty?

—El beicon crujiente en pan blanco bien tierno. Las salchichas fritas con patatas. El pescado frito con patatas. Las costillas de cordero doradas y crujientes por fuera. El asado de cerdo con chicharrones y patatas al horno. Y los pastelillos de crema de mi madre —enumeró ella sin vacilar. Sus ojos centellearon y dejó escapar una risita—. ¡Ay, pobre Charlie! Tienes ideas grandiosas sobre el matrimonio, pero ¿cómo vas a conservar un chef y además una esposa? ¡No podrían ni acercarse uno al otro!

—Con esa dieta, te hincharías como un globo antes de cumplir los treinta.

—Tonterías. Trabajo como una mula, Charles Burdum. No es la comida lo que cuenta, sino las cantidades que comes y las calorías que quemas.

—¿Cómo es que te quiero? —ironizó él, con la mirada fija en la fea y vieja araña de luces.

—Pues, doctor Burdum, porque no te bailo el agua como las demás mujeres. Tienes una opinión demasiado elevada de ti mismo.

—Hay opiniones sobre uno mismo que se ganan a pulso, y no hay por qué ser desdeñoso con las opiniones elevadas, si se basan en hechos y logros. Tú tienes una pobre opinión de ti misma, debido a que llevas muy pocos años en el mundo y has estado ceñida a límites muy estrictos. En América te considerarían una chica de pueblo.

—Y a ti un pequeño déspota.

Llegaron los huevos con beicon, pero las yemas estaban poco hechas; los devolvió a la cocina, con instrucciones de que rompieran las yemas y se aseguraran de que las claras tuvieran los bordes bien dorados. Consternado y sin saber qué hacer, Charles temió que la velada se precipitara hacia el desastre.

Sea como fuere, Kitty dio su aprobación al café, que tomaron en la sala sin la presencia del servicio a su alrededor.

—Esta noche has cometido todos los errores imaginables —señaló entonces la muchacha, con voz afable—, y me parece que eso tiene que ver con lo mal que caen los sajones por aquí. No pediste mi opinión ni te interesaste por mis preferencias culinarias porque me tomaste por una ignorante provinciana que necesitaba una buena lección acerca de qué es apropiado comer en un entorno de postín. Yo tenía que venir y mostrarme convenientemente asombrada, abrumada y agradecida hasta el patetismo por todo lo aprendido durante la velada. Tu juicio gastronómico ha sido puramente económico: si es poco común y/o caro, tiene que ser mejor. Un sándwich de beicon es vulgar: por tanto, no tiene comparación con la *quenelle* de langosta. Estoy de acuerdo, no tiene comparación: es mucho más sabroso. Por lo que respecta a las carnes poco hechas, bastante sangre veo ya en el trabajo como para verla también en mi plato. Cuanto más cruda está la comida, más grasa contiene. Una de las razones por las que el hombre empezó a cocinar la carne fue fundir la grasa y hacer el cartílago más delicioso. —Se encogió de hombros—. Al menos eso aprendí en la escuela de enfermería. ¿Acaso enseñan otra cosa a los médicos?

Él había torcido el gesto adoptando su imagen de gárgola, pero las ideas que alimentaban su expresión no estaban lastradas por el orgullo ni la vanidad herida; Charles Burdum se estaba preguntando si habría algo en el mundo que pudiera empujar a esa gloriosa mujer a verlo como de verdad era: un hombre sumamente digno de ser su marido.

—Si te diera pan ácimo para comer y agua de río para beber, Kitty, no serían peores que estos... bueno, estos alimentos poco comunes y caros, que te ofrezco no para avergonzarte o dar a entender que careces de sofisticación, sino para demostrarte lo especial y valiosa que eres para mí. —Como veía que, con la velada a punto de tocar a su fin, ella seguía mostrándose cauta y recelosa, mantuvo un tono sereno y una actitud relajada—. ¿Por qué tienes que mostrarte tan arisca?

De pronto ella pareció harta y cansada.

—Supongo, Charlie, que es la manera que tengo de intentar hacerte entender que no quiero esa clase de atenciones. Es que... me sacas de quicio. No se me ocurre otro modo de decirlo. Ni siquiera me asqueas, ni me deprimes, ni me produces ninguna emoción intensa. Solo me irritas, como una pestaña debajo del párpado que no puedo dejar de frotarme —intentó explicar.

—De ser verdad, ¿por qué has venido esta noche?

—Fue otro intento de sacarme esa pestaña del ojo.

—¿Quieres volver a tu casa?

—¿Vas a dejarme en paz?

Charles Burdum tendió las manos, pidiendo comprensión en un gesto suplicante.

—¡No puedo! Kitty, no estoy dispuesto a dejar que me rechaces sin más. ¿Qué puedo hacer para demostrarte lo mucho que te quiero, para demostrar que somos el uno para el otro? Me da igual que me tomes por bobo, te quiero con desesperación y quiero que seas mi esposa, mi compañera de por vida. Tengo que sacarte esa pestaña de alguna manera, hacer que veas que soy el hombre indicado para ti...

La mano de Kitty restalló con furia sobre la mesa y el tono púrpura de sus ojos se tornó candente.

—¡No digas tonterías! Haz el favor de llevarme a casa. Y gracias por esta cena tan educativa.

Y eso fue todo. Salieron de la casa en silencio y fueron hasta el Packard granate; él le abrió la portezuela.

Descendieron la colina separados por una devastación muda y áspera; Kitty miraba lo que iban alumbrando los faros del coche: un grueso tronco de árbol, matorrales, buzones hacia el final de la pendiente, luego las farolas de George Street, Victoria Street y, más allá, el hospital por fin.

Esta vez Charles no fue lo bastante rápido; ella se apeó y se alejó rampa arriba al paso perfecto para una enfermera: ni corriendo ni andando. No era por un incendio o una hemorragia, sino para eludir a Charles Burdum.

Regresó a la Casa Burdum y tomó asiento entre las ruinas de lo que había planeado como una velada de seducción preliminar, convencido de que ninguna mujer podría resistirse a las pruebas que iba a ofrecerle de dedicación, detalle, cuidado y amor. La comida más deliciosa, los mejores vinos, criados bien preparados que le permitieran hacerse a la idea de que cuando fuera su esposa, todas las tareas sucias e irritantes las haría algún otro... incluso el desorden de la Casa Burdum, que pedía a gritos su ayuda para decorarla, sin reparar en gastos.

Un motivo de irritación. Alguien que no tenía la importancia suficiente para que le desagradase. ¡Una mera pestaña! ¿Por qué había recurrido precisamente a esa metáfora? Te volvía loco hasta que por fin conseguías quitártela con agua o la alzabas victorioso en la esquina de una gasa. Vaya, gracias a Dios me he librado de semejante molestia. Que lo rehusara tan despreocupadamente, de una manera tan poco ingeniosa, tan a lo tonto...

Herido en lo más íntimo, Charles se sintió como si le sangrara lo que supuso era el alma, porque carecía de personas en su vida que podrían haberlo desencantado, por ejemplo, un amigo íntimo. Las peculiaridades de su infancia, aislado de un padre inestable y aquejado de carencias por la muerte de la madre, habían marcado su carácter ya antes de ir a la escuela. En Eton, en Balliol, en Guy, formó una banda de un solo componente: él mismo. Su estatura, siempre la del más pequeño de la clase, le impedía establecer intimidad; también forjó una coraza de arrogancia, una confianza inquebrantable en sí mismo y una férrea determinación a sobrepasar a todos sus iguales más grandes y altos. Con la madurez, cobró conciencia de su capacidad para hechizar y deslumbrar; más que un solitario temperamental, el doctor Charles Burdum era un hombre carismático y sereno, dotado de un ingenio vivo sobre cimientos firmes como el acero. Qué pena que fuera tan bajo. Convencido de que era eso lo que pensaban quienes lo conocían, Charles ocultaba su frustración y su ira.

Era muy consciente de que una parte de la intensidad de su amor por Kitty se debía al tamaño de ella; nadie se mofaría al verlos como pareja, pues eran bajos, sí, pero no enanos, y Kitty poseía la belleza de Helena de Troya, un objeto de amor universal que hubiera podido casarse con el hombre de su elección fuera cual fuese su talla. Y en Corunda no acechaba ningún Paris, eso seguro. Si Kitty llegara a escogerlo a él, quedaría resarcido.

Comprobó que divagar mentalmente le sentaba bien, y se entregó a eso, tomando lentos sorbos de whisky. No estaba borracho en absoluto, solo amargamente decepcionado de que sus insinuaciones amorosas hubieran recibido una respuesta tan desdeñosa, lo que le sacó del cenagal del rechazo de Kitty y lo llevó hacia otro que lo obsesionaba más incluso, porque su solución no estaba en sus manos.

«Se acerca alguna clase de desastre —se dijo—, lo sé desde hace más de un año y lo he hablado con algunas personas. El Banco de Inglaterra anda inquieto y la City de Londres, intranquila. Pero todo se reduce a rumores. La deuda gubernamental es muy alta y el desempleo no cesa de aumentar; en Australia ocurre lo mismo. El país es presa de la desazón económica, y creo que en buena medida se debe a la inexperiencia del gobierno. La Mancomunidad de Australia no tiene ni treinta años, y los gobiernos están muy verdes.

»Hay indicios patentes. El cierre patronal en las cuencas mineras del norte. ¡Abatieron a tiros a un muchacho de quince años! Y el gobierno federal delega demasiada responsabilidad en los estados, que no tienen competencia para recaudar impuestos y reciben dinero federal por motivos más relacionados con la política que con la justicia.

»¿Son síntomas del dominio que ejerce Melbourne sobre la nación entera? Veinticinco años de gobierno federal en Melbourne, con el estado más grande y gravable, Nueva Gales del Sur, haciendo las veces de anfitrión de una Canberra que apenas empieza a ponerse en marcha. Este lugar tiene la misma extensión que Estados Unidos y está dividido de la misma manera, pero no poblado del mismo modo: la gente se amontona en media docena de grandes ciudades, y las zonas rurales con alta densidad de población como Corunda son poco habituales. No lo entiendo. Pero ¿acaso lo entienden los australianos? Sus escuelas por lo visto enseñan más historia británica que australiana, y no sé adónde acudir. Corunda está tan aislada del gobierno central como Escocia de Londres.»

Entró por la chimenea una ráfaga de aire acompañada de un bramido. Charles dio un respingo y se estremeció.

«¿Cuánto llevo aquí, tres meses? Pero la gente de Corunda ya me considera un líder local. Tengo lazos de sangre e inversiones en la región, razón por la que escogí este lugar cuando tomé la decisión de ir a un nuevo mundo. Quería preservar mi carácter inglés, lo que descartaba Norteamérica. Los americanos abandonaron el imperio en 1776, y una intensa voz francesa acecha a los canadienses. En Sudáfrica se trata de una voz holandesa. Aquí en Australia puedo hacer carrera política y llegar a primer ministro.

»Después de todo, de Corunda a Canberra solo hay un par de horas en coche. Pero ¿cómo puedo recorrer esa distancia en mi imaginación?

»Primero, tengo que casarme con Kitty.

»Lo segundo será más difícil y doloroso: renunciar a mi carácter inglés. Mantenerlo sería un lastre.»

CUARTA PARTE

SOBREVIENE EL DESASTRE

El 30 de octubre la prensa de Sídney informó de que el día 29 la Bolsa de Nueva York, que iba con dieciséis horas de retraso, se había desplomado de máximos récords a mínimos récords, lo que fue seguido de una ola de suicidios de hombres que se lanzaban de los rascacielos de Wall Street. Qué noticia tan jugosa. Aun así, Nueva York quedaba muy lejos, y la estructura financiera norteamericana no tenía capacidad para influenciar los acontecimientos en Australia tal como ocurría con las estructuras financieras británicas y europeas. América era el extranjero, sus negocios eran asunto suyo y su política, severamente aislacionista respecto del resto del mundo.

Charles Burdum interpretó el 29 de octubre bajo una luz adecuada, dejando escapar un suspiro mezcla de alivio y resignación. Sí, había ocurrido, pero sus fondos, así como los del hospital, estaban a salvo. Y la realidad era preferible a pasar más meses esperando a que cayera el hacha de lo desconocido. Un hombre podía poner manos a la obra frente a la realidad. Además, no ocurriría todo de la noche a la mañana. Charles no podía saber con seguridad qué síntomas habría tras la cortina de las abstracciones teóricas, más allá de que cada vez habría más hombres sin trabajo y que quienes conservaran el suyo se verían obligados a aceptar sueldos más bajos. Se pondrían a la venta más propiedades, pero habría menos compradores. Por lo visto, nadie había intuido aún que lo acontecido en el mercado financiero norteamericano tenía el poder de destrozar todos los mercados del mundo.

Una cena en la rectoría con Grace Olsen permitió a Charles encajar el rompecabezas de las Latimer; Grace era la única gemela que no había conocido hasta la fecha. Para sus adentros, decidió que en realidad Grace no hacía sino más enigmática la imagen completa. Aunque de la misma altura y constitución que Edda, resultaba muy distinta en lo tocante a rostro y carácter. Era hermosa pero tenía unos tristes ojos grises, la boca con tendencia a temblar y las comisuras levemente hacia abajo. Lucía un elegante vestido con franjas grises moteadas en diagonal, y su propensión al parloteo febril revelaba falta de interés en nada que no fueran su marido, hijos, hermanas, padre... y Jack Thurlow. Cuando hablaba de Jack, el rostro más bien taciturno se le iluminaba, pero desde que lo mencionó Charles reparó en que al rector y Maude no les inquietaba lo más mínimo la presencia de Jack en la vida de Grace.

—A Oso le habría encantado estar aquí —le dijo Grace—, pero está en Wagga y aún tardará un mes en regresar a casa. Es un Hombre de Perkins —añadió, como si eso lo explicara todo—. Vende pomadas, lociones y demás puerta a puerta —añadió con una leve sonrisa de afectación—. Es el mejor vendedor de Perkins, y en casa no nos falta de nada.

—No me cabe la menor duda —respondió Charles con su sonrisa más encantadora. «Pobre joven. Tan enamorada de su viajante, tan necesitada de él. Jack Thurlow no mantiene caliente el lado de la cama de Oso, se limita a cortar la leña y asegurarse de que ni ella ni sus hijos tengan algún grave accidente doméstico. Es una mujer muy indefensa...»

No tenía ni pizca de maldad, pero no se podía decir lo mismo de Maude, una bruja de la cabeza a los pies que no dedicaba un solo segundo a las gemelas mayores del rector y apenas si tenía tiempo para Tufts. Le recorrió el espinazo un estremecimiento de aprensión al contemplar su cuerpo menudo. Muy guapa incluso a su edad, era una de esas mujeres con tendencia a emperifollarse y que dedicaba tiempo y dinero a las apariencias. Y qué amable había sido el rector al limitar su primera cena a cuatro comensales: con tanto tiempo y sin que nadie reclamase su atención tendría oportunidad de sacar todo el partido posible a su encuentro inicial con Grace y Maude.

Atinó a ver el eco de Kitty en esa empalagosa mujer a la que apenas se podía llamar madre, pero solo en los aspectos superficiales. Llegó a la conclusión de que sus respectivas naturalezas eran polos opuestos. Le resultó más interesante el descubrimiento de que el rector controlaba a Maude, y no al revés. ¿Cómo lo había logrado?

La cena fue excelente, a medio camino entre las exquisiteces parisinas de su chef y el menú del Partenón: salmón ahumado con rebanadas de pan negro untadas con mantequilla, seguido de pavo asado tierno y sabroso, para terminar con una tabla de quesos y uva blanca sin pepitas.

—Qué lista es Maude —comentó Grace mientras tomaban café en la sala—. Compra pavos pequeños y cocina dos. Me encanta el relleno: pone fruta ácida y también prepara una salsa exquisita.

Maude se hinchó un poco al oír el elogio; sin duda Grace había recibido órdenes de pronunciarlo. «¿Quién le habrá dicho que me gusta la carne roja poco hecha? Maude ha resuelto el problema sirviendo pavo.»

Oyó todo lo que había que oír acerca de la preciosa casa de Grace, y mucho más de lo necesario acerca de sus dos hijos, uno de dieciocho meses y el otro de cinco.

—¿Quién está cuidando de los niños esta noche? —preguntó Charles, por cortesía.

Lo que Grace tenía intención de responder no llegó a oírse, pues Maude aspiró por la nariz y se precipitó a responder:

—La hermana de Grace, Edda. Te digo y te repito, Grace, que no deberías dejar que Edda se acerque a tus hijos. No es una buena influencia.

Tanto Grace como Thomas Latimer se incomodaron al oír semejante agravio, y Charles no alcanzó a imaginar siquiera lo que había llevado a Maude a manifestar semejante diferencia de opiniones ante un desconocido.

—¡Edda es una Medusa! —exclamó Maude, como quien suelta un bufido.

El rector dejó escapar una risa despreocupada, sus ojos, grises como los de Grace, chispearon.

—Medusa la Gorgona. Hace años que Edda carga con ese apodo, Charlie. Se lo ganó el día que Maude y yo organizamos una merienda para celebrar que las cuatro chicas iniciaban sus estudios de enfermería. Tranquila y sin sobresaltar a nadie, Edda le clavó una pata de su silla en la cabeza a una serpiente negra de vientre rojo de más de dos metros, y aguantó el tipo hasta que Kitty se las arregló para cortarle la cabeza con una hachuela que había en la chimenea. Edda quedó cubierta de moretones, como si la hubiera golpeado un látigo, allí donde la alcanzó la serpiente durante sus estertores. Maude —añadió en el mismo tono— estaba sufriendo un ataque de histeria y reclamaba toda mi atención.

—¿Era una serpiente peligrosa? —preguntó Charles, con curiosidad.

—Mucho, sobre todo con ese tamaño.

—Entonces Edda se comportó con valentía. —Charles dirigió una sonrisa a Grace—. Qué gran ejemplo para tus hijos.

—Eso creo —dijo Grace.

—Y también lo cree Maude. A veces, no obstante, confunde a sus propias hijas con las criadas que ha tenido a lo largo de los años —dijo Thomas, frunciendo el ceño con preocupación.

—¿Kitty también tomó parte en lo de la serpiente?

—Sí. Los utensilios de la chimenea estaban al otro lado, y por eso Edda tuvo que recurrir a la pata de la silla. Kitty era la que más cerca tenía los utensilios, y se dio prisa en echarle una mano.

—Mientras que yo —reconoció Grace en tono lúgubre— imité a Maude y me eché a llorar.

—No hay de qué avergonzarse —dijo Charles, sonriendo—. Las lágrimas son una reacción natural. Aunque, por lo visto, no en el caso de Edda y Kitty. Tiene usted unas hijas muy valientes, rector.

—Por supuesto que sí —asintió Latimer, orgulloso.

—Tengo intención de casarme con Kitty —dijo Charles entonces, como quien no quiere la cosa—, pero estoy teniendo dificultades para convencerla de que seré un buen marido. —Su semblante de abatimiento se transformó de manera fulgurante en el de estrella de cine—. Pero me la ganaré, pierda cuidado.

Su anuncio causó estupefacción —ya se lo esperaba—, pero a Charles le resultó esclarecedor lo que siguió a la conmoción. En el caso de Grace, un genuino alborozo indicó que se alegraba; en el de Maude, fue una enorme llamarada triunfal, una reivindicación definitiva de su conducta desde que la belleza de Kitty empezó a manifestarse, y de la que él estaba al tanto desde que cenara con Edda tiempo atrás; y en el caso del rector, fue una dicha cautelosa de la que Charles dedujo que solo se trataba de una buena noticia si era lo que Kitty deseaba y necesitaba. Pero no estaba convencido; tenía sus reservas.

—Grace, ve a charlar un rato con tu madre —ordenó el reverendo—. Charlie y yo necesitamos un poco de privacidad. —Cogió la licorera—. ¿Otro oporto?

—Gracias, señor.

—¿Por qué no acepta Kitty su propuesta? Es usted muy buen partido.

—Por lo que alcanzo a discernir, no confía en mí. Ni en sí misma, me parece. Por cierto, estoy al tanto de sus dificultades durante su infancia. Edda me habló del asunto largamente y con sinceridad.

—Es un cumplido muy poco común. ¿Qué edad tiene?

—Treinta y tres, mientras que Kitty tiene veintidós.

—Conviene que un hombre sea mayor que su mujer, de otro modo la madurez natural de la mujer le da una ventaja injusta en el matrimonio —dijo, con discreta convicción, el consejero espiritual de un gran rebaño—. Cuanto más se incumplen las costumbres tradicionales, más difícil le resulta a un hombre mantener la estabilidad. Si fuera usted de la edad de Kitty, me opondría al matrimonio por exigir demasiado de un joven consentido: se vería tentado a abandonar sus responsabilidades como marido y padre, en detrimento de sus hijos por encima de todo. Pero los once años que le lleva le otorgan una autoridad que ella podrá respetar. —El rector tomó un sorbo de oporto, con aire reflexivo—. Debo aprobar su propuesta por muchos motivos, pero me inquieta que Kitty no confíe en usted. ¿En qué sentido?

—Si lo supiera, podría romper sus defensas.

—No será por miedo a que haya otras mujeres, ¿verdad?

—Lo dudo, Tom, teniendo en cuenta que no he dado ningún motivo para sospechar que tengo debilidad por el flirteo.

Es empleada mía y tiene contacto conmigo a diario. —Encorvó los hombros y añadió—: Me considera vanidoso y arrogante, y reconozco que lo soy, aunque no sin motivo. Me da la impresión de que ella preferiría que fuese falsamente modesto en lugar de ir de frente con mis talentos y habilidades. Sea como sea, me he mostrado sincero al respecto.

—¿Es usted un hombre temeroso de Dios?

—Creo en el Dios de la Iglesia anglicana como es debido, pero no soy intolerante en absoluto. Creo que es importante que cualquier hombre objeto de interés público asista a misa con regularidad, así que los domingos me sentaré en el banco de los Burdum. —Hizo una pausa y luego preguntó, en un tono distinto—: ¿Es próspera la Iglesia anglicana de Corunda, rector?

Latimer parpadeó.

—Pues lo cierto es que sí. Corunda es un distrito más acaudalado que la mayoría porque no es propenso a las sequías, y sus iglesias cuentan con el apoyo de gente más acaudalada. Pero ¿por qué lo pregunta, Charlie?

—Porque se avecinan tiempos difíciles, Tom. Tengo entendido que la prosperidad de la nación depende en buena medida de las exportaciones, sobre todo de cereales y lana. No hay abundancia de ninguna de las dos cosas en Corunda. La enorme demanda de uniformes y mantas durante la Gran Guerra infundió a los gobiernos australianos, tanto federales como estatales, un falso optimismo respecto de la exportación. Bueno, la Gran Guerra terminó hace una década, y ahora nadie quiere ni necesita tanta lana. Además, la sequía ha reducido sensiblemente la cantidad de cereal para la exportación —explicó con tristeza—. Los gobiernos pidieron préstamos muy cuantiosos con el aval de lo que se consideraban exportaciones regulares. Pero cualquiera con conocimientos de economía puede ver lo que se nos viene encima, después del desplome de la bolsa norteamericana. Hay que liquidar las deudas, y ¿de dónde va a salir el dinero?

—¿Los fondos del hospital? ¿Su propio dinero?

—Ah, por ese lado no hay peligro, aunque los fondos del hospital se verán afectados negativamente si se devalúa la libra australiana. Esas pérdidas, no obstante, pueden absorberse. Mi dinero está radicado en Inglaterra. —De pronto Charles se echó a reír y torció el gesto—. Es posible que le esté preocupando sin motivo, Tom, aún es muy pronto para saber hasta dónde se propagarán las grietas en la estructura. —Suspiró—. Sin embargo, algo me dice que va a ser duro.

—Respeto su instinto, Charlie, pero volvamos al asunto de mi hija. ¿Quiere que hable con ella?

—No, gracias. Lo que sí me gustaría es contar con su bendición.

—Querido amigo, cuenta con ella, desde luego.

—Bien, ahora lo único que me queda es convencer a Kitty.

Maude, que ya se había hartado de estar en el exilio, volvió a tiempo de oírlo.

—Kitty no le tiene antipatía, Charles —le aclaró, y era la única que accedía a llamarlo por su nombre correcto—. Si así fuera, ya le habría dicho, sin reparo alguno, adónde podía irse. En cambio, aceptó su invitación a cenar. Sus defensas flaquearán, no le quepa duda. Y cuando eso ocurra, ¡ataque!

Él no dijo que esa actitud le parecía un tanto pérfida.

Aunque el gobierno federal conservador de Stanley Bruce seguía en el poder, sus asuntos, por lo general, se dirigían desde Melbourne; un cuarto de siglo después de entrar en vigor la Mancomunidad de Australia, la capital nacional de Canberra seguía espiritualmente al margen. Entonces, unos días antes del desastre de Wall Street, un gobierno federal laborista recién elegido y liderado por el primer ministro James Scullin decidió, con un gran despliegue publicitario, instalarse permanentemente en Canberra. Un gobierno de torpes principiantes heredó las consecuencias de Wall Street.

Después de los horrores de la Gran Guerra y los dos brotes consecutivos de gripe que acabaron con más gente incluso que la guerra, era quizás inevitable que la incipiente Mancomunidad de Australia se embarcara en un frenesí de obras públicas. La mayoría de dichas obras las abordaron los gobiernos estatales por razones evidentes: cada estado había existido como una colonia británica aislada, y ¿cómo iba a administrar un ínfimo gobierno central sin supervisión alguna casi seis millones de kilómetros cuadrados de territorio mayormente desértico? Su Constitución no decía nada acerca de la gente que comprendía su entidad, ni les otorgaba una carta de derechos esenciales; era un documento sobre el sistema judicial, los parlamentos, los estados, la Mancomunidad, los impuestos y aranceles y el comercio. Así pues, entre 1901 y 1920, mientras el gobierno federal seguía adelante a duras penas en Melbourne, cada estado, manteniendo un gobierno, se ocupaba de hacer las cosas que la gente quería y/o necesitaba: escuelas, carreteras, hospitales, ferrocarriles, puentes, presas, elevadores de grano. También se puso en marcha un ambicioso plan de reincorporación de soldados a la vida civil, de modo que a su vuelta pasaran a ser productores primarios, lo que se percibía como fuente de riqueza de la nación.

Cada estado obtenía sus propios préstamos, sobre todo gracias a los mercados bursátiles de la City de Londres, a considerables tasas de interés, y las sumas que tomaban prestadas eran pasmosas. El desplome de los precios internacionales de los cereales y la lana australianos obligó a realizar enormes recortes en la industria y la agricultura; disminuyó el empleo y —aun mucho peor para los diversos gobiernos estatales— los ingresos cayeron en picado. De súbito, justo cuando se produjo la crisis de Wall Street, los gobiernos estatales de Australia se dieron cuenta de que no podían pagar los intereses de los créditos obtenidos en la City londinense.

La opinión consensuada entre economistas, funcionarios públicos y políticos fue que la solución al desastre estribaba en un riguroso control del dinero, que se alcanzaría no gastándolo. Hasta el último penique que se pudiera ahorrar tendría que utilizarse para liquidar esas deudas exteriores. El primer ministro Scullin anunció que el gobierno federal dejaría de invertir en obras públicas y reduciría la mano de obra de las mismas. La única voz que se alzó en contra fue la de Jack Lang, un líder laborista de Nueva Gales del Sur que quería que se invirtiera más dinero en lugar de menos y se diera trabajo a más hombres, no a menos.

Aparte de Charles Burdum, a nadie en Corunda le preocuparon mucho las secuelas inmediatas de Wall Street. Los ciudadanos leían acerca de lo que ocurría en las grandes ciudades de la nación y en la minúscula y alejada torre de marfil de Canberra; el distrito estaba sobrellevando las primeras convulsiones de la Gran Depresión casi sin sufrir sus consecuencias. Los empleos perdidos pertenecían a hombres contratados por las lejanas Sídney y Melbourne. En cuestión de semanas, no obstante, un vecino anónimo puso un cartel en el cruce de la carretera de Corunda con la de Sídney-Melbourne; rezaba: NO HAY TRABAJO EN CORUNDA.

La relación entre Charles Burdum y Kitty Latimer revestía más interés. Si Kitty hubiera sabido a qué atenerse, todo se habría resuelto en un sentido u otro mucho tiempo atrás; el problema era que no tenía las cosas claras, y achacaba su confusión a una combinación de elementos, incluido el que ningún hombre había luchado por ella con tanta persistencia. La atraía y la repugnaba al mismo tiempo, ejercía una atracción curiosamente oblicua en lugar de ir de frente. Así que lo que percibía de ominoso en él era una sensación indefinida, no algo claramente identificable, y lo que veía era admirable, digno de amor, estable y firme como una roca. Y ¿cómo podía explicar que lo que buscaba en él era su dolor? Si lograra encontrarlo aunque solo fuera una vez, lo sabría. Su propia infancia había sido un largo sufrimiento arraigado en algo que no podía cambiar: su aspecto. El instinto le decía que la infancia de él debía de haber revestido similitudes a medida que todos los chicos de su edad daban el estirón y él no. Arraigado en su aspecto también. El dolor tenía que estar en alguna parte. ¿Por qué, entonces, no podía mostrárselo? ¿Por qué no consentía en compartirlo? Solo compartiéndolo le permitiría acceder a lo más íntimo de él. Ansiando curar su dolor, se sentía siempre relegada a un lugar lejano.

Así pues, cuando se encontraban, como ocurría a menudo, ella se mostraba arisca y a la defensiva, dispuesta a entablar batalla, y no se relajaba nunca. Andaban siempre como el perro y el gato, ya fuera al alcance de la mano o separados por una verja, pues cuando él decía algo que ella no compartía, arremetía contra él con ferocidad.

Edda y Tufts, que tenían más relación con ellos que Grace, eran testigos de sus rencillas con consternación e impotencia.

—Acabarán por sacarse los ojos —le dijo Tufts a Edda.

—Pero ¿por qué, si están hechos el uno para el otro?

—Es Kitty. Yo pensaba que igual Maude la había irritado de tanto azuzarla, pero papá me asegura que se está comportando como es debido. Charlie posee ciertas cualidades que Kitty no logra entender, y detesta esa sensación.

—Qué sagaz eres, Tufty. —Edda se encogió de hombros—. Bueno, yo por lo menos me niego a interferir. Sencillamente lo lamento por Charlie.

Aunque Corunda no se enteraría, la Gran Depresión avanzó más aprisa que el asedio de Kitty Latimer por parte de Charlie Burdum. Aún no había conseguido armarse de valor para besar sus labios cuando algunos comercios de Sídney cerraron las puertas y dejaron a varios vecinos de Corunda desempleados y sin percibir finiquito o prestación de ninguna clase. Los parados locales no podían encontrar trabajo; nadie contrataba, ni siquiera el hospital. El gobierno federal anunció que se otorgaría un millón de libras a los estados para pagar el subsidio de desempleo, y cada estado tendría que decidir su prestación como creyera más conveniente, así como distribuir el dinero, lo que dio lugar a chanchullos municipales y furiosos alborotos que no fueron de provecho para nadie. Australia Meridional, acosada por los problemas, resultó desproporcionadamente favorecida, lo que no provocó la ira de nadie. Australia Occidental, en cambio, también fue favorecida de manera desproporcionada, aunque por un motivo no tan justificado: el estado quería separarse de la Mancomunidad, así que Canberra cortejó a su gobierno otorgándole un porcentaje más elevado de lo debido; Canberra estaba decidida a mantener el continente entero en el seno de la Mancomunidad.

—Doscientas setenta y seis mil libras son mucho dinero —le dijo Kitty a Charles mientras tomaban un té en la casita—. Imagino que Sídney se llevará la mayor parte. Pero ¿recibirá algo Corunda?

—Lo más probable es que no. Aquí no hay mucho desempleo en comparación con otros distritos, incluso teniendo en cuenta los cierres recientes. Vaya regalo de Navidad quedarse en paro.

—Mi padre se está concentrando en el orfanato. Por lo visto, cree que allí irán a parar las víctimas infantiles de esta horrible crisis. Pero nadie arrebatará a un niño de los brazos de su madre, ¿verdad?

—El suicidio, Kitty, ha aumentado mucho entre los hombres, y ahora también hay mujeres que se quitan la vida. Además, muchas creen que si renuncian a sus hijos, estos al menos tendrán alimento, ropa y cobijo en el orfanato.

Kitty se estremeció.

—Qué cruel puede llegar a ser el mundo. —Lo miró con gesto de interrogación angustiada—. No soporto hablar de madres que deciden abandonar a sus hijos, pero el tema me ha infundido algo de valor. Charlie, ¿no albergas ningún sufrimiento?

Se quedó mirándola con asombro.

—¿Sufrimiento? ¿Por qué?

—Por tu infancia, o por no tener padre y madre... —Su voz se tornó un suspiro—. Por ser... ¿distinto del resto?

La risa de Charles fue demasiado espontánea para resultar dudosa.

—Ay, Kitty, qué romántica eres. ¿Cómo iba a echar en falta a dos personas que no conocí? Mi niñez fue espléndida, te lo aseguro. Mi tío y mi tía, que era la hermana de mi madre, me criaron sin que me faltara nada. Nada, Kitty, absolutamente nada. Me quisieron y me trataron de maravilla.

—Pero ¿y tus diferencias? —insistió ella, que no acababa de estar convencida.

—¿Te refieres a mi baja estatura?

—Sí, y a cualquier otra cosa que pudiera causarte dolor.

Charles cambió de postura en el asiento y tomó sus manos en las de él, que eran cálidas, secas y fuertes al tacto.

—Mi tío era más bajo que yo, y me educó para que me tomara mi talla como un reto, no una cruz. Correspondí a la fe que tuvo en mí, ¿qué más puedo decir? Por lo que respecta al sufrimiento... no son más que tonterías románticas. Las tragedias griegas no tienen sus raíces en lo físico, sino en la naturaleza humana. Soy Charles Henry Burdum, y algún día llegaré a ser sir Charles. Es posible que las mujeres disfruten con el dramatismo de altos vuelos, es permisible para ellas, pero no para los hombres. No hubo sufrimiento en el sentido que le das tú. Simplemente, estuve a la altura de los retos.

—No lo entiendo. No sufrir es inhumano.

—Bobadas —saltó Charles, harto de la conversación—. Lo que sería inhumano es no sentir pena, tristeza o miedo. He humedecido la almohada de lágrimas por causa de un perro muerto, hasta el día de hoy lamento las muertes de mi tía y mi tío, y te aseguro que cuando una vez un maleante me apuntó al pecho con un revólver, supe lo que era el miedo. —Aquellos ojos, que se habían vuelto de color bronce, la miraron con perplejidad—. Tú llevas tres años y medio trabajando de enfermera, querida, y tengo motivos para creer que eres muy buena. Te desvives por los niños, en cuyo caso, ¿por qué no tienes hijos en vez de dedicarte a contemplarlos por una ventana empañada?

Kitty boqueó y se puso rígida. Con qué brillantez era capaz de hacer justo eso, arrebatarle cualquier ventaja y utilizarla para derrotarla. Ridiculizada y menospreciada la búsqueda en pos del sufrimiento que había emprendido, se quedó mirándolo con asombro.

—Sí, tienes razón —reconoció lentamente—. Es un disparate.

El encanto de Charles asomó a la superficie, junto con una sonrisa maravillosa.

—Lo siento —dijo con dulzura—. No quería cortarte de una manera tan brusca. Bueno, pero te lo has ganado. Si por mí fuera, preferiría un noviazgo más suave, rebosante de ternura y cariño, pero tienes un instinto infalible para entrar a matar que te hace dar media vuelta en el umbral del tocador y transformarte veloz como el rayo de la mujer más seductora en una feroz gata montesa. Cada vez que lo haces, me veo

282

obligado a domar a la gata de nuevo, y no soy cazador por naturaleza. —Le cambió el rostro, que se volvió feo—. Ahora caigo en que lo que debo sopesar es si te amo lo suficiente para seguir soportando todo esto. A decir verdad, no lo sé.

—Tal vez es que tengo la sensación de que Corunda es muy pequeña para ti, que seguirás tu camino, y no quiero vivir en ningún otro lugar que no sea Corunda.

—Es cierto que tengo grandes ambiciones —aseguró él—, pero no es necesario abandonar Corunda para alcanzarlas. Quiero entrar en política, a ser posible a nivel federal, y Corunda es perfecta para eso. Está a solo dos horas en coche de Canberra.

A ella se le iluminó la cara.

—Ajá. Sí, eso tiene sentido.

—Así que si te casas conmigo, querida Kitty, no habrá necesidad de renunciar a Corunda.

La muchacha miró el reloj y se puso en pie de un brinco.

—Llego tarde.

—Te acompaño al pabellón de niños, así nadie podrá objetar tu tardanza.

Aun así, esperó hasta el último instante para preguntarle si quería cenar con él. Ella aceptó, como siempre.

Kitty no quería preguntar si el chef seguía en la Casa Burdum, porque la cena era rollo de carne picada con salsa y puré de patatas, pero sospechó que así era, porque el redondo era de carne de cordero con un toque de comino y no se desmenuzaba, la salsa de carne sabía a salsa de verdad y el puré de patatas no tenía grumos. Devolvió el puré aduciendo que estaba aguado, no llevaba suficiente mantequilla y no le habían echado pimienta. Charles se felicitó por haber acertado dos de tres, y le pidió al cocinero que tuviera siempre a mano patatas fritas. Puesto que el chef era australiano pese a su preparación en Cordon Bleu, se estaba planteando seriamente preguntarle a Con Decopoulos del Partenón si no podría ceñirse a la cocina al estilo de Corunda.

—El rollo de carne estaba rico —comentó ella ingenuamente mientras tomaban café en la sala—. De textura bastante ligera, y no se desmenuzaba. Lo que se ha utilizado para condimentarlo, fuera lo que fuese, tenía un sabor delicioso, pero ¿por qué convertir unas buenas patatas en gachas lechosas?

—Si te casas conmigo, lo más probable es que me quede sin cocinero.

—Desde luego. Hay muchas mujeres en esta ciudad que cocinan de maravilla, según los hombres de aquí. Porque, Charlie, si me caso contigo, comeremos platos de Corunda, no carne sanguinolenta y gachas lechosas. Y eso es absolutamente innegociable.

—¡Has dicho «si me caso contigo»!

—Eso he dicho; pero no he aceptado.

—Es un paso adelante. Debes de quererme aunque sea un poco.

—El escollo no es el amor. Pero ¿te aprecio?

—Deja que te bese —dijo él, arrodillándose ante ella—. El aprecio se puede alcanzar con un nivel de naturalidad y compañerismo que no quieres tolerar, y eso es culpa mía por decirte que te quería antes incluso de saber siquiera tu nombre. Yo tampoco tengo la seguridad de apreciarte, si a eso vamos. Lo que sé es que estamos destinados a casarnos y pasar la vida juntos. Aquí en Corunda, comiendo como se come en Corunda. Haz el favor de bajar la guardia. No te des la vuelta en el umbral del tocador y te conviertas en una gata montesa. Hasta que no bajes la guardia, giramos el uno en torno al otro siguiendo una órbita fija.

Ella sonrió.

—Parece que sigues el debate del noveno planeta.

—Creo en las leyes de la naturaleza, y también que los seres humanos forman parte de la naturaleza —dijo con seriedad.

Kitty se inclinó hacia delante.

—Bésame, Charlie.

Lo primero que percibió de él fue su aroma, que le pareció embriagador, inesperado: algún jabón muy caro, un toque salobre con un punto juvenil, sin rastro de sudor. Su abrazo era envolvente sin resultar inquietante, pues le había apartado las rodillas juntas hacia la izquierda, de modo que no pudiera encajarse entre sus piernas, cosa que tampoco hizo cuando se puso en pie y la acercó a su cuerpo. Kitty no había caído en la cuenta de lo cómodo que sería estar con alguien casi de la misma estatura que ella, sin necesidad de estirarse ni hacer esfuerzos. O bien era astuto, o bien su respeto era genuino, porque mantuvo las manos en su espalda por encima de la cintura. «Ay, Charlie, ¿por qué tienes siempre dos caras? Eres Lucifer un momento y Satanás al siguiente. Pero en ambos casos es el rostro del señor de las tinieblas.»

No vaciló en pasar de la mejilla a la boca, se quedó lo bastante cerca para que Kitty cerrase los ojos en un acto reflejo, y luego posó sus labios sobre los de ella levemente inclinados, ejerciendo la presión de una pluma con su piel sedosa. ¡Ay, qué agradable era! Kitty se relajó, pues nada hasta el momento le causaba repulsión, en especial aquella actitud dominante que la habría hecho apartarse en el acto. Era como si él se contentara con dejar la respuesta en manos de ella, un señuelo sumamente atractivo. Cuando Kitty entreabrió un poquito los labios, él hizo lo propio; ella subió las manos hasta su cuello.

El beso se prolongó, como si Kitty flotara sin anclaje en un espacio de aire y luz hasta que él desplazó la mano izquierda de su espalda a su costado y la hundió en sus carnes tan súbitamente que, contra todos los dictados de la razón, arqueó el cuerpo con un gemido y lo apretó contra el suyo. En ese mismo momento el beso cambió, se hizo más intenso, se transformó en un alboroto de emociones oscuras y aterciopeladas que la convirtieron en su presa en la misma medida que él de ella.

Luego, de pronto, quedó libre. Charles se alejó hacia la ventana y se quedó mirando fuera.

—Es hora de que regreses a casa —dijo tras lo que pareció un largo rato.

Kitty cogió los guantes y el bolso y salió abriendo camino.

Grace no se sorprendió cuando Kitty se lo contó a la mañana siguiente.

—Bueno, lo quieres, así que ¿a qué esperas? —preguntó mientras le daba un cuenco de gelatina verde a Brian al tiempo que introducía la tetina del biberón en la boquita de John.

—¿Por qué les gusta tanto la gelatina a los niños? —se preguntó Kitty—. Cuesta una décima parte que las natillas y no tiene más alimento que el azúcar que les carcome los dientes, pero los críos se abalanzan sobre la gelatina y hacen ascos a las natillas. Qué insensatez.

La madre miró a la enfermera de pediatría con gesto desdeñoso.

—De verdad, Kits, a veces eres de lo más boba. La gelatina tiene un punto sensual, es fresca en vez de empalagosa, los niños prefieren la frescura al empalago, y les encanta sorberla entre los dientes, notar que se les deshace en la lengua. Además, la luz del sol atraviesa la gelatina y es de colores llamativos. Y no intentes cambiar de tema: estamos hablando de si tienes o no intención de casarte con Charlie Burdum. Yo creo que tienes que dejarte de tanto titubeo virginal y hacerlo.

Kitty se marchó con la sensación de que había averiguado más acerca de la gelatina que del matrimonio, lo que tenía su lado gracioso, aunque inútil. Lo único que tenía claro era que Charlie la amaba; pero dudaba si ella lo quería a él; hasta el momento nada la había convencido de que no podría vivir sin él. Grace estaba enamorada de Oso, y eso hacía que la boba de Grace lograra sobrellevar todos los errores que cometía.

El beso había abierto los ojos de Kitty a placeres que no había experimentado al ser besada por otros hombres, y parecía prometer esa clase de amante que toda mujer ansiaba.

Pero el matrimonio era más que eso, y el calvario de su padre la obsesionaba. Papá no había hablado ni una sola vez de ello, pero sus hijas lo veían y se compadecían de él. Un cuarto de siglo irremisiblemente unido a una mujer a la que no podía apreciar, cuyos actos a menudo lo incomodaban o lo avergonzaban, sin haberse mostrado tal cual era ni una sola vez y sin haber reconocido que la suya era la más desdichada de las uniones. Para el reverendo, sus votos eran sagrados, y ¿acaso podía Kitty casarse de acuerdo con términos menos exigentes que los suyos? No era una simple cuestión de debilidad, era el horror a hacer semejantes votos y despertar habiéndose comprometido con un hombre que la había embaucado con su encanto y sus cualidades externas.

De no haber sido rico, de no haber llevado el éxito escrito en la cara, de no haber tenido tanta confianza en sí mismo, tanta seguridad en llevar siempre la razón... ¿Qué había en él que la hacía dudar?

Y se estaba cansando, empezaba a flaquear. Kitty no sabía por qué tenía la firme intuición de que estaba peleando por su derecho a vivir, aparte de que Charlie le parecía una muela de molino que intentaba someterla, un cazador en pos de su gata montesa, precisamente ella, que no era montesa, ni felina ni dominante siquiera.

Entonces Grace la invitó a tomar el té una mañana en su nueva galería, con Edda y Tufts para que la celebración fuera completa.

—¿No es una maravilla? —preguntó, mostrándosela a sus hermanas con orgullo y satisfacción—. Oso y Jack la construyeron para mi cumpleaños.

Lo que había sido una galería abierta era ahora un espacio acristalado con sillas de mimbre blancas e innumerables plantas, desde helechos frondosos hasta begonias en flor pasando por palmas del paraíso.

—Está orientada al sur, así que nunca le da el sol directamente —continuó Grace, arropada por las exclamaciones de aprobación de sus hermanas—, y Oso encontró una plancha de vidrio para el tejado en el taller de los apartaderos del ferrocarril. Jack le ayudó a encajarla en la galería de modo que las plantas tengan luz suficiente para florecer. ¡Me encanta! —Se sentó en un sillón de estilo colonial con aspecto de reina.

—Pues sí que tienes buen gusto, Grace —comentó Edda—. Una vez dentro, tu casa es extraordinaria.

—Venga, sentaos —las animó Grace—. Antes de que nos separemos para preparar el té, quiero que hablemos del dilema de Kitty.

—¿Qué te retiene, Kitty? —preguntó Tufts, a la vez que tomaba asiento.

—El miedo a perder mi identidad, creo —reconoció Kitty—. ¿Cómo puedo explicar una sensación, un mero presentimiento?

—¿Dudas de que Charlie te quiera? —indagó Grace.

—No, ni por un instante. —Se inclinó hacia delante en la silla blanca, rogando con la mirada paciencia y tolerancia—. Supongo que mis miedos tienen que ver con que no sé cómo piensa Charlie... No, no es eso. Me da miedo que lo que yo llamo amor no sea lo mismo a lo que se refiere Charlie. ¿Soy un ser humano o una propiedad?

—Un ser humano —confirmó Tufts.

Las demás asintieron.

—Kitty, Charlie no escogería nunca mujer del modo que un coleccionista de iconos rusos elegiría otra pieza —dijo Edda—. Te miró y se enamoró sin saber nada sobre ti: yo llamo a eso escoger con el alma. Si encontrara a un hombre que sintiera eso por mí, tal vez cambiaría de parecer y me casaría. —Sonrió—. Es cuestión de química más que de biología.

—Qué poco me ayudas —se lamentó Kitty.

—Como única experta en el tema —dijo Grace, con tono de superioridad—, puedo ofrecerte al menos una perla de sabiduría, Kitty. El matrimonio nunca es lo que una imagina. Es una unión, y no me refiero al aspecto físico. Ambos cónyuges despiertan casados con un desconocido, ¿cómo podría ser de otro modo? Ponen en común sus ideas, sueños, bienes, sus mentes a la par que sus corazones. Yo cometí graves errores al principio, sobre todo por ignorancia y por prestar oídos a malos consejos. Porque hay más de una persona implicada. Si no eres capaz de anteponer a Charlie a tus propios deseos, no deberías casarte con él.

Edda miraba fijamente a su gemela con sorpresa.

—¡Dios santo, Grace, sí que has aprendido! —Se volvió hacia Kitty—. Querida hermanita, ninguna de nosotras puede tomar esa decisión por ti. Lo tienes que hacer por ti misma. Pero decidas lo que decidas, y al margen de cuál sea el resultado, estaremos a tu lado para apoyarte.

A Kitty le resbalaron lágrimas por las mejillas.

—Gracias, nunca me hará falta nada más —susurró.

Grace le tendió un pañuelo de encaje.

—¿De qué color quieres que vayan vestidas las damas de honor? —preguntó como si nada.

Brian eligió ese momento para entrometerse en la reunión de su madre. Llegó cargando con su hermanito, que estaba haciéndose muy grande para llevarlo por ahí, aunque Brian se negaba a reconocerlo.

Eran unos niños preciosos, pensó Edda, cada cual dotado de un carácter sumamente dulce que no se esfumaría con el tiempo. Con el pelo rubísimo de su padre y la carita atractiva, los dos tenían ojos de un azul pálido. Apenas se apreciaba ningún parecido con Grace.

Edda habló con la mirada fija en ellos:

—Kitty, la vida no te deparaba ser enfermera de pediatría. Tú estás destinada a tener hijos propios. Querida, deberías tener una tribu entera. Veo en ti a la madre más perfecta que quepa imaginar: sensata, dura cuando toca y tierna cuando se presta, una fuente de amor, calidez, seguridad. Piensa en ello también.

—Es verdad —dijo Tufts, y cogió al pequeño John de los brazos de Brian y lo acunó en su regazo.

—Bueno —dijo Grace, al tiempo que se levantaba para ir al armario de la cocina—, volvamos al asunto de los vestidos de las damas de honor.

A pesar de lo que habían dado por sentado sus hermanas, las primeras Navidades de la Gran Depresión Kitty no andaba más cerca de aceptar la mano de Charles en matrimonio. Habían seguido reuniéndose a menudo, pero se había dado un cambio en su relación; ella se mostraba más serena, menos arisca, como si se estuviera distanciando. Él, sensible al detalle más minúsculo en su comportamiento, empezó a desesperar secretamente. Equiparaba el éxito en todo, incluido el amor, a una fuerza sin fisuras; pensaba que si delataba alguna clase de debilidad, Kitty se quedaría con una mala imagen de él. Sobre todo por su baja estatura, no debía hacer nada que le hiciera parecer pequeño a sus ojos. ¡Era en todo igual a cualquiera que midiese un metro ochenta!

Su comportamiento desde el comienzo de las dificultades económicas a finales de octubre había sido admirable, y de resultas de ello su reputación en Corunda crecía a ojos vistas. No había ocultado su intención de utilizar parte del dinero del hospital para paliar el desempleo por medio de la construcción de un hospital nuevo, aunque el comienzo de las obras se demoraría inevitablemente. En su papel de director del hospital había optado por asistir a todas las reuniones públicas que se celebraban en Corunda, y no temía manifestar sus opiniones desde la tribuna, ni siquiera cuando sus palabras provocaban protestas.

Kitty no podía por menos que aplaudirlo. Charlie no estaba triunfando de chiripa, sino que estaba dispuesto a convertirse en un personaje de renombre e influencia en el devenir de Corunda con independencia de los asuntos del hospital. Eso indicaba que bajo su encanto exterior había un carácter firme, audaz, cabal, inteligente, fuerte.

El rector y su esposa celebraban una cena de Nochebuena para su familia, y las tres hermanas enfermeras estaban de fiesta hasta el día de San Esteban. Grace y Oso, Edda y Jack, Tufts y Liam y Kitty y Charles estaban invitados.

Charles pasó por la casita para recoger a Kitty y la encontró sola; Tufts y Edda ya se habían marchado.

La besó con ternura y tomó su mano derecha para cerrar sus dedos en torno a una cajita de cuero.

—Feliz Navidad, cariño —dijo—. Haz el favor de ponerte esto. La batalla ha terminado: declaro una tregua de por vida. No puede haber victoria ni derrota.

A sabiendas de lo que contenía, Kitty, siguiendo la tradición de Pandora, abrió la caja. Fue como si hubiera abierto de par en par una puerta al sol. El diamante refulgió lanzando prismas multicolores al desplazarse bajo la luz.

—¡Oh! —exclamó, paralizada.

—Son solo dos quilates —balbució él—, pero es perfecto, de primerísima agua. No pude encontrar otra piedra ni la mitad de buena, ni siquiera en Ámsterdam.

La indecisión se esfumó; Kitty tendió la mano izquierda.

—Pónmelo, Charlie —pidió.

—¿Quieres casarte conmigo?

—Sí.

—¿Me perdonas que haya sido tan orgulloso como para escoger por mi cuenta el anillo?

—Claro que sí. Es tu anillo el que me ofreces.

La boda se celebró con la pompa adecuada en St. Mark a finales de enero de 1930. Charles había tomado una decisión que le granjeó la simpatía de todos los hombres implicados: Maude exigió trajes de etiqueta o chaqué y corbata blancos, que habrían tenido que alquilarse en Sídney, pero Charles se impuso aduciendo que los trajes de tres piezas eran más prácticos. ¡Qué alivio!

Kitty lucía un vestido blanco de satén hasta el suelo con cola en forma de abanico cortada de una manera tan sutil que no hizo falta que la llevara nadie; iba ribeteado de aljófares y era mucho más sencillo de lo que a Maude le hubiera gustado. Kitty había preferido ponerse en manos de Edda.

Las tres damas de honor iban de un rosa subido y llevaban ramos de orquídeas del mismo tono. Maude tenía que lucir adornos recargados, claro, pero nadie más lo hizo, lo que a punto estuvo de fastidiarle el día.

Corunda llenó la iglesia hasta los topes y mucha gente tuvo que quedarse fuera. Los remolinos de confeti multicolor perdurarían hasta que los temporales de invierno barrieran por fin los últimos papelitos. Puesto que el rector no podía permitirse una inmensa recepción y se negó a que Charles aportara dinero, lo único que tuvo ocasión de ver Corunda fue la ceremonia en sí. Otra decepción para Maude, cuyos adornos de organdí rosa tendrían, a su juicio, que haberse exhibido mucho más.

Debido a los tiempos tan duros que corrían, la pareja de novios no se fue de luna de miel. Pasaron directamente de la modesta recepción en la rectoría de St. Mark a la Casa Burdum para dar comienzo a su vida de casados.

Al principio, la gente normal que no invertía en la bolsa creyó que el desastre económico sería un asunto pasajero, una cuestión de meses como mucho. Esa actitud caló especialmente en Corunda, cuyos habitantes tardaron en sufrir el desastre con todas sus consecuencias. En un primer momento los empleos no empezaron a caer cual hojas de otoño arrancadas por la ventisca, a pesar de que la prensa no hacía más que repetir que precisamente eso ocurría en ciudades como Sídney y Melbourne. Protegidos de los expolios de la Gran Depresión gracias a la generosidad de que hacía gala Charles Burdum con su propia fortuna y el hospital, los vecinos de Corunda conservaron sus trabajos o encontraron otros.

Charles decidió dar comienzo a la reconstrucción del hospital de inmediato y a un ritmo acelerado; no se le pasó por la cabeza que hubiera otra solución que crear nuevos empleos y conseguir que los hombres volvieran a trabajar lo más pronto posible, aunque debería haber ido con más tiento: se había criado en la City de Londres. Solo más adelante se detuvo a pensar que las teorías económicas dictaban algo distinto.

En Corunda había numerosos carpinteros, fontaneros,

ebanistas, obreros, electricistas, yeseros, trabajadores cualificados y jardineros; no en vano era una ciudad conocida por sus jardines. Cuando Jack Thurlow le habló a Charles de un depósito de arcilla para ladrillos en Corbi, tomó buena nota de la información, pues suponía que la ciudad podría aportar el material de construcción más importante, los ladrillos, sin necesidad de tener que importarlo. Y se crearían puestos de trabajo adicionales.

Muchos, sobre todo de la plantilla del hospital, se oponían a que se utilizara la antigua planificación sin modificarla apenas: lo más fastidioso, claro, era tener que caminar por las mismas viejas rampas. Puesto que Charles había invertido dinero en encargar una buena maqueta del hospital a una empresa de Sídney especializada en eso, podía exhibir un ejemplo tridimensional y enseñar a los diversos grupos descontentos lo espléndidas que serían las nuevas rampas; pero nada lograba convencer a quienes detestaban las rampas o la antigua distribución en pabellones independientes. Querían un hospital moderno de varias plantas. Y fue entonces cuando un gran número de habitantes de Corunda descubrió que Charles era un Burdum tan duro de pelar como cualquier otro en la historia de la familia, y tenía una faceta hábilmente feroz.

—Pueden quejarse, lloriquear y renegar hasta que se congele el infierno —dijo en el ayuntamiento a doscientos ciudadanos que protestaban indignados contra las rampas—, pero eso no supondrá la menor diferencia para mí ni para el nuevo hospital. El Hospital de Corunda Base se levantará tal como muestra la maqueta. No pienso permitir que mis pacientes corran el riesgo de subir en ascensores o comoquiera que los llamen. ¡No estamos en Sídney! Y si no quieren hacer ejercicio voluntariamente, yo les obligaré. La construcción de un nuevo hospital de este tipo creará puestos de trabajo ya que no habrá que importar buena parte de los materiales, incluso del extranjero. Corunda tendrá que acomodar su precioso manto de empleos y prosperidad como mejor convenga a su estatus y sus necesidades. Tanto si les gusta como si no, damas y caballeros, yo, Charles Burdum, soy la luz que guía esta empresa y su motor principal. Tengo muchos planes para que el diseño del hospital resulte más satisfactorio de lo que parece a quienes aborrecen tener que caminar más de lo estrictamente necesario, pero no pienso explicárselos hoy, ni mañana. No se lo merecen. Deberían estar agradecidos de que haya puestos de trabajo que cubrir. ¡Ahora, váyanse de aquí!

—Eso no ha sido muy prudente, Charlie —le dijo Kitty, que lo tomó del brazo, sonrió y le dio un beso en la mejilla—. Ay, pero cómo he disfrutado. Hay gente que nunca está contenta.

—Tu padre lo estará cuando se entere de que estoy utilizando parte del dinero del hospital para habilitar una clínica en el orfanato.

—¡Ay, Charlie, qué maravilla! Y cada vez es más necesaria.

El reverendo Latimer, antaño una de las comadrejas del hospital, se había convertido en un león rabioso en lo concerniente al orfanato. El edificio, una mole de estilo victoriano tardío no muy distinta de la Casa Burdum, se había erigido en Corunda como parte de un movimiento que surgió en torno a la última década del siglo XIX y los primeros años del XX; era conveniente acoger a los huérfanos en un entorno rural para que pudieran trabajar en una granja, producir parte de lo que consumían y respirar aire sano y sin humo. Como resultado, llegaban niños de todo el estado y la suerte de cada huérfano en concreto la decidían unos funcionarios en Sídney. La mayoría de esas instituciones eran organizaciones benéficas que dependían de confesiones religiosas, pero no era así en Corunda. Ahora, con el hacha de la racionalización de gastos reduciendo a leña todo lo que tuviera que ver con el gobierno, el orfanato estaba en un serio aprieto. Prácticamente a diario embarcaban a un nuevo niño en el tren en Sídney y lo enviaban al orfanato de Corunda, que estaba ya a punto de reventar.

Thomas Latimer lo convirtió en su principal preocupación, y lo hizo demostrando un talento poco común para lo que podría denominarse «política interconfesional». Al margen de cómo la llamaran los habitantes de Corunda, para marzo de 1930 el rector se las había ingeniado para que el Ejército de Salvación alcanzara la hegemonía en los comedores de beneficencia y demás áreas tradicionalmente de su ámbito, así como para lograr que todo ministro, pastor y sacerdote arrimara el hombro en aras del orfanato, las madres abandonadas, los ancianos indigentes y cualquier otro necesitado. Monseñor O'Flaherty contaba con un cura, el padre Bogan, con un auténtico don para la organización; gracias al rector, el padre Bogan tomó el mando como supervisor general de todas las obras de caridad, ahorrando así duplicaciones innecesarias y evitando rencillas religiosas que hubieran sido una pérdida de tiempo.

Maude Latimer se encontró viviendo con unos ingresos más modestos y estrictamente regulados, y también comprobó que sus quejas caían en saco roto.

—Deja de rezongar, Maude —le dijo el rector con firmeza—. A ti no te falta de nada, mientras que esos niños, aunque no tienen ninguna culpa, están necesitados de todo. Y sí, Billy Marsyk ensayará en el piano de la rectoría. Ese chico tiene un gran talento.

—¡Un gran talento, y un cuerno! —se quejó a gritos Maude a Tufts, que fue a verla al día siguiente por obligación—. ¡Esa bestezuela hizo pipí en mi jarrón de lirios de cristal tallado!

—Bueno, mamá, al menos no lo hizo en la alfombra —dijo Tufts, con los labios fruncidos—. Eso demuestra que Billy es un buen chico.

—¡Ay, eres tan mala como tu padre!

—Vamos, mamá, después de tantos años deberías conocer a papá mucho mejor de lo que por lo visto lo conoces. Él se desvive por obtener el dinero necesario para comprarles a los huérfanos zapatos para el invierno. No pueden ir descalzos durante el invierno en Corunda. Así que no te quejes tanto, mamá.

Maude se puso de uñas.

—¡Yo no me quejo nunca! —Y de pronto soltó una risita súbita más bien grotesca—. ¿Has visto a mi pequeña Kitty últimamente? ¿Verdad que es la niña más hermosa del mundo?

Tufts, pillada por sorpresa, se quedó boquiabierta y luego procuró aparentar normalidad, temerosa de que su madre reparase en su reacción. Aliviada, vio que Maude no se había dado cuenta de nada. ¿Qué la había llevado a decir tal cosa?

Cuando salía, se encontró a su padre delante del garaje.

—Papá —le dijo—, ¿crees que mamá está en su sano juicio? He reparado en otras cosas, pero es que ahora mismo...

El rostro alargado y atractivo, tan parecido al de Edda, se nubló, y los ojos grises adoptaron un aire... ¿receloso?

—Tu madre está bien, cariño.

—¿Seguro?

—No me cabe duda. Supongo que ha dicho algo acerca de Kitty, ¿no? Sí, ya. El matrimonio de Kitty le ha supuesto un duro golpe.

—Pero siempre había querido que Kitty se casara con un hombre rico.

—Los deseos son efímeros, Tufts. La realidad es algo muy distinto.

—Papá, Kitty lleva ausente de la rectoría desde abril de 1926. —Tufts posó la mano en el brazo de su padre—. A mamá se le empieza a ir un poco la cabeza, y creo que lo sabes.

Los periodistas australianos solo tenían una manera de calcular las tasas de desempleo, pues en el gobierno nadie hacía estadísticas de cosas que se consideraban insignificantes. No obstante, había grupos de hombres que sí llevaban las cuentas: eran los sindicatos obreros, para los que era importante conocer las cifras de parados. Al principio cada uno de los sindicatos no tenía demasiado interés en saber cuántos miembros de otro sindicato tenían trabajo, pero después de federarse los sindicatos entendieron la importancia de ofrecer un frente común. El organismo central manejaba datos que se hacían públicos en forma de porcentajes, y sobre esas bases tan endebles se estimaba la cifra de australianos sin empleo.

Alguien decidió que los trabajadores sindicados constituían la mitad del total de mano de obra, porque muchos hombres con trabajo no veían necesidad de afiliarse a un sindicato, o no querían pagar las cuotas sindicales o carecían de un sindicato específico de su oficio. Con lo que periódicos y revistas, desprovistos de otra alternativa, aplicaron una regla general: el total de desempleados ascendía al doble del de desempleados afiliados a los sindicatos.

A finales de 1929, tal vez quince de cada cien hombres en edad de trabajar no tenía empleo.

El paro vino acompañado de horribles privaciones al producirse numerosos desahucios a escala nacional. Surgieron barrios enteros de chabolas a las afueras de las grandes poblaciones y de todas las ciudades para acoger a las esposas e hijos de los desempleados. Un parado enrollaba sus pertenencias esenciales en una manta, un hatillo cilíndrico que se conocía como «botín», y se echaba al camino para recorrer a veces miles de kilómetros en busca de algo que Australia no le podía ofrecer: trabajo.

Según el gobierno y los economistas, la clave para superar

tanta miseria pasaba por lo que se denominaba racionalización de gastos, lo que suponía que ningún organismo público
—y la mayor parte de los organismos privados hizo lo propio— podía gastar dinero, ni en sueldos ni en empleos: no se
construirían nuevas infraestructuras, no habría nuevos empleos, se reducirían drásticamente los puestos de trabajo existentes y habría grandes reducciones salariales. Una o dos voces clamaron en el desierto que para atajar la Gran Depresión
los organismos públicos tenían que invertir dinero en nuevas
infraestructuras, pero en 1930 nadie estaba dispuesto a escu-
charlas.

La respuesta estaba en el empleo, no en el recorte de gastos, dijo el renegado laborista de Nueva Gales del Sur, Jack
Lang, que también era partidario de que ninguno de los gobiernos australianos saldara sus deudas exteriores hasta que
los propios australianos tuvieran mejores expectativas de
vida. Nadie de ningún estrato social quería entender que los
gobiernos, ansiosos por modernizarse y expandirse, lo habían hecho gracias al dinero extranjero, y en ese proceso
habían incurrido en cuantiosas deudas que la situación hacía
ahora impagables; de hecho, habían hipotecado a sus ciudadanos en vez de hipotecar bienes raíces.

Las amas de casa normales como Grace Olsen no tenían
elementos de juicio suficientes para hacerse una idea clara del
alboroto financiero, y de las hermanas Latimer era ella la que
estaba más lejos de tener una opinión informada. En su vivienda exquisitamente amueblada de Trelawney Way estaba
subiendo de estatus social paso a paso gracias a una combinación de cualidades que no solían verse en la zona de Trelawney: tenía conocimientos sobre salud femenina e infantil, era
capaz de escribir cartas o cumplimentar formularios en tono

agresivo, tierno o como fuera necesario, sabía de consejos y servicios públicos y además no era una esnob.

Hacia finales de diciembre de 1929, Oso había recortado mucho los gastos de Grace; en tono alicaído, le había dicho que se veía obligado a ahorrar con vistas al futuro, y con ese fin tendría que reducir el dinero para gastos domésticos. Nada de ropa nueva, cortinas nuevas, nada de carne cara, y habría que comprarle una talla más de ropa a Brian, y John la llevaría cuando se le quedara pequeña a su hermano. Grace, pillada por sorpresa, respondió con docilidad.

Lo que Oso no tuvo el valor de decirle fue que sus ingresos habían disminuido drásticamente; la gente no compraba productos Perkins a no ser que fueran cosas imprescindibles, como linimento, pomada o emplasto para los callos.

Se había prescindido de la mitad de los vendedores, lo que para Oso suponía encargarse ahora de un circuito tan amplio que tardaba semanas en recorrerlo; su dinero para gastos se había reducido a un nivel de subsistencia, así que dormía seis noches en su coche y la séptima se alojaba en una pensión para adecentarse y lavar la ropa.

Algo en su mirada acallaba las protestas de Grace. Sus ojos parecían exhaustos, y la alegría que siempre se apreciaba en ellos se había desvanecido. A todas luces la crisis le estaba pasando factura; ella no sabía hasta qué punto, y juzgó su situación demasiado a la ligera.

Así que acudió a Jack Thurlow, que era constante como el sol.

—¿Sabes qué le ha ocurrido a Oso? —le preguntó.

Su larga experiencia con Grace le aconsejó guardarse sus recelos y no dejarle ver ni rastro de ellos. Adoptó un gesto interrogante.

—No sé a qué te refieres exactamente, Grace.

Ella se encogió de hombros.

—Ha cambiado. O igual quiero decir que ha perdido el sentido del humor. Era muy risueño, pero ya no. Dice que corren tiempos difíciles: bueno, así debe de ser, porque ha recortado el dinero para los gastos de casa. Pero no quiere hablar de lo que ocurre.

—Deberías tomarlo como un cumplido —dijo él, con una sonrisa natural—. La empresa de Oso acusa los apuros, es así de sencillo.

—Pero me dijo que le comprara ropa grande a Brian. ¿Es que quiere que nuestro hijo parezca uno de esos niños del West End, con los dobladillos de los pantalones subidos hasta las rodillas y las mangas del abrigo recogidas hasta los codos? ¿Quiere que zurza los zurcidos de los calcetines?

—Así crecí yo, y mis padres tenían mucho dinero. Obras son amores, que no buenas razones —dijo Jack, en tono sensato—. Brian es un niño bien parecido. Le pongas lo que le pongas, eso no cambiará, y ya sabes que Brian no te dará la lata por los dobladillos recogidos.

Al ver su firmeza, Grace no hizo más preguntas, pero cuando Edda fue de visita, le dijo:

—No me entra en la cabeza eso de que haya que sacar el máximo partido a una moneda de medio penique. Brian parece un niño del West End. ¡Es un escándalo! Y el pequeño John siempre con ropa de su hermano mayor. ¿Qué dirá la gente?

—Tus hijos son como los de todo el mundo. Pareces Maude —comentó Edda, sin mostrarse muy comprensiva—. ¿Acaso no ves que podría ser mucho peor? Oso tiene un empleo mientras Perkins siga funcionando, pero además de tener un sueldo fijo, trabaja a comisión, y sus ingresos han bajado. —Tomó aire—. Prepara té, Grace. He traído galletas Anzac de la rectoría.

—Toda una señal de los tiempos que vivimos —soltó Grace, y profirió un suspiro—. En vez de bollos con mermelada y nata, galletas Anzac. —Se le animó el gesto—. Aunque son estupendas para untar, nunca se desmigajan.

—¿Por qué crees que las he escogido? Brian y John también pueden untarlas.

Una vez hubieron tomado el té y las galletas y estuvieron de nuevo limpias las caritas blancas, Grace volvió a sus quejas sobre la falta de dinero.

—¿Cuándo crees que Oso volverá a ganar un buen sueldo? —preguntó mientras pasaba el trapo por la mesa de la cocina.

—Desde luego, tal vez seas la mayor quejica del mundo, pero tienes la casa inmaculada sin ayuda alguna, que es más de lo que puede hacer Maude.

—Contar de nuevo con mi limpiadora sería una maravilla, pero incluso yo soy capaz de ver que esos tiempos han terminado —refunfuñó Grace; no le gustaba que le recordaran su tendencia a lamentarse—. ¿Cuánto durarán las dificultades?

—Charlie Burdum dice que años.

—¡Ja! Él sigue nadando en dinero.

—Es verdad, pero da empleo a mucha gente, y Kitty también. Ya sabes la tasa de esposas abandonadas que hay en el West End, Grace. Todo el mundo olvida a las mujeres, como si no existiéramos ni diéramos a luz a los amos. En todo este condenado país solo hay una pensión para mujeres menores de sesenta años: la pensión de viudedad del gobierno de Nueva Gales del Sur, y es una miseria. Todos los demás gobiernos se ríen de Nueva Gales del Sur por concederla. Es el estado que más dinero adeuda a Londres, pero si hubiera recibido la parte que le correspondía de dinero federal no habría necesitado pedir tanto prestado. Victoria y Australia Occidental siempre obtienen proporcionalmente más de lo que deberían.

—Edda se inclinó hacia delante y zarandeó a su hermana—.

Deja de mirarme como que no entiendes nada. Esto es relevante. Es posible que llegue a ser importante para ti en persona algún día, así que escucha. ¡No desconectes!

La frustración de Edda ante la apatía y la estulticia de Grace no se había esfumado por completo cuando se encontró con Jack para cabalgar a orillas del río, pero cuando entraron en su dormitorio de Corundoobar su ánimo ya estaba lo bastante despejado como para disfrutar haciendo el amor con él. Tras una larga relación el cuerpo de Jack le resultaba tan familiar como el suyo propio, pero seguía deleitándola. Y por lo visto, el deleite era mutuo.

—¿Por qué vuelves una y otra vez conmigo? —preguntó ella.

—Ah, muy sencillo —respondió Jack mientras fumaba un pitillo—. Eres una mujer quisquillosa y sumamente deseable que se aviene a mantener relaciones sexuales sin exigir que estén legitimadas con el matrimonio. Es una maravilla tener una amante respetable y con clase. La mayoría de los hombres tienen que contentarse con una furcia, y aunque tuvieras un centenar de amantes, Edda, tú seguirías sin ser una furcia.

—¿Por qué? —preguntó, desperezando su cuerpo desnudo.

—La condición de furcia se da cuando la mujer espera cobrar por sus servicios. El pago no es siempre en dinero, puede ser cualquier cosa, desde poder a otra clase de actos, pero siempre hay un contrato tácito. No es el acto en sí lo que hace de una mujer una furcia, sino su actitud mental. Los hombres también pueden prostituirse, aunque no suelen utilizar el sexo como arma.

—Son reflexiones muy extrañas y sagaces para provenir de un granjero. Pero es esa cualidad lo que me atrae de ti, no tengo empacho en reconocerlo. No eres nada aburrido. Plantas patatas de maravilla, pero es como si las patatas no te pasaran por la cabeza. —Entrelazó las manos detrás de la cabeza sobre la almohada—. Bueno, ¿te parezco deseable?

—Tanto como un bufé a un glotón.

—Un poco escasa de delantera —comentó ella con una sonrisa pícara.

—Más de un bocado es un desperdicio.

—Ven a frotarme la espalda, so vago.

Les encantaba ducharse juntos, después de lo cual la quisquillosa de Edda se ponía ropa limpia para librarse del olor a caballo y se sentaba con él en la venerable cocina de la vieja granja a beber cerveza fría de la nevera de Jack. Como buen criador de ovejas que era, él mismo se encargaba de hacer el hielo.

—Charles Burdum se ha convertido en el héroe de la ciudad —comentó.

—Mi estimado cuñado. Creo que es un héroe con todas las de la ley. Las cosas de palacio van despacio y también irá poco a poco el nuevo hospital, pero lo ha comenzado, y no cejará hasta haberlo terminado. Dinero ya hay. —Miró a Jack con afecto. ¿Por qué no era amor lo que había entre ellos?—. Gracias a ti, hasta los ladrillos serán de aquí. Nadie sabía que hubiera arcilla para ladrillos allá en Corbi hasta que tú lo dijiste.

—El viejo Henry Burdum lo sabía. Es tierra yerma, razón por la que no extendió sus propiedades en dirección a Corbi. Nadie quería esas tierras.

—¿Adónde crees que quiere llegar Charlie?

—¿Qué?

—Corunda no lo satisfará nunca. ¿Es que no te has dado cuenta de que todas sus buenas obras tienen un trasfondo político? Cuando se enteró de que la mayoría de los del West End no tienen medio de transporte para ir a Corbi a hacer ladrillos, fue a Sídney y compró un viejo autobús de dos pisos.

Los mecánicos de aquí están encantados de mantenerlo en funcionamiento sin cobrar nada aparte de las piezas de repuesto: Charlie es de lo más avispado. Podría haberse permitido un autobús nuevo y haber pagado a un mecánico. Pero si ahora se presentara al Parlamento, todos los habitantes del West End le votarían fuera cual fuese su partido —razonó Edda—. Les ha ofrecido una nueva industria y transporte para llegar a ella. ¿Coste, todo incluido? Unas cien libras.

—¿No lo estás juzgando con demasiada dureza?

Ella lanzó un bufido.

—¡Haz el favor de fijarte bien en él y en lo que hace, Jack! Sídney está que arde por causa de las revueltas entre la policía y los parados; los idiotas federales endosan sus responsabilidades a los estados y lo único que hacen por el pueblo es anunciar que algún caballero director del Banco de Inglaterra viene a asesorar a la nación sobre estrategias económicas. ¡Pamplinas! Australia Occidental busca otra vez la secesión. Ojalá la consiguieran, porque no podrían liar más las cosas de lo que las ha liado Canberra. La libra australiana se está devaluando, y ahora Jimmy Scullin ha tenido que cesar a su tesorero porque se dice que es un auténtico chorizo. ¿Tú crees que esto es un gobierno? A mí me parece patético.

—Me encanta ver cómo te indignas.

Tras reírse de buen grado, Jack tomó su mano y se la besó.

—Tienes razón en lo de la política, pero ¿cómo exactamente encaja Charlie Burdum en la situación?

—No seas bobo, Jack. Ya te lo he dicho. Alberga grandes aspiraciones políticas, creo que dirigidas al Parlamento federal en Canberra. El excelentísimo señor Charles Burdum, primer ministro de Australia. Lo que no alcanzo a ver es a qué partido se afiliará. Por familia y fortuna debería ser de los conservadores, pero tiene una afinidad espiritual con el trabajador que lo acerca más al ala derecha del laborismo.

—¡No puede ser primer ministro! —exclamó Jack, horrorizado—. Es sajón, no australiano de pura cepa.

Edda le lanzó una mirada socarrona.

—Eso no está escrito en la Constitución, aunque debería estarlo, como en la norteamericana. Ser sajón no detendrá a ningún político ambicioso.

—Tienes razón. Se limitarán a restarle importancia, tal vez incluso lo soslayen del todo.

Oso Olsen volvió a casa a finales de julio de 1930, en el tren diurno de Sídney en un compartimento de segunda clase, y luego caminó los más de cuatro kilómetros que había desde la estación hasta su casa de color crema y verde en Trelawney Way, cargando con la maleta como si pesase una tonelada. Llevaba el sombrero calado sobre la frente porque los ojos que ocultaba el ala estaban rojos e hinchados por el llanto. El trayecto de cinco horas en el tren regional, que tenía parada en todas las estaciones por minúsculas que fueran había sido una suerte, pues le había permitido derramar lágrimas a placer sin que repararan en él. ¿Qué importaba si alguien le veía? Aunque no es que tuviera muchos espectadores: incluso un billete de tren en segunda clase estaba fuera del alcance de la mayoría de los hombres y mujeres hoy en día. También estaba fuera del alcance de Oso, solo que sabía que debía llegar a casa lo antes posible una vez iniciara el camino de regreso; lo de echarse al camino cargado con el «botín» del parado quedaba para más adelante.

Sus hijos estaban en el jardín trasero; alcanzó a oír sus gritos felices y su parloteo al acceder a la galería y sintió temor ante el inevitable encuentro. Atinó a oír que Grace tarareaba en su galería entre las plantas: cuánto le encantaba aquel refugio tan verde.

—¿Grace? —saludó desde la sala de estar, a la vez que dejaba caer la maleta.

—¡Oso! ¡Ay, Oso! —gritó ella, y corrió a rodearlo con sus brazos y besarle la barbilla sin afeitar—. No he oído el coche. ¿Has aparcado en la calle?

—No hay coche —consiguió decir.

Se quitó el sombrero. Grace miró la cara de su marido y se echó a temblar.

—Ay, Oso, ¿qué ha pasado?

—Perkins se ha hundido —contestó con serenidad—. Me he quedado sin empleo, sin coche y sin finiquito. Lo único que tengo son unas referencias entusiastas que me describen como el mejor vendedor de toda Australia. Pero no tenía valor para vender cosas prescindibles a la gente, con los tiempos tan malos que corren. Tampoco es que el señor Perkins me lo pidiera, claro. Al final, fue un desastre absoluto.

Grace le pasó un brazo por la cintura para llevarlo al refugio frondoso y hacerle tomar asiento en el sillón de estilo colonial, y luego acercó otra silla y tomó sus manos entre las de ella.

—Ya encontrarás otro trabajo —le dijo, procurando asimilar aquella mirada trágica y calcular el volumen de lágrimas que debían de haber vertido sus ojos.

—No, Grace, no lo encontraré. He pasado diez días pateándome Sídney con mis magníficas referencias, pero no hay ningún trabajo de vendedor. Ni uno solo. La gente ha dejado de comprar. Qué horror, Grace. Hay parados por todas partes, miles de hombres haciendo cola para un solo puesto de trabajo, policías armados en lugares donde los disturbios son constantes, comercios con los escaparates entablados, casas y más casas vacías, desprovistas de todo para que no las ocupen... De no ser por los comedores del Ejército de Salvación y alguna que otra organización religiosa que reparte comida, creo que Sídney sería un cementerio. Al menos las partes que vi. Hay otras zonas que están mejor, pero los parados no van allí porque no hay fábricas ni talleres. —Rompió a sollozar—. Vaya, no quería llorar. Creía que ya no me quedaban lágrimas.

Grace se acurrucó en el sillón junto a él y lo abrazó contra su pecho, asombrada al ver que seguía serena y sin llorar.

—Tienes que animarte, Oso. Estás en casa —dijo, insuflando a la maravillosa palabra hasta el último gramo de sentimiento que albergaba—. Aquí tienes familia, contactos útiles... Charlie te buscará algo que hacer, está creando muchos puestos de trabajo.

—Pero no de vendedor.

Grace sacó el pañuelo y se lo dio.

—No tienes por qué trabajar de vendedor, querido. Al menos no de inmediato. Hasta que mejore la situación, puedes trabajar de... ¡ay, no lo sé!

—Grace, los únicos puestos que se ofrecen son para trabajos muy duros, eso ya lo sabes. Yo he sido vendedor desde que era un imberbe, conque lo único que sé hacer es hablar, caminar y conducir. No soy capaz de levantar sacos de cereal ni usar la pala. —Se incorporó, ahora de nuevo sin lágrimas—. Además, no puedo servirme de mi relación con un hombre importante para lograr un puesto de trabajo por el que se están peleando miles de hombres. Así que no, no pienso pedirle a Charles Burdum ninguna clase de empleo, ni a Jack Thurlow ni a tu padre, si a eso vamos.

Horrorizada, Grace se apartó para mirarlo bien y vio las comisuras de su boca, por lo general risueña, vueltas hacia abajo en un rictus implacable, las mejillas hundidas, el cuello huesudo bajo la barbilla. ¿Cuándo habría comido por última vez?

—Vamos a la cocina y te preparo el almuerzo —dijo, obligándole a levantarse—. Los niños ya han comido, así que no les diré que estás en casa hasta que hayas comido, te hayas dado un baño caliente y puesto ropa limpia. Escucha bien lo que te digo —continuó mientras caminaban a paso lento—: te sentirás como nuevo.

En la cocina lo sentó a la mesa y se puso a cortar rebanadas de pan.

—¿Ves? Nada de jamón ni salmón enlatado, cariño. —Se echó a reír, qué sonido tan alegre—. Hoy en día hago yo misma la mermelada, la pasta de pescado o la pasta de levadura, y saqué la nevera al garaje. Edda me dio la que tenían antes en su casa, que es más pequeña y mantiene los productos frescos con un bloque de hielo más pequeño.

¿Por qué esas palabras hicieron llorar a Oso de nuevo? Grace acabó de preparar los sándwiches de pasta de pescado, y mientras él comía y se tomaba toda una tetera, le llenó la bañera de agua caliente de la caldera. Bien comido, bañado, afeitado y vestido, por fin estaba preparado para ver a sus hijos.

—Ay, Oso, no llores también delante de ellos —le suplicó ella.

No lloró. Puesto que se había visto obligado a vender sus productos cubriendo una extensión de cientos de miles de kilómetros cuadrados, su última ausencia había sido prolongada, así que ver a sus hijos le supuso una conmoción. Brian tenía dos años y cuatro meses, era alto y esbelto como sus padres y tenía las piernas rectas; su cabello seguía siendo muy claro, pero no tan rubio como antes. Y John era Brian con casi catorce meses: andaba, hablaba, no paraba quieto, se mostraba curioso y adorable. Oso hizo de tripas corazón y sacó de alguna parte fuerzas suficientes para comportarse con ellos como siempre, zarandearlos de aquí para allá, reír, fingir que los azotaba, incluso para sacar de la maleta un puzle para Brian y una peonza para John. Tal vez estuviera sin blanca, pero ¿cómo iba a volver a casa sin regalos para sus hijos?

—¿Dónde puedo apuntarme al paro en Corunda? —le preguntó a Grace cuando los niños se quedaron jugando con sus regalos.

—Solo ofrecen trabajos muy duros —le recordó ella—. Te darán un subsidio por trabajar para el gobierno, lo que se reduce al trabajo pesado. Los empleos para gente con preparación no existen. Muy pocos son capaces de cumplir con el trabajo, pero aceptan el subsidio de todos modos. Si tienen que presentarse, se limitan a quedarse con el pico en la mano.

—¡Yo no pienso aceptar un subsidio! Es recibir algo a cambio de nada.

—Charlie te buscará alguna ocupación honrada.

—No pienso tirar de contactos acudiendo a Charlie, y no hay más que hablar.

Por fortuna, sus penalidades de las últimas dos semanas lo habían agotado; a las cinco estaba arropado en la cama y dormido, y Grace tuvo ocasión de ocuparse de los niños y prepararlos para dormir.

A las seis, cuando ya había oscurecido, Grace encendió una lámpara a prueba de viento y se llegó al cruce de Trelawney Way y Wallace Street, donde había una cabina de teléfonos roja con vidrios de estilo victoriano. A ellos les habían cortado el teléfono cuando Oso redujo el dinero para los gastos de casa el diciembre anterior.

Al introducir el penique, respondió una voz femenina.

—¿Kitty? Gracias a Dios.

—¿Grace? ¿Eres tú, Grace? Qué rara suena tu voz.

—¿Puedes venir a casa ahora mismo? Estoy en la cabina, pero no quiero ausentarme mucho rato.

—Voy para allá en cuanto encuentre a alguien que me lleve.

Kitty estaba descubriendo que la vida con Charlie tenía sus compensaciones por haber renunciado al trabajo de enfermera. Aunque quería mucho a Charlie, le había resultado desgarrador dejar a sus niños enfermos, pero las normas eran inamovibles: no podía haber enfermeras casadas. Sea como fuere, tenía que encargarse de la renovación de la Casa Burdum, una tarea que implicaba numerosos desplazamientos a Sídney a fin de escoger baldosas, papel pintado, tejidos, tapices para el suelo, arañas de luces y candelabros de pared, muebles, instalaciones fijas y accesorios. Puesto que Edda le resultaba de gran ayuda en cuestiones de buen gusto, procuraba que esas expediciones coincidieran con los días libres de su hermana, y las dos se lo pasaban de maravilla en Sídney, se alojaban en el hotel Australia y comían en lugares donde el chef estuviera dispuesto a hacer la carne como es debido.

Sus incursiones en la cocina no tenían tanto éxito; no disfrutaba lo más mínimo viendo cómo las cacerolas hervían hasta derramarse o las sartenes ardían en llamas, así que cuando Charlie le propuso una solución, se mostró dispuesta a prestar oídos. Contratarían a un cocinero lo bastante hábil para complacer los gustos antagónicos de cada uno, el norte de Charles y el sur de Kitty, por así decirlo.

Un hechizo que ella no había esperado llegar a sentir colmaba ahora su vida entera: Charlie era un amante maravilloso, aunque no alcanzó a entender por qué había supuesto que no lo sería hasta que cayó en la cuenta de que le había transferido el sentimiento de inferioridad que tenía ella por ser tan menuda. Lo pequeño era inadecuado, algo pequeño no podía ser la respuesta a las súplicas de una doncella. Ahora, enamorada de Charlie, Kitty experimentaba el placer de estar con alguien perfecto para ella. Ahora comprendía por qué sus escasos encuentros con hombres a lo largo de los años la habían intimidado. Un hombre de estatura media seguía obligándola a ponerse de puntillas para besarlo, y los que pasaban de uno ochenta la levantaban limpiamente del suelo; por alguna razón, había incluso hombres que sentían deseos de cogerla en volandas y pasearla como si fuera una perrita enferma, una metáfora que ella misma había utilizado, logrando que Charlie se desternillara de risa.

Charlie, en cambio... Charlie era perfecto. Sabía como por instinto la manera de excitarla y tenía mil de formas de besarla, todas deliciosas. La recorría con sus manos con respeto y pasión a partes iguales, y le hacía saber el inmenso placer que ella le daba.

Así que la Kitty que tuvo que esperar un taxi hervía de júbilo, un júbilo que hasta esa misma mañana había pensado que no podría ser más intenso, cuando el doctor Mason le había dicho que estaba embarazada. ¡Esperaba un niño! ¡Su propio hijo!

Ambas hermanas se encontraron, y quedaron estupefactas.

Grace vio a Kitty transfigurada, hermosa y triunfal, una mujer sin temores ni preocupaciones.

Kitty vio a Grace destrozada, desprovista de alegría, con los ojos hinchados, el cuerpo tembloroso y la belleza marchita.

—Grace, querida, ¿qué ocurre? ¿Qué te pasa?

A modo de respuesta, Grace pasó por su lado retorciéndose las manos y luego se volvió, al parecer esforzándose por rescatar un valor que creía desaparecido, y dijo:

—Oso ha perdido su empleo.

—¡Grace! Pero qué... ¡qué horror! Vamos a la cocina, se está bien con la estufa. Gracias a Dios Jack te tiene bien provista de leña —balbució Kitty, al tiempo que ponía el hervidor en la parte más caliente del quemador—. No, ya preparo yo el té.

—Eres demasiado bajita —dijo Grace, y la hizo tomar asiento. Luego echó un poco de agua caliente en la tetera para caldearla. Sus ojos grises lo vieron por fin con claridad—. Vaya, qué maravilla —exclamó—. Hay un bebé en camino.

—Lo he averiguado esta misma mañana, pero no digas nada hasta que se lo cuente a Charlie.

—Ni una palabra, lo prometo. —Continuó preparando el té con eficiencia—. En realidad estoy bien, lo que me aterra es el cambio de Oso —dijo, a la vez que sacaba tazas y platillos—. Hoy me ha tocado a mí mantenerme firme cuando ha llegado a casa. ¿No es un cambio de tornas de antología? ¿Y sabes qué, Kits? Lo he conseguido. He sido fuerte por Oso y mis hijos... Cómo ha llorado, si lo hubieses visto... Se enorgullecía tanto de ser el principal vendedor de Perkins... Pero la empresa se ha hundido, ha cerrado las puertas. —Sirvió el té—. El problema es que no tiene mucha fuerza física y desde luego no podría hacer trabajos pesados. Además es muy orgulloso, pero que muy orgulloso. Es necesario que hables con Charlie y se lo expliques.

—No te preocupes, hablaré con él. Tienes razón en lo del trabajo pesado, pero Oso es listo, y eso vale más que unos brazos musculosos. Charlie sabrá qué hacer.

—No es tan sencillo —repuso Grace, y tomó un sorbo de té muy caliente—. A Oso se le ha metido en la cabeza que no estaría bien pedir ayuda a Charlie. De hecho, no quiere ni oír hablar de ello. De veras, Kits, no exagero.

—Ya veo.

—¡Ay, Kitty, eso espero!

Llegó Charles Burdum con el ceño fruncido.

—Al menos me has dejado una nota, supongo que puedo estar agradecido —dijo, al tiempo que se sentaba a la mesa y alzaba una mano hacia Grace—. No, té no, por favor. No sé cómo podéis beber ese mejunje negro como el carbón y llamarlo té.

—Vaya, querido —dijo Grace suavemente—, ¿estamos de mal humor?

—¿Un taxi, Kitty? —preguntó él—. ¿Tan urgente era ver a tu hermana a estas horas?

—Pues lo cierto es que sí —contestó, sorprendida de verlo tan molesto—. Oso acaba de volver a casa sin trabajo. Perkins ya no existe. El pobre hombre está destrozado.

La bofetada metafórica surtió el efecto buscado: Charles se mostró horrorizado, arrepentido y avergonzado.

—¡Grace, lo siento mucho! —Y a su esposa—: Querida mía, te pido disculpas. Ha sido un día muy agobiante, pero no tenía derecho a desquitarme contigo.

—Vamos al grano, Charlie —dijo Kitty, desentendiéndose de las disculpas—. Charles se ha puesto terco y se niega a pedirte que le des trabajo o recurras a tus contactos.

—Lo entiendo —dijo él, sincero—. Todo lo que es Oso, se lo ha ganado con su esfuerzo y trabajando duro. Tiene muy arraigado el orgullo propio de la clase obrera, siempre he admirado su éxito.

—Grace ha tenido que ir andando con una lámpara hasta la cabina de teléfonos para pedirme que me reuniera con ella, y me niego a que eso se repita. Grace debe tener teléfono, pero no una línea compartida.

—Grace tendrá teléfono, y no será con línea compartida —zanjó Charlie.

Kitty se inclinó hacia Grace con mirada suplicante.

—Tienes que explicarle a Oso que es por el bienestar de papá. Sin teléfono, vosotros y los niños estáis desconectados de la familia.

—Sí, Kitty, lo entiendo, y no podría estar más de acuerdo contigo. Si papá no fuera pastor, Oso le haría caso, pero detesta la religión. Dice que todas las guerras estallan por ideas contrapuestas sobre Dios —explicó Grace, que empezaba a ver que sus problemas nunca interesarían a nadie como le importaban a ella. Y era todo culpa suya. De no haber sido una despilfarradora incurable, Oso se habría enfrentado al desastre con mil libras en el banco como mínimo. «Tú, Grace Olsen», se dijo, «tienes la culpa de muchas cosas, entre ellas la desolación de tu marido en estos momentos»—. Sí, bueno —continuó, de mejor ánimo—, ahora que ya os he dado la noticia, me parece que no puedo hacer mucho más hasta mañana, cuando despierte Oso. ¿Vendrás a verlo, Charlie?

—Claro que sí —respondió, en tono efusivo—. Estaré aquí a las nueve. —Se puso de pie—. Te espero en el coche, Kitty.

—Se animará tremendamente cuando le cuentes lo del bebé —dijo Grace con una sonrisa—. Por lo que a mí respecta, no creas que no sé que de no ser por mí tendríamos dinero en el banco.

Kitty, asombrada, la miró fijamente. Los lamentos quejumbrosos y la constante compasión por sí misma parecían haber desaparecido. El camino hacia el martirio que había imaginado como el futuro de Grace, sencillamente no iba a ser.

—Ojalá hubieras seguido de enfermera un poco más —dijo—. Entonces tendrías más posibilidades de encontrar un trabajo a media jornada.

Grace sonrió y negó con la cabeza.

—No, nunca tuve esa opción. En cuanto conocí a Oso, supe hacia dónde se encaminaba mi vida. Hubiera ido de rodillas hasta China para estar con Oso. Te vi vacilar durante meses respecto a Charlie, pero nunca tuve la menor duda respecto a Oso. Algo en mi interior reconoció mi destino.

Un dardo de amarga envidia le atravesó el corazón a Kitty. ¿Por qué Grace, tan boba y descerebrada, había reconocido a su pareja a la primera, mientras que ella, mucho más inteligente y con los pies en la tierra, había estado tan ciega frente a Charlie? ¿Significaba que el amor entre Grace y Oso era mucho más grande que el suyo por Charlie? Charlie lo había sabido al instante. ¿Qué le ocurría a ella, que sus sentimientos requerían tantas sacudidas antes de aflorar?

Kitty se reunió con él en el coche tras abandonar la casa de los Olsen. A la tenue luz interior del Packard se vio el rostro curiosamente demacrado. Bueno, vaya conmoción. Desde luego Grace podía ser una carga.

—Tendrás que emplearte a fondo para convencer a Oso de que acepte un puesto de trabajo —dijo.

—Siempre resulta difícil imponerse al orgullo del pobre.

—¿Te parece mal que se niegue a trabajos físicos como mover palancas?

Charles soltó una risa que más pareció un graznido.

—El mundo gira y vuelve a girar movido por entramados de palancas más complejos de lo que nunca llegarás a saber, Kitty, empezando por las que manejan los políticos. El pobre Oso tiene demasiado orgullo para tirar de los hilos, así que nunca alcanzará el poder suficiente para que sus hijos accedan a buenos trabajos, y yo estaré muy ocupado asegurando el futuro de los míos como para prestarle ayuda. Ahora se le presenta una oportunidad.

Kitty sintió un vuelco en su interior; dejó escapar un gemido de inquietud.

—Ay, Charlie, no hay que tentar a la suerte.

—¿Qué ocurre, querida?

—Te lo diré cuando lleguemos a casa —repuso ella.

Pero primero tenían que cenar, y Kitty notaba la lengua como lastrada por pesos de plomo; intentó en vano recuperar el buen ánimo de esa misma mañana, desbaratado por las noticias de Grace. Confusa, siguió hablando sin parar del cambio que había observado en Grace, sin darse cuenta de que

Charlie estaba cada vez más exasperado: ¿tanto revuelo por una hermanastra?

—Habla de cultivar sus propias verduras, y está encantada de haber plantado un manzano y un peral hace un par de años. ¡Ja! Querrá decir que los plantó Jack Thurlow... Ay, mi querida Grace. También dice que va a criar pulardas. ¿Grace, criar pulardas?

—¿Criar qué? —preguntó él.

—Pulardas... gallinas, Charlie. Gallinas que ya no son polluelos.

—Pulardas. ¿Terminado en rima con pardas y alabardas?

—Eso.

—Siempre se aprende algo nuevo.

Se hizo un silencio denso como la melaza.

—¿Charles?

—¿Acabas de llamarme por mi nombre?

—Así es.

Con los ojos chispeantes, él se irguió en la silla.

—Cuando me llaman Charles, respondo.

—Voy a tener un bebé.

Sus palabras lo dejaron patidifuso y la miró boquiabierto, incapaz de articular palabra, con los ojos convertidos en puro fuego mientras las emociones asomaban a su semblante. De pronto, en un gesto convulso, se puso en pie de un brinco y la tomó entre sus brazos.

—¡Kitty, amor mío! ¿Un hijo? ¿Nuestro hijo? ¿Cuándo, cariño?

—Ned Mason calcula que en diciembre. He ido a verlo esta mañana para que acabase de confirmarlo, y dice que estoy de cuatro meses. —Se oyó su risa, que a oídos de Charles sonó como un himno triunfal—. Ha transcurrido un intervalo decente desde nuestra boda, y, sin embargo, como diría papá, somos una pareja fértil.

Todavía tembloroso, se sentó con su esposa sobre las rodillas y apoyó una mano respetuosa en su vientre.

—Está aquí, creciendo... ya tiene cuatro meses. ¿Te encuentras bien? ¿Está Ned satisfecho?

—Encantado. Tengo la pelvis bien ancha, todo se está desarrollando como es debido, y mi metabolismo basal es perfecto. En resumidas cuentas, querido Charlie, estoy ilusionada, rebosante de energía y tan contenta que se me saltan las lágrimas.

—Será niño —dijo él, convencido.

—Las estadísticas de la familia Latimer señalan niña.

—Grace tiene niños.

—A eso me refiero. Papá tuvo cuatro chicas, así que tal vez Grace ya ha cubierto el cupo de los Latimer para tener niños.

—Una chica también me encantaría. Me casé con una.

—Eso es verdad. —La recorrió un temblor de dicha—. Aun así, hoy no ha sido un día de buenos auspicios. Que Oso se haya quedado sin trabajo... Espero que no sea un mal augurio.

—Si es un mal augurio, concierne a Oso y Grace, no a nosotros, Kitty.

Grace decidió sincerarse, así que cuando Oso despertó a la mañana siguiente, le preparó tostadas para desayunar y le contó que había hablado con Kitty en confianza.

—En otros tiempos habría hablado con Edda, pero han cambiado las circunstancias, Oso. Es Kitty la que tiene influencia hoy en día, así que le pedí que viniera a verme anoche, y vino. No, no le supliqué un puesto de trabajo, eso no es asunto mío, como tampoco es asunto de Kitty suplicárselo a Charlie. Solo quería contarle lo que ha ocurrido, y le pedí que enviara a Charlie a verte esta mañana. No tardará en llegar.

Me da igual de qué habléis o lo que decidáis. Yo ya he puesto mi granito de arena reuniéndoos.

Él la miraba fijamente, perplejo por lo mucho que había cambiado Grace en los últimos ocho meses, un cambio que él había propiciado reduciendo el dinero para los gastos del hogar. La Grace quejumbrosa de antes se había esfumado, y ahora tenía ante sí a una mujer firme y decidida que entendía plenamente su situación.

—¿Qué te ha ocurrido? —preguntó, confuso.

La antigua Grace habría intentado hacerse la tonta, pero no la nueva.

—He tenido que madurar a marchas forzadas —respondió, a la vez que le servía más té—. Ya está bien de humo de locomotoras, Oso. A nuestros hijos se les puede excusar ese comportamiento, pero nosotros somos adultos. Somos padres y proveedores.

—No me lo recuerdes —dijo él, en un susurro, con una mueca de dolor.

Ella le acarició la espalda encorvada.

—Oso, no te lo estoy echando en cara. Lo que nos ha ocurrido no es culpa nuestra, aunque nos toca sufrirlo mucho más de lo que nunca llegarán a sufrir los que provocaron este desaguisado. Lo que intento es hacerte ver que antes disfrutábamos de la prosperidad suficiente para albergar ilusiones, pero ahora esas ilusiones están prohibidas, incluido el orgullo, que mi padre considera un pecado. Acepta el trabajo que te ofrece Charlie Burdum, por el bien de tus hijos.

Malherido mental y espiritualmente, a la deriva en un océano de incógnitas, Oso apenas prestaba oídos a esa Grace desconocida y, en consecuencia, no entendió lo que le decía acerca del orgullo. Bueno, ella estaba protegida y no podía imaginar siquiera cómo lo había pasado él en Sídney, viendo a aduladores y lameculos obtener los empleos a los que otros hombres tenían más derecho, solo que no estaban dispuestos a suplicar y arrastrarse. Él quería que sus hijos llegaran a ser hombres, no lameculos rastreros.

Mientras tanto, Grace seguía hablando de Charles Burdum y de cómo él, Oso Olsen, tenía que mostrarse amable...

Y casi antes de darse cuenta se vio abrumado por un hombrecillo pulcro y encantador, perfectamente vestido al estilo de Corunda, con sus ademanes distinguidos y su porte satisfecho: «¡No hay de qué preocuparse, Oso, esto se solucionará en un santiamén!»

—Entretanto, Oso —continuó Charles, lleno de entusiasmo—, tengo un trabajo ideal para ti. Sí, ideal. Se está abriendo un nuevo campo laboral para hombres con tus aptitudes: un pico de oro, por así decirlo. Este campo se llama relaciones públicas, y es fascinante. A medida que aumenta la población y los gobiernos y demás instituciones públicas se tornan más anónimos, cada vez es más necesario enseñar a la población lo que está ocurriendo. Si el pueblo no recibe educación acerca de los hombres anónimos que poseen autoridad real o ejercen poder real, surgirán disturbios debido a la ignorancia y la tergiversación. —Los ojos color caqui se demoraron en el rostro de Oso—. ¿Me sigues?

—Sí, te sigo.

Charles prosiguió, cada vez más animado.

—Lo que te ofrezco, de hecho, es un puesto de vendedor. Pero en vez de vender artículos, venderás ideas y servicios que la gente no ve, no puede tocar como toca una botella de loción o un frasco de linimento. ¡Ponte al frente de la nueva oficina de relaciones públicas de Corunda y vende Corunda!

—¡Vaya, qué bien! —terció Grace, asombrada.

—Lo siento, no puedo aceptar un trabajo así —repuso Oso.

Charles se quedó pasmado.

—¿Qué?

—No es para mí.

—Pero qué dices. Eres un vendedor brillante, es ideal.

—Soy prácticamente analfabeto —admitió Oso.

—Tienes la educación suficiente para haber redactado buenos informes, los he visto —replicó Charles, delatando que ya había estado pensando en él para su oficina de relaciones públicas.

—Lo siento, pero no. ¿Relaciones públicas? Es más bien una estafa —dijo Oso—. No quiero ese trabajo, es un camelo. Más vale que dejemos las cosas claras ahora mismo, Charlie. No quiero ningún trabajo que me ofrezcas porque eso supondría pasar por encima de algún pobre diablo al que le corresponde en buena ley. Soy el último de la lista de desempleados de Corunda, así que iré al ayuntamiento y me inscribiré para que me den el trabajo que surja cuando sea mi turno. Pero no traicionaré mis principios aceptando un subsidio a cambio de no hacer nada.

Con el mismo sonido que un globo que se desinflara de pronto, Grace se vino abajo y miró a Oso con lágrimas en los ojos.

Charles se volvió hacia ella.

—Grace, haz entrar en razón a tu marido.

Entonces Grace sorprendió a ambos, aunque no tanto como se sorprendió a sí misma.

—No, Charlie, no pienso hacerlo —dijo—. Si Oso prefiere no contar con ayuda para subir unos peldaños, sea. El cabeza de familia es él.

—Estáis tirando piedras contra vuestro propio tejado.

—Al menos no nos metemos en asuntos ajenos —contestó Grace, con valentía.

Charles Burdum lanzó las manos al aire y se marchó con paso decidido.

De modo que, con la cabeza alta y el sombrero en la mano, Oso Olsen se apuntó al paro en el ayuntamiento, rehusando el dinero de la subvención que se ofrecía. La noticia de que Oso Olsen tenía firmes principios y se negaba a recibir ayuda de su poderoso cuñado se propagó como un destello eléctrico por el distrito. Hubo quienes denigraron abiertamente su cabezonería, pero muchos lo alabaron por su integridad de clase obrera.

Su estado de ánimo se convirtió en un inhóspito erial de desesperanza, y deambulaba por su casa de Trelawney Way como un alma en pena, alejándose de su mujer o sus hijos, como si no soportase estar con ellos. Una suerte de odio hacia sí mismo lo obligaba a aferrarse a su orgullo como a un pecio flotante en un mar tan tenue que, más que líquido, parecía vaporoso.

—Al menos podrías construirle a Grace un gallinero decente —le dijo Jack Thurlow durante una de sus visitas, ahora poco frecuentes; Grace le había pedido que no se pasara mucho por allí después de ver cómo Oso se desanimaba en su presencia.

A Jack también le supuso una fuerte impresión la tragedia de los Olsen, así como ver la nueva firmeza de que hacía gala Grace. Aunque sorprendido, agradecía que le hubiera pedido que se mantuviera alejado, y eso hizo. Sin embargo, cuando Grace le suplicó que le hiciera una visita, acudió de inmediato, dejando de lado todo lo demás. Entendía la reacción de Oso a las ofertas de trabajo de Charlie, que seguían llegando tan rápido como Oso era capaz de rehusarlas. La incomprensión de Charlie estribaba en su ignorancia de que algunos trabajadores prefieren morirse de hambre antes que aceptar caridad.

—Si Oso no quiere aceptar un empleo de Charlie, es asunto suyo —le dijo Grace a Jack un día—, pero habría que darle una buena patada en el trasero para que trabaje un poco en esta casa. Me gustaría tener buenas gallinas ponedoras, pero para eso hace falta un gallinero mejor, y quiero cultivar verduras y hortalizas de temporada, incluso chayotes.

¡Chayotes! Jack estuvo a punto de atragantarse. Sí, bueno, crecían como malas hierbas y se podían hornear, cocer, freír, hacer mermelada o salsa picante con ellos, pero... eran asquerosos. Sabían a orina rancia y no poseían ningún valor nutritivo.

Ella siguió hablando, ajena al desconcierto de su amigo.

—Pero no puedo hacerlo todo yo, Jack, y los niños son muy pequeños para ayudar. Oso debería ocuparse del jardín y las gallinas.

A fuerza de aportar materiales y de una estricta supervisión, Jack se aseguró de que se construyera un gallinero bien sólido y se instalaran en él unas cuantas gallinas rojas Rhode Island de las que tenía Maude, a las que se alimentaba con un cubo diario de pienso de su propia granja. Puesto que Oso no tenía la menor idea sobre cultivar patatas, zanahorias o nabos, y mucho menos coliflores, alubias verdes o lechugas, Jack se vio obligado a enseñarle, solo para descubrir que incluso sus hijos pequeños eran aprendices más aptos. Lo más que se podía esperar de Oso era que no olvidase cerrar la puerta del gallinero o no pisoteara un bancal de verduras recién plantadas. Era incapaz de interesarse por nada; el trabajo recaía en otros mientras él permanecía lánguido y distante, tras haber rechazado el subsidio destinado al trabajo pesado porque no consideraba justo aceptarlo si no podía desempeñarlo.

Los dos niños daban la talla. Después de que Grace les explicara lo enfermo del alma que estaba papá, Brian y John eran muy buenos con él. Grace se mostraba a la altura de cualquier imprevisto, pero explicar a unos niños pequeños lo que era estar «enfermo del alma» de modo que pudieran comprenderlo, había puesto a prueba su capacidad descriptiva. Sea como fuere, tuvieron suficiente con lo que les contó, como confirmó la conducta de los niños con su padre. Se mostraban cariñosos y tenían una paciencia inagotable con él; era como si ellos fuesen los progenitores y Oso, el hijo, pensó Jack con asombro.

Y en 1930, aquel año aciago, nadie entendía que había un sinnúmero de maneras en que la mente podía agrietarse, astillarse o hacerse pedazos, aunque Oso tenía más suerte que la mayoría con su esposa y sus hijos, que nunca arremetían furibundos contra él y rara vez le hacían reproches. Considerándolo su deber, ya que nadie más lo hacía, Charles Burdum le recriminó su actitud más de una vez; pero la única respuesta de Oso fue quedarse mirándolo con aire de desconcierto y repetir que no pensaba valerse de ninguna ayuda injusta.

—Pero esto no es ayuda injusta —se impacientaba Charlie—. Se trata de que te ocupes por tu familia. ¡No ayudas nada, Oso, nada!

Por lo visto el reproche no surtía el menor efecto.

La reacción de Kitty fue más práctica. Aportó una máquina de coser Singer que Grace aceptó de mil amores. Con Edda como profesora, se propuso hacer de costurera, confeccionando chaquetas y pantalones para los niños con los trajes viejos de Liam y Charlie, así como sus propias prendas. También aceptó vestidos desechados por Edda y Kitty. Y si llevaba una vida bastante ajetreada, al menos eso suponía que al caer la noche era capaz de dormir como un tronco. Sus relaciones conyugales con Oso habían caído en el olvido después de nacer John, y ahora parecían tan remotas como los sueños que no atinaba a recordar, de tan cansada como estaba.

A medida que transcurría 1930, fue recayendo sobre Charles Burdum casi todo el mérito por la relativa prosperidad de la que seguía disfrutando Corunda. El alcalde Nicholas Middlemore y el secretario del ayuntamiento Winfield Treadby, ambos más bien insulsos, no podían presumir de laureles, pese a su dedicación y sus intentos, a veces acertados, de echar una mano. Puesto que eran lo bastante avispados para ver que si alzaban la voz contra Burdum sus quejas se interpretarían como envidia, sonreían sin decir ni mu cuando la gente elogiaba a Charles en su presencia y lo apoyaban con sus votos en el consejo.

Corunda contaba con dos miembros en el Parlamento, uno por el estado de Nueva Gales del Sur y otro por el gobierno federal australiano en el nuevo centro de la actividad política que era Canberra. Todo el mundo sabía que las grandes ciudades eran los únicos lugares que importaban desde el punto de vista político; allí el capitalismo y el socialismo se veían las caras e imponían sus voluntades a los desventurados votantes, que, como el continente había estado sometido a un régimen autocrático bajo gobernantes prácticamente dictatoriales, parecían dispuestos a encajar sumisamente promesas incumplidas, escaso rendimiento y corrupción.

Tras unos meses de matrimonio, Kitty sabía que Charles aspiraba a representar a Corunda en el Parlamento federal, pero aun así vacilaba en dar el primer paso. En cierto modo, los tiempos pedían a gritos un nuevo estilo de liderazgo, tal vez incluso a través de un nuevo partido político, un partido orientado hacia una variedad más amplia de votantes; tanto los políticos conservadores como los laboristas se mostraban acérrimos, rígidos e intransigentes, y por tanto no atraían a votantes de ideas más flexibles y necesidades que no eran atendidas por los políticos de ningún bando.

Tampoco había entendido que su carácter inglés sería un serio hándicap a la hora de hacer carrera política; muchos laboristas procedían de lugares más aferrados a la tradición británica que él, pero le restaban importancia apelando a la naturaleza internacional del socialismo. ¿Por qué suponía semejante estigma ser un caballero inglés? ¿Y cómo podía entender que los primeros dirigentes del continente habían sido caballeros ingleses, detestados y aborrecidos hasta el día de hoy?

Consternado y decepcionado, Charles era lo bastante inteligente para ver que tendría que posponer sus aspiraciones políticas hasta que pasara mucho más tiempo en Australia, y que tendría que esforzarse para que lo consideraran australiano, no inglés. Haber llegado al país a mediados de 1929, en vísperas del mayor desastre económico del mundo, no era un buen augurio, pese a lo mucho que se afanaba por mantener Corunda en pie, sin barrios de chabolas y bien surtida de empleos. Porque naturalmente tenía enemigos, ciudadanos a los que el encanto y la generosidad de Burdum habían puesto en su contra; y no todos eran donnadies, algunos eran incluso muy poderosos. Asistía a todas las reuniones políticas a las que podía; todas las reuniones del ayuntamiento contaban con su presencia, así como las de diversas asociaciones de ayuda social.

Siempre que era posible llevaba a su esposa, cuyo vientre cada vez más abultado hacía las delicias de todos en la misma medida que el cariño de esposa que demostraba espontáneamente. Dedicada a él en cuerpo y alma, Kitty estaba decidida a ser la pareja adecuada para aquel hombre dinámico y siempre ocupado. Cuando iba a Sídney, Melbourne o Canberra para asistir a los debates más importantes del Parlamento, o ejercer presión de algún modo a favor de Corunda, Kitty siempre estaba a su lado.

Así pues, se llevó una sorpresa al encontrarse con que Charlie estaba haciendo el equipaje a mediados de agosto, cuando hacía un frío tremendo y Corunda estaba cubierta de un cristalino manto blanco.

—Voy a asistir a la conferencia de primeros mandatarios en Melbourne —dijo, al tiempo que examinaba su esmoquin—. ¿Crees que tendré que vestir de gala?

—¿En Melbourne? Probablemente. Allí son muy esnobs —comentó ella—. Es bueno que asistas a esos congresos de postín que se celebran en la gran ciudad, así evitas que la ropa de etiqueta se te apolille... Entonces, ¿no quieres que te acompañe?

—Esta vez no. Será un evento demasiado aburrido y masculino. La Depresión ha obligado a recortar las festividades, según consta en el programa que me enviaron. Lo que me gustaría saber es por qué estas confabulaciones siempre tienen lugar en Melbourne —se preguntó, metiendo en el equipaje sus prendas de gala.

—Seguro que ya lo sabes —dijo ella, que lo relevó en la tarea de hacer el equipaje—. Piensa un poco. Siempre asisten gerifaltes de Inglaterra, que han de navegar diez mil millas náuticas. Perth queda descartada como centro de reunión, y el siguiente puerto de escala es Melbourne. Seguir hasta Sídney supondría hacer otras mil millas por mar. Ahora bien, si volaran aviones con cientos de pasajeros, Sídney quedaría más cerca de Londres que Melbourne. Entonces Melbourne entraría en declive. Pero mientras haya que venir a Australia en barco, Melbourne se lleva la palma.

—Tienes toda la razón —reconoció Charlie—. Melbourne es el primer puerto de escala importante, razón por la que sir Otto Niemeyer se apresurará a bajar la pasarela para besar la tierra de Melbourne en lugar de navegar hasta Sídney. ¡Qué lista eres, Kitty!

Ella agitó un montoncito de pañuelos delante de la cara de Charlie.

—Es posible que esté un poco hinchada, pero aún puedo ayudarte a hacer el equipaje. Los trajes, sin embargo, no me atrevo a tocarlos. Deberías utilizar uno de esos baúles verticales que se abren y tienen cajoncitos además de espacio para colgar trajes.

—Quedaría fatal si llegara con un baúl.

—Bobadas. Seguro que sir Otto Comosellame llevará varios. —Kitty tomó aliento—. De hecho, Charlie, te vendría bien un ayuda de cámara.

—Sí, es verdad, pero Corunda es un lugar sin clases sociales y algo así se vería con malos ojos.

—Es un puesto de trabajo más, aunque no para alguien de Corunda, ni siquiera el pobre Oso. ¡Contrata a un ayuda de cámara en Melbourne, Charlie, y que zurzan a Corunda!

—Supongo que podría llevar un baúl en el tren.

—Desde luego que sí. ¿Dónde te alojarás?

—En Menzies, como siempre.

—Bien, allí hay ayudas de cámara que te echarán una mano. Pero ¿cómo lo has conseguido? No formas parte de ningún parlamento.

—Los hombres de mi posición siempre tienen amigos políticos capaces de encontrar alojamiento en las inmediaciones del lugar donde se celebre el congreso, aunque no es ese el motivo de mi visita. Me ha invitado sir Otto en persona.

Kitty se sentó en la silla del vestidor.

—Pero ¿quién es ese tal sir Otto? A mí me suena a salchichero alemán.

—Es uno de los miembros de la junta directiva del Banco de Inglaterra, así como antiguo amigo mío de los tiempos de la City de Londres. Ardo en deseos de averiguar por qué ha hecho una travesía tan espantosa.

—Sí, no me extraña que tengas curiosidad. Es un hombre importante, así que sea cual sea el motivo de su visita, debe de ser crucial para Inglaterra. Si no, ¿quién pasaría cuatro o cinco semanas en un camarote estrecho, sufriendo mareos y aburrimiento? Seguro que viajó en la cubierta superior, donde la brisa ventila los camarotes, pero no debía de encontrarse como en casa. En un camarote de babor a la ida y en uno de estribor a la vuelta, pero aun así, el sol es implacable.

Charles la miró con gesto divertido.

—Cualquiera diría que ya has hecho el viaje, Kitty. ¿Un camarote de babor a la ida y uno de estribor a la vuelta?

—¡Es por el sol, tonto! —señaló, y se le marcaron los hoyuelos en las mejillas—. Brilla sobre estribor rumbo a Australia y sobre babor de regreso a Inglaterra, así que los que saben del asunto reservan camarotes a la sombra. Por eso se sabe cuáles son los pasajeros más sofisticados.

—Querida, eres un pozo de sabiduría.

—No estoy tan segura, pero lo que sí sé es que sir Otto es un hombre cargado de preocupaciones.

Todos los buenos hoteles de Melbourne estaban llenos de políticos y del pequeño ejército de parásitos que arrastraban tras de sí igual que la cola de un cometa, pensó Charles mientras se instalaba en su habitual suite de dos habitaciones en el Menzies. Le gustaba su atmósfera, propia de un club de caballeros, y que el personal luciera telas a cuadros escocesas, que hubiera ayudas de cámara y doncellas y tuvieran una cocina excelente. Su estimada señorita Cynthia Norman se había adelantado y le había reservado un Rolls-Royce y un chófer para su estancia, y Kitty había estado en lo cierto: el baúl le dio buen resultado. No jugó en su contra las generosas propinas que solía dejar; los australianos, como había descubierto nada más llegar, se quedaban muy cortos a la hora de dar propinas.

Al comentar como de pasada que sir Otto era amigo suyo, Charles se vio invitado a toda suerte de reuniones, pero todo eso se volvió insignificante en comparación con el hecho de que iba a cenar a solas con sir Otto la primera noche después de desembarcar. Al parecer, sir Otto tenía cuentas que ajustar, y había escogido a Charles como principal confidente, cosa comprensible teniendo en cuenta las dos cosas que tenía sir Otto en común con Charles y nadie más en Melbourne: sus lazos de amistad en la City de Londres y su carácter inglés.

—Mi querido Charles, la City no ha sido la misma desde que emigraste —dijo el representante del Banco de Inglaterra mientras tomaban el aperitivo. Los dos iban de etiqueta.

—Exageras —respondió Charles con una sonrisa—. Trabajaba más desde Manchester que en Londres.

—Es posible, pero estabas lo bastante cerca para responder a nuestra llamada cuando era necesario, como en situaciones delicadas o problemáticas. ¿Seguro que no te fuiste por causa de Sybil, estimado amigo?

—¡Dios santo, no! —respondió Charles a voz en cuello, asombrado—. Estaba aburrido y me pareció que era un buen momento para reclamar mi herencia en las antípodas. Es asombroso. Parece toda una vida, pero aún no hace ni dos años que vine. —Adoptó su semblante de gárgola—. En la otra punta de la Tierra, Otto, el mundo gira más aprisa y el tiempo transcurre más rápido. Estoy casado con una mujer que eclipsa a Sybil como eclipsaría el diamante Hope a un trozo de cristal.

—¿No la has traído contigo a Melbourne?

—No. Está encinta.

—¡Espléndido! —Sir Otto se retrepó en el sillón—. ¿Sabes por qué he venido, Charles?

—Por causa de la Depresión, eso sin duda, pero ignoro en nombre de quién. No había creído que estos ineptos fueran lo bastante inteligentes para pedir la opinión de un experto.

—Respecto de que sean ineptos, todos los gobiernos están llenos de inútiles cuando acaece un desastre, pero no, tienes razón, no fueron ellos quienes me llamaron. He venido a petición del banco.

—¿Qué intenciones tiene el Banco de Inglaterra?

—Convencer a los diversos gobiernos de este continente de que no pueden incumplir el pago de sus deudas, sobre todo en lo que concierne a los intereses.

El aspecto de gárgola se hizo más acusado y dejó escapar un leve silbido.

—He oído a lunáticos extremistas hablar con disimulo de negarse a pagar la deuda externa, y algunos hombres responsables murmuraban acerca de posponer la amortización de los intereses hasta que remita el padecimiento local, pero no le di ningún crédito. Ahora, por lo que dices, buena parte de la clase dirigente se muestra reacia a la amortización de la deuda, ¿no es así?

—Eso es.

Llegaron los entrantes; dejaron de hablar de asuntos importantes mientras los camareros merodeaban en torno a la mesa y luego comieron en un silencio placentero que se prolongó, salpicado por una conversación intrascendente, hasta que sirvieron el oporto de color rubí y el queso Stilton, momento en que se retiró el pelotón de camareros, dándoles pie para continuar con la discusión en privado.

—Está claro —dijo sir Otto— que la federación y el auto-gobierno se les ha subido a la cabeza a los australianos. Sin el derecho a veto de los gobernantes británicos, y con la euforia provocada por la demanda de lana así como la producción continuada de oro, tanto el gobierno federal como los de varios estados empezaron a derrochar de lo lindo. ¿Sabes cuánta lana australiana se utilizó durante la Gran Guerra? ¡Como para volver a casa a lomos de una oveja! En mi opinión, en 1925 nadie anticipó que la prosperidad fuera a acabarse, aunque tendría que haberlo visto cualquier estúpido.

—Ya. Continúa, Otto.

—Los diversos gobiernos estatales han hecho la mayoría de las inversiones a lo largo de la última década en buena medida, creo yo, porque el gobierno federal quería llevarse la gloria sin hacer el trabajo administrativo. Teniendo en cuenta el oro y otros depósitos minerales, en Canberra se decidió que no se permitiría la secesión de Australia Occidental, pese al clamor popular, lo que dio lugar a que Australia Occidental resultara desproporcionadamente favorecida cuando el gobierno federal hizo el reparto de fondos. —Sir Otto juntó las yemas de los dedos y miró con aire solemne a su interlocutor, que no le quitaba ojo; estaba disfrutando de su papel—. El estado más poblado, Nueva Gales del Sur, era con mucho el que más gastaba, pero, debido a inmensas presiones financieras en Perth y Melbourne, siempre salía malparado a la hora del reparto en Canberra. Así que Nueva Gales del Sur pidió créditos muy cuantiosos en los mercados de la City para financiar un ambicioso programa de obras públicas. Ahora el estado se encuentra peligrosamente cerca del impago. Otros estados, aunque en situación menos crítica, tampoco pisan en firme, y mis colegas del banco temen que el gobierno federal pueda incumplir el pago de la deuda.

—Tú debes de saberlo, Otto, así que dime: ¿cuánto dinero se pidió prestado? —indagó Charles, a quien se le había caído el alma a los pies.

—Más de treinta millones de libras al año.

—¡Virgen santa! Un interés abrumador.

—Pero se aceptó ese interés en el momento de pedir el crédito.

—Sí, claro. Continúa, por favor.

Sir Otto se encogió de hombros.

—Por eso he venido... y vaya viaje tan horrendo me he visto obligado a hacer. Habré perdido meses para cuando regrese, aunque espero meter el miedo en el cuerpo a los políticos para que se comporten. Si lo consigo, no habrá sido una pérdida de tiempo.

—¿Qué opinión te merece el país, si es que has podido hacerte una idea en el poco tiempo que llevas aquí? Sé qué hubo una reunión de representantes federales en Fremantle para poner el asunto en marcha.

Sir Otto torció el gesto.

—Creo que Australia tiene una idea exagerada de su propia importancia, eso de entrada. Además, el nivel de vida de la población es escandalosamente elevado. ¡Los obreros viven demasiado bien! Los sueldos son muy altos y tienen unas expectativas poco realistas. En resumidas cuentas, no saben el lugar que les corresponde.

—Ya veo. ¿Qué medidas recomendarías?

—Es imperativo que no se incurra en el impago de la amortización de la deuda, sobre todo los intereses. Debe haber una racionalización de gastos absoluta. Todos los gobiernos, incluso a nivel municipal, tienen que suspender todo gasto en obras públicas, reducir la administración al mínimo, recortar los salarios y sueldos y disminuir las ayudas sociales, desde los subsidios monetarios a las pensiones. La libra australiana corre grave peligro de quedar devaluada y creemos que, con el tiempo, su valor será un treinta por ciento inferior al de la libra esterlina. Si hay que impagar los intereses, que sea en los propios bonos de cada gobierno, que según tengo entendido rinden al nueve por ciento a los titulares australianos. La deuda local no nos preocupa, solo la externa.

Charles guardó silencio, con la mirada ceñuda fija en los dedos de sir Otto; de pronto se sacudió igual que un perro que acaba de darse un chapuzón.

—Ay, Otto. Me temo que no te encontrarás con ninguna sonrisa, a menos que sea para enviarte de vuelta a casa lo antes posible. Eres el heraldo de un sufrimiento apocalíptico, porque ya está claro que la Gran Depresión se ha cebado con saña en Australia.

—Bueno, los alemanes están aún peor —señaló sir Otto—. Las indemnizaciones de guerra los han llevado a la bancarrota. Los franceses quieren su libra de carne.

—Bueno, los franceses y los alemanes llevan dos mil años lanzándose gruñidos de una orilla a otra del Rin, pero ¿qué ha hecho la pobre Australia salvo intentar que los obreros vivan mejor? Por lo visto, a los ojos de la City, no es una aspiración muy loable.

Desilusionado y deprimido, Charles no permaneció mucho tiempo en Melbourne. A la mañana siguiente, antes del amanecer, tomó el tren diurno a Sídney. Hervían en su cabeza tantos datos difíciles de aceptar que apenas se dio cuenta de que hacía transbordo en Albury-Wodonga, en la frontera estatal. Los anchos de vía de Victoria y Nueva Gales del Sur eran distintos. Pese a la federación, todos los estados se comportaban como naciones autónomas. De hecho, pensó Charles cuando se apeaba del tren en Corunda, el único modo de que la nación australiana dejara huella habría sido que tuviera una población tan inmensa como su extensión, igual que Estados Unidos. Pero su minúscula población estaba concentrada en seis ciudades a lo largo de una costa prácticamente infinita, dejando casi cinco millones de kilómetros cuadrados de nada en el interior del continente. Corunda era una población importante, pero solo contaba con cincuenta mil habitantes. Después de las seis grandes urbes, era una de las ciudades más grandes de Australia.

«Pero estoy aprendiendo», pensó, viendo que Corunda seguía cubierta por un manto blanco y que el cielo amenazaba con más nieve.

—No le encuentro ni pies ni cabeza —le confió a Kitty, gratamente sorprendida de verlo tan pronto de regreso. Apenas había utilizado el baúl de viaje, pero venía con él un individuo elegante e impasible llamado Coates; Charles había contratado a un ayuda de cámara por el sencillo expediente de arrebatárselo al hotel Menzies—. Coates se quedará en la casita de Burdum Row y usará uno de los utilitarios Ford —continuó, cambiando de tema—. Aceptó encantado la oportunidad de venir conmigo.

—No me extraña, querido. Es un puesto personalizado y vivirá como un lord. Cuéntame cómo te fue con el Salchichero.

—Según sir Otto, no habría que permitir a Coates que viva como un lord —dijo Charles, y bebió un sorbo de whisky escocés—. Sir Otto va a insistir en que se lleve a cabo una racionalización de gastos absoluta a todos los niveles del gobierno, aunque, puesto que Corunda Base cuenta con su propio patrimonio, ningún gobierno puede ordenarme que interrumpa las obras, ni puede recortar discriminadamente mis fondos estatales. Obtendré lo mismo que los demás hospitales, sea lo que sea, porque la salud debe ser financiada.

—Pero el dinero del gobierno procede de los impuestos, y si nadie tiene trabajo, nadie paga impuestos —objetó Kitty.

—Bueno, siempre habrá quien pague impuestos. La racionalización de gastos no es más que una manera de utilizar hasta el último penique recaudado para amortizar la deuda externa. Si pides prestado demasiado dinero, vas a la bancarrota. Racionalización de gastos, Kitty, es un eufemismo para referirse a la bancarrota. La población de este país no saldrá beneficiada, pero sí los prestamistas extranjeros.

—A veces, Charlie, cuesta trabajo entenderte.

—Bueno, es que estoy dolido, eso es todo. He venido de Melbourne con una imagen en la cabeza: Otto y yo en el comedor del Menzies, tomando los mejores vinos y comiendo los platos más refinados, vestidos de etiqueta, atendidos por el servicio más exquisito, y no me cabe duda de que Otto cree con todo su corazón, intelecto y alma que se merece vivir mejor que cualquier sastrecillo judío con un sueldo mísero. Da igual que la sangre de Abraham corra por las venas de ambos: la clase es la clase. Otto cree que la clase obrera debe seguir oprimida, considera que es un crimen ofrecerles una vida decente. Para él, los estratos sociales son inamovibles. Bueno, yo no creo en el dominio del proletariado porque está desprovisto de individualismo y anima a los funcionarios a creer que pueden controlarlo todo, cuando en realidad no controlan nada, pero el mundo de sir Otto Niemeyer tampoco me hace ninguna gracia, maldita sea.

—Tiene que haber un término medio —comentó Kitty, confundida—. Jack Lang no apoyará las medidas de sir Otto, ¿verdad?

—Lang está en la oposición, no cuenta con la influencia del poder ejecutivo. No tiene poder, cariño, ni pizca. Lo único que alcanzo a ver es un padecimiento cada vez mayor —se lamentó Charles—. Ojalá el gobierno de Scullin no se deje acobardar del todo por sir Otto —dijo, alzando el vaso en un brindis.

—Jimmy Scullin —se mofó Kitty— se dejaría acobardar por un gorgojo. No es más que un oportunista de tres al cuarto.

Sí, era un bálsamo para el alma contar con una esposa que lo apoyaba fervientemente, pero eso no resolvía el dilema político de Charles Burdum. Debatiéndose entre su situación en la vida, que lo inclinaba hacia ideales conservadores, y su convicción innata de que el obrero era una criatura que merecía respeto, lo que lo inclinaba hacia el socialismo, seguía sin poder decidirse entre lo uno y lo otro.

Llegó a la conclusión de que lo que fallaba en los partidos políticos ya existentes era que se habían formulado para el Viejo Mundo, para una Europa cansada, desgarrada por la guerra y con los recursos agotados.

Así que Charles cayó en la cuenta de que lo que tenía que hacer era crear un partido político diseñado para abordar las necesidades de Australia, desarrollar un credo que no estuviese amarrado a las ideas y los sistemas del Viejo Mundo. Su credo tendría que ver tanto con el capital como con el trabajo en términos nuevos y distintos, y por encima de todo afanarse en derribar las barreras artificiales entre los hombres. Por ejemplo, ¿por qué había rehusado Oso Olsen el trabajo de relaciones públicas que le había ofrecido? ¿Qué fallaba en sus actitudes sociales para que considerara las relaciones públicas una estafa? Hasta que lo averiguase, quedaba descartado presentarse como candidato al Parlamento, pues se consideraba un ignorante y veía a Oso Olsen como una suerte de oráculo enigmático. Bueno, ya estaba bien de reuniones y congresos. Ahora tendría que dedicarse a investigar.

Pensó, y escribió. Descubrió que los cuadernos escolares eran ideales para plasmar sus observaciones, deducciones y teorías, sobre todo porque cada cuaderno se podía utilizar igual que un fichero, con independencia de cuántos fuera necesario usar al mismo tiempo, y, una vez etiquetados, podían clasificarse en estanterías.

Pero todo eso quedaba para el futuro. No había hecho más que empezar.

—¿Estás conmigo, Kitty? —le preguntó, a su regreso de Melbourne—. ¿Me apoyarás?

Los ojos de ella emitieron un destello violáceo de amor y orgullo.

—Siempre y para siempre, Charlie.

Al principio, su sinceridad era absoluta. De haber continuado Charlie centrado en el hospital, el orfanato y los proyectos relativos a Corunda, el «para siempre» de Kitty habría perdurado. Pero al finalizar el invierno y llegar la primavera con un estallido perfumado de flores, sus conversaciones se centraban cada vez más en un único tema: la política. Y Kitty empezó a aborrecer la política, los políticos e incluso las aspiraciones políticas de su marido.

A finales de octubre, cuando ya estaba casi de siete meses, Kitty Burdum sufrió un aborto natural. La criatura, un varón maravillosamente bien formado, estaba muerta desde antes de que empezaran las contracciones.

—No lo entiendo —susurró en la cama del hospital, con el rostro y la almohada empapados en lágrimas—. Todo iba a la perfección, me encontraba tan bien... ¡Y ahora... esto!

Aunque profundamente afectado, Charles ocultó mejor su desconsuelo, sobre todo por el bien de su esposa; derramó sus lágrimas, igual de amargas, en casa, a solas por la noche. Habría hecho mejor en llorar con Kitty como una pareja unida por su pérdida, cada cual testigo del dolor del otro. En realidad, Kitty consideraba su propia pena mucho más honda que la de él, y, puesto que lo amaba, achacó su supuesta frialdad a que era hombre. Después de todo, un padre no tenía contacto *in utero* con su hijo, de modo que ¿cómo iba a llegar a sentir lo mismo que ella, que lo había llevado dentro?

—No es raro perder un primer hijo, Kitty —dijo el doctor Mason—, aunque no es común con el embarazo tan adelantado. Es posible que estés un poco anémica. Come abundantes espinacas, aunque no te gusten.

—¿Es probable que sufra otro aborto? —preguntó Kitty—.

Ha sido tan súbito que aún estoy conmocionada... ¡Ha ocurrido de repente!

—Tendrás muchos hijos, te lo aseguro.

Tufts, muy preocupada, se hizo eco del mismo diagnóstico. En sus preciosos ojos había una nueva mirada de perplejidad rayana en la confusión. Pasara lo que pasase, había que evitar que Kitty se hundiera en la desesperación.

—Ned tiene razón, a veces las mujeres pierden su primer hijo —dijo con firmeza—. Tómate un largo descanso, come espinacas e inténtalo de nuevo. Te garantizo que llegará a buen puerto.

—Ned dice que igual tengo un pequeño fibroma.

—Bueno, todas tenemos alguno de esos —repuso Tufts, restándole importancia con un resoplido—. Eres enfermera titulada, Kitty, ya sabes que es así. Los fibromas solo se convierten en un incordio peligroso mucho más adelante.

—Charlie se lo ha tomado con filosofía. —Kitty lo dijo en tono crítico, casi resentido.

—¡Charlie estaba destrozado, so tonta! Sencillamente no quería preocuparte demostrándolo. No menosprecies su dolor solo porque eres incapaz de ver nada más que el tuyo, Kits. Ha venido a llorarme a mí.

—Bueno, a mí no ha venido a llorarme.

—Entonces, su autocontrol es admirable. ¡Claro que no vino a llorarte a ti! Te tiene en demasiada estima para hacerlo.

—Papá dice que Charlie y él pusieron nombre a la criatura, Henry, y la enterraron. Ni siquiera estuve presente.

«La "criatura" —pensó Tufts—. Ay, Kitty. ¿Acaso te descuidamos Edda y yo de niñas? No, claro que no. Pero de alguna manera las cosas entre tú y Charlie nunca parecen salir como él quiere, y no es culpa suya, sino tuya.»

Dejó a Kitty en el pabellón de maternidad y fue a paso ligero al despacho de Charles, cavilando en la situación de

Kitty. No se veían mucho, y Edda estaba en una situación similar, pero el vínculo entre ellas no se había debilitado, y sabía que Kitty acudiría a ella y Edda en busca de consuelo durante las semanas y meses siguientes. Pero ese deje de desaprobación hacia Charlie en su voz... Era una de esas ocasiones en que ser un sajón distante que ponía al mal tiempo buena cara era un terrible estorbo.

Detrás de su preocupación por el matrimonio de Kitty había otra cosa que la reconcomía: ¿para qué quería verla Charlie? No estaba relacionado con Kitty; era muy quisquilloso para tratar de su esposa con su cuñada y en su despacho. Entonces, ¿qué ocurría?

«Tiene el aspecto de un hombre cuyo mundo se ha desmoronado», pensó Tufts mientras él la invitaba a tomar asiento. En cierto modo, así era: el día anterior había visto cómo depositaban el diminuto ataúd de su hijo nacido muerto, con las tías de Henry Burdum, su abuelo y su padre como únicos testigos. ¿Y Kitty se quejaba de que no hubiera llorado? ¡Qué absurdo!

—Quiero hablar contigo de tu futura carrera —empezó Charles.

Tufts, sorprendida, parpadeó.

—¿Qué tenemos que hablar? Tengo a ocho enfermeras en prácticas a mi cargo, en abril cinco más aumentarán ese número hasta trece, y el año próximo, si las estadísticas siguen por el mismo camino, habrá al menos diez nuevas enfermeras en prácticas. Eso significa que para 1934, más o menos, la Escuela de Enfermería de Corunda tendrá una magnitud considerable y las mujeres sin cualificaciones habrán quedado desfasadas para siempre. Es la Depresión, claro —continuó—, en combinación con la ausencia de hombres jóvenes: seguimos sufriendo los efectos de la Gran Guerra, y los jóvenes sin empleo no se pueden casar. En tanto que hermana tutora, creo que voy a estar cada vez más ocupada.

—Es verdad, pero contarás con la ayuda de una hermana tutora auxiliar eficiente y escogida según los criterios de Tufts —respondió Charles en tono moderado.

—Creo que no necesitaré ayuda de nadie hasta que tenga más de cincuenta chicas a mi cargo —respondió Tufts secamente.

—Y en la verdad de esa afirmación estriba una de las principales razones por las que quiero desviar tu carrera por otros cauces.

Tufts se puso rígida.

—¿Desviar?

—Tu vinculación sentimental con Corunda Base hace de ti una persona muy indicada para mis intereses, pero también tiene que ver contigo misma, quién eres, lo que eres, y quién y qué podrías llegar a ser.

Ella le sostuvo la mirada con semblante severo.

—Suena inquietante.

—Nada de eso. No tengo intención de causar ningún perjuicio a tu carrera. De hecho, quiero darle un empujón. —El dolor íntimo que sentía se había esfumado de sus ojos y su cara, y el aspecto de estrella de cine apareció como salido de la nada; Tufts notó que la envolvía su encanto—. A pesar de la Depresión, las perspectivas son buenas para Corunda Base —continuó Charles, que llevaba preparado su discurso—. Sé que antes los hospitales eran sitios a los que iban los enfermos mientras Dios decidía si llevárselos o no. Apenas si se trataba a los pacientes, pero eso está cambiando rápidamente. Hoy en día podemos intervenir y salvar muchas vidas que diez años atrás habrían estado condenadas. Podemos hacer radiografías de extremidades rotas, extraer órganos enfermos del abdomen... Incluso la transfusión de sangre rutinaria de una persona a otra está al caer. Yo veo un hospital moderno como un lugar donde la gente va no solo para que le salven la vida, sino para conservar la salud. Y sé que tú eres del mismo parecer, Tufts.

—¿Acaso no lo es todo el mundo? Anda, Charlie, suéltalo ya. No tienes que cortejarme con discursos patrióticos.

A él se le iluminó el semblante y su mirada se volvió más intensa.

—Tufts, me hace falta alguien que ocupe el puesto de subdirector, y quiero que esa persona seas tú.

La silla cayó al suelo cuando Tufts, conmocionada, se puso en pie de súbito; él acudió al instante, recogió la silla y la ayudó a sentarse de nuevo.

—¡Charlie Burdum, has perdido el juicio! Ni siquiera estoy cualificada para ser enfermera jefe, ¡mucho menos directora de nada!, aparte de estudios de enfermería y labores domésticas en el hospital —replicó con la boca seca, elocuente porque la elocuencia era la única manera de hacer callar a esa apisonadora de hombre—. ¡Estás totalmente loco!

—Cualquier cosa menos eso —dijo, sentado otra vez a la mesa—. Piénsalo, por favor. Sabes tan bien como todos en nuestra familia que albergo aspiraciones políticas. Tengo intención de presentarme como candidato al Parlamento federal por Corunda, pero no antes de 1933 o 1934, lo que me da margen de tiempo. Entrar en el Parlamento significa que tendré que dejar el hospital. Como cualquiera un poco ingenioso, podré mantener intactos mi fortuna e intereses comerciales si hago lo indicado, pero no puedo tener dos trabajos.

—Hay muchas personas cualificadas —repuso ella con dureza—. Escoge una y prepárala.

—Ya la he escogido: tú. Actualmente no se requiere titulación académica para ser director de un hospital, y me atrevo a predecir que no se requerirá en mucho tiempo. La mayoría tenemos una licenciatura en Medicina, es cierto, pero no es indispensable. Basta con conocer el funcionamiento interno de un hospital. Y tú tienes esa capacitación, Tufts, pues fuiste una enfermera brillante. Te incorporarás de inmediato como subdirectora, y yo te enseñaré todo lo que sé. Además, podrás continuar como hermana tutora si cuentas con una ayudante.

Tufts, azorada, levantó las manos sin saber qué replicar. ¿Cómo razonar con alguien tan empecinado?

—Charlie, te ruego que me escuches. Antes que nada, soy mujer. Aparte de la enfermera jefe, que es mujer por tradición, las mujeres no administran ninguna organización, ya sea empresarial o relacionada con la salud. ¡Habrá una oposición inmensa! Usarán mi sexo contra mí en los pasillos del poder tanto en Sídney como en Canberra, convirtiendo a los funcionarios no electos en mis más acérrimos enemigos. No tengo ningún título universitario. ¡Nada! El gobierno estatal me destituirá.

Él la oyó sin escucharla.

—Tufts, hazme caso, voy muy por delante de todos los implicados en el asunto. De acuerdo en que necesitas títulos superiores, y lo he arreglado con mi buen amigo el profesor Sawley Hartford-Smythe de la Facultad de Ciencias para que los obtengas. Seguirás un curso intensivo en asuntos médicos y científicos y te licenciarás en dos años a partir del curso universitario que comienza el próximo febrero, es decir, en noviembre de 1933. También recibirás educación intensiva en contabilidad, lo que te preparará mejor para este puesto que una titulación médica, como bien sabes. Te estoy cargando de trabajo, pero no es tan malo como parece porque buena parte de lo que tienes que aprender ya lo sabes. Aprobarás Ciencias con los ojos cerrados. La contabilidad te resultará más ajena, y por tanto más ardua. Tú, Heather Scobie-Latimer, eres mi inversión para el futuro.

Tufts se quedó sin aliento; presa del asombro, miró de hito en hito a su cuñado. ¿Cabía la posibilidad de que todo aquello saliera bien? ¿Y qué razones tenía ese hombre tan práctico y cualificado para pensar que sí? Aunque en lo más hondo estaba desgarrado por la muerte de su hijo, seguía avanzando a paso firme, trabajando siempre en aras de Corunda y su bienestar. ¡Una titulación universitaria! Ella, una mujer, tendría una licenciatura en Ciencias y una diplomatura en Contabilidad. Asistiría a congresos en calidad de miembro directivo del hospital. Disfrutaba mucho como tutora de enfermeras, pero el reto que le proponía Charlie era mucho más atrayente.

—Charlie, ¿de verdad lo has pensado bien?

—Y más que bien, Tufts, tienes mi palabra. ¡Venga, anímate! —Algo que le vino a la cabeza le provocó una risita—. ¡Imagina que serás la jefa de Liam!

—Vaya pánfilo está hecho. Él sería más adecuado.

—Si lo fuera, le habría ofrecido el puesto a él. No, querida, a Liam le sobran veinte años. Me hace falta alguien joven.

—Ya. A Liam no le gustan los pacientes vivos, por eso escogió la patología. —Dio un gritito ahogado y tendió la mano por encima de la mesa—. Muy bien, Charlie. Si estás decidido a nombrar a una mujer para el puesto, acepto. No me dejarás en la estacada a las primeras de cambio, ¿verdad?

—Nunca te dejaré en la estacada, Tufts.

Descendió a largas zancadas por la rampa que desembocaba en Patología y al irrumpir en el despacho de Liam Finucan se lo encontró absorto en unos planos de su nuevo departamento, un edificio de dos plantas. Según el proyecto de Charles, los servicios médicos auxiliares tendrían prioridad, por ejemplo, sobre la reconstrucción de los pabellones o la puesta en marcha del edificio que albergaría el nuevo quirófano, sencillamente porque su posición actual era casi una ocurrencia tardía, mientras que su importancia en tanto que herramientas de diagnóstico y tratamiento estaba subiendo como la espuma.

Así pues, el nuevo departamento de radiología se había levantado antes que los demás; su jefe, el doctor Edison Malvie, minuciosamente escogido, había entrado a formar parte de la plantilla antes de que se hubiera colocado un solo ladrillo y se hubiesen adquirido los aparatos de radiodiagnóstico más modernos, combinados con ideas punteras sobre pantallas de protección de plomo. Habían quedado atrás los tiempos de las placas borrosas y las lecturas poco precisas; cuando todo estuviera en funcionamiento, aseguraba Malvie, ni neurocirujanos tan renombrados como los de Queens Square dispondrían de mejores pruebas radiológicas que Corunda Base.

El resultado fue la maravilla de un edificio entero dedicado a la patología y distribuido según sus diversas disciplinas. Si Malvie estaba contento, su satisfacción era una minucia comparada con la de Finucan. La transfusión de sangre de un paciente a otro, tan cercana ya, auguraba que la hematología iba a ser un segmento de considerable importancia; de hecho, todas las disciplinas de la patología estaban adquiriendo magnitud. De ahí su concentración en los planos del nuevo departamento de patología, y su ceguera ante lo que debería haberle resultado evidente: Tufts llegaba con noticias frescas. Sea como fuere, ella se esforzó en prestar oídos a las brillantes ideas de Liam, hasta que él se quedó perplejo ante su tibia reacción.

Una vez le hubo dado la nueva, Liam se retrepó en la silla, sus planes olvidados, y la miró fijamente.

—Vaya con Charlie —dijo entonces—. Nunca puede dejar las cosas como están. El statu quo es un concepto que le suena a chino.

—¿Quieres decir que a tu juicio debería rehusar?

—¡No! No puedes rehusar, es una oportunidad revolucionaria. Has aceptado, ¿verdad?

—Sí, pero aún puedo cambiar de parecer. ¡Soy mujer!

—¿Sigues entusiasmada con la perspectiva de dedicar tu vida al trabajo en un hospital, Heather? ¿No tienes previsto casarte?

—Desde luego que no —dijo Tufts con firmeza—. Cada vez que veo a Grace o Kitty, vuelvo a darme cuenta de que el matrimonio no me conviene. Y siempre que veo a Edda confirmo que tampoco estoy hecha para las aventuras amorosas. Son muy peligrosas, sobre todo para una subdirectora.

—Entonces tienes dos opciones, Heather. Seguir en la brega que tan bien conoces como hermana tutora, o lanzarte al lodo desconocido de la administración del hospital al más alto nivel. Tienes una mente privilegiada, demasiado para una hermana tutora, pero no estoy en tu lugar y no me atrevo a darte consejos —dijo Liam en un tono curiosamente formal.

Lo que estaba pensando era muy distinto. Mirando su dulce rostro se preguntó qué habría ocurrido si Gertie Newdigate no hubiera metido las narices en su relación con Heather y él no hubiera tenido una esposa a la que proteger. Dieciséis meses de separación, justo cuando la semilla empezaba a germinar. «¡Ay, Heather, perdimos nuestra oportunidad!»

Tufts no experimentó pensamientos semejantes mientras lo miraba, aunque parte de ella era consciente del momento tan inoportuno que había elegido la enfermera jefe Newdigate. Pero, puesto que nunca había tenido intimidad con Liam antes del largo exilio del divorcio, no imaginaba siquiera lo que tal vez habría ocurrido de no ser por la existencia de Eris Finucan. Eran amigos íntimos y también colegas. Al acceder a cualificaciones más elevadas, Tufts se estaba adentrando en el mundo de Liam. Y eso era una perspectiva maravillosa, nada más.

Oso Olsen había encontrado una rutina que lo mantenía apartado de su esposa y sus hijos en la medida de lo posible; después de comer un par de tostadas para desayunar, se calaba el gorro, se ponía la chaqueta con desgana y salía. Seguía el sendero hasta la cancela y luego descendía la pendiente de Trelawney Way hacia Wallace Road, la cruzaba y continuaba hasta George Street, la principal vía pública que dividía en dos la ciudad de Corunda.

Aunque el almacén de Maboud estaba en el chaflán, lo dejaba atrás y seguía por George Street hasta la zona de comercios principal, donde algunos escaparates estaban cubiertos con tiras de papel marrón para indicar su cierre permanente. Daba igual; se paraba a mirar el interior de todos los comercios, abiertos al público o clausurados, siguiendo por la acera hasta la última tienda para luego regresar por la otra acera. Al final, llegaba otra vez a la tienda de Maboud, con sus periódicos, tebeos, revistas, paquetes de té y latas de levadura en polvo, azúcar, mantequilla y harina, ropa de mujer, hombre y niño, teteras, hervidores y cuencos. Bashir Maboud, que le tenía aprecio, siempre intentaba trabar conversación, pero Oso apenas si respondía; luego subía de nuevo por Trelawney Way y accedía al jardín delantero, tras haber dedicado la mayor parte de la jornada a recorrer esos quince kilómetros.

Había perdido mucho peso, aunque aún no estaba demacrado; la comida no le interesaba más que su esposa o sus hijos. Desde el momento en que regresaba de su lento y metódico paseo, tomaba asiento en el jardín en un viejo banco de madera que Jack había traído a casa en tiempos más felices, con el sombrero a su lado y la barbilla apoyada sobre el pecho. Ignorando el significado que su actitud podía tener, Grace se había preguntado por qué, desde el momento en que empezó a sentarse allí, Oso le había dado la vuelta al banco para sentarse de espaldas a la casa y a su familia.

Tras numerosas tentativas infructuosas de que Oso se interesara en algo, cualquier cosa, Jack había dejado de ir de visita; era muy doloroso ver cómo circunstancias externas destruían a un hombre tan bueno, honrado y cariñoso. Jack se pasaba por allí cuando Oso estaba ausente.

¿De qué vivía esa familia? Apretando los dientes, Grace recibía de Charles lo mínimo esencial para la subsistencia. Aunque Charles se lo suplicaba, no lograba que aceptara nada más, y le dejaba claro que si aceptaba aquello era por sus hijos. A cambio, insistía en hacer cosas para la despensa de Kitty que un chef francés vería con malos ojos, como galletas Anzac, crema de limón y gelatinas de color rojo, verde y naranja.

La mente de Oso no era un fangoso cenagal de compasión por sí mismo; de haberlo sido, personas cercanas como Grace, Edda, Jack y Charles se habrían preocupado de ponerle remedio. Pero lo que le pasaba a Oso por la cabeza no tenía propósito, lógica ni angustia de ninguna clase; era un batiburrillo de pensamientos ociosos, retazos perdidos de canciones o melodías de la radio, todos tan penosamente entremezclados que ni siquiera él, dueño de sus pensamientos, tenía la menor idea sobre su significado o qué importancia tenían para su existencia. La imagen que tenía de sí mismo —incluso de su cuerpo— estaba al borde de la desintegración, tanto así que cuando Grace, asustada y exasperada, le gritaba cosas como «¡Anímate un poco!», Oso no sabía a qué se refería. Los escaparates de los comercios con sus tiras cruzadas de papel marrón eran algo que mirar, de la misma manera que Bashir Maboud era alguien que le dirigía la palabra; esta última parte de sí mismo parecía una máquina que era necesario usar y agotar caminando y mirando, caminando y mirando... Cuando se sentaba de espaldas a la casa en el banco del jardín, estaba tan agotado que no le quedaba nada en la cabeza.

Charles Burdum y el médico de los Latimer, Dave Harper, fueron a ver a Oso varias veces, y Grace esperaba ansiosa sus opiniones.

—Me temo que no podemos hacer nada —le dijo Charles—. Sea como sea, su estado no parece ir a peor. Hace tres semanas que vinimos, pero sigue igual.

—Ha renunciado a sus responsabilidades como hombre, marido y padre —dijo Grace con amargura.

—Renunciar no es más que una palabra, Grace. Echarle la culpa no hará que mejore la situación, eso ya lo sabes. Querida, eres tan valiente, tan firme... Nadie te puede criticar, ni siquiera por quejarte de tu marido alguna vez. —Charles le palmeó ligeramente el brazo—. ¡Arriba ese ánimo, Grace!

—Comemos pasta de pescado y mermelada casera, pero es mucho más de lo que comen otras familias, y te lo agradezco, Charlie —respondió ella, que detestaba verse tratada con condescendencia pero era consciente de que no tenía derecho a decirlo—. También sé que, si por ti fuera, comeríamos jamón y filetes. Bueno, pues no quiero aceptarlos. Te agradezco que pagues las facturas que tenemos pendientes con Bashir Maboud, pero si Oso estuviera en sus cabales rehusaría cualquier clase de caridad. No soy una sanguijuela.

—Tu independencia es admirable —dijo Charles, de corazón.

«Malnacido altanero —masculló Grace para sus adentros—. Todo el mundo sufre menos Charlie Burdum, el gallito del lugar.»

Se hizo eco de ese mismo sentimiento delante de Edda,

349

que le bajó los humos recordándole que Charles había visto cómo su hijo nacía muerto.

—Es posible que los tuyos no coman sándwiches de jamón, pero están sanos como caballos de tiro alimentados con el mejor pienso, así que cierra el pico, Grace.

Edda tenía un aspecto magnífico, pensó Grace, sintiéndose desdichada y frustrada. Ahora tenían veinticinco años, la edad que antes se consideraba el culmen del atractivo femenino, aunque eso ya estaba pasado de moda. Los vestidos más largos y ceñidos de finales de 1930 le sentaban bien a Edda gracias a su estatura y esbeltez. ¡Qué elegante estaba! El rojo siempre le favorecía, incluso un rojo óxido tan difícil de lucir como el que llevaba ese día, un modelo de crepé fino y pegado al cuerpo. No se había puesto combinación, y, sin embargo, no parecía una cualquiera. Y se estaba dejando largo el tupido cabello moreno. ¿Por qué hacía tal cosa?

—Debajo de tanta pose Charlie es un buen hombre —le dijo a Grace, pasándose la mano por una pierna enfundada en seda para enderezar la costura de la media—. Tiene buenas intenciones, lo que pasa es que no consigue superar ese carácter sajón suyo. A nosotros nos parece condescendiente, pero él no sabe que causa esa impresión. Fíjate en lo que está haciendo por Tufts: hay que estarle agradecido, y es todo cosa suya.

—Sí, sí, me alegro mucho por Tufts.

Edda dejó la bolsa de redecilla encima de la mesa.

—Sabes perfectamente bien que no tengo intención de tratarte con condescendencia, hermana, así que saca provecho de esto sin sulfurarte. Hay lonchas de jamón y mortadela, chuletas de cordero y un trozo de pierna de ternera en conserva. De vez en cuando tienes que comer algo mejor que salchichas.

Grace se sonrojó, pero no perdió la calma.

—Gracias, querida, es muy amable por tu parte. —Recogió la bolsa y guardó la carne en la nevera—. ¡Una mujer subdirectora, hay que ver!

—Podrías haber sido tú si hubieras seguido trabajando de enfermera —dijo Edda con un deje de crueldad—. Sea o no del sexo indicado, Tufts hará un gran papel. Charlie la está ayudando a obtener una licenciatura en Ciencias y a formarse como contable, para que los Amos de la Creación no puedan atacarla por cuestiones académicas. —Se le escapó un gorjeo del fondo de la garganta—. Y si algún hombre se imagina que puede obligar a Tufts a bajar un par de peldaños en el escalafón, lo lleva claro. Acabará cantando como una soprano.

Grace rio.

—Tienes razón. Pero ¿no te habría gustado a ti el puesto de subdirectora, Edda?

—No si fuera en Bart o en Guy. Quiero viajar.

—Eso dices una y otra vez, pero ¿cuándo?

—Cuando esté preparada.

El 25 de octubre de 1930 Nueva Gales del Sur acudió a las urnas para elegir un nuevo gobierno. Los ciudadanos votaron a Jack Lang; ahora Nueva Gales del Sur tenía un gobierno laborista cuyo primer ministro creía de manera implícita que el programa de drásticos recortes de sir Otto Niemeyer iba errado por completo. Lo que quería Lang era incrementar el gasto público y crear tantos puestos de trabajo como fuera humanamente posible. De pronto volvían a estar en marcha las obras del puente del puerto de Sídney y de la red de metro, y Lang se oponía a pagar los intereses de los préstamos efectuados por la City londinense mientras tantos australianos estuvieran padeciendo la crisis.

Incluso Grace, tan malhumorada, sentía cierto alivio de sus perpetuas preocupaciones al leer los periódicos que le reservaba Bashir Maboud todos los días, hablando como tenía ahora por costumbre con Oso, que permanecía sentado en el banco después del paseo sin articular respuesta.

—Jack Lang debe de estar en lo cierto —dijo ella, agitando un periódico cuando ya se acercaba la Navidad de 1930—. ¡Fíjate en Corunda! —exclamó—. Prácticamente todo el mundo tiene trabajo, ya que la Depresión no ha causado tantos estragos aquí como en los demás sitios. Y eso gracias a la construcción del nuevo hospital. Querido Oso, tuviste la mala suerte de poseer aptitudes en algo que sufrió los primeros efectos y los peores. Y, después, fuiste demasiado orgulloso para aceptar el subsidio porque no puedes hacer el trabajo requerido. Bueno, hay muchos que lo aceptan de todos modos.

Oso no contestó; nunca lo hacía: o bien escuchaba, o bien parecía caer en la cuenta de que ella estaba a su lado, pasando las páginas y parloteando sin pausa...

Una vez leídas las dos primeras páginas del *Corunda Post*, un periódico con grandes pretensiones, pasó a la tercera, más entretenida.

—¡Qué cosas! Está aumentando el índice de suicidios en Corunda —comentó en tono aún despreocupado—. ¿Por qué se ahorcará la gente? Tiene que ser una muerte horrible, quedarte colgando de una cuerda mientras te ahogas lentamente, que es lo que les pasa a quienes se ahorcan. Cuando cuelgan a un criminal, dice aquí el periodista del *Post*, cae por una trampilla y la sacudida que sufre al tensarse la soga le parte el cuello. No, yo no elegiría colgarme, y desde luego espero no hacer nunca nada por lo que la ley me condene a la horca... —Su voz se transformó en un murmullo y luego volvió a alzarse—. Las mujeres meten la cabeza en el horno de gas, pero los hombres no. Me pregunto por qué. El gas huele fatal, y eso también es asfixiarse, ¿verdad? Tomar veneno no es muy popular, supongo que porque uno muere hecho un desastre, y desde luego no es justo que los que quedan detrás tengan que limpiar la porquería. No, al final resulta que los hombres se ahorcan y las mujeres meten la cabeza en el horno de gas. —Se levantó, al tiempo que profería una risita alegre—. Es interesante, aunque un tanto macabro. Ya va siendo hora de que prepare la cena. Otra vez salchichas, me temo, pero les echaré curry para variar. Edda me ha traído una bolsa de pasas.

Atareada en la cocina troceando unas cuantas de sus preciosas pasas para que el curry tuviera un punto de dulzura —que de todos modos era muy suave, porque a los niños no les gustaba la comida muy especiada—, Grace hirvió las salchichas para desalarlas antes de cortarlas en gruesas rodajas y echarlas a una cazuela. Mezcló manteca fundida, harina y curry en polvo hasta hacer una pasta, la rebajó con agua para transformarla en una salsa fina, aderezó con ella las salchichas y añadió las pasas troceadas. Un hervor a fuego lento... y ya estaba. A Brian y John les encantaría, y quizás hasta Oso comiera un poco, sobre todo si freía pan para untarlo de curry. El arroz era horrible si quedaba muy salado, pero el pan seco, cortado en rectángulos y frito por los dos lados, siempre quedaba de maravilla. La única manera de comer el arroz era como pudin.

—¡A cenar, chicos! —llamó a los niños por la puerta de atrás.

Brian y John acudieron de inmediato, el mayor llevando medio a rastras a su hermanito, los dos sonriendo de oreja a oreja porque siempre andaban famélicos y les encantaba todo lo que preparaba su madre, incluso los sándwiches de pasta de pescado o de levadura, qué angelitos. ¡Ay, qué días aquellos en que podía utilizar mantequilla en vez de manteca y caldo de carne en lugar de agua!

—¡Oso, a cenar! —llamó por una ventana que daba a la galería de las plantas.

Al no moverse Oso, ella frunció los labios. Al parecer, estaba a punto de entrar en una nueva fase de su horrendo desánimo. ¿Acaso no entendía el efecto que causaba en los niños? Salió por la puerta de atrás y se acercó a él por un lado, viéndolo de perfil, con las manos caídas sobre el regazo, donde se había formado una enorme mancha rojo oscuro que había empapado los pantalones y la camisa, y luego había goteado entre sus piernas hasta el suelo ahora herrumbroso. Tenía la navaja adherida a los dedos por sangre pegajosa y su rostro se veía sereno, los ojos entornados, una leve sonrisa en los labios.

Grace no gritó. Primero se acercó lo suficiente para ver los profundos cortes en las muñecas. Sin embargo, no había alcanzado las arterias, al menos mientras corría por ellas sangre suficiente; la suya era una hemorragia venosa lenta y constante, y debía de haber tardado en morir todo el rato necesario para preparar un curry.

Segura de lo que había ocurrido, giró sobre los talones para regresar a la casa. Una vez dentro, siguió con la rutina de dar de cenar a sus hijos las salchichas al curry. Solo cuando ya estaban comiendo fue hasta el teléfono y llamó al hospital.

—Póngame con el doctor Burdum, y no se le ocurra decirme que no está.

—¿Sí? —contestó Charlie, impaciente.

—Soy Grace. Haz el favor de enviar una ambulancia a mi casa. Oso se ha cortado las venas.

—¿Está vivo?

—No. Y envía a alguien para atender a Brian y John.

—¿Puedes arreglártelas hasta que llegue ayuda?

—Qué estupidez de pregunta. Si no pudiera, habría otra persona hablando contigo en este preciso instante. No te entretengas, Charlie. Si está Liam por ahí, dile que venga: es el juez de instrucción, y esto ha sido un suicidio. —Colgó, dejando a Charles sin resuello.

Por una vez no se espiaba furtivamente a través de las cortinas en Trelawney Way; la gente estaba delante de la puerta para ver cómo la ambulancia llegaba y accedía al jardín de los Olsen. Charles la seguía en el Packard con Edda y Tufts; Liam iba en la ambulancia.

Tufts se hizo cargo de los niños y los preparó para acostarse. ¿Quién hubiera imaginado en otros tiempos que Grace se mostraría tan sensata, tan previsora? Se había comportado con tanta normalidad que los niños no estaban alterados, y permanecieron ajenos a las ambulancias y los vecinos curiosos mientras chapoteaban en el baño y se metían en la cama de matrimonio que compartían.

Liam y los dos enfermeros de la ambulancia se ocuparon de Oso Olsen; uno llegó a limpiar con la manguera el césped y el banco del jardín para que Grace no tuviera que encargarse de la sangre de su marido; la ambulancia se alejó tan discretamente como había llegado. Solo unas cuantas voces chismosas relataron a los cuatro vientos versiones falseadas de lo que le había ocurrido al desgraciado e inofensivo Oso Olsen.

Charles y Edda se hicieron cargo de Grace, cuyo extraordinario brote de sentido práctico empezó a flaquear en cuanto se fue la ambulancia y oyó a sus hijos charlando con Tufts en el dormitorio. Lo peor había pasado.

—Ha pasado lo peor —dijo.

—Te has comportado maravillosamente bien —dijo Edda, a la vez que le cogía las manos—. Estoy orgullosa de ti.

—Estaba fuera de mí —reconoció Grace, con el rostro pálido y demacrado—. ¿Cómo iba a dejar que mis hijos vieran así a su padre? Ahora no tienen padre, pero al menos tampoco tendrán pesadillas. Tener hijos lo cambia todo, Edda. —Se le llenaron los ojos de lágrimas—. Ah, y teníamos una cena muy interesante para variar. Salchichas al curry sazonadas con pasas. Los niños se han comido hasta la última migaja, así que también les he dado la ración de Oso, y la han devorado, lo que significa que no están saciados. Tendré que seguir cocinando también la parte de Oso. —Y soltó una risotada espeluznante—. ¡Allí donde está no necesitará comida!

—¿Hubo algo que te hiciera sospechar? —preguntó Charles.

—Nada en absoluto, aunque le he leído unas frases del artículo sobre el suicidio que hay en el *Post* de hoy. Pero ni siquiera oye nunca lo que digo, de verdad. —Se echó a llorar, sirviéndose de un pañuelo—. ¿Le he dado yo la idea, Edda? Solo intentaba que se interesase por algo, lo que fuera. Le leo el periódico todos los días, de veras.

—No te culpes, Grace —dijo Charles con firmeza.

Volvió hacia él los ojos abiertos de par en par, cuyas profundidades revelaron asombro.

—No me culpo, Charlie. ¿Por qué iba a hacerlo? Haberle dado la idea no es culparme. Sería como decir que la única manera de que no te pique una avispa es no llevar perfume. Hay que ver qué raros sois los sajones. Leéis demasiado entre líneas. No, el único culpable es Oso. ¡Cuánto lo quiero! Incluso cuando su estúpido orgullo hacía que me entraran ganas de asesinarlo, seguía queriéndolo. ¡Ay, los niños! Tendré que pedirle a papá que me ayude con ellos.

—Mañana, Grace, esta noche no —advirtió Charles—. Gracias a lo bien que has llevado la situación, no sufrirán las repercusiones que podrían haber tenido, y aún les falta mucho para ir al colegio, así que no creo que los atormenten otros niños.

—Hay que ver en qué cosas piensas —exclamó Edda—.

Lo más importante, Grace, es que lloren con toda naturalidad por un padre que ya no está a su lado. Eso lo has hecho tú por tus hijos, y nadie más.

—Pero ¿qué será de mi vida? —se lamentó Grace—. Me veré obligada a depender de la caridad. —Esa perspectiva la afectaba más que cualquier otra cosa; se encorvó y lloró con desolación.

«Apenas reconozco a mi gemela —pensó Edda—; es la mezcla más extraña de terco pragmatismo y falta de previsión. Mientras que yo he permanecido aislada de la realidad, mi hermana ha sobrellevado una carga de realidad cada vez mayor. Cuando la vida iba bien, era una doña remilgos egoísta y obstinada. Cuando llegaron tiempos difíciles, se convirtió en una heroína a carta cabal que nada tiene que envidiar a otras mujeres. Las dos Grace se entremezclaban y arremetían una contra otra igual que dos guerreros rivales encerrados en la misma celda. Pero esto es nuevo, la Grace más dura ha ganado.»

Charles abrió el maletín negro, sacó una ampolla y una jeringuilla y le puso una inyección en el brazo a Grace.

—Lo que más falta te hace es dormir profundamente y sin soñar, y acabo de asegurarme de que así sea. Edda, llévala a la cama.

—Ha sido lo más sensato, Charlie —comentó Edda a su regreso—. Tufts está leyéndoles un cuento a los niños y ha dicho que empecemos sin ella.

—Bueno, de lo único que hay que hablar es de Grace —dijo Charles, con un suspiro que se convirtió en una mueca de dolor—. Tengo que contárselo a Kitty, que quedará destrozada. Y hay que avisar a tu padre.

—No puedo evitar que se lo digas a Kitty, pero a mi padre se lo contaré yo —dijo Edda, torciendo el gesto—. Y no deberías contárselo a Kitty tú solo. Es conveniente que esté Tufts.

Charles se revolvió contra Edda.

—¡Malditas sean las hermanas! Kitty no necesita que esté presente una hermana. Es mi esposa, una mujer madura a la que no le hace falta ninguna hermana.

La puerta de atrás se cerró de golpe y entró Jack Thurlow.

—¿Es cierto lo que he oído? —preguntó—. No se habla de otra cosa.

«¡La llegada de Jack me ha salvado de una pelea gargantuesca con este dictadorzuelo egoísta!», pensó Edda, y se puso a preparar el té mientras Charles le explicaba la situación, haciendo hincapié en su propia importancia, claro.

Pero Jack tenía menos paciencia que Edda y no estaba dispuesto a hacer de comparsa plañidera.

—No tienes que preocuparte por Grace, Charlie. Cuidaré de ella y sus hijos. En cuanto estén en situación de hacer las maletas, me los llevaré a Corundoobar. Pienso casarme con ella, sí, pero no para complacer a los carcamales que se encargan de velar por la moral en Corunda: necesita un marido ahora mismo, o será incapaz de criar a sus hijos como es debido. La boba de mi madre nos fastidió la vida cuando murió nuestro padre, y eso que era una Burdum de pura cepa. El pastor era uno de esos fanáticos de la religión, en absoluto parecido a Tom Latimer. Y la acosó sin piedad para que rigiera su vida por las habladurías de la gente. ¿Desde cuándo las lenguas viperinas dictan cómo debe vivir una mujer sola con hijos? Así que ahora Grace vendrá conmigo, ¿lo oyes? ¡No pienso aguantar que pase necesidad ni un día más! Y educaré a los hijos de Oso yo mismo, doy mi palabra de Thurlow. Es posible que mi padre no fuera el marido que el viejo Tom quería para su hija, pero fue un buen marido y un buen padre. Cerraré esta casa hasta que lleguen tiempos mejores, y entonces Grace la podrá vender y disponer de un poco de dinero...

Dejó escapar un fuerte sollozo y se interrumpió, pasmado ante su propia verborrea, como si él mismo fuera un desconocido. Miró de súbito a Charles y luego a Edda; tenía los hombros encorvados como si cargara con un peso real.

Charles estaba tan anonadado que se limitó a mirarlo en silencio.

«¿Es este el auténtico Jack Thurlow, el hombre por el que llevo años demorando mi marcha? —se preguntó Edda—. Si estuviera yo en el lugar de Grace, ¿habría acudido de inmediato en mi rescate cual sir Galahad en pos del Santo Grial? Jack no me quiere, y tampoco a Grace, está enamorado del deber, y ahora ve su deber como si Dios mismo lo hubiera escrito en letras de fuego en el cielo. Llevaba meses ansiando ocuparse de las cargas de Oso como si fueran las suyas propias. Se aferra a Grace como un loco que pretendiera coger el reflejo de la luna en un estanque.»

—Querido amigo —decía Charles, tan desconcertado que había aflorado su vena sajona—, ¿de veras crees necesario todo esto ahora mismo? Te aseguro que yo financiaré encantado las necesidades de Grace y sus hijos. Es mi deber hacerlo, Jack, no el tuyo.

—Oso y yo éramos amigos, buenos amigos —respondió Jack en tono desabrido—. Por lo visto, tú te has responsabilizado de Corunda entera, ¿no tienes suficiente? Yo dispongo de tiempo y espacio para Grace.

Tufts se encontró a Charles, confuso y farfullante, al entrar en la cocina; Edda estaba ocupada preparando el té, como si su área de la cocina estuviera en otro continente.

—Siéntate, Edda, ya acabo yo —se ofreció Tufts.

—Jack dice que va a llevarse a Grace y los niños a Corundoobar.

—Qué interesante. Siéntate, Edda, venga. Te acompañaré a darle la noticia a Kitty, Charlie —dijo Tufts—. Edda, supongo que tú se lo dirás a papá, ¿verdad? Bien. Y haz el favor de cerrar la boca, Jack, o va a entrarte un enjambre de moscas, y llevan gérmenes, ya lo sabes.

Hubo más casos de suicidio en Corunda; la situación no mejoraba, sino que estaba yendo a peor en toda Australia. A medida que transcurría 1930, el desempleo creciente se combinaba con salarios menguantes para quienes tenían trabajo. Si de algún modo los directivos de los bancos se las arreglaron para no sufrir la racionalización de gastos, fue simplemente porque así funcionaba el mundo, cuyos gobiernos protegían a los peces gordos por doquier, incluso en la URSS de Stalin. Aunque al principio la prosperidad de Corunda se había mantenido, se estaba desintegrando rápidamente, a pesar del nuevo hospital. El espectro de los recortes fiscales pasó a ser más visible conforme todos los factores que propiciaban una buena salud económica iban acaparando cada vez más espacio en periódicos y revistas; condiciones laborales que ningún trabajador había conocido antes del 29 de octubre de 1929 se discutían ahora en pubs y comedores de beneficencia, mientras la Gran Depresión seguía su avance arrollador.

Puesto que tenía relación con los Burdum y los Treadby, la muerte de Oso Olsen azuzó un problema creciente: el de enterrar a los suicidas en tierra sagrada. Una minoría ruidosa de corundenses era partidaria de llevar la maldición del suicidio a la tumba, negando a los suicidas la bendición de un funeral en el camposanto. Cabía esperar que el anciano monseñor O'Flaherty se opusiera, que arguyese, como hacían sus sacerdotes, a favor de una interpretación más compasiva de las leyes divinas, pero no era el único ministro de Dios con inclinaciones punitivas. Algunos ministros protestantes se mostraban igual de intransigentes sobre el asunto. Las discusiones fueron acaloradas y desagradables, y dieron pie a una serie de nuevas rupturas en instituciones cristianas. Dos suicidios entre los Corrigan en el West End provocaron un tremendo éxodo de la iglesia católica de St. Anthony cuando el reverendo Thomas Latimer aseguró que el Dios del rey Enrique VIII no era tan inflexible como el Vaticano en lo tocante al estado de gracia de los muertos, aunque uno de los sacerdotes del rector se mostró tan firme como monseñor O'Flaherty a la hora de defender que el suicidio era el único crimen que Dios no perdonaba. Cuando Thomas Latimer, que era una fuerza formidable en Corunda, pronunció desde su púlpito un sermón memorable argumentando que a ningún hombre, mujer o niño que se quitara la vida en aquellas condiciones socioeconómicas se le podía considerar en sus cabales, la mayoría de la gente creyó que estaba en lo cierto; la locura también era un don de Dios, y el delito de acabar con la vida propia formaba parte de esa enajenación. Su opinión docta y al mismo tiempo intensamente emocional parecía razonable, lógica, y, a medida que se acercaba 1931, pasó a constituir un punto de vista con el que la gente podía convivir, aunque no lo aceptase de manera incondicional.

Edda, que caminaba vestida de negro detrás de Grace y sus hijos, volvió la cabeza para ver la magnitud del gentío que seguía al ataúd a la salida de St. Mark para acceder al pequeño cementerio cercano, donde estaban enterradas las familias de los rectores junto con los Burdum y los Treadby. Negro, negro, negro, un caudal oscilante de color negro. Nadie en tiempos tan difíciles carecía de ropa negra para los funerales.

«Muere mucha más gente de la que nace —pensó Edda—, porque la fuerza de la vida está en horas bajas, y si la gente no tiene otro modo de evitar concebir un hijo que abstenerse completamente de las relaciones sexuales, eso es lo que hacen. ¿Quién querría traer un hijo a este mundo? Las cosas van de mal en peor.

»¿Qué nos está pasando a las hermanas Latimer? ¿Qué puede ocurrirnos aún?

»¡Ese idiota de Jack Thurlow! Debido a sus indiscretos y reiterados votos de proteger a Grace, la gente ya chismorrea que mi hermana gemela ha escogido a su siguiente marido antes de haber enterrado al primero. Qué arma tan cruel es la maledicencia. ¡Miradla bien, so estúpidos! ¡Está destrozada por la pérdida! Nadie puede ayudarla, ni siquiera el puñetero Jack Thurlow, un hombre sin objetivos que cree haber encontrado uno. Pero a menos que nosotras tres logremos infundirle ánimos, ella cederá ante Jack y hará lo que diga él. Es una mujer sumisa que no conoce otra manera de vivir que apoyándose en alguien, perteneciendo a alguien

»Somos una legión de cuervos negros. Ha venido Kitty. Sabía que vendría. Yo clavo la estaca, Kitty corta la cabeza. Las dos somos necesarias, junto con Tufts que aporta la tierra y Grace que pone el agua.

»Es difícil ver a Kitty a solas desde que se casó con Charlie, un hombre muy posesivo. Pero la verdad es que todos los hombres son posesivos; es la naturaleza de la bestia. Su aislamiento en la cima de Catholic Hill es deliberado. Sin coche, es difícil llegar hasta allí, y yo desde luego no puedo permitirme tener coche. Además, no se ha molestado en enseñar a Kitty a conducir. ¡Cómo cambia las cosas el matrimonio! Entra en la ecuación un hombre desconocido y las cuatro hermanas quedan fragmentadas. ¡Cuánto echo de menos a Kitty!

»Pobrecito Brian. Dos años. Sus piernecillas apenas pueden seguir el paso que llevamos: los pantalones le llegan a las rodillas porque se los han recogido hasta las ingles, luce un abrigo tan grande que lo lleva abrochado para que no se le caiga, y va con la corbata anudada. ¡Un brazalete negro, Edda, un brazalete negro! Se le ha bajado el calcetín izquierdo, le cuelga un moco bien jugoso de la nariz que se muere de ganas de hurgarse y se le ha formado una cresta de pelo rubio en la coronilla. ¡Ay, qué adorable! Lleva un poco de mí en su sangre, yo existo en Brian y John, aunque no tenga hijos propios. Huele a alhelíes y claveles. Agridulce. Siempre relacionaré el aroma a alhelíes y claveles con este horrible funeral.»

Aunque esa clase de velatorios se consideraban papistas, el reverendo Latimer se había visto impulsado por un extraño instinto a celebrar una recepción tras la ceremonia ante la tumba; cerca de un centenar de personas se reunieron en la sala parroquial de St. Mark con bebidas y abundantes canapés. Charles Burdum había insistido en correr con los gastos.

Tufts cumplió el cometido de acorralar a Charles a fuerza de conversación mientras Edda se llevaba a Kitty con disimulo a un cuartito que solo conocían los de la rectoría. La muerte de Oso había hecho mella en Kitty, pero no la había deshecho. Edda vio con profundo alivio que no se hundiría más. Tenía buen aspecto físico.

—Cada vez te vistes con mejor gusto, Kits —dijo Edda, y se sentó en una silla delante de su hermana—. Ese sombrero es precioso. ¿Dónde lo encontraste?

—No fui yo —repuso Kitty, con esa voz baja y melosa tan suya—. A Charlie le gusta merodear por las mejores tiendas en busca de cosas con las que le agradaría verme. —Bajó el tono—. Sabe comprar como una mujer, Edda, y tiene mejor gusto que yo. Tengo mucha influencia de la Maude más ostentosa. —Suspiró y dejó escapar esa risita tan propia de ella. ¡Qué maravilloso oírla!—. Es tan posesivo que le resulta difícil aceptar el amor que profeso a mis hermanas. —Se encogió de hombros—. Bueno, ¿cómo podría entenderlo? Es hijo único, y mientras yo crecí en un entorno familiar, él no conoció madre ni padre. Como resultado, tiende a pensar que el amor por mis hermanas hace sombra al amor que siento por él, y al parecer no consigo meterle en la cabeza que son dos clases de amor distintas, en compartimentos separados. ¡Cómo detesto estar en lo alto de esa maldita colina! Por culpa de la Depresión ya no hay taxis en Corunda y tengo que pagar a alguien con coche para que me lleve, lo que en realidad es una transacción ilegal.

—Lo siento —dijo Edda, procurando que no se le escapara nada más entre dientes. ¡Qué malnacido, qué pedazo de malnacido!—. Tienes varios coches.

—Pero no sé conducir.

—Ya, pero puedes aprender y vas a aprender. ¿Por qué? Porque todos los miércoles vas a venir a comer con Tufts y conmigo al hospital. —Lanzó una mirada penetrante a Kitty—. No tendrás miedo de Charlie, ¿verdad?

—No, no —respondió Kitty, sonrojándose—. Lo que ocurre es que tiene ideas fijas sobre mí, y una de ellas es la del lugar que debe ocupar su esposa en su vida. Me controla. Esto es muy agotador para mí, aquello no merece la pena que lo haga, y a las hermanas hay que relegarlas al trastero junto con el resto de la infancia. Como si hubiera dado un paso tan crucial al casarme con él que nada de lo que hice previamente tuviese ya la menor importancia. Si algo he aprendido es que Charlie no me permitirá vivir pegada a mis hermanas.

Edda no había sabido lo que iba a decir Kitty, ni cómo reaccionaría a la noticia del cambio que amenazaba a Grace, pero nunca hubiera sospechado que albergaba tanto resentimiento contra su marido, tanto que hasta el momento Grace no había salido a colación. Así que cuando Tufts entró por la puerta, Edda agradeció su llegada.

Kitty sencillamente siguió con el mismo tema una vez hubieron acabado con los besos y abrazos.

—¡Ay, si supieras cuánto detesto esa casa en la cima de la colina!

—Creo recordar —dijo Edda en tono seco— que disfrutaste de lo lindo decorándola, porque te acompañé en tus excursiones.

—Sí, entonces tenía algo que hacer. Pero ahora... ¿Cómo podríais entenderlo? Estáis muy ocupadas, hacéis un trabajo admirable y lo hacéis bien, os elogian y se fijan en vosotras.

—¡Ay, Kits! —exclamó Tufts, notando que afloraban más lágrimas, aunque por una razón ajena a Grace y los niños—. ¡No me vengas con que no estás enamorada de Charlie, por favor!

—Debo de estarlo, porque lo aguanto todo. Bueno, no es que sueñe con dejarlo plantado, pero no me daría miedo dejarlo... —Se interrumpió y notó un estremecimiento—. No, no me da miedo como se lo da a muchas mujeres, en el sentido de que podría acabar muerta, o tan maltrecha que nunca volvería a ser la misma; no es eso, de verdad. Aun así, Charlie espera de mí que esté a su disposición de inmediato, con solo levantar un dedo, y si estoy con una de mis hermanas... pues se enfurruña. Es como si no tuviera derecho a disfrutar con otras personas si advierte que les tengo cariño. No se atrevería a ponerme un dedo encima llevado por el enfado, pero me hace sufrir igualmente. Papá no se implica porque papá siempre va en compañía de Maude, y Charlie no se deja engañar por nadie y sabe de qué modo me afecta Maude. Pero mis hermanas... ¡Ay, eso es harina de otro costal!

Tufts besó a su gemela con suma ternura.

—Querida Kitty, Charlie está celoso, eso salta a la vista. Hay gente que es así, y no se puede hacer nada al respecto, es un rasgo innato de carácter. Hay que soportarlo, pero al mismo tiempo no puedes ceder a él. Debes adoptar la actitud que quieras, y eso significa que tienes que vernos a Edda, a Grace y a mí tanto como quieras o te apetezca. Cuando Charlie rezongue, dile que eso es lo que hay: nos verás se ponga como se ponga. ¡Vamos, tú eres capaz de hacerlo!

Tufts se estaba preguntando qué parte de esa situación tendría su razón de ser en la tragedia del bebé nacido muerto. Nadie sabía la causa, pero la ignorancia es el peor de los dilemas íntimos, con lo que sospechaba que él quería culparla a ella, y viceversa. «Charlie, ¿por qué no le demostraste lo apenado que estabas? —le preguntó Tufts mentalmente—. De haberlo hecho, Kitty no habría acumulado resentimiento. Y él, como es natural, cree que recibe todo el cariño necesario de sus hermanas. ¡Vaya lío!»

De pronto cambió el estado de ánimo de Kitty. Sus ojos de un lila azulado adquirieron un brillo furtivo y adoptó un semblante conspirador.

—Chicas, decidme qué está pasando bajo la apariencia tranquila del día de hoy. ¿Ocurre algo? Jack Thurlow está implicado, y Charlie se comporta como un mojigato con un secreto que no se atreve a revelar. Que si estoy mal, bla, que si no tengo que preocuparme, bla, bla, que si no debo interesarme por los chismorreos, bla, bla, bla. ¡A ver, quiero saberlo!

La respuesta de Edda fue ponerse en pie de un brinco para abrazar y besar a Kitty.

—Jack es el quid del asunto, y no veo otra manera de describirlo que decir que debe de haber perdido el juicio. Ese hombre es el sueño de un alienista hecho realidad, aquejado de complejos, de impulsos primarios y bla, bla...

—... ¡bla, bla! —corearon las demás.

—¡No te rías, Kitty! Aunque me alegra oírte reír. ¡Me alegra mucho! —dijo Edda, enjugándose las lágrimas de alegría y pesar—. Los hombres son posesivos, eso ya lo hemos dicho mientras hablábamos de Charlie, y ahí estriba el motivo por el que no me casaré nunca. Me niego a quedar en posesión de otro. Nuestro Jack es un cordero disfrazado de lobo, un caracol en un coche de carreras, un elefante escondido detrás de un grano de arena. Es una contradicción viviente. Yo debería saberlo mejor que nadie; hace años que somos amantes. Jack deambula entre una niebla que él mismo ha creado.

En ese instante se le iluminó el rostro a Kitty.

—¡Sí, eso es! ¡Una niebla! Charlie también deambula entre una niebla que él mismo ha creado. Pero Jack está a salvo porque no te casarás con él. Se deshace del agua sucia sin tener que estar amarrado por un aro en la nariz.

—Qué metáforas tan maravillosas, chicas —dijo Tufts con un gorjeo de risa.

—¿Qué es lo que tiene intención de hacer Jack, que a juicio de Charlie me transformará en una víbora furiosa, presa de la desdicha y la desesperación? —preguntó Kitty, sintiendo una punzada de cariño por sus encantadoras hermanas, capaces incluso de difuminar el terrible pesar que inspiran los muertos.

—Piensa trasladar a Grace y los niños a Corundoobar mañana mismo y casarse con Grace tan pronto le sea posible —dijo Tufts, al tiempo que acercaba a Kitty un vaso de vino espumoso—. Bebe, Kits.

—No está mal —dijo Kitty, tomando un sorbo—, aunque creo que hoy podría beber hasta orina.

—¡Ay, Kitty, cómo te quiero!

—Claro que me quieres —ronroneó la aludida—. Edda, Jack Thurlow ha sido tu coartada para continuar en Corunda desde que éramos adolescentes. ¿Crees que Grace, Tufts y yo no sabemos que no es más que una excusa? Lo que en realidad hace que sigas aquí es el misterio de las cuatro gemelas Latimer, no un hombre intruso. Hasta que te vayas, porque te irás, enriqueces nuestras vidas, y eso es algo que Charlie, como hombre que es, no alcanza a ver. Tanto si le gusta como si no, pienso aprender a conducir y ver tanto como me plazca a mis hermanas.

—Todo eso está muy bien —repuso Tufts, pragmática—, pero no nos ayuda a resolver el enigma de Jack. ¿Tú qué crees?

—¿Qué crees tú? —replicó Kitty.

—Que es una locura. ¡Pobre Grace!

—Estoy de acuerdo —convino Edda.

Se hizo el silencio y tomaron unos sorbos de vino espumoso.

—Maude ha desaparecido de nuestras vidas, Kitty. O al menos de la mía —dijo Edda de súbito.

—Bueno, como tiene acceso al coche de papá, entra y sale de la Casa Burdum cuando le viene en gana —comentó Kitty con despreocupación, y posó el vaso de golpe—. El problema es que mamá perdió la alegría de vivir cuando me casé con Charlie, que le arrebató el papel que desempeñaba. Los dos son auténticos Napoleones, pero él tiene pene además de presunción.

—¡Vaya desparpajo el tuyo, Kits! ¡Pene, muy bien dicho! No es una palabra malsonante, y, sin embargo, la gente reacciona como si lo fuera —dijo Edda, entre risitas—. ¿Qué opinión te merece Maude hoy en día, benjamina?

Kitty torció el gesto.

—¡Ay, Maude! Nuestra Clitemnestra, ¿o debería decir Hécuba? Dejó de martirizarme en cuanto empecé a prepararme como enfermera, pero eso ya lo sabéis. Después de casarme, se esfumó por completo; parte del insustancial espectáculo se desvaneció. A veces Shakespeare utiliza expresiones tan acertadas que es imposible decir las cosas de otra manera. Papá la tenía bien calada desde el primer momento; simplemente está presente. Forma parte del mobiliario de la rectoría.

Asomó por la puerta una cabeza dorada con una mueca pícara en el rostro.

—¡Aquí estáis! —Charles abrió la puerta de par en par—. ¿Qué es esto, una confabulación secreta? ¿Me ocultáis algo? ¡Eso no lo voy a tolerar, chicas!

—Secretos de mujeres —comentó Edda, que se puso en pie—, y por tanto indignos de tu atención, Charlie. Pero escucha bien. Kitty va a venir a comer a nuestra casita en los terrenos del hospital todos los miércoles, y tú no estás invitado, ni siquiera a asomar la cabeza por la puerta. —Cruzó el cuarto para plantarse delante de él y fue puntuando lo que decía a continuación, hincándole el índice en el pecho de vez en cuando—. Desde que se mudó a la cima de Catholic Hill, apenas veo nunca a mi hermana pequeña, y eso —golpecito con el dedo— va a cambiar. Tú —golpecito con el dedo— ni siquiera te has molestado en que reciba clases de conducir, y eso —golpecito con el dedo— también va a cambiar.

Charlie se sonrojó y frunció los labios.

—Ha sido un mero descuido —reconoció en tono rígido—. Empezaré a enseñarle mañana mismo.

—Ah, no, el marido no puede ser el profesor —se apresuró a señalar Edda—. Bert, el conductor de ambulancias, es el mejor profesor de Corunda.

—Entonces, que le enseñe Bert —cedió Charles, superado tácticamente—. Es hora de ir con los demás, señoras.

La recepción estaba en su apogeo, los invitados lo bastante empapados en licores que circulaban más aprisa que la comida como para caer en una suave modorra que les permitiría cerrar la puerta de Oso Olsen para siempre. Maude había llevado a Brian y John a la rectoría, donde Grace estaba alojada, y la viuda, liberada de ellos, parecía haberse convertido en una persona más visible que cuando estaba atada a sus hijos.

Cuando ocurrió estaba en un corro con el rector, los doctores Finucan y Burdum, el viejo Tom Burdum, Jack Thurlow y el alcalde Nicholas Middlemore; sus tres hermanas se encontraban a unos metros en un grupo que incluía a la enfermera jefe Newdigate, Meg Moulton, Marjorie Bainbridge y Lena Corrigan, todas ellas personal de enfermería.

«Grace parece una viuda de los pies a la cabeza —pensó Liam Finucan—, desde la leve delgadez que antes la desfavorecía, hasta los ojos enormes y agotados, casi tan pálidos como los de Edda.»

Aferraba con ambas manos una copa de vino blanco en una imagen de quietud; la línea de su mandíbula cuando volvía la cabeza para seguir la conversación era nítida, pura. Y Liam observó intrigado que de pronto todos y cada uno de los presentes en la sala habían decidido contemplarla como si de una actriz sobre el escenario se tratara. Atinó a ver que Grace estaba a punto de interpretar su papel protagonista.

—¡Jack!

La palabra lo alcanzó como el restallar de un látigo. Había estado mirándola, pero el tono lo sorprendió; parpadeó y le ofreció una tierna sonrisa.

—¿Sí, Grace?

Cuando ella habló lo hizo en un tono firme y sonoro, con las vocales redondeadas y las consonantes articuladas con precisión, una voz que dejó bien a las claras que había pensado lo que diría:

—Corren rumores descabellados por toda Corunda, Jack, y me he devanado los sesos pensando en el mejor modo de atajarlos. Se comenta que hoy, antes aún de asentarse la tierra sobre la tumba de mi querido esposo, ya he escogido a mi sucesor y estoy lista para irme con él. Pero no he hecho nada para provocar rumores semejantes, así que ahora, aquí en público el día del funeral de mi querido esposo, tengo intención de enterrar también esos rumores.

—Grace, por favor —dijo Jack, desconcertado—. No sé qué te aflige, pero no es el momento ni el lugar para hablar de ello.

—Yo no lo creo así —repuso, y se desligó del grupo para quedar aparte, con los pies bien afianzados en el suelo; le había dado la copa de vino a Nick Middlemore como si fuera un camarero que pasaba por allí—. Este es el foro adecuado para dar a conocer mis sentimientos, y una vez se conozcan, nadie se llamará a error acerca de mi futuro y el de mis hijos.

Adivinando lo que se avecinaba, sus hermanas se pusieron tensas, pero no hicieron ademán de acercarse; aquello tenía que hacerlo la propia Grace, sin ayuda de nadie.

—Aunque se urdieron planes para mi futuro con la mejor intención, no fue con mi conocimiento ni mi consentimiento. —Lanzó a Jack, totalmente confuso, una mirada candente que lo dejó paralizado, y luego le sonrió—. Eres muy amable, Jack, y eso te honra a mis ojos, pero no estoy sola en estos momentos tan atribulados. Tengo una familia, tengo muchos amigos, tengo vecinos leales y atentos. Amaba a mi marido con todo mi ser y pasará mucho tiempo antes de que pueda pensar en ningún otro hombre, si es que puedo alguna vez. Soy una mujer decente. Mi padre es el rector de St. Mark. ¿Cómo iba a violentar abiertamente las normas sociales solo para disfrutar de una comodidad material que hace años que no disfruto? Se me consideraría una cualquiera, y con toda la razón. —Le tendió la mano—. Vamos, Jack, seamos amigos. Amigos sin más. Te lo agradezco sinceramente, pero es mejor que lo de mudarme a Corundoobar se quede en mero rumor. Mi hogar está en Trelawney Way.

—Bravo, Grace —dijo Edda entre dientes, cruzando una

mirada con Tufts y Kitty. En algún lugar recóndito, todas lo habían sabido.

Jack Thurlow se quedó de una pieza. Había tomado la mano de Grace automáticamente y asomó a sus hermosos ojos una mirada que a Liam Finucan le recordó a un reo un momento antes de caerle el hacha del verdugo. Intentó decir algo con labios temblorosos; luego negó con la cabeza.

—Yo... —No fue capaz de seguir.

«¡Ay, pobre hombre! —pensó Kitty, que por primera vez lo veía como algo más que el tigre domado de Edda—. No es la pena del amor despechado, porque no amas a Grace; es la amarga humillación del rechazo en público cuando no te has hecho merecedor de trato semejante. ¿Cómo explicar que tú mismo te lo has buscado?»

Charles salió al quite con aire despreocupado.

—Sí, Jack, qué amable por tu parte, sobre todo teniendo en cuenta que el chismorreo convirtió tu generoso ofrecimiento en algo muy distinto de lo que tenías en mente, ¿no? —Posó una mano en el brazo de Jack y se lo llevó de allí.

—¿Pensabais que ella rehusaría? —preguntó la enfermera jefe Newdigate.

—No habría sido propio de ella aceptar —dijo Meg Moulton—. A Grace le gusta llevar una vida relativamente difícil porque le da motivos para quejarse.

—Vivir como una duquesa en Corundoobar y enviar a sus hijos al internado de King no sería para Grace —señaló Tufts—. A ella le gusta la zona de Trelawney.

—¿Cómo no iba a gustarle? —repuso Lena Corrigan, entre risas—. Grace es la reina de la zona de Trelawney: calle, vía, plaza, avenida y todo lo demás. Y no está dispuesta a abdicar. Le ha llevado la duración de su matrimonio ser coronada, pero al igual que la reina Victoria, una vez viuda no habrá quien la mueva de allí.

Edda arqueó las cejas.

—¿No exageras un poco, Lena?

—¡Qué va! No lo ves porque eres la gemela de Grace, pero tiene un don para tratar con la gente corriente. Puesto que dejó de trabajar de enfermera, tiendes a considerarla una inepta, pero para las mujeres de Trelawney es una persona con grandes aptitudes y conocimientos: se licenció por el Colegio para Señoritas de Corunda, así que sabe de historia, geografía, literatura, alusiones clásicas, álgebra y todo lo demás. Aun así, nunca se lo restriega a quien tiene una educación más modesta. Se enorgullece de su gusto, es un ama de casa maravillosa y nunca hace desaires a sus vecinas. ¡Es milagroso! Las mujeres de Trelawney no son tan toscas como nosotras las del West End, pero tampoco pertenecen a Catholic Hill. Y Grace es su reina.

—Coincido contigo, Lena —dijo Tufts—. Yo soy la hermana que más la visita, y siempre está implicada en algún asunto de Trelawney. ¡Bravo por Grace!

—Los dieciséis meses que estuvo preparándose para ser enfermera no cayeron en saco roto —dijo Kitty, pensativa—. Cualquier mujer de Trelawney con un hijo enfermo acude primero a Grace y solo después a un médico. Corren tiempos difíciles y los médicos salen muy caros. Por lo general, Grace les soluciona los problemas.

—¿Cómo sabes tú eso, Kits? —preguntó Edda, sorprendida.

—Incluso en lo alto de Catholic Hill hay cotilleos.

—Pobre Jack —musitó Edda, que se levantó y fue adonde Charles había dejado al pretendiente rechazado.

»Anímate —le dijo con voz serena—. Es posible que ahora no te lo parezca, pero la decisión de Grace te ha librado de una vida ingrata. Tú y ella no estáis hechos el uno para el otro, Jack. No quiero parecerte frívola, pero estoy segura de que ese gato orondo y mimado que tienes se habría largado de casa nada más llegar Grace, y poco después tú habrías empezado a sentir ganas de seguir su ejemplo. Grace no es una mujer débil e indefensa. Está hecha de acero templado. Ahora Corunda sabrá que tu impulso de acogerla con sus hijos fue espléndido. Habría sido Grace la que hubiera provocado ojeriza y rencor. Nadie ha admirado nunca a nadie por casarse con un rico. Grace es una superviviente nata, conque ha hecho lo que debía: rehusar tu ofrecimiento a la vista de todos.

—Dejándome en ridículo.

—Bobadas. Has quedado como un caballero de reluciente armadura. Nadie piensa mal de ti por haber hecho el ofrecimiento, y nadie piensa mal de Grace. Los dos habéis quedado de maravilla.

Jack sacudió la cabeza y dijo:

—El caso, Edda, es que me hacía ilusión formar un hogar con Grace. Tengo Corundoobar, capearé la Depresión y me gustaría tener herederos. A Brian y John les habría encantado vivir allí.

—Entonces, sigue por el mismo camino, pero más pausadamente —aconsejó Edda, arriesgándose a pagar un alto precio—. Cortéjala como se debe cortejar a una viuda. Sus tentativas de guardar las distancias durarían lo que tarda en caerse la puerta del gallinero, o lo que tardan las tijeretas en caer sobre el patatal. Grace está acostumbrada a acudir a ti, Jack. Asegúrate de que siempre pueda hacerlo.

Él frunció los labios y sus ojos lanzaron un destello.

—¡Ni hablar! —espetó—. Por lo que a mí respecta, la puerta del gallinero se puede caer hecha astillas y puede alimentar a sus hijos a base de puré de tijeretas. ¡Me ha dejado en ridículo!

—Me decepcionas —se lamentó Edda.

—Vaya, las hermanas os unís en mi contra, ¿no es eso?

—Sí, siempre. —Le lanzó una mirada desdeñosa con ojos de loba—. Hace años que eres un misterio para mí, Jack Thurlow, pero eso se ha acabado. Bajo la arrogancia del terrateniente no hay más que un hombre de paja sin cerebro, sin valor para enfrentarse a la vida y sin agallas, maldita sea.

Se dio la vuelta y se fue a paso firme hacia el grupo de mujeres, jadeando como si hubiera corrido kilómetros perseguida por un asesino.

—¿Has acabado con Jack? —preguntó Kitty.

—Preferiría acostarme con un espantapájaros. Seguro que tendría más empaque.

El inicio de 1931 trajo consigo una funesta lección: que las graves penalidades económicas seguirían afectando a la gente durante años. Las divisiones ideológicas en el gobierno federal laborista se agravaron después de que James Scullin se diera un garbeo por el extranjero; cuando por fin regresó a Australia en enero de 1931, la población había aprendido lo suficiente acerca de su sustituto provisional, Joe Lyons, para tomarle más aprecio que a Scullin.

Por el bien de Charles, Kitty intentaba mostrarse fascinada con los nombres —y las personalidades que acompañaban a esos nombres—, pero cada vez se interesaba menos por la política. Los políticos que conocía la dejaban indiferente, pues no eran distintos de la mayoría de los hombres. Por lo general, no se preocupaban especialmente de su aspecto ni tenían muy buenos modales; entre la caspa, la barriguilla fofa, la mala dentadura, el pelo peinado en cortinilla para ocultar la calvicie, la nariz cubierta de capilares y las manchitas de sopa en la corbata, eran una pandilla de pesados.

—Ojalá la radio también emitiera imágenes —le comentó a Charles—. Entonces, los políticos tendrían que adecentarse un poco pues la gente que vota por ellos los vería en acción y repararía en su aspecto y comportamiento. Después de haberlos visto, yo no votaría salvo a unos pocos de ellos. ¿Es que sus mujeres no se dan cuenta?

—Yo no te decepciono —dijo Charles con un punto de vanidad.

—Es verdad, pero fuera de Corunda, ¿cuántos votantes lo saben?

Por desgracia, esa pregunta carecía de respuesta.

Charles tenía muy claro que desde la pérdida de su hijo, su actitud hacia él había cambiado; lo de aprender a conducir era un síntoma de ello. Consciente de su actitud poco razonable, él seguía culpando a sus hermanas, pese a lo mucho que apreciaba a todas, incluso a Grace. Aunque no como cuñadas.

Lo que más le costaba entender era la reacción de Kitty a la actitud protectora que él adoptaba por naturaleza. ¿Por qué la fastidiaba tanto? Hacia finales de 1930 le había pedido que la dejara embarazada de nuevo, pero cuando él se opuso, aduciendo que no había reposado lo suficiente, se negó a aceptar la validez de su respuesta y empezó a meterse en su cama, donde, naturalmente, el cuerpo traidor de Charles, hambriento de sexo, la acogía de buena gana. Ella disfrutaba; él temía.

—¡Charlie, quiero hijos! —le dijo con ferocidad—. Quiero tener mi propia familia, quiero una razón para vivir. Y no digas que tú eres mi razón para vivir, porque no es así. Tus razones para vivir son la política, el hospital y yo, en ese orden. Pero ¿dónde está mi política, dónde mi hospital? Estoy encerrada en un mausoleo vacío en la cima de una colina, y quiero una casa llena de hijos. No este monumento de cara a la galería, sino un hogar, ¿me oyes? ¡Un hogar!

—Lo tendrás, Kitty, ya llegará. Pero ten paciencia, por favor. Te ruego que tengas paciencia.

Hacia Pascua, fue a ver a su padre y le contó sus problemas.

—No puedo acudir a mis hermanas —dijo, paseando con él por el jardín de la rectoría, en plena exhuberancia estival—, pues necesito hablar con alguien mayor, más sabio, pero también de mi propia sangre. Papá, tú lo has visto todo en tus tiempos, tienes que ser tú.

Caminaban entre macizos de flores, rosas y margaritas entreveradas con helechos que parecían de cuento de hadas, asteres y begonias, mientras el hombre entrado en años intentaba sondear las profundidades de su afligida hija. ¡Ay, qué distinto hubiera sido todo si Maude fuese una madre diferente! O tal vez si su hija hubiera sido menos hermosa.

—Estoy aquí para escucharte, Kitty —dijo—. Cuéntame.

—Hay algo que no puedo quitarme de la cabeza, papá, y sé que no es una buena idea, pero eso no impide que siga dándole vueltas. —Tenía los ojos arrasados en lágrimas que no caían—. No debería haberme casado con Charlie. Bueno, le quiero, no se trata de eso. Pero tengo la impresión de que él es el motivo de mi infertilidad, que Charlie y yo no podemos tener hijos.

Thomas Latimer la llevó hasta un banco donde tomaron asiento, y luego se volvió hacia su hija para tomarle las manos entre las suyas.

—¿Te ha metido Maude esa idea en la cabeza, Kitty? —indagó.

—¡No! De verdad que no, papá. No he hablado con ella desde que me casé, ni siquiera cuando va de visita. No anda muy bien de la cabeza, ¿no te has dado cuenta?

—Sí, querida hija, me he dado cuenta.

—No, la idea es mía —reconoció Kitty—. Charlie y yo no podemos procrear.

—Es una idea insidiosa pero falsa, Kitty —dijo el rector en tono severo—, y tienes que arrancarla de cuajo. Tu marido es un hombre perfectamente capacitado que te conviene como padre de tus hijos. Lo que le ocurrió al pequeño Henry Burdum, fuera lo que fuese, es un misterio, pero no un misterio que se pueda resolver llegando a una conclusión tan infundada como la tuya. ¡Qué injusto! Anda, Kitty, sabes muy bien que es injusto. No tiene la menor base. ¿Lo ha sugerido algún médico?

—No —reconoció ella en tono lastimero.

—Ya lo ves, hija mía. La concepción de una criatura no es equiparable a la carpintería, donde dos tablas no acaban de encajar del todo, o a un rompecabezas al que le falta una pieza. Es un acto divino. Y lo que Dios otorga, solo Dios lo puede quitar. Es posible que el Todopoderoso recurra a los seres humanos para hacer sus obras, pero siguen siendo suyas y solo suyas. Buscas una víctima, Kitty, pero encontrarla en tu marido es una grave equivocación.

Ella escuchaba, dejando que las lágrimas le resbalaran por las mejillas.

—Sí, papá, te entiendo —dijo en un susurro—. Pero ¿y si continúo perdiéndolos?

—Entonces será porque así lo quiere Dios, pero no veo por qué habría de ocurrir. —Sacó el pañuelo, le enjugó la cara y se lo dio—. Venga, suénate la nariz, tontita.

Reprendida y al mismo tiempo curiosamente reconfortada, Kitty lo hizo, se enjugó las últimas lágrimas y miró a su padre con cariño. «Se está haciendo mayor —pensó—, y le preocupa algo, aparte de mí.»

—¿Qué te ocurre, papá?

—Es tu madre. No es que esté confusa, es que está perdiendo la cabeza.

Kitty dio un respingo.

—¡Ay, papá!

Movió los labios hasta que por fin encontró las palabras que buscaba; el rector recuperó el pañuelo y lo utilizó.

—Sufre lapsus de memoria cada vez más frecuentes y perceptibles. Olvida dónde ha dejado las cosas, sobre todo el dinero, que creo que intenta ocultar porque imagina que no le doy nada. —Le tembló la voz y se esforzó por dominarse—. Lo peor salta a la vista: ya no confío en ella en cuestiones de dinero, y no me atrevo a darle más que unos chelines si sale.

¿Qué podía decir Kitty, qué podía hacer?

—Entonces, vamos a la rectoría a tomar el té con ella —propuso con decisión—. Quiero verlo por mí misma.

Qué bien se las había ingeniado para disimular la demencia durante el funeral de Oso Olsen. Aunque Kitty había trabajado sobre todo con niños cuando era enfermera, había visto suficientes casos de demencia presenil para saber lo astutos que podían ser los enfermos a la hora de ocultar al mundo su dolencia, y Maude no era ninguna excepción. A todas luces se empapuzaba de comida; se le había hinchado la cara y a la mole encorsetada de su cuerpo le hubiera venido bien un vestido de una talla más grande, porque asomaban las costuras de la axila y la cinturilla había cedido, al igual que los adornos. ¿Habían transcurrido tres meses desde la muerte de Oso? Había caído en picado.

—¡Querida Kitty! —saludó a voz en cuello, volviéndose como si se dirigiera a una sala llena de gente—. ¿No es mi hija la niña más maravillosa que habéis visto? —exclamó—. Esa carita, esos ojos de color malva... ¡Mi Helena de Troya! ¡Mi preciosísima Kitty!

—Me parece que ya estoy un poco crecidita para esa descripción, mamá —repuso Kitty con voz ahogada.

—¡Eso nunca! ¡Mi Kitty no!

Y así siguió, hasta que Kitty se las ingenió para marcharse, dejando al rector al cuidado de su mujer, que seguía extasiada con su preciosísima hija.

La primera a la que encontró fue Tufts, que parecía ocupada en un despacho revestido de libros, sentada a una mesa cubierta de pulcros montones de papeles. Llevaba un uniforme que ella misma había diseñado, un sencillo vestido marrón tabaco de corte sobrio, y se había recogido el cabello dorado oscuro en un moño en la nuca. El resultado era un aire tan profesional como atractivo, toda una proeza.

—¿Tú sabías que mamá está perdiendo la cabeza? —preguntó Kitty directamente.

—Sí, claro.

—¿Desde cuándo?

—Cuatro meses.

—¿Por qué nadie me puso al tanto?

—Charlie lo prohibió, por lo del bebé y tal.

Kitty dejó escapar un gritito.

—Bueno, Tufts, pues que no se repita, ¿me has oído? ¡No soy una niña ni una tarada! ¡No pertenezco a Charlie Burdum en mente, cuerpo y alma! Y pensar que durante tres meses he estado comiendo todos los miércoles con Edda y contigo, y no me habéis dicho nada... ¡Estoy furiosa! ¿Cómo se atrevió Charlie? ¡Maude es mi madre!

—Tranquilízate, Kits, estoy de tu parte. Ya conoces a Charlie, es un autócrata. Guardamos silencio a regañadientes.

—Lo malo es que, de un modo u otro, Charlie nos tiene a todas en sus manos —dijo Kitty, y se dejó caer en un sillón—. Tú y Edda lo sufrís como jefe, Grace lo sufre en tanto que percibe una pensión de él. Y yo, por desgracia, lo sufro como esposa. Bueno, no me entra en la cabeza que las Latimer de Corunda estemos a merced de un Burdum que para más inri es sajón.

—No cometas una imprudencia, Kitty, por favor.

—¿Una imprudencia? Desde luego que no. Solo tengo intención de desafiar al león en su guarida esta noche de un modo razonablemente civilizado.

—Eso no me tranquiliza mucho. Procura ser comprensiva —le advirtió Tufts.

—Eso haré. Papá me ha hecho ver que lo que Dios otorga, solo Dios puede quitarlo. —Señaló las estanterías—. ¿Estás aprendiendo mucho?

—He empezado a asistir a la universidad: es muy interesante, aunque un tanto repetitivo. Lo que más me gusta es gobernar el barco.

—Y pensar que hubo una época en que esperaba que Liam y tú sentarais la cabeza —dijo Kitty, enseñando los hoyuelos.

—¿Liam y yo? Ni pensarlo —bufó su hermana—. Somos muy buenos amigos, no amantes.

—¿No se puede ser las dos cosas?

—Quizás algunos puedan, pero nosotros no.

—¿Y para qué añadir un ingrediente nuevo a la mezcla si ya sabe de maravilla? Tienes toda la razón, Tufty.

Charles Burdum estaba cansado. Su carrera política no avanzaba, aunque cada vez tenía más cuadernos llenos. Pese a sus convicciones acerca de cómo solucionar la Gran Depresión, no tenía nada en común con Jack Lang, pues deploraba la negativa de Lang a pagar los intereses generados por la deuda externa, lo que era una táctica propia de un golfillo, inmadura e irresponsable.

Cuando se casó con Kitty había creído que podría convertirla en un firme apoyo político, en la colaboradora y colega que tanto necesitaba; la política era un medio oral cuyos exponentes resultaban prácticamente invisibles. Dependía del poder de seducción de un hombre a la hora de hablar a los ciudadanos. Y, tal como le habían permitido ver los cuadernos por medio de sus deducciones disciplinadas y bien trabadas, un hombre con aspiraciones políticas debía comenzar por afianzar su sanctasanctórum. Solo después podía aspirar a encontrar colegas en el ruedo público. Sin embargo, bien entrado ya 1931, él, Charles Burdum, no tenía un sanctasanctórum. Ni siquiera tenía una esposa con formación o interés por la política, sino una mujer ansiosa por tener hijos. Bueno, eso de los hijos estaba muy bien, y un hombre debía tenerlos por diversas razones, pero ¿cuántos corazones masculinos tenían a los hijos como mayor prioridad en la vida? Muy pocos, calculaba Charles, que no se contaba entre ellos. «Jo, ojalá tuviera alguien en casa con quien hablar de política.»

Estaba tan cansado... Lo que en realidad le apetecía hacer, reflexionó mientras aparcaba el Packard en el sendero de acceso y subía los escalones del pórtico, era meterse entre pecho y espalda un par de buenos whiskies y luego acostarse, sin esposa, sin cena, como si fuera a hibernar. No le apetecía pasar la velada con Kitty, a pesar de quererla tanto.

Le bastó echar un vistazo a su semblante ceñudo para ver la futilidad de ese deseo. Charles tomó aliento y se preparó para presentar batalla. ¿Qué demonios habría hecho?

—Hoy me he enterado —dijo Kitty, siguiéndolo hasta el aparador de las licoreras— de que mi madre lleva meses perturbada, y que tú prohibiste que se me informara al respecto. ¿Cómo te arrogas ese derecho, Charlie?

Se sirvió un whisky escocés bien largo y le echó un poco de sifón. No respondió hasta haber tomado el primer trago, y entonces, notando una punzada de energía en el cuerpo dolorido, frunció el ceño.

—Un marido tiene el derecho y el deber de proteger a su mujer —respondió por fin, y echó otro trago.

—Tú no tienes derecho a decidir lo que se me puede o no decir, tanto si es para protegerme como si no. Es un insulto inadmisible. Soy una mujer hecha y derecha y tomo mis propias decisiones, y más cuando tienen que ver con mi familia.

Charles se sentía mejor y volvió a llenarse el vaso.

—De hecho, querida, una vez casada, lo que dices deja de ser cierto. —Tomó asiento, convertido en la viva imagen de la compostura—. Hasta cierto punto, me perteneces según la ley. Tu dinero es legalmente mío, y necesitas mi consentimiento escrito para contraer deudas o realizar cualquier negocio que implique una transacción económica. En tanto que mi esposa, puedo obligarte a vivir y cohabitar conmigo.

Kitty había perdido el color, y los ojos parecían recubiertos de un lustre púrpura; se llevó una mano temblorosa a la boca.

—Ya. Te ves como un propietario al estilo de Soames Forsyte —dijo.

—Espero que no. Un hombre que abusa de su mujer es un sinvergüenza al que habría que pegarle un tiro. —Se inclinó hacia delante—. ¡Por el amor de Dios, Kitty, madura! Como si yo fuera capaz de ser un tirano precisamente contigo. Te quiero con todo mi ser. Si a veces eso supone que me comporto de un modo despótico, es como mínimo excusable. Si pedí que no te contasen lo de Maude, fue para evitarte una preocupación que de nada hubiera servido. ¿Qué habrías hecho salvo atormentarte por algo tan inevitable como la demencia? Una vez se convierte en un hecho clínico, no se puede controlar ni alterar su curso. Te aseguro que ningún miembro de tu familia puso objeción cuando le pedí que guardase silencio.

—¡Aun así, no tienes ningún derecho a decidir por mí! —gritó—. Soy una persona con voluntad propia, soy mi propia dueña. Puedes seguir con eso de que las mujeres son propiedad de sus maridos hasta que las ranas críen pelo, Charlie, pero no conseguirás que yo sea propiedad tuya.

La sensación de bienestar estaba invadiéndolo placenteramente y recostó la cabeza en el respaldo del sillón orejero. Sonrió a Kitty en un difuso arrebato de adoración.

—Un buen whisky escocés es como una cálida manta escocesa sobre las rodillas huesudas de la mente de un hombre —dijo, demasiado cansado para enfurecerse.

—Me parece que no lograré que entres en razón.

—Eso me temo.

—Voy a tener otro hijo —anunció ella.

Charles abrió los ojos de par en par.

—¡Kitty! ¡Qué imprudencia!

—Cuando Grace tuvo el segundo había pasado menos tiempo del que hace de mi primer intento.

Él volvió a cerrar los ojos, sobre unas lágrimas que ella no alcanzó a ver.

—Qué imprudencia —repitió.

—¡Vete al cuerno, Charlie!

A altas horas de esa misma noche, Kitty sufrió un aborto natural.

Fue el tormento más amargo y devastador de su vida, agravado por lo ocurrido anteriormente; había desoído los consejos médicos para lograrlo, incluidos los de su marido, que además era doctor, y no había tenido reparos en oponerse.

«Qué imprudencia», había dicho.

Cuando la despertaron los calambres, lo primero que hizo fue dar gracias a Dios de que Charlie hubiera bebido tanto whisky que se había quedado dormido en el sillón. Solo entonces cayó en la cuenta de que sangraba, y de cuál era el motivo. Abrió la boca en un grito mudo: «¡No, no, no!»

—¡Ay, Dios, por favor, que no sea eso! —balbució, una y otra vez. Las lágrimas la abrumaron, resbalándole por la cara en un torrente de desesperación—. ¡Mi hijo, mi pobrecito hijo!

Luego, cuando recuperó la serenidad, no alcanzó a identificar razón alguna, por inconsistente que fuera, para justificar lo ocurrido en los segundos posteriores al momento en que fue consciente de que había sufrido un aborto espontáneo; le entró el pánico, el pánico culpable y terrible de una niña a la que hubieran sorprendido en un pecado demasiado horrible para imaginarlo siquiera. ¡Nadie podía enterarse! ¿Qué le harían por desobedecer, por quedarse embarazada cuando se lo habían prohibido?

«¡Ay, me habré metido en un lío terrible si se entera Charlie!»

Se levantó como pudo de la cama y fue a por toallas, paños, un cubo, agua fría, jabón líquido con éter, todo lo que necesitaría para limpiar el desastre antes de que alguien descubriera eso tan horrible que había hecho: un pecado, un delito, un horrible acto de desobediencia.

Los cubos, que eran de metal galvanizado y estaban apilados uno dentro de otro, cayeron al suelo con estrépito suficiente para despertar a los muertos. También a Charles.

La encontró ensangrentada y dando tumbos. Kitty retrocedió como si creyera que iba a asesinarla, cuando lo único que quería era tomarla entre sus brazos y aliviarle el dolor. Pero hasta que no llegaron Ned Mason y Edda, lo único que pudo hacer por su esposa, frenética y balbuciente, fue ponerle una inyección sedante.

—Supongo que debería haber enviado a buscar a Tufts —le dijo Charles a Edda, después de que Kitty estuviera arropada en otra cama, dormida aún pero fuera de todo peligro. Ned se había ido a casa, meneando la cabeza ante la testarudez de las mujeres, aunque no demasiado preocupado por lo ocurrido; seguía convencido de que Kitty estaba físicamente sana y podría tener hijos en el futuro.

—No, yo soy la hermana que se encarga de cosas así. Yo estoy para los ralladores de queso y los lazos corredizos, para todas las penalidades de Kitty. Tufts es muy joven para tener esa clase de recuerdos, así que has hecho lo correcto.

Charles había estado llorando, una vez controlada la crisis.

—¿Por qué me ha mirado cómo si de veras creyese que estaría furioso con ella? —preguntó ahora—. Te juro sobre la tumba de mi madre, Edda, que nunca, de palabra o de mirada siquiera, y mucho menos de obra, le he dado motivo para que me tenga miedo.

Y, mirándolo a los ojos, Edda le creyó.

Cuando despertó por la mañana, Kitty estaba agotada pero plenamente consciente de lo ocurrido, y en apariencia entendía la causa.

—Fui demasiado arrogante —le dijo a Edda—. No quise esperar a sosegarme y recuperarme por completo. No volverá a ocurrir.

Aliviado, Charles vio por sí mismo que para finales de la semana siguiente al aborto, Kitty había vuelto a la normalidad. La ira y la agresividad habían desaparecido, igual que su tendencia a culparle a él de todas sus desgracias.

—Paciencia, querida —la aconsejó—. Deja pasar seis meses y entonces lo volveremos a intentar.

QUINTA PARTE

SE CLAVA LA ESTACA

Cuando surgió una oportunidad inesperada de conocer al abogado de la Corona sir Rawson Schiller, Charles la cogió al vuelo. Para tener solo cuarenta años, Schiller había llegado muy lejos: le habían otorgado un título de caballero a los treinta y siete tras una serie de asombrosos éxitos jurídicos en el Tribunal Supremo de Australia y el Consejo de Estado Británico de Comercio y Economía. Había tenido acceso a todas las ventajas de la vida: cuna, riqueza, educación, impresionantes antecedentes familiares coloniales; por parte de padre era un *junker* prusiano y por parte de madre un *gentleman* inglés; el «von» había desaparecido de su apellido mucho tiempo antes porque era inapropiado en una sociedad como Australia, donde su familia poseía muchas tierras en Queensland, el Territorio Norte y el norte de Australia Occidental. Como terreno de pasto, buena parte era tan pobre que solo alimentaba a una res por cada cien hectáreas, pero otra parte era sumamente fértil o adecuada para el pastoreo, y su riqueza mineral era, en algunos sitios, increíble, incluidos lugares de los que solo los Schiller tenían conocimiento. Ni la familia Schiller ni la familia Rawson se habían visto nunca mancilladas por el tintineo de los grilletes de un reo: eran colonos libres de pura cepa.

Sir Rawson vivía y trabajaba en Melbourne, donde estaba concentrado el dinero de los Schiller; no era de extrañar, por tanto, que sus actividades caritativas estuvieran destinadas generalmente a Melbourne, incluida una cena con el señor alcalde a cincuenta libras el cubierto en beneficio de los niños espásticos. El momento en que llegó a sus oídos, Charles pagó dos cubiertos en la mesa presidencial (le salieron a cien libras cada uno), pues sir Rawson iba a ser el orador invitado y la principal atracción de la velada, que también contaría con una famosa orquesta de baile para quienes fueran capaces de aguantar hasta altas horas.

Iba a ser una ocasión rutilante: traje de etiqueta con pajarita blanca para los hombres y vestidos de gala para las mujeres, y puesto que Kitty detestaba Melbourne, Charles llevó a Edda en su lugar. Casualmente, Edda estaba asistiendo a un seminario de enfermería quirúrgica esa semana, de manera que cuando Charles le ofreció una habitación de hotel con baño para toda la visita si le acompañaba a la cena, ella no dudó en aceptar. Su generosidad la abrumó cuando le dio cien libras para que se comprase un vestido de gala para la cena de beneficencia del señor alcalde. Puesto que Edda se confeccionaba su propia ropa, usó el dinero para comprar once clases de tela a fin de hacerse once vestidos distintos. Ni siquiera las periodistas expertas en moda que merodeaban en la periferia de actos semejantes sospecharon que su vestido engañosamente sencillo de seda borgoña tornasolada en negro lo había cosido ella misma; estaban demasiado ocupadas hablando con entusiasmo de su procedencia, a todas luces parisina. El único toque de ostentación que lucía eran unos pendientes de diamante que le había prestado Kitty.

Fue con Charles en un Rolls alquilado, admirada como siempre de su aparente despreocupación: por ejemplo, hizo caso omiso de su diferencia de estatura como si fuera lo más natural del mundo. Toleró bien los *flashes* de las cámaras; Edda, con su fino oído, captó que su secretario de prensa la llamaba «hermana Edda Latimer» cada vez que daba su nombre. «Eso me gusta —pensó, satisfecha por dentro, indiferente por fuera—. Charlie está anunciando al mundo que soy una profesional, no una florecilla de la buena sociedad ni una furcia de clase alta, y le agradezco su consideración. Ay, ojalá tuviera el título de "doctora". Pero, pese a su generosidad, Charlie sería incapaz de costearme los estudios de Medicina, por la misma razón que no lo hizo papá hace años: no es una carrera adecuada para una mujer. ¡Cómo me gustaría ser doctora!»

—Esta noche debería haberme acompañado Kitty —dijo Charles cuando subían las escaleras—. Resulta sumamente incómodo tener que explicar que eres mi cuñada, no mi esposa.

«¡Conque por eso está de mal humor! No ha hecho más que quejarse y poner cara de amargado desde que salimos. ¡Ay, Kitty! No te habría matado hacer este pequeño sacrificio por tu marido, ¿qué te costaba? Todos tus sueños y energías se han encauzado en una sola dirección: una casa llena de niños. En cuyo caso, te has equivocado de pareja. A Charlie no le importa tener niños, pero nunca vivirá por ellos. Vive por las actividades públicas.»

Por un capricho del destino, ni Charles ni Edda vieron al orador durante los cuarenta minutos que pasaron tomando jerez y alternando en las antesalas; por otro capricho del destino, fueron de los primeros en acceder al salón de baile donde iba a celebrarse el banquete. Edda recordaría cruzar una inmensa sala con grandes mesas redondas en dirección a la mesa presidencial en el margen de una amplia pista de baile, debajo de la tarima del orador. La zona estaba vacía salvo por un hombre de pie tras su silla junto a la mesa.

—Deja de rezongar, Charlie —refunfuñó ella por lo bajo,

con la mirada fija en... ¿sir Rawson Schiller, el abogado de la Corona?

Sí, tenía que ser él. Inolvidable. ¿Una suerte de Charlie de más de uno ochenta? No, eso sería comparar un diamante con una esmeralda o un Da Vinci con un Velázquez. No había comparación posible. No es que Edda se enamorase: no se enamoró. Fue más bien que pareció reconocer a la persona que siempre había echado en falta en su vida, y durante el fugaz segundo en que se cruzaron sus miradas, tuvo la certeza de que él estaba pensando eso mismo. Luego él desvió la mirada, y el instante y la certeza se acabaron.

Era un hombre esbelto y flexible, unos centímetros por encima del metro ochenta, no muy fornido y con una cabeza enorme cuyo cráneo albergaba un cerebro considerable. Resultaba imponente sin ser guapo: con el pelo grisáceo peinado hacia atrás en tupidas ondas desde la ancha frente, los pómulos pronunciados, la boca fina, las cejas y las pestañas morenas enmarcaban unos ojos de un azul nítido. Tenía nariz grande y aguileña, la mandíbula inferior y la barbilla voluminosas también.

Charles y ella estaban al otro lado de la mesa, y no se estrecharon la mano; solo cruzaron sonrisas y cabeceos. Ni un tiro de caballos habría arrastrado a Charlie lo bastante cerca para tener que levantar tanto la mirada, pensó Edda mientras se sentaba y echaba un vistazo a los comensales, que eran once en total: sir Rawson había ido sin acompañante.

—Siempre lo hace —dijo su vecina más próxima, con voz sufrida.

—¿Y eso? —se interesó Edda.

—Esta noche trabaja, cielo.

Puesto que no estaba acostumbrada a que la llamaran cielo, Edda se sumió en el silencio. «¡Ay! —pensó exasperada—, ¿por qué los hombres australianos importantes se empeñan en casarse con mujeres poco cultas y con inclinaciones domésticas?» En esa mesa, los hombres llevaban la voz cantante y las mujeres se limitaban a charlar entre sí. Charlie estaba cada vez más incómodo, probablemente porque no conocía a nadie y la gárgola predominaba sobre la estrella de cine. Por lo general, no había nadie con más encanto que él, pero cuando la gárgola se ponía al timón, era horrible. El efecto lo había causado sir Rawson Schiller, sin duda. Por una vez en su carrera, Charlie se sentía eclipsado del todo.

El discurso de una hora de duración de sir Rawson no hizo sino empeorar su ánimo. Como no podía ser de otro modo, se centró en la Depresión y dejó a Edda sin aliento en varias ocasiones, pues sir Rawson poseía el incomparable don de una elocuencia perfectamente afilada, desde la voz a la fraseología, tanto así que un momento resbalaban lágrimas por todas las mejillas y al siguiente todos los rostros sonreían. Edda pensó que muchos de los que le oían esa noche siempre recordarían lo que decía y cómo lo decía.

Pronunció el discurso tras el primer plato, y después del plato principal respondió a preguntas desde el podio durante media hora. Una dura jornada de trabajo; lo dio todo para que el público se quedara con la sensación de que el precio de cincuenta libras por cubierto había sido una ganga.

No obstante, al menos un miembro del público pensó que no le había salido a cuenta: Charles Burdum, que, tras musitarle algo al oído a Edda, se levantó de la silla cuando servían el postre. Todos los comensales supusieron que iba al servicio, pero Edda sabía que no regresaría, y empezó a explicar a los comensales que había tenido que ausentarse por un asunto urgente.

Más de dos terceras partes de los asistentes a la cena estaban bailando cuando sir Rawson se levantó y usurpó la silla de Charlie, volviéndola hacia Edda.

—¿Y usted es...? —preguntó sonriente.

—La hermana Edda Latimer. He venido con Charles Burdum.

—Hermana Latimer, pero no es monja.

—Soy enfermera quirúrgica.

—¿Podrían pasar sin ti, Edda? ¿Te importa si te tuteo?

—En absoluto, sir Rawson.

—Ojo por ojo. Llámame Rawson. ¿Podrían pasar sin ti?

—Desde luego. De hecho, soy tan prescindible que estoy planteándome buscar trabajo en Melbourne. Estoy muy bien preparada y tengo bastante experiencia, por lo que debería poder encontrar empleo, a pesar de la Depresión. He hecho algunos contactos aquí en un seminario.

—Esperaba tener ocasión de hablar con Charles Burdum. ¿Se ha marchado?

—Lo han llamado por un asunto inexcusable.

—¿Y te ha dejado para que te las apañes por tu cuenta?

—Bueno, es de la familia, está casado con mi hermana. No se lo ha pensado dos veces. —Los ojos hundidos y entornados dejaron escapar un destello—. ¿Estás casado? —preguntó.

El descaro de la pregunta lo sorprendió tanto que no tuvo reparos en contestar.

—Hace diecisiete años. Fue un asunto de juventud. Nos divorciamos.

—¿Eras inocente por completo, o fuiste tú la parte culpable?

—Haces preguntas personales como si fueras norteamericana. Por entonces era un joven inmaculado como la nieve recién caída.

—El color perfecto para un político.

—El único color —dijo con intención.

—Es una pena. ¿No tienes la sensación de que le plantea demasiadas exigencias a un hombre?

—Los políticos, sean o no aspirantes a un cargo, no deben

regirse por sensaciones ni sentimientos, sino por realidades. Y las realidades pueden ser sombrías.

—Formas parte del Partido Nacionalista... ¿Eres conservador?

—Un conservador a ultranza, aunque solo los dioses pueden decidir si seguirá habiendo un Partido Nacionalista durante mucho más tiempo. El laborismo se inclina cada vez más hacia la derecha, aunque no tanto como yo.

—¿Adónde tienes intención de llegar? ¿Al gobierno federal, al Parlamento...?

—Al gobierno federal, sin duda. El partido ya me ha reservado un excelente escaño en Melbourne, lo que significa que no tendré que cambiar mi lugar de residencia. —Sonrió—. Eso de mudarse es un incordio.

—Sobre todo por algo tan efímero como los votos —señaló ella.

El comentario despertó su interés, y se inclinó hacia delante.

—Eres una mujer poco común, hermana Latimer. Bien leída y bien educada, intuyo. Tal vez sepas manejar acero afilado en una cámara de torturas bajo anestesia, pero no es eso lo que aspirabas a hacer, y tu vida no empezó ahí. De hecho, crees que ha terminado ahí.

—Soy todo lo que deplora un hombre ultraconservador en una mujer, señor abogado —repuso ella, aunque la aguda percepción de Rawson había hecho que le brillaran los ojos—. Creo que estoy a la altura de cualquier hombre: se me debería haber permitido estudiar Medicina y escoger la especialidad de mi elección; y no pienso casarme nunca. Casarse es someterse al mandato de un marido como un superior.

—¡Bravo! —exclamó él, que sonrió y se retrepó en la silla—. Ya sabía yo que me resultarías sumamente atractiva. Así que querías ser médica.

De pronto se esfumaron los problemas de Edda; le ronda-
ban la cabeza toda suerte de ideas: las cejas en movimiento
casi continuo, expresiones faciales, algo que acechaba justo al
margen de su campo de visión, dedos delicados y suaves,
cierto pliegue irónico en la boca fina. Visiones entremezcla-
das que encajaban fugazmente para conformar una entidad
masculina... Captó su mirada azul y se la sostuvo, inmovili-
zándolo como solo hubieran podido hacerlo sus ojos. Y él,
desconcertado e inexplicablemente atemorizado, aguardó.

—Eres homosexual —dijo Edda por fin, suavemente.

—Esa tontería sin fundamento podría llevarte ante un tribunal —replicó él, que, aparte de la respiración, consiguió
dominarse.

—No tengo intención de divulgarlo. ¿Por qué demonios
iba hacerlo? ¿Para que mi cuñado tuviera ocasión de jactarse?
Bastante se pavonea ya.

—¿Quién te lo ha dicho? ¿Quién lo sabe? —preguntó él,
manteniendo la calma.

—No me lo ha dicho nadie. De hecho, escondes tu secreto
muy bien. Pero nada más verte, me has dejado pasmada, ha
sido algo así como... bueno, como volver a casa. Y me ha permitido percibirte de una manera especial... —Edda le sonrió
con ternura.

Una vez esfumada su capacidad para la negativa, se quedó mirándola como un boxeador agotado al que le dicen que
tiene que pelear otro asalto.

—¿Cuánto quieres? —preguntó al final.

—¿Soborno? —Edda se echó a reír—. No cabe la menor
posibilidad de que te soborne, nunca. No puedo sino imaginar lo que debes de haber soportado durante años: es un secreto horrible, el peor secreto que pueda tener un hombre con
ambiciones políticas. Quiero ser tu amiga, nada más. Lo supe
cuando se cruzaron nuestras miradas: que era, y soy, tu mejor

amiga. —Tragó saliva—. No espero que lo entiendas, aunque había esperado que así fuera, porque he pensado que el sentimiento era mutuo.

La orquesta sonaba estruendosa, los metales ahogaban las armonías más dulces de la sección de cuerdas y vientos de madera, y su mesa estaba recibiendo la acometida del jaleo mientras parejas audaces evolucionaban a pocos pasos de ellos.

Un saxofón acometió unas notas graves y luego lanzó un aullido; él hizo una mueca de dolor.

—¿Quieres venir a mi casa a tomar una copa y charlar con tranquilidad? —propuso.

Edda se levantó sin vacilar.

—Cuanto antes, mejor.

—¿Y Burdum?

—Me ha dejado plantada, ya te lo he dicho.

Sir Rawson Schiller, abogado de la Corona, tenía su residencia en toda la planta superior de uno de los edificios más altos de Melbourne, de quince pisos nada menos, con un espacioso jardín en la azotea protegido del ruido del tráfico y los curiosos por un seto alto y tupido. El interior, distribuido en doce generosas estancias, había sido decorado por una famosa empresa de diseño, y sin duda reflejaba los gustos del propietario: conservador, cómodo, de colorido intensamente otoñal, reservado.

—¿Qué te apetece beber? —preguntó Rawson, y la llevó a la biblioteca, a todas luces el sitio donde más tiempo pasaba.

—Lo que más me gustaría es una buena taza de café, pero si no hay me conformaré con una taza de lo que Charles Burdum llama té negro como el carbón —dijo, acomodándose en un sillón tapizado en terciopelo ámbar—. Me alegra que no optaras por el cuero. Resulta sudoroso cuando una lleva la espalda al aire.

—El cuero también puede ser una tortura sudorosa para un hombre. Pues que sea café.

Fijó la mirada en ella, todo un placer ocioso. Qué criatura tan sofisticada y elegante. Huesos de gran pureza, piel impoluta, rasgos preciosos y unas manos por las que daría la vida, gráciles y elocuentes pese a las uñas cortas. Solo sus ojos permitían entrever una mente brillante lastrada por su sexo, un afán de interés, un hambre de objetivos más importantes que le eran negados. ¡Y qué ojos! Como los de una loba blanca, imponentes y estremecedores, enmarcados por largas y pobladas pestañas.

Charlaron de cosas sin trascendencia hasta que retiraron el juego de café.

—Es el mejor café que he probado en mi vida —dijo Edda entonces.

—No era demasiado pedir —repuso él con una sonrisa—. Resulta que me gusta el café bueno.

Se hizo un silencio tan cómodo y familiar que Edda acabó pensando que conocía desde siempre a aquel hombre, aunque no sabía por qué. Entendía muy bien el motivo por el que Charlie había eludido la compañía de ese hombre; para Charlie, ese caballero relativamente joven era un intolerante que no tenía tiempo para los trabajadores. Edda lo tradujo como envidia por la estatura de sir Rawson, así como por su pertenencia a la aristocracia australiana propiamente dicha. El archiconservadurismo sugería intolerancia, pero Edda no estaba convencida de que Rawson adoleciera de tal cosa. Las respuestas simples no podían resolver el enigma de un hombre tan complejo, eso estaba claro.

El silencio fue seguido de una conversación variada, nada relacionado con la política, algunas cosas relativas a filosofías diversas, otras al sexo. A todas luces, él ansiaba tener una amistad sincera con una mujer en la que pudiera confiar sin reservas, y al parecer nunca lo había conseguido. En Edda empezaba a percibir un poco de esa confianza incondicional, pues era una mujer que siempre decía lo que sentía.

—¿Qué te impulsó a casarte? —preguntó.

—El pánico, combinado con las expectativas familiares —respondió él, y por un momento ese pánico resplandeció en sus ojos. Cerró la boca como si le hubieran puesto un tapón.

—Cuéntame —lo instó ella.

Una sonrisa de disculpa y siguió adelante.

—Estaba físicamente en mi momento de mayor confusión, y conocía a Anne desde la primera infancia; éramos vecinos. Hiciera lo que hiciese, fuera adonde fuese, ella siempre andaba por allí. Nuestros colegios celebraban juntos todos los actos sociales, y asistimos a la misma universidad. Yo estudié Derecho y ella Bellas Artes, y luego hizo un curso de secretaria. Acabamos en el mismo bufete, yo como abogado en prácticas y ella como secretaria personal de uno de los socios. Luego ella propuso que nos casáramos, creo que porque estaba harta de esperar a que se lo pidiera yo. Nuestras familias se mostraron encantadas. De hecho, yo fui el único inconveniente en todo el asunto. Además, era consciente de que si quería que no saliera a la luz mi secreto, tendría que casarme. Así que nos casamos. Teníamos los dos veintitrés años.

—Y fue un desastre.

—Fue horrible. No conseguía hacerle el amor, y lo único que se me ocurrió fue seguir insistiendo en que lo que sentía por ella era más propio de un hermano que de un marido. La situación se prolongó durante dos años. Luego conoció a otro y le concedí el divorcio sin reparo alguno.

—Lo lamento.

—No hay nada que lamentar. Mantuve el secreto, incluso con Anne.

—¿Tienes un amante?

Esta vez su sonrisa fue de tristeza.

—No me atrevo, Edda.

—Me cuesta creer que tengas tratos con chaperos.

—Chaperos... Déjate de rodeos y llámalos por su nombre: prostitutos. ¿Alguna vez has mirado a los ojos a un chapero? Están muertos, muertos por completo. Uno se precipita a un pozo, y se pregunta cómo empezó todo... No, eso no es para mí. Me voy al extranjero un mes, por lo general en invierno y verano.

—Ojalá tuvieras espacio en tu vida para una amiga íntima.

Los ojos azules se tornaron brillantes.

—¿Trabajarías aquí en Melbourne para poder ser esa amiga íntima?

—Sin pensarlo dos veces, aunque no sé nada sobre derecho, lo que supongo que significa que no podría ser una amiga íntima como es debido.

Eso lo hizo reír.

—Querida, lo último que busca uno en un amigo íntimo es que su interés vaya dirigido al derecho. —Alargó el brazo para tomarle la mano, sosteniéndole la mirada con lo que a ella le pareció amor de alguna clase—. Durante treinta años he llevado una vida muy solitaria, hermana Edda Latimer, pero ahora creo que por fin he encontrado a una amiga con la que compartir todos mis secretos. Una vena natural de paranoia me ha protegido de las amistades íntimas; sin embargo, ahora... Qué extraño. No la siento.

—Mañana mismo empezaré a preguntar en los hospitales más importantes —dijo Edda, que tenía ganas de llorar pero no se atrevía a hacerlo.

—No, aún no. ¿Crees que tengo la suficiente influencia

como para demorar la asignación de cualquier puesto de trabajo en un hospital durante, pongamos, dos o tres semanas?

Desconcertada, frunció el ceño.

—Sí, esto es Melbourne. Seguro que tienes esa influencia —dijo.

—Entonces, concédeme dos semanas, a partir del lunes. Concédemelas sin saber para qué te quiero, pero con la certeza de que al final ese puesto en el hospital te estará esperando —aseguró Rawson.

—Concedidas —accedió Edda, con seriedad.

Él dejó escapar un gritito ahogado, se golpeó con los puños las rodillas enfundadas en unos pantalones de preciosa confección y le apretó las manos a Edda antes de soltárselas.

—¡Bien hecho! Hay que mantener el secreto, pero te explicaré lo suficiente para hacer planes. Tengo un piso de invitados en la planta de abajo. Es mucho más pequeño que este, pero lo bastante espacioso para alguien que no lo quiera como hogar definitivo. Te mudarás allí mañana por la tarde y el lunes empezarás a vivir durante dos semanas cumpliendo exactamente mis instrucciones. Tu condena se cumplirá el segundo domingo por la tarde a partir de mañana.

—¡Increíble! —dijo, creyendo que el momento requería alguna clase de exclamación—. Tengo por delante dos semanas de trabajo misterioso para sir Rawson Schiller. Me pregunto qué será.

—El tiempo lo dirá —repuso él con voz queda, y soltó una risita—. Baste con decir que me ha sobrevenido la inspiración. Esta noche hemos hablado de zapatos, barcos, lacre, medicina, hospitales, tribunales, música, libros y Dios sabe qué más, y toda esa mezcolanza me ha dado una idea maravillosa. Yo no creo que todos los hombres sean iguales, si no, ¿cómo es que hay tanto idiota suelto? Pero creo que hay en el mundo tantas mujeres inteligentes como hombres inteligentes.

—¿Qué le digo a Charles Burdum?

Rawson se encogió de hombros.

—Lo que más te convenga. Supongo que está al tanto de que buscas un puesto en Melbourne, ¿no?

—No lo sabe. He estado asistiendo a un seminario, y escuchar las charlas mientras tomaba el té aquí y allá me ha inspirado la idea de Melbourne. Le diré algo que le infunda esperanzas.

—¿Esperanzas? ¿Esperanzas de qué?

—De que su cuñada más incómoda, la que menos gracia le hace, decida vivir a quinientos kilómetros de él en Melbourne. Así tendrá más oportunidades de que su mujer busque menos la compañía de sus hermanas.

—Ah, ya veo. Tiene un marido posesivo.

—Desde luego. Y yo soy la que siembra cizaña.

—A veces puede ser más efectivo sembrar cizaña a distancia —señaló él con picardía.

Edda se echó a reír.

—Empiezo a entender por qué has ganado tantos juicios ante los tribunales. Dime para qué me necesitas durante dos semanas.

—No, e intentar sonsacarme no te servirá de nada. —Cambió de tema—. Es curioso que Burdum y yo nos detestemos mutuamente. Es como echar agua al fósforo. Sea como sea, nuestros sentimientos no nos impedirán colaborar en el Parlamento federal. Está destinado a ser un hombre del Partido Nacionalista.

Edda enarcó las cejas.

—¿Charlie, conservador? Te equivocas. No digo que vaya a afiliarse al Partido Laborista, pero se pondrá de su parte en numerosas cuestiones. Para un socialista es posible que sea de derechas, pero para un conservador es sin duda de izquierdas.

Schiller se quedó pasmado y luego resopló.

—Entonces mi instinto estaba en lo cierto. Es uno de esos indeseables que ansían cambiar el statu quo. Probablemente piensa que la política del fiscal Jack Lang es la respuesta.

—Hay mucha gente de toda condición social que admira a Lang —repuso ella.

—Pues vaya necios. Cuando uno pide dinero prestado, está obligado por honor a devolverlo al interés acordado, sea cual sea.

—No tengo conocimientos suficientes para discutir contigo, Rawson, así que vamos a estar de acuerdo en disentir. A pesar de que me quejo de Charlie, le debo lealtad y apoyo por razones que no tienen que ver contigo, ni con Melbourne ni con la política, sino con el amor que se profesan las hermanas. ¿Tienes alguna hermana?

—No. Tengo un hermano mayor y otro menor.

Ella tuvo que reprimir un bostezo.

—Ay, tengo sueño. ¿Puedo volver ya a mi hotel, por favor?

—Si me dices qué te gusta de Charles Burdum.

—Eso es fácil. Su pasión por la gente en tanto que seres humanos con intelecto, no como meras cifras sobre el papel. Ha conseguido que nuestro hospital de distrito pasara de ser un sitio patético al mejor del estado, no por medio de la racionalización de gastos extrema y los cambios radicales, sino metiendo clavijas redondas en agujeros redondos y clavijas cuadradas en agujeros cuadrados. La discriminación por motivos raciales o sexuales, religiosos o de género, es un anatema, de modo que con él pueden encontrar empleo chinos y católicos, mujeres y homosexuales por igual. Es arrogante y autocrático, pero su ceguera se ciñe a lo personal, en especial con su mujer, con la que es demasiado posesivo. Es presa de una curiosa dicotomía intelectual: tiene la mente de un corredor de bolsa y también la de un curandero.

—Serías una buena abogada.

—Vaya, gracias, pero mi vocación está en los hospitales.

Se levantó y deambuló por la habitación leyendo los títulos de los libros mientras él la observaba. Tenía una figura magnífica: nada en exceso, todo fusionado gracias a una elegancia de movimiento en la que no se apreciaba nada artificial, lo que sin duda se debía a su formación como enfermera, claro. ¿Y dónde había comprado su vestido? Una modista no habría cortado así una seda tornasolada tan exquisita, pero era un modelo ingenioso que le sentaba de maravilla.

—Tu biblioteca se ciñe demasiado al derecho —señaló, al tiempo que cogía el chal y lo tendía hacia él—. No tienes novelas. Es una pena. Casi todos los grandes libros del mundo son novelas, desde *Crimen y castigo* hasta *La feria de las vanidades*. Seguro que estás leyendo a alguno de esos nuevos escritores como William Faulkner, y a Henry James, que no es tan nuevo, ¿verdad?

—Los profesionales del derecho somos de mentalidad cerrada, no tengo empacho en reconocerlo —dijo, y cogió el chal para examinarlo—. ¿Ningún hombre te ha regalado una prenda de piel?

—No acepto regalos de hombres.

—La estola es de una hechura preciosa. ¿Quién la confeccionó?

—Yo misma. Soy muy pobre para comprar la clase de ropa que me gusta, así que la hago. —Dejó que le pusiera el chal.

—¿Y no me dejarías a mí comprártela?

—No, aunque si es un ofrecimiento, te lo agradezco. No me atrae la idea de que me mantenga un hombre, ni siquiera estando casada.

Rawson suspiró.

—Entonces te acompaño a casa, hermana Latimer.

Cuando Edda se mudó al piso de invitados de sir Rawson Schiller, descubrió su inesperada suerte. Entre las posibilidades que había barajado había varias clases de tareas relacionadas con la salud, los hospitales, la enfermería, los pleitos médicos; se le pasó por la cabeza que igual Rawson formaba parte de algún comité benéfico encargado de buscar nuevos enfoques para la cirugía, y quería conocer el punto de vista de una enfermera de quirófano; le vinieron a la mente cursos y currículos, proyectos en los que pudiera estar colaborando; pero se devanó los sesos sin llegar a ninguna conclusión.

El domingo por la tarde se mudó y luego cenó arriba con él; cuando hubieron acabado de comer, la puso al corriente.

—No te veré hasta que hayas terminado —dijo Rawson a guisa de introducción—, porque a partir de mañana a las nueve vas a estar hincando los codos sin parar durante dos semanas.

—¿Estudiando?

—Estudiando. En concreto, anatomía humana, fisiología y la nueva ciencia que comprende química orgánica y bioquímica. Esas tres materias, nada más. Sonará el timbre a las nueve y le abrirás la puerta a tu tutor en esas tres disciplinas, un individuo a quien llamarás John Smith. No se llama así, pero eso da igual. Es el mejor profesor que hay, según me han asegurado. El domingo, dentro de dos semanas, rendirás un examen de cada materia, después de lo cual, ya veremos... —Y se reclinó en la silla con una copa de coñac y sonrió.

—Nunca lo habría imaginado —dijo ella lentamente—. Se te ocurrió anoche, ¿verdad?

—Ajá.

—¿Y en menos de veinticuatro horas has organizado todo esto, incluida la contratación de John Smith?

—Ajá.

—Ya veo por qué te concedieron el título de caballero. Habrían hecho lo que fuera para que dejaras de darles la lata. El título te convierte en una persona tan cara que han tenido que darte la patada hacia arriba para que hagas carrera en el Parlamento y concederte un cargo oficial en el gobierno conservador. —Edda dejó la copa, muerta de risa.

—Y usted, *milady*, es sumamente lista. ¡Espero que apruebes esos exámenes y que el Plan Schiller pueda seguir adelante!

—¿El Plan Schiller soy yo?

—Ajá.

Edda emitió un sonido ronroneante.

—Qué honor tener un plan que lleve tu nombre. Me ilusiona mucho ponerme a estudiar.

Más le valía, porque debería asimilar una cantidad ingente de conocimientos, aunque le asombró ver lo mucho que ya sabía gracias a sus estudios de enfermería y su insaciable curiosidad por saber más de lo estrictamente necesario. John Smith era el colmo de su nombre: un hombre anónimo que no requería la menor atención personal; si ella se esforzaba en sus estudios, no le pedía nada más. Llegaba a las nueve en punto y se marchaba a las cinco, aunque no averiguó dónde vivía ni a los brazos de quién regresaba. A Edda le enviaban las comidas desde el apartamento de Schiller, incluido el almuerzo de John Smith.

Le habían suministrado todos los libros y gráficos que necesitaba, pizarras y atriles, maquetas de moléculas, cerebros, corazones y hasta un esqueleto. Y a Edda le maravillaron esas dos semanas extrañas y en apariencia sin objetivo alguno, sobre todo los últimos días, cuando se sintió capaz de medir sus conocimientos con los de John Smith.

El domingo que se cumplieron las dos semanas realizó tres exámenes escritos. La mañana se dedicó a la bioquímica, la primera mitad de la tarde a fisiología y la segunda mitad a la anatomía. Algunas preguntas fueron difíciles, pero cuando terminó a las ocho de la noche, tuvo la impresión de que había obtenido buenos resultados en la misma clase de examen que los del segundo curso de Medicina.

Con la cena le llegó una misiva:

«Te dejaré descansar hasta mañana lunes a las ocho de la noche, cuando estaré encantado de recibirte en mi casa para cenar. R. S.»

Edda tardó todas esas horas en bajar de las alturas a que la habían proyectado los quince días de estudio frenético y apasionado, aunque no hubiera sabido decir por qué se vistió de color carmesí para la cena. Era un color triunfal, quizás, y tenía la sensación de haber sobrevivido a una especie de prueba que iba más allá de los meros exámenes.

—Carmesí —comentó Rawson, al tiempo que le cogía el bolso y los guantes.

—Como los buzones de correos y las cabinas telefónicas —dijo ella sin perder la compostura, y aceptó una copa de jerez para luego sentarse en un mullido sillón.

—Te favorece, pero eso ya lo sabes. Probablemente hay demasiado rojo en tu armario, y eso es síntoma de que no puedes permitirte comprar prendas que no te pondrías a menudo por no ser de tu color preferido. —Se sentó allí donde podía mirarla de frente—. Me gustaría verte vestida de azul eléctrico, verde esmeralda o jade, ámbar, púrpura, y con unos cuantos estampados interesantes.

—Cuando sea enfermera jefe adjunta y pueda permitirme derrochar.

—Lo de permitirte derrochar puede arreglarse —murmuró Rawson—, pero creo que voy a reservar lo que tengo que decir hasta después de la cena. De ese modo, si te vas con cajas destempladas, al menos tendrás el estómago lleno.

—Trato hecho. ¿Qué cenamos?

—Cangrejo en salsa oriental de primero, y luego polluelo asado.

Un menú al que Edda hizo justicia, a pesar de que la curiosidad la consumía. Después, una vez acomodados en la biblioteca, Rawson sacó un fajo de papeles y lo agitó delante de ella.

—Felicidades, querida —dijo—. Has aprobado las tres materias con calificaciones excelentes.

Estupefacta, lo único que se le ocurrió decir fue:

—¿Qué?

—He hecho llegar estos exámenes a los encargados de corregir las pruebas de segundo de Medicina en la Universidad de Melbourne para que los calificasen —dijo, muy satisfecho consigo mismo.

—¿Segundo de Medicina?

—Sí. No veía sentido a seguir adelante con mi idea hasta comprobar exactamente qué grado de conocimientos poseías ya gracias a tu profesión de enfermera, conque urdí una especie de conspiración con unos amigos en la Facultad de Medicina. Melbourne tiene un récord admirable a la hora de admitir mujeres en Medicina, mientras que Sídney, estrangulada por una facultad escocesa, siempre ha estado ignominiosamente opuesta a aceptar mujeres. Es fascinante cómo una absurda intolerancia nacional propia del otro extremo del mundo puede haber estropeado toda una facultad tan importante como la de Medicina. Sin embargo, eso es lo que ha ocurrido, para eterno oprobio de Sídney. Pero me estoy yendo por las ramas.

Edda había ido más allá de escuchar con atención, sus ojos fijos en la cara de Rawson con una expresión que él nunca le había visto: de un dolor insufrible que había resucitado inesperadamente, un dolor ante el que no tenía defensas.

Así pues, se apresuró, ansioso por erradicar la causa de ese dolor, convencido de que podía hacerlo si ella accedía.

—En febrero del año que viene, Edda, cuando empiece el curso universitario, tienes una plaza de estudiante de tercero de Medicina, concedida en base a estos exámenes. Si empiezas como alumna de tercero, solo te quedarían cuatro años de carrera para licenciarte, cosa que harías en 1935. Tras un año como interna, recibirías tu licencia para ejercer a finales de 1936. ¡Imagínatelo! Así serías una doctora titulada a los treinta y uno, con años y años de trabajo fructífero por delante.

Su cuerpo se convulsionó y empezó a levantarse, el rostro convertido en una máscara de pánico.

—No, no te vayas —imploró Rawson—. Haz el favor de escucharme.

—No acepto caridad, sobre todo de un buen amigo.

—Esto no es caridad. El precio a pagar es considerable.

Esas palabras la calmaron y suavizaron los pliegues de angustia en su rostro.

—¿Un precio considerable? ¿Qué precio?

—Necesito una esposa. Mi precio es ese. Cásate conmigo y podrás cursar Medicina, comprarte vestidos azul eléctrico o verde jade, lucir pieles... No hay límite, soy un hombre muy rico. Pero necesito una esposa. Si la tuviera, ya estaría en el Parlamento. Los hombres de mi edad son sospechosos, aunque tengan una reputación intachable. Pero no logré encontrarla, Edda, sencillamente no pude. Hasta que te conocí. Sofisticada, inteligente, culta, comprensiva... incluso compasiva. Por si te interesa, serías lady Schiller. La mayoría de las mujeres matarían por algo así, pero a ti no te impresiona, ¿verdad?

Empezaron a resonar leves gorjeos de risa, pequeños burbujeos crecientes hasta que al final Edda dejó escapar un aullido. ¿O era un lloro? Ni siquiera ella lo supo a ciencia cierta.

—También me sorprendió —continuó Rawson, decidido a expresar todas sus ideas ahora que tenía el valor de hacerlo— encontrarte muy atractiva. Quizá más adelante podríamos intentar tener un hijo. No sé si lo conseguiré, pero más adelante, cuando estemos a gusto el uno con el otro, y siempre que tú estés dispuesta, claro, me gustaría intentarlo. Contar con amas de cría y niñeras facilitaría las cosas... —Se golpeó la frente con los nudillos—. Me estoy adelantando a los acontecimientos, eso quedaría para el futuro. ¡Edda, cásate conmigo!

¿Qué le quedaba por plantearse, incluida la perspectiva de tener un hijo?

—Sí, Rawson, me casaré contigo —dijo con voz ronca.

Él se acercó para tomarle la mano y besársela con veneración.

—Un matrimonio de conveniencia —añadió Edda, cerrando la mano sobre sus dedos y sonriéndole—. No puedo negar, Rawson, que acepto tu propuesta solo por una razón: me ofrece lo que siempre he deseado de todo corazón, una licenciatura en Medicina.

—Lo sé; pero no aceptarías si yo te repeliese como hombre. Nuestra amistad floreciente también cuenta, no lo niegues —dijo con afectada rigidez.

—Qué raro. Nos hemos puesto incómodos...

—Bueno, no es exactamente una propuesta de matrimonio tradicional. ¡Qué lúgubre y cruda!

—Entonces, hablemos de logística, y vuelve a sentarte. ¿Celebraremos una boda por todo lo alto o una boda discreta, o nos casaremos en secreto?

—Yo me inclino por mantener el secreto, por razones diversas. —Se sentó por fin—. ¿Quieres oírlas?

—Si no te importa.

—En realidad, porque dudo que una boda discreta sea

posible. Tengo padres, dos hermanos, dos cuñadas, tres sobrinas y otros tantos sobrinos, además de una ristra de tías, tíos y primos. Tendrían que asistir todos a una boda «discreta».

—Yo estoy en una situación parecida: tres hermanas, un cuñado, un padre cuerdo y una madre con demencia presenil, dos hombres que no son cuñados pero tendrían que ser invitados, y al menos una docena de mujeres a las que no podría pasar por alto. Para mí eso sería «discreto», sin contar con que mi padre insistiría en casarnos en persona en su iglesia —se lamentó.

Se quedaron mirándose fijamente.

—¡Queridísima Edda, qué horror! ¿Tu padre es pastor?

—De la Iglesia anglicana, en una importante parroquia rural de Nueva Gales del Sur que abarca un área enorme. Hasta la Depresión era muy rica, según el baremo anglicano. —Dejó escapar una risita—. ¿Arzobispos? ¿Obispos? Los conozco a montones, y se podría decir que de pequeña me hicieron saltar sobre sus rodillas ataviadas de púrpura.

—Dios mío, Edda, sabía que eras un buen partido, pero no a tal punto.

—La única objeción que podrá poner tu familia a la mía, Rawson, es que no tengo dinero. Mis antecedentes y mi pasado obligan. —Hizo un gesto de incomodidad—. Por lo que respecta a una boda por todo lo alto, querido Rawson, mi padre no se la puede permitir.

—Una boda por todo lo alto no se plantea siquiera —dijo Rawson, tajante—. No, queridísima Edda, teniendo en cuenta nuestra madurez, creo que deberíamos optar por una boda secreta. Es posible que nuestras familias se sientan desairadas, pero el escalpelo corta con la misma precisión a ambos lados del pasillo central. Es mejor que todas las presentaciones, opiniones y disputas queden para después de la boda,

411

que sugiero tenga lugar de aquí a un mes en el registro civil de Melbourne.

—¿Y en Mordialloc? —preguntó ella.

La miró sin entender.

—¿En Mordialloc? ¿Por qué allí?

—Me gusta el nombre.

—Por muchos nombres que resuenen en tus oídos, mi querida y estrafalaria amiga, nos casaremos en una recóndita oficina aquí mismo, en el corazón de Melbourne —zanjó Rawson con firmeza—. Luego subiremos a un pequeño transatlántico para viajar de Sídney a California, lugar legendario donde estaremos de luna de miel hasta Año Nuevo de 1932. Dejaremos que la tormenta estalle en nuestra ausencia, en privado y también en público. Parientes consanguíneos, amigos, colegas y enemigos se enterarán al mismo tiempo. Se desatarán la conmoción, el horror y la consternación, pero ¿qué nos importará a nosotros, mimados por las mismas manos que cuidan de las estrellas de cine? No. La realidad quedará pospuesta hasta nuestro regreso. —De pronto adoptó un aire traviesamente infantil—. Entonces tendremos que coger el toro por los cuernos. Solo nuestro trabajo nos servirá de sustento: tú en la universidad y yo en la política.

—Hay que ver qué peso imprimes a esa palabra, política. Espero dar la talla como esposa —dijo Edda, asediada por las dudas.

—Querida, contigo tengo intención de demostrar al país lo que debería ser la esposa de un político. No eres tímida, tienes una conversación inteligente, tu aspecto es arrebatador, y cuando se descubra que sigues tu propia carrera profesional, mis colegas se echarán a temblar. Cuando te pida tu opinión un periodista, se la darás y lo dejarás impresionado. —Tomó aliento—. Mis dos hermanos hicieron buenas bodas en lo que respecta a la procedencia y la fortuna familiar de sus esposas, pero esas mujeres son horribles, incultas y en ocasiones constituyen un auténtico lastre para sus maridos. Tú nunca serás así. Incluso en la periferia en que nos encontramos, te encantará la esgrima política. No entorpeceré tu carrera médica, pero sí te pediré ayuda.

—Y yo te ayudaré de mil amores —dijo ella con calidez, y le ofreció una sonrisa—. Ay, y pensar que dentro de cinco años tendré la titulación para ejercer la medicina. Pero con mi propio apellido. Pobre del paciente que tuviera una cita con lady Schiller. Eso lo dejaré para tu mundo. —Alzó la mirada—. ¿Cuánto se tarda en organizar una boda en secreto?

—Un mes. Tú seguirás en el piso de abajo hasta que te haya puesto la alianza en el dedo. ¿Un rubí para el anillo de compromiso?

—Preferiría una esmeralda. A los de Corunda los rubíes nos parecen anticuados.

—Entonces, sea una esmeralda. Mañana por la mañana te presentaré a George Winyates y Karl Einmann, mis secretarios, en cuya discreción puedes confiar sin reservas. Ellos te abrirán cuentas en todos los lugares donde puedas comprar habitualmente, incluidas librerías. Las cuentas estarán de momento a tu nombre, pero cuando atemos el lazo, pasarán a estar a nombre de lady Schiller.

—Lady Edda —dijo en tono soñador, y se echó a reír—. Suena... ay, no sé, irreal.

—Lo es. No serás lady Edda, sino lady Schiller. Las mujeres que utilizan el nombre de pila detrás del título de lady son las hijas de duques o marqueses. Las esposas de los caballeros no tienen ese privilegio.

—Vaya. Ya estoy aprendiendo.

—Tienes que llevar pieles de zorro y marta, pero nunca de visón —añadió él, torciendo el gesto—. El visón es áspero al tacto y demasiado del estilo de Hollywood.

—¡Medicina! —exclamó Edda, haciéndole saber dónde residían sus auténticas aspiraciones, y lo poco que le importaban las pieles—. Rawson, no puedo agradecerte lo suficiente esta oportunidad, y te lo digo desde lo más profundo de mi alma. Me especializaré en cirugía, abdominal y general. Me gustaría ser neurocirujana, pero ya soy un poco mayor para eso, y es un campo demasiado exigente. —Le vino a la cabeza un pensamiento distinto—. ¿Viviremos en este piso?

—¿Alguna objeción?

—No, ninguna. Simplemente me gusta saberlo.

—Hay una suite de cuatro habitaciones al otro lado de la suite donde duermo, y he pensado que podías ocuparla tú. —La nariz y la barbilla, demasiado grandes para que fuera plenamente atractivo, pugnaron por tocarse por encima de la boca; frunció los labios y sonrió—. Ronco como un condenado, así que no te pediré que compartas mi cama. Dispondrás de dormitorio, vestidor, cuarto de baño y sala de estar. Hablarás con los interioristas que trabajan para mí y les dirás lo que quieres. Obedecerán todas tus órdenes. He pensado que igual quieres utilizar el piso de invitados de abajo como despacho médico, manteniendo así la separación entre tus estudios y nuestra vida en común.

—¿No pondrán objeciones otros inquilinos de la finca?

—Más les vale no hacerlo —dijo él secamente—. El edificio es de mi propiedad.

A Edda la cabeza le daba vueltas por efecto del cansancio —había pasado buena parte del día caminando— y la conmoción.

—Anda, baja a acostarte —la instó él, ayudándola a levantarse del sillón—. Sube a desayunar a las ocho y entonces pondremos manos a la obra de verdad. Y...

—¿Sí? —preguntó ella, sonriéndole con aire ligeramente confuso.

—Te adoro. Tal vez no como adora un hombre a la esposa que ha elegido, pero sí de una manera sincera y ferviente. Te adoro.

«Ojalá me amara tal como un hombre ama a su esposa», pensó Edda en el momento de acostarse. Pero eran tantas las compensaciones... Una licenciatura en Medicina, además de convertirse en lady Schiller, la anfitriona política. ¡Qué extraño y maravilloso!

Parecía un cuento de hadas, y así lo verían todos, tanto su familia como la de él, y el mundo entero entre una y otra. Igual que Kitty, otro romance de cuento que desembocaba en matrimonio con un hombre rico, guapo, ocupado y de gran éxito. Pero su hermana solo tenía una inmensa casa vacía y dos abortos espontáneos como toda prueba de casi dos años de vida conyugal. ¡Ay, Kitty!

«¿Qué me deparará el matrimonio?», se preguntó Edda, convencida de que los quebraderos de cabeza tendrían mayor peso que los placeres. Salvo por la carrera de Medicina, claro. Por algo así, merecía pagar cualquier precio que pudieran imponerle los dioses. Al menos estaba al tanto del secreto de Rawson y tenía cierto poder de negociación; Kitty había acabado desposeída de todo poder, y Edda tenía una visión de la vida demasiado moderna para utilizar el suyo en su beneficio, aunque fuera una tradición. Quedaba descartado que ella, Edda, utilizara alguna vez el secreto de Rawson para lograr un objetivo propio. Él no renegaría de su ofrecimiento a costearle los estudios, y ese era el único factor que podría haberla tentado a hacer algo semejante.

Edda, con la mente siempre ocupada, no podía dejar de darle vueltas al asunto; el deseo que había expresado Rawson de tener un hijo había prendido en su mente. Pero ¿cuándo le sería más fácil sobrellevar un embarazo? Llegó con un suspiro a la conclusión de que nunca, lo que también significaba que daría igual cualquier momento. Si Rawson la apresuraba a quedarse embarazada, accedería y seguiría trabajando con la criatura en su vientre hasta que rompiera aguas, y se reincorporaría al trabajo unos días después. ¿Por qué no? Antes se esperaba que las mujeres hicieran precisamente eso. ¿Qué había cambiado, salvo las actitudes sociales? «Sí —pensó Edda—, ya abordaré ese problema cuando se presente, y me tomaré las cosas con calma. ¡Qué remedio! Soy una mujer del siglo XX, tengo oportunidades con las que mis antepasadas solo podían soñar. Y lo haré todo con holgura, porque estaré casada con un hombre maravilloso que lleva una carga terrible.»

Sería estupendo contárselo a sus hermanas. O, si se le presentaba la ocasión, decírselo a Grace. Qué extraño. Grace vivía en condiciones muy apuradas, aquejada de todas las preocupaciones de una viuda, desde hijos sin padre a problemas de dinero, y sin embargo, era precisamente a Grace a quien anhelaba contárselo. La hermana de padre y madre, sí, pero también la gemela. Kitty se opondría al matrimonio, consciente del dolor que podía provocar; Tufts daría su consentimiento pero nunca lo toleraría, al ver en él un elemento de transacción; y Grace lo consideraría deplorable, movida por la envidia y la estrechez de miras. Sin embargo ella, Edda, quería hacerles frente antes de que ocurriera. De algún modo, restregárselo una vez consumado le parecía una traición.

Incluso teniendo en cuenta sus reacciones, a Edda le habría gustado que Grace, Kitty y Tufts estuvieran presentes en su boda, pero entendía que no pudiera ser así. Grace se iría de la lengua, Kitty se lo contaría a Charlie, que se iría de la lengua, y Tufts... bueno, Tufts era Tufts, una mujer muy difícil de catalogar.

Sir Rawson Schiller, abogado de la Corona, optó por emitir un elegante comunicado de prensa sobre su matrimonio que llegó a sus destinatarios cuando su barco ya estaba en alta mar rumbo a California, dejando a centenares de personas asombradas y sin posibilidad de preguntar. El comunicado incluía una fotografía en blanco y negro de los novios, la primera imagen de la hermana Edda Latimer para la mayoría. Resultaba como mínimo misterioso. La pareja aparecía muy unida, él con un terno y ella con un exquisito vestido; no se miraban, sino directamente a la cámara. El mejor colorista fotográfico de Melbourne había pintado a mano versiones en tono sepia mate por encargo, revelando que la novia llevaba un conjunto rojo oscuro de elegancia incomparable. Resultaba chic incluso en la elección de los guantes rojo oscuro que llevaba: de cabritilla y con siete botones. El consenso general fue que era una belleza severa, ligeramente altiva; lady Schiller causó a los miembros del Partido Nacionalista la impresión de que sería una excelente consorte para el hombre a quien veían como su futuro líder.

Ya había una lady Schiller, claro. El padre de Rawson era caballero comendador de la Orden de San Miguel y San Jorge gracias a sus negocios y su carrera pastoral. Sir Martin y lady Schiller se quedaron mirando fijamente su copia del comunicado de prensa, atenuado por la inclusión de una carta personal de su hijo mediano.

—No es brillante desde el punto de vista social, pero sí aceptable —comentó lady Schiller—. Lleva un atuendo exquisito, aunque el color es tal vez un tanto arriesgado para un traje de novia. Tiene veintiséis años: por lo menos no es una rubia teñida de dieciocho años, por lo que debemos estar agradecidos. Su padre es un rector anglicano; su madre, una tal Adelaide Faulding. Es de buena familia, si se trata de quien creo. Dudo que Rawson se haya casado por debajo de sus posibilidades.

—Tiene unos ojos preciosos —opinó sir Martin—. Muy poco comunes.

—Según la carta de Rawson, estudia Medicina. Eso no me parece adecuado.

—Entonces debe de ser inteligente —dijo el padre, cuya esposa no lo era.

—Un hombre no tiene por qué buscar inteligencia en su esposa. La medicina es inapropiada, con tanta desnudez vulgar y exposición a las enfermedades.

Martin hijo, el amable y obediente primogénito designado para tomar las riendas de las empresas Schiller, declaró que estaba encantado.

—Ya era hora de que Rawson se olvidara de Anne —sentenció—. Acéptalo, madre, es el Schiller que tendrá un futuro más brillante, y su esposa parece una compañera ideal. Es una unión entre inteligencia e inteligencia.

—Estoy de acuerdo —dijo Rolf, el hijo menor, heredero del imperio pastoral de la familia—. Demasiado singular para ser una belleza arrolladora, pero el caso es que me inquieta.

—¡Es una arpía intrigante! —saltó Gillian. La esposa de Martin hijo había cumplido los cuarenta y era consciente de que no le sentaban muy bien. Cuatro retoños y un gusto excesivo por los dulces le habían arruinado la figura, y Martin hijo le había arruinado el temperamento.

—Estoy con Gilly —dijo Constance, la esposa de Rolf—. Le tendió una trampa al pobre iluso de Rawson, no me cabe duda.

Los tres hombres rieron. Lady Schiller madre sonrió. Los bandos se habían dispuesto tal como ella había imaginado. Ni Gilly ni Connie tenían un buen gusto especial a la hora de vestir, y el rojo oscuro probablemente les habría dado aspecto de enfermas terminales. Rawson, el hijo mediano del que no se esperaba demasiado, había eclipsado a sus hermanos, y la segunda lady Schiller, tan juvenil, iba a hacer sombra permanente a sus dos cuñadas. En cuanto a la primera lady Schiller, el tiempo lo diría.

En Corunda, donde el comunicado de prensa fue matizado por cuatro cartas de puño y letra de Edda dirigidas a su padre y sus tres hermanas, la noticia causó sensación. El más afectado fue Charles Burdum. Cuando Kitty, agitando en el aire su carta y el comunicado de prensa, se lo contó a su regreso a la Casa Burdum esa fatídica noche de principios de diciembre de 1931, pareció que Charles iba a desmayarse. Fue tambaleándose hasta un sillón, se hundió torpemente en él y alargó el brazo en busca del comunicado, dejando de lado la carta de Edda.

—¿Edda? ¿Edda se ha casado con Rawson Schiller?

Con los ojos como platos, Kitty apreció su conmoción y le sirvió una copa.

—Charlie, cualquiera diría que ha ocurrido un desastre. ¿Por qué, por el amor de Dios? Es una noticia maravillosa. Haz el favor de leer su carta. En febrero empezará tercero de Medicina en Melbourne, su mayor sueño, lo que siempre había deseado, y ahora lo ha conseguido.

—¿A qué precio? —preguntó él con una mezcla de amargura e ira.

—Eso es asunto de ella, Charlie, no tuyo. ¿Cómo íbamos a saberlo nosotros? Solo que Edda no se deja comprar, y me ofende tu insinuación en sentido contrario.

—Si hubiera sabido que ansiaba tanto una titulación médica, le habría pagado los estudios yo mismo —espetó.

—¡Y un cuerno! —estalló Kitty, perdiendo la paciencia—. Lo has sabido siempre, y Dios sabe que tienes dinero para hacerlo, pero Edda no está entre tus personas preferidas, bien que lo sé. Te dice lo que piensa, desde insignificancias como que yo no tengo un medio de transporte en el que salir de la cima de esta colina, hasta lo que estás haciendo con el hospital. Te has regocijado viendo que Edda no podía lograr lo que ansiaba, y no te molestes en negarlo. Contigo, Charlie, todo ocurre por debajo del nivel de la conciencia, y así puedes decirte lo estupendo que eres. Charles Burdum, la roca sobre la que se apoya Corunda entera. Alimentaste a Edda con migajas, como la promesa de que tendría su propio quirófano, cuando sabes perfectamente que basta con uno, y pertenece a Dot Marshall. Bueno, según cuenta en su carta, se había presentado como candidata para dirigir el quirófano de un hospital en Melbourne cuando conoció a Rawson Schiller.

El alcohol estaba haciendo efecto; Charles se sentó más erguido.

—Tonterías. Conoció a Rawson Schiller por mediación mía y de nadie más. Puesto que la señora no quiere ir a Melbourne, llevé a tu hermana a la cena benéfica del alcalde. Me costó cien libras que se sentara a la mesa en esa cena, y así me lo agradece: va y se casa con un intolerante ultraconservador que querría ver a los obreros viviendo con salarios de subsistencia, a los chinos deportados, a los melanesios otra vez en los campos de caña de azúcar y a las mujeres excluidas de cualquier trabajo. Si tu querida hermana se ha casado con un hombre como Rawson Schiller, no es mejor que una ramera cualquiera.

¡Zas! ¡Zas! Las bofetadas de Kitty, una en cada mejilla, se sucedieron a la velocidad del rayo. Un momento estaba sentada en el sillón discutiendo con él —quizá ferozmente, pero guardando las formas— y al siguiente a Charles le zumbaban los oídos y le azotaban la cabeza. Con llamas magenta en la mirada, Kitty siguió abofeteándole las orejas, los ojos, las mejillas, el mentón.

—¡No te atrevas a decir que mi hermana es una ramera, pedazo de medicucho engreído y pomposo! ¡No eres más que un eunuco sin agallas ni pelotas!

Protegiéndose de los golpes, se las arregló para levantarse del sillón y alcanzar la puerta.

—¡Zorra, ramera y buscona! Y tú, más vale que te laves la boca con jabón y lejía. ¡Qué vulgaridad tan repugnante!

—¡Vete al infierno! —aulló Kitty—. Los trabajadores te traen sin cuidado, lo único que de verdad te importa eres tú mismo. Fuiste tú quien dejó plantada a Edda en esa cena, la dejaste sola en una mesa llena de desconocidos. Eso me contó ella. Rawson Schiller la rescató. ¿Y sabes qué? ¡Es alto! A él nadie puede llamarlo Napoleón, ¿eh, pequeñín?

Kitty pasó rozándolo, fue corriendo hasta la puerta de atrás y salió a la calle. Se oyó el motor de un utilitario al ponerse en marcha; después, silencio.

Charles fue primero al aparador y luego volvió a su sillón, donde se puso a temblar de tal modo que transcurrieron cinco minutos antes de que pudiera llevarse el vaso a la boca sin derramar la bebida. Había sido tan repentino, tan convulso, tan espontáneo... No había tenido tiempo de pensar ni de evitar decir lo que debería haberse callado. Edda era una ramera, pero no había hermana capaz de encajar un insulto tan sincero. Charles seguía presa de la rabia, alimentada ahora por la bestia desencadenada de la furia contra su mujer, cuyo amor por él siempre se veía mancillado y menguado por sus sentimientos hacia esas malditas hermanas suyas. Kitty era su esposa: legal, emocional, totalmente suya. Aun así, siempre reservaba una parte de su ser para agasajar a sus hermanas. ¡No era justo!

Edda era una ramera, una mujer disoluta y facilona que concedía favores sexuales a los hombres sin estar casada, a hombres como Jack Thurlow. Y Kitty lo sabía. ¿Cómo podía consentirlo sin reconocer que Edda era una ramera? ¿Suponía eso que Kitty solo era virgen por casualidad cuando se casaron? ¿Tenía experiencia en toda clase de relaciones sexuales salvo en el acto definitivo?

Veinte minutos después llamó el rector. Kitty estaba con él y volvería luego a casa, no tenía de qué preocuparse.

—¡No pienso volver! —le gritó a su padre—. Papá, ha dicho que Edda era una ramera por casarse con Rawson Schiller. ¡Como si hubiera urdido una trama!

—Sí, sí, cariño, y no tenía ningún derecho, lo sé. Pero por lo que dijo Charlie a su regreso de Melbourne, deduje que al conocer a Schiller se comportó como un perrillo agresivo ante un gato grande y pagado de sí mismo. Piénsalo, querida Kitty. Bajo las apariencias son muy parecidos, pese a las diferencias políticas. Esas diferencias se pueden asumir o descartar en un periquete, como vemos que ocurre a diario. La política es una especie de juego, y quienes se dedican a ella en cuerpo y alma acaban cruelmente desilusionados, porque no es un juego justo ni limpio. Es un entramado de embustes, engaños, ambiciones personales y falsas esperanzas. Carece de ética y moral y está diseñada para que alcancen la victoria quienes carecen de principios. Un hombre con auténticas aspiraciones de servir a la humanidad debe dedicarse al trabajo social, a la medicina o a algo que ofrezca una recompensa palpable. —Tragó saliva y se mostró confuso—. Ay, querida, en el fondo estoy señalando sus similitudes, ¿verdad? Haz caso a este anciano: son auténticos hermanos, solo que en polos opuestos.

Kitty, asombrada, se quedó mirando a su padre.

—Papá, eres un cínico. Y yo no lo sabía.

El rector se ofendió.

—No soy cínico, soy realista.

—Sí, claro, perdona.

—Kitty, el cerebro es el instrumento más extraordinario que ha concedido Dios a los seres vivos. Alcanza su mayor gloria en los humanos, y se supone que debemos utilizarlo, no ahogarlo en frivolidades y tonterías. Así que piensa un poco. Charlie y mi nuevo yerno presentan muy pocas diferencias reales en comparación con lo que tienen en común. El instinto me dice que Charlie no está tan a la izquierda como cree Rawson, y Rawson no es tan de derechas como piensa Charlie. Pero hay una diferencia, eso sí.

—Y yo veo otra diferencia más importante —señaló Kitty, ya más tranquila—. Rawson es un palmo más alto que Charlie. —Suspiró—. El complejo de inferioridad que le produce su estatura acabará con Charlie.

—Pues que se presente al Parlamento. Es una carrera ideal para hombres bajitos.

—Nada excusa su actitud hacia Edda.

—Kitty, lo ha dicho para hacerte daño a ti, no a Edda. Él no cree que sea una ramera, por mucho que se le haya escapado el exabrupto. —Thomas Latimer puso el hervidor al fuego para preparar té—. Vamos a tomar una buena taza.

Ella sofocó una risita.

—Me parece que le he dejado los dos ojos a la funerala.

—Dios santo, sí que te ha molestado. Me alegra que mis chicas se profesen tanto amor y lealtad, pero debes recordar que antes que nada debes amor y lealtad a tu marido.

La puerta mosquitera de atrás se abrió de golpe y Grace irrumpió en la vieja cocina, con su carta y el comunicado de prensa aferrado en una mano.

—Vaya, Kitty, te me has adelantado. —La reina de Trelawney tomó asiento—. Me vendría de maravilla una taza de té, papá. Vaya sorpresa, ¿eh? Mi hermana gemela es ahora lady Schiller.

—¿Estás disgustada, Grace? —preguntó Kitty.

—¿Disgustada? ¿Por qué? —preguntó Grace, perpleja—. Entiendo que lo hicieran en secreto. Imagina lo que sería organizar una boda de semejante envergadura. Tendrían que haber invitado a la mitad de la buena sociedad de Melbourne, y papá no se lo podría haber permitido. Siempre he pensado que queda fatal que corra con los gastos el novio. Lady Schiller. ¡Bravo por Edda! Y por fin va a estudiar Medicina.

—Sí, es maravilloso —convino Kitty—. Estoy muy contenta.

—Apuesto a que Charlie no lo está —comentó Grace, con astucia—. Le han hecho sombra.

—Si no eres capaz de decir nada agradable, Grace, haz el favor de no decir nada —la reprendió el rector.

—Ay, pobre papá. Él sí que está disgustado, ¿no, Kits?

—No estoy disgustado exactamente, Grace. Solo un poco triste de que Edda vaya a marcharse de Corunda.

—Vaya, no me había parado a pensarlo —dijo Grace.

—Yo tampoco —coincidió el rector.

Pero Tufts sí lo había pensado, como le contó a Liam Finucan mientras tomaban el té en su despacho a la mañana siguiente.

—No se puede sustituir a Edda, eso es lo más triste. Tan firme y lógica, tan... ay, no lo sé, de una pieza. Entiendo por qué se ha casado con él, así puede licenciarse en Medicina, y además debe de tenerle un gran aprecio.

—¿Insinúas que el amor no interviene? —indagó Liam.

—Bueno, sí. Pero no creo que Edda sea capaz de amar. Al menos no como aman Kitty y Grace. Es una científica, no una romántica.

—Eso es muy contundente. ¿Y qué me dices de él, Heather?

Ella frunció el ceño.

—Buena pregunta, aguafiestas. Yo diría que debe de quererla mucho. Después de todo, es un hombre de cuarenta años, mucho más rico que Charlie, considerablemente más alto que Edda y famoso en todo el Imperio británico. Bueno, espero que todo vaya bien. ¡Ojalá! Porque no se ha casado con él para convertirse en lady Schiller ni para codearse con la alta sociedad. Edda es Edda, una mujer que dicta sus propias leyes. Tengo que conocerlo, Liam. No descansaré hasta que lo haga.

El rector era del mismo parecer que Tufts, aunque no hablaron de ello entre sí. Durante toda la turbulenta infancia de Kitty, había sido Edda la que apreciaba las señales de advertencia, Edda la que rescataba a la niña indefensa de las estupideces de su madre, Edda la que le infundía fuerzas; y todo lo que decía Edda era perspicaz, sensible, cariñoso y protector en grado sumo. Pero ¿cómo se las apañaría con un tipo como Rawson Schiller? ¿Por qué se había vinculado a su suerte de una manera tan irrevocable? Naturalmente, el reverendo Latimer sabía lo de Jack Thurlow; no estaba ciego, y desde luego no hacía oídos sordos a los cotilleos. Tal vez fuera contraria a los mandamientos de Dios, pero para el reverendo esa relación era muy preferible a un indisoluble matrimonio desdichado. Ahora, allí estaba, convertida en toda una dama, y algún día sería médica. Pero a pesar de sus esfuerzos, no lograba sofocar los recelos.

La noticia llegó demasiado tarde para Maude Latimer. En tres ocasiones había dejado el hervidor al fuego hasta quedarse seco e incendiado la cocina de la rectoría, la última con graves consecuencias. Tras debatirse amargamente, el rector se había visto obligado a ingresarla en un asilo de ancianos, un lugar por el que deambulaba, en apariencia feliz, hablándole a todo el mundo de su niña tan maravillosamente hermosa, Kitty. Cuando la puso al tanto del matrimonio de

Edda, no la afectó en absoluto. Era Kitty la que cuando se hiciera mayor se casaría con alguien brillante. ¿Edda? Edda no era nadie.

Por lo visto, Charles Burdum no estaba dispuesto a bajarse de la parra. Fiel a su palabra, el rector envió a Kitty a su casa dos horas después de que se hubiera marchado, pero seguía con una actitud altiva y no estaba segura de que pudiera perdonarle, aunque por el bien de su padre estaba dispuesta a intentarlo. Sin embargo, se encontró con un marido gélido que rehusó cenar y luego durmió en el vestidor, donde dio instrucciones a Coates de que le preparase la cama. Con semblante impasible, el sirviente lo hizo, pero a Kitty no le cupo duda de que el chisme correría por toda Corunda al día siguiente: el ayuda de cámara de Charlie era soberbio en su trabajo y además un cotilla nato. Tal vez estuvieran cerrados los pubs y la mayoría de la gente dormida, pero Coates buscaría la manera de hacerlo correr. Las ocasiones en que Kitty había dormido sola por «motivos de salud» siempre había sido ella la que se había ido del dormitorio principal. Esto era muy distinto: era el amo quien se había trasladado. Una noticia sensacional.

Kitty lo interpretó como indicio de que la condición de ramera se contagiaba y ella la había contraído de Edda. Sin duda, pensó furibunda, Tufts y Grace también lucían la A de color escarlata en la frente. ¿Cómo se atrevía Charlie a comportarse como un evangelizador burgués? Dándole vueltas, se quedó dormida.

Al despertar por la mañana, se encontró con que no dormía tan bien desde mucho tiempo atrás, y se levantó vibrante de energía. Se apresuró a desayunar. No encontró a Charlie. Ya estaba en el hospital, dijo su leal empleada del hogar, la señora Simmons.

—Espléndido —exclamó Kitty—. Hemos tenido una trifulca sonada, señora Simmons, y voy a dejar nuestro dormitorio. Le agradecería que usted y Beatrix, ah, y Coates también, lleven mis cosas a la suite lila. Charlie detesta esa suite.

La señora Simmons cerró la boca de manera ostentosa llevándose la mano a la papada para empujar la barbilla hacia arriba.

—Caramba, Kitty, eso es un tanto drástico, ¿no? —preguntó, con la típica actitud corundense hacia las patronas. La señora Simmons no la trataba de «señora».

Aceptando la reacción de la señora Simmons como normal, Kitty no se arredró.

—Sí, es drástico, pero al menos no es aburrido —dijo—. ¿Sabe lo que hizo ese idiota? Acusó a mi hermana Edda de ser una ramera por casarse con un hombre rico que además es caballero.

—¡Virgen santa del amor hermoso! ¿O sea que va a ir a las habitaciones malva, Kitty?

—Sí, a las habitaciones malva.

Dejando la mudanza en las capaces manos de la señora Simmons, Kitty fue al orfanato y se ofreció voluntaria para trabajar allí.

—Llegas caída del cielo —le dijo la enfermera jefe Ida Dervish, directora de una institución que había crecido notablemente en solo dos años—. Una enfermera de pediatría tan bien preparada. Querida, tenemos trabajo a destajo para ti, pero ¿tendrás tiempo de hacerlo? Seguro que el doctor Burdum te tiene ocupada.

—Tengo tiempo de sobra —aseguró Kitty—, pero ningún puñetero gobierno me permite dar uso a mi preparación ofreciéndome un empleo, porque estoy casada. Bueno, esto último habrá que verlo. He tenido una fuerte pelea con mi marido, para quien por lo visto estoy de sobra. Me ha bastado con

427

echar un vistazo al entrar, Ida, para comprobar que al menos aquí se me necesita de veras. ¡Al infierno con Charlie!

—¡Kitty! Si dices cosas así, toda la ciudad se enterará en un instante.

—Ya se ha enterado. No te olvides de Coates, Ida —dijo la esposa indignada, con una sonrisa torcida—. Me ha hecho mucho daño, y pienso hacerme un liguero con sus agallas.

—¿Quién, Coates?

—No, boba, Charlie. ¿Tienes algo que pueda ponerme hasta que encargue unos uniformes sencillos en Sídney? Es una pena que hayan cerrado tantas tiendas locales. —Suspiró, más serena; empezaba a cambiar su estado de ánimo—. En el fondo estoy muy dolida, pero antes muerta que dejar que Charlie lo vea. A quién se le ocurre llamar ramera a Edda, precisamente.

—¿Eso la llamó?

—Sí.

—Ese hombre está mal de la cabeza. Por no hablar de que tiene celos.

A esa misma conclusión llegaron muchos habitantes de Corunda cuando corrió la noticia, aunque no se alcanzó un consenso al respecto. Charles Burdum contaba con partidarios acérrimos en todos los estamentos, a quienes no les costó ver cierta justicia en el comentario de Charles acerca de Edda, que tal vez no fuera una zorra engreída, pero sin duda poseía unos valores morales cuando menos turbios. Aunque el motivo de la pelea de los Burdum era irrelevante, la gracia estaba en sus protagonistas, a los que hasta la fecha todo el mundo creía tan unidos como... bueno, como gemelos.

Durante una semana Charles no hizo el menor caso a Kitty, a la naturaleza pública de su dilema ni al hecho de que ahora su mujer vivía en una fea suite en la otra punta de su casa. El guante que él le había arrojado sin pensar, lo había recogido ella con un ansia indecente, y ahora se afanaba en abofetearle con él. No era de gran ayuda precisamente que luciera dos ojos morados que nadie achacaría al golpe contra el marco de una puerta.

A finales de semana estaba dispuesto a rebajarse un poco, y aprovechó la oportunidad cuando oyó que la puerta principal se cerraba a las seis de la tarde; su esposa había vuelto del ridículo trabajo en el orfanato.

—¿Puedo hablar contigo, Kitty? —preguntó con amabilidad, asomándose al umbral de la salita de estar adyacente a su despacho.

Lo normal habría sido que estuviera cansada, pues su trabajo no era una bicoca, sino un empleo duro e implacable. Su red de espías le había informado de que revisaba la cabeza de todos y cada uno de los niños en busca de piojos y liendres, restregaba todas sus oquedades sin piedad y hacía todos los trabajos que el escaso personal del orfanato atestado no tenía tiempo de hacer como era debido.

Sin embargo, estaba radiante, más hermosa que en los últimos meses; los ojos lila azulado irradiaban vida, los labios lucían una expresión satisfecha y su piel estaba lustrosa de buena salud. ¿Cómo iba a sufrir abortos naturales una mujer así? Eso nunca.

—Desde luego —accedió ella.

—¿Quieres tomar algo?

—Una cerveza fría me vendría bien, gracias.

Después de servírsela y ver cómo se sentaba en un sillón, él tomó asiento.

—Esto tiene que acabar —dijo.

—¿Qué tiene que acabar? —preguntó ella, y bebió con ganas.

—Estas tonterías. Lo de ir aireando por ahí que nos hemos

peleado, que estás aburrida, que no te gusta la actitud que tengo con tu familia.

—Dios mío, vaya letanía de pecadillos.

—Tiene que acabar.

—¿Solo porque tú lo digas?

—Claro que sí. Soy tu marido.

—¿Y si me niego a dejarme de tonterías?

—Entonces me veré obligado a tomar medidas.

—Medidas... Haz el favor de explicarte.

—Puedo retirarte la asignación, negarme a cubrir tus deudas, servirme de mi influencia para que te resulte imposible hacer ningún trabajo no remunerado. Eres mi esposa, Kitty —remachó, tajante y con impávida autoridad.

Si había esperado verla perder los estribos, se llevó una decepción. Kitty lo miró como si fuera una nueva clase de insecto más bien repulsivo. Luego arrugó el labio superior.

—Ay, Charlie, de verdad... —repuso, exasperada pero no furiosa—. No seas más bobo de lo que Dios te ha hecho. Corunda es mi ciudad natal, no la tuya. Intenta arruinarme en Corunda y padecerás las consecuencias. Soy yo la que puede destruirte en un abrir y cerrar de ojos. ¿Kitty Latimer, la hermana de Edda la ramera, a las que tanto aprecio tiene la gente de aquí? Ni soñarlo. Y sabes perfectamente que es así. Todo esto no es más que un farol, tu último intento desesperado de hacer de mí una esposa obediente y subordinada. ¡Pues vete al infierno!

—Tu vocabulario es el de una ramera —respondió él, pues tenía que decir algo y no encontraba ninguna réplica oportuna. ¡Cuánto la quería! ¿Por qué le estaban yendo tan mal las cosas? Esas malditas hermanas suyas, siempre sus hermanas... Le resultaba difícil reconocer sus celos, su posesividad, porque nunca había experimentado nada parecido antes de que Kitty entrara en su mundo, y ahora se daba cuenta de que, puesto que la amaba, nunca se libraría de las hermanas Latimer.

—Sí, siempre he sido la gemela más descarada —dijo con una sonrisa, encantada de que así fuera—. Cuando una está acostumbrada desde pequeña a que la elogien como la niña más hermosa del mundo, resulta necesario desarrollar una cualidad que choque y desilusione a la gente. No tengo ningún reparo en ello, y desde luego no pienso pedirte disculpas, Charlie, por tener que sufrir un insulto insufrible. Mi hermana Edda es una mujer de integridad absoluta y fuerte carácter, siempre inteligente, siempre inquebrantable en sus lealtades. Te desagrada porque percibes en ella que rehúsa dejarse poseer. Es una cualidad que yo no tengo, por desgracia. Pero lo que sí sé es que Edda nunca se vendería, ni siquiera por la posibilidad de estudiar Medicina, lo que significa que Rawson Schiller debe de haber visto algo valioso en Edda. Es una unión entre iguales, Charlie, mientras que a mí nuestro triste empeño no me reporta nada.

Él no respondió; permaneció sentado mirando fijamente a su esposa, a la que amaba pero no alcanzaba a entender. Al cabo, suspiró.

—¿Volverás a mi cama? —preguntó.

—No; me parece que no.

Notó que se abría en su estómago un pozo inmenso y vacío.

—¿Se ha terminado lo nuestro?

—Yo no he dicho eso exactamente. Al igual que la zarina Alexandra, estoy encantada con mi tocador malva. He descubierto que tener mi propio pequeño reino en tu palacio es sumamente agradable. Te aceptaré con placer en mi cama si se trata de sexo, Charlie, siempre y cuando me lo pidas y acudas a mí, pero no pienso dormir contigo. Y tampoco quiero que pongas un solo dedo en mi reino. Es mío. Tengo veinticuatro años y ya va siendo hora de que disfrute de un poco de intimidad. Ansío tener hijos. Pero insisto en tener una vida propia, y eso significa, al menos por el momento, seguir trabajando en el orfanato.

—Eres dura, muy dura —masculló él.

—Todas las mujeres lo somos a la hora de la verdad —replicó Kitty, cuya compostura no había sufrido mella—. Los hombres nos obligan a serlo. ¿Aceptas el pacto?

Sin saber si la quería más de lo que la odiaba, Charles asintió.

—Cuando quiera mantener relaciones sexuales debo pedírtelo, y eso no incluye dormir juntos. Entonces, ¿hasta qué punto podemos hacer vida en común?

—Tanto o tan poco como quieras. Yo llevaré la casa, haré las veces de anfitriona, comeré contigo, me sentaré a hablar contigo de los acontecimientos de la jornada y las cosas de la familia, seré una buena madre para tus hijos cuando Dios tenga a bien dármelos. ¿He pasado algo por alto, Charlie? Si lo he hecho, dímelo —lo instó la nueva Kitty.

—¿Hay alguna posibilidad de que recuperemos la magia?

Kitty rio, emitiendo un sonido quebradizo y de rebordes afilados como el cristal.

—En mi caso, Charlie, no creo que la hubiera nunca. Pero tú querías que la hubiera, o me querías a mí, y presionaste hasta que me vine abajo. Por lo que respecta a mi comportamiento supuestamente casquivano... nunca hubo nada de eso. No he sido una ramera. —Compuso un gesto malicioso y sonrió—. Más te vale, querido marido, que siga sin ser una ramera. Según tú, bien podría ser cosa de familia.

«Pues vaya con los comentarios indiscretos», pensó Charles, retirándose a la soledad de su cama. Hasta que entró a formar parte del clan de los Latimer por vía matrimonial, nunca había experimentado emociones fraternas, pues no tenía hermanos. ¿Cómo iba a estar al tanto un hijo único de la intensidad y hondura de los vínculos entre hermanas, sobre todo gemelas?

Kitty había dejado implícito que la había constreñido más de la cuenta. ¿Qué había dicho, que se había venido abajo? Machacada, fagocitada, socavada. ¡Qué ridiculez! Pensar así era menospreciarse, tener una mala opinión de sí misma. Entonces, como salidos de la nada, le vinieron a la cabeza recuerdos de su charla con Edda nada más llegar a Corunda. Había comentado que Kitty tenía una mala opinión de sí misma, que su madre prácticamente le había destrozado la vida. ¿Por qué esa clase de confidencias parecían tener tan escasa importancia en el momento en que se hacían? No se la había tomado en serio, probablemente abrumado por la cantidad de información que le había suministrado Edda de una sentada.

«No; sé justo, Charles —se dijo ahora—, en realidad solo oíste lo que era grano para tu molino, y ese molino estaba empeñado en ganarse el favor de Kitty. Nada más. Kitty la compañera perfecta, de la que Edda —acertadamente— quería ofrecerte una imagen imperfecta. ¡Nadie es perfecto! Y tú menos que nadie, Charles Henry Burdum. Ahora la has liado buena. Tu esposa se ha visto perjudicada sin haber cometido ningún error, y no eres la persona indicada para remediarlo. En realidad, ha cerrado la puerta a su matrimonio sin zafarse de sus deberes, porque ella no puede verlos más que como deberes. ¿Por eso pierde las criaturas que espera?»

Tufts y Liam fueron los primeros vecinos de Corunda que vieron a sir Rawson y lady Schiller al culminar su travesía de San Francisco a Sídney a comienzos de 1932. Liam tenía que asistir a una conferencia en Sídney y Tufts se tomó un permiso para acompañarle; se alojaban en habitaciones contiguas en el hotel Metropole no muy lejos de Circular Quay y pasaban los días cada cual por su lado, las tardes juntos y las noches castamente separados por una pared, lo que les iba a las mil maravillas. El último día de su estancia, Tufts recibió una llamada de Edda.

—Rawson y yo estamos en el hotel Australia —dijo—, y nos encantaría que tú y Liam cenarais con nosotros esta noche.

—¡No nos lo perderíamos por nada del mundo!

Puesto que los tiempos en que Liam iba un tanto desaliñado habían quedado atrás, se presentó con un buen traje y una corbata del Hospital de Guy, y la menuda Tufts estaba preciosa con un vestido de noche de gasa ámbar. Sin embargo, la pareja que los esperaba en el salón acaparó todas las miradas. Tufts y Liam olvidaron sus modales y se quedaron boquiabiertos. El hombre era impresionante, aunque tirando a feo, pero Edda estaba magnífica con un vestido de seda verde esmeralda, el mismo tono del anillo que llevaba en el dedo anular izquierdo, una enorme esmeralda cuadrada rodeada de diamantitos. En torno al cuello lucía una sencilla gargantilla de diamantes, y en cada lóbulo un diamante de primera agua de gran tamaño.

—¡Caramba! —dijo Tufts, y se puso de puntillas para besar a Edda en la mejilla—. Estás impresionante, como un millón de dólares.

—Es casi lo que costé —repuso Edda entre risas.

Entonces Tufts se encontró con los ojos azules de su nuevo cuñado, que le cayó en gracia, lo que le alivió tanto que estuvieron a punto de doblársele las rodillas.

Nadie diría, pensó Edda, oyendo hablar a Rawson y Liam, que un abogado y un patólogo tendrían mucho en común. Tal vez no lo tuvieran, pero tampoco andaban escasos de conversación, cruzando palabras en un ambiente de camaradería despreocupada que dio a entender a Edda que aquel irlandés atildado y preciso aprobaba a su marido.

—Se te ve feliz, Edda —comentó Tufts en el servicio de señoras.

—Lo estoy, y mucho, salvo por los regalos. —Torció el gesto—. El anillo de compromiso era inevitable, pero luché a brazo partido contra los diamantes. Aunque podría haberme ahorrado la saliva.

—Son preciosos, Eds, y de muy buen gusto. Sencillos.

—Sí, gracias a Dios no tengo que preocuparme por el buen gusto de Rawson. Encajamos perfectamente.

—¿Y empiezas tercero de Medicina en febrero?

—¡Sí, sí, sí! Entonces guardaré las joyas en la caja de un banco, me niego a dejarlas en casa. —Se interrumpió y sonrió—. ¡Mi casa! Toda la planta superior de un alto edificio en Melbourne, ¿verdad que es extraño? Dispongo de todo un apartamento en el piso de abajo para estudiar.

—¡Dios mío! Tiene que ser como un sueño.

—Sí, lo es, y me aterra la posibilidad de despertar.

—Ese hombre te quiere.

—¿Tú crees? —Los ojos ámbar parpadearon.

—Lo lleva escrito en la cara.

—Ha movido montañas por mí.

—Me parece —dijo Tufts, a la vez que tomaba el brazo de su hermana por el pliegue del codo— que está acostumbrado a mover montañas.

Sin embargo, cuando a medianoche regresaba caminando al Metropole con Liam, manifestó ciertos recelos.

—Ay, Liam, reza por ella —dijo.

—¿Acaso necesita tus plegarias, Heather? —preguntó él, sorprendido.

—Sospecho que sí. Rawson Schiller es muy agradable, y me cae bien... pero tiene distintas facetas, y no estoy segura de qué sabe Edda de todas ellas.

—Bueno, mañana tomarán el tren diurno con nosotros,

así que mantente ojo y oído avizor. Comparto la opinión que tienes de él.

—Al menos no es tacaño. ¡Vaya joyas!

Él soltó una risa más parecida a un bufido.

—¡Usted no me engaña, señora! Las joyas no encabezan su lista de prioridades.

—Ni la de Edda, por desgracia. Ahí está lo malo.

—Solo si él cree que las valora. Me da la sensación de que no cree que las valore. Por otra parte, en tanto que su esposa, debe lucirlas cuando la ocasión lo requiera.

Grace decidió que su condición de reina de Trelawney la situaba a la misma altura que un caballero de la Corona, y se mostró cortés cuando se conocieron, lo que ocurrió en su casa de colores crema y verde en Trelawney Way a la hora del té de la mañana, algo que a una viuda con hijos pequeños le resultaba más fácil preparar que una comida.

Puesto que era plena canícula, los niños iban descalzos y sin camisa, solo con pantalones cortos de algodón.

—Brian empezará el año que viene la Escuela Pública del Este de Corunda y John le seguirá el año siguiente. No se llevan mucho tiempo —comentó a las visitas, al parecer poco impresionada por la ropa y el anillo de esmeralda de Edda.

—Debe de ser muy duro, Grace —dijo Rawson con empatía—, pero salta a la vista que eres un ama de casa espléndida.

—Me las apaño. No tiene sentido quejarse ni lloriquear, ¿verdad? Siempre digo que hay que aceptar tanto lo bueno como lo malo.

—¿Preferirías que tus hijos fueran a un colegio privado?

Sin perder la calma, Grace consideró la posibilidad y la descartó, a menos que más adelante cambiaran las cosas, claro.

—Brian y John no conocen más que un mundo, la zona de Trelawney —le dijo a Rawson, mostrando todo su encanto y nobleza—. Me han asegurado que la Escuela Pública del Este de Corunda tiene un nivel educativo satisfactorio. Quiero que mis hijos obtengan las mejores calificaciones posibles.

—¿Qué aspiraciones tienes para ellos? —se interesó Rawson.

—Como víctima de la Gran Depresión, Rawson, lo más importante para mí es que, hagan lo que hagan, sea en un campo más seguro que la venta. Su padre era un vendedor maravilloso, pero en cuanto sobrevino la Depresión, la gente dejó de comprar. No pueden dedicarse a la agricultura porque no tenemos tierras, pero estaría bien que fueran maestros o hicieran carrera en el ejército o la marina.

Rawson la miró con cara de impotencia, confuso. ¿Era esa la gemela de Edda? Eran muy similares en apariencia, pero no tenían nada en común mental ni espiritualmente.

—Si alguna vez puedo echarte una mano, Grace, prométeme que acudirás a mí —dijo—. No te insultaré haciendo demasiado hincapié, pero recuerda mis palabras.

—Gracias, pero estamos bien —aseguró Grace—. Quizá la mayor lección que da la vida es que no hay que tener demasiadas aspiraciones. Así no te llevas desengaños.

—Bobadas —saltó Edda, que por fin encontraba su voz—. Si no tienes aspiraciones, no llegas a nada. Tienes dos niños espléndidos, y confío en que te asegures de que vayan a la universidad y no se conformen con la educación secundaria.

Grace sonrió comprensivamente a Rawson.

—¡Mi querida Edda! —repuso—. Es una reacción típica de Edda. Pero ¿cómo podrías saberlo tú? La gemela soy yo. Ya me conozco el percal. Qué ambiciosa es. Ay, Señor, tiene ambición suficiente para ganar un concurso mundial. Aunque me alegro mucho de que por fin esté estudiando medicina. No le resultará nada fácil, claro. Las médicas lo pasan muy mal.

—Edda saldrá bien parada —repuso él con moderación.

—Toma otra tostada, Rawson. La mermelada de manzana la he hecho yo misma de nuestro árbol de Granny Smith. Es mucho mejor que la de la tienda. Es posible que los que vivimos con un presupuesto propio de la Depresión tengamos una dieta más monótona, pero también comemos más sano. ¡Es todo casero!

—La mermelada de manzana está deliciosa —dijo él en serio.

—Y Grace es totalmente insufrible —renegó Edda entre dientes, cuando se marchaban en el coche del rector—. Creía que no podía haber nadie peor que la Grace quejosa de antes, pero la Grace todopoderosa de ahora, la reina de Trelawney, bate todos los récords. ¡Es insufrible!

—Pero tú la adoras —señaló él, sonriendo.

Edda emitió un ruido, mitad sollozo mitad risa.

—Pues sí.

—El agua siempre acaba por remansarse a su nivel, Edda, y Grace es el remanso al fondo de la cascada. No es superficial: tiene profundidades ocultas. Tú, en cambio, eres la cascada, siempre en movimiento, llena de energía, un espectáculo glorioso.

Se sonrojó, encantada con el inesperado halago.

—La cascada es Kitty: chispeante, danzante, una sinfonía de sonido y arcoíris.

—¿Y qué me dices de Tufts?

—Es el océano Pacífico, nada menos.

—Ella y Kitty también han mantenido un intenso parecido físico, y, sin embargo, todas presentáis más diferencias que similitudes.

—Ya. A todas nos ha cambiado la vida. —Suspiró—. Me

equivoqué al animar a Kitty a que se casara con Charlie, pero es que no lograba tomar una decisión. Tufts y yo acabamos por convencernos de que temía al estigma de que la tomaran por una cazafortunas. Y yo creía de veras que necesitaba a un hombre que la idolatrara. Charlie la idolatraba. Ella le causó el mismo efecto que si hubiera tocado un cable de alto voltaje, perdió un poco la cabeza de tanto que la quería. Lo que no podíamos saber es lo que acabó por ser su ruina: los celos y la posesividad de Charlie.

—Sí, es de esos a los que les gustaría tener a su mujer en la cocina y con la pata quebrada.

Edda tuvo que enfrentarse al calvario de conocer a la familia de Rawson la noche siguiente a su llegada a Melbourne. El único que disfrutó de la velada fue el propio Rawson, viendo el efecto que causaba su nueva esposa en una típica familia colonial cuya fortuna se remontaba tres generaciones. «Los Schiller —pensó— se han olvidado de todo salvo de mantener la posición social y seguir incrementando su fortuna. Mis hermanos se casaron recurriendo al registro de familias de clase alta con mujeres que tienen dificultades para escribir una simple nota; mi madre es una esnob con su propio árbol genealógico impecable; mi padre es un hombre duro y estrecho de miras que prefiere que las mujeres se queden en casa; solo hay un Schiller con título universitario, yo; mis tres sobrinas podrán dejar los estudios antes de terminar la secundaria, y mis tres sobrinos llegarán a hacer la reválida, pero no irán a la universidad, eso seguro. Pero los Schiller somos gente importante.

»Y como si de un relámpago rojo se tratara, he lanzado aquí a mi mujer para que haga trizas su autosatisfacción, para que reduzca a añicos su ignorancia. ¡Hay que verla! La primera palabra que viene a la mente al verla es "sofisticada", porque su belleza está imbuida de todas las cualidades que aporta la experiencia aliada con la inteligencia; el dolor ha expandido la idea que tiene de sí misma, una necesidad innata de asumir plenas responsabilidades la ha dotado de fuerza, y su sed de conocimiento siempre la impulsará más allá de la casa, la cocina y la habitación de los niños. ¡Qué estilo el suyo! Es un don que no se puede comprar.

»La boba de Constance intenta humillarla haciendo comentarios sobre sus uñas sin manicura, indignas de mi anillo de esmeralda... Con qué encanto explica Edda que los guantes de una enfermera de quirófano no tolerarían uñas largas, y que el hospital, con su estilo discreto, no vería con buenos ojos que las llevara pintadas de rojo. Y Constance, Gillian, quizás incluso mi madre, están ahí sentadas recordando a aquellas imponentes mujeres que alguna vez las intimidaron con zalamerías para que usaran una bacinilla o que les enseñaron a arrostrar las humillaciones del dolor, que a todos nos iguala drásticamente...

»Mi padre está desconcertado, debatiéndose en el fango de la ineptitud a la hora de conversar porque es lo bastante listo para entender que mi mujer lo supera, y probablemente también podría superarlo ganando dinero si ese fuera su deseo. Gracias a Dios que no lo es. Mi hermano menor Rolf es quien más cerca está de apreciarla: es el hombre de campo, el más apegado a la tierra y el que más sintonía tiene con los grandes ciclos de la naturaleza. Y Edda es la Gran Diosa que tenía el poder antes de que los hombres se lo arrebataran.»

—¿Qué tal le ha ido al observador? —le preguntó ella cuando regresaron a su apartamento.

—El observador ha visto que los dejabas aterrados —dijo él con una sonrisa.

—Entonces, si al observador no le importa, seguiré por el mismo camino.

—¿Si no le importa? ¡El observador está encantado!

Puesto que sir Rawson Schiller habitaba toda la planta superior de un edificio de oficinas, con jardín en la azotea, disponía literalmente de habitaciones para dar y tomar. Ceder el antiguo piso de invitados a Edda no le suponía el menor inconveniente, porque las tres plantas superiores estaban subdivididas en apartamentos para invitados de la familia y empleados a los que, por causa de horarios o tareas determinados, les resultaba inconveniente vivir lejos.

Ivan y Sonia Petrov, una pareja casada que frisaba los cincuenta, llevaban doce años cuidando de sir Rawson; junto con una cocinera, Daphne, la ayudante de cocina, Betty, y una fregona conocida como Wanda, formaban el servicio doméstico. Los Petrov y Daphne vivían en el edificio, mientras que Betty y Wanda se trasladaban en tranvía desde otra parte de Melbourne. El horario de trabajo, sobre todo para los Petrov, parecía flexible, pero Edda sospechaba que Rawson no era de esos patrones que escatiman calderilla en cuestiones como salarios y beneficios adicionales; estaba claro que sus empleados lo adoraban, incluidos los secretarios, que vivían también en el edificio. «Esto es como una pequeña colonia», pensó, divertida y conmovida a partes iguales. En cuanto a su secreto, nadie estaba al tanto.

Daphne mandaba en la cocina, los Petrov, en todo lo demás. Edda, al tanto de las desavenencias entre Kitty y Charlie por causa del chef, vio la diferencia de actitud de inmediato. Charlie había buscado un cocinero educado en Cordon Bleu; Rawson había contratado a una mujer que no tenía preparación formal y, por tanto, contaba con una cocinera mucho mejor y más versátil.

Ivan y Sonia habían huido de Rusia al estallar la revolución, pero no porque fueran aristócratas adinerados; detestaban a Lenin y todo lo que representaba, aunque por razones demasiado rusas para que Edda alcanzara a entenderlas. Lo que sí dedujo fue que sir Rawson les había ofrecido la idea que ellos mismos tenían de un paraíso para los trabajadores. Una semana después de que Edda se mudara allí como esposa de Rawson, apareció Nina para hacer la función de doncella. Era la hija de diecinueve años de los Petrov, que vivía con ellos y había recibido formación de doncella, trabajo que desempeñaba desde los quince años.

—Ser doncella suya es ideal —dijo Nina, con marcado acento de Melbourne.

—¿No te parece una carrera un poco anticuada, Nina? —repuso Edda—. Podrías ser maestra, enfermera o secretaria. Esto es servil.

—Sí, pero las doncellas como es debido ganan un sueldo estupendo —aseguró Nina—. Mi madre me preparó. Dejé a lady Maskell-Turvey para ser su doncella, y eso que estaba dispuesta a doblarme el sueldo. Pero estar a su servicio es una maravilla, aunque ya sé que preferiría que la llame Edda.

Recordando la miseria que cobraba una enfermera titulada, Edda cerró la boca. Si a esa hija de refugiados inteligente, rubia y de ojos azules no le importaba lavar ropa interior y planchar vestidos por un sueldo elevado, ¿por qué debía preocuparle a Edda?

Se le quitó un peso de encima, eso sí, al descubrir que todo el personal de Rawson parecía apreciarla de veras. Se alegraban mucho de verlo casado por fin con lady Idónea, pues saltaba a la vista que así la consideraban.

La suite de Edda estaba en la otra punta del piso y era perfecta, pero por alguna razón nunca la utilizaba mucho salvo para dormir, bañarse y vestirse. En cuanto disponía de tiempo libre, bajaba al apartamento donde estudiaba, que había acondicionado a fin de sacarle más provecho, para lo que tenía una cama siempre hecha y toallas en el cuarto de baño. El personal chismorreaba, qué duda cabe, pero al menos la mitad de ellos lo hacían en ruso. No había peligro por esa parte; los Petrov sabían muy bien quién les daba de comer.

Las estanterías de la pared estaban llenas de libros y más libros que no paraban de llegar; Edda compró un microscopio, un estetoscopio, portaobjetos con placas para cubrirlos, tubos de ensayo, instrumental quirúrgico básico de acero inoxidable sueco, montones de sencillos vestidos de algodón que se podían lavar y planchar sin problemas, batas blancas cortas y zapatos de enfermera resistentes. Cuando empezara a estudiar tercero de Medicina, quería estar preparada para cualquier tipo de eventualidad y no tener que perder tiempo yendo a comprar cosas que hubiera olvidado. Su faceta precisa y organizada había tomado las riendas.

También disfrutaba del tiempo que pasaba con Rawson, que se atenía a su palabra y utilizaba sus servicios en sociedad. Sonaba impresionante, pero lo cierto es que a él le encantaba oírla hablar con entusiasmo de su «piso de estudiante de Medicina», como había dado en llamarlo, y se sentía renovado al final de una velada en su compañía. Su juventud, belleza y energía lo fascinaban, e incluso llegó a lamentar que sus inclinaciones sexuales la mantendrían siempre en una órbita exterior de su vida, pues no era su esposa en el pleno sentido de la palabra, y no sentía deseos de que llegara a serlo; quizá lo que sentía por ella era de naturaleza más paternal.

Sus colegas abogados y políticos, escépticos respecto de la repentina unión, sucumbieron poco a poco al hechizo de Edda, aunque sus esposas se resistieron mucho más, y algunas no llegaron a cambiar de opinión. Lady Schiller madre la detestaba sin disimulo, sobre todo porque no tenía dinero propio y poseía talento para gastar el de Rawson. Todo el mundo entendía que pudiera permitirse tener una mujer cara; lo que nadie entendía era que los vestidos, las joyas, las pieles y el coste cada vez mayor del estilo de vida de Edda se debían a los impulsos y deseos de Rawson, no a los de ella. Solo con el tiempo llegaría a entender el entorno de sir Rawson Schiller que en realidad su esposa se contentaba con muy poco, aparte de una titulación en Medicina.

Por lo que concernía a Rawson, casarse con Edda le había permitido acceder a todo aquello que tanto tiempo se le había negado por ser soltero. Se había casado con la mujer adecuada en todos los sentidos, pues nadie se preguntó por qué un hombre que llevaba tanto tiempo soltero se había enamorado de esa mujer y no de otra. Era increíblemente elegante además de hermosa, a todas luces de buena familia, tenía conversación abundante sobre cualquier asunto, era capaz de halagar a quienes Rawson tenía necesidad de halagar, y podía desairar a alguien con ingenio y aplomo sin perder sus modales de dama. Sí, Edda era perfecta, y nadie le echó en cara que se hubiera casado con una mujer fascinante y fuera de lo común. ¡Una estudiante de Medicina, por el amor de Dios!

Edda no hizo amistades entre las mujeres de su esfera social, aunque solo porque sus estudios no le dejaban tiempo para ello. De vez en cuando conocía a alguien con quien sentía una intensa afinidad, pero ¿de dónde iba a sacar dos horas para tomar café por la mañana o tres para almorzar? Imposible. Los libros la llamaban como el canto de las sirenas, y se rendía a su hechizo.

Sexta parte

SE CORTA LA CABEZA

A medida que la Depresión se agudizaba, el gobierno siguió el mismo camino, sobre todo el gobierno federal de Canberra. Jack Lang, ahora primer ministro de Nueva Gales del Sur, rehusó pagar la deuda exterior del estado, obligando a Canberra a satisfacerla en su lugar. Después, cuando Canberra exigió el reembolso, Lang se negó a efectuarlo. El laborismo federal estaba en peligro, dividido en facciones irreconciliables; el primer ministro Scullin había vuelto a nombrar a su tesorero, presuntamente corrupto, lo que llevó a Joe Lyons a dimitir de su ministerio, y luego, en marzo de 1931, del Partido Laborista. El conservador Partido Nacionalista, que ya se estaba tambaleando de todos modos, por fin sucumbió y nació un nuevo partido político, Australia Unida, dirigido nada menos que por Joe Lyons, que estaba a favor de continuar con los recortes. Unas nuevas elecciones dieron la victoria a este partido recién creado y Joe Lyons pasó a ser el nuevo primer ministro de Australia.

No era un buen clima en el que emprender una carrera, así que Charles Burdum siguió con sus cuadernos de ejercicios y su redacción de los estatutos de un partido político verdaderamente nuevo. El matrimonio de su cuñada con sir

Rawson Schiller a finales de 1931 resonó como una suerte de toque de difuntos espiritual a oídos de Charles, aunque aún no había decidido si era por su propio matrimonio o porque Schiller era más grande en todos los sentidos. ¿Quién habría predicho que Edda echaría el lazo a Schiller, nada menos?

El aspecto de mapache que tenía por causa de los dos ojos morados (gracias a Dios esos animales no eran autóctonos de Australia) lo había obligado a tomarse la baja del hospital durante todo diciembre; se atrincheró en su biblioteca decidido a llenar cuadernos con su filosofía política. Tufts, que aún no había cursado la mitad de sus estudios, estaba perfectamente capacitada para dirigir el centro sin ayuda de nadie. Lo que se negó a reconocer fue el insulto definitivo que decantó la balanza a favor del exilio voluntario: si oía a Liam Finucan cantar *Dos preciosos ojos negros* una vez más, se pondría a chillar.

Con su matrimonio hecho trizas por culpa de sus malditas cuñadas, la cabeza iba dándole vueltas en círculos cada vez más pequeños, en el centro de los cuales se libraba un intenso debate acerca de a quién debía más lealtad su esposa. Los chismorreos que corrían por todo el distrito acabaron por sacarlo de quicio a tal punto que prefería quedarse en casa enfurruñado antes que salir a pasear por un bosque de lenguas que no dejaban de cotillear. Como es natural, achacaba el chismorreo a Grace y al personal femenino del orfanato; no le pasó por la cabeza siquiera que el auténtico origen del mismo fuera su criado de importación, Coates, con esa exquisita pinta de mosquita muerta que tenía. Qué mortificación. Se suponía que él, Charles Burdum, tenía que hincarse de rodillas ante Kitty para suplicarle que lo dejara acostarse en su cama una noche, como si legalmente no hubiera hecho voto solemne de compartir con él el lecho todas las noches. Y puesto que ni haciendo un esfuerzo de imaginación era un propietario al estilo de Soames Forsyte, lo único que podía hacer era cocerse a fuego lento con cuidado de no alcanzar el punto de ebullición e ir anotando agravios en su lista. Su esposa era suya, las prioridades de Kitty ya no eran las mismas de su niñez.

El rector lo intentó.

—Charles, querido yerno, eres un príncipe entre los maridos —le dijo un día que fue a verlo a la Casa Burdum—, pero me temo que no sabes lo suficiente de mujeres en general y de esposas en particular. Estamos bajo el reinado de Jorge V, no de la reina Victoria, y los hombres tienen que cambiar de perspectiva sobre el asunto de las esposas. Las antiguas leyes han sido derogadas o lo serán para dar a las mujeres un estatus igual al del hombre en el matrimonio. Un síntoma del cambio es que cada vez se concede más a menudo el divorcio a las mujeres que lo solicitan, y a veces se les otorga una pensión alimenticia, aunque los jueces se resisten. Sean cuales sean tus opiniones privadas, no puedes proclamarlas a los cuatro vientos. Entiendo que lo que dijiste de Edda fue debido a los nervios, a un arrebato de mal genio. Edda fue el instrumento que utilizaste para hacer daño a Kitty. Sea como sea, el vínculo entre mis hijas se remonta a su nacimiento. Lo que dijiste era una mentira, y Kitty reaccionó contra esa mentira.

Con el semblante color caqui, miró a su suegro con una mezcla de afecto y exasperación.

—Tom, construyes cada frase como si la analizaras minuciosamente antes de pronunciar cada palabra, y entiendo lo que dices. Pero no me lo trago. ¡Kitty tiene que aprender a quién debe lealtad antes que nada! Sus hermanas tendrían que ser..., bueno, si no un asunto menor en su vida, al menos un aspecto secundario.

El rector se dio por vencido.

—Si sigues sin querer verlo, Charlie, no ganarás esta batalla, porque no puedes. Da libertad a Kitty para que disfrute de sus hermanas, y no esperes que ellas cambien de comportamiento solo para agradarte a ti, y Kitty tampoco. —Se puso el sombrero y cogió el bastón—. Procura recordar que el forastero eres tú. No lo digo en sentido peyorativo, sino para referirme a un período de tiempo en su vida. Hay muchas cosas que no entiendes sencillamente porque no estabas presente en su momento.

Charles, sin poder evitarlo, habló en tono de desprecio:

—¿La famosa serpiente en aquella merienda? Quizás el auténtico significado de ese incidente es que Edda guarda afinidad con las serpientes.

El reverendo Latimer fue hacia la puerta.

—La política —dijo a la vez que la abría— puede dividir a la gente con tanta eficacia como la religión. Tu intransigencia, yerno, se basa en algo tan superficial como repelente. Que tengas un buen día.

Con la sensación de que había perdido el asalto, pero convencido de que debería haberlo ganado, Charles retomó su trabajo con el ánimo avinagrado.

Kitty había invitado a Tufts y Grace a tomar el té en la suite lila, ajena por completo a que su padre había visitado la parte de la casa que correspondía a Charles.

Cuando entró Tufts, Kitty se quedó sin resuello. Con su ropa normal, Tufts iba muy bien vestida pero no imponente, aunque no se podía pasar por alto la distinción de esa figura menuda e impresionante con su vestido de confección de *tweed* moteado y el pelo recogido en un moño holgado, todos sus movimientos sopesados, sutilmente deliberados. Su boca había adquirido la forma de una flor que aún retenía un indicio de su capullo, y los ojos ámbar eran tan severos y directos que se veían impávidos. Kitty tuvo ganas de sollozar, aunque no sabía por qué, más allá de que su gemela había llegado muy lejos.

Irrumpió la viuda Olsen, con aire de reina de Trelawney desde el elegante sombrero negro confeccionado en casa hasta su único par de medias de seda exquisitamente remendadas. Después de enviudar había encontrado su oficio, pues lo que antes le parecía ridículo ahora lo encontraba noble, y estaba mucho más hermosa. En el cabello negro se veía alguna que otra fina veta blanca, las gruesas pestañas realzadas con rímel para resaltar el tono gris de los ojos, y llevaba su hermosa boca pintada de un carmín que atraía todas las miradas. Edda le había dado el maquillaje, y el orgullo no le había impedido aceptarlo. Su delgadez era más rolliza allí donde convenía, y había llegado a ser una modista lo bastante buena para confeccionar prendas que le favorecían mucho. No era de extrañar que Jack Thurlow siguiera pasándose por allí para arreglar la puerta del gallinero y cosechar las patatas.

—La decoración malva hace juego con tus ojos, Kits —comentó Tufts, al tiempo que se sentaba.

—Me preguntó por qué será que los esnobs insisten en llamar lila al color malva —se planteó Grace, que se trataba de tú a tú con la gente normal—. El malva es sin duda un color de clase obrera, mientras que los engreídos prefieren el lila. Lo mismo pasa con vestido y atuendo.

—Al cuerno con eso —saltó Tufts, demostrando así que el trabajo de directora le había infundido cierto descaro—. ¿Se ha bajado Charlie de la parra, Kits?

—No lo sé; y más aún, no me importa.

—Lo corroen los celos —dijo Grace, engullendo un buñuelo relleno de mermelada de fresa y nata—. Ay, qué rico está.

—Come, bonita. Sí, me parece que Charlie está celoso.

—¿Lo quieres? —se interesó Tufts.

—Sí y no —dijo Kitty.

—Ya sé lo que ocurre —repuso Grace, e hincó el diente a otro buñuelo.

—¿Qué? —preguntaron sus hermanas a coro.

—Se te ha metido en la cabeza que Charlie no puede darte hijos sanos.

No respondieron ni Kitty ni Tufts; luego esta sirvió más té, admirando la porcelana Rockingham mientras lo hacía.

Al cabo, Kitty suspiró.

—Sí, eso creo —reconoció.

—¿Qué dice Ned Mason? —indagó Tufts.

—Lo mismo de siempre. Que no hay ningún motivo físico.

—¿Apartas a Charlie de tus pensamientos? —preguntó Grace—. Tiene un aspecto horrible, incluso sin los ojos morados.

—Sabe que prefiero estar con los huérfanos a estar con él, supongo —dijo Kitty.

—No veo lágrimas en tus ojos, Kitty.

—No sé qué ha ocurrido exactamente, salvo que es muy duro vivir con un hombre tan posesivo. ¿Cómo puede tener celos de mis hermanas? Pero los tiene, y empiezo a detestarlo por ello —reconoció Kitty, apenada a pesar de la ausencia de lágrimas—. Las pocas amigas casadas que tengo me dicen que no es más que una mala época, que el matrimonio es una serie de altibajos, y lo creería, de no ser porque mis embarazos no llegan a término. La verdad es que no puedo explicarlo, chicas.

—Es verdad que ella no puede explicarlo —le dijo Grace a Tufts cuando descendían Catholic Hill—. Pero yo sí.

Tufts, que iba al volante del Modelo T del hospital, lanzó una fugaz mirada de soslayo a su hermana.

—En muchos aspectos soy una especie de solterona, querida Grace, así que más vale que me lo expliques como si fuera una ignorante.

—Es sencillo —dijo Grace, recurriendo a sus vastos conocimientos sobre el matrimonio—. Kitty le ha cogido manía a Charlie.

—¿Manía?

—Exacto. A veces ocurre. Bueno, no a menudo, pero ocurre. La intimidad es un asunto curioso —continuó Grace, con la voz de la experiencia—, y ni hombres ni mujeres tienen la menor idea de lo que ocurrirá cuando empiezan a compartir su intimidad como pareja. Me refiero a cosas como costumbres personales o la invasión de ciertas intimidades: ¿te dejará él verle orinar, o le dejarás tú chuparte el pezón? ¿Cómo se siente cada uno al desnudarse delante del otro? Si tiene hemorroides, ¿te dejará echar un vistazo? Ay, la lista es infinita. Y eso solo en lo tocante al cuerpo. ¿Has tenido un descuido y olvidado ahí encima el paño manchado de sangre? ¿Y qué me dices de la política? ¿Y la religión? ¿La tendencia a empinar el codo? Los hombres detestan a las mujeres que les dan cortes delante de sus amigos. La intimidad es un asunto muy peliagudo, Tufts. Y a veces una parte de la pareja le coge manía a la otra. Desde fuera, es imposible saber por qué. Desde luego, yo no tengo idea de por qué Kitty la ha tomado con Charlie. Lo único que sé es que le ha cogido manía. —Bajó la voz hasta el susurro conspirativo—. Una cosa sí es segura: probablemente ni siquiera Kitty sabe a ciencia cierta por qué. No te tragues eso de que Charlie no puede dejarla embarazada; es una tontería. No es ese el motivo de que le haya cogido manía.

—Que me aspen —dijo Tufts—. Me sorprendes, Grace. ¿No hay nada que podamos hacer?

—Estar cerca para recoger los pedazos, Tufty, nada más.

Las elecciones convocadas para el 19 de diciembre de 1931 no preocupaban a Charles ya que no tenía previsto presentarse como candidato. De haberlo hecho, se habría declarado independiente, con libertad para votar como quisiera en cada asunto. Pero Kitty no era la mujer de un político en el pleno sentido de la expresión, solo una colaboradora leal; ay, ojalá hubiera contado con una esposa entendida y comprometida con la política.

Así que, solo y fustigándose como un burro, fue a la Escuela Pública del Este de Corunda el 19 de diciembre para emitir su voto.

—¿Doctor Burdum?

Al pie de la escalera de la escuela, Charles levantó la vista hacia una cara alargada con cierto aire caballuno. Los ojos pálidos eran intensos al punto de parecer saltones y su estructura ósea era regular, salvo por la mandíbula superior pronunciada, que hacía sobresalir los dientes de tal modo que evocaba imágenes equinas. Vestida con ropa de un mal gusto pasmoso, adoptó una pose de muda interrogación, reforzada por una libreta y un lapicero.

—Sí, soy Charles Burdum —respondió con su sonrisa de estrella de cine.

—Me llamo Dorcas Chandler y trabajo para el *Corunda Post*. Me gustaría hacerle unas preguntas —dijo la mujer, con una voz ligera y aflautada que le iba tan poco como el nombre y aquellos ojos penetrantes.

—¿Es usted nueva en el *Post*, señorita Chandler?

—Sí, es mi primer encargo. Antes estaba en el *Telegraph*.

—¿Le importa si voto primero? —repuso él sin perder la sonrisa—. Después podré dedicarle toda mi atención.

—Muy bien. ¿Nos vemos fuera, bajo el eucalipto azul?

—Perfecto.

El eucalipto azul era un noble árbol que durante cincuenta años había resguardado del sol a los niños de esa manera tenue y moteada con que lo hacen los árboles australianos, incapaces de proyectar una sombra densa; el atuendo verde oscuro que llevaba la periodista contrastaba con la corteza de color crema lustrosamente satinada como la cicatriz dejada por un rayo. «¿Un presagio? —se preguntó Charles al acercarse a Dorcas Chandler—. ¿Es esta mujer un augurio de lo que me espera? Porque sin duda va a tener peso. Descargará un relámpago de destrucción sobre alguna parte de mi vida: mis ideales, esperanzas, miedos, planes... a saber.»

—Había esperanzas de que se presentara usted como candidato —empezó ella.

—Tenía aspiraciones, es verdad, señorita Chandler, pero este año ha reinado tal confusión política en los partidos mayoritarios que acabé decidiendo que no era el momento adecuado —contestó con soltura.

—Bueno, no creo que sus motivaciones fueran tan claras —replicó ella, y apoyó su enjuto trasero en el grueso tronco.

Charles parpadeó.

—¿Perdón?

—Usted va en busca de una nueva filosofía política que sea conveniente para Australia, y le está resultando más esquiva de lo que esperaba —respondió ella, y se estremeció—. Ay, estos espantosos insectos.

—Pues vamos a sentarnos en alguna parte, Dorcas, pero no aquí entre hormigas voladoras. ¿Te importa si te tuteo? Vamos a ser amigos, ¿no? —añadió, al tiempo que la cogía por el codo, reparando en que para hacerlo tenía que levantar un poco el brazo. Dorcas Chandler medía uno ochenta sin tacones—. ¿Tomamos un café en el Partenón?

Dejó escapar una risita tonta.

—Encantada, señor Burdum.

—Charles. Me llamo Charles. No Charlie, sino Charles.

—Doctor Burdum —dijo ella—, usted no es ni será nunca un Charlie.

El café se convirtió en almuerzo; tan absorto estaba en lo que decía aquella mujer extraordinaria que a Charles no le importó. Por fin. Ahí tenía a su asesora política, su colaboradora.

Cuando expresó sus temores acerca de sir Rawson Schiller, ella lanzó un bufido:

—Es un funcionario o un diplomático, Charles, no un político. Es demasiado rico y de familia demasiado buena para ponerse al frente de cualquier ministerio, ni siquiera el de Asuntos Exteriores, así que tiene que abordar su dilema con mano izquierda, por así decirlo. Me refiero a que quiere llegar a ministro del gobierno para convertirse en jefe del funcionariado y llevar a cabo los cambios que busca. Pero también se ve entorpecido por la fragilidad de ese enfoque; y con eso me refiero a los períodos en que un partido está en la oposición y queda impotente.

—¿No es eso lo que insinúo? ¿Que tiene intención de llegar a primer ministro? —preguntó Charles, sin acabar de entender.

—Ay, no, madre mía —repuso la señorita Chandler—. Schiller es un hombre muy inteligente y ve todos los escollos, cosa insólita en un abogado, a decir verdad. El hombre con el que deberías tener cuidado es un joven, también de Melbourne, llamado Robert Gordon Menzies. Un abogado precisamente como es debido para encabezar un partido político. Tiene tendencias conservadoras, aunque no en exceso, y está interesado en la legislación social. Con veinticinco años obtuvo una victoria en el Tribunal Supremo de Australia a favor de la Asociación de Ingenieros. Fue un caso histórico. Y todo le ha ido sobre ruedas desde entonces, y eso fue en 1920. Además es un hombre muy apuesto, a pesar de que pasa demasiado tiempo sentado a la mesa y está un poco fondón.

—Menzies —dijo Charles, pensativo—. Sí, claro que he oído hablar de él, pero todo el mundo apunta a Schiller.

—Schiller tiene un talón de Aquiles. No sé cuál es, pero lo tiene —dijo ella en tono astuto.

Charles estaba concibiendo un plan, pero primero tenía que averiguar algo más acerca de la señorita Dorcas Chandler. A esas alturas, el ajetreo de la hora del almuerzo había quedado atrás y Con Decopoulos estaba lo bastante ocioso para observar a la peculiar pareja: Charlie Burdum en compañía de una mujer de treinta y tantos años que podría aparecer en el cartel de una asociación benéfica a favor de los niños desnutridos. ¿De qué demonios podían llevar tanto rato hablando con semejante intensidad? Ella llevaba una libreta, pero no había escrito nada, y tenía sus ojos de un azul desvaído fijos en Charlie como si fuera el Príncipe Azul. Bueno, no era de extrañar. Entre las damas menos tentadoras de Corunda había muchas que miraban a Charlie de esa misma manera. La diferencia estaba en que, por lo general, Charlie no se quedaba hablando con ellas durante horas.

A Charles no le llevó mucho rato averiguar lo que necesitaba, pues la periodista se moría de ganas de contarle su pequeña historia. Proveniente de ese estrato social que Charles denominaba «trabajadores con pretensiones», tenía treinta y cinco años y había obtenido unas calificaciones muy buenas en el examen de ingreso; en Inglés había sido la alumna más brillante de todo el estado, según dijo. Gracias a la merma de hombres debido a la Gran Guerra, había accedido como aprendiz de periodismo al floreciente imperio periodístico de Ezra Norton, pero en la segunda mitad de los años veinte su suerte fue a peor. Los hombres, ya desmovilizados, la habían desalojado de las mesas más interesantes, relegándola a las inevitables secciones reservadas a las periodistas: sociedad, estrellas de cine y teatro, moda y algún que otro artículo sensiblero. Luego, poco después de empezar a trabajar en el *Daily Telegraph* de Sídney, la Gran Depresión le arrebató todo a la familia Chandler; ella fue la única que conservó su puesto de trabajo. El *Telegraph* la enviaba a exposiciones florales, bailes, desfiles de moda, concursos caninos y felinos y funciones benéficas. Puesto que se le daba muy bien informar de esos asuntos, se había convertido en el hazmerreír de sus colegas, que la llamaban «el espantajo que hace su trabajo». Charles se mostró tan comprensivo que incluso le habló de ese horrible apodo.

Puesto que las mujeres cobraban mucho menos que los hombres, cuando murió Tom Jenner, el *Corunda Post* puso un anuncio para que lo sustituyera una mujer; daba igual el aspecto que tuviera la señorita Dorcas Chandler, porque sus reportajes eran excelentes y tenía amplia experiencia. Al reparar en su pasión por la información política, económica y empresarial, el jefe de redacción del *Post* decidió que era ideal para Corunda, y la contrató por poco más de la mitad de lo que cobraba Tom Jenner. De hecho, Dorcas era una auténtica profesional con capacidad para todo que podía ocupar cualquier mesa: incluso sabía quién jugaba en el equipo de críquet de Nueva Gales del Sur y entendía la diferencia entre la Unión de Rugby y la Liga de Rugby.

Así pues, Charles había estado horas escuchando a Dorcas sin escatimarle ni un solo minuto; apenas daba crédito a su buena fortuna.

—¿Estás comprometida irrevocablemente con el periodismo? —le preguntó cuando por fin ella terminó de explicar sus teorías políticas y su breve esbozo biográfico.

—¡Santo Dios, no! —exclamó, resoplando al final de la carcajada, como tenía por costumbre—. Mi auténtica obsesión es la política, pero, en tanto que mujer, la tengo prohibida.

—¿Querrías trabajar para mí como asesora política a jornada completa?

La propuesta la pilló por sorpresa; se retrepó en la silla, cautelosa como una gata delante de un cachorrillo.

—¿Qué has dicho?

—Ya me has oído. Corunda y yo andamos necesitados de alguien que nos ayude a formar un *lobby*.

Asomó a sus ojos un brillo salvaje.

—¿Tendría algún tipo de contrato? ¿Un plazo? ¿Hay otros incentivos aparte del salario, ya que es evidente que no buscas un secuaz a sueldo? Como soltera obligada a mantenerme, tendría que sopesar un cambio tan drástico de empleo, doctor Burdum. Teniendo en cuenta que no eres propietario de una gran empresa comercial o industrial, ¿cómo me compensarías, aparte de ofreciéndome un sueldo? Tengo que saber todos los detalles antes de decidir si se trata de una oferta deseable —remachó con voz acerada.

«Qué criatura tan lógica y racional», pensó él, que tampoco era dado a actuar por impulso. Pensando sobre la marcha, no tardó en contestarle:

—Tu sueldo sería de quinientas veinte libras al año: una suma fabulosa, ya lo sé. Tendrías un despacho privado en mi domicilio, la Casa Burdum, y vivirías en una casita de campo en la finca, gozando de la más absoluta intimidad. Tendrías siempre a tu disposición un buen coche y yo correría con todos los gastos de tus viajes relacionados con el trabajo. El uso del coche sería más flexible, estoy dispuesto a ser indulgente. Si al cabo de cinco años sigues siendo empleada mía, me ocuparé de gestionarte una buena renta vitalicia con vistas a la jubilación, dependiendo del tiempo que hayas estado a mi servicio —explicó con tono dinámico y amablemente interesado.

Ella, con ojos opacos, tenía la oreja izquierda vuelta hacia él —¿acaso era un poco sorda?— y las dos manos en torno a la taza de té. ¿En qué estaba pensando? La oferta era pasmosamente generosa y él lo sabía, pero, mirándola, no habría sabido decir si tanta liberalidad la abrumaba o, por el contrario, en su fuero interno ella creía que valía hasta el último penique

que se le ofrecía. ¿Era gratitud o solo un pago acorde con sus méritos? Dorcas no iba a facilitarle la victoria permitiéndole ver lo que sentía.

Así que arremetió contra ella.

—Tendrás que vestirte mucho mejor.

—Si acepto tu oferta, me lo podré permitir.

—¿Y vas a aceptarla?

—Si tu abogado redacta un contrato.

—Espléndido —exclamó, dando rienda suelta a la estrella de cine—. Ahora tengo que irme, señorita Chandler. Te veré en mi despacho del hospital el día dos de enero a las diez en punto. Podemos firmar los documentos allí y luego te llevaré a la Casa Burdum y te enseñaré la cáscara vacía de tu despacho, así como tu vivienda. La casita está totalmente amueblada, pero el interior es bastante soso, con lo que podrás imprimirle tu sello, lo mismo que a tu despacho, incluidos los libros.

Dorcas abrió el bolso baqueteado, guardó la libreta y el lapicero e introdujo las manos en sus raídos guantes.

—Aprovecharé el tiempo libre para hacer una lista de libros, pero no pediré ninguno hasta ver qué volúmenes hay en tu casa.

—No, no, encarga tus propios ejemplares —dijo él, y tendió la mano para estrecharle la suya efusivamente—. Gracias, Dorcas. Hasta el día dos.

Estuvo de mejor ánimo el resto del día y ni siquiera se abatió ante la perspectiva de una velada en casa a solas con una esposa a la que no había conseguido mantener hechizada. ¿En qué se había equivocado? ¿Por qué lo culpaba a él de que hubieran perdido los hijos que esperaban? Pero eso era agua pasada, y Dorcas Chandler era una persona nueva y diferente, alguien con quien podía hablar, sobre todo de política.

Tarareando una melodía popular, entró en la sala y se encontró a Tufts con Kitty. Qué típico.

—Querida, qué sorpresa —murmuró, dándole un beso a Tufts en la mejilla.

—Yo también me alegro de verte —respondió ella en tono prosaico.

—¿No podía venir Liam para que estuviéramos equilibrados?

—Si pasaras más tiempo sentado a tu mesa de director, Charlie, sabrías que Liam está en Brisbane.

Kitty le sirvió un whisky.

—Es una cena a tres bandas, con Tufts a tu derecha y yo a tu izquierda —dijo sonriente—. Pareces un gato que acabara de cazar un canario. Qué ufano se te ve.

—Pues sí, lo estoy. Hoy he encontrado a una persona vital para mi éxito futuro: una persona que me puede asesorar políticamente. —El whisky estaba suave—. Eres única preparando copas, Kitty. Está perfecta.

—Estoy al tanto de lo que te gusta beber, pero ignoraba lo del asesor político —dijo ella, alegre de contar con la compañía de su hermana. Resultaba muy difícil de un tiempo a esta parte, pero por lo visto él no tenía intención de retractarse de lo que había dicho sobre Edda, y eso suponía que la guerra continuaba.

—No es ningún secreto que tengo aspiraciones políticas —dijo, y echó un buen trago—. Y hubo un tiempo en que albergué esperanzas de que las elecciones de hoy me dieran la alternativa. Abandoné la idea porque carecía de asesoramiento experimentado, así como de entusiasmo entre mis familiares más cercanos.

Kitty se puso rígida.

—En realidad no es así —dijo con serenidad—. Yo mostré entusiasmo y lo intenté.

—No lo dudo —convino él, deseoso de continuar—. Fuera cual fuese la causa, carecí de apoyo entusiasta. Además, no había entendido lo distinta que es la política australiana de la británica. Me hacía falta un asesor político astuto y bien capacitado, y perdí la esperanza de encontrarlo: resulta que es una criatura muy poco común. Quienes poseen conocimientos suficientes sobre el asunto tienen por lo general ambiciones políticas propias. —Procuró mostrarse indiferente, pero estaba tan alegre que no podía. Asomó a sus labios una sonrisa deslumbrante—. Hoy he encontrado a la persona ideal, una mujer, por si fuera poco, lo que descarta las ambiciones personales. Se llama Dorcas Chandler, tiene treinta y cinco años, está soltera y es periodista de profesión. No la conocéis, acaba de llegar a Corunda. Pero si os topáis con un esqueleto de uno ochenta con cara caballuna, podéis apostar a que es Dorcas. Su aspecto es más bien triste y poco agraciado, lo reconozco, pero posee una cabeza política como pocas, y la he contratado en exclusiva.

—Vaya, Charlie, ¿quieres reunir un harén? —comentó Tufts.

Él la miró fijamente.

—¿Un harén? ¿Yo?

—De mujeres que satisfacen tus necesidades. Estoy yo, que me encargo de hacer tu trabajo sucio como subdirectora del hospital. Kitty, la esposa arrebatadoramente hermosa que todos los hombres envidian. Hasta que hizo lo incalificable y se casó muy por encima de sus posibilidades, Edda sustituía a Kitty en los viajes largos. Cynthia Norman, tu secretaria personal abnegada como una esclava, que es incapaz de separar los deberes del hospital de los ajenos a su trabajo. Y ahora Dorcas Chandler, que va a asesorarte sobre política federal australiana. —Tufts lanzó un bufido desdeñoso—. De veras, Charlie, eres el no va más. Me vienen ganas de llamarte pachá Burdum.

Los dos pares de ojos lo miraban sin simpatía, pero Charles tenía que contar con su consentimiento si quería que aquello funcionara: necesitaba su cooperación. Se había propuesto llevar a esa nueva empleada a su propio hogar, alojarla en una casita en su finca, y aunque la suite lila quedaba muy lejos del dormitorio principal, suponía una situación doméstica. «¡Habla, Charles Burdum, habla!»

—Anda ya, Tufts, ¿en qué soy diferente de cualquier hombre con muchas cosas por hacer y muy poco tiempo para hacerlas? Tal vez a ojos de un observador cínico esto guarde cierto parecido con un harén, pero un harén no es más que un montón de cuerpos cuyo fin es saciar el apetito sexual del jeque y dar abundantes hijos cuya paternidad sea innegable. He preferido ascender a mujeres en lugar de hombres sencillamente porque las mujeres son más leales, trabajan con más ahínco y valoro mucho su importancia. No olvidéis que la mayoría de los trabajos que he asignado a mujeres son tradicionalmente desempeñados por hombres, incluso el de secretario. —Se interrumpió para respirar hondo y asegurarse de que lo escuchaban; ¡condenada Tufts!—. Centrándonos en la señorita Chandler, admito que su sexo es un accidente. La mayoría de los asesores políticos son hombres. Que su valía en este campo haya pasado inadvertida no es más que otro indicio de que yo, Charles Burdum, soy un pensador progresista cuya actitud hacia las mujeres se adelanta a los tiempos. ¿Un harén? Qué tontería. Es solo que el núcleo de mis empleados está formado por mujeres. Deberíais darme las gracias, no ridiculizarme.

Tufts inclinó la cabeza.

—Te lo agradezco, Charlie, y estás en lo cierto. —Una mueca traviesa desdijo sus palabras, pero al menos las pronunció—. Un núcleo de empleadas, no un harén. De hecho, creo que naciste para la política. Eres capaz de hacer que un montón de mierda parezca un ramo de rosas. Me muero de ganas de conocer a la señorita Dorcas Chandler.

—Un esqueleto de uno ochenta con cara caballuna —terció Kitty—. Seguro que eso no dura.

—¿A qué te refieres? —Aceptó un segundo whisky que ella le ofreció.

—Me refiero a que ya te conozco —dijo Kitty con una sonrisa—. Un buen sueldo le permitirá engordar y vestir mejor, eso para empezar. No tolerarías a una persona patética en una posición pública, y por su trabajo tendrá relevancia pública en lugares como Canberra, Sídney y Melbourne. —Elevó el mentón y sus ojos contemplaron el techo—. Fíjate en cómo tu gusto me transformó de una chica emperifollada en una mujer sumamente bien vestida. Y con ella lo harás igual, poniéndole un sombrero, un vestido o un cinturón que te parezcan favorecedores. Y no, la señorita Chandler no se hará una idea errónea porque los esqueletos desgarbados y caballunos conocen sus limitaciones. Tienes ojo para la ropa femenina, Charlie, y no tardará en darse cuenta. Si no lo hace, Dorcas no tiene ningún futuro, por mucho que sepa de política.

—¡De acuerdo, de acuerdo! —Charles levantó la mano en ademán de claudicación—. En el caso de la señorita Chandler, me temo que mi varita mágica para la ropa femenina tardará en surtir efecto. Nunca había visto a una mujer tan mal vestida; es como si comprara la ropa en el Ejército de Salvación.

—Es posible que así sea —dijo Kitty, pensativa—. ¿A cuántos familiares mantiene?

—No lo sé.

—Debes de tener alguna idea —insistió Tufts.

—Según ella, lo perdieron todo en 1929, pero no parece que haya ningún niño en su esfera personal. Mantiene a sus padres, que viven en... Lawson, me parece que dijo.

—Una zona pobre de las Blue Mountains —señaló Tufts, asintiendo—. Me temo que son gente sencilla, o gente sencilla que lo disimula. Nunca ha estado sin trabajo, según dices, y aunque las mujeres cobran menos, tiene una profesión, por lo que algo debe de estar mermando sus ahorros, aparte de unos padres ancianos. Lawson es un lugar de renta baja, con jardines lo bastante amplios para tener gallinas y cultivar verduras: es una colonia de artistas.

—¡Maldita sea! —estalló Charles—. Ya sabía yo que era demasiado bueno para ser cierto.

—No son más que especulaciones —dijo Tufts en tono práctico—. Si la necesitas, Charlie, la necesitas, y debes aprovechar sus servicios. Lo que digo es que hombre prevenido vale por dos. Que no te coja por sorpresa si mantiene a parientes holgazanes o a algún novio: que tú no la encuentres atractiva, cuñado, no significa que todos los hombres sean de tu mismo parecer.

—Exige que le haga un contrato —recordó.

—Pues asegúrate de que esté redactado con astucia. Si es tan lista como dices, verá las cláusulas importantes, aunque no puede poner muchas objeciones, ¿verdad? —intervino Kitty, que estaba disfrutando—. Tu ignorancia y sus conocimientos le permiten sacar partido de tus debilidades. Es una pena que hayas tenido que esperar tanto para experimentar el efecto de las mujeres en el centro de tu vida, pero ahora que lo ocupan, prepárate para vértelas con sus tretas. —Se echó a reír—. ¡Toma ya! Lo digo con toda sinceridad, Charlie. ¡Aprende!

«Y lo más curioso del consejo —pensó él—, es que da a entender que Kitty ha terminado conmigo en lo más hondo de su ser. ¿Qué he hecho? Mucho más que Edda, desde luego.»

Se volvió hacia Tufts.

—Voy a sacar a Cynthia Norman del hospital, Tufts. De ahora en adelante, trabajará única y exclusivamente como secretaria personal del señor Charles Burdum, no del doctor. Voy a destinar más habitaciones de esta casa a despachos. Y tienes razón en lo de hacer mi trabajo sucio. No podría dirigir Corunda Base sin ti. Por tanto, elegirás tú quien ocupará el puesto de secretaria de Cynthia. Trabajará para ti mucho más que para mí. En 1934 tengo previsto desligarme del hospital por completo. Tú te licenciarás a finales de ese año, y obtendrás la titulación de contable muy poco después.

—Gracias —dijo Tufts, casi sin aliento. ¿Lo tenía todo decidido antes de esa noche, o estaba pensándolo sobre la marcha? Liam lamentará perderlo, pero a mí no me importa.

—La cena está lista —anunció Kitty, poniéndose en pie—. Qué extraordinario. Antes la Casa Burdum era un mausoleo en el que cualquier cosa hacía eco, pero he de reconocerlo, Charlie, te las has arreglado para llenarla.

La Casa Burdum se estaba convirtiendo en una suerte de poblado; delante del edificio y, por así decirlo, a un nivel más bajo, había aparecido una hilera de casitas de campo. Todas estaban rodeadas de terreno abundante, tenían dos plantas, tres dormitorios, un baño arriba y un retrete abajo, además de garaje propio. A Kitty le parecía un proyecto a largo plazo, pues ya había cuatro casitas cuando el primer inquilino, Coates, no era más que un ayuda de cámara en ciernes. La siguiente que se mudó fue Cynthia Norman: «dos en el bote, solo quedan dos más», pensó Kitty entonces.

Luego, poco después de llegar Cynthia, apareció Dorcas Chandler. A Mary Simmons, el ama de llaves de Kitty, le habría resultado conveniente vivir en una de esas casitas tan atractivas, pero cuando ella se lo pidió, mucho antes de hacerlo Coates, él se había negado rotundamente. Las casitas eran para sus empleados. La señora Simmons contaba con un coche que la recogía en su casa (de alquiler) y volvía a llevarla allí al final de la jornada; bastante generosidad era eso. Si se hubiera parado a pensarlo un poco, Charles habría entendido que decisiones como esa habían contribuido en gran medida a que su mujer se indispusiera contra él, pues las veía como actos cuyo fin era demostrar su inferioridad. ¡Con lo rico que era! En tanto que británico, también sabía perfectamente que las amas de llaves «vivían en la propiedad». De modo que su ayuda de cámara y su secretaria vivían allí, pero el ama de llaves, que estaba a las órdenes de su esposa, vivía en otro lugar. La secretaria tenía un coche que le había regalado Charlie; resultó que también lo tendría Dorcas Chandler.

—Tienes que poner fin a esto, Kitty —dijo el reverendo Latimer, que había ido de visita y ya estaba harto de prejuicios domésticos—. Me parece bien que trabajes en el orfanato porque así te distraes, pero no apruebo que inventes problemas donde no los hay. ¿Acaso se ha quejado la señora Simmons?

—No —reconoció su hija, desconcertada—, pero eso no significa que haya que elogiar la discriminación a que la somete Charlie.

—Bobadas. Eres tú la que se siente discriminada, no la señora Simmons. ¡No hay necesidad de esto, hija mía! Tanto si te gusta como si no, Charles tiene derecho a gastar su dinero como le plazca. Su manera de proceder me parece sensata: acomoda a quienes puede necesitar sin aviso previo. ¡Piensa, Kitty, piensa! Cuando eras enfermera, vivías en las inmediaciones por el bien del hospital, que podía reclamarte para el trabajo sin necesidad de buscarte por todo el distrito. Sospecho que la señora Simmons está encantada con su arreglo actual: no vive delante de las narices de su patrón, pero la traen y la llevan al trabajo, porque no hay transporte público.

Puesto que Kitty era una persona justa en todo salvo en lo concerniente a Charlie, reconoció la verdad en las palabras de su padre y se tranquilizó. Ella también se moría de ganas de conocer a aquel esqueleto desgarbado y caballuno.

Ya se había dado cuenta de que a la señorita Chandler se le había dado la mejor de las cuatro casitas; en el extremo más alejado de la hilera que formaban, era la única que tenía entrada propia desde la calle, y quedaba oculta a la casita colindante, aún vacía, por un seto de árboles llamados péndulas. La decoración era de un tono beige insulso, pero los muebles eran de buena calidad y el depósito que recogía el agua de lluvia del tejado era de diez mil galones, muy generoso para una sola inquilina. También contaba con un sistema séptico propio, mientras que las otras estaban intercomunicadas. Hummm... La señorita Chandler era muy importante para Charlie, no cabía duda, pensó Kitty.

Lo más adecuado, decidió, sería invitar a la nueva inquilina de Burdum Row a tomar el té por la mañana el día que ella prefiriera, como rezaba la amable misiva de Kitty que la señorita Chandler recogió del suelo del recibidor. En una respuesta igualmente amable, concretó el día después de mudarse allí, pues el doctor Burdum no la necesitaría hasta mediodía.

Como es natural, Dorcas Chandler sabía que la esposa de su patrón estaba considerada una de las mujeres más hermosas allí y en cualquier otro lugar, pero lo cierto es que no estaba preparada para las asombrosas tonalidades que ofrecía Kitty, el cabello rubio platino demasiado transparente para ser dorado, cejas y pestañas rizadas, huesos cincelados, hoyuelos, ojos asombrosos, cuerpo esbelto y al mismo tiempo voluptuoso. ¡Claro que Charles Burdum tenía que poseerla! Contribuía a su leyenda, y él era un hombre empeñado en construir una historia de sí mismo que los futuros cronistas de Australia convirtieran en mito. Además, llevaba un maravilloso vestido de algodón fino acorde con el momento del día, el pelo más corto de lo aconsejado por la nueva moda

468

porque el corte a lo *garçon* la favorecía, y no lucía joya alguna salvo un glorioso anillo de boda de diamante: qué detalles tan provechosos para la señorita Chandler, tras tantos años de cubrir fiestas de sociedad. El único defecto de la señora Burdum parecía su naturaleza, demasiado dada al retiro doméstico, como ocurría con muchas esposas de políticos. No, la señora Burdum no era la esposa perfecta para un político.

Por su parte, Kitty encontró agradable a la señorita Chandler, que no era en absoluto digna de lástima. Según le pareció, era una mujer brillante con grandes ambiciones y la sensatez suficiente para arremeter contra las inevitables ataduras de su sexo; consciente de que no podría llegar a primera ministra, se afanaría en cuerpo y alma para ser el poder a la sombra de un primer ministro. Y en Charlie había encontrado al hombre indicado.

Tenían mucho de lo que hablar.

—Para aconsejar a Charles correctamente —dijo Dorcas tras superar las convenciones y empezar a tutearse—, tengo que tener información sobre su familia y sus contactos personales en Corunda. No lo hago por indiscreción, pero tendré que sondear.

—Pues sondea —dijo Kitty alegremente, a la vez que le ofrecía buñuelos, mermelada y nata—. Come, tienes que engordar un poco: no mucho, más o menos como mi hermana Edda, que es muy alta, esbelta y airosa. Charlie detesta a las mujeres que visten ropa trasnochada, pero seguro que ya te lo ha comentado.

La piel, levemente correosa, se le puso rosácea.

—Sí, me lo comentó. Me será más fácil ir a la moda con un buen sueldo.

—¿No te haces tu propia ropa?

Dorcas miró sin entender.

—No.

—Edda siempre se la hacía, y tenía muy buena mano, así que siempre iba maravillosa. —Recordando lo que había hablado con Tufts acerca de si a esa mujer le estaba chupando el dinero alguna sanguijuela y empeñada en ayudarla, Kitty cogió una libreta de una mesa auxiliar y anotó algo—. Es mi costurera, Pauline O'Brien. Está a la altura de Edda, pero sus precios son bastante módicos; debido a la Depresión ha perdido muchas clientas y agradece tener nuevos encargos. Sabe lo que es el estilo y conseguirá los materiales necesarios sin inflar el presupuesto. Yo antes compraba toda mi ropa en Sídney, pero desde que me casé, me basta y me sobra con Pauline.

«La esposa alberga buenas intenciones —pensó Dorcas—: quiere que tenga éxito en mi trabajo. No se aprecia egoísmo ni celos. No puedo preguntarle por los abortos naturales, pero tiene cicatrices, y fue enfermera de pediatría. Ahora trabaja como voluntaria en el orfanato. Puedo sacarle mucho partido a eso, pero a ella no le gustará. Parece una persona muy reservada.»

—Me encantaría conocer a lady Schiller —dijo Dorcas.

Kitty se echó a reír.

—Eso es imposible. Está estudiando Medicina en Melbourne, y más feliz que unas pascuas. No podía estudiar Medicina por ser mujer, pero ahora ha accedido a la universidad gracias a Rawson.

—¿Te cae bien?

—Muy bien. Ha hecho feliz a mi hermana. Eso es lo único que pedimos las hijas del rector, que nuestras hermanas sean felices.

—¿Le importaría hablar conmigo a Grace? ¿Y a Heather?

—Grace habla por los codos. A Tufts es más difícil tirarle de la lengua, pero lo hará por Charlie.

—¿Tufts? ¿Es un apodo?

—Sí, casi tan antiguo como nosotras.

—¿De dónde viene? —se interesó Dorcas.

—De una niñera que estaba fascinada con nuestra precocidad cuando teníamos más o menos un año. Creo que parte de esa precocidad se debía a Grace y Edda, que solo tienen veinte meses más que nosotras. ¡Las idolatrábamos! Pero era muy difícil pronunciar el nombre de Heather. Se nos trababa la lengua.

Fuera como fuere, la niñera tuvo la brillante idea de llevarles un minino, en inglés *kitty*, diminutivo de Katherine, y una ramita de brezo, *heather* en ese idioma. Intentando explicárselo a las niñas, dijo que el brezo crecía en matas, *tufts* en inglés. A Kitty le pareció más fácil decir *tufts* que *heather*, y empezó a llamarla Tufts. Cuando se quiso dar cuenta, todo el mundo la llamaba Tufts, incluso su padre.

—Qué curioso —dijo Dorcas.

—¡Es extraordinario! —exclamó Kitty con un suspiro—. Había olvidado cómo Tufts se convirtió en Tufts.

—Los apodos suelen referirse a algún rasgo de carácter —comentó Dorcas, virando hacia la política—. Bismarck era el Canciller de Hierro, el duque de Wellington era el Viejo Novillos, Luis XIV era el Rey Sol, la reina Isabel era la Reina Virgen y los nobles romanos añadían su apodo al nombre de familia como seña de distinción, aunque su significado fuera estúpido o corrupto.

Los grandes ojos azul violáceo la miraban de hito en hito, levemente vidriosos.

—Eres ideal para Charlie. A él le encantarían esos detalles. —De súbito adoptó un aire urgente, intenso—. Dorcas, antes escribías sobre moda en los periódicos, así que debes de saber mucho al respecto. Haz el favor de prometerme que te adecentarás por el bien de Charlie.

—Un buen sueldo cambiará las cosas —repitió Dorcas.

—¿Tienes muchos gastos?

—Mantengo a mis padres.

—¿A nadie más?

La voz se tornó más afilada:

—¿A qué te refieres?

—¿Un hermano en el paro? ¿Un novio?

Sus mejillas adquirieron un tono carmesí mate.

—Eso es asunto mío.

—¿Y yo no debería ocuparme de los míos? ¿No entiendes, querida, que al entrar a formar parte del personal privado de Charlie, tus asuntos son en la práctica los suyos? Lo conozco, y te aseguro que es muy posesivo. Deberías saberlo por el sueldo y los beneficios adicionales que obtendrás. Charlie es un millonario. Esa clase de hombres ven a los seres humanos como propiedades que se compran y se pagan. No menosprecio su naturaleza noble ni la excelencia de su carácter: incluso en un año como 1932, con cientos de miles de hombres en paro, se las ha ingeniado para que Corunda siga siendo más próspera que la mayoría de las ciudades de Australia, y se entrega por completo, incluido el gran corazón que tiene, en todo lo que hace. Pero pese a todo, hay algo de Soames Forsyte en él: es un propietario a carta cabal —explicó Kitty.

Dorcas Chandler no respondió.

«Y eso —pensó Kitty—, es todo lo que puedo hacer por esa pobre mujer, que sin duda alberga un secreto, un secreto que le cuesta dinero. Si no se lo puede confesar a Charlie, entonces lleva en él la semilla de su propia destrucción, y lo sabe perfectamente. Las cláusulas del contrato le habrán dejado bien claro que Charlie se ha protegido frente a revelaciones embarazosas, deudas contraídas sin su consentimiento o conocimiento, una multitud de vagas implicaciones que, de no abordarse de manera contractual, podrían desembocar en

472

problemas como el chantaje.» Pero ella había firmado el contrato sin rechistar. Pobrecilla.

La vida de Kitty se había estabilizado y seguía una rutina que la llevaba al orfanato casi todos los días, aunque volvía a casa a tiempo para dedicar las tardes a Charles, que no le había pedido pasar una sola noche con ella. Quizás él también había desistido de su matrimonio, pensaba Kitty, mientras Dorcas Chandler iba pasando a formar parte de la vida de Charles. No es que lo creyera interesado en Dorcas, a la que había adquirido a golpe de talonario; solo que se sentía más cómodo conversando con ella. De resultas de ello, entrado ya 1932, Charles le preguntó a Kitty si le importaba que Dorcas cenara con ellos alguna que otra noche.

—Es una idea excelente —respondió Kitty, de inmediato—. ¿Quién sabe? Igual yo también aprendo algo. Los niños son una delicia, pero el nivel de conversación es bastante básico.

El aspecto de Dorcas iba mejorando; sus viejos vestidos negros habían desaparecido, y o bien había engordado un poco, o bien la ropa nueva realzaba su figura. Iba maquillada, llevaba los labios pintados y un toque de colorete, y había ido a una peluquería para cortarse el pelo y ondulárselo al estilo francés. Ningún estudio de Hollywood llegaría a ofrecerle un contrato, pero ahora tenía un aire más elegante y profesional.

Lo que asombraba a Kitty era el entusiasmo por la política que mostraban Dorcas y Charlie. Aunque él tenía muchas obligaciones que lo llevaban al hospital u otros lugares de Corunda, se las apañaba para pasar muchos días con Dorcas, y aun así, en cuanto llegaba ella para tomar el aperitivo antes de la cena, ya estaba otra vez con la política, y no quería hablar de nada más hasta que Dorcas regresaba a Burdum Row; a veces estaba tan absorto en alguna teoría que la acompañaba hasta su casita solo para continuar la discusión.

Los tiempos fomentaban la pasión política, qué duda cabía, con teorías de la recuperación económica que provocaban diferencias no solo en el seno de los partidos, sino en las facciones dentro de cada partido. Tras la arrolladora victoria de Joe Lyons y Australia Unida en las Navidades de 1931, habría sido de esperar que cesaran las trifulcas, pero no todos los parlamentarios de Australia Unida estaban a favor de la insistencia de Londres en los recortes. Lyons y su cuadro dirigente sí lo estaban, así que el sufrimiento continuaba. Cuando Jack Lang se negó por segunda vez a pagar los intereses de los préstamos estatales hasta que llegaran tiempos mejores, Lyons y el gobierno federal apoquinaron. Pero en esta ocasión Canberra insistió en el pago. Jack Lang rehusó pagar o permitir que se le confiscaran los fondos. Los ánimos estaban tan encendidos que la situación culminó en el intento de Lang de atrincherarse en la Secretaría de Hacienda de Nueva Gales del Sur: era un enfrentamiento furibundo entre los derechos de los estados y el poder central.

El 13 de mayo de 1932, el mundo de Lang se vino abajo cuando el gobernador de Nueva Gales del Sur, sir Philip Game, lo destituyó y censuró a su partido por su incapacidad de gobernar con responsabilidad. Hartos de tanto alboroto, los hombres y mujeres de Nueva Gales del Sur votaron por un gobierno conservador, y cesó la resistencia a los recortes, aunque sus oponentes continuaran criticando todas y cada una de sus medidas.

Kitty se veía obligada a oír hablar de todo eso y mucho más todas las ocasiones que Dorcas iba a cenar, cosa cada vez más habitual, pues Charles confiaba plenamente en sus opiniones. No era que Kitty se mostrara indiferente, despreocupada o superficial; sencillamente, al no apasionarse con la conversación, oía la charla como una persona sobria escucharía hablar a dos borrachos, con la sensación de que seguían dale que te pego con lo mismo eternamente. Si ocurría algo nuevo, Kitty salía de su abstracción, pero no había novedades ni siquiera una vez a la semana; más bien, una vez al mes, lo que suponía veintinueve o treinta días de repetición, repetición, repetición. Para cuando cayó Jack Lang, Kitty estaba preguntándose cuánta conversación política podría soportar sin ponerse en pie y gritar: «Callad. ¡Callad! ¡¡Callad!!»

Y el invierno había llegado de nuevo. Había nubes de nieve sobre la Gran Cordillera Divisoria, los gélidos vientos antárticos dejaban desnudos los árboles de hoja caduca y se adueñó del corazón de Kitty una nueva aflicción. Su marido estaba feliz pese a que no disfrutaba de los placeres conyugales, porque en el fondo no vivía para ellos. Vivía para la política, y no había duda de que cuando el país volviera a acudir a las urnas con motivo de unas elecciones federales, se presentaría como candidato independiente. Lo único que había necesitado en realidad era a alguien como Dorcas.

Llegó junio, el invierno oficial. El primer día soleado y sin nubes, Kitty cogió un coche (¿por qué Dorcas disponía del suyo propio, pero ella tenía que esperar a que quedara alguno libre?) y fue hasta el río allá por Doobar, donde el paisaje era más exuberante y las ovejas orondas aún tenían donde pastar. No todo el mundo pasaba hambre: solo las clases bajas, cosa que sin duda le venía de perilla a sir Otto Niemeyer.

Kitty se apeó del coche y fue a pasear por la orilla del río, liberada de pronto de todo lo relacionado con Burdum. ¡Qué acre era el viento, pero cuán fragante el aire! Las contradicciones resultaban fascinantes. Era allí donde Edda solía cabalgar y tener sus citas con Jack Thurlow.

Desde que Grace lo rechazara públicamente, se había dejado de ver a Jack por Corunda; según los rumores, solía quedarse en su finca. A pesar de los tiempos tan difíciles que corrían, seguía yéndole muy bien con los caballos árabes; de hecho, era más fácil verlo en Dubbo y Toowoomba, exhibiendo sus animales, espectacularmente hermosos.

Pero allí estaba, cabalgando por el camino de sirga en dirección a ella montado en un corcel gris cuyo morro romano indicaba que no tenía sangre árabe. Kitty se apartó del sendero tanto como pudo, con la esperanza de que pasara a medio galope sin aminorar el paso, y mucho menos detenerse.

¡Ni soñarlo! Se detuvo y echó pie a tierra de inmediato.

—Vaya, que me aspen si no es Kitty Latimer —dijo con una sonrisa.

Era muy alto; lo había olvidado, aunque Edda lo habría considerado moderadamente alto debido a su propia estatura. Medía uno ochenta. ¿Qué edad debía de tener ahora? Cuarenta y pico sonaba un tanto excesivo. Era difícil calcular la edad de los hombres de campo; parecían mayores cuando eran jóvenes y más jóvenes cuando eran mayores. Todavía tenía el pelo dorado como el maíz y ondulado de los Burdum, la piel muy bronceada, los ojos azules. No había ni rastro del dios Jano de dos caras en él. Era apuesto de una manera masculina, y tenía una sonrisa preciosa.

La llevó hasta un tronco, no sin antes comprobar que no había ningún hormiguero por allí; la acomodó y se quedó mirándola desde su altura.

—Toda vestida de lana, parece que tengas diez años. Aunque es lo más sensato, eso sí —dijo—. ¿Qué tal está lady Schiller?

—Estupendamente, hasta donde sé. Estudia Medicina en Melbourne. Su marido me cae bien.

—Ahora volvía a casa. ¿Te apetece un té y un bollo?

—Claro que sí. Así podré hablarte largo y tendido de Edda. Voy en coche, pero ¿por dónde?

—La primera verja para el ganado por la carretera de Doobar. La granja está en lo alto de una colina; hay tantos caballos que no tiene pérdida. —Y se montó ágilmente en el corcel gris y se fue al trote.

«¡Alguien diferente en mi vida! No es una cara nueva, pero como si lo fuera, porque su rostro nunca captó mi mirada.»

Corundoobar era una granja magnífica: la edificación de piedra de una sencillez georgiana, las galerías sostenidas por columnas dóricas. El jardín de flores debía de ser una auténtica caja de bombones en primavera y verano, pensó. La vista del río era magnífica desde la cima de la colina. Había nieve en las cumbres lejanas.

Dentro olía de maravilla, justo como tenía que oler un hogar, pensó Kitty: cera de abejas, hierbas y flores secas, ropa de cama limpia, agua de colonia, aire fresco. Los ventanales llegaban del suelo al techo y hacían las veces de puertas; una estaba entreabierta para que corriera el aire, pero las habitaciones estaban caldeadas gracias a estufas panzudas y chimeneas.

El interior estaba escrupulosamente cuidado, aunque no se apreciaba ningún toque femenino. Se percibían carencias sutiles, no evidentes.

—¿Quién se ocupa de la casa? —preguntó, sentada a la mesa de la cocina, viéndole echar mantequilla fría sobre harina con levadura: estaba preparando los bollos él mismo, desde cero. Qué hombre tan asombroso.

—Pues yo mismo —respondió, a la vez que añadía leche fría—. Pobre del que no sea capaz de tener la casa limpia y ordenada.

—O del incapaz de hacer un bollo.

—Siempre tengo las manos frías, así que no fundo la mantequilla, requisito para que impregne bien la harina. Luego añado la leche, mezclándola con una cuchara, ¿ves?

—Yo no sé ni hervir agua —comentó ella con despreocupación.

—Aprenderías enseguida si tuvieras que hacerlo. —Apretó la masa suavemente encima de una tabla sobre la que había espolvoreado harina, cogió una barra de queso cheddar y ralló un poco encima, y luego cortó la barra en dados bien gruesos. Los pasó a una bandeja para hornear y la introdujo en el horno de leña. Veinte minutos después de empezar, los bollos estaban listos: la masa había leudado, el queso se había fundido y la parte superior estaba dorada.

A Kitty ya se le estaba haciendo la boca agua cuando él colocó los bollos humeantes en un plato, sacó cuencos de vidrio con mantequilla y mermelada y le dio un cuchillo. Entre una cosa y otra, había preparado una tetera y sacado dos platos y dos tazas de porcelana Aynsley con sus platillos.

—Qué cosas tan bonitas tienes —comentó ella, al tiempo que cortaba un bollo por la mitad y lo untaba por ambos lados de mantequilla—. ¡Ligero como una pluma! —exclamó con la boca llena—. Buena comida servida en porcelana fina: eres un tesoro.

Jack la observó con los ojos entornados.

—Me parece que tú también eres un tesoro —repuso—, pero tu problema es que nadie quiere la clase de oro que tienes. Todos creen que se trata de algún metal común recubierto de una finísima capa dorada.

Kitty se quedó sin aliento y tuvo que toser para no atragantarse.

—¡Qué perspicaz eres! La gente suele tenerme por una cazafortunas, aunque imagino que Edda tuvo buen cuidado de que tú no te hicieras esa idea.

Una lenta sonrisa iluminó sus ojos.

—Ay, Edda. Sí, gracias a ella sé muchas cosas sobre las hermanas Latimer. En especial sobre ti y tu rostro. Me pregunto por qué tanta gente no puede profundizar más allá del aspecto físico de una persona. Charles Burdum quería una esposa impresionante para alardear y demostrar que un hombre bajo puede conseguir a la mujer más atractiva, y luego, para colmo, se enamoró perdidamente de ti. Fue sincero por su parte, no creas que no. Tenía que poseerte.

—Pues sí que habló contigo Edda. Ojalá me hubiera tratado a mí con la mitad de sinceridad. Es posible que hubiese tomado otra decisión.

—Te dijo todo lo que una hermana podía decir. Yo era ajeno al asunto, daba igual lo que pensara o cómo reaccionase.

—Llevas mucho tiempo por aquí, de una manera u otra —señaló Kitty, sonriéndole—. Me alegro en el alma de que tus planes para Grace no llegaran a buen puerto. Escapaste por los pelos.

Él sacudió la cabeza y rio con ganas.

—No creas que no lo sé. Pero a Corundoobar le hace falta una mujer y una familia tanto como a su propietario. Cumpliré los cuarenta antes de darme cuenta —recordó, serio de pronto.

—Ya aparecerá alguien, Jack —lo consoló ella.

—Lo sé, todo a su debido tiempo.

Kitty miró en torno.

—Este sitio me encanta. Es un hogar.

—Eso es porque en el fondo eres una granjera, aunque ni siquiera sabes qué es una granjera. Bueno, pues es una mujer que tiene a media docena de niños alrededor, lleva las piernas al aire en verano y botas altas de goma en invierno, no posee ni un solo vestido decente, tiene llena de calcetines la cesta de ropa para zurcir... Podría seguir, pero me parece que ya te haces una idea.

Las lágrimas amenazaban con aflorar, pero Kitty era consciente de que no debía derramarlas; Jack no se lo estaba diciendo a ella, sino a la clase de persona que buscaba.

—Sí, ya veo a qué te refieres —dijo, animada y sonrienter—. ¿No es curioso que no encontremos el amor allí donde nuestra naturaleza dicta que deberíamos encontrarlo?

—Cuanto mayor me hago, más raro me parece —comentó él, y sonrió.

—¿Cómo sobrellevas la Depresión? —preguntó ella cuando Jack empezó a recoger la mesa, preguntándose si le estaba sugiriendo que se fuera.

Pero no. Una vez recogida la mesa, apartó su sillón Windsor para tomar asiento, se volvió hacia ella y se repantigó tranquilamente.

—He tenido suerte —dijo sonriente—. Con las ovejas apenas gano dinero, pero los caballos árabes se venden tan rápido como puedo criarlos. El dinero que hay por ahí ha subido hasta formar una especie de corteza en lo más alto, así que los únicos que compran son los ricos.

Mientras hablaba, un gato gris entró a la cocina por lo que Kitty supuso la puerta de atrás, dio un salto sin el menor esfuerzo y fue a parar al regazo de Jack, no solo ocupándolo sino rebosándolo. Era enorme. Jack siguió hablando sin prestarle atención más allá de cambiar de postura para que el minino pudiera tenderse con la cabeza apoyada en su rodilla.

—Te presento a *Bert* —dijo Jack entonces—. En cuanto termino de comer, se me sube a las rodillas.

—No sabía que hubiera gatos tan grandes —comentó ella, viéndolo cubrir la cara del gato con la mano y acariciarlo hasta las orejas; el sonido de los ronroneos colmó la estancia.

—Pesa más de diez kilos —dijo Jack con orgullo— y es el que lleva la batuta aquí, ¿verdad que sí, *Bert*?

Kitty alargó una mano vacilante.

—Hola, *Bert*.

Un par de ojos verde intenso la observaron con sagacidad; no era un animal estúpido, ni mucho menos.

—Le has caído bien —dijo Jack, sonriendo de oreja a oreja.

—¿Cómo lo sabes?

—Sigue aquí, no se ha movido. Si hubieras sido Edda, ya se habría largado.

—Volviendo a los caballos, supongo que te refieres a que las princesas de las escuelas privadas aún tienen papaítos que les regalan todo lo que quieren. Incluidas monturas a las que se pirran por los caballos.

—Bueno, tú fuiste una princesa de escuela privada.

—Pero la que se pirraba por los caballos era Edda. A mí me dan miedo.

—Ya me he fijado, pero no te preocupes. Hoy en día los coches son más prácticos.

La visita para tomar el té se prolongó y charlaron de todo, desde Edda hasta la demencia de Maude, pasando por los progresos del nuevo hospital; Kitty tuvo la sensación de que eran dos viejos amigos que se reencontraban tras una década separados. Jack le enseñó la casa y le presentó a sus dos perros pastores, *Alf* y *Daisy*, a los que no les estaba permitido acceder al interior. Se negó a dejarla fregar los platos.

—¿Vendrás a tomar té y bollos otro día? —le preguntó cuando la acompañaba al coche—. Si me avisas antes, no apestaré a caballo, lo prometo.

—¿Te parece muy pronto la semana que viene a la misma hora?

—No; me va bien. Más vale aprovechar mientras podamos, ya sabes que a veces tengo que irme a vender caballos.

—Pues la semana que viene, Jack. Y... gracias.

En cuanto se puso en marcha, él volvió a entrar en la casa. Kitty se dio cuenta y sintió una punzada de pesar. Tal vez estuviera encantada, pero le hubiera hecho mucho bien a su corazón que la hubiese seguido con la vista hasta desaparecer. Bueno, pues no había sido así, ¿y por qué debería haberlo sido?

A Kitty le habían venido muchas ideas a la cabeza mientras hablaba con Jack, que había estado en la periferia de la vida de la rectoría desde los tiempos de *Thumbelina*, con un cartel colgado a la espalda: RESERVADO PARA EDDA. Pero Edda no lo había amado, simplemente lo había necesitado. Al principio porque le regaló a *Fatima*; luego porque le daba satisfacción física. Vaya escándalo se había montado cuando Grace se inmiscuyó en la situación. Grace tampoco lo había amado. Al igual que Edda, lo necesitaba. No por placer carnal, sino para reparar la puerta del gallinero o cosechar las patatas. ¡Ay, pobre Jack! Vapuleado y maltratado por las gemelas mayores, que además no tenían la menor idea de lo que le estaban haciendo.

«No nos educaron para creer que los hombres se enamorarían de nosotras, y eso era especialmente cierto en el caso de Edda, que se consideraba fría y si le hubieran dicho que un hombre podía amarla no habría dado crédito. Pero Jack la amaba, claro que sí. Era un Burdum, pero distinto por completo a mi Charlie. Un hombre de la tierra, satisfecho con su suerte, mientras que Charlie nunca estará contento.»

En sus recuerdos, oyó la voz lejana de Edda deplorando la falta de ambición de Jack: ¡un hombre que no era avaricioso, qué insólito! Sin darse cuenta de que Jack la amaba, Edda se había ido a otra parte, ansiosa de estudiar Medicina. Lo que veía Kitty, después de pasar dos horas en compañía de Jack, era un hombre que comulgaba con los espíritus del viento, el agua, la tierra, incluso el fuego. Un hombre que no le temía a nada, pero que tampoco pedía nada.

«¡Qué raro! —pensó—. He estado toda la vida rodeada de gente que quería lo que no podía tener y luchaba desesperadamente por alcanzarlo. Derrotados, volvían a levantarse y empezaban a luchar de nuevo. Jack Thurlow, en cambio, nunca se rebajaría hasta tal punto.

»Edda diría que es un zote, en el sentido de que no es muy inteligente. Tufts diría que tiene un carácter chapado a la antigua, en referencia a su sentido del honor y el deber. Grace diría que es el colmo de la bondad, pues se ofreció a llevarla al altar. Papá diría que es un hombre cabal que no va a misa, dando a entender que es candidato a un cielo más modesto. ¿Y qué diría Charlie de su primo? Al principio miraría con cara de asombro, porque tendría que esforzarse para que el rostro de Jack emergiera de su ciénaga mental. Luego diría que Jack tiene un carácter digno de toda confianza, en el sentido de que no ha visto la luz política ni la comercial porque le basta con morar en los rincones más apartados y sombríos de la vida, y por tanto no es una persona a tener en cuenta.

»Yo siento dolor por él —pensó Kitty—, noto esas punzadas secas y lacerantes que solo provoca el fracaso más ciego. Al igual que Edda y Grace, yo también he pasado por alto las penalidades de Jack como si no existieran. Qué esperanzas debía de albergar durante los largos años desde que Edda cumplió los diecisiete hasta que se casó. Y cuando comprendió que probablemente nunca sería suya, lo intentó con su gemela. Pero no se lamentó, y su reacción al rechazo en público de Grace se interpretó como un gesto de orgullo herido. Hay distintas clases de pena; Jack escogió la que Corunda considera exactamente adecuada.

»Hoy ha colmado mi mirada. De súbito he tenido la sensación de entender algo inesperado. ¿Es acaso que he visto que mis problemas no son tan importantes como imagino? Ahora Edda ya no lo aflige, pero esos nueve años no lo han dejado disminuido, ni amargado o mutilado. Es lo que siempre fue y siempre será: un hombre desposado con la tierra y sus criaturas.

»Cuando esté en Corunda, iré a tomar té y bollos en su cocina los miércoles por la mañana, a saludar a *Alf* y *Daisy* en la galería de atrás y a propiciar que *Bert* se suba al regazo de su amo. Jack es una isla de granito en un mar de arenas movedizas.»

Detuvo el coche para contemplar las montañas torneadas y plomizas, blancas de nieve en contraste con un cielo amoratado que pendía con pesadez como una lámina de plomo. Los copos de nieve, húmedos y orondos, caían a su alrededor en una danza azarosa y despreocupada hacia los brazos de un olvido invisible. ¡Qué hermosura!

Cuando Charlie llegó esa tarde con Dorcas, se comportó como siempre: le dio un beso en la mejilla y le preguntó qué había hecho durante el día. Esa noche, sin darse cuenta, Kitty se apartó de tal modo que el beso quedó a medio camino, y no le contestó.

Mientras Charlie iba al aparador a preparar las copas, y después de que Dorcas se hubiera acomodado en su sillón, Kitty habló solo con ella. Los ojos penetrantes y aun así llorosos lo habían visto todo, pero su cuerpo no la había delatado; a Dorcas la aterraba ofender a Charlie, a quien no le gustaba nada que hiciera deducciones a partir del comportamiento de Kitty.

—Esta noche estás preciosa, Dorcas —dijo Kitty, compadeciéndola.

—Gracias, Kitty. —Su respuesta sonó artificial, pues el comentario la había sorprendido. ¿Por qué dejaba Kitty de lado a su marido?

—Has captado los matices a la perfección —continuó Kitty, con una cálida sonrisa dirigida a Dorcas—. Una elegancia discreta que sin duda será muy bien recibida en Melbourne, el lugar que más me atemorizaba a mí. Mi estilo es demasiado recargado para los gustos femeninos de Melbourne, pero tú eres perfecta, Dorcas. Dentro de un año, todos los políticos pedirán a voces una asesora política al menos la mitad de elegante, inteligente y discreta que la incomparable Dorcas Chandler de Charles Burdum.

Todo un abanico de emociones desfiló a velocidad de destello por aquellos ojos contradictorios mientras Kitty hablaba, la mente que había tras ellos surcando el cielo más aprisa que un meteorito, consciente de que no debía mirar en busca de apoyo a Charles, plantado de espaldas a ellas: ¿cómo reaccionar, cómo adivinar lo que Kitty se traía entre manos? Y él no era de ninguna ayuda, pues se negaba a volverse hacia las mujeres.

—¿No te parece demasiado oscuro este azul? —preguntó Dorcas finalmente.

—No; es precioso: más ultramarino que adusto azul prusiano o azul marino militar. Puedes dar por seguro que acierto. Solo tengo mal gusto en lo que a mí concierne. Con los demás, siempre doy en el clavo.

Charles se volvió por fin.

—Eso es del todo cierto —convino, y le tendió a Dorcas una copa de jerez—. Sí, Dorcas, es precisamente ultramarino.

Kitty aceptó su jerez con una sonrisa fría.

«¡Arpía! —estaba pensando él—. ¿Qué ha ocurrido hoy, que por fin manifiestas tu desprecio por mí ante los demás? Me parece que esta noche voy a reclamar mis derechos conyugales.»

Pero Kitty iba por delante. Cuando estaban comiendo el primer plato se quejó de una jaqueca incipiente y se retiró a su alcoba. Charles se quedó con Dorcas.

—Me estaba preguntando qué le pasa —reflexionó entonces—. A veces el dolor de cabeza se anuncia con un malestar prodrómico antes de aparecer el aura.

—A veces olvido que eres médico —comentó Dorcas, sin perder la compostura, a la vez que dejaba el cuchillo y el tenedor pulcramente colocados uno junto a otro—. Ya he comido suficiente. A veces me siento como una gansa cebada de Estrasburgo.

—Una gansa encantadora —comentó él, levantando la copa para brindar—. A veces se tiene a los gansos por animales agresivos, pero en el fondo, son primos carnales de los cisnes.

Era hora de que Dorcas quemara sus naves; de no hacerlo, la situación de Kitty estallaría.

—Puedes abofetearme y lo tendría merecido, Charles, pero me da la sensación de que tu esposa es una mujer desdichada —dijo en un tono que no tenía nada de disculpa—. De hecho, muy desdichada.

Había escogido el momento con astucia; Charles encorvó los hombros.

—Sí, soy consciente de ello. Es una mujer que vive para los niños y está desesperada por tener los suyos propios, pero sufre un aborto natural detrás de otro.

—Ah. El orfanato.

—Y es enfermera de pediatría titulada, no lo olvides.

—Aún es joven.

—Los tocólogos no le encuentran ningún problema. Y yo tampoco. Lo peor es que me culpa a mí. —Ahí estaba. Ya había saltado la liebre, lo había dicho.

Dorcas mantuvo el semblante terso e impasible, aunque sus ojos reflejaron un sospechoso brillo húmedo.

—No puedo fingir que soy ducha en el asunto, Charles, pues no he estado casada, pero el sentido común dice que el tiempo cura todas las heridas, incluso las mentales. En el fondo es una mujer sensata.

—Sí, espero verla recuperada, pero hay curas y curas. Kitty está hecha para el hogar, mientras que yo me siento atraído por la vida pública, disfruto con ella. La situación irá a peor con el tiempo en vez de mejorar.

—Entonces, no le des más vueltas —dijo Dorcas con soltura—. ¿No te has dado cuenta de que en la política australiana las esposas no tienen apenas nada que decir? ¿Tanto que a veces resultan invisibles? Tú puedes tener la política y ella, la Casa Burdum. Su importancia en los círculos políticos es insignificante. Cuando, dos o tres veces al año, te veas obligado a presentarte del brazo de tu esposa, la tuya asombrará a todos, salvo a sir Rawson Schiller, que se casó con su hermanastra. Son una leyenda en ciernes, Charles, eso no debes olvidarlo. Las dobles gemelas Latimer tendrán su papel en el mito australiano, entre lady Schiller, la futura lady Burdum, porque serás nombrado caballero, Charles, eso seguro, la directora de hospital Latimer y la viuda Olsen de la Depresión. Yo misma escribiré sobre ellas cuando sean mayores. Mientras tanto, no te preocupes por Kitty. Tiene su orfanato, a sus hermanas, su padre y Corunda. Tus horizontes son mucho más amplios, lo sabes sin necesidad de que te lo diga yo.

Él se sentó como movido por una corriente eléctrica. Los ojos se le asemejaban a los de un león; Dorcas debía recordar advertirle a su barbero que no recortara demasiado la mata leonina de su cabello ni la alisara con brillantina. Tenía que conservar su imagen. Sonriendo para su coleto, pensó en el primer ministro Joe Lyons; otra buena mata de pelo que nunca se alisaba para darle el aspecto acharolado que dictaba la moda. O, ya puestos, Jimmy Scullin. A las mujeres les encantaba una buena mata de pelo. Lo que las repelía eran las malas dentaduras, las barrigas y las calvas.

—Dorcas —dijo él en un tono casi cantarín—, ¿qué haría sin ti?

«Hundirte como una piedra en el mar, respondió ella en silencio.»

Dorcas fue la primera en darse cuenta, pero creyó que no podía decir nada, así que fue Grace la que habló con Charles poco después de dar comienzo 1933. Ni siquiera entonces había tenido esa intención cuando concertó una cita formal con él: había ido por sus hijos.

Los niños la acompañaron. Estaban bastante mayores para la edad que tenían, según vio Charles, sobre todo Brian, condenado a llevar la carga de ser el hombre de la casa. Era ella quien había tenido ese efecto sobre su hijo, claro. No por medio de una indefensión llorosa y constantes recordatorios de que ahora el Hombre era él: Grace era demasiado lista para tácticas tan burdas. Sencillamente, tampoco le había ocultado las dificultades que conllevaba ser viuda. Hay quien lo consideraría lo más sensato; otros, como Charles, lo veían innecesario a su corta edad. Brian no tardaría en cumplir los cinco; John cumpliría los cuatro el último día de mayo. Eran muy parecidos. Conservarían su aspecto rubio en pestañas y cabello, los rasgos escandinavos de los huesos de la cara, que llevaron a Charlie a pensar que las Latimer tenían más de teutonas y vikingas que de bretonas o celtas, pues a todas luces la herencia de su madre estaba en estrecha alianza con la de su padre. La diferencia estribaba en los ojos: eran de un azul celeste, sin una sola pizca de los grises marinos ni de los verdes del bosque. Pero la mente que ardía detrás de cada par era muy distinta, eso sí. La mirada de Brian era impávida y difícil de sostener: era el guerrero pensante. La mirada de John era como de otro mundo, y un tanto triste: el buscador de la verdad. Pobre John, lo tendría complicado.

«Yo tendría que tener dos hijos de estas edades —pensó Charles—, aunque si fueran míos, serían cual mármol de Carrara en comparación con el mármol de Paros de estos dos. Aquí todo es blanco inmaculado, sin las vetas fascinantes y los remolinos multicolores. Aun así, ¿de qué sirve lamentarse? Lo que me ha tocado en suerte han sido dos abortos naturales, uno tan adelantado que enterré a un niño.»

—¿En qué te puedo ayudar, Grace? —preguntó, disimulando su aprensión crispada; Grace nunca acudía a él por nada bueno.

—Iré directa al grano, Charlie. Quiero trasladarme a Sídney.

Entonces él la contempló por primera vez, consciente de que su mente y su mirada se habían centrado únicamente en sus hijos. La Virgen de las Rocas atravesó como un rayo los archivos de su cerebro: hermosa, remota, por encima de los placeres terrenales, el granito y la firmeza convertidos ahora en parte integral de ella, hasta el último átomo de vida concentrado en su descendencia. Las cuatro hermanas Latimer eran extraordinarias, desde luego.

—Vaya —comentó él, y aguardó.

—Ahora es el momento adecuado. Brian empezará el colegio el mes que viene. Pero no lo hará aquí. —Su voz se tornó más melosa, treta que no le cupo duda él vería de inmediato, pero aun así quería utilizarla para reafirmarse como indigna suplicante—. Me planteé acudir a Rawson Schiller, otro cuñado, pero es de Melbourne, y por lo que a mí respecta, Edda puede quedarse con Melbourne. Hace demasiado calor en verano y demasiado frío en invierno. No; yo quiero ir a Sídney. —Su voz se aflautó, pasando de la miel cálida al agua fría—. Eres tan rico, Charlie, que no apura pedirte un poco para engrasar mi maquinaria. Los hijos de Oso no se pueden criar en un sitio donde todo el mundo conoce su historia, ni ir al colegio con los hijos de personas que fueron testigos de la demencia y el suicidio de su padre.

Él desvió la mirada instintivamente hacia los pequeños, uno en cada rodilla de su madre, cual leones protegiendo una estatua de la Gran Madre: ¿cómo podía hablar delante de ellos de cosas semejantes? Brian miraba al frente, John parecía absorto.

Y su voz seguía adelante, inexorable.

—Puedes permitirte acomodarme en una casa decente en Bellevue Hill, con un coche y una renta apropiada para una viuda respetable que no tiene intención de dar la nota socialmente. Quiero que mis hijos se eduquen en escuelas privadas, aunque no en la misma. Scots sería adecuada para Brian, mientras que a John le iría mejor el instituto de Sídney. Como puedes ver, he pensado en todo y he llevado a cabo mis indagaciones.

—Lo has meditado admirablemente —reconoció él, y no pensaba escatimarle un solo penique de la considerable suma que estaba a punto de costarle. Al menos en el caso de Grace, había tomado la delantera a Rawson Schiller—. ¿No te sentirás sola, mudándote a un sitio donde no tienes amigos ni contactos?

—No tardaré en procurármelos —aseguró ella con una sonrisa—. Para eso están las asociaciones de padres. Algún día terminará la Depresión, y quiero que mis hijos estén preparados para recoger los frutos de la cosecha. Las mejores escuelas, una carrera universitaria, cierta influencia cuando llegue el momento de buscar trabajo. No tendrán ahorros si optan por dedicarse a los negocios, pero contarán con el estatus y la educación necesarios para obtenerlos.

—Es hora de que salgáis a jugar, chicos —les dijo Charles en tono despreocupado. Miraron a su madre, que asintió, y se marcharon—. Los has educado de maravilla, Grace.

—He hecho lo que he podido aquí en Corunda. Durante la primaria, irán a clase y volverán a casa, pero a los doce años quiero que vayan internos: es más caro, pero no tienen una figura paterna en casa, y tendrán que estar más expuestos al mundo de los hombres. Una mujer no es modelo para un muchacho que pasa por la pubertad y la adolescencia: me debatiría en mares desconocidos. Las hijas de papá éramos todas niñas.

—No dejas de sorprenderme —dijo Charles en un tono que sonó falso.

—¿Porque soy capaz de anteponer lo que necesitan mis hijos a mis propias necesidades? —Grace se echó a reír—. Anda ya, Charlie. Pobre de la madre que no pueda hacerlo. Ocurren cosas, y nunca sabemos por qué. Yo desde luego no lo sé. Como madre de los hijos de Oso, quiero que lleguen más lejos de lo que él llegó, tal como él habría querido. Nunca fue una persona envidiosa ni amargada. Solo te pido que me des el dinero suficiente para llevar la vida que los amigos de mis hijos y sus padres esperarán ver, buena comida si me veo obligada a tener invitados, y suficiente ropa buena para ellos. Yo puedo confeccionarme la mía, así tendré algo que hacer en mi tiempo de ocio, porque en Sídney tampoco podré trabajar. Tengo mis propios muebles, pero quiero poder comprar libros para surtir una pequeña biblioteca útil para los niños.

Libreta en mano, Charles se puso a tomar notas.

—Una casa en Bellevue Hill, con vistas a Rose Bay; sí, creo que deberías tener vistas, en esa parte de Sídney no hay casa como es debido que no las tenga, y a tu nombre, aunque yo pagaré los impuestos. Un buen coche, fácil de reparar... a tu nombre. Bien. Encargaré a mis abogados que añadan los codicilos necesarios a mi testamento para que quedes protegida en caso de mi fallecimiento: no me gustaría que Rawson se inmiscuyera. Una renta neta de veinte libras a la semana, que aumentará a la par que el coste de la vida, tarifas escolares, uniformes, libros y demás cuestiones educativas en una cuenta separada, diría yo. Y unos ahorros debidamente invertidos, unas veinte mil libras sería lo adecuado, que no se tocarán salvo en caso de emergencia grave. —Dejó de escribir, le puso el capuchón a la pluma y la miró—. ¿Es todo, Grace? ¿He olvidado algo?

—Nada. Gracias, Charles, de todo corazón. —Le ofreció una sonrisa deslumbrante—. No volveré a llamarte Charlie nunca.

—Con eso ya tengo suficiente.

—Supongo que Kitty está en el orfanato, ¿no?

Él adoptó su semblante de gárgola.

—¿Dónde, si no? Como por lo visto no puede tener hijos propios, oculta su dolor en los hijos que tienen otros alegremente.

—No tienes por qué estar tan amargado, Charles, de veras. Claro que siente dolor. De hecho, va de capa caída.

Se puso rígido.

—¿Cómo dices?

—Que va de capa caída. Tienes que haberte dado cuenta.

—No... no la he visto mucho últimamente.

«Sí, estás muy ocupado con esa yegua de Dorcas», se dijo Grace. Y en voz alta respondió:

—No se cambia de vestido a diario, ni siquiera cada dos o tres días. Tiene el pelo hecho un desastre y ha dejado de pintarse los labios. Intenté hablar con ella, pero fue en vano. Según Kitty, a los niños les trae sin cuidado cómo viste, y detestan el pintalabios porque se interpone entre ellos y sus besos. Kitty está cada vez peor, y como médico deberías saber a qué me refiero.

—Que está igual que los tiempos, deprimida.

—Exacto.

Pero nunca en miércoles. Esa era la pieza clave del rompe-cabezas, la pieza que Grace no podía ver.

Debido a su propia personalidad, tan distinta, Grace malinterpretó buena parte de lo que veía; lo que hizo fue resucitar la depresión de infancia de Kitty, combinarla con su situación actual y llegar a la conclusión de que Kitty no tardaría en reunirse con Maude en el asilo. La verdad, sin embargo, estaba muy lejos de una crisis de abatimiento a los veintitantos años. Kitty no había tardado en ver que cualquier uniforme era un lastre para su trabajo en el orfanato, y que su ropa de calle tenía que guardar cierto parecido con los vestidos que habrían llevado las madres de esos niños. Así que Kitty se cambiaba de ropa el día que no tenía que ir al orfanato, y si el vestido aguantaba relativamente bien una jornada de trabajo, se lo volvía a poner al día siguiente. Después de todo, nadie podía decir que su elegancia mermada le daba aspecto de granjera. Sencillamente, era más práctico y más barato. ¿Por qué llevar medias de seda a diez chelines el par solo para que se le hicieran carreras pocos minutos después de llegar al orfanato?

Tufts lo entendía; Grace no, y Dorcas Chandler tampoco.

Su apariencia era lo último que tenía en la cabeza Kitty, que se sentía curiosamente liberada, pues no frecuentaba sus antiguos círculos sino que tomaba senderos rectos que se dividían en sendas fáciles de seguir que acababan llevando de regreso a la bifurcación. Su vida, iluminada y adornada, por fin tenía sentido. Qué horrible volver la vista sobre los años y verlos conformados y sustentados por una cualidad que se imponía a todas las demás: la apariencia. Sus hermanas siempre lo habían entendido, pero también se veían limitadas por lo que era cada una en lo más hondo. ¡Y cómo las había dividido el tiempo!

Jack Thurlow estuvo pululando, cual pensamiento incorpóreo, en algún rincón de la mente de Kitty, durante todo el invierno y la primavera, en persona las mañanas de miércoles cuando estaba en casa, gracias a un par de horas de té, bollos y conversación. Nunca era un intruso y nunca estaba de sobra. Ella podía decirle cualquier cosa, pues su intelecto y sus emociones de hombre lo aceptaban, y tenía tal capacidad para establecer límites que a Kitty no le costaba interrumpirse antes de revelar más de la cuenta. Jack no quería oír hablar de su corazón roto por culpa de los abortos sufridos y su marido posesivo, y ella entendía el motivo gracias a una sabiduría recién hallada. Había cosas de hombres y cosas de mujeres; iban de las diferencias manifiestas de la anatomía a los ámbitos del alma intangible.

Sin decirlo, Jack le dio a entender lo que Charlie era incapaz de comprender: que ella había hecho bien al aferrarse al amor de sus hermanas y su padre, y en aspirar a tener hijos propios. Los parámetros de la relación que Jack había trazado para ambos eran tan delicados que Kitty no podía por menos de maravillarse de que Edda hubiera sido tan dura de mollera como para no ver lo que le había ofrecido Jack: fuerza, seguridad, paz, un amor debidamente masculino inundado de pasión.

Por tanto, Kitty no podía decirse que Jack se inmiscuía en su vida y le ordenaba cómo arreglarla; su negativa a hacerlo estaba implícita en cada uno de sus encuentros. No, aquella era su propia batalla, Kitty tenía que solucionar las cosas por sí misma. A su manera y cuando lo creyera conveniente. Era un inmenso conflicto para una guerrera tan menuda.

Pero no estaba sola. De algún modo, sin decirlo expresamente, él le permitió comprender que estaba de su parte. Que la quería, la amaba mucho más que a su hermana. Si Kitty cerraba los ojos, alcanzaba a ver que el amor la envolvía como un manto plumoso y maravillosamente cálido que no resultaba sofocante ni carecía de sensibilidad.

—Escúchame, Kits —dijo Grace, briosa, la víspera de que ella y los niños se marcharan de Corunda para iniciar su nueva vida en Sídney.

—Soy toda oídos.

—Ahora que ya no vamos a estar Edda y yo, estarás más sola de lo que me gustaría. Si Charles tuviera dos dedos de frente, que no los tiene, cuidaría mejor de ti, pero está obsesionado con esa yegua de Dorcas y la política. Este año se celebrarán elecciones parciales, y Charles ya se está preparando: supongo que estás al tanto de que ha alquilado un local y lo utiliza como sede. ¡Ay, Kitty! ¿No te habías enterado? ¿Qué te pasa? George Ingersoll está muriéndose de cáncer, y cuando se ponga a criar malvas su puesto quedará vacante. ¿Me oyes?

—Sí, te oigo.

—Una vez Charles esté en Canberra, las cosas cambiarán. Por fortuna, no tendrá que comprar una casa allí, porque está a un par de horas en coche, pero pasará buena parte del tiempo en Canberra. Si quieres intentar tener otro hijo, hazlo ahora. Una vez sea miembro del Parlamento, estará demasiado cansado. —Entre el frufrú de las faldas y el pañuelo ondeante se abalanzó sobre Kitty, la abrazó y la cubrió de besos—. Ay, Kits, tengo miedo por ti. También lo tendría Edda si supiera lo que ocurre. Hay un dormitorio de invitados en mi casa de Bellevue Hill. Promete que acudirás a mí si no tienes a nadie en Corunda.

El color lila destelló en los ojos de Kitty.

—¿Nadie en Corunda?

—O acude a Edda. Por lo menos Rawson es un caballero.

Kitty dejó escapar una risita.

—De veras, Grace, eres el colmo. Estoy perfectamente bien, no corro ningún peligro.

—Recuerda lo de la habitación de invitados —insistió su hermana.

A George Ingersoll le fue diagnosticado el cáncer en enero de 1933, cuando ya tenía tan mal aspecto que le dieron un mes de vida a lo sumo. Pero George era de una pasta endiabladamente testaruda, y no se había impuesto durante cuarenta años a todos sus rivales políticos para venirse abajo y morir solo porque se lo dijeran los médicos, aseguró; aquello no era más que un revés temporal, y no, tampoco pensaba dimitir del Parlamento federal. Lo que acabó con él a finales de octubre fue un infarto masivo que por lo visto no guardó relación con el cáncer diagnosticado. En el momento de su muerte seguía siendo el representante de Corunda en el Parlamento federal, lo que tuvo como consecuencia que los votantes de Corunda fueran convocados a unas elecciones parciales a finales de noviembre.

Charles Burdum había comprendido muy pronto un aspecto de la vida política: las sutilezas no servían de nada. Así que en cuanto corrió la noticia de que George tenía cáncer, alquiló un local abandonado en George Street y lo abrió como sede de su campaña. Instaló allí a Dorcas Chandler y varios partidarios jóvenes y entusiastas, así como lo necesario para ofrecer té y galletas, todo ello presidido por extractos revisados de los cuadernos que perfilaban su programa político. La operación dejaba bien claro que cuando entrase a formar parte del Parlamento, lo haría como político independiente, sin ataduras con los obsoletos partidos tradicionales.

La prolongada agonía de George había tenido repercusiones. Antes que nada, todo el mundo dio por sentado que cuando ocurriera el triste desenlace, el sustituto de George sería Charles Burdum. De modo que el Partido del País, que había estado en posesión del cargo desde su fundación, decidió no malgastar fondos presentando siquiera un candidato. De no ser por el candidato laborista, recién salido de los talleres ferroviarios, Charles no habría tenido oposición; en realidad, la mayoría de los votos laboristas irían a parar a ese Burdum, impertinente pero indudablemente importante.

Kitty no tenía mayor atención por parte de Charles durante los últimos meses; de hecho, se preguntaba si recordaba siquiera su existencia, entre su emoción cada vez más intensa a medida que la perspectiva de Canberra cobraba realidad y su campaña aceleraba en compañía de su fiel Dorcas. Abandonada en un limbo por parte de su marido, Kitty, propiedad legal del hombre equivocado, quedó a la deriva, pensando en Jack Thurlow y en la imposibilidad de su situación. ¿Cómo podía desligarse de él? ¿Qué actitud adoptar? Así y todo, no era miserablemente desdichada. Bajo su aparente impotencia había un meollo de confianza en sí misma que le infundía fuerza y convicción de que hallaría una respuesta.

Charles, como es natural, era consciente de que su mujer había perdido interés en sus actividades, pero mientras George Ingersoll siguiera con vida, no podía invertir en ella sus preciosas energías. Al igual que su esposa, Charles se sumió en un limbo, aunque el suyo tenía más que ver con la creación de un partido político.

La muerte de George lo sacó de su abstracción. De la noche a la mañana, vio que Canberra quedaba a solo dos horas, y dejó atrás su inercia en cuestiones privadas. Era hora de ocuparse de Kitty, que tenía el aspecto de una vecina de la zona de Trelawney: no del todo trasnochada, pero sí más bien birriosa. No era nada que no pudiera arreglarse, pero ¿de dónde iba a sacar él tiempo? ¡Qué lata de mujer! Estaba muy ocupada con el orfanato para organizar reuniones matinales para tomar el té y agasajar a las demás esposas, eso era lo malo. Entonces tuvo una idea brillante: que fuera Dorcas la que hablara con Kitty. ¡Sí, que se ocupara Dorcas!

—Dile a Kitty que se arregle —ordenó—. En comparación con Kitty, Enid Lyons es un espantajo, pero quiero que eso se vea claramente en Canberra. Mi esposa debe ser una mujer sin par. Venga, Dorcas, haz lo que te digo.

—¡No puedo hacerlo, Charles! —repuso Dorcas con un grito ahogado, presa del terror—. Kitty es tu esposa. Sea lo que sea lo que tengas que decirle, debes hacerlo tú. Yo soy prácticamente una desconocida, ni siquiera me ha escogido como amiga. ¡No me hagas esto, Charles! No soy más que una empleada.

De poco sirvieron sus protestas, como si Charles fuera de granito. Mezcla de frialdad y vanidad, la fulminó con lo que a ella le parecieron relámpagos que emanaban de sus ojos como un aura, y entonces supo que si no cumplía sus órdenes, se buscaría otra asesora política.

De alguna manera, Kitty percibió lo que se avecinaba. Cuando Dorcas la invitó a tomar el té y charlar ese miércoles por la mañana, Kitty rehusó.

—No, hoy no —dijo—. Mañana. Los miércoles por la mañana quedo a tomar el té con Jack Thurlow, y no pienso faltar a esa cita por Charlie, tú ni nadie.

Los ojos azul pálido se clavaron en ella y no hallaron rastro de culpa ni desobediencia: estaba expresando una simple realidad.

¿Jack Thurlow? ¿Quién era? No era un amigo de Charles, ni nadie importante en términos políticos o ciudadanos. Dorcas empezó a rebuscar entre sus recuerdos y rescató una vieja historia sobre el heredero de Tom Burdum antes de la llegada de Charles. Un novio de la hermanastra de Kitty, Edda, ¡claro! Por tanto, se trataba de un hombre al que la esposa de Charles conocía desde mucho antes de encontrarse con su marido. Un antiguo y querido amigo, supuso Dorcas, en modo alguno un amante. Así pues, aceptó tomar el té con Kitty el jueves por la mañana.

Pero aguardó para ver a una Kitty inmaculadamente ataviada para su cita con Jack Thurlow. Lucía un vestido azul lavanda cuya sedosa elegancia resaltaba gracias a las pinceladas de tono albaricoque reflejadas en los zapatos, el bolso, un precioso sombrero, la cara maquillada con delicadeza, el pelo suelto sin artificio alguno. ¡Ay, qué mujer tan hermosa!

El dolor mordisqueó a Dorcas como hubiera hecho un viejo perro con un hueso enconado: «yo podría ser la reina del mundo si tuviera ese aspecto. Y a ella... a ella le trae sin cuidado». De ser ciertas las historias de Charles, su bello rostro la había impulsado a utilizar un rallador de queso y luego a intentar ahorcarse porque detestaba su hermosura, y, sin embargo, los miércoles desechaba los nubarrones que lo cubrían y dejaba lucir el sol para tomar el té con un hombre que había sido amante de su hermana durante años.

A Dorcas le había bastado con una semana a las órdenes de Burdum para abandonar su desierto emocional y establecerse no en un oasis, sino en el oasis por excelencia, aquel en que Alejandro Magno entró como hombre y salió siendo un dios. Al abrigo de las incongruencias de un cuerpo alto y desgarbado y un rostro caballuno había una mujer como todas, que anhelaba el amor, necesitaba la fortaleza de un hombre, ansiaba estar envuelta en una calidez que no la abandonara nunca. Para Dorcas Chandler, su patrón representaba todo aquello a lo que aspiraba y que nunca podría tener. Puesto que no tenía otra cosa que ofrecerle que sus consejos y conocimientos sobre una actividad que entendía a fondo, se entregaba a esa tarea plenamente, poniendo su corazón en ella. Dorcas amaba a Charles Burdum, aunque él nunca lo sabría. El viejo perro, el hueso apestoso... Pero más valía eso que no tener ningún hueso que roer.

Era orgullosa, sin olvidar que criaturas tan poco agraciadas no tenían por qué carecer de orgullo; así que fue a tomar el té con Kitty cargada de sentimientos encontrados. La em-

499

pleada fea con órdenes de decirle a la mujer hermosa que no estaba cumpliendo con sus deberes de esposa, la mujer con orgullo decidida a guardar su amor en secreto, protegiendo así su autoestima.

Kitty lo intuyó todo y fue al grano desde el principio.

—Dorcas, no te quedes ahí con un hacha metafórica suspendida sobre la nuca —dijo, al tiempo que servía el té—. Toma una galleta Anzac. Son estupendas para mojarlas en el té caliente porque no se deshacen; no hay nada peor que tener que recoger trozos de galleta empapada de una taza de té, no se puede hacer con elegancia.

—Yo... esto... nunca he mojado una galleta —dijo Dorcas con rigidez.

—Ay, pobrecilla. No sabes la diversión que te has perdido. Me traje la receta de las galletas Anzac de la rectoría: hay que hacerlas con almíbar, no con azúcar, o no quedan bien. Tú no tienes hermanas, si no, untarías las galletas.

—No tengo hermanas y no unto las galletas, pero eso es un silogismo.

—¿Como lo de que de noche todos los gatos son pardos? Pues no lo son.

—Vaya, sabes lo que es un silogismo —señaló Dorcas—. Pocos lo saben.

—Y no voy a dejar que me distraigas, Dorcas. Charlie te ha enviado para que me des instrucciones de que no me vista ni me comporte como una campesina, ahora que ha declarado sus ambiciones políticas en público. ¡Qué bobos son los hombres! Hasta que Grace se lo comentó, creo que no se había fijado siquiera en mi metamorfosis. —Dejó escapar una risita y suspiró—. Bueno, así es Grace, y hace diez meses que no está. Puedes decirle a Charlie que obedeciste sus órdenes, pero yo no hice ningún comentario. Hablaré con él a su debido tiempo, y cuando lo haga, lo entenderá. No, mejor dicho, me oirá y lo encajará. En realidad nunca lo entenderá, no tiene capacidad para eso. Hoy quiero hablar de ti.

A la asesora se le dilataron los ojos.

—¿De mí?

—Ajá. Quiero conocer tu terrible secreto, el que frustra el maravilloso sueño que es este trabajo. Te aterra perderlo.

Dorcas tomó unos sorbos de té y mordisqueó una galleta.

Kitty la observó, manteniendo un absoluto control. Dorcas llevaba un traje de dos piezas de *tweed* color ladrillo moteado en negro, y lucía un elegante sombrero negro de ala amplia ladeado a la izquierda; el cabello castaño bien cortado y ondulado, y había aprendido a maquillarse la cara, sobre todo en torno a los ojos; unos ojos sagaces pero vulnerables.

—Venga, Dorcas, es evidente que guardas un secreto terrible —la animó Kitty, que sonrió con auténtico cariño y compasión—. Quiero ayudarte, pero no podré si no confías en mí lo suficiente para darte cuenta de que soy tu amiga y tu aliada. Así que déjame que te diga lo que creo que ocultas.

—Señora Burdum, cualquier cosa que diga será un mero producto de su imaginación.

—Ah, no, conmigo no vale poner cara de póquer. La corrección no es más que otra valla tras la que esconderse. —La voz de Kitty añadió ternura a su calidez—. Cuando eras una chica muy inmadura e ignorante de unos quince años, algún hombre se aprovechó cruel y cínicamente de ti. Ya sospechaba que no tienes hermanas, porque las hermanas se hubieran ocupado de ti como no pueden hacerlo las madres. Sea cuales sean sus motivos, las madres pueden llegar a ser horriblemente destructivas, y estar ciegas respecto a sus hijas...

—Hasta el momento no has dicho nada que me impresione, Kitty.

—Tuviste una criatura, un hijo, diría yo, al que quieres

con todo el corazón. Pero quien de veras te saca el dinero es su padre, que te chantajea.

Dorcas perdió el ánimo de lucha repentinamente, quedándose indefensa. Fue horrible presenciarlo, pero mucho peor hubiera sido sobrellevarlo.

—¡Hoy mismo desaparecerá de tu vida esa sanguijuela! —dijo Kitty con firmeza—. El motivo del chantaje dejará de existir, porque vas a contárselo todo a Charlie. Dorcas, no te pongas en plan Grace y rompas a llorar. Compórtate como la nueva Grace, que le echó agallas de la noche a la mañana en cuanto le vio las orejas al lobo. ¿Acaso te repudiaron tus padres? Claro que no.

—No; acogieron a Andrew para que yo siguiera con el periodismo. Tenía veinte años cuando ocurrió, no quince, pero era una ignorante. El padre de Andrew iba abriéndose paso a golpe de guadaña por los pueblos de la falda de las Blue Mountains: era un predicador apuesto y encantador, rebosante de espíritu evangélico. Le dimos hasta el último penique que teníamos; los creyentes son presas muy fáciles. Incluso le entregué mi cuerpo. Me sentía agradecida de que me encontrase atractiva, pero lo único que un hijo significa para él es dinero.

—¿Cuántos niños tuvo?

—Eso es lo más extraño —respondió Dorcas, pensativa—. Solo Andrew.

—¿Qué edad tiene Andrew ahora?

—Catorce. Va a la escuela pública de Katoomba.

—Así que prácticamente todo tu sueldo va a parar a tus padres, tu hijo y esa sabandija chantajista.

Dorcas se relamió los labios.

—¿Cómo lo sabías?

La risa de Kitty fue alegre y triunfal.

—Querida, caminas como una mujer que ya ha tenido hijos, y tienes mucho mundo para ser virgen. Estaba claro que tu secreto era un hijo ilegítimo. ¿Qué otra cosa podía poner en peligro el trabajo de tu vida? —El lila se esfumó de los ojos de Kitty—. No es demasiado tarde para rescatar a Andrew. Tráelo de inmediato a vivir a Corunda. Todavía no es diciembre y el curso empieza en febrero, así que podrá ir al instituto de Corunda para recibir una educación privada. Para cuando haga la reválida, formará parte de Corunda, bien educado y cómodamente a cobijo del ala de Charlie.

Dorcas, pasmada y temblorosa, se quedó mirándola.

—No se lo puedo decir a Charles —respondió—. Me despediría al instante. ¡Menudo escándalo!

Kitty resopló.

—Bobadas. ¿Cómo puedes llevar tanto tiempo trabajando con Charlie, y de una manera tan cercana, y conocerlo tan poco, so tonta? Para Charlie esto es como el aire que respira. ¿Piensas que a él, el paladín de las causas perdidas, lo dejaría indiferente tu sufrimiento? El padre de tu hijo es un parásito repugnante que se alimenta de la madre de su hijo, a la que lleva catorce años sacándole dinero. Mi marido te estima y te aprecia. ¡Es la respuesta que necesita! ¿Es Andrew un muchacho apuesto?

—Es apuesto, pero tiene algo mejor: carácter.

—Pues díselo a Charlie. Díselo ahora mismo, hoy, en este preciso instante. Está al otro lado de esta catedral llena de ecos, a escasos metros de aquí. Levanta, venga, levanta. ¡Levántate, mujer! Vete a explicarle lo que acabas de contarme, y pídele que te libre de ese vividor. Ay, seguro que le encanta. Hace tanto tiempo que Charlie lleva puesta la armadura que se le ha ido el brillo, y a su corcel le crujen las articulaciones. Esto le hará recuperar el brío. ¡Venga, venga!

Intimidada por la actitud avasalladora de Kitty, Dorcas huyó, dispuesta a revelar sus pecados.

Kitty telefoneó a lady Schiller II en Melbourne. Había decidido que durante las Navidades de 1933 se reunirían las cuatro hermanas. Diez días, de Nochebuena a Año Nuevo... Los únicos asuntos pendientes eran los suyos propios.

Con esa idea refulgiendo cual brasa atizada, hacia el atardecer Kitty condujo hasta Corundoobar para encontrarse a Jack volviendo del potrero. Ella sabía que estaba allí porque el buzón —un bidón de petróleo vacío junto a la verja de retención de ganado— estaba vacío. Dejó el coche al pie de la colina, subió la pendiente cruzando el jardín en flor, deteniéndose para admirar una rosa magnífica, un lánguido arbusto de flor de cera, una planta de guisantes de olor que trepaba por una espaldera. ¿De dónde sacaba tiempo? Sí, estaba en casa; *Alf* y *Daisy* salieron a su encuentro meneando la cola: los perros de Jack estaban tan bien adiestrados que no saltaban ni lanzaban lametazos. Entonces él salió a la galería delantera con el pelo aún húmedo de la ducha y la esperó.

En el peldaño superior, empequeñecida ahora por la altura de Jack, levantó la barbilla para mirarlo.

—Voy a mudarme aquí contigo —le dijo—. Ahora mismo.

—Ya era hora —repuso él en tono grave—. No es que estuviera harto de esperar, pero me ha salido más de una cana en las noches sin luna. —Su mano describió un amplio círculo en el aire—. Aquí estamos, Kitty. Soy tuyo y también es tuyo todo lo que poseo.

—Seré tu amante, pero no puedo ser tu esposa. Charlie nunca accedería al divorcio.

—En Corundoobar hacemos nuestra voluntad. Te aceptaremos sean cuales sean las condiciones, sin el menor arrepentimiento.

No la asaltó la menor duda, ni siquiera ahora que el momento se había hecho realidad. Los abrazos, los besos, el amor... todo eso llegaría, pero Kitty estaba tan exaltada por el

504

arrebato de paz y consuelo que invadía su espíritu que durante un rato no los echó en falta.

Comprendiendo lo que ella sentía, Jack permaneció a su lado para contemplar cómo el sol, ahora carmesí, era engullido por los mensajeros de la noche.

Luego la rodeó con el brazo y la encaminó hacia la puerta.

—Vamos dentro, está refrescando.

—Tengo una maleta en el coche, pero el coche hay que devolvérselo a Charlie —dijo, haciéndose eco de una última preocupación—. ¡No quiero nada de él, nada!

—Lo sé. No le des más vueltas, y no hables de él.

Bert, que estaba en el sillón de Jack, recibió un toque en el costado y fue a parar al suelo hecho una bola, medio dormido y sumamente indignado. Jack tomó asiento con Kitty sobre su regazo.

Cuando se apoyó en él, alcanzó a notar el firme latido del corazón de Jack, y todo lo demás dejó de tener importancia. Ya nunca importaría nada más. «¡Ay, Dios!, concédele el don de una larga vida. El único miedo que ahora me acechará es la idea de seguir viva sin él. —Reclinó la cabeza sobre su hombro y cerró los ojos con las pestañas húmedas—. Por fin estoy en casa.»

Tufts, subdirectora de un hospital cuyo director estaba a punto de delegar en ella todas sus funciones, ofreció a Edda y Rawson una casita en los terrenos del hospital cuando fueron a pasar las Navidades de 1933, y luego asignó otra a Grace y sus hijos. En tanto que miembro del Parlamento, Charles Burdum no podía dirigir Corunda Base. Tufts fue ratificada y confirmada en su puesto. Liam y ella habían comprado casas adyacentes en Ferguson Street y derribado la verja que las separaba; compartían comidas, jardín, ocio, dos perros y tres gatos, todos esterilizados. El rector los consideraba la única pareja que había conocido cuya mentalidad había pasado directamente de la juventud a la vejez; algunas cosas los animaban, todo los conmovía, nada los derrotaba.

Toda Corunda seguía afectada por la conmoción que rasgó el tejido del distrito cuando Kitty Burdum, sin aviso previo y sin pedir permiso a nadie, dejó a Charles Burdum y su fortuna millonaria y se mudó a Corundoobar para vivir en flagrante pecado como concubina de Jack Thurlow. Nada de ocultarse, ni esconderse ni disimular ante sus vecinos. No se había llevado nada de la Casa Burdum, ni joyas ni pieles ni ropa, ningún mueble o adorno, ni siquiera (dijo ella, cosa curiosa) un rallador de queso. Solo cogió sus libros, documentos, cartas y álbumes de fotos.

Lo que dejó perplejo a todo el mundo fue que se la veía descaradamente feliz. En cuanto a Jack... bueno, no era de los que arman revuelo por nada, ni siquiera por una unión adúltera. Sea como fuere, la gente reparó en que su cara mostraba menos arrugas que antes, y a veces, cuando no se daba cuenta de que le miraban, lucía un aire ligeramente felino de complacencia. Como aquel gato gris suyo tan enorme, *Bert*.

Charles Burdum fue el primero en enterarse. Kitty indicó en una nota a Dorcas que se lo dejara solo hasta que él diera a entender que quería compañía. El instinto llevó a Dorcas a obedecerla implícitamente.

Así pues, el viernes fue a desayunar solo y se encontró una carta escrita en pergamino sobre su servicio de mesa, con la alianza y el anillo de compromiso de Kitty encima como la guinda del pastel. Los anillos lo decían todo; notó en el pecho y el vientre un peso plomizo y, enloquecido, rasgó el sobre.

Charles, marido:

Los anillos ya te lo han dicho, pero necesitarás palabras que lo confirmen, y soy demasiado cobarde para decírtelas en persona. Me intimidarías y me harías caer en la confusión de siempre, y todo se demoraría. No se evitaría, Charlie. El hacha está en mis manos y estoy decidida a descargar un tajo duro y limpio.

No te quiero. Me parece que no te quise nunca, pero me liaste de modo que lo creyera. Luego, una vez fui tuya, ya solo pensabas en mí como una posesión. No, no es exactamente eso. Pensabas en la persona que necesitabas que yo fuera, pero nunca te paraste a pensar si de verdad lo era, o era alguien diferente. Eres capaz de dirigir grandes empresas y ganar mucho dinero, pero no entiendes el carácter de las personas, y eres ciego al alma de la gente. La mujer con la que te casaste nunca fui yo, Kitty. Gracias a Dios perdí los hijos que esperaba. Al margen de lo que dictara su naturaleza, tú los habrías obligado a ser lo que te viniera en gana, y los habrías destrozado. Quizá seas benévolo, pero aun así eres un autócrata.

Si digo cosas tan crueles es porque resulta la única manera de que aceptes que lo nuestro se ha acabado. Se ha acabado. La mujer que deseas debería tener mi aspecto, pero poseer la mente de Dorcas. Te engañó mi apariencia, no tenías idea de lo que contenía. No soy la esposa adecuada para un político. La política me aburre tanto que me pondría a gritar. Cásate con la mitad que tiene cerebro, Dorcas. Pero seguro que no lo harás. Tienes la piel muy fina para soportar las burlas que provocaría una pareja tan incongruente.

Voy a vivir como adúltera con Jack Thurlow, que dice que soy su granjera. Con Jack puedo pasar inadvertida y llevar una vida felizmente anónima. ¡Haz el favor de no perdonarme!

KITTY

Conforme la pura incredulidad iba dejando paso a la certidumbre, en lo primero que pensó Charles fue en Sybil, la hija del duque, y la humillación que sintió entonces; solo que esto ocurría en un momento de su vida muy posterior y mucho, pero que mucho más importante. Lo asaltó una ira feroz, una furia que le provocó náuseas, el tenedor de plata en una mano como una burla retorcida, el aullido gutural demasiado agudo y estridente para cualquier oído. Él, Charles Burdum, había sido desechado como carne que hubiera pasado demasiado tiempo en la fresquera.

Ansiaba hacerle daño, todo el daño posible sin llegar a matarla, perdonarle la existencia por los pelos para que se viera obligada a vivir en un infierno más abrasador que el fuego y más frío que el hielo, aplastada y mutilada por dientes, púas, garras, colmillos, espolones, su belleza destruida para siempre. Presa del aborrecimiento, la maldijo, preguntándose por qué no poseía alguna emoción más intensa que el odio que alimentaba su furia.

El odio seguía adelante, siseando y serpeando por su cerebro hasta que ya no pudo imaginar nuevos horrores que infligirle. Fue entonces cuando alcanzó el fondo de su pozo, y quedó allí, inerte, sin sensación ninguna, solo el vacío de una terrible pérdida que nunca cicatrizaría, por muchas tablillas y vendas que le pusieran.

Trepar para salir del pozo fue peor aún, pues lo hizo a través de la pena y la desesperación, aquejado de espasmos de dolor, presa de una monstruosa tristeza que le hizo derramar lágrimas tan densas que le parecía estar desangrándose: la fuerza vital lo abandonaba, acusado de indigno e insuficiente por quien había sido su esposa. «¡El amor de mi vida, Kitty, Kitty mía!»

En un erial monótono y yermo a la salida del pozo aguardó alguna suerte de animación sin saber qué forma podía tomar, preguntándose si sería eso la muerte, o si sería la vida que lo abrasaba en los hornos del alma. Pero entonces recordó que se había estrellado y había muerto sin morir, sencillamente había salido de las llamas como un fénix, renacido y vivo entre las cenizas.

Era Charles Burdum, aunque no el hombre que existía hasta ese momento. «¡Dilo, Charles! ¡Dilo! Antes de que Kitty te abandonara. Sí, un nuevo Charles Burdum. —Un Charles Burdum diferente, que llevaría consigo la cicatriz del pozo, marcado para siempre; pero nadie, absolutamente nadie, lo sospecharía nunca. Su camino estaba claro, lo había hallado entre las tempestades que lo habían consumido—. ¡Ay, Kitty, cuánto te quiero! Y me dejaste. ¡Me abandonaste a mí, Charles Burdum!

»Fortaleza, comprensión, compasión, bondad, generosidad: irradiaré todas esas virtudes y muchas más, porque un Charles Burdum bueno, alegre, perpetuamente sincero le dirá al mundo que la zorra adúltera de su esposa no tiene poder para infligir daño alguno a un hombre semejante. Cómo, ¿esa mujer? ¡Bah! Una minucia, de veras. ¿Mentiría yo?»

Un divorcio inmediato, tan discreto e inadvertido como pudiera arreglarse con su influencia, dejándola libre de irse con su Príncipe Azul, tan alto, lujurioso, zafio y bucólico, y legitimando los hijos que tendrían (sin duda muchos). No era tan orgullosa como para rehusar las sobras de su hermana. ¿Hacían comparaciones acerca de lo bueno que era en la cama? Ya puestos, ¿con cuántas de las cuatro se habría acostado?

Por lo que a Charles respectaba, era sencillo. El nuevo Charles Burdum estaría divorciado pero sería respetable, un parlamentario independiente sin ataduras femeninas, que se servía de su asesora política con cara de caballo en las pocas ocasiones en que necesitaba una anfitriona, lo que no daría pie a ningún escándalo. Qué curioso que tuviera un hijo. Bueno, la Casa Burdum iba a sufrir más remodelaciones aún: un piso espacioso para él y otro para Dorcas y Andrew Chandler. Quizás el chico resultara un mayor consuelo de lo que le hubiera supuesto un hijo propio. Si ese hijo hubiera sido de la casta Latimer, entonces seguro. No eran más que zorras vulgares... «Pero eso es tu opinión privada, Charles. ¿Y la pública? Pues que andan bastante descaminadas, las pobrecillas.»

«Me derrumbé porque tomé a una zorra por una dama —pensó—, pero me he alzado de nuevo, como un fénix. Aún tengo una vida.»

El rector tuvo que vérselas con su propia conciencia, pero el amor que sentía por su hija y un carácter lo bastante cabal para reconocer sus propios errores lo llevaron a manifestar públicamente su apoyo a Kitty, socialmente condenada. Vivir en abierto adulterio granjeó muchos enemigos a Kitty, aunque pocos condenaban a Jack, que lo veían como un inocente en sus manos. Curiosamente liberado, el reverendo Latimer renunció a la sobrepelliz y decidió jubilarse; dos días después de que estallara el escándalo había recogido sus pertenencias de la rectoría y se había trasladado a la casita crema y verde de Grace en Trelawney Way. Su razonamiento era claro: si Dios no hubiera creado al hombre y la mujer con defectos, de la carne y de otras índoles más graves, no habría necesidad de religiosos, como tampoco la habría de policías. Por tanto, abandonarlos cuando pedían ayuda a gritos era un pecado tan grave como el suyo.

Tal vez ahora no fuera en calidad oficial, pero siguió trabajando en el orfanato, el asilo y el hospital, prestando ayuda a quienes padecían las secuelas de la Gran Depresión, y sus esfuerzos eran recibidos con gratitud. La vida en Trelawney, como no tardó en descubrir, era generosa y variada, y estaba trufada de pecado. En realidad, era un sitio que le iba. Naturalmente, pagaba el alquiler de Grace, cultivaba verduras y mimaba a las gallinas para que pusieran huevos.

Ahora sus hijas eran una parte de su vida aún más importante que antes, pero cuando estaba en Corunda no dejaba pasar un día sin visitar a Maude, lo que le ayudaba a conservar la modestia, con los misterios de Dios en mente.

Las hermanas de Kitty se alegraron por ella de corazón. A medida que pasaba el tiempo les pesaba más el sentimiento de culpa por haberla instado a casarse con Charlie. Así pues, verla asentada con el hombre adecuado les supuso tanto un alivio como una alegría. Quizá solo Edda entendió lo largo y doloroso que había sido el viaje de Kitty, pero Edda era la hermana que mataba a los demonios, y había estado presente para matar a todos los de Kitty salvo Charles, el último y más terrible. Con él había tenido que acabar sin ayuda.

Aunque apenas si había pasado tiempo entre la marcha de Kitty y el reencuentro de las cuatro hermanas acompañadas de sus hombres, la actitud de Charles Burdum estaba quedándole bien clara a todo el mundo: iba a ser un mártir que sufriría heroicamente el estigma del cornudo. «Cómo, ¿esa mujer? ¡Bah! Una minucia, de veras. ¿Mentiría yo?»

Se reunieron para la comida de Navidad en Corundoobar, incluido el rector, que interpretó correctamente las intenciones de Charles:

—Qué astuto —le dijo a Rawson, al que tenía mucho más

aprecio como persona que a Charles—. Ni rastro de celos, nada que pueda disgustar a sus partidarios políticos. Me alegro por Kitty, aunque hay quien nunca la perdonará, claro.

—También se comporta así a fin de que los principales periódicos no averigüen los detalles sórdidos para convertirlos en un escándalo de primer orden —señaló Rawson, que estimaba al rector como persona y tenía la certeza de que no le volvería la espalda si supiera su secreto vergonzante—. Los ciudadanos de Corunda son reacios a hablar del asunto con forasteros.

Liam se echó a reír.

—Es posible que los de Corunda aprecien a Charlie, pero también aprecian a Jack, aunque a Charlie no le haga ninguna gracia.

Jack no lo oyó porque estaba preparando la comida, absorto en una bandeja sobre la que reposaba un magnífico cochinillo con la corteza cuarteada a la perfección. Levantó la cabeza, sonriente.

—La comida estará enseguida —anunció.

—¿Crías cerdos? —le preguntó Rawson.

Jack arqueó sus cejas rubias.

—No se me ocurriría comer cerdo comprado en la carnicería. Los míos son libres de corretear por donde les place. Así tienen menos grasa y la carne es más tierna. Lo único que les hace quedarse en la pocilga es la charca. Se quedan allí tumbados con el morro fuera, haciendo burbujas. Y cuando son lo bastante grandes para convertirse en un fastidio, empieza a ser hora de preparar un buen asado de cerdo con guarnición.

—¿Vas a dejar que Kitty se ocupe de la cocina? —preguntó Liam.

—Le estoy enseñando, pero de asar el cochinillo siempre tendré que encargarme yo.

Tufts tomaba un jerez a sorbos y disfrutaba oyendo hablar a Grace de lo que era vivir en una zona adinerada de Sídney. ¿Quién habría imaginado que la viuda Olsen gozaría allí como una abeja en un océano de flores rebosantes de néctar?

—No tengo empacho en reconocer mis problemas durante la Gran Depresión —dijo, moviendo la copa en el aire sin derramar una sola gota—. Hay que tener un aura de glamur, y un marido que se suicidó por causa de la Depresión da el tono adecuado. Aunque no para los chicos, claro. A ellos les encanta esa vida. —Sus ojos se ensombrecieron—. Cuando Kitty se mudó al nuevo potrero temí que Charlie se avinagrara, lo que habría sido una pena. Sin embargo, tenía a Rawson a mi lado, así que no me quedé rumiando como habría hecho en caso de no contar con él.

—¿Habrías cambiado tu nueva vida por el salto que dio Kitty para quedar libre de Charlie? —indagó Tufts.

Grace hizo un gesto desdeñoso.

—Esa pregunta es indigna, y lo sabes. Por ver feliz a Kitty, estaría dispuesta a volver a vivir en Trelawney Way.

—No te sulfures, Grace —repuso Tufts con una sonrisa de oreja a oreja—. Solo estoy haciendo de abogado del diablo.

Edda y Kitty estaban sentadas en la galería de la granja y contemplaban el meandro del río que bordeaba la casa y los jardines. Llegó procedente del interior el murmullo de voces que subía y bajaba mientras Tufts se ponía al día de las andanzas de Grace y los hombres ofrecían un resonante retumbo de fondo.

—¿Eres feliz? —le preguntó Kitty; era una pregunta sincera.

Edda volvió su rostro de porcelana en un gesto de respetuosa sorpresa.

—Mereció la pena salvarte, para que me hicieras esa pregunta.

—Sí, lo sé. Pero no me has contestado.

—Pues sí, soy feliz. No eufóricamente feliz, como tú. Estoy haciendo el trabajo para el que nací, y mi marido me quiere. —Dejó escapar un suspiro, un sonido más pensativo que triste—. Supongo que me gustaría que me amara más.

—Entonces, por suerte tienes tu trabajo. No hay nada tan dulce que no tenga un punto acre.

Edda rio.

—Querrás decir que así es la vida, Kitty. Agridulce.

Índice